Winterhart

Lulu Taylor bij Boekerij:

Winterkinderen
De sneeuwengel
Wintergeheimen
Winterhart

www.boekerij.nl

Lulu Taylor

Winterhart

In het diepst van de winter komen
de duisterste herinneringen boven

BOEKERIJ

ISBN 978-90-225-8862-8
ISBN 978-94-023-1402-1 (e-book)
NUR 330

Oorspronkelijke titel: *Her frozen heart*
Vertaling: Jolanda ter Lindert
Omslagontwerp: DPS Design en Prepress Studio / Blacksheep Design UK
Omslagbeeld: Depositphotos
Zetwerk: CeevanWee, Amsterdam

Voor Mickey
διδάσκαλος καί φίλος
Veel liefs en bedankt!

Proloog

Juni 1940

Toen Tommy terugliep over de akkers zag ze Bertie Potter, die op de fiets haar kant op kwam. Het was een prachtige middag geweest en de kleuren van de vroege zomer waren bijna te mooi. Ze was onder de indruk van de korenbloemblauwe hemel met het goudkleurige lichtschijnsel, van de frisgroene kleuren van de bossen en velden, en van het blauw, wit en levendige magenta van de bloeiende kruiden in de weilanden. De vogels waren de hele dag al druk in de weer geweest, blij met de eerste warmte en het ontluikende groen; ze schoten door de hagen en zaten luidruchtig te zingen in de bomen. Een roodborstje was nerveus met haar mee gefladderd toen ze samen met de honden naar de cottages liep en weer terug. Daar was Spotty naar haar toe gekomen.

Nee, niet Spotty, maar meneer Spottiswoode, ik mag niet vergeten hem zo te noemen!

Ze hadden samen gekeken of de woonomstandigheden geschikt waren voor de meisjes die deze zomer zouden komen om de oogst binnen te brengen. Greaves, de pachtboer, was met hen meegelopen, mopperend dat er vrouwen op de boerderij kwamen werken, ook al wist hij heus nog wel dat dit ook tijdens de vorige oorlog was gebeurd.

'Moderne meisjes zijn niet zoals die anderen,' had hij verklaard. Hij was grijs door de ouderdom en tientallen jaren buiten werken. 'Die weten niet wat hard werken is en denken alleen maar aan dansen, kapsels en lippenstift.'

'Zullen we ze maar gewoon een kans geven, Greaves?' had Tommy luchtig gezegd. 'Misschien zijn ze lang niet zo erg als je denkt. We proberen allemaal ons steentje bij te dragen nu alles in het buitenland zo slecht gaat.'

Dat had Greaves de mond gesnoerd. Iedereen trok naar elkaar toe de laatste tijd, sinds de ramp bij Duinkerken. *Ramp is het goede woord niet, het was een wonder.* Het nieuws was toch heel erg en de mensen maakten zich zorgen over de toekomst. Als het zo doorging maakten ze geen enkele kans.

We moeten volhouden, meer kunnen we niet doen.

Tommy had gedacht aan Alec, ver weg in Frankrijk. Hij was niet samen met de anderen geëvacueerd en was daar nog steeds, aan het vechten, of onderweg, dat wist niemand. Even zag ze hem in gedachten op het Franse platteland, met de vijand vlakbij, maar ze verdrong dat beeld snel. Tegenwoordig probeerde ze zo weinig mogelijk aan hem te denken. Dat hielp.

Het hier en nu is belangrijk. De kinderen. De familie. Het huis. Ik kan helpen door voor hen te zorgen.

Spotty – *oeps, meneer Spottiswoode, bedoel ik* – had gezegd dat wanneer de cottages werden opgeknapt de oorlogsvrijwilligsters, dankzij de betere woonomstandigheden, minder loon hoefden te krijgen, en Greaves had dat een uitstekend idee gevonden. Tommy had echter gezegd dat ze het daar niet mee eens was, dat de vrouwen hun geld én een goede woonplek zouden krijgen. Daarna had ze de mannen alleen gelaten. Nu vervloekten ze haar natuurlijk en vroegen ze zich af waarom ze naar haar moesten luisteren in plaats van naar haar broer, maar dat kon haar niets schelen. *Ze doen maar.*

Terwijl ze snel terugliep door de velden, genoot ze van de zoete lucht en van de stilte van de middag. Er was bijna niets te horen, alleen de vogels die tjilpten en kwetterden. Ruisende vleugels schoten langs haar heen, en haar roodborstje keek naar haar vanuit de haag voordat hij weer wegvloog. De zon brandde en er verscheen wat zweet op haar voorhoofd. Haar trui was onaangenaam warm, dus trok ze hem uit. Ze hing hem over haar schouders, zodat de zon haar huid door haar dunne katoenen blouse heen verwarmde. Het lange gras wuifde tegen haar blote benen onder de zoom van haar rok.

Ik voel me... Ik heb bijna weer het gevoel dat ik leef.

Maar natuurlijk zou dat nooit meer het geval zijn, niet zoals vroeger. Hoe zou dat ook kunnen, als kilometers verderop afschuwelijke veldslagen plaatsvonden, mannen stierven en het leven en de huizen van gewone mensen werden vernietigd? Er rolde een grote donkere wolk naar hen toe; hij verslond alles dat op zijn pad kwam en bracht dood en chaos.

Toen ze de heuveltop had bereikt kon ze onder zich het huis zien staan, oud en mooi. Dat beeld troostte haar. Dit was haar thuis, een constante schuilplaats, een veilige plek, en dat zou het zeker ook blijven, net zoals het al eeuwen was. Ze zag beweging in de tuin en even kon ze de kinderen zien, twee kleine stipjes in een felrode trui en met blote benen, voordat ze achter het huis verdwenen. Waar gingen ze naartoe? Naar het weiland? Het bos in? Wat heerlijk om zo zorgeloos te zijn.

Toen zag ze hem, Bertie Potter die met zijn pet naar achteren geschoven over de laan naar het huis fietste.

Tommy hapte naar adem, stond stil en werd ijskoud. Ze bleef even staan kijken naar het figuurtje dat steeds dichter bij het oude herenhuis kwam. Ze liep weer door, door het lange gras, sneller nu, zich onbewust van het roodborstje. Haar hart bonsde en haar gezicht was bleek, maar ze bleef doorlopen. Ze riep de honden toen ze talmden, zag dat Bertie het huis bereikte, zijn fiets op het gazon voor het huis liet vallen en naar de keukendeur aan de zijkant rende. Ze kon hem nu niet meer zien, maar in gedachten zag ze dat hij op de oude deur roffelde, hem opentrok en vanuit de bijkeuken iets naar de keuken schreeuwde. Dan zou Ada eraan komen en haar handen aan haar schort afvegen om de kleine envelop van hem aan te nemen.

Tommy wist wat dat was en voor wie het was. Ze had al weken

op dit moment gewacht, al was ze zich daar niet bewust van geweest.

Hij is dood. Ze gaan me vertellen dat hij dood is.

Ze leek uren nodig te hebben om de laan te bereiken, ook al was dat in werkelijkheid maar een minuut of tien. In die tijd was Bertie alweer vertrokken. Ada had de anderen geroepen. Tommy liep de keuken in, met de honden op haar hielen, en zag dat ze op haar wachtten. Haar moeder was er, met een ernstige blik, en achter haar was Gerry, met een bleek gezicht, grote ogen en bang, op haar lip bijtend. Ada stond bij het aanrecht, zuchtend en mompelend en doelloos van alles en nog wat verplaatsend, terwijl Thornton tegen de deur van de provisiekast leunde alsof hij hoopte dat hij daardoor kon verdwijnen.

'Misschien is het allemaal in orde,' zei Tommy op vlakke toon, maar ze wist al wat de envelop die haar moeder haar aanreikte zou bevatten. Toen ze hem omdraaide zag ze het kruis dat erop was gestempeld en dat het ergste nieuws van alles betekende.

Geen krijgsgevangene. Niet gewond.

Ze bleef er heel lang naar kijken, met bonzend hart, terwijl honderden beelden van Alec door haar hoofd schoten. De laatste keer dat ze hem had gezien: toen ze in het station 'tot ziens' riep, terwijl Alec uit het treinraampje leunde en de kleine Antonia met een wit zakdoekje naar hem zwaaide. Tommy had Harry opgetild zodat Alec nog één keer naar de baby kon kijken. Alec, in zijn mooie dunne jas en pet en met zijn knapzak nog steeds over zijn schouder, had teruggezwaaid met een ondoorgrondelijke blik in zijn donkere ogen, een sigaret aan zijn lippen bungelend, tot hij zich terugtrok in de coupé en verdween.

Opeens keek ze op en ze gaf de envelop weer aan haar moeder.

'Maak je hem niet open?' vroeg Gerry met een angstig stemmetje.

'Maak jij hem maar open. Ik weet al wat erin staat.' Ze draaide zich om naar de openstaande deur van de bijkeuken, een rechthoek van zonlicht achter de donkere keuken. 'Ik ga de kinderen zoeken. Ik moet het hun als eerste vertellen.'

'O Tommy!' Gerry's stem brak in een snik. 'Wat is dit erg!'

'We vinden het heel erg, Thomasina,' zei haar moeder met een trillende stem. 'Je zult wel heel verdrietig zijn.'

'Ja,' zei Tommy op dezelfde vlakke toon. Op elk ander moment zou ze ontroerd zijn geweest door het medeleven van haar moeder, maar nu niet. 'Dank je. Maar ik moet weg.' Ze liep naar buiten, de warme middag in.

Alec is dood.

Haar leven zou nooit meer hetzelfde zijn.

1

Het heden

'Kom op, Max,' zei Caitlyn smekend en ze viel bijna omver toen haar zoon haar stevig omhelsde. Ze zag hiertegen op. Elke keer hoopte ze dat het anders zou zijn, maar dat was het nooit, echt nooit. 'Kom mee, lieverd. Laten we naar binnen gaan.'

Ze stonden op het grind van de oprijlaan voor de hoofdingang van de school. Caitlyn had hoop gekregen toen het haar was gelukt om Max met al zijn spullen uit de auto en naar de deur te krijgen, maar verder kwam ze niet. Zodra hij de geopende deur zag was hij bang geworden, had zijn hockeystick en rugzak laten vallen en haar vastgepakt. Nu hield hij haar stevig vast, met zijn armen om haar heen geslagen en heftig en onophoudelijk snikkend. Met zijn laatste restje adem stamelde hij: 'Niet weggaan, mama, niet weggaan, je m-m-mag me niet alleen laten!'

Andere ouders liepen langs hen heen, terwijl ze hun eigen zoontje voor zich uit duwden en meelevend naar haar keken of beleefd de huilende Max en Caitlyns pogingen zich uit zijn greep te bevrijden negeerden. Geen van de andere jongens reageerde zelfs maar een beetje op dezelfde manier als Max nu ze weer naar school moesten.

Max' heftige verdriet was bijna meer dan ze kon verdragen. Ze vond het vreselijk om hem hier achter te laten, vooral doordat ze niet eens had gewild dat hij naar deze school ging. Patrick had haar er echter van overtuigd dat dit het beste was voor Max. Hij was weg geweest van het hele kostschoolidee en alles wat dat volgens hem inhield: cricket, slaapzalen, eetzalen, nachtelijke orgies, fuiven en levenslange vriendschappen.

'Dat is wat ik wil voor Maxie,' had hij gedecideerd gezegd, maar Caitlyn vermoedde dat hij dat eigenlijk voor zichzelf had gewild.

De enige concessie die hij na haar aandringen had gedaan was dat Max pas zou gaan als hij tien was. Patrick had liever gezien dat hij ernaartoe ging als hij zeven was, maar daar moest Caitlyn niet aan denken toen Max nog steeds haar hand vasthield, sprongetjes maakte als ze naar school liepen, nog steeds de behoefte had om zijn teddybeer te knuffelen en om zich tegen haar aan te vlijen als ze hem voor het slapengaan een verhaaltje voorlas. Zelfs toen Max tien was geworden leek hij nog te jong om bij haar weg te gaan.

'Kom alsjeblieft mee, Maxie!' Ze had zelf tranen in haar ogen terwijl ze probeerde zich los te maken uit zijn greep.

Maar hij hield haar stevig vast, alsof hij dacht dat hij, wanneer hij het maar lang genoeg volhield, haar wel zover kreeg dat ze het opgaf en hem mee naar huis nam.

'We moeten naar binnen!' zei ze, zelf bijna huilend. Hij duwde haar zo ongeveer omver door zijn stevige omhelzing, zodat ze wankelde. 'Het spijt me, Max, ik vind het ook vreselijk, maar je moet hier blijven.'

'Kijk eens aan, kan ik u helpen?' Dit was Max' mentor, een jongeman met een baard, een bril en een vriendelijke glimlach. Iemand had hem kennelijk naar beneden gestuurd. 'Hi, Max! Leuk je te zien, knul.'

Max negeerde hem en huilde nog steeds tranen met tuiten.

'Het spijt me, meneer Reynolds.' Caitlyn verhief haar stem om boven Max' gehuil uit te komen. Ze was bang dat de man zich beledigd zou voelen door Max' openlijke afwijzing. 'Hij vindt het nog steeds moeilijk, weet u.'

'Natuurlijk weet ik dat.' Meneer Reynolds keek haar glimlachend aan. 'Hij is niet de eerste, wees maar niet bang. Zodra hij boven is voelt hij zich beter, eerlijk waar. Kom mee, jongen.' Hij gaf een klopje op Max' arm.

Hij bedoelt het zo goed. Hij is een aardige man.

Meneer Reynolds was een van de redenen dat ze Max hier kon achterlaten. Hij was jong, meevoelend en altijd positief. Hij leek goedgehumeurd en tolerant, en als Max al enthousiast was over school kwam dat vooral doordat hij een zeer hoge pet op had van meneer Reynolds. De man was altijd in voor een potje voetbal na het avondeten, hield hen allemaal goed in de gaten en had oog voor het kleinste signaal dat er problemen waren.

Maar dat alles maakte geen enkel verschil voor Max' wanhoop bij het afscheid nemen.

Meneer Reynolds legde zijn handen op Max' schokkende schouders en trok hem weg van Caitlyn. Nu zijn moeder zijn armen losmaakte en meneer Reynolds van achteren aan hem trok liet Max zijn greep verslappen. Hij moest het wel opgeven. Hij had geprotesteerd, maar hij wist wat er moest gebeuren.

'Ik kom gauw terug, lieverd, dat weet je. Zodra het kan, zullen papa en ik je opzoeken. Hier zijn zijn tassen, meneer Reynolds.' Ze wees naar al Max' spullen die op het grind lagen: een sporttas, koffer, lunchdoos, schooltas, een stapel buitenkleding en een blazer.

'Dank u, we regelen het wel.' Hij keek haar grijnzend aan en knikte naar de auto. 'Volgens mij kunt u nu het kan maar beter weggaan.'

Caitlyn keek nog een keer ongelukkig naar Max, die de strijd zo te zien had opgegeven en tegen meneer Reynolds aan leunde. Zijn gesnik werd al minder. 'Dag, lieverd. Tot gauw, dat beloof ik.'

Ze was op de terugweg naar Londen. *Is het dit waard?* vroeg ze zich af op de terugweg naar Londen. *Dit duurt nog bijna drie jaar. Hij kan toch niet elke keer wanneer ik wegga zo overstuur zijn? Hij zal zich er een keer bij moeten neerleggen. Misschien wordt het dit zomerkwartaal gemakkelijker, als de dagen langer zijn en ze 's avonds spelletjes doen.*

Maar ze vroeg zich voor de zoveelste keer af of ze op haar strepen moest gaan staan en Patrick duidelijk moest maken dat het genoeg was en dat ze Max uit Spring Hall moesten weghalen.

Maar dat zou niet gebeuren. Wanneer had ze Patrick ooit zover gekregen iets te doen wat hij niet wilde?

Vanavond zou hij terugkomen en ze zag ernaar uit hem te zien. Haar leven leek zijn snelheid te verliezen als Patrick er niet was. Ze had weleens het gevoel dat ze met Patrick als chauffeur een opwindende rit maakte, terwijl zij zich stevig moest vasthouden als hij de bochten te snel nam of roekeloos keerde. Het was meestal spannend, maar Patrick bepaalde wat er gebeurde.

Was dat vanaf het begin al zo? Of is het langzaam maar zeker zo geworden? Dat kan ik me echt niet herinneren. Maar dat maakt ook niet uit, denk ik.

Toen ze eindelijk thuis was vroeg ze zich af of ze te veel over zich heen liet lopen. Moest ze vaker protesteren, op haar strepen staan?

Maar Patrick weet altijd wat hij wil. Terwijl ik volgens mij nooit weet wat ik echt wil.

Patrick was er heel goed in om haar zijn mening op te dringen. In eerste instantie had ze vaak een eigen mening, maar Patrick slaagde er dan binnen de kortste keren in om haar de zaak totaal anders te laten zien en dan begon haar mening te wankelen, werd nietig en verdween.

Caitlyn zat met een kop koffie aan de keukentafel op haar tablet de zondagkranten door te nemen, terwijl de verborgen geluidsinstallatie zacht nocturnes van Chopin liet horen. Ze had een mailtje gekregen van meneer Reynolds die zei dat Max rustig en tevreden was, tv keek met de andere jongens en dat er geen reden was zich zorgen te maken. Gerustgesteld ontspande Caitlyn zich. Hier was ze het gelukkigst. Ze wenste dat Patrick nu beneden op de bank lag te lezen, op zijn geheel eigen manier languit liggend met het boek als een schild voor zijn gezicht omhoog houdend, en Max net als vanochtend op de grond met zijn Lego zat te spelen, terwijl zij alleen maar een bad hoefde te nemen en naar bed hoefde te gaan. Maar Patrick zou over ongeveer een uur thuiskomen en ze zou het avondeten klaarmaken, een van zijn favoriete welkomstgerechten. De porchetta misschien, of zalm met sojasaus; de ingrediënten voor beide gerechten lagen in de koelkast. Haar maakte het niet uit, ze zou van beide gerechten niets eten. Ze zouden een fles openmaken, over zijn reis praten en elkaar van alles vertellen. Daarna zou hij zijn tas uitpakken, ongetwijfeld met een flesje dure parfum voor haar uit de dutyfreewinkel op het vliegveld waar hij vanmiddag had rondgelopen.

Ze dacht aan de vorige keer, toen hij een fles Fracas voor haar had meegenomen. 'Wat heerlijk, dank je wel!' had ze gezegd, waarna ze in de lach was geschoten.

'Wat is er?' had Patrick meteen gevraagd.

'Niets. Alleen... Dit is Sara's lievelingsparfum. Zij draagt dit altijd. Wist je dat niet?'

Met een kwade blik had hij gezegd: 'Is dat zo? Dan moet je hem maar niet openmaken en hem aan haar geven, als een cadeautje van jou. Dan koop ik iets anders voor je.'

Haar blik viel op iets kleurigs op de lichthouten vloer bij het raam, en ze zag dat een bakje Lego-blokjes niet was opgeruimd toen Max ophield met spelen. Ze stond op en liep er vlug naartoe om het doosje te zoeken dat ergens onder was gegleden. En net toen ze het wilde oprapen werd de stilte opeens verstoord door de harde bel van de telefoon.

Caitlyn struikelde van schrik en stapte met haar hele gewicht op een paar kleine stukjes Lego, die door haar dunne sokken heen in de zool van haar voet sneden. 'Au! Verdorie, dat doet zeer!' Ze liep naar het bijzettafeltje waar de telefoon op stond die nog steeds knipperend en rinkelend haar aandacht opeiste. Ze nam op. 'Hallo, Patrick?'

'Gaat het wel? Je klinkt alsof je hard hebt gelopen.'

'Ik ben oké, hoor, ik stond alleen op een paar Legoblokjes. Waar ben je?'

'In een taxi op de M4. Het is niet erg druk voor dit tijdstip.'

'Hoe was je vlucht?'

'Prima, geen bijzonderheden. Maar ik heb zin weer thuis te zijn.' Patrick zuchtte. 'Het is een lang weekend geweest.'

'Max vond het erg dat hij je misliep.'

'Weet ik. Stomme timing.'

'Hoe laat ben je thuis, denk je?'

'Dat duurt nog minstens een uur. Ik hou je op de hoogte.'

'Dan begin ik nu aan het eten. Wil je porchetta of zalm?'

'Eh... geen idee, beslis jij maar.'

'Prima.' Ze was een beetje ontmoedigd doordat geen van beide opties hem aanspraken terwijl zij de moeite had genomen dit allemaal in huis te halen. 'Tot straks, lieveling.'

'Wacht, Caitlyn?'

'Ja?'

'Hoe gaat het met Sara? Heb je iets van haar gehoord?'

'Sara?' Ze knipperde verbaasd met haar ogen. In gedachten zag ze Sara: lang roodbruin haar, grijze ogen die dankzij eyeliner een amandelvorm hadden. 'Grappig, ik dacht net aan haar. Het gaat prima, voor zover ik weet.' Ze zweeg even en vroeg toen: 'Hoezo?'

'Caitlyn, ik moet je iets vertellen. Over Sara.'

Opeens werd ze ongerust. 'Wat? Wat is er met haar?'

Stilte.

Nu hij haar aandacht had, leek hij niet te weten wat hij daarmee moest. Ze kreeg een vervelend en angstig voorgevoel. 'Patrick... Wat wil je me vertellen?'

De verbinding kraakte door atmosferische storingen.

'Ben je er nog, Patrick?' Ze hoorde zijn stem. Hij zei iets, maar zijn stem werd onderbroken door ruis. 'Ik kan je niet horen. Je stem wordt onderbroken... Patrick!'

Zijn woorden kwamen in stukjes door... in flarden. 'Sara... ze zei... vertelde... jij... dreigde... belangrijk...'

'Ik kan je niet horen! Hou maar op, dit heeft geen zin!' Ze begon door de kamer te lopen, in de hoop dat ze hem beter kon horen als ze rondliep. Zijn stem was bijna onverstaanbaar door alle ruis. 'Dit is hopeloos.' Ze wilde net een einde aan dit zinloze gesprek maken toen zijn stem opeens luid en duidelijk te horen was.

'Heb je me gehoord?'

'Nee, ik heb er geen woord van verstaan. Er is te veel ruis op de lijn.' Ze hoorde een bepaalde klank in zijn stem. Was het wanhoop? 'Ik móét je dit vertellen voordat zij het doet. Luister...'

Toen gebeurde het. Een geluid zoals ze nooit eerder had gehoord: een keiharde mechanische klap die een luid geknars overstemde. Daarna... plotselinge stilte.

'Patrick? Patrick! Zeg iets!'

Maar ze hoorde niets. De telefoon was met niets en niemand meer verbonden.

'Patrick?' fluisterde ze. Er kwam geen antwoord. Ze praatte alleen tegen zichzelf en de lege kamer.

2

Januari 1947

'Harry, doe niet zo raar en haal alles eraf. Alles!' Tommy stond in haar bontjas in de hal. Ze trok hem zelden uit tegenwoordig, en al helemaal niet als ze van de ene naar de andere kamer liep. Nu ze hier op de koude stenen vloer naar boven stond te roepen wenste ze dat ze ook haar muts op had en haar mof droeg.

'Goed dan, als jij het zegt.' Haar zoon Harry stond op de overloop en haalde de guirlandes van klimop van de gebeeldhouwde eiken trapspijlen. De klimop was door de kou in huis iets ingedroogd, dus toen hij aan de lange takken trok, dwarrelden er allemaal stukjes tak en groen blad naar beneden.

'Nee, niet gewoon trekken! Je moet ze voorzichtig tussen de spijlen uit halen. Doe het hem even voor, Antonia.'

Haar dochter, die twee jaar ouder was dan haar broertje en zichzelf nu ze bijna elf was al heel belangrijk vond, liep voor Harry uit naar beneden en haalde de dennenappels uit de klimop die ze daar op regelmatige afstand van elkaar in hadden gestoken. Tommy was bijzonder trots geweest op de dennenappels; ze leken berijpt doordat ze ze in lijm en daarna in zout hadden gedoopt, en ze hadden er een staart van gedraaid ijzerdraad aan vastgemaakt zodat ze in kransen en guirlandes gestoken konden worden. Enkele zonder staart lagen op de schoorsteenmantels of in een kom als versiering op een tafel. Maar dat was allemaal vóór kerst geweest, toen de opwindende tijd nog voor hen lag en de decoraties nog glinsterend en magisch leken. Nu was dat allang voorbij, zodat de kerstversiering allang weggehaald had moeten zijn. De glinsterende ballen waren nu nog slechts verdroogde dennenappels die zodra ze verplaatst werden overal zout achterlieten.

'Ik kan het hem niet voordoen,' zei Antonia een beetje stijfjes. 'Ik heb mijn handen vol. Waar zal ik deze neerleggen?' Ze trok haar trui naar voren om te laten zien dat er allemaal dennenappels in lagen.

'Bij de open haard in de salon. Dan verbranden we ze vanavond; dat is leuk, want het zout verandert de kleur van de vlammen.' Ze keek omhoog naar Harry, die hard aan een sliert klimop trok. 'Hou daarmee op, lomperik, straks gaat de trap stuk. Stel je voor hoe vreselijk het zou zijn als je iets kapotmaakt! Wacht, ik help je wel.'

Ze rende de trap op, terwijl Antonia stampend naar beneden in de richting van de salon liep en bleef staan om een paar stukjes hulst van de bovenkant van fotolijstjes te halen die ze over de trapleuning naar beneden gooide. De vloer daar lag al zo vol stukjes blad dat wat hulst ook niet meer uitmaakte. 'Kijk, ik begin wel en dan kom jij achter me aan naar beneden.'

'Antonia moet meteen terugkomen,' gromde Harry. 'Ik ga dit echt niet in mijn eentje doen.'

'Dat doet ze wel,' zei Tommy, ook al had ze het gevoel dat Antonia de kans had benut om ervandoor te gaan. Niemand had net zoveel zin om alles weg te halen als om alles op te hangen. 'Kom op, we zijn zo klaar.'

Terwijl ze de klimop losmaakten, waardoor een heleboel droge takjes en blaadjes naar beneden vielen, vroeg Harry terloops: 'Vond papa Kerstmis leuk?'

Tommy hield even op met wat ze aan het doen was. De kinderen praatten heel af en toe over Alec, maar ze kreeg altijd een schok als ze dat deden. Diezelfde inwendige dreun voelde ze als zijn naam werd genoemd, en dan had ze altijd even tijd nodig om te herstellen. 'Ja, natuurlijk. Hij vond het heerlijk.'

'Ik wilde dat ik me hem kon herinneren,' zei Harry spijtig.

'Dat weet ik, schat.'

'Mama, mogen we straks alsjeblieft de foto's bekijken?'

'Natuurlijk.'

Dat was een soort ritueel dat ze soms uitvoerden. Dan haalde ze de stapels foto's uit het oude koekblik en die bekeken ze dan samen, terwijl de kinderen honderden vragen stelden over hun vader terwijl zij weer naar dat gezicht keek: Alecs donkere ogen en zijn zwarte haar en snor. Daar was hij op hun trouwdag, lang en knap in uniform, terwijl ze naast hem stond, heel jong, bleek en met grote ogen, in een wolk van haar sluier en witte zijde. Er was zijn studioportret, waarop hij een filmster leek met zijn scherpe trekken, gladde huid en rechte donkere wenkbrauwen. En alle foto's van de pasgeboren baby's, vakanties, feestjes en feestdagen.

'Vertel eens, mama,' zeiden ze dan en dan moest ze hun de verhalen weer vertellen. Over hoe ze papa had leren kennen en met papa was getrouwd, dat ze Antonia en Harry kregen, en hoe gelukkig ze waren in hun kleine huis. Het enige verhaal dat ze niet wilden horen was het verhaal over papa's dood. Voor hen moest hij leven, ook al was het maar even, hun vader, die fantastische held die ze nooit hadden gekend.

En ze zullen hem ook nooit kennen.

'Na het eten pakken we de foto's,' beloofde ze hem. Dan had ze nog een paar uur de tijd om zich schrap te zetten voor die kwelling.

Ada Thornton kwam binnen, terwijl ze haar handen afdroogde aan de grote gestreepte schort die ze altijd over haar donkerbruine jurk droeg. 'Lieve help, wat een rommel! Dit lijkt wel een bosbodem.' Ze mompelde afkeurend. 'Ik roep Thornton wel om dit op te ruimen. Je had het moeten zeggen, dan had hij het allemaal wel weggehaald.'

'Ik weet zeker dat Thornton genoeg te doen heeft zonder dat hij kerstversiering moet opruimen,' zei Tommy lachend. 'We redden ons wel, Ada. Wij doen het wel. Ik zal Antonia de bezem laten halen. Als we haar ooit terugzien.' Ze wilde haar dochter roepen, maar wist ook dat dat geen zin had. Zelfs áls Antonia haar kon horen zou ze gewoon doen alsof dat niet zo was. 'We zijn trouwens toch bijna klaar. Waar had je me voor nodig?'

'Ik kwam zeggen dat ik vandaag eerder weg moet, juffrouw.'

Tommy zou altijd 'juffrouw' zijn voor Ada, hoelang ze ook al getrouwd was. 'En het is Clara's vrije dag, dus het avondeten staat klaar bij het fornuis. U moet de aardappels om zeven uur in de oven zetten, en de groente om kwart voor acht op het vuur zetten.'

'Dank je, Ada, ik red me vast wel,' zei ze, terwijl ze een laatste stukje klimop losmaakte.

Ada keek nog steeds ongerust. Door Tommy's eerdere pogingen wist ze maar al te goed dat Ada er moeite mee zou hebben om acht mensen te voeden, zeker nu Rogers vriend ook kwam eten. 'Ik zou wel kunnen blijven als u dat liever hebt,' zei Ada.

'Doe niet zo raar, Ada. Ik red me wel, echt.'

'Uitstekend, juffrouw. De slaapkamer voor de logé is helemaal klaar.'

'Heeft Clara de open haard aangestoken? De radiator daar wordt nooit warm; misschien hangt hij te ver van de ketel.' Tommy had geen idee waardoor een radiator kouder was dan hij zou moeten zijn, maar dit klonk logisch.

'Dat heeft ze. En u moet niet vergeten de meneer zijn bonboekje te vragen.'

'Natuurlijk vergeet ik dat niet. Ga nu maar naar huis.'

'Uitstekend, juffrouw.' Ada, gezet en met haar tenen naar buiten lopend, deed haar schort af. Ze trok haar enorme groene wollen jas aan en zette het bruine hoedje op dat ze daar altijd bij droeg.

Tommy probeerde zich te herinneren of Ada had verteld waar ze die dag naartoe ging. Misschien naar de dokter; ze gedroeg zich altijd een beetje alsof ze leed. Misschien werd haar reuma erger door de kou. *O ja, dat herinnert me eraan dat ik Thornton meer hout moet laten hakken.* Nog iets wat gedaan moest worden. Ze moest altijd aan honderd en één dingen denken en had nooit pen en papier bij de hand om die op te schrijven. *Ik zou alles beter op orde moeten hebben.*

Nu keek Tommy naar wat ze aan het doen was; alle grote klimoptakken lagen op de vloer van de hal. 'We hebben alleen de bezem nog nodig, dan kunnen we alles opvegen. Nu het zo droog is, is het prima aanmaakhout. Waar is die slome Antonia? En moet je mij zien, ik zit onder de troep.' Met weinig succes veegde ze over de hulstblaadjes die in haar dikke bruine bontjas zaten, en riep toen zo hard ze kon: 'Antonia! Wij hebben alles al gedaan. Antonia! Waar zit je, luie niksnut die je bent?'

Op dat moment zwaaide de voordeur open en kwam haar broer Roger binnen. Hij riep: 'Wat een kabaal! Wat is er in vredesnaam aan de hand?'

Vlak achter hem liep nog iemand. De twee mannen leken op elkaar in hun donkere overjas met hoed, maar Roger was kleiner en zijn gezicht was bleker en dikker dan dat van zijn vriend.

'Waarom kom je via de voordeur?' vroeg Tommy boos, gegeneerd doordat ze haar hadden horen schreeuwen. 'Doe de deur dicht, schiet op, zo tocht het vreselijk en het is hier al koud genoeg.'

'Het leek me wel leuk om onze gast via de officiële weg binnen te laten,' zei Roger. Hij keek naar de rommel op de vloer. 'Maar ik zie dat je hebt besloten hier een soort boseffect te creëren.' Hij keek zijn vriend aan en zei: 'Sorry hoor, Fred.'

'Ik heb er geen probleem mee,' zei zijn vriend met een halve glimlach. 'Ik hoef geen grootse entree, dat weet je.'

'Nee, maar... Ach, laat ook maar, ik wilde dat je een goede indruk kreeg van de Gainsborough.' Roger wees naar het schilderij dat aan de muur tegenover de voordeur hing, en de beide mannen keken omhoog. Tommy draaide zich ook om, al had ze de voorstelling al ontelbare keren gezien: een vrouw met een verdrietige blik en gevoelige donkere ogen stond onder een eik; ze droeg een witte jurk, en haar wit bepoederde haar viel in zachte krullen over haar schouder.

'Dat is heel mooi. Ik zal er later nog eens goed naar kijken,' zei hun gast. Hij nam zijn hoed af, stapte achter Roger vandaan en liep naar binnen. 'U moet Rogers zus zijn. Aangenaam kennis te maken, mevrouw Eliott,' zei hij en hij stak zijn hand uit.

Tommy nam hem aan. 'Ja, dat ben ik, maar zeg alstublieft Tommy. En u bent meneer Burton Brown, nietwaar?'

'Ja. Fred.' Hij keek haar glimlachend aan.

Hij was broodmager, zag ze, en hij had holle wangen onder hoge jukbeenderen, een scherpe neus; en zijn ogen – groen of blauw, dat kon ze niet goed zien – leken diep in hun kassen te liggen. *Maar dat is niet vreemd. Hij is immers ziek geweest.* Hij keek naar Harry, die met zijn armen vol klimop rustig alles stond op te nemen. 'En wie is deze jongeman die wel iets lijkt op een pagejongen bij een drinkgelag?'

'Mijn zoon Harry,' zei Tommy. 'Zeg dag tegen meneer Burton Brown, Harry.'

'Dag,' zei Harry gehoorzaam.

'Ik neem aan dat je nu weer naar school gaat?' vroeg Fred hem vriendelijk.

Harry knikte. 'Ja, al eeuwen.'

'Op welke school zit je?'

'Spring Hall.'

'Vind je het leuk?'

'Gaat wel. Maar het is er ijskoud. In de lunchpauze rennen we allemaal naar de radiatoren en gaan erop zitten. Ik heb de hele week op zo'n radiator gezeten,' zei Harry trots.

'Natuurlijke selectie,' zei Fred.

'Je vindt school heel leuk, hè, Harry?' zei Tommy. 'Mijn dochter Antonia zul je ook wel ergens zien rondhangen.'

'De luie niksnut,' zei Fred ernstig.

'Wat? O ja, ik riep dat ze moest komen.' Tommy lachte even. 'Excuses voor ons informele gedrag.'

'Dat vind ik het prettigst.'

'Genoeg gekletst.' Roger pakte zijn vriend ongeduldig bij zijn arm. 'Kom mee, Fred. Dan laat ik je het huis zien.'

'Wat een mooi huis is dit,' zei Fred terwijl hij om zich heen keek. 'Zeventiende eeuw?'

'Delen ervan wel,' zei Roger dikdoenerig. 'Dit gedeelte is zestiende-eeuws, uit de tijd van koningin Elizabeth. Het pand is gebouwd als twee aparte huizen die met elkaar verbonden zijn. Mijn moeder woont tegenwoordig in het kleinste huis. Er zijn nog wat latere toevoegingen geweest, maar volgens ons is de schuur een middeleeuwse tiendenschuur, die moet je zien. Maar eerst de lambrisering, die is uit de tijd van Jacobus I. Echt schitterend.'

'Ik had wel wat langer naar dat schilderij willen kijken,' zei Fred, terwijl hij ernaar wees.

'Ja, maar het is nu echt te donker om er een goede indruk van te krijgen. Op dit tijdstip hangt het in de schaduw, zodat je het amper ziet hangen. Morgenochtend zullen we er echt naar kijken. Maar je moet de lambrisering zien.'

'Waar is je bagage?' vroeg Tommy toen Roger zijn vriend meetrok door de hal en naar de salon.

'Ligt nog in de auto. Wil je de spullen even laten halen? Kom mee, Fred.'

Fred Burton Brown liet zichzelf meetronen, maar keek met een geamuseerde blik om Rogers enthousiasme achterom naar Tommy.

Terwijl ze hen nakeek voelde ze zich opeens dom, zoals ze daar stond: ze leek wel een vogelverschrikker met al dat blad op haar jas en haar verwarde haren. Zo was het niet altijd geweest. Vroeger had ze het belangrijk gevonden hoe ze eruitzag en veel aandacht aan haar kleren besteed. Toen leidde ze een zorgeloos en vrolijk leven, droeg ze lange jurken en danste ze in de armen van jongemannen in met kaarsen verlichte danszalen. En na haar huwelijk waren het dinertjes en feesten en dansavonden. Ze dacht eraan dat ze in Alecs armen danste: hoe zijn adem naar tabak rook en zijn snor naar pommade, haar slanke hand in zijn grote hand en zijn andere hand drukkend in haar taille. Hij had haar stevig vastgehouden en haar over de dansvloer geleid, zijn lichaam tegen het hare gedrukt, en hij had haar in het rond gedraaid, terwijl hij beloftes in haar oor fluisterde, beloftes voor later, als ze alleen waren...

Tommy rilde bij de gedachte dat ze toen alleen een zijden jurk had gedragen, meer niet, en ze trok haar bontjas steviger om zich heen.

Dat is nu allemaal voorbij. Dat eindigde tegelijk met Alec. Dat is verleden tijd. Voorgoed.

3

Vanaf dag één wist Caitlyn dat iedereen ergens op wachtte, op een soort zenuwinstorting, een enorme emotionele reactie, een antwoord op de aardbeving die haar leven had vernietigd. Maar dat was niet gebeurd. Zij had juist het gevoel dat iemand haar binnenste had leeggeschept, zodat ze op het oog vanbuiten heel normaal functioneerde, terwijl ze vanbinnen hol en leeg was. In zekere zin was dat nuttig, omdat dit betekende dat ze het volhield en alles kon regelen wat moest worden gedaan.

Daar had ze al over nagedacht toen ze de voordeur opendeed voor twee agenten, wier fluorescerende strepen op hun kleding en pet glansden in het licht van de hal.

'We hebben nieuws over uw man, mevrouw Balfour. Mogen we misschien binnenkomen en ergens gaan zitten?'

Ze had geknikt. *Nu gaan ze me vertellen dat hij dood is. Arme mannen. Ik durf te wedden dat ze hier ontzettend tegenop hebben gezien.*

Een brigadier en een agente, allebei met een ernstig gezicht, meelevend door hun goed verhulde gevoel van onbehagen. Ze zetten een kop thee voor haar, ook al had ze niet echt thee gewild.

Hun woorden klonken als iets wat ze in een toneelstuk of film had gehoord. Ze kende ze al, ze waren bekend en volkomen verwacht. Eerst zei de ene agent iets en daarna de andere: 'betreurenswaardig verkeersongeluk ... ambulance ... ziekenhuis ... zware verwondingen ... zeer waarschijnlijk onmiddellijk ... niet geleden ... ons welgemeende medeleven.'

'Ik begrijp het. Dank u dat u het me hebt verteld. Wat is er precies gebeurd?' vroeg ze ijzingwekkend kalm.

'Dat weten we nog niet. Er zal nog een volledig onderzoek plaatsvinden, maar de voorlopige versie is dat een vrachtwagen achter op de taxi van uw man is gereden, die daarop tegen de auto ervoor knalde, met verschillende andere meer of minder heftige botsingen tot gevolg.'

'Hoeveel doden?'

'Uw man en de taxichauffeur zijn op dit moment de enigen, maar er zijn ook enkele zwaargewonden.'

'O, maar dat is vreselijk.' Ze dacht aan de manier waarop het telefoongesprek met een klap werd verbroken, van geluid tot stilte, van het ene op het andere moment. 'Denkt u dat hij op slag dood was?'

'Ik vrees dat we dat op dit moment nog niet kunnen bevestigen. Er volgt nog een volledig onderzoek om al uw vragen te beantwoorden.'

Politietaal. Een volkomen andere taal. In gedachten zag ze Patrick achter zich die daarom lachte en ze kon hem gewoon horen zeggen: *Jezus, waar leren ze dat in vredesnaam? Leert iemand hun eigenlijk om zo te praten?*

De agenten weigerden te vertrekken voordat ze iemand had gebeld die haar gezelschap kwam houden. Ze zei dat ze Maura zou bellen, maar toen ze naar de telefoon liep stelde ze zich voor dat haar zus en zwager Callum in hun bed lagen te slapen, grote bultige vormen onder een dekbed, abrupt gewekt door het gerinkel van de telefoon. Ze zag Maura's donkere verwarde haren, haar knipperende ogen, haar mond open van verbazing terwijl ze de handset pakte, en de blik van afschuw en spanning op haar gezicht terwijl ze het nieuws hoorde. Dan zou ze de handset laten vallen en zich gaan aankleden, hijgend en paniekerig. 'Lieve help, Callum, Patrick is dood. Ik moet meteen naar Caitlyn toe. Jij blijft hier bij de kinderen en zorgt dat ze morgenvroeg naar school gaan.'

Waarom zou ze dat laten gebeuren als ze gewoon konden doorslapen, zonder zorgen tot de volgende ochtend?

Dus belde ze in plaats daarvan Sara en wachtte tot zij opnam.

Sara sliep niet, natuurlijk niet. Haar leven vond plaats in de volwassen uren van mensen zonder kinderen, zodat ze kon doen wat ze wilde.

'Caitlyn? Dit is wel erg laat voor je. Is alles in orde?'

'Ja hoor, prima,' zei Caitlyn automatisch, maar toen zag ze dat de twee agenten ernstig naar haar keken en wist ze het weer. 'Ik bedoel... Nee. Sara, kun je naar me toe komen?'

'Nu? O mijn god! Is er iets met Patrick?'

Caitlyn was te verbaasd om meteen iets te zeggen. *Hoe weet ze dat?*

In de stilte die daarop volgde vroeg Sara: 'Wat heeft hij gezegd? Caitlyn? Gaat het wel?'

De agente stond op, legde haar hand op Caitlyns schouder en knikte bemoedigend.

Ze kreeg haar stem terug. Sara wist het niet. Hoe kon dat ook? 'Hij is dood.'

'Wat? Dood? Wat? Ik begrijp het niet...' Haar stem ebde weg. Sara, altijd zo beheerst, onverstoorbaar, vol zelfvertrouwen, was opeens sprakeloos.

'Zijn taxi is verongelukt. Op de snelweg. Op weg naar huis vanaf het vliegveld.'

Sara zweeg eerst nog, maar struikelde toen over haar woorden. 'O mijn god, ik kom meteen. Ik kom zo snel mogelijk.' Daarna werd de verbinding verbroken.

'Ze komt eraan,' zei Caitlyn tegen de agente. 'Jullie kunnen nu wel gaan.'

'We blijven wachten.'

Toen leek het alsof Caitlyn instortte en haar knieën knikten.

De agente ving haar op voordat ze kon vallen en hielp haar vervolgens naar de bank bij het raam.

'Het spijt me,' zei Caitlyn gespannen. 'Maar... mijn zoon. Ik moet het mijn zoon vertellen.' En opeens, toen ze in gedachten Max' gezicht zag, had ze het gevoel dat haar hart bloedde.

Sara arriveerde een halfuur later. Ze moet snel hebben gereden, dacht Caitlyn, om hier zo snel te kunnen zijn. Zodra ze er was vertrokken de agenten, maar ze lieten brochures achter over rouwbegeleiding en het zaaknummer voor wat er hierna zou gebeuren.

Sara was bleek en had alleen wat uitgelopen eyeliner en mascara onder haar ogen, en ze droeg haar rode haar in een slordige paardenstaart.

Toch lijkt ze nog altijd op een prerafaëlitische schoonheid die straks model gaat zitten voor haar portret. Caitlyn vroeg zich af hoe ze dat soort dingen kon denken nu Patrick nog maar net... *Zeg het! Hij is dood.* Nu ze naar Sara's ovale gezicht keek dacht ze weer ergens aan: aan haar gesprek met Patrick in de minuten voor de botsing. Maar zijn woorden, de enige die ze had verstaan, dwarrelden rond in haar hoofd en weigerden begrijpelijk te zijn.

Wat had hij gezegd?

Nadat de voordeur achter de politieagente was gesloten, liep Sara naar haar toe. Ze omhelsde haar en begon te huilen. Ze zei iets, maar haar stem was een geluid in de verte, terwijl Caitlyn probeerde zich de woorden te herinneren die Patrick vlak voor de botsing had gezegd.

Hij zei... Hij zei... Ze dreigde iets te doen. Maar wat? Wat was het? Heb ik het gehoord? Of niet? Patricks woorden ontglipten haar, juist terwijl ze ze probeerde te grijpen.

'O mijn god, Caitlyn, wat vreselijk! Dit is afschuwelijk, echt afschuwelijk. Ik kan het niet geloven, ik kan het niet eens bevatten!' Daarna weer een stevige omhelzing, een wang tegen haar schouder, vochtige tranen op haar trui.

Caitlyn sloeg haar arm om de schokkende schouders van haar vriendin. 'Ik weet het. Ik kan het ook niet bevatten.'

'Je bent in shock!' Sara trok zich terug om haar aandachtig te bekijken, terwijl ze haar tranen wegveegde en snoof. 'Natuurlijk, dat is logisch. Je moet iets drinken. Heb je cognac?' En weg was ze, naar boven, op zoek naar Patricks drankkast. Natuurlijk hadden ze cognac. Ze hadden de beste Napoleon-cognac. In gedachten hoorde Caitlyn Patrick zeggen: *Kent ze me nu nóg niet? Vraag haar naar de Glenmorangie, die vind je immers het lekkerst.*

'Patrick,' zei ze hardop, en nu pas voelde ze de eerste bittere pijnscheut door haar verlies. Niet die van Max, maar die van haar. Er was zoveel verdwenen, van de ene seconde op de andere. 'O, Patrick!'

Sara kwam de trap af en liep naar haar toe, met twee glazen donkerbruine cognac in haar handen. 'Dit hebben we nodig,' zei ze met een matte glimlach. Haar grote grijze ogen waren rood en haar onderlip trilde. Toen begon ze weer te huilen. 'Dit is verdomme zo oneerlijk! Wat moeten we nu doen?'

Caitlyn keek naar haar en had heel even het gevoel dat ze naar een onbekende keek.

Patrick, wat wilde je me vertellen? En waarom kan zij wel huilen en ik niet?

Sara gaf Caitlyn het glas cognac en wreef over haar ogen. 'Toe maar, opdrinken.' Zelf dronk ze haar glas in één teug leeg. Daarna keek ze naar haar lege glas en zei: 'Ik had de fles moeten meenemen. Ik ga hem halen. En ik laat je vannacht niet alleen. Begrepen? Ik blijf de hele tijd bij je.'

Wat het ook was, besefte Caitlyn, maakte nu niet uit. Patricks dood was zo gruwelijk dat het alles overstemde.

Toen Caitlyn de volgende ochtend in haar bed klaarwakker maar niets ziend voor zich uit lag te staren en werd overmand door een afschuwelijk gevoel van macabere angst terwijl ze probeerde te bevatten dat Patrick niet terug zou komen, hoorde ze de voordeur dichtslaan.

Ongeveer een uur later kwam Sara terug. Ze klopte schuchter op de slaapkamerdeur en bracht haar een kop koffie. 'Heb je kunnen slapen?' vroeg ze, waarna ze de koffie neerzette en op het bed ging zitten.

'Niet echt. Een beetje.' Caitlyn herinnerde zich vaag intense dromen met uitbarstingen van passie, geschreeuw, gehuil en gekmakende emoties, maar ze werd wakker met dezelfde klamme, bittere kilte vanbinnen. Het was een soort ijskoude horror die haar bevroor in een staat van angstige emotionele verlamming.

'Ik ben naar huis geweest om een paar dingen op te halen. Ik blijf bij je. Je zou niet alleen moeten zijn.' Sara keek glimlachend op haar neer en legde haar hand op die van Caitlyn. 'Je hebt me nodig.'

Caitlyn keek verbaasd naar haar op. Zo had ze Sara nog nooit meegemaakt. In hun relatie was het meestal Caitlyn die emotionele steun verleende, stabiliteit bood in tijden van crisis. Zij zorgde en koesterde. Het was heel vreemd om te zien dat Sara die rol op zich nam.

Sara stond op. 'Ik heb mijn koffer in de logeerkamer gezet. Ik ga uitpakken. Kom maar naar beneden als je eraan toe bent.'

'Ja. Dank je.'

Sara glimlachte weer en haar grijze ogen vulden zich met tranen. 'Dat is het minste wat ik kan doen, lieverd. Echt het minste.'

Sara hield zich aan haar woord en bleef bijna steeds bij haar. Ook tijdens de afschuwelijke telefoongesprekken die Caitlyn moest voeren: met Patricks familie en collega's, met haar eigen familie, met Max' mentor.

'Vertel het hem alstublieft niet, meneer Reynolds. Dat wil ik zelf doen, maar ik vond dat u moest weten wat er is gebeurd.'

'Natuurlijk.' Meneer Reynolds' stem stroomde over van medeleven. 'Wat afschuwelijk. Ik vind het heel erg voor u, mevrouw Balfour. Gecondoleerd. Ach, die arme, arme Max.'

Alleen al doordat de man Max' naam noemde, werd Caitlyn overmand door verdriet en kreeg ze een wanhopige neiging te gaan huilen, hoewel ze zichzelf algauw alweer in de hand had. Haar eigen verdriet begroef zichzelf op een ontoegankelijke plaats zodat ze kon functioneren, ook al was het op de automatische piloot. In plaats daarvan voelde ze de last van de schok en de wanhoop van ieder ander over wat er was gebeurd.

Haar zus Maura was zo snel mogelijk gekomen. 'O mijn god, Caity, we vinden het heel erg,' zei ze terwijl ze Caitlyn stevig omhelsde, met rood omrande ogen en een vlekkerig gezicht. 'Ik kan gewoon niet geloven dat Patrick dood is. Wat een verdomde ramp! Arme, arme schat.'

'Dank je,' zei Caitlyn, terwijl ze zich realiseerde dat Maura Callums Ierse accent in emotionele tijden overnam.

Maura keek haar bezorgd aan. En met een kop koffie aan de keukentafel vroeg ze: 'Wat ga je met Max doen?'

'Ik ga er morgen meteen naartoe om het hem te vertellen. Ik had vandaag willen gaan, maar dat kan ik nog niet opbrengen.'

'Zal ik je brengen? Ik kan wel verlof krijgen in verband met familieomstandigheden. Callum past op de kinderen.'

Opeens zag Caitlyn in gedachten het huis van haar zus: rommelig, chaotisch, maar warm en vervuld van liefde, boordevol met vier kinderen, een Ierse wolfshond en twee poezen. Maura was de spil waar alles om draaide, de schepper, organisator en regelaar, die de kinderen naar sport en muziek bracht, en maaltijden en schoon wasgoed tevoorschijn toverde. Ze hadden haar nodig. 'Dank je, maar dat hoeft niet. Sara brengt me wel.'

Maura keek met een bedachtzame blik naar Sara die aan de andere kant van de kamer op de bank zat en druk in haar telefoon praatte. Ze had Sara nooit gemogen, omdat ze, terecht, vermoedde dat Sara weliswaar superbeleefd was maar toch op haar neerkeek. 'Hoelang is ze hier al?'

'Sinds ik het heb gehoord. Ik belde haar en ze wilde per se blijven.'

'Je hebt mij niet gebeld?' vroeg Maura met een gekwetste blik.

'Ik wilde je niet lastigvallen.'

'Verdomme, Caitlyn, ik ben je zus! Op welke manier dacht je mij tot last te zijn?'

Caitlyn voelde zich schuldig, ze begreep meteen waarom Maura zich gekwetst voelde. 'Ik... Sorry. Ik dacht er alleen aan dat Sara geen familieverplichtingen had.'

'Nee,' zei Maura berouwvol. 'Sorry hoor, ik had niet zo fel moeten reageren. Jij moet doen wat volgens jou het beste is. Als dit is wat je wilt, lieverd. Maar als je me nodig hebt om je naar Oxford te brengen hoef je het maar te zeggen.'

'Het is goed, echt waar. Dat zal Sara wel doen.'

Maar toen ze over de snelweg naar de school scheurden, wenste Caitlyn toch dat Maura bij haar was. Ze was vergeten dat Sara haar pols graag op de bovenrand van het stuur liet rusten en met haar andere hand altijd haar woorden onderstreepte, terwijl aan de snelheidsmeter te zien was dat ze steeds harder reden. Ze moest aan Patrick denken die zich tijdens hun telefoongesprek ook niet bewust was geweest van het gevaar en toen, opeens... boem! Afgelopen. Dood.

Ze rilde van angst toen ze dit dacht. *Ik mag Max niet alleen laten. Nu ben ik alles wat hij nog heeft.* Haar stem klonk als een soort brul. 'Verdomme, Sara, rij langzamer! Alsjeblieft! Alsjeblieft!'

Sara remde, verbaasd, en zwenkte naar de middelste rijbaan. 'Sorry,' zei ze.

Caitlyn was overstuur, ze hijgde en trilde. 'Begrijp je het dan niet? Max heeft me nodig!' zei ze en ze barstte in tranen uit.

Sara reed de eerste de beste parkeerplaats op en zodra de auto stilstond keek ze Caitlyn geschrokken aan. 'Het spijt me. Ik wilde je niet van streek maken.' Ze probeerde zich opzij te buigen en Caitlyn te omhelzen, maar dat was te onhandig en dus gaf ze haar klopjes op de schouder, terwijl Caitlyn bleef huilen.

Toen begon Sara ook te huilen, er rolden dikke tranen over haar wangen; ze was heel mooi, zelfs nu ze verdriet had. 'O, Caitlyn,' zei ze, terwijl ze haar tranen wegveegde. 'We hielden van hem. We gaan hem ontzettend missen, hè? Wat moeten we zonder hem doen?'

4

Op de dag waarop Fred Burton Brown was aangekomen nam Roger hem de hele middag op sleeptouw en liet hem enthousiast alles zien.

Tommy was blij dat Roger weer zoveel energie had. Ze had zich sinds zijn ontslag uit het leger zorgen om haar broer gemaakt; hij was ontzettend somber geweest, werd steeds somberder en zakte volledig weg in zijn eigen ellende. Pas toen Freds brief kwam had Roger voor het eerst sinds lange tijd weer geglimlacht.

'Deze is van Burton Brown,' had hij tijdens het ontbijt gezegd terwijl hij de brief stevig vasthield. 'Je herinnert je Fred toch nog wel? Van Cambridge?'

'Niet echt,' zei Tommy terwijl ze haar hersens pijnigde. Het was alweer zo lang geleden dat ze Roger op zijn universiteit had bezocht. Dat was voor de oorlog geweest, voordat zij en Alec trouwden. Dat was een ander leven, bevolkt door gekke, vrolijke onbekenden, op dit moment niet meer dan een vage herinnering. 'Heb ik hem ontmoet?'

'Geen idee, misschien wel. Maar het maakt niets uit. Hij vraagt of hij langs mag komen en blijven logeren. Hij is net uit het revalidatiecentrum en zegt dat zijn appartement platgebombardeerd is. Arme kerel.' Roger fronste, even verloren in een herinnering. 'Doodzonde.'

'Hoelang?' vroeg Tommy, terwijl ze het laatste beetje gekookt ei uit de dop lepelde.

'Zegt hij niet. Een paar weken, neem ik aan. Hij zegt dat hij nog herstellende is, maar niet waarvan.'

'Natuurlijk kan hij komen.'

'Prima.' Roger keek weer naar zijn brief, fronste en smeet hem toen op de tafel. 'Nou, dan zeg ik dat hij zo lang mag blijven als hij wil. Het zal goed zijn hem hier te hebben.'

'Ja, dat is waar,' zei Tommy hartelijk, blij om Rogers enthousiaste blik. Ze was er zo aan gewend geraakt hem somber, bleek en pafferig te zien, met zijn haar zorgvuldig gekamd om te verhullen dat het al dunner werd, ook al was hij net dertig. 'Dat zal ons allemaal opvrolijken, lijkt me.'

'Waar hebben jullie het over?' vroeg haar zus die langzaam en met haar neus in een boek de eetkamer binnenkwam. Haar bril kwam opeens boven de rand van het boek uit, ze knipperde en had een nieuwsgierige blik in haar grote blauwe ogen.

'Zo raak je nog een keer gewond,' zei Tommy. 'Dan loop je tegen een pilaar op en krijg je een hersenschudding.'

'Echt niet,' zei Gerry. 'Ik kan tegelijk kijken en lezen.' Ze legde haar boek op de tafel, zwaaide haar lange, donkere vlecht over haar schouder en keek naar de rechauds op de zijtafel. 'Het is een kwelling als je deze dingen neerzet terwijl er niets in zit. Daardoor denk ik aan bacon en gerookte haring en kedgeree, en alle andere lekkernijen die we vroeger altijd hadden.'

'Er is havermout. Of een ei.'

Gerry liep ernaartoe, tilde een deksel op en keek naar de grijze, papperige brij in de schaal. 'Ik hou niet van deze pap. Wat zit erin? Stof? Het opgeveegde afval uit de stal?'

'Doe niet zo walgelijk. Je weet dat Ada haar best doet met wat er is.' Tommy schoof haar zilveren eierdopje van zich af. 'Neem wat pap, Gerry, alsjeblieft. Ik wil niet dat ze het weggooit.'

'De kippen lusten het toch wel?' zei Gerry terwijl ze er met haar lepel een grote schep uitnam. 'Ik weet niet helemaal zeker of dit wel geschikt is voor menselijke consumptie.'

'Zeg dat alsjeblieft niet als Ada je kan horen,' zei Tommy snel. 'Maar er is ook goed nieuws. Een vriend van Roger komt logeren. Een vriend van Cambridge.'

Gerry keek geïnteresseerd. 'Vers bloed? Jippie.'

Roger zei trots: 'Eigenlijk is hij een briljante wetenschapper. Hij heeft de hoogste graad behaald in twee oude talen.'

'Echt? Dan kan hij me misschien wel advies geven over universiteiten.'

'Dat kan ik ook wel doen, hoor,' zei Roger met een gekwetste blik.

'Maar jij wilt helemaal niet dat ik ga studeren,' zei Gerry.

Tommy zei snel: 'Je moet hem maar schrijven over de kou hier, Roger, daar is hij misschien niet aan gewend. Zeg dat hij zijn warmste kleren moet meenemen. Die zal hij allemaal nodig hebben.'

Terwijl Fred Burton Brown de volledige rondleiding kreeg, ging Tommy op zoek naar een bezem om het groen op te vegen. Ze vond er een in een van de oude stenen schuren die tegen het huis aan stonden. Het was ijskoud buiten, alles was in- en in-koud. Haar voeten werden vrijwel meteen gevoelloos door de ijzige kou die in de grond zat; vergeleken daarmee was zelfs de hal met de stenen vloertegels behaaglijk. Ze zou het in elk geval warm krijgen van het vegen. Het vuur in de haarden zou pas later worden aangestoken, de centrale verwarming werd alleen 's ochtends ongeveer een uur ingeschakeld in de hoop dat het huis hierdoor voldoende werd opgewarmd voor de hele dag, maar ook zo vrat de cv-ketel kolen, en het fornuis moest blijven branden omdat er anders niets warms te eten was. Gelukkig was er meer dan genoeg hout voor de open haarden, want daarvoor zouden ze nooit voldoende kolen hebben.

En nu is er nog iemand, moet er nog een kamer worden verwarmd en moet er nog meer eten worden gevonden. Ik mag niet vergeten meneer Burton Brown naar zijn bonnenboekje te vragen, anders wordt Ada kwaad.

Terwijl Tommy het afval in een emmer veegde, wenste ze dat ze hem had gevraagd een warmwaterkruik mee te nemen. Sterker nog, zoveel kruiken als hij maar te pakken kon krijgen. De oude rubberen kruiken waren versleten en je kon nergens nieuwe kopen, dus moesten ze op zoek naar de kruiken van klei. Laatst had Tommy zelfs een beddenpan gevuld met hete kooltjes en die in de bedden van de kinderen gelegd om hun klamme oude lakens iets te verwarmen. Ze wist vrijwel zeker dat die pan al in geen honderd jaar was gebruikt.

Ik neem aan dat hij aan het stadsleven gewend is. Ze pakte de emmer en liep ermee naar de achterdeur. *Warme radiatoren en een onbeperkte hoeveelheid dampend water. Ik hoop dat we hem niet doden. Hij is immers aan het revalideren.*

Ze zette de emmer in de doorgang naar de salon en bracht de bezem weer naar buiten.

'Thomasina! Wat doe je in vredesnaam?'

Tommy draaide zich om naar haar moeder die – in een grote tweedjas gewikkeld, met een hoofddoek om en rubberlaarzen aan – snel naar Tommy toe liep, op de voet gevolgd door haar twee slanke zwarte labradors. Ze keek afkeurend naar Tommy's bezem.

'Ik heb even geveegd, moeder, en zet nu de bezem terug. We hebben de kerstversiering weggehaald.'

'Eindelijk! Dat had weken geleden al moeten gebeuren.'

'De kinderen wilden ze nog laten hangen en volgens mij kon dat geen kwaad. Maar nu we bezoek krijgen vond ik het een beetje te excentriek om ze te laten hangen. Maar ze maakten vreselijk veel rommel.'

'Dat kan ik wel zien.' Mevrouw Whitfield keek chagrijnig. 'Maar waarom ben jij aan het vegen? Waar is Clara?'

'Ze heeft een vrije dag. En Ada is ook vertrokken.' Tommy zei het luchtig en negeerde de afkeuring, zoals ze altijd deed. Ze was eraan gewend dat niets wat ze deed haar moeder ooit tevreden zou stellen. Hoe harder ze werkte, hoe meer haar moeder het afkeurde. 'Roger kwam een halfuur geleden binnen met meneer Burton Brown en neemt hem nu mee op een rondleiding door het huis. Hij lijkt heel aardig. Ik weet zeker dat u hem aardig zult vinden.'

'Als hij Roger maar gelukkig maakt. Dat is het belangrijkste. En jij moet tegen de kinderen zeggen dat ze stil moeten zijn; hij wil vast geen last hebben van hun herrie. Alsjeblieft, Thomasina, maak jezelf een beetje netjes voor het diner. Je lijkt wel een boerin. Kom, Hebe, kom, Hermione.' Daarop draaide mevrouw Whitfield zich om en ze liep naar de voordeur, terwijl de zwarte honden haar gehoorzaam volgden.

Tommy keek haar opgelucht maar ook geïrriteerd na. *Nooit een bedankje, nooit erkenning voor het werk dat ik doe. Roger werd naar Winchester en Cambridge gestuurd om hem erop voor te bereiden dat hij de leiding van dit huis op zich zou nemen, en hij steekt geen hand uit. Ik kreeg alleen piano- en Franse conversatielessen en regel al jaren het hele huishouden. En dat is moeder nooit opgevallen.* Tommy zuchtte. Het had geen zin hier te lang bij stil te staan. Want eerlijk gezegd vond ze het heerlijk om dat allemaal te doen, ook al voelde ze zich nooit helemaal tegen die taak opgewassen. Dit had haar een doel gegeven, en een toevluchtsoord, en een plaats om de kinderen groot te brengen.

Bovendien is daar geen tijd voor. Ik zal snel met het avondeten moeten beginnen, anders krijgen we vanavond helemaal niets te eten.

Er hing een opgewonden sfeer in huis dankzij het nieuwe gezicht. De kinderen, die sinds Kerstmis nogal chagrijnig en loom waren geweest, waren nu zichtbaar levendiger en uitgelatener. Ter ere van de gast mochten ze later opblijven voor het diner.

'Lieve help, wat een traktatie, fazant!' zei Burton Brown toen ze aan tafel zaten en hij de grote schaal met gekookte aardappels en wintergroentes zag. 'Dat heb ik voor de oorlog voor het laatst gegeten.'

'Alweer fazant!' kreunde Antonia. 'Ik haat fazant. Als ik groot ben, eet ik mijn hele leven geen fazant meer.'

'Jullie zijn verwend,' zei Tommy. 'Denk eens aan al die arme kinderen in Londen die nooit wanneer ze maar willen heerlijke verse fazant kunnen eten.'

'Dat zou ik niet erg vinden,' zei Antonia koppig.

'Ik ook niet,' verklaarde Harry. 'Ik ben het spuugzat.'

'Oppassen jullie,' zei Tommy met een waarschuwende blik, waarna de beide kinderen zwegen en hun irritatie onderdrukten. 'Mijn excuses voor mijn afschuwelijke kinderen, meneer Burton Brown.'

'Iedereen moet me Fred noemen, daar sta ik op.'

'Goed dan, Fred,' zei Antonia meteen.

'Fred, Fred, Fred,' riep Harry.

'Kinderen!' Mevrouw Whitfield keek gechoqueerd.

Met een strenge blik zei Tommy: 'Júllie blijven "meneer Burton Brown" zeggen, voorlopig tenminste.' Ze keek Fred glimlachend aan. 'Tot we je een beetje beter kennen.'

Fred leek zelfs nog magerder en hoekiger nu hij zijn dikke jas had uitgetrokken en een donker pak droeg dat hem ongetwijfeld ooit had gepast. Ze keek naar zijn uiterst lange en slanke handen, en naar zijn donkere haar dat over zijn brede, hoge voorhoofd viel. Hij ziet er intelligent uit, dacht ze, maar beheerst. Hij had niets van Alecs sensualiteit en mysterieuze levenslust. Fred leek kalm en bedaard.

'Dan moet ik jullie allemaal maar snel leren kennen, anders blijf ik veel te lang meneer Burton Brown.' Hij vertelde hun iets over zichzelf: dat hij voor de oorlog bij de BBC in Londen werkte, wat de kinderen fascinerend vonden, daarna dat hij bij het leger was gegaan en in Afrika had gevochten. 'Maar vlak voordat alles afgelopen was, raakte ik door een ongeluk zwaargewond. Niet eens tijdens een gevecht, vrees ik. Toen werd ik teruggestuurd om te herstellen, naar een plaats aan zee. Maar toen ik voldoende hersteld was om naar huis te mogen, ontdekte ik dat ik geen huis meer had om naartoe te gaan. Ik had wel gehoord dat mijn huis was gebombardeerd, maar wist niet dat het met de grond gelijk was gemaakt. Dat had Octavia me niet verteld.'

'Octavia?' vroeg Tommy. Ze had aandachtig geluisterd, ook al had hij dit verhaal ter wille van de kinderen verteld. Ze waren allemaal gestopt met eten om naar Fred te luisteren, en zelfs Gerry was uit haar eigen wereldje gekomen.

'Mijn zus,' zei Fred. 'Ze is steeds in Londen gebleven en werkte als blokhoofd voor luchtaanvallen. Ze wist dat mijn huis platgebombardeerd was, maar verzweeg dat voor me. Ze zei dat het me alleen maar somber zou maken en dat er toch niets aan te doen was. Ze heeft de puinhopen doorzocht op zoek naar alles wat misschien bewaard was gebleven en een paar dingen meegenomen, maar het meeste was tot stof vergaan.

De kinderen keken naar hem en probeerden zich een wereld voor te stellen waarin dingen van de ene minuut op de andere tot stof konden vergaan.

Goddank dat wij naar dit huis konden en ik hun dat kon besparen. Tommy keek naar haar bord zodat niemand haar blik kon zien voor het geval ze te verdrietig keek.

Harry vroeg: 'Hebt u het al gezien? Uw oude huis?'

'Ja, dat was bizar. Als iets gebombardeerd is denk je dat het vernield is, maar ergens toch nog hetzelfde. Maar toen ik de echte schade zag... Nou ja, het is nu alleen nog maar een stapel puin en hout, en je kunt stukken van de binnenkant zien die je normaal niet ziet: de uiteinden van leidingen die loshangen en het stucwerk dat van de hechtlatten is gerukt. Veel is er niet over van mijn oude huis. Het hele huis en de beide buurhuizen zijn verdwenen, waardoor er een afschuwelijke, lelijke open plek in de straat is ontstaan. Het is een ruïne. Zo voelt Londen nu ook, als een mond waar de helft van alle tanden en kiezen uit is geslagen.'

'Afschuwelijk,' riep Tommy. 'Om alles op die manier kwijt te raken!'

'Gelukkig had ik voor de zekerheid al een heleboel spullen naar mijn ouders in Kent gestuurd. Daardoor heb ik nog een paar kleren die ik kan dragen.'

Tommy dacht aan alle kostbaarheden, aan alle schatten in hun huis, verdwenen in één plotselinge, vernietigende flits. Niet alleen het meubilair en serviesgoed en zo – *de prachtige Gainsborough; stel je voor* – maar alle herinneringen aan de babytijd van de kinderen, de sieraden met een emotionele waarde - niet kostbaar, maar voor haar dierbaar. Dat was een gruwelijke gedachte. Maar ze wist dat ze, zolang de kinderen in orde waren, de rest niet belangrijk zou vinden.

'Moeder, mogen we naar Londen om naar de bomgaten te kijken?' vroeg Antonia gretig.

'Misschien later een keer, als het warmer is. Maar of we dan gebombardeerde plaatsen moeten bekijken weet ik niet, hoor. Dat lijkt me nogal deprimerend. Misschien zijn die allemaal al verdwenen tegen de tijd dat we daarnaartoe gaan.'

'Dat betwijfel ik.' Roger schudde zijn hoofd. 'Dat kost jaren, tientallen jaren misschien wel. Als het ooit gebeurt.'

'Dan,' zei Tommy, 'kan ik Londen misschien maar beter nooit meer zien. Dan kan ik het in herinnering houden zoals het was.'

'Nooit meer naar Londen gaan?' zei Gerry. 'Dat geloof ik pas als ik het zie. Je houdt van Londen, Tommy.'

'Is dat zo?'

'Ja, vroeger wel. Je miste het en wilde ernaartoe. Je zei dat je nooit ergens anders wilde wonen.'

'Dat was toen,' zei Tommy schouderophalend. 'Voor alles, voor de oorlog en voor al het andere.'

'Gerry, ruim de borden alsjeblieft weg,' zei hun moeder. 'Kinderen, jullie kunnen haar helpen, als jullie voorzichtig zijn.'

Tommy zag dat Fred haar aankeek met een blik die ze niet goed kon plaatsen. Was het medelijden? *Waarom zou hij medelijden met me hebben? Ik neem aan dat Roger hem heeft verteld dat Alec dood is.*

'Is er een toetje,' vroeg Harry, 'dat niet ingemaakte pruimen is?'

'Nee, sorry.' Tommy stond op om het gevoel dat ze werd bekeken kwijt te raken. 'We hebben alleen maar ingemaakte pruimen. Maar Ada heeft een soort custardvla gemaakt, dus kop op, Harry. Dat is heerlijk, echt waar.' Ze was blij dat ze naar de keuken kon ontsnappen, weg van Freds blik en het gevoel dat hij de dingen zag die zij probeerde te verbergen.

Dat wil ik niet. Dat mag nooit gebeuren.

5

Max het nieuws van Patricks dood vertellen was het moeilijkste wat Caitlyn ooit had gedaan. Ze had hem vastgehouden, terwijl hij dit verwerkte en met zijn gezicht tegen haar schouder gedrukt verdrietig begon te huilen. Daarna was hij met haar en Sara mee naar huis gegaan, waar hij mocht blijven tot hij zich sterk genoeg voelde om weer naar school te gaan.

Sara was de volgende dag vertrokken voor een afspraak met cliënten, en Max had zich in zijn deken gewikkeld en op de tv beneden urenlang naar tekenfilms zitten kijken, alsof hij het feit van Patricks dood probeerde te verdringen met vrolijke kleuren en rauwe geluiden.

Caitlyn had rusteloos door het huis gedwaald en was naar boven gegaan om de kamers te inspecteren, maar alles was zoals altijd onberispelijk, precies zoals Patrick prettig vond. 'Jouw perfecte wereld' had haar zus Maura dat lachend genoemd. Het was waar dat dit een fraai ingericht huis was, stil en opgeruimd en volledig onder controle. Caitlyn was zo gewend geraakt aan de netheid en de rust dat ze het tegenwoordig moeilijk vond om langer dan een paar uur in het huis van haar zus te zijn voordat ze het gevoel kreeg dat ze geen lucht kreeg en wilde ontsnappen.

Het gevolg van mijn jarenlange samenwonen met Patrick.

Ze stond nu in de salon en keek naar het prachtige, rustige interieur. Dit alles was Patricks ontwerp. Hij had het kleurenschema bedacht – heel sereen: koele, lichtblauwe kleuren, rustige grijstinten en wit – en hij had zelfs de verbouwde kelder ontworpen tot een sport-, was- en bioscoopruimte, inclusief een twee verdiepingen hoog raam dat doorliep van de kelder tot aan de keuken op de begane grond. Caitlyn dacht aan de problemen die de aflevering van dat enorme raam had opgeleverd. Er was een gigantische vrachtwagen met hijskraan gekomen om het raam over het dak van hun rijtjeshuis te tillen en met behulp van tientallen werklui op de juiste plek te laten zakken. De hele straat was die dag afgesloten geweest en daarna hadden ze bij een heleboel buren bloemen laten bezorgen. Maar het was de moeite waard geweest, want het huis was schitterend, binnenhuisarchitectuurtijdschrift-perfect. Van de reusachtige moderne kroonluchters met melkglas en koper die als rechthoekige sterren aan het plafond van de salon hingen tot en met de perfect gevulde boekenkasten en de glazen designer-bijzettafels naast de antieke marmeren schouwen – het huis was een genot om naar te kijken. Er waren regels om het zo te houden: geen schoenen aan in huis, geen huisdieren, geen vuiltje dat mocht blijven liggen, geen rommel of rondslingerend speelgoed. De rustige sereniteit van het huis was het resultaat van constante waakzaamheid, van permanente, bijna geluidloze activiteit: oprapen, opruimen, uit het zicht leggen, afvegen, schoonmaken.

Als Caitlyns familie op bezoek kwam nam Patrick maatregelen en borg alles weg wat breekbaar was. Hij legde kleden neer en deed deuren op slot. De hond mocht niet mee of, als het echt niet anders kon, werd hij naar de tuin verbannen. Patrick zou bewust verdraagzaam kijken en zijn glimlach zou nooit wijken, wat er ook gebeurde. En hoewel de familie zich over het algemeen uitstekend gedroeg, steeg het stressniveau in huis alleen al door de aanwezigheid van zoveel anarchistische mensen.

Ondanks de spanning die ze veroorzaakten mocht Patrick Maura en Callum graag. Hij zat vaak bij zijn zwager en luisterde naar alles wat Callum die dag bezighield. Caitlyn vermoedde dat Callum dacht dat Patrick de relaxte was en zij de nerveuze. De laatste keer dat hij hier was, had hij zich op de bank laten vallen en riep hij tegen haar: 'Kom op, Caity! Neem een lekker groot glas drank, wees jezelf en ontspan je een beetje.'

Grijnzend had ze gezegd: 'Zo meteen, zodra ik de aardappels in de oven heb gezet.'

Maar het had haar een beetje bedrukt en ze had zich afgevraagd of hij soms dacht dat zij de controlfreak was met alle vreugdeloosheid die daarmee gepaard leek te gaan.

Na de lunch had Maura haar geholpen met opruimen. De kinderen waren naar het park gestuurd met de hond, een voetbal en geld voor een ijsje. Max vond het heerlijk dat hij een weekend met zijn neven thuis was. De mannen keken op het grote scherm naar de rugbywedstrijd Engeland-Ierland, terwijl Callum aanmoedigingen voor Ierland brulde met blikjes Guinness en Patrick met een glas Puligny-Montrachet.

'Is alles in orde?' had Maura gevraagd toen ze de keuken binnenkwam met een stapel vette borden. 'Ik bedoel, je leven.'

'Ja, natuurlijk. Waarom zou dat niet zo zijn?' Caitlyn glimlachte gedwongen en keek naar Maura die de borden in de vaatwasser zette. Dat vond ze bijzonder onplezierig, doordat ze zo aan Patricks manier van doen was gewend. Ze was bang dat Maura iets stoms zou doen, zoals houten kommen, vlijmscherpe Japanse messen of zilveren bestek in de vaatwasser stoppen, waardoor Patrick woedend zou worden.

Maura keek fronsend naar Caitlyns lichaam, zoals gebruikelijk in een strakke blauwe spijkerbroek en een bewust vormeloze grijze kasjmieren trui. 'Ben je afgevallen?'

'Nee! Volgens mij niet, maar ik heb me al een tijdje niet gewogen.' Caitlyn haalde haar schouders op. 'Ik weeg nog ongeveer hetzelfde, denk ik. Maar ik let er niet zo op.'

Wat natuurlijk een flagrante leugen is.

Caitlyn was altijd met haar uiterlijk bezig en wilde dat ze meer op Maura leek die daar nooit last van leek te hebben. Maura was vrij mollig en maakte zich zelden op; in haar bruine haar zaten zilveren haren die glansden in het licht van de keukenspotjes.

Alsof ze het niet belangrijk vindt. Hoe zou dat zijn?

Maura zei: 'Nou, je lijkt een beetje terneergeslagen, dat is alles.

Wat is er?' Ze zette de borden neer en leunde tegen het aanrecht terwijl ze aandachtig naar haar zus keek.

'Niets. Max is nog steeds niet gewend aan school, Patrick heeft het zo druk en reist erg veel...' Ze bleef vaag, in de hoop dat Maura daar genoegen mee zou nemen.

'Hoe zit het met je plan om weer te gaan werken? Ben je daar al iets verder mee?'

'O... Ja, ik heb al een paar lijntjes uitgezet, dus misschien komt daar iets uit.'

'Je zou je hersens niet moeten verspillen. Ik wilde dat ik jouw opleiding had. Je mág een Oxford-graad gewoon niet verspillen, weet je.'

'Ik weet het, dat heb je al eerder gezegd. Vaak.' Caitlyn glimlachte zogenaamd verwijtend. 'Ik wil gewoon zeker weten dat Max gelukkig is voordat ik weer ga werken.'

'Hij is elf en woont hier door de week niet eens,' zei Maura en ze liep terug naar de tafel.

Caitlyn bloosde en kreeg het warm. 'Hij is de helft van het jaar thuis en heeft elke paar weken vakantie. De periodes tussen de vakanties door zijn veel korter dan die van jou, dat weet je.'

'Hmm.' Maura stond met haar rug naar haar toe en pakte de glazen.

Er ontstond een geladen stilte en Caitlyn dacht aan de discussies over Maura's opmerkingen over het besluit om Max naar kostschool te sturen. 'Nou ja, volgens mij zou het goed voor je zijn als je weer gaat werken. Blijf het proberen.'

'Ja, zal ik doen.'

'En Patrick, is alles in orde met hem?'

'Natuurlijk.'

Maura trok een gezicht als om aan te geven dat dat een wonder was. 'Je bent er goed in je te schikken, Caity. Maar geef hem alsjeblieft niet altijd zijn zin, oké? Je moet ook dingen voor jezelf doen. Ik ben bang dat hij je te erg beperkt.'

'Ik snap niet wat je bedoelt. We zijn volkomen gelukkig.'

'Nou, er is iets waardoor je je ellendig voelt en ik wilde dat je me kon vertellen wat dat is.' Maura keek haar weer van opzij aan. 'Het is je vriendin Sara toch niet?'

'Sara? Nee.' Caitlyn lachte, maar het klonk gedwongen. 'Ik weet dat je haar niet ziet zitten, maar–'

'Dat is nogal zacht uitgedrukt,' mompelde Maura. 'Ik vind echt dat ze niet goed is voor je.'

Caitlyn aarzelde en dacht aan de laatste keer dat Sara hier was geweest. Sara had door het huis gedwaald, het kritisch bekeken en haar gevraagd of Patrick het erg zou vinden als ze een maatje was aangekomen. Caitlyn had sindsdien amper een koolhydraat, of wat voor eten dan ook eigenlijk, aangeraakt. 'Ik vind haar aardig,' zei Caitlyn gedecideerd. 'We hebben een verleden samen en ze is niet slecht voor me.'

'Als jij het zegt,' antwoordde Maura. 'Maar je weet hoe ik over die trut denk.'

'Mmm.' Ze wist dat Sara altijd een beetje afstandelijk was als ze Maura zag. 'Ze is leuk als je haar leert kennen, echt waar.'

'Dat weet ik niet zo zeker,' had Maura gezegd. 'Ik hou er niet van dat ze altijd aast op alles wat jij hebt.'

Caitlyn dacht aan Maura's woorden toen ze een bad nam in de hoop dat daardoor iets van de kille spanning in haar lichaam zou ontdooien. Waarom zou Maura denken dat Sara niet goed voor haar was?

En azen op alles wat ik heb? Wat bedoelt ze daarmee?

Ze had een vage herinnering aan haar laatste gesprek met Patrick. Wat had hij gezegd? Had ze het maar opgeschreven. Woorden kwamen naar boven: *dreigde, belangrijk, je vertellen.* Maar ze kon zich niet alles meer herinneren. Ze bewoog het warme water om zich heen en liet de zeepbellen smelten op haar huid. Nu al voelde het alsof Patrick ver weg was, buiten haar bereik. Hoe was het mogelijk dat hij zo snel verdween?

Ik hield van hem. Ik mis hem. Wat moet ik zonder hem doen? Toen hoorde ze in gedachten een echo van deze woorden, en ze realiseerde zich dat Sara de vorige middag op de parkeerplaats bijna dezelfde woorden had gebruikt. *We hielden van hem. We gaan hem missen*, had ze gezegd. *Wat moeten we zonder hem doen?*

We?

Weer hoorde ze Maura's woorden: *Ze aast op alles wat jij hebt.*

Opeens voelde het water kil, en ze stapte uit het bad.

Toen Max die avond al naar bed was en ze hun avondeten op hadden, opende Sara een fles wijn en ze schonk voor hen allebei een glas in. Ze liepen naar de woonkamer en gingen tegenover elkaar op een bank zitten met de grote glazen koffietafel vol glanzende kunstboeken tussen hen in.

'Ik ben blij dat Max thuis is,' zei Sara, die haar benen had opgetrokken. Haar rode haar viel op tussen de gedekte kleuren in de kamer, maar die vulden haar perfect aan. 'Je zou nu niet alleen moeten zijn.'

Caitlyn zag zichzelf in de spiegel boven de open haard. Vergeleken met Sara's sprankelende aanwezigheid leek zij verbleekt: haar lichtbruine haar was mat en slap, en zelfs de highlights leken dof. Er lag een lege blik in haar bruin-blauwe ogen, en haar huid was gezwollen en grauw. *Dat doet verdriet dus met je.* Ze wendde haar blik snel af, zodat ze zichzelf niet hoefde te zien. 'Ik ben gewend aan alleen zijn. Ik was vaak alleen doordat Patrick zo vaak op reis was.'

'Ja. Hij was veel weg, hè?' Sara nam een slokje van haar wijn. 'Hoe was jullie relatie... op het laatst?'

'Uitstekend.'

Sara keek haar aan en knipperde zoals ze altijd deed, langzaam, als een poes. 'Daar ben ik blij om. Jullie hadden het vaak moeilijk.'

'Is dat zo?' Nu al was haar huwelijk iets uit het verleden, iets wat was geweest. Ze raakte bijna in paniek door het idee dat ze het zou vergeten. Vroeger was het iets levends met een toekomst, maar nu had het alleen nog een verleden.

'Ik weet alleen wat ik zag. Patrick wilde graag de controle, over alles. Soms...' Sara aarzelde en keek gekweld. 'Ik zeg het niet graag, nu Patrick net dood is, maar we kunnen toch niet doen alsof alles rozengeur en maneschijn was?'

'Ach, in welke relatie is dat wel zo?' antwoordde Caitlyn. 'Natuurlijk hadden we soms problemen.'

'Ik vond dat je het geweldig deed, alles bij elkaar genomen,' zei Sara gedecideerd.

'Alles bij elkaar genomen?'

Sara nam een grote slok en schonk haar glas weer vol. 'Dit is niet het goede moment om daarover te praten. Je bent nog steeds in shock. Ik ook.'

'Ik wil over Patrick praten,' zei Caitlyn. 'Ik wil niet dat we niet over hem praten, alsof er niets is gebeurd.'

'Natuurlijk. Maar ik weet niet of dat goed is, omdat we niet alles mooier kunnen maken dan het is, zelfs niet als we alleen de goede dingen willen onthouden.'

'Zoals? Wat mooier maken?'

Sara zweeg even en zei toen: 'Patrick kon je ook heel verdrietig maken, vergeet dat niet. Je zei zelf dat hij alle besluiten nam, dat hij je leven bepaalde, dat hij een tiran kon zijn. Dat weten we allebei.'

'Tja...' Caitlyn schaamde zich voor haar gebrek aan loyaliteit. Dat ze vroeger vaak ongelukkig was geweest leek nu onbelangrijk, de nukkigheid van een verwende echtgenote. Patrick had haar zoveel gegeven, een leven dat ze zonder hem niet had kunnen hebben, en hij had ook van haar gehouden. Wat had ze nog meer willen hebben? 'Ik weet dat ik weleens klaagde.'

Sara knikte. 'Dat zag ik. Ik weet hoe het was.' Ze nam een grote slok wijn. 'Eerlijk gezegd begrijp ik niet hoe je het volhield. Ik vond de manier waarop hij jou behandelde niet prettig. Hij kon zo... achteloos doen, ja toch?'

'Misschien wel.'

'Hij liep gewoon over je heen,' zei Sara. Ze voegde er met een meelevende glimlach aan toe: 'Soms.'

'Leek dat zo?'

'Dat wás zo. Dat mag je niet vergeten, ik heb het zelf gezien. Dat heeft me altijd zorgen gebaard, eerlijk gezegd. Patrick was een knappe man, sexy. De vrouwen zullen wel voor hem in de rij hebben gestaan. Denk je dat hij je ooit heeft bedrogen?'

Caitlyn knipperde verbaasd met haar ogen. 'Dat denk ik niet.' Dat was nooit bij haar opgekomen. Je kon veel van Patrick zeggen, maar ze had nooit gedacht dat hij ontrouw kon zijn. Ze dacht aan een feestje waar een van de vrouwen dronken was geworden en zich op Patrick had gestort. Hij had haar volkomen had genegeerd en met Caitlyn gedanst, en met Sara. Opeens zag Caitlyn in gedachten Patrick en Sara die op datzelfde feest met elkaar dansten. Sara fluisterde iets in zijn oor terwijl ze op haar langzame, katachtige manier knipoogde. En ze hadden samen gelachen. 'Denk jij dat hij me ooit heeft bedrogen?' vroeg Caitlyn.

'Hmm.' Sara fronste en keek naar het plafond. Toen zei ze: 'Dat dénk ik niet, niet voor zover ik heb gezien.'

Caitlyn dacht aan hoeveel Sara had gezien sinds ze elkaar tijdens hun schooltijd hadden leren kennen: de mislukte dates, verbroken relaties en natuurlijk Patrick. Andersom was Caitlyn getuige geweest van Sara's duizelingwekkende leven: haar eerste huwelijk dat, net als vuurwerk, fel brandde en snel ontplofte. En de langdurige, pijnlijker dood van haar tweede huwelijk. Even voelde ze zich ongemakkelijk, en weer hoorde ze in gedachten Patricks verhaspelde laatste woorden, net buiten haar bereik.

Zinspeelt Sara erop dat ze iets weet?

Ze keek naar Sara, naar haar vertrouwde Chinese teint, de schuinstaande grijze ogen en de golven roodbruin haar, en ze dacht: *Ik ben gek. Dit is Sara, mijn vriendin. We hebben samen zoveel meegemaakt. Wat weet ik niet van haar?*

Maar Patrick had haar iets willen vertellen wat ze niet wist.

Wat had hij willen zeggen? Zelfs nu, terwijl zij en Sara samen wijn dronken, schoot er van alles door haar hoofd. *Dat ze een affaire hadden?*

Maar die gedachte verwierp ze meteen. Dat idee was te belachelijk. Patrick kende Sara al jaren. Hij kende haar al voordat hij Caitlyn ten huwelijk vroeg en hij was vrijwel zeker immuun voor Sara's charmes. Dat was een van de dingen waardoor ze zich tot hem aangetrokken had gevoeld.

Als ik één ding zeker wist, was het dat Patrick geen belangstelling had voor Sara. En Sara zou me dat nooit aandoen. Ik weet dat ze weleens slechte dingen kan doen, maar ze zou me nooit opzettelijk kwetsen. Ze zou het niet in haar hoofd hebben gehaald om mij op die manier te verraden. Wat Patrick ook wilde zeggen, dat was het niet. En het was waarschijnlijk niet eens belangrijk. Een onbelangrijke discussie die ze hadden gehad. Maar nu kon ze het vragen. Ze aarzelde en vroeg toen: 'Sara, heeft hij onlangs iets tegen jou gezegd?'

Sara hield haar hoofd scheef en vroeg met een matig geïnteresseerde blik: 'Zoals?'

'O, dat weet ik niet. Over wat dan ook. Hoe hij zich voelde, waar hij mee bezig was. Over mij.'

Sara nam nog een slok wijn en zei toen: 'Nee, ik had hem al eeuwen niet gezien. We hebben elkaar niet meer gesproken na die keer dat ik bij jullie kwam eten. Hoezo?'

'Ik... Ik kreeg gewoon de indruk dat hij contact met je had gehad, meer niet.'

Sara trok haar wenkbrauwen een beetje op. 'Waarom dacht je dat? Wat zei hij dan?'

'Hij zei... Weet je, ik kan het me niet precies herinneren. Het was niets, ik heb het waarschijnlijk verkeerd verstaan.' Caitlyn zuchtte. 'Ik ben denk ik bang dat hij jou iets in vertrouwen heeft verteld, dat hij niet gelukkig was.'

'Hij was gelukkig,' zei Sara eenvoudig. 'Dat weet ik zeker. Daar hoef je je geen zorgen over te maken. Hij vermaakte zich graag, ja toch?' En toen nam ze weer een slok wijn. 'Jij was zijn grote liefde, Caitlyn. Jij was degene die niet gelukkig was.'

6

Tommy liep snel door de grote hal en slaakte een geïrriteerde zucht. Haar gesprek die ochtend met meneer Spottiswoode over de inkomsten van het landgoed en de reparaties was slecht verlopen. Nu de mannen terugkwamen en hun oude werk weer oppakten, dacht de manager kennelijk dat een verhoging van de huren, die voorlopig waren bevroren, geen enkel probleem was. Maar Tommy wist niet hoe ze de huurders op zondag in de kerk onder ogen kon komen als ze meer geld eiste.

'We wachten tot het volgende kwartaal,' had ze gedecideerd gezegd. 'Daarna zien we wel weer.'

'En wat zegt meneer Whitfield hiervan?' vroeg Spottiswoode. 'Veel dingen moeten dringend worden gerepareerd. De schuur van de Charfields...'

Tommy had geïrriteerd gezegd: 'U hebt al drie jaar met mij te maken, meneer Spottiswoode, en zo blijft het tot mijn broer zich goed genoeg voelt om weer aan het werk te gaan. Hij is nog steeds herstellende, zoals u weet.'

'Natuurlijk, natuurlijk, mevrouw Eliott. En het is een genoegen om met u samen te werken.' Spottiswoode had geglimlacht, maar Tommy wist wat hij echt dacht: Hoe eerder Roger terug was hoe beter.

Maar de waarheid was dat Roger sinds hij Kings Harcourt Manor een paar jaar voor de oorlog had geërfd nooit de leiding had kunnen nemen. Spotty had zijn eigen gang kunnen gaan, en het was wel duidelijk dat hij dat het liefst had. Toen Tommy hier met de kinderen aankwam had ze meteen gezien dat Roger het landgoed nooit effectief zou kunnen leiden. Dat kon hij gewoon niet. *Of misschien wilde hij dat niet. Hoe het ook zij, het is altijd zo geweest. Dat komt niet door de oorlog, ook al heeft die het erger gemaakt.* Iedereen deed alsof Roger de besluiten nam en haar moeder de scheidsrechter was, maar – onzichtbaar en zonder erkenning – had Tommy de last op zich genomen en die zo goed ze kon gedragen, ook al voelde ze zich niet helemaal opgewassen tegen die taak.

Ik denk wel dat ik daarin ben geslaagd. We hebben het allemaal overleefd. We zijn hier nog steeds.

Daarom was ze zo woedend geworden toen ze zo neerbuigend werd behandeld door Spotty, die door zijn platvoeten en bijziendheid ongeschikt was voor het leger, maar daardoor de baas kon spelen over iedereen hier.

Afschuwelijke man! Had ik maar genoeg zelfvertrouwen om hem te ontslaan. Maar ik neem aan dat ik hem nodig heb. Ze opende de deur van de salon, liep naar binnen en riep: 'Alles en iedereen kan de pot op!'

'Hallo.' Fred stond naast de piano met de zilveren fotolijstjes op de gepoetste klep en keek haar vragend aan. 'Gaat het?'

Tommy bleef abrupt staan en bloosde van schaamte. 'Lieve help, neem me niet kwalijk. Negeer me alsjeblieft, er is niets aan de hand.'

'Dat is volgens mij niet waar, maar ik wil me nergens mee bemoeien.' Hij wees naar een van de foto's. 'Ik stond deze te bewonderen.'

Tommy zag dat hij wees naar een studioportret dat in haar verlovingstijd was gemaakt. 'O, dank je wel. Dat is nu al heel lang geleden.'

Soms kon ze bijna niet geloven dat zij het was, dit meisje met haar perfecte huid en volle lippen, gevoelige blik en onberispelijke krullen in haar donkere haar, en met een ketting parels die op haar lichte zijden jurk glansden. Toen ze die ochtend in de spiegel had gekeken was ze wanhopig geworden van haar haar en had ze een beetje lippenstift opgedaan die ze nog had. Voor de oorlog had ze het huis nooit verlaten zonder een perfect kapsel, en met poeder, rouge en mascara. Nu kostte het moeite nieuwe make-up te vinden en deed ze haar best met wat er over was.

Maar er waren andere redenen waarom ze liever niet naar die foto keek.

'Je bent helemaal niet veranderd,' zei Fred galant.

Tommy lachte. 'Ik was toen nog maar achttien. Twee kinderen, tien jaar en de oorlog! Ik ben een beetje veranderd. Dat geldt voor ons allemaal.'

'Misschien heb je wel gelijk.' Fred keek haar glimlachend aan. 'Ik kwam eigenlijk naar beneden om de Gainsborough te bekijken. Roger zei dat die het mooist is in het ochtendlicht. Ik hoopte dat jij me er iets over kunt vertellen.'

'Ja, natuurlijk. Ik ben geen expert, maar ik wil je hem met alle plezier laten zien.' Ze draaide zich om, liep de hal weer in en gebaarde dat Fred haar moest volgen.

'Waarom is hij zo weggestopt? In het donker?' vroeg Fred toen ze om de trap heen liepen om het schilderij op zijn donkere plek te bekijken. Het weinige licht kon zijn schoonheid niet verhullen. 'Hij zou in plaats van die zwaardenverzameling boven de open haard moeten hangen.'

'Dat komt doordat hij zo lang op zolder stond. De zwaarden zijn opgehangen toen een krijgshaftige voorouder een mooie, krijgshaftige verzameling wilde laten zien; dat was al voordat het schilderij werd ontdekt.'

'Op zolder!' riep Fred verbaasd. 'Een Gainsborough?'

'Het is een nogal triest verhaal. De vrouw op het schilderij stierf op haar tweeëntwintigste, niet lang nadat dit portret was gemaakt. De ene dag was ze nog helemaal in orde en de volgende werd ze dood in haar bed gevonden. Ze konden niet ontdekken wat de doodsoorzaak was. Ze heette Venetia. Zo'n mooie naam. Die doet me denken aan Venetiaans glas en dat lijkt een passende naam:

prachtig maar kwetsbaar. Ik had Antonia zo willen noemen, maar was bang dat die naam haar ongeluk zou brengen. Haar man, een van onze voorouders, had er zoveel verdriet om dat hij het niet kon verdragen om naar het schilderij te kijken en bracht het naar de zolder. Pas een paar generaties later is het weer naar beneden gehaald en hier opgehangen. Ik heb me vaak afgevraagd waarom ze haar niet weer boven de open haard hebben gehangen, maar ze hangt al die tijd al in het donker, ook al is dit ons beste schilderij.'

'Ja, het is heel mooi.' Fred stond er dichtbij, keek omhoog naar Venetia's verdrietige grijze ogen. 'Ze lijkt op een levende geest, met haar bepoederde grijze haar en witte mousseline jurk. Toch lijkt ze ook heel levend.'

Tommy kwam naast hem staan. 'Ik neem aan dat haar man dit schilderij uit liefde heeft weggestopt.'

Fred keek haar aan. 'Waarom anders?'

'Omdat er immers ook andere redenen zijn waarom we het niet kunnen verdragen om aan de doden te worden herinnerd? Schuldgevoel bijvoorbeeld. Zelfverwijt. Wanhoop.'

'Maar al die gevoelens kunnen toch worden verward met liefde?'

'Ja, ik neem aan van wel.' Tommy keek naar Venetia. Toen ze een meisje was had ze zich altijd afgevraagd wat het schilderij zou zeggen als het kon praten, omdat ze zeker wist dat er een verhaal achter die verdrietige blik zat. Nu wist ze niet of ze het zou kunnen verdragen dat verhaal te horen. Er was al veel te veel verdriet in de wereld. 'Ik hou van dit schilderij, maar soms zou ik willen dat we het in geld konden omzetten.'

'Het verkopen?'

Tommy knikte. 'Dat is een afschuwelijke gedachte, maar het zou ons redden. We hebben veel verkocht om na vaders dood de erfbelasting te kunnen betalen. We zijn volkomen platzak. Ik neem aan dat Roger dat wel heeft verteld.'

'Ik ben bang van niet,' zei Fred. 'Roger praat niet over dat soort dingen.'

'Ik denk niet dat hij daar zelfs maar aan denkt.' Ze stonden even zwijgend voor de knappe jonge geest op het doek.

Toen zei Tommy behoedzaam: 'Ik... ik wilde je iets vragen over Roger. Denk je dat hij in orde is?'

Fred fronste en tuitte zijn lippen. 'Eerlijk gezegd heb ik geen idee. Het ene moment lijkt hij volkomen in orde en even later lijkt hij zichzelf helemaal niet. Hij is heel somber. Ik weet niet waarom. Hij denkt niet graag na over het leven en over wat hij met zijn toekomst zou moeten doen.'

'Zijn toekomst is hier,' zei Tommy. 'Tenminste, dat is wat iedereen verwacht.'

'Ja. Misschien is dat het probleem wel.'

'Echt?' Dat verbaasde haar. 'Ik dacht dat de oorlog hem had veranderd.'

'Ik denk dat de oorlog ons allemaal heeft veranderd.'

'Ja, natuurlijk, maar... Ik weet het niet, het lijkt wel alsof hij zich meer dan vroeger van alles afsluit. Maar misschien verbeeld ik me dat wel.'

'Hij was altijd al erg melancholiek. Volgens mij was het leger nooit de juiste plek voor hem en was hij beter af geweest als hij op een andere manier had kunnen dienen, maar dat is niet altijd uit te leggen.'

'Was het voor jou de juiste plek?'

'Ik wist wat moest worden gedaan,' zei hij na een tijdje. 'En ik kon het verdragen. Maar ik wilde dat het niet nodig was geweest. Er zijn dingen, gruwelijke dingen, die ik nooit zal vergeten. Dat heeft me fundamenteel veranderd. Geen wonder dat Roger het niet aankon.' Hij keek haar met diezelfde meelevende blik aan die ze al eerder van hem had gezien. 'Hij vertelde me dat je man tijdens de oorlog is gestorven.'

'Dat is waar. In het eerste jaar, in Frankrijk.'

'Wat erg voor je. Dat moet afschuwelijk zijn geweest.'

'Dank je.' *Ik zou iets moeten voelen. Iedereen denkt dat ik iets voel.* Tommy zei: 'Dat is heel aardig van je, maar heel veel mensen hebben iemand verloren. Ik ben niet bepaald de enige.'

'Dat maakt het niet beter te dragen, wel?'

'O, dat weet ik niet. Soms wel, denk ik.'

'Hoe hebben de kinderen het opgenomen?'

'Ze kenden hun vader niet echt voordat hij vertrok, ze waren nog maar een baby. Ze hebben nooit een leven met hem gekend. Ze praten over hem, maar ze missen hem helemaal niet. Dat klinkt misschien afschuwelijk, maar zo is het.'

'Maar jij mist hem wel.'

Ze zweeg even en zei toen luchtig: 'Natuurlijk, maar het wordt steeds gemakkelijker. En iedereen krijgt wel iets op zijn bordje.'

'Ja, dat is waar.' Fred keek haar aan. Zijn gezicht leek zelfs nog hoekiger door de manier waarop het ochtendlicht schaduwen op zijn gezicht wierp.

'Heb jij iemand verloren?'

Met een ondoorgrondelijke blik antwoordde hij: 'Alleen vrienden, maar nooit een geliefde, zoals jij.'

Ze wilde haar hand uitsteken, zijn arm aanraken en zeggen: *O, maar hij was geen geliefde. Ik heb nooit een geliefde verloren, want ik heb nooit een geliefde gehad. Zo was het helemaal niet.*

De deur naar de hal ging open. De kinderen kwamen naar binnen gerend en riepen iets over een vos in de tuin, dus even later werd Tommy aan haar beide handen meegetrokken om door het raam te kijken zodat ze hem kon zien. Toen ze achterom keek was Fred weg.

7

Patricks familie uit Australië kwam over voor de uitvaart. Maar deze mensen waren zo anders dan Patrick dat het bijna ongelofelijk was dat ze naaste familie waren, behalve dat zijn broer dezelfde half geloken, opvallend groen-grijze ogen had. Caitlyn had Patricks ogen heel aantrekkelijk gevonden, verontrustend mooi bijna, doordat ze zijn gezicht iets zachts gaven. Het was vreemd, pijnlijk, om ze terug te zien in het rondere, zongebruinde gezicht van zijn broer. Verder deed zijn familie haar in niets aan Patrick denken. Ze zorgden er wel voor haar duidelijk te maken hoe hard hij zijn best had gedaan om op geen enkele manier net zo te zijn zoals zij.

Zijn moeder, te zongebrand en met kort lichtblond haar, had een luide, schrille stem en zo'n opvallend Australisch accent dat het bijna niet te geloven was dat ze in Groot-Brittannië was geboren en pas als volwassene naar Australië was vertrokken toen zij en haar man hadden besloten om samen met de drie jaar oude Patrick het goede leven in de zon op te zoeken. Zijn broer en zus waren later geboren, in het nieuwe land. Nu bezat zijn moeder de bezieling van de bekeerling voor haar geadopteerde land; het bleef haar verbazen dat Patrick was vertrokken.

Maar in werkelijkheid had Patrick zijn leven juist gewijd aan afstand nemen van zijn familie en hield hij van de persoon die hij zo zorgvuldig had geconstrueerd. Hij was de goed opgeleide, beschaafde Brit geworden; er was geen enkele nasale klank meer te horen in zijn perfect uitgesproken aristocratische Engels, en hij wilde amper toegeven dat hij jaren in Australië had doorgebracht. Hij had het er nooit over. Voor hem was het leven begonnen toen hij zijn plaats aan de universiteit in Londen innam, en hij had snel alles in zich opgezogen wat hij nodig had om een te worden met zijn omgeving en daar een succes te worden.

Terwijl ze in de kerk op de hoek van Kensington High Street stonden, keek Caitlyn langs de kist naar zijn familie en betrapte zich erop hoe vreselijk Patrick hun aanwezigheid op zijn crematie zou hebben gevonden. Hij zou zijn moeders zwarte jurk niet mooi hebben gevonden, noch de overdreven hoed met sluier die ze droeg. Hij zou ook hebben gewalgd van de manier waarop ze tijdens de hele dienst in een opgerold zakdoekje zat te snikken en het verschrikkelijk hebben gevonden dat zijn broer op vlakke toon en met een zwaar accent een gedicht uit *Winnie-the-Pooh* voorlas dat de familie had uitgekozen. *Jezus*, kon ze Patrick horen snauwen, *ik ben verdomme geen kind!* Hij zou blij zijn geweest dat Ryder, zijn beste vriend, de grafrede op precies de goede ingehouden Britse manier uitsprak die Patrick zo bewonderde: elegant, ongeëmotioneerd, met een vleugje humor en een ontroerende afsluiting. Hij zou Ryders pak van Savile Row mooi hebben gevonden, net als de lovende woorden van de priester voor Patricks kerkbezoeken en vele gulle gaven, en voor zijn liefdadigheidsorganisaties.

Caitlyn had er moeite mee geconcentreerd te blijven tijdens de dienst; ze was zich zo bewust van Patricks moeder met haar schokkende schouders en van Patricks vader die op een zwakke, zinloze manier klopjes op haar arm gaf. Als ze niet probeerde hen buiten te sluiten dacht ze aan Max die naast haar stond met een bleek gezicht, nog steeds verdoofd en niet-begrijpend, terwijl hij haar hand stevig vasthield. Hij liep in zijn eentje naar voren nadat de priester zich had teruggetrokken, draaide zich om naar de aanwezigen en stond voor zijn vaders kist, terwijl hij de tekst van Anne Brontë hardop voorlas die zij had uitgekozen. Zijn hoge stem klonk heel lief. Ze hadden de woorden zo vaak geoefend dat Caitlyn ze uit het hoofd kende en ze weerklonken in haar hoofd terwijl Max ze uitsprak. Daarna kwam hij terug en ging naast haar staan, waarna hij naar haar opkeek voor haar oordeel. Ze glimlachte en fluisterde dat ze heel trots was, net als papa. Ze zongen het laatste lied en toen was het afgelopen. Ze liepen naar buiten, de felle voorjaarszon in, waar bloemblaadjes op het zachte briesje door de lucht dwarrelden. De kist zou worden weggebracht voor de crematie zonder getuigen. Later zou er as zijn die moest worden opgehaald, maar daar zou ze een andere keer aan denken.

De processie liep de heuvel op naar de zaal die ze voor de receptie had gereserveerd. Obers liepen rond met dienbladen en serveerden de gasten kleine sandwiches, mini-quiches en worstjes op een stokje. Glazen wijn stonden al klaar op een tafel. Caitlyn pakte een glas water en keek naar Max, die wegrende met zijn neven en nichten; de somberheid van de uitvaart vergeten. Hij kon niet lang verdrietig blijven, zijn jeugdige optimisme en levenslust konden niet worden onderdrukt. Maar als het verdriet wel terugkwam, zou het loodzwaar op hem drukken tot hij eronder bezweek. Langzaam maar zeker, wist ze, zou het gewicht minder zwaar worden. Het zou nooit weggaan, maar het zou beter te dragen zijn. Ze was bijna jaloers op de eenvoud van dit proces: verdriet om zijn geliefde vader, gevolgd door een uiteindelijk herstel. Hij was al bezig zich erbij neer te leggen. *Wanneer zou zij zover zijn?*

Maura kwam naar haar toe. Ze zag er vreemd serieus uit in haar zwarte rok en trui. Haar wilde, donkere haar was in een keurige paardenstaart gebonden. Ze draagt altijd kleuren, dat is me nooit eerder opgevallen, dacht Caitlyn toen ze de omhelzing van haar zus beantwoordde.

'Hoe gaat het?' vroeg Maura met een aandachtige blik op Caitlyns gezicht.

'Prima.' Caitlyn glimlachte. 'Ik ben blij dat het achter de rug is.'

'Het was een prachtige dienst, lieverd. Patrick zou het mooi hebben gevonden.'

Caitlyn knikte. 'Ik weet het.'

Rouwenden liepen discreet om haar heen terwijl ze wachtten

tot ze haar konden condoleren, dus vermande ze zich om hun condoleances in ontvangst te nemen. 'Ik moet me met de gasten bemoeien,' fluisterde ze tegen Maura.

'Ik ben vlakbij als het te veel wordt. Je hoeft me alleen maar aan te kijken, dan kom ik je redden.'

Caitlyn knikte, getroost. Daarna draaide ze zich om en begon te praten met het hoofd van Patricks advocatenkantoor. De man kon duidelijk niet wachten tot hij weer naar de rechtbank kon gaan. Ze was in gesprek met zijn receptioniste Stacey die vroeg wat ze moest doen met de inhoud van Patricks kantoor toen Patricks moeder eraan kwam. Ze omhelsden elkaar stijfjes, zich beiden bewust van het feit dat ze elkaar amper kenden.

'Dank je voor deze bijzonder mooie plechtigheid,' zei zijn moeder zacht. 'Dat deed recht aan Pat.'

'Dank je, Aileen, ik ben blij dat je het mooi vond.'

Het was altijd een schok als ze hem Pat noemden, maar dat was hun naam voor hem, hoezeer hij daar ook de pest aan had.

'We gaan er al snel vandoor.'

'Willen jullie misschien mee naar het huis...?

'Nee hoor, dank je. We vertrekken vanmiddag, dan zijn we op tijd bij mijn nicht voor het avondeten.'

Caitlyn knikte. Ze had hen allemaal uitgenodigd om bij haar te logeren, maar dat aanbod hadden ze niet aangenomen en in plaats daarvan via internet een overnachting geboekt. Ontspannener, had Aileen gezegd.

Caitlyn begreep het wel. Ze zouden zich nooit thuis voelen in Patricks huis. Nu zouden ze het land doorkruisen om familie te bezoeken. Het had immers geen zin de vliegreis niet verder te benutten.

'En,' vroeg Aileen, 'wat zijn je plannen?'

'Dat weet ik nog niet. Daar heb ik niet over nagedacht. Het is allemaal nog zo vers.'

'Eén ding is zeker: je haalt Max nu natuurlijk van die kakschool? Ik heb het nooit goed gevonden dat hij daarnaartoe ging.

Een klein jochie naar kostschool sturen? Ik weet niet wat Pat bezielde. Hij had wel vaker bijzonder vreemde ideeën, maar dat was gewoon gemeen.'

Caitlyn voelde opeens haat in zich opstijgen voor Patricks moeder en voor haar vaste geloof in haar eigen oordeel. Waar haalde ze het recht vandaan om te denken dat zij kon besluiten wat het beste was voor Max? Ze kende hem niet eens. Ze had niet de moeite genomen om haar kleinzoon op te zoeken, zelfs niet toen hij net was geboren. Ze had alleen geklaagd en Patrick een schuldgevoel aangepraat omdat hij niet naar haar toe was gekomen met zijn pasgeboren zoontje en zijn vrouw die net een kind had gebaard. Tijdens telefoongesprekken klaagde ze altijd dat ze hen niet vaak genoeg zag, ook al had Patrick Max, toen deze nog klein was, twee keer voor een lang bezoek meegenomen en nog een keer een hele maand toen hij acht was. Maar zelf was ze nooit gekomen – 'Op mijn leeftijd wil ik niet zo'n verre reis maken' – tot nu. Nu Patrick dood was verdomme. En nog steeds was niets goed genoeg.

'Nee, dat doe ik dus niet,' zei Caitlyn op kille toon. Ze balde haar handen tot vuisten om haar trillende vingers te verbergen.

'Wat?'

'Nee. Max blijft op die school. Dit is de slechtst denkbare tijd om hem te verplaatsen. Ik zeg niet dat het gemakkelijk is geweest, maar in veel opzichten is hij gelukkig op Spring Hall. En dat is wat Patrick voor hem wilde.'

Aileen keek haar fel aan. Haar ogen waren geloken, net als die van Patrick, maar zonder de groene schoonheid. 'Hij blijft op die school? Terwijl jij hier in Londen bent?'

Caitlyn voelde een aanval. 'Nee,' zei ze, 'ik verkoop het huis. Dat had ik je al eerder moeten vertellen. Ik verhuis naar Oxford. Max gaat gewoon overdag naar die school en komt weer bij mij wonen.'

Aileens lippen en neusvleugels trilden alsof ze meer wilde zeggen, maar het niet echt durfde. 'Ik begrijp het. Dat heb je geheim gehouden, hè?'

'Ik zie niet wat jij daarmee te maken hebt.'

'Hij is mijn kleinzoon.'

'Jij woont aan de andere kant van de wereld. Je hoeft alleen maar zijn verjaardagskaart naar een ander adres te sturen.'

'Hij zou naar een normale school moeten gaan met normale kinderen, niet met allemaal snobs. Je verpest hem daar met al die arrogante lui.'

'Je weet er niets van. Je bent er nog nooit geweest en hebt nog nooit een van die andere kinderen gezien. Als iemand een snob is ben jij dat.'

'Wat?' Aileen zei met een blik van afschuw: 'Hoe durf je zo tegen mij te praten? Ik heb net mijn zoon verloren. Pat zou hebben gewild dat we betrokken zijn bij het leven van zijn zoon. We hebben recht op inspraak over wat er met Max gebeurt.'

Caitlyn schoot bijna in de lach. Het was juist precies het tegenovergestelde. *Patrick zou blij zijn als Max je nooit meer zou zien.* Ze had zin dit te zeggen, maar ze vond het niet belangrijk genoeg en had ook geen zin in de woede-uitbarsting die daar zeker op zou volgen. Ze zei alleen op kille toon: 'Ik ben zijn moeder en ik beslis wat het beste voor hem is.'

Aileen keek haar aan, met half dichtgeknepen ogen, en opende haar mond om iets te zeggen, maar toen kwam Maura bij hen staan en zei: 'Mevrouw Balfour, hallo! Ik ben Caitlyns zus Maura. Ik wil u condoleren met uw verlies. Zal ik nog een glas wijn voor u halen?' Waarna ze Aileen handig bij Caitlyn vandaan loodste.

Caitlyn staarde Aileen na, woedend en opeens volkomen zeker van haar zaak. *Ja, dat ga ik doen. Ik ga samen met Max in Oxford wonen. Dan hoeft hij niet van school.* Ze had natuurlijk wel gedacht dat dit zou gebeuren. Ze was vaag van plan geweest om in dit huis te blijven wonen en Max naar een school dichterbij te sturen. Maar toen ze dat aan Max voorstelde was hij niet blij geweest omdat hij Spring Hall zou verlaten, maar juist onwillig. Nu had ze de perfecte oplossing bedacht, waardoor ze aan Patricks wensen kon blijven voldoen, terwijl zij en Max toch samen zouden blijven.

Spring Hall is het probleem niet, maar het feit dat hij weg is van huis. Ik wil hem niet weghalen bij zijn vrienden en die aardige meneer Reynolds, niet nu hij net zijn vader heeft verloren. En ik was gelukkig op de universiteit in Oxford, dus misschien zal ik daar weer gelukkig zijn.

Daar was het echte leven begonnen: haar eerste liefdesrelaties, haar eerste stappen in de volwassen wereld, haar eerste ervaringen met zoveel dingen. Volgens haar was het aan Oxford te danken dat Patrick verliefd op haar werd. Niet lang nadat ze begonnen te daten waren ze voor een romantisch weekend naar deze stad gegaan en ze had hem een rondleiding gegeven door haar oude universiteit: de prachtige binnenplaatsen, de bijzondere tuinen, de schitterende eetzaal vol oude portretten.

Hij was diep onder de indruk geweest. Dat was alles waar hij van hield. De tradities, de grandeur, de moeiteloze pretentie van deze plek, en de exclusiviteit die het uitstraalde – dat alles sprak hem aan.

'Je moet hier een fantastische tijd hebben gehad!' had hij gezegd.

'Dat is ook zo, het was heerlijk. Ik vond het geweldig.'

Daarna bekeek hij haar met andere ogen, alsof ze permanent iets van die grandeur in zich meedroeg. Zelfs kort geleden nog had ze hem trots tegen iemand horen zeggen: 'Ja, mijn vrouw zat op Oxford,' en ze had geweten dat hij het gevoel had dat hem dat bijna datzelfde cachet gaf.

Ja, we gaan naar Oxford.

'Caitlyn?' Dat was Ryder, Patricks beste vriend. Hij had al met haar gepraat, maar nu kwam hij afscheid nemen. 'Je vindt het toch niet erg dat ik nu vertrek? Ik moet terug naar kantoor.'

'Geen probleem. Bedankt voor je komst. En voor die prachtige grafrede. Die heeft veel voor ons betekend.'

'Dat was wel het minste wat ik kon doen.' Hij kuste haar op de wang. 'Arme Patrick. Ik kan nog steeds niet geloven dat hij dood is.'

'Ik ook niet.'

'Ik weet dat het niet bepaald gepast is...' Ryder boog zich samenzweerderig naar haar toe. 'Maar je vergeeft het me wel, toch? Ik wilde je vragen naar die verrukkelijke vriendin van je. Sara heet ze toch?'

Caitlyn volgde zijn blik. Sara stond met een van de advocaten van Patricks kantoor te praten. Ze zag er chic uit in een zwart pakje met witte biesjes en pumps. Haar rode haar hing in een zee van krullen op haar rug. Ryder had haar al eerder bij hen thuis ontmoet, maar nu hij gescheiden was dacht hij kennelijk dat hij misschien een kans maakte. 'Dat klopt.'

'Is ze single? Ik zag haar toen ze kort geleden met Patrick lunchte en toen wilde ik haar al bellen. Ik heb een zwak voor vrouwen die op Julianne Moore lijken.'

'Lunchen? Met Patrick?'

'Ja, in dat restaurant waar we onze cliënten altijd mee naartoe nemen. Ik was in gezelschap van een vrij belangrijke rechter, dus kon ik niet naar hen toe lopen om een praatje te maken. Dat was maar een week of twee voor het ongeluk.'

'Echt?' Caitlyn keek hem verbijsterd aan. *Maar ze zei dat ze hem niet had gezien.*

'En, is ze single?'

Hoe vaak is me dat al niet gevraagd door een man met een afwachtende blik? 'Volgens mij niet. Sorry.' Ze had geen idee. Sara had meestal wel een man op sleeptouw en ze vond Ryder veel te aardig om hem in gevaar te brengen.

Ryder keek teleurgesteld. 'Zonde. Nou ja, dan maar terug naar Tinder. Dag, lieverd. Ik neem snel weer contact met je op.'

'Ja, natuurlijk.' Ze keek Ryder na die tussen de nog aanwezige gasten door naar de deur liep. Toen keek ze naar Sara. *Waarom heeft ze me niet verteld dat ze met Patrick heeft geluncht?*

Sara leek haar blik te voelen en keek naar haar. Daarna maakte ze een eind aan haar gesprek en liep naar Caitlyn. 'Hi. Hoe gaat het?' Ze omhelsde Caitlyn stevig. 'Je was zo dapper.'

‘Het gaat wel. Dat is het belangrijkst.’ Caitlyn keek haar aan en bedwong de neiging om meteen iets over die lunch te vragen. *Wat vreemd dat ze me dat niet vertelde. Terwijl ik haar expliciet vroeg of ze hem nog had gezien.*

Caitlyn waardeerde het echt dat Sara haar eigen tijd had opgeofferd om haar ’s avonds na haar werk gezelschap te houden, maar haar aanwezigheid begon verstikkend te worden. Misschien kwam dat doordat Sara ervoor zorgde dat ze zich thuis voelde, door subtiel dingen te verplaatsen, bijvoorbeeld door het messenblok aan de andere kant van het fornuis te zetten of de ingelijste foto’s op de boekenplanken te verplaatsen. Ze leek altijd ergens naar op zoek, en soms als Caitlyn een kamer binnenkwam stond Sara met haar neus in een kast of keek ze in een la. Ze had altijd een verklaring en was nooit in verlegenheid gebracht, maar toch vond Caitlyn het vreemd. Op een middag had Sara gevraagd of ze potentiële cliënten van haar binnenhuisarchitectuurbedrijf voor een bespreking in de salon mocht ontvangen en dat had Caitlyn goedgevonden. Maar toen ze langs de deur liep hoorde ze Sara’s stem: ‘Ja, ik heb dit huis helemaal ingericht. U zult het wel met me eens zijn dat het een succes is. De cliënten wilden een aangename sfeer, met een klassieke mix van oud en nieuw. Ik heb het kleurenschema, de stoffen en lampen uitgekozen, met een beetje input van de heer des huizes, die een absoluut fantastische stijl en smaak bezat.’

Caitlyn was verstijfd onder aan de trap blijven staan. *Ze heeft niets van dat alles gedaan.* Ze herinnerde zich dat Patrick verfstalen had bekeken, monsters van stoffen had besteld en timmerlui en bouwvakkers had aangestuurd. Hij had ervan genoten. Misschien was het onschuldig en alleen bedoeld om met de eer te strijken voor het huis en de uitgelezen inrichting. *Maar waarom zou ze tegen mij liegen?*

Nu ze te midden van het zachte geroezemoes van de gasten stonden zei Sara: ‘Geweldig hè, zoals Max zich lijkt te voelen. Op een bepaalde manier lijkt hij nu zorgelozer.’

Caitlyn snauwde: ‘Wat bedoel je daarmee? Dat hij gelukkiger is nu Patrick dood is?’

'Nee! Natuurlijk niet.' Sara leek gekwetst. 'Dat zou ik nooit zeggen. Alleen dat het nu goed met hem gaat. Beter dan vroeger.'

'Weet je, ik heb een besluit genomen. Iets wat Max en mij goed zal doen.'

'O ja? Wat dan?'

'We verhuizen naar Oxford.' Zo, ze had het hardop gezegd, als iets wat ze nu echt moest doen. Maar het was goed, het was juist.

Sara vroeg verbijsterd: 'Wat? Londen verlaten?'

'Ja. Op die manier kan ik dichter bij Max zijn.'

'Maar daar ben je van alles en iedereen verlaten. Dan kun je Maura minder vaak zien.'

'Welnee. Dan zie ik haar misschien juist vaker. De rit naar de andere kant van Londen kost ongeveer evenveel tijd als naar Oxford.'

Sara fronste. 'Ik vind niet dat je Max van school moet halen. Stuur hem naar die school in de City, die is uitstekend en niet ver bij je vandaan.'

'Ik heb het al besloten, Sara.'

Ze keken elkaar nog even aan en toen zei Caitlyn zachter: 'En het lijkt me het beste als je weer naar je eigen huis gaat.'

'Maar dat wil ik niet,' zei Sara snel. Toen leek ze zich te bedenken en zei ze: 'Ik bedoel, ik wil je niet alleen laten.'

'Je moet toch een keer naar huis gaan. En ik overweeg het huis te verkopen.'

'Je kunt Patricks huis niet verkopen!' zei Sara met een blik vol afschuw. 'Daar heeft hij zoveel van zichzelf in gestopt. Hij hield ervan! Hoe kun je dat zelfs maar overwegen?'

'Ik moet door met mijn leven, Sara. Ik moet aan Max denken, en aan de toekomst.'

'Maar... zijn ziel zit in het huis, dat was zijn visie!'

Het was dus toch niet helemaal jouw idee? Maar dat zei ze niet. Ze zei alleen: 'Dat weet ik, maar hij is hier niet en ik kan het niet houden als een soort dure herinnering.'

Sara's stem begon te trillen en er kwamen tranen in haar ogen.

'Verkoop het niet. Ga niet verhuizen. Zo mogen we hem niet verliezen.'

Caitlyn keek haar vriendin aan en maakte zich steeds meer zorgen. *Alles wat ik voel, voelt zij ook. Het lijkt wel of ze een stem heeft in dit alles.* 'Sara,' zei ze rustig, 'hij was mijn man.'

Deze woorden vielen als bakstenen tussen hen in. 'Mijn man,' herhaalde Caitlyn. 'Mijn huis. Mijn leven.'

'O ja?' vroeg Sara, met een bijna uitdagende klank in haar stem. 'Als jij het zegt. Prima. Natuurlijk.' De blik in Sara's grijze ogen werd kil. 'Maar Oxford, Caitlyn? Het verbaast me dat je dat zelfs maar kunt overwegen, als je nagaat hoe ongelukkig je je daar voelde.'

'Waar heb je het over?'

'Kom op, zeg! Je bent toch niet vergeten hoezeer je me nodig had om die tijd te overleven?'

'Dat herinner ik me niet,' zei Caitlyn langzaam.

'Wat herinner je je dan wel?' vroeg Sara gespannen. 'Want dat is de vraag, nietwaar? Of wat je je wílt herinneren? Is het soms omdat Nicholas daar nog steeds is?' Ze wendde haar blik af. Daarna keek ze Caitlyn weer aan en zei: 'Goed, ga maar. Ik ga wel weer naar huis als je wilt. Ik heb alleen geprobeerd je te helpen, zoals ik altijd heb gedaan.' Ze boog zich naar Caitlyn toe en zei: 'Je zult nooit weten hoeveel ik heb gedaan om je huwelijk in stand te houden.'

Caitlyn hapte naar adem. 'Wat een afschuwelijke opmerking! Hoezo heb je mijn huwelijk in stand gehouden?'

'Veel dingen over Patrick heb je nooit geprobeerd te begrijpen. Je zou me daar dankbaar voor moeten zijn, dat is alles.' Zonder nog iets te zeggen draaide Sara zich op haar hakken om en liep zonder om te kijken doelbewust door de kamer en naar buiten.

8

Tommy lag in bed en had geen zin om op te staan. Omdat het nog donker was, maar vooral omdat zij warm was en de lucht in huis zo koud dat haar adem condenseerde. Ze wist zonder te kijken dat er ijsbloemen op de ramen stonden. *Maar ik moet opstaan. Er moet werk worden gedaan.* Toch kon ze zichzelf er niet toe brengen de kou te trotseren. In plaats daarvan werd ze overmand door een lusteloosheid die, vreesde ze, bijna in hulpeloosheid overging. *Wat zal er van me worden?*

Tijdens de oorlog was er in elk geval een gevoel van zin geweest, een doel dat bereikt moest worden. De percelen land die ze nog bezaten waren ingezet voor landbouw, en de verlaten huisjes en accommodaties waren opgeëist voor de vrouwen en meisjes van het landarbeidstersleger. Tommy had de leiding genomen, ze liep rond in haar lange broek en tweedjas, gaf opdrachten en hield toezicht op de werkzaamheden. Haar moeder had het niet prettig gevonden, maar Tommy had landbouwvrachtwagens bestuurd, hooibergen gemaakt en geleerd hoe ze banden moest verwisselen. Ze had contact onderhouden met overheidsfunctionarissen en het Ministerie van Voedsel, en als ze tijd had als vrijwilligster gewerkt voor het WVS – het Women's Volunteer Service. Ze had een zomer lang een stuk of tien geëvacueerden opgenomen en het huis had een paar maanden lang wel een chaotische, luidruchtige kostschool geleken. Het was heerlijk geweest dat ze zoveel te doen had, dat ze hier veilig was met de kinderen, dat ze het gevoel had een bijdrage te leveren. Iedereen was geobsedeerd door voedsel. Tommy dacht bijna de hele tijd aan weinig anders: hoe het moest worden geteeld, geoogst, bereid en geconserveerd. Goddank voor Ada die de praktische kennis bezat om hen allemaal te voeden, en goddank voor de tuinen, de bossen en de hagen. Vergeleken met veel mensen die ze kende aten ze uitstekend, dankzij de moestuin, de boomgaarden, de beken en de bossen vol wild. Ze hadden kippen, varkens en geiten. Er lag zelfs wijn in de kelders, ontelbare aantallen flessen. Ze wist niet of dat wel of niet goed was, maar het was er als ze het wilden. Een van haar vriendinnen had discreet geopperd dat ze het met een leuk winstje op de zwarte markt zou kunnen verkopen, maar Tommy had gedaan alsof ze haar niet begreep. Ze gaf het liever weg als cadeau en stuurde dozen naar ziekenhuizen en rusthuizen voor gewonde soldaten.

Toch mis ik nog altijd heel veel dingen. Ik wil onbeperkte hoeveelheden thee, heel veel boter en... o, of chocolade!

Kort na nieuwjaarsdag was ze naar Bristol gereden om voor ieder kind een banaan op te halen, vers van het schip uit West-Indië. Alleen de geur al was verrukkelijk geweest, de bananen hadden de auto tijdens de hele terugrit gevuld met hun zoete, zonovergoten aroma. De kinderen hadden ze geïnteresseerd en genietend opgegeten. 'Heerlijk,' was Antonia's oordeel. 'Lekker,' zei Harry en hij liet nog iets in de schil zitten zodat Tommy het eraf kon knabbelen. Ze liet het zachte vruchtvlees over haar tong en door haar keel glijden – een vleugje van de smaak van een verdwenen tijd.

Daardoor had ze teruggedacht aan een avond in Londen toen zij en Alec naar Café de Paris waren gegaan en zij een bananensoufflé had gehad. Tenminste, ze had er iets van gegeten en de rest van zich af geschoven. Moet je je dat nu eens voorstellen, de suiker, de room, de eieren, het exotische fruit; zulke kostbare zeldzaamheden die ze gedachteloos van zich af had geschoven, als een afgestompte pasja!

Maar zo was het leven toen: druk maar gevaarlijk; bruisend van activiteit; vol lichtheid en kleuren, en toch leeg en kaal.

Ze had naar huis móéten komen. Na het begin van de oorlog en

Alecs vertrek was de huur van het huis in Londen opgezegd en had Tommy de kinderen meegenomen naar Kings Harcourt, terug naar het huis dat ze ooit zo snel ze kon had willen ontvluchten. Toch was ze heel blij geweest dat ze terug was, dat ze haar moeder en Gerry zag die haar van de zijkant van het huis tegemoet liepen, zwaaiend en met blaffende honden achter hen aan.

Hier ben ik veilig, had ze gedacht. Hier zal niets ergs gebeuren.

De algemene dreiging was ver weg, op het vasteland van Europa, zodat ze goed kon slapen.

Maar nu is de oorlog afgelopen en moet het leven weer beginnen. Het kan niet blijven zoals het was. Roger is terug. Ik moet een nieuwe reden bedenken om door te gaan met mijn leven. De kinderen zijn er natuurlijk altijd, maar...

Sinds Freds komst had ze het gevoel gehad dat er een scheurtje was ontstaan in het weefsel van haar leven dat ze zo zorgvuldig had geweven om zichzelf te beschermen. Hij vermoedde iets, en ze was bang dat hij op de een of andere manier de sluier zou wegtrekken en haar zou dwingen te kijken naar wat eronder zat.

Door die gedachte schoot ze uit bed, de ijskoude kamer in. De kou deed bijna pijn aan haar voeten zodra die de vloer raakten.

Daar denk ik later wel over na.

Na het ontbijt nam Tommy Roger apart. 'Wil je even met me mee lopen naar de zitkamer?'

Hij volgde haar, een beetje beledigd. 'Fred en ik gaan vanochtend met de honden wandelen. Moeder zegt dat het te koud voor haar is. We lopen door de akkers naar het dorp. Fred haalt nu zijn jas op.'

'Nou, we zijn zo klaar.' Ze glimlachte om het gesprek rustig te houden. 'Je vindt het fijn dat Fred hier is, hè?'

'Natuurlijk, anders was ik de enige man in een huis vol vrouwen.'

'Dat is zo.' Ze voelde zich een beetje gekwetst doordat ze allemaal zomaar terzijde werden geschoven. 'Ik snap wel dat dat saai voor je kan zijn. Hoelang denkt Fred bij ons te blijven?'

Roger haalde zijn sigarettenkoker uit zijn jaszak en nam er een sigaret uit. 'Ik heb hem gezegd dat hij kan blijven zolang hij wil. Op dit moment is hij nergens toe in staat, nu zijn wond nog niet genezen is. We zijn herstellende, weet je.' Hij keek zijn zus bijna beschuldigend aan, alsof zij suggereerde dat ze simulanten waren. Hij pakte zijn aansteker, stak de sigaret aan en blies een wolk witte rook uit. 'Ik vind dat we onze hersteltijd wel verdiend hebben, of niet dan?'

'Ik ben het helemaal met je eens.' Tommy liep naar het raam. Normaal was de zitkamer op dit moment van de dag licht en gezellig, de roze en blauwe tinten van het behang en de zijden gordijnen vrolijk en zonovergoten. Maar door de ijzige kou buiten waren de kleuren flets, vaal en doods. De donkergrijze wolken hadden gele randen en hingen laag. 'Maar we hebben problemen, weet je. Er is niet veel geld meer. Ons werk voor het Ministerie van Voedsel hielp ons door een moeilijke tijd heen, maar dat is afgelopen, dus nu moeten we onszelf weer bedruipen.'

'Dat weet ik,' zei Roger geïrriteerd. Hij nam snel achter elkaar drie trekken van zijn sigaret. 'Wat moet ik daar volgens jou aan doen?'

'Tja, omdat het huis feitelijk van jou is.'

'Dat is me verteld, maar ik heb alleen maar horen zeggen hoe geweldig jij was toen ik weg was en jij de boel leidde. Iedereen lijkt er de voorkeur aan te geven dat jij de leiding houdt. Je kunt toch gewoon zo doorgaan, of niet?'

'Maar dat is het punt, we kunnen niet gewoon zo doorgaan. Alles verandert en we moeten onze financiële situatie goed bekijken–'

Roger werd bleek. 'Ik kan gewoon niet geloven dat je me hiermee lastigvalt, Tommy. Je weet hoe ik eraan toe ben, ik ben ziek! Waarom val je me lastig met deze zaken? Alles komt goed, als je maar gewoon ophoudt mij daarmee lastig te vallen!'

Ze hief kalmerend haar hand en zei: 'Goed, hoor. Het spijt me.

Natuurlijk ben je ziek. We zullen dit pas weer bespreken als je beter bent.'

'Dank je. Oké, dan gaan Fred en ik nu weg.' Hij beende naar het bureau voor het raam en drukte zijn sigaret uit in de asbak. 'Tot straks.'

'Ja. Dag hoor, Roger. Geniet van je wandeling.'

Roger en Fred kwamen pas na de lunch terug, dus liepen ze de broodjes sardine met salade en room mis die Ada serveerde. Tommy vermoedde dat ze in de pub warme pasteitjes hadden gegeten, wat ongetwijfeld lekkerder was geweest. Ze wachtte haar kans af en nadat Roger naar boven was gegaan vond ze Fred in de bibliotheek met de krant, nog steeds met zijn jas aan en das om.

Hij keek op toen ze binnenkwam. 'Deze koudegolf lijkt niet snel voorbij te zijn. Het is ijskoud buiten. En moet je dit zien.' Hij liet haar de weersverwachting zien op de achterpagina van de krant.

Ze keek ernaar zonder het te begrijpen. 'Ik ben bang dat dat me niets zegt. Voor mij zijn het alleen maar lijntjes op een kaart.'

'Er ligt een enorm hogedrukgebied boven Scandinavië. Ik bedoel, echt enorm groot. En dat blijft daar maar hangen.'

'Wat betekent dat?'

'Dat het nog kouder wordt.'

Tommy was geschokt. Ze stak haar handen diep in de met zijde gevoerde zakken van haar bontjas. 'Dat kan toch niet? Dan vriezen we dood.'

Als de kinderen niet op school waren zaten ze altijd in de badkamer boven de keuken, want daar liepen de warme leidingen van de boiler naar de tanks boven. Ze kwamen alleen beneden om te eten. Mevrouw Whitfield kwam alleen tijdens de maaltijden naar het hoofdhuis en zat de rest van de tijd in dekens gehuld bij haar gezellige haardvuur. Gerry zag er grappig uit in haar drie truien en vingerloze handschoenen en met een sjaal om haar hals gewikkeld. Hoe moesten ze het redden als het nog kouder werd?

Fred keek naar het raam. 'Het gaat zo sneeuwen, kijk maar naar de lucht. Ik ken die gele kleur, dat betekent dat er een dik pak zal vallen.'

'We moeten de hout- en kolenvoorraden checken,' zei Tommy, opeens ernstig. 'En ik zal Ada opdracht geven de provisiekast te controleren. We hadden altijd meer dan voldoende om ons door een koude periode te helpen, maar nu zijn onze voorraden veel kleiner dan anders. Gelukkig hebben we je bonboekje nu wel.'

'Je slaagt er uitstekend in om ons te voeden,' zei Fred snel. 'Ik heb alleen voor de oorlog zo goed gegeten.'

'Dat is allemaal aan Ada te danken. Ik ben hopeloos in de keuken.'

'Dan zal zij wel op ons passen en hoef jij je geen zorgen te maken.' Hij keek haar met een open blik aan. 'Waarvoor had je me nodig?'

'Hoe weet je dat ik je nodig had?'

Hij glimlachte. 'Dat vermoedde ik.'

Ze bloosde opeens. Sinds ze samen naar de Gainsborough hadden gekeken was ze niet meer alleen met Fred geweest, maar het was alsof dat korte open gesprek een kleine, onuitgesproken band tussen hen had gesmeed. Tijdens de maaltijden zag ze soms dat hij ernstig naar haar keek, en had dan het gevoel dat hij haar begreep en aan haar kant stond. Dat was een vreemd maar troostrijk gevoel.

'Ja, ik wilde je iets vragen.'

'Ik zal je graag helpen, als ik kan.' Hij keek haar aandachtig aan. 'Je draagt een zware last op je schouders, nietwaar?'

'Dat is het probleem. Roger kan die op dit moment niet dragen. Ik heb geprobeerd met hem te praten, maar dat heeft geen zin.'

'Zo was hij altijd al, zelfs op Cambridge. Hij kon zichzelf nooit redden.'

'Tja, en dat is blijkbaar nog erger geworden.' Tommy zuchtte. 'Ik kan het niet over mijn hart verkrijgen om hem te vertellen hoe slecht alles zal worden zonder wat geld. Misschien kunnen we het dit jaar nog net redden, maar volgend jaar lijkt dat onmogelijk.'

Fred zei langzaam: 'Dan heb je geen keus en zul je de fraaie Venetia moeten verkopen.'

Tommy voelde zich opeens gefrustreerd. 'Dat is onmogelijk! Moeder zou het vrijwel zeker verbieden. Roger zal het ook niet doen. Hij is te trots, en hij zal nooit tegen moeders wensen ingaan. Ze moet er niet aan denken dat we alles kwijtraken.'

Even bleef het stil. Fred leek na te denken en zei toen: 'Stel dat ze niet weet dat je het schilderij verkoopt?'

'Ik denk dat het haar wel zal opvallen als het verdwenen is!' zei Tommy lachend. 'Het zal erg moeilijk zijn die verdwijning te verklaren.'

'Tenzij... het niet verdwijnt.'

'Hoe bedoel je?'

'Een van mijn hobby's is schilderen. Ik heb niet veel talent en al helemaal geen inspiratie, maar wat ik heel leuk vind is kopiëren, iets waar ik om de een of andere reden heel goed in ben. Ik zou een kopie van Venetia kunnen schilderen en dan zou jij de echte kunnen verkopen. Dat hoeft je moeder niet te weten.'

Tommy keek hem aan, verbijsterd. Van alle mogelijke oplossingen waar Fred misschien mee kon komen, had ze deze nooit verwacht.

'Ik weet wat je gaat zeggen,' zei Fred snel. 'Het zou verkeerd zijn haar te misleiden, en dat is ook zo. Maar je moet het zo zien: je gaat hem toch verkopen als ze er niet meer is en het niet meer kán verbieden. Dus wat is dan het verschil? Jij krijgt het geld wanneer je het nodig hebt in plaats van wanneer het te laat is.'

'Je hebt denk ik wel gelijk,' zei Tommy langzaam. 'Als je het zo stelt klinkt het niet zo verkeerd. Maar... kun je dat echt?'

'Ik kan het zeker proberen. En als mijn poging mislukt, heb je immers niets verloren? Dan gooien we het plan op de schroothoop en lachen erom. We houden alleen je moeder voor de gek, niet Sotheby's. We proberen geen kunstfraude te plegen, niet echt tenminste.'

Tommy schoot in de lach. 'Maar dat is het dus wel! Fraude!' Ze keek naar Fred die een beetje bezorgd keek, alsof hij bang was dat ze hem zou minachten om deze suggestie. 'Dat is een heel uitzonderlijk voorstel. Ik zal erover nadenken, dan hebben we het er binnenkort weer over. Nu kan ik maar beter de kolenvoorraad gaan controleren voor het geval je gelijk hebt over dat ellendige weer.'

9

Caitlyn stond in de zitkamer van de huurwoning. Ze kon zich amper verplaatsen door alle stapels dozen – en opeens was ze opgelucht. Het had zoveel tijd en werk gekost om hiernaartoe te komen, maar nu was ze hier en Max was boven en pakte zijn doos vol schatten uit die hij in de auto behoedzaam op zijn schoot had gehouden. Het was een gigantische klus geweest, maar nu was het allemaal klaar. Haar volgende taak was hun leven op de rails zetten en voor hen beiden een thuis creëren. Alle mensen die ze nodig had gehad om haar te helpen waren vertrokken; nu waren alleen zij en Max er nog.

Goddank. Ik heb behoefte aan rust.

Dat was waar. Maar ze zag er ook een beetje tegenop, bang voor wat ze in die stilte zou ontdekken. Sinds Patricks dood vier maanden geleden – *vier maanden alweer?* – was het leven vol geluiden en activiteit geweest. Na de crematie had ze alle administratieve zaken voor de verhuizing moeten regelen. Het huis was verkocht, maar ze had geen huis gevonden dat ze wilde kopen, dus had ze dit gemeubileerde huisje in Jericho gehuurd. Wat zou er gebeuren nu alles was geregeld en ze hier was?

Caitlyn liep naar het raam en keek naar de smalle straat. Aan de overkant was alleen een muur met erachter, nam ze aan, de tuinen van de grote huizen aan de hoofdweg. Dat betekende dat ze een fraai uitzicht had op boomtoppen en verschillende struiken, waardoor ze ook voor dit huis had gekozen. Dat, en de okergele voorgevel en de witte voordeur met de leeuwenkop-klopper. In een huis dat er zo vrolijk uitzag móést je wel gelukkig zijn.

Misschien was dat de reden dat Max het zo goed leek te doen. Het internaat had het geen probleem gevonden dat hij niet langer intern was en alleen overdag naar school kwam, ondanks de gebruikelijke opzegtermijn van één periode.

'Ik denk dat dit heel goed is voor Max,' zei meneer Reynolds toen ze na de paasvakantie Max' koffer had opgehaald en zijn kleine kamertje had leeggehaald. 'Als kostschoolleerling heeft hij nooit echt zijn draai gevonden. Dat is nu eenmaal zo bij sommige kinderen. Nu krijgt hij een nieuwe kans.'

Een nieuwe kans. Dat klonk goed, vond Caitlyn. Dus was het huis in Londen verkocht, net als veel van Patricks bezittingen, en was het meubilair opgeslagen. Ze moest terug van een huis van vier verdiepingen met een grote tuin naar een klein huis aan het einde van een rij identieke, pastelkleurige huizen aan een doodlopende weg vlak bij de rivier. Ze had van alles weggegeven: Patricks roeiapparaat en andere sportapparatuur, zijn fiets, ski's, dure visgerei en golfclubs. Alle parafernalia van het comfortabele leven van een man van middelbare leeftijd.

Hij vermaakte zich tenminste.

De wijnverzameling was geveild. De auto's waren vorige maand verkocht en hadden opwinding veroorzaakt in de veilingzaal en een grote som geld opgeleverd die in Max' fonds zou gaan.

Op de verhuisdag was Maura gekomen om haar te helpen met het regelen van de laatste zaken. Maura had om zich heen gekeken in de keuken met de openstaande lege kastjes en de stapels spullen en halfvolle dozen op de grond. 'God, het ziet er totaal anders uit. Ongelofelijk dat hier zoveel in stond. Het was lief van je om mij zoveel te geven.'

'Graag gedaan, hoor. Het meeste zal ik toch niet gebruiken.'

Wel vreemd, dacht Caitlyn. Ze keek naar haar zus, die de waterketel vulde voor weer een pot thee. Voor de verandering wilde ik dat de kinderen hier waren en het huis werd gevuld met lawaai en chaos; de stilte voelt zo drukkend. Maar ze waren niet meegekomen en Max was nu bij hen in Maura's huis bezig met computerspelletjes, terwijl zijn oude leven werd ingepakt en voorgoed voorbij was. Ze keek om zich heen. Het huis was bijna leeg, en met elke doos die naar buiten werd gedragen voelde ze zich vrijer, alsof de enorme tirannie van de perfectie ervan eindelijk van haar schouders werd genomen.

'Wanneer trekken de nieuwe mensen erin?' vroeg Maura terwijl ze bekers omspoelde.

'Morgen,' zei Caitlyn. *Heel vreemd, heel raar.* Die woorden zongen de hele tijd in haar hoofd rond. Haar inwendige stemmetje riep die woorden steeds weer op een licht verbaasde toon, of het zei dingen als: *Stel je voor, morgen zal dit huis van onbekenden zijn! Die gaan hier wonen! Is dat niet vreemd?* Elke dag weer zei dat stemmetje: *Er is iets ongelofelijks gebeurd. Patrick is verongelukt op de snelweg! Hij is dood!* En dan voelde Caitlyn de klap van zijn verlies opnieuw.

Maura draaide zich met een bezorgde blik om. 'Weet je zeker dat je vannacht niet bij ons wilt slapen? Het is behoorlijk laat om nu nog naar Oxford te rijden.' Ze glimlachte aarzelend. 'Blijf bij ons slapen, Cait. Je weet dat Max dat geweldig zou vinden. Vertrek niet in je eentje, ik maak me zorgen om je.'

'Dat hoeft niet,' zei Caitlyn. 'We redden ons wel. Ik wil echt graag naar ons nieuwe huis. Daar heb ik behoefte aan.'

'Weet je het zeker?' Maura kwam naar haar toe. Het leek alsof ze haar wilde omhelzen maar het niet durfde. 'Ik weet dat het nog maar kort geleden is, maar je lijkt nog lang niet de oude.'

Caitlyn keek haar glimlachend aan. 'Ik voel me prima.'

'Ik weet niet of je wel alleen zou moeten zijn. Waar is Sara? Ze woonde toch bij je in?'

'Ze is weg.'

Maura keek haar onderzoekend aan. 'Is alles in orde tussen jullie?'

'Ach...' Normaal nam Caitlyn Maura in vertrouwen, maar dit was niet gemakkelijk. Ze had Sara jarenlang verdedigd tegen Maura's duidelijke antipathie. Als ze haar vertelde wat Sara tijdens de uitvaart tegen haar had gezegd – dat ik haar dankbaar moest zijn omdat ze mijn huwelijk had gered! – wist ze dat er scherpe kritiek op Sara zou volgen en geen rustig gesprek over wat dat allemaal betekende. 'Volgens mij hebben we elkaar een beetje te lang gezien. En ze wilde niet dat ik het huis verkocht.'

'Wat heeft zij daar nou mee te maken?' vroeg Maura verontwaardigd. 'Brutaal nest! Je had haar moeten vertellen dat ze de pot op kon, het is jouw huis, en jouw leven.'

Ik wist het. Ze kan niet wachten om haar afkeuring te uiten. 'Dat zei ik ook. Dus is ze een beetje verbolgen vertrokken. Ik heb al een tijdje niets van haar gehoord. Volgens mij is ze voor haar werk naar Amerika. Ze neemt wel weer een keer contact op.'

'Geniet er dan maar van,' zei Maura lachend. 'Sorry hoor, ik weet dat ze jouw vriendin is.'

Caitlyn keek naar een andere doos. Ze wilde niet denken aan wat Sara tegen haar had gezegd, niet nu er zoveel te doen was. Het was een opluchting dat Sara was vertrokken. En, besefte ze een beetje verbaasd, ze zag ertegen op dat ze terugkwam. Ze wilde vooral dat ze in Oxford was voordat Sara terug was, zodat er een veilige afstand tussen hen was.

'Als ik in Oxford ben ga ik misschien wel op bezoek bij een vriend,' zei Caitlyn terwijl ze een paar bekers inpakte.

'O?'

'Ene Nicholas. Ik heb hem al jaren niet gezien, maar Sara had het over hem. Hij werkt nu als hoogleraar bij mijn oude universiteit.' Ze verkreukelde wat pakpapier om tussen de bekers te leggen. Nadat Sara het bij de crematie over hem had gehad, had Caitlyn Nicholas opgezocht. Op de kleine foto op de website van de universiteit had ze een iets ouder maar vertrouwd gezicht gezien, en ze herinnerde zich dat ze tijdens hun studie een nauwe band hadden gehad. *Ik vraag me af hoe hij nu is.*

'Dat klinkt goed,' zei Maura met een bemoedigende glimlach.

'Ja, dat is leuk. Ik ben blij dat je daar een vriend zult hebben.'

Maar ook al was Caitlyn het van plan geweest, ze had Nicholas toch nog niet opgezocht. De paasvakantie was kort na hun komst begonnen, en zij en Max waren de hele tijd bezig geweest met zich in het nieuwe huis installeren en het inrichten van zijn slaapkamer met een hoogslaper met een bureautje eronder. Caitlyn realiseerde zich dat Patrick nooit toestemming zou hebben gegeven voor de voetbalposters die Max had opgehangen, of voor de glow-in-the-dark-sterren aan het plafond. Max leek het geen probleem te vinden dat zijn nieuwe slaapkamer veel kleiner was dan zijn oude, of minder chic was. Hij bracht uren op zijn kamer door, hij sorteerde zijn voetbal-ruilkaartjes in teams, of hij lag heerlijk op zijn bed te lezen en naar muziek te luisteren.

Op een dag stond hij een tijdje in de deuropening van Caitlyns kamer naast zijn kamer en keek naar haar terwijl zij aan haar kaptafel haar haren borstelde. 'Ik vind het fijn dat je zo dichtbij bent, mama,' zei hij. 'Het is veel leuker zo.'

'Ja.' Ze glimlachte tegen zijn spiegelbeeld. 'Dat is fijn, hè? Gezellig.'

'Maar...' Zijn blik werd ernstig. 'Ik mis papa.'

'Ik ook, lieverd.'

'Ik wilde dat hij hier was, bij ons. Niet in Londen. Hier.'

Weer keek ze hem glimlachend aan. 'Ja, dat zou perfect zijn.'

Maar ze wisten allebei dat Patrick Londen nooit zou hebben verlaten, en dat ze nooit in dit huis zouden hebben gewoond.

Toen de vakantie voorbij was ging Max voor het eerst zonder te huilen naar school. Hij bleef nog dicht bij haar en werd heel stil, maar toen ze zei: 'Ik haal je om vijf uur weer op,' draaide hij zich om en keek hij haar stralend aan, waarna hij samen met de anderen naar binnen liep.

Caitlyn keek hem na, met haar handen diep in de zakken van haar regenjas, gelukkig en voor het eerst in staat de andere moeders aan te kijken terwijl zij hun zonen met sporttas of muziekinstrument naar binnen brachten. Na school kwam Max tegelijk met een groep andere dagleerlingen naar buiten. Hij keek om zich heen of hij haar zag en leek opgelucht toen hij zag dat ze op hem wachtte. Ze reden naar huis, kropen in de avondspits door het centrum, maar zonder zich te ergeren omdat Max de hele tijd achterin over zijn schooldag vertelde. Toen was het tijd voor het avondeten. Hij keek even tv en samen lazen ze wat. Daarna een bad en naar bed, knus in zijn hoogslaper met de lichtgroene lichtende sterren boven hem.

Er was geen twijfel aan, deze verandering beviel Max.

'Dat is geweldig,' zei Maura toen zij en Caitlyn aan het skypen waren. Ze leek erg grauw in het licht van haar keuken; een groot glas wijn stond te dicht bij de camera voor haar en had een onappetijtelijke groenige kleur. 'En praat hij over Patrick?'

'Niet veel. Soms. Maar hij lijkt het nu gemakkelijker te vinden.' Ze had de indruk dat Max soms wel en soms niet leed onder het verlies van zijn vader, alsof hij het af en toe wegstopte om het weer tevoorschijn te halen als hij er meer tijd voor had. Zijn wereld was al zo vol, iets waar Patrick, nu ze erover nadacht, toch al niet erg bij betrokken was geweest. Werken, reizen en andere interesses hadden veel van Patricks aandacht gevraagd, en hij had vanaf een grote afstand beslissingen over Max' leven genomen – als een keizer over bepaalde verafgelegen buitenposten van zijn rijk die hij nooit had bezocht.

'Arm jochie,' zei Maura. 'Hij zal pas later beseffen wat hij is kwijtgeraakt, hè? Maar hoe zit het met jou? Hoe gaat het met je, nu je daar helemaal alleen bent?'

'Uitstekend.'

'Heb je je buren al ontmoet?'

'Nee, nog niet.'

'Dan zijn ze vast niet erg aardig. Je woont er al zes weken!'

'We zijn elkaar gewoon nog niet tegengekomen.'

'Ik ben bang dat je eenzaam bent. Heb je al contact opgenomen met die vriend over wie je het had?'

'Nog niet.'

'Moet je volgens mij wel doen.'

'Maura, het gaat goed met me, echt waar.'

'Ik kom je gauw opzoeken, oké?'

'Ja, leuk! We hebben ons al uitstekend geïnstalleerd sinds je hier was.'

Caitlyn wilde niet echt dat Maura haar kwam bezoeken. Ze had als ze alleen was een soort rustige routine ontwikkeld die ze heel prettig vond. 's Ochtends ruimde ze op en deed ze boodschappen; 's middags dwaalde ze door de straten van Oxford, langs plaatsen waar ze vroeger veel kwam, en keek wat er nog over was van vroeger. Ze dronk koffie in het Queen's Coffee House in High Street en keek naar studenten die binnenkwamen, gewapend met laptop en mobieltje, versuft door een kater of intensief studerend. Sommigen waren helemaal in elkaar verdiept, anderen gingen losjes met elkaar om. Er werden vriendschappen gesloten. Ze dacht aan haar eigen studietijd – toen waren er geen laptops, of maar heel weinig. Ze herinnerde zich dat zij en Sara hier in hun eerste jaar naartoe gingen en naar de deur van University College aan de overkant keken in de hoop een jongen te zien op wie Caitlyn verliefd was. Op een avond bluften ze zichzelf naar binnen in het café bij de universiteit, en toen was hij daar. Sara had haar gedwongen naar hem toe te gaan en met hem te kletsen, en die avond was hij met haar meegelopen naar de universiteit en had hij haar gekust bij het hek. Ze waren een week of twee samen uit geweest. Maar toen stelde ze hem voor aan Sara en op de een of andere manier ging hij daarna met haar uit...

O ja, dat was ik vergeten.

Sara had algauw geen belangstelling meer voor hem, zoals altijd, maar toen Caitlyn een ander vriendje kreeg – de lieve, malle Charlie – had ze hem niet aan Sara voorgesteld. Gewoon voor het geval dat.

Maar ik vergaf het haar. Dat deed ik altijd.

Daar dacht ze aan terwijl ze uren door Oxford wandelde, tot het tijd werd om Max van school te halen. Ze liep de vertrouwde weg vanuit het centrum naar de faculteit, realiseerde zich dat ze haar vroegere routes volgde en vroeg zich af wat haar achttienjarige oude ik zou denken van deze oudere, verdrietige vrouw die over hetzelfde plaveisel liep en de straten op dezelfde plaatsen overstak. De studenten leken ontzettend jong en onbevreesd doordat ze niet aan de toekomst dachten. Caitlyn was jaloers en had ook medelijden met hen.

Terwijl ze op een van de bankjes voor de faculteit zat, dacht ze eraan dat zij en Sara hier vaak zaten nadat ze een ochtend hadden gewerkt en overlegden wat ze de rest van de dag zouden doen. Er was meestal iets interessants te doen, en zo niet, dan konden ze de middag ook lui in hun kamers doorbrengen, naar muziek luisteren, eindeloos kletsen en plannen maken voor de avond. Er was altijd wel iets te doen. Sara had meestal een heleboel uitnodigingen. Die kwamen in haar postvakje in het portiershokje, soms van volkomen onbekenden die haar uitnodigden voor feestjes en etentjes.

'Maar ze kennen je niet eens!' zei Caitlyn dan, verbaasd over alweer een kaartje van een onbekende student. 'Waarom nodigen ze je dan uit?'

'Dat weet ik niet.' Sara zwaaide haar haar naar achteren en haalde haar schouders op, maar ze was helemaal niet verbaasd. Ze zei een keer: 'Ik denk dat ze naar de recentere foto's in de etalage van de fotograaf kijken.'

'Echt?'

'Ja, ze sturen uitnodigingen naar nieuwe studentes die er in hun ogen leuk uitzien. Of ze vragen wie je bent als ze je ergens in de stad zien. Je weet hoe het gaat. Ze komen allemaal uit hun holen kruipen.'

Caitlyn wist het niet. Dit was allemaal nieuw voor haar. Maar ze leerde de macht van schoonheid kennen en werd zich bewust van het vreemde effect daarvan op mannen. Dat was duidelijk een voordeel. Het maakte Sara waardevol op een manier die andere vrouwen niet kenden. Maar waarom gaf het mannen de moed om hun kans te wagen bij Sara, ook al moest het voor beide partijen duidelijk zijn dat ze zich alleen door haar uiterlijk tot haar aangetrokken voelden? Het had niets te maken met haar persoonlijkheid, humor of charme, maar alleen met hoe ze eruitzag. Caitlyn vond dat het misschien wel vleiend was, maar ook een beetje beledigend.

Of misschien ben ik jaloers. Op een bepaalde manier zal ik wel jaloers zijn.

Maar ze was niet jaloers op Sara, ook al vroeg ze zich af hoe het zou zijn als iedereen zo naar je keek. Het zou wel net zo zijn als je van koninklijken bloede was of beroemd werd, de manier waarop iedereen Sara na bleef kijken. Sara wist dat en was eraan gewend, en in het openbaar gedroeg ze zich op een bepaalde manier en keek ze op een bepaalde manier, met een vage glimlach, een dromerige blik die betekende dat ze afwezig was terwijl ze zich er ondertussen heel goed van bewust was hoeveel mensen naar haar keken.

Nee, Caitlyn was niet jaloers, maar wel nieuwsgierig, en gefascineerd door de macht die Sara bezat. Sara was eraan gewend dat er vleiende briefjes en gedichten in haar postvakje lagen of op haar deur waren geplakt. Ze was eraan gewend dat mannen altijd als ze uit was naar haar toe kwamen en bewonderende opmerkingen maakten, of altijd toeterden als ze op straat liep. Ze was eraan gewend dat er boeketten voor haar kamerdeur lagen of in de hal op haar lagen te wachten, en ze betaalde zelden zelf voor een etentje of een drankje. Ze zei er nooit iets over, maar ze wisten allebei dat dit Sara wel en Caitlyn nooit overkwam. Caitlyn had ook wel bewonderaars, maar niet op de magnetische, allesomvattende manier zoals Sara. Mannen vonden haar aardig; ze vonden haar blauwe ogen mooi, of haar glimlach, of de manier waarop ze praatte en grapjes maakte. Maar ze kregen geen slappe knieën als zij een kamer binnenkwam, zelfs niet als ze de moeite had genomen haar steile haar in bruine golven te föhnen of zich had opgemaakt of hoge hakken droeg.

Misschien had ik jaloerser moeten zijn.

Toch was ze dat niet, omdat ze medelijden had met Sara, en zelfs beschermend naar haar toe was. Sara's schoonheid maakte haar ook kwetsbaar, want daardoor dachten mannen kennelijk dat ze het recht hadden haar te benaderen, dat ze grove dingen tegen haar mochten zeggen, dat ze hoe ze maar wilden blijk mochten geven van hun waardering. Ze werd nooit alleen gelaten, waar ze ook naartoe ging. Mannen leken aan te nemen dat ze hunkerde naar hun aandacht, alsof dat een cadeau was dat ze haar schonken, en dat ze het geen enkel probleem vond als een onbekende haar stoorde tijdens een gesprek. 'Sorry dat ik je stoor, maar ik moet je iets vertellen: je hebt het mooiste haar dat ik ooit heb gezien.' Daarna keken ze haar dromerig aan alsof ze verwachtten dat ze onder de indruk was van hun compliment, alsof ze dat nooit eerder had gehoord en hun in de armen zou vallen. Sommige mannen waren aardig en goedbedoelend, en hadden kennelijk al hun moed bij elkaar geraapt om haar te benaderen. Andere mannen waren net roofdieren en vreemd bezitterig. Ze gedroegen zich alsof Sara hun iets verschuldigd was doordat ze zo aantrekkelijk was, alsof ze een object was dat wachtte tot het werd geclaimd. Ze behandelden haar schoonheid als een uitdagende handeling die alleen werd verricht om hen aan te moedigen. En als ze hen afwees vonden ze dat zij hen op een bepaalde manier bedroog en konden ze kwaad worden, vals zelfs.

En dan waren er de vrouwen. Sara had heel weinig vriendinnen. Dat was deels de reden dat Caitlyn zich tot haar aangetrokken had gevoeld: ze had echt medelijden met Sara omdat zo veel vrouwen haar op het eerste gezicht niet mochten. Ze zag op de eerste studiedag al dat Sara moeite had om erbij te horen. De mannen waren te zeer onder de indruk om bevriend met haar te kunnen zijn, ook al wilden een paar homo's haar graag leren kennen. En een heleboel vrouwen bleven uit haar buurt, alsof ze geen zin hadden om te veel tijd door te brengen naast Sara's stralende, perfecte schoonheid. Anderen waren openlijk vijandig, ook al hadden ze nog nooit met Sara gepraat. Dat leek al even oneerlijk als de mannen die haar bewonderden zonder haar te kennen.

Maar Sara leek niet alleen door haar uiterlijk te worden gegijzeld. Er was nog iets, iets wat ze met haar deden, waar ze haar in veranderden, hoe ze haar kwetsten. En dat zag ze nooit.

Caitlyn stond op van het bankje in de zon en liep terug naar het centrum.

Maar ik zag het wel. Ik zag dat ze toeliet dat het haar langzaam maar zeker vernietigde.

10

Die nacht begon het te sneeuwen, precies zoals Fred had voorspeld. Kings Harcourt was meteen van de buitenwereld afgesloten. De kinderen vonden het geweldig dat ze wakker werden in een wereld van enorme witte sneeuwhopen die de hagen helemaal bedekten. De laan lag onder een dikke laag sneeuw en alles klonk vreemd gedempt.

'Zoveel sneeuw hebben we al heel lang niet meer gezien,' zei Tommy terwijl ze door het raam van de eetkamer naar buiten keek. Die ochtend had ze zelf het ontbijt klaargemaakt, omdat Ada niet naar het hoofdhuis had kunnen komen. Tommy was blij dat ze er de vorige dag op had gestaan dat alle stapels brandhout waren aangevuld en alle kolenemmers bijgevuld. Maar ze was niet blij geweest toen ze het kolenhok had gezien, want dat was zorgwekkend leeg. Tegen Antonia en Harry zei ze: 'Ik denk dat jullie voorlopig niet naar school kunnen.'

'Hoera!' riepen ze. 'Geen school!'

'Jullie hebben wel lessen nodig, stelletje domkoppen.'

Gerry keek op van haar boek. 'Ik geef de schatjes wel les.' Ze keek hen met een flauwe glimlach aan. 'Heel veel dictees en interpunctietesten. Dat lijkt me leuk.'

De kinderen riepen luidkeels boe.

Tommy zei: 'Dat lijkt me een uitstekend idee. Jullie mogen nu wel naar buiten en een tijdje in de sneeuw spelen, maar daarna komen jullie naar binnen voor de les.'

Fred zei: 'Als je wilt kan ík hun wel lesgeven. Ik kan wel wat

Franse grammaticaoefeningen opduikelen, en Harry helpen met zijn Latijnse verbuigingen.'

'Ik heb nog geen Latijn,' zei Harry snel.

'Dan kun je daar maar beter mee beginnen.'

Roger zei: 'Fred is een uitstekende leraar, Harry. Je zult het leuk vinden om wat Latijn met hem te doen.'

Fred zei: 'Antonia natuurlijk ook.'

Tommy keek hem blij aan. 'Wat een goed idee. Zelf heb ik altijd Latijn willen leren, maar niemand heeft ooit aangeboden me les te geven.'

Fred glimlachte. 'Dan zou jij het ook moeten leren, Vanmiddag is je eerste les.'

Tommy lachte ongelovig. 'Wat? Ik? Daar ben ik veel te oud voor.'

'Dacht het niet. Kom ook, dan kun je het leren.'

'Eh...' Tommy keek hem verbaasd aan en zei toen: 'Goed, ik doe het.'

'Ik ook,' zei Gerry opgewekt. 'Dan richt ik de zitkamer in als ons klaslokaal.'

Roger rolde met zijn ogen en pakte nog een geroosterde boterham. 'Arme jij, Fred. Je bent moediger dan ik.'

Na het ontbijt gingen ze allemaal naar buiten om in de sneeuw te spelen en na de lunch kwamen ze bij elkaar in de zitkamer voor hun eerste les Latijn. Fred deelde keurige, handgeschreven bladzijden uit. Zijn leerlingen gingen zitten met een dienblad op schoot, waar een pen en papier op lagen.

Tommy bekeek het het papier dat zij had gekregen. De titel luidde: *De Eerste Vervoeging.*

'Goed, we beginnen met werkwoorden in de tegenwoordige tijd. In dit geval eindigt de eerste vervoeging op *-are*. Het werkwoord dat we bekijken is *labare*, werken. Het Engelse woord voor werk, *labour*, is daar natuurlijk van afgeleid. Zie de vervoegingen onderaan: je neemt de stam en voegt daar iets aan toe om het werkwoord te vervoegen: ik werk, jij werkt, hij werkt.'

Iedereen luisterde aandachtig naar Fred, die voor de open haard stond te praten.De les duurde slechts een uur, maar was snel voorbij. Fred vertelde dat hun huiswerk bestond uit het leren van de vervoegingen die ze die dag hadden doorgenomen.

Die avond leek het zelfs nog kouder te worden. Voor het avondeten en nadat de kinderen hadden gegeten, zetten ze stoelen rondom de open haard in de salon en deden de gordijnen dicht om de tocht door de glas-in-loodramen tegen te houden. De kinderen en Gerry waren aan het kaarten, terwijl de anderen lazen en Tommy naaiwerk deed. Uiteindelijk zei ze: 'Het is bedtijd, kinderen.'

Ze beklaagden zich en voerden aan dat het veel te koud was om naar bed te gaan.

'Jullie moeten een bad nemen om warm te worden,' zei Tommy, 'dan leg ik een warme kruik in jullie bed zodat het daar lekker warm wordt.' Ze legde haar naaiwerk weg. 'Kom mee.'

'Ik help je wel,' zei Fred. Hij sloeg zijn boek dicht en stond op. 'Dan maak ik de kruiken klaar terwijl jij het bad doet.'

'Goed,' zei Tommy, verbaasd maar dankbaar. 'Kom mee, kinderen, hup hup. Antonia, laat het bad alvast vollopen, oké? Niet te vol, niet hoger dan het streepje op de zijkant van de badkuip.'

Toen de kinderen na een verhaaltje in het donker in bed lagen bleven Fred en Tommy op de overloop staan.

Fred keek ernstig. 'Het is echt heel koud in hun slaapkamer, weet je.'

'Dat vind ik ook. Maar in de slaapkamer kunnen we geen haard aansteken, daar zijn niet genoeg kolen voor. We kunnen het huis niet goed verwarmen, de cv doet het slecht.' Gespannen beet ze op haar lip. 'Denk je dat het warm genoeg is voor hen?'

'Ja, natuurlijk wel. Ze zijn nu warm en hebben een heleboel dekens. Maar hoe moet het als het zo koud blijft? Hoe zit het met de voorraad brandstof?'

Tommy sloeg haar armen om zich heen en rilde een beetje. Haar jas was beneden in de salon, en nu had ze het koud. Fred was warm gekleed in een lange broek van dikke tweed, een overhemd, trui en colbert, maar toch waren zijn handen wit en was zijn gezicht grauw van de kou. 'Ons kolenrantsoen kan elk moment worden bezorgd. Dat heb ik al heel lang geleden aangevraagd.'

'Maar we zijn ingesneeuwd. Hoe zouden ze ons kunnen bereiken?'

'Als het niet opnieuw sneeuwt is het over een dag of twee in orde. We zijn in het verleden heel vaak afgesloten geweest. Het zal je verbazen hoe snel mensen een manier vinden om hiernaartoe en weer weg te komen.'

'Dan moeten we maar hopen dat het niet opnieuw gaat sneeuwen.' Fred keek opeens een beetje ongemakkelijk. 'Ik vrees ook dat dit betekent dat je nog een tijdje met me opgescheept zit.'

Tommy draaide zich om om weer naar beneden te gaan. 'Ach, je verdient nu de kost door les te geven, dus dan staan we quitte!'

De volgende dag sneeuwde het niet. Trekkers ploegden door de sneeuwhopen en maakten de wegen sneeuwvrij, maar hadden twee dagen nodig om de weg naar Kings Harcourt begaanbaar te maken. In het huis gingen ze ondertussen door met de lessen. Harry en Antonia kregen 's ochtends Frans en Engels van Gerry, en na de lunch wiskunde en Latijn van Fred. Tommy sloeg wiskunde over, maar wilde graag meedoen met Latijn. Tijdens hun derde les zette Fred een groot schrijfblok op een tekenbord waarop hij tekeningen had gemaakt van een kleine Romeinse jongen die zijn gewone dagelijkse dingen deed waar eenvoudige Latijnse zinnen onder stonden.

'Geen lesboeken, vrees ik,' was zijn verklaring, 'dus heb ik geïmproviseerd.' Hij wees naar een illustratie. 'Dit is Quintus. Zie je? *Ecce Quintus. Quintus laborat in agricolum.* Wie kan me vertellen wat dat betekent?'

'Dit is Quintus. Quintus werkt op het land,' zei Gerry snel.

Fred knikte. 'Uitstekend. Maar misschien moet jij je een beetje inhouden, Gerry. Ik kan wel zien dat je het snel begrijpt, maar laten we de anderen ook een kans geven. Harry, waarom is het *agricolum*? Denk aan de werkwoorden die we hebben behandeld.'

'Het is een zelfstandig naamwoord dat net zo wordt vervoegd als *puella*. Het eindigt op -um, dus staat het in de vierde naamval,' zei Harry, 'omdat het het lijdend voorwerp is en niet het onderwerp.'

'Uitstekend. Je hebt helemaal gelijk.' Fred gaf hem een bemoedigend knikje. 'Goed gedaan. Oké, Antonia. Jij bent aan de beurt.'

Na de les bleef Tommy in de zitkamer achter terwijl Fred zijn spullen bij elkaar zocht. 'Wat heb je veel moeite voor ons gedaan,' zei ze. 'Dank je wel.'

'Zoveel moeite is het niet, hoor, nu jullie zo veel voor mij doen.' Hij pakte zijn tekenblok en sloeg de bladen terug. 'Bovendien was het best leuk om mijn hersens weer te gebruiken. Mijn Latijn is niet meer zo goed, maar in de bibliotheek vond ik een oud grammaticaboek waardoor ik me alles weer herinnerde. En wat Quintus en zijn vrienden betreft...'

'En zijn *canus*,' zei Tommy opgewekt.

'Laten we zijn *canus* Fido niet vergeten, de beste vriend van de mens,' zei Fred ernstig, waardoor ze in de lach schoot. 'Ik vond het leuk om zijn avonturen te verzinnen.'

'Je tekeningen zijn prachtig. Het kan me niets schelen wat je zegt, maar het is duidelijk dat je talent hebt.'

'Ach, zeer bescheiden misschien. Heb je al nagedacht over mijn idee?'

'Ja, dat heb ik, als je het kopiëren van Venetia bedoelt. Het spijt me dat ik er zelf niet over begonnen ben, maar ik vraag me echt af of het kan of moet worden gedaan.'

Hij leunde tegen de tafel en keek ernstig. 'Ik weet dat het belachelijk is, maar ik heb het gevoel dat je, als je een heleboel geld in handen kunt krijgen, het zeker moet doen. Volgens mij gaat het niet goed met Roger. En als hij veel slechter wordt heeft hij misschien verzorging nodig.'

'Is hij ziek?' riep Tommy geschokt uit. Roger had behoorlijk enthousiast meegedaan met het sneeuwballengevecht van de kinderen, en ze was blij geweest hem zo energiek en vrolijk te zien. 'Ik dacht dat hij beter werd.'

'Fysiek herstelt hij goed en hij wordt fitter. Maar mentaal is hij er niet zo best aan toe. Het lijkt alsof hij ergens door wordt gekweld, maar daar niet over kan praten.' Fred legde zijn hand op het zachte bont van haar jas. 'Maak je alsjeblieft niet te veel zorgen, ik denk gewoon het ergste. Ik hoop dat hij hier de rust kan vinden die hem helpt beter te worden. Ik weet dat het mij wél helpt.'

'Je lijkt zo gezond,' zei Tommy zacht. 'Ik vergeet steeds dat ook jij nog niet helemaal hersteld bent.'

'Ik word met de dag beter.' Hij keek haar glimlachend aan, wat haar plotseling en onverwacht verlegen maakte. Toen hij zijn hand terugtrok voelde ze zich ongemakkelijk.

'Weet je, als jij denkt dat het leuk is, waarom zou je dan niet proberen een kopie van het schilderij te maken? Proberen kan geen kwaad.' Tommy wist dat ze te luid en te snel praatte, om de aandacht af te leiden van haar gêne en haar rode wangen. 'Maar ik heb geen idee hoe je dat voor iedereen verborgen moet houden.'

'Daar heb ik over nagedacht,' zei Fred, die niet scheen te zien dat ze bloosde. 'Het is helemaal niet nodig het geheim te houden. Ik zeg gewoon dat ik voor mijn eigen plezier een kopie maak.'

'Ja, dat is een goed idee.'

'Maar dan moet ik wel eerst naar Oxford om alle spullen te halen. Ik weet een uitstekende winkel met kunstbenodigdheden. En dan maak ik ook een afspraak om naar mijn wond te laten kijken. Volgens mij geneest die prima, maar het is goed om het zeker te weten.' Hij keek haar glimlachend aan.

Ze voelde haar huid aangenaam warm worden en zei: 'Als de postbode hier morgen is, vraag ik of de treinen wel rijden. Het is geen lange reis, maar het is gemakkelijker om met de trein te gaan. Ik ga met je mee, als je dat niet erg vindt, want ik moet een paar boodschappen doen en wil er wel even tussenuit.'

Fred glimlachte. 'Dat zou ik heel leuk vinden.'

'O, goed, ik ook.' Tommy realiseerde zich dat ze naar het patroon op het tapijt staarde, en toen hoorde ze de bel. 'Luister, het eten is klaar. Laten we maar snel naar beneden gaan, want zoals je weet vindt Ada het vreselijk als we te laat komen.'

11

De ochtendzon scheen fel door de ramen van de zitkamer naar binnen. Caitlyn typte een mailtje aan haar oude vriend Nicholas.

> Hi, weet je nog wie ik ben? Caitlyn Collins. Ik zag dat je nu hoogleraar bent, heel indrukwekkend, hoor. Ik ben net in Oxford komen wonen en vroeg me af...

Ze las haar tekst nog eens door en wiste alles. Wat wil ik echt zeggen? *Vroeger was je mijn vriend en op dit moment kan ik echt wel een vriend gebruiken. En je kende mij en Sara toen we net met onze studie waren begonnen, en ik wil weten wat andere mensen van haar vonden, of ik haar goed inschatte of niet.*

Maar als ze zoiets schreef, dacht hij waarschijnlijk dat ze niet goed snik was. Al die jaren zonder contact konden niet zomaar worden weggevaagd. Ze moest subtieler zijn. Ze begon opnieuw.

> Hi Nicholas, ik ben het, Caitlyn Collins. Ik woon in Oxford en vroeg me af of je zin hebt om af te spreken en herinneringen op te halen.

Ze stopte toen er op de deur werd geklopt. Omdat ze de postbode verwachtte die vaak brieven voor haar had die niet door het smalle klepje van de brievenbus pasten, liep ze naar de voordeur en deed open.

Voor de deur stond een kleine vrouw in een blauwe overall, met een wilde en nogal vieze bos haar waar iets plakkerig in zat. Ze had een rood gezicht met sproeten en een open blik, en bijzonder smerige handen. 'Hi! Heb je huishoudfolie?'

'Eh... ja, dat denk ik wel...'

'Kan ik wat lenen? Ik heb niets meer. Je krijgt het terug, dat beloof ik.' De vrouw had ronde blauwe ogen die als twee felle knopen in haar hartvormige gezicht stonden. 'Ik heb alleen geen tijd om naar de winkel te gaan, want dan is mijn klei opgedroogd.'

'Oké.' Caitlyn liep naar de keuken.

De vrouw liep achter haar aan naar binnen. 'O ja, ik ben Jen, je buurvrouw, van het huis naast je. Ik had al eerder langs moeten komen.' Ze lachte. 'Sorry hoor, maar ik ben een kei in uitstelgedrag en doe altijd morgen wat ik vandaag had moeten doen, en je weet wat ze zeggen over morgen...'

Caitlyn pakte de rol huishoudfolie uit de la. 'Alsjeblieft. Neem maar.'

'Ik heb maar een beetje nodig.' Ze keek fronsend naar de rol en toen naar haar vieze handen, die – dat zag Caitlyn nu pas – onder de lichtgrijze pottenbakkersklei zaten. 'Het zal lastig worden er een stuk af te scheuren. Maar ik neem de rol wel mee en breng hem netjes terug. Dat beloof ik.'

'Prima. Alsjeblieft.' Caitlyn gaf hem haar aan.

'Je hebt me gered. Hoe heet jij?'

'Caitlyn.'

'Je hebt een zoontje, hè?'

'Ja. Max.'

'O, mooie naam. Echt mooi, prachtig. Waar is dat een afkorting van?'

'Maximilian.' Patricks keuze. Het had subtiel indrukwekkend moeten zijn, de naam van zijn zoon en erfgenaam. Koninklijk. Keizerlijk.

Jen lachte. 'Dat is cool. Beter dan Maxwell.' Ze keek om zich heen in het lichte keukentje. 'Je hebt het hier mooi en gezellig gemaakt. Het was een beetje kil toen de Robinsons hier woonden.'

Ze keek Caitlyn van opzij aan. 'We vroegen ons natuurlijk allemaal af hoe je zou zijn. Je hebt je heel lang gedeisd gehouden, iedereen popelt om je te leren kennen. Ze zullen woedend zijn omdat ik iedereen te vlug af was en als eerste naar binnen ben gegaan.'

Caitlyn keek haar aan en Jen begon te schateren. 'Je gezicht! Je lijkt doodsbang! En dat moet ook, want je zult hier amper kunnen niezen zonder dat we het allemaal merken. Maar maak je geen zorgen, dat heeft ook positieve kanten.'

Caitlyn slaagde erin een glimlach op haar gezicht te toveren, al kreunde ze inwendig. In Londen was ze anoniem geweest. Behalve 'goedemorgen' als ze elkaar op straat tegenkwamen had ze nooit met haar buren gepraat. Hier hadden de mensen belangstelling voor haar en wilden ze haar verhaal weten. *Wat zal ik hun vertellen?*

Jen zei: 'Kom morgen een kop koffie halen. Dan laat ik je mijn pottenbakkerij zien. Om tien uur? Dan ben je meestal terug nadat je je zoontje naar school hebt gebracht hè?' Ze hield de rol folie omhoog. 'En bedankt. Ik geef je morgen een nieuwe.'

Caitlyn was onzeker over haar bezoek de volgende ochtend, bang dat er meer buren zouden aankloppen en van alles over haar willen weten.

Ik moet hun gewoon de waarheid vertellen. Ik ben een treurende weduwe die een nieuw leven begint.

Ze schrok zodra ze deze woorden dacht. Maar toen realiseerde ze zich met een schok dat ze dat écht was: ze was niet alleen een weduwe, maar een treurende weduwe.

Ik mis Patrick. Ik mis hem ontzettend.

Ze was erg verdrietig. Ze was eenzaam. Ze miste Patricks stem en zijn lach en zijn armen om haar heen, ze miste zijn zekerheid en zijn vermogen om in een fractie van een seconde een besluit te nemen. Ze had er altijd vertrouwen in gehad dat hij aan het roer stond van hun schip. Nu had ze zonder enige ervaring het roer over moeten nemen en moest ze in haar eentje met het kleine scheepje de oceaan oversteken. Ze vond het soms nog steeds moeilijk om te geloven dat hij niet zoals altijd binnenkort terugkwam. Hij had afwisseling, opwinding en energie in haar leven gebracht. Zonder hem, besefte ze, had ze het gevoel dat zij ook doodging – langzaam, stukje bij beetje, terwijl ze ondertussen de hele tijd werd gekweld door vragen die in haar achterhoofd rondzoemden, zelfs als ze ze wilde negeren.

Wat had Sara bedoeld toen ze zei dat ik ongelukkig was in mijn huwelijk? Was ik dat echt? Natuurlijk was het vaak moeilijk om met Patrick samen te wonen en was het niet altijd gemakkelijk. Toch dacht ik dat ik over het geheel genomen gelukkig was. Maar, herinnerde ze zich, Patrick had met Sara geluncht zonder haar dat te vertellen. Sara had gezegd dat Caitlyn haar dankbaar moest zijn... Waarvoor?

Door Sara's achterbakse hints begon Caitlyn te vrezen dat haar verdriet niet echt was, omdat ze rouwde om een man die ze niet echt had gekend. Het ergste was dat ze het gevoel kreeg dat ze Patrick kwijtraakte, de man van wie ze hield, met wie ze was getrouwd en die ze zich herinnerde. Hij werd vervangen door iemand anders, iemand die geheime lunchafspraken had en haar iets over Sara had kunnen vertellen.

Soms, als ze 's nachts wakker lag en daarover nadacht, kreeg ze het afschuwelijke gevoel dat Patrick helemaal niet van haar had gehouden. Ze was bang dat hij Sara in vertrouwen had genomen en haar had verteld dat hij ongelukkig was, en dat Sara dus wist wat Patrick echt had gevoeld en dat ze op het punt stond haar dat te vertellen. En dat Patrick haar dat had willen vertellen op de avond waarop hij stierf.

Als Sara zijn vertrouwelinge was, zou dat verklaren waarom ze blijft proberen zich mijn verdriet eigen te maken. WIJ *hielden van hem.* WIJ *zullen hem missen. Alsof we dezelfde relatie met hem hadden.*

Maar dat was heel moeilijk te geloven. De Patrick die zij zich herinnerde zou Sara niet in vertrouwen hebben genomen, daar was ze zeker van.

Ze stond nu roerloos in de woonkamer. *Ik móét Patrick terugvinden, de Patrick die ik kende.*

Ze liep naar de logeerkamer boven en opende de deur. Tegen het bed stond een enorme stapel dozen. Ze beschouwde dit zo'n beetje als Patricks kamer, omdat hier alles was wat ze nog van hem had. In de dozen zaten zijn kleren die ze had gehouden, zijn souvenirs, alles wat Max later misschien wilde hebben en de dingen die ze wel moest bewaren: documenten, rapporten, certificaten. Tijdens haar gesprek met Penny Young, de notaris die Patricks nalatenschap afhandelde, had ze een vel papier gekregen. 'Dit zien we steeds vaker,' had Penny gezegd. De vrouw handelde deze vervelende noodzakelijke zaken op perfecte wijze af: formeel maar toch meelevend. 'Veel van onze cliënten nemen een dergelijke voorzorgsmaatregel op in hun testament. Dat wordt steeds noodzakelijker en het versnelt de afhandeling.'

'Wat is dit?' Caitlyn keek naar een lijst met vetgedrukte woorden: BANK – PRIVÉ, APPLE ID, E-MAIL; BANK – GEZAMENLIJK; E-MAIL – GEZAMENLIJK. Eronder stonden onlogisch geordende cijfers en letters. 'Dit is een lijst met de wachtwoorden van de verschillende accounts, waarmee je toegang kunt krijgen tot al Patricks internetactiviteiten. Er is een bijlage bij het testament die hierbij hoort.' Penny gaf haar een geprinte brief die Patrick met zijn vloeiende handtekening had ondertekend.

Hierbij geef ik mijn echtgenote Caitlyn toegang tot al mijn online- en afgeschermde accounts. Ze mag ze gebruiken zoals haar geschikt lijkt. Ze zal wel weten wat ze ermee moet doen.

Ze had er verbaasd naar gekeken en daarna was ze in de lach geschoten. 'Natuurlijk,' zei ze toen. 'Dit is echt iets voor Patrick. Hij dacht altijd vooruit, maakte altijd plannen.'

'Verstandige man,' zei Penny glimlachend. 'Ik zou willen dat meer mensen dit deden.'

'O, maar er zijn niet veel mensen zoals Patrick. Hij dacht altijd overal aan.'

Patrick had hun testamenten een keer per jaar vernieuwd, maar ze had niet geweten dat hij dit ook had geregeld. *Hij plande altijd alles. Hij vond het leuk iemand te verrassen. Volgens mij dacht hij overal aan, ook aan dit.* Het leven dat half in de virtuele wereld plaatsvond werd beschermd door geheime wachtwoorden. Ze had nooit naar zijn wachtwoorden gevraagd en hij nooit naar de hare. Ze hadden een gezamenlijk e-mailadres, maar gebruikten dat zelden. Ze wist de pincode van zijn telefoon niet eens; die code wijzigde hij regelmatig – om te voorkomen dat Max ermee speelde, had hij gezegd. Hij had een privéleven waar ze vrijwel niets van wist en de deur daarnaartoe was dichtgeklapt op het moment waarop hij stierf – dat had ze tenminste gedacht. Toen ze zijn computers, tablet en telefoon in een doos stopte had ze zich gerealiseerd dat die nu allemaal nutteloos waren, mysterieus en stil. Het herinnerde haar eraan dat haar moeder altijd zei dat alle apparaten die waren ontworpen om werk te besparen waardeloze rommel werden zodra er geen elektriciteit was. Daarom stonden er, waar zij en Maura waren opgegroeid, altijd een wringer en een fluitketel in de schuur en lag er een stapel hout naast de open haard; gewoon voor het geval de stroom uitviel.

Ze had aangenomen dat Patricks computers wel toegankelijk zouden zijn voor een expert die alles kon openen en toegang kon krijgen tot alles wat erop stond. Maar waarom zou ze zelf die moeite nemen? En wat alle websites betrof waar Patrick alleen met een wachtwoord toegang toe had... Ze zou niet weten waar ze moest beginnen. Tot nu dan...

Ze had het papier opgevouwen en zorgvuldig in het middenvak van haar portefeuille gestopt, bij haar boodschappenbriefjes. Daar was het gebleven, soms vergeten en soms kloppend als een warm verborgen hartje.

Nu liep ze naar de stapel dozen en zette een van de bovenste dozen op de grond. Ze had geen idee wat erin zat, want op alle dozen stond hetzelfde: PATRICK. De doos die ze nu had gepakt was vrij licht. Ze keek naar de lichtbruine tape waarmee hij was dichtgeplakt. Ze werd nerveus en haar hart sloeg op hol. *Waar ben ik in vredesnaam bang voor? Patrick is dood.*

'Ik moet dit gewoon doen,' zei ze hardop. Ze pakte haar sleutelbos en sneed met een sleutel de tape met één vloeiende beweging door. Behoedzaam vouwde ze de kleppen open en keek in de doos. Ze zag een paar leren doosjes die ze goed kende, want die hadden altijd op Patricks ladekast gestaan; daarin bewaarde hij zijn manchetknopen, boordenknoopjes en dasspelden. Hij hield van dat soort dingen. Hij was er trots op dat hij een paar maatpakken had, een smoking en een rokkostuum, allemaal op de ouderwetse manier gemaakt met een afneembare boord en een versierd frontje, dubbele manchetten met ovale gouden manchetknopen met een kettinkje ertussen. Die zouden allemaal naar Max gaan. Dus dat betekende dat ze wist wat er in deze doos zat: alles van zijn kaptafel. Het ivoren schaaltje waar hij zijn horloge elke avond op legde, zijn flesjes met dure cologne en aftershave, het kleine, met leer beklede reiswekkertje en zijn verzameling horloges. Die laatste zou ze bewaren voor Max, omdat ze niet wist of hij de voorkeur zou geven aan Cartier of Rolex of Dunhill. Later kon hij zelf kiezen.

Patrick hield van de betere dingen van het leven. Die aanbad hij. Als iets de moeite van het hebben waard was, wilde hij het hebben. Ze zei weleens plagend dat hij James Bond wilde zijn, met de fraaie auto's, de pakken, de horloges en alle gadgets.

Ik wil alleen de beste versie van mezelf zijn, had hij gezegd, zonder te glimlachen. *Er zijn twee manieren waarop je kunt leven. Gewoon bestaan, tevreden zijn met de gewone dingen, en echt leven, het beste eisen. Zo ben ik. En ik heb het allemaal zelf gedaan. Ik heb mezelf gemaakt tot wie ik ben en heb er verdomd hard voor gewerkt om dat te bereiken.*

Hij had natuurlijk gelijk. Hij had zichzelf gemaakt, hij was de ultieme selfmade man, hij had zijn verleden afgeschud, zijn familie, zijn accent – alles wat niet bij hem paste. En zijn uiterlijk maakte daar deel van uit; ze kende niemand die zijn uiterlijk even belangrijk vond als hij.

Ze opende een van de leren doosjes en keek naar de paren manchetknopen die netjes bij elkaar lagen, sommige met initialen, andere speels en weer andere die zij hem cadeau had gegeven – hoewel ze altijd voorzichtig had moeten zijn voor het geval ze het verkeerde had gekocht. Patrick ergerde zich altijd zichtbaar aan cadeaus die niet de juiste snaar raakten.

Maar dit begrijp ik echt niet: Waarom wilde hij mij, met alles wat hij wilde van het leven, met zijn ongelofelijk hoge eisenpakket en zijn exquise smaak? Hoe is het mogelijk dat ik daarin paste?

Toen ze dit dacht besefte ze dat deze vraag haar al heel lang bezighield. Zelfs al voor zijn dood had ze zich steeds meer misplaatst gevoeld in Patricks wereld, alsof ze niet helemaal de juiste partner voor hem was en hij dat ook had gevonden. Maar zoiets had hij nooit gezegd. Hij had tegen haar gezegd dat hij van haar hield, hij had haar overladen met cadeaus en aandacht. En toch...

Ik heb altijd gevoeld dat er iets speelde waar ik buiten stond.

En ze had altijd geweten dat Patrick zich met meer dingen bezighield dan hij haar vertelde, ook al wilde ze dat eigenlijk niet toegeven.

Caitlyn keek op van de leren doosjes en bestudeerde de stapel dozen. *Maar ja, alles is hier en hij heeft me de sleutel gegeven. De vraag is alleen of ik die doos wil openmaken of niet. Zodra wat erin zit is vrijgelaten, kan ik het niet meer terug stoppen.*

Ze pakte haar sleutelbos weer. *Maar ik moet het weten. Ik wil antwoorden hebben.*

Er was zoveel te bekijken dat ze tegen de tijd dat ze moest stoppen om Max van school te halen nog maar een paar dozen had doorgewerkt. Er was zoveel wat haar aandacht opeiste. Ze had een paar uur besteed aan het doorbladeren van Patricks fotoalbums, waarin zijn ontwikkeling te zien was van magere, zongebruinde student tot de knappe, hardwerkende jonge advocaat op wie zij verliefd was geworden; ze volgde hem tijdens zijn vakanties en reizen, ze herkende een paar vrienden wel en anderen niet, en daarna begon zij op de foto's te verschijnen. *Wat lijk ik jong!* Eerst alleen als zijn vriendin, ontspannen naast hem liggend op een strand in Griekenland, achter hem zittend op een motor in Egypte, beiden met een geruite sjaal als een tulband om het hoofd en een motorbril als bescherming tegen het zand. Daarna, toen hun relatie inniger werd, hand in hand, lekker tegen elkaar liggend op een handdoek, samen aan een tafeltje in een restaurant. Hun privékiekjes – zij terwijl ze met verwarde haren op verkreukelde lakens op bed ligt en naar hem opkijkt; Patrick die met een blote borst en alleen een handdoek om zijn heupen geslagen onder de douche vandaan komt.

Dat was magisch. Verliefd worden. Onze heftige wederzijdse aantrekkingskracht.

Ze werd weemoedig, nostalgisch en verlangend, en werd overmand door intens verdriet. Deze dozen zouden verdriet veroorzaken, dat moest ze zich wel realiseren. *Ik mag niet verwachten dat ik dit kan doen zonder iets te voelen.* Ze had erg haar best gedaan om zich niet te laten kwetsen. Ze werd bang. *Moet ik dit alleen onder ogen zien? Zonder hem? Hij is dood, stomkop die je bent,* snauwde haar inwendige stemmetje. *Je bént alleen. Of heb je dat soms nog niet door?*

Natuurlijk weet ik dat, zei ze streng tegen zichzelf. Maar deze kamer met al die dozen leek opeens een soort vergaarbak van alles wat ze tot nu toe wanhopig had vermeden: herinnering, pijn en wetenschap.

Ze legde het fotoalbum terug, deed de doos dicht en vertrok om Max van school te halen.

12

De volgende dag vertelde de postbode dat de treinen naar Oxford inderdaad reden en dat de wegen naar het station sneeuwvrij waren. Het had niet opnieuw gesneeuwd, maar het leek er ook niet op dat de kou minder zou worden. Toch konden de kinderen nog altijd niet naar school.

Voor de reis naar Oxford haalde Tommy een paar van haar Londense kleren tevoorschijn en koos een van haar beste pakjes, een fraai pakje van lichtgrijze tweed. De stijl was misschien wel vooroorlogs, maar de kwaliteit was uitstekend. Hierbij droeg ze grijze handschoenen, een zwartfluwelen hoed met drie vilten bloemen met nepparels als hartje en een halsketting van echte parels. Verder nam ze een kleine handtas van krokodillenleer mee. Ze was tevreden met hoe ze eruitzag. Misschien niet precies het meisje op de foto op de piano, maar ze kon ermee door.

'Jeetje, mama, wat zie je er mooi uit!' zei Antonia toen ze naar de slaapkamer van de kinderen ging om hun een afscheidskus te geven. Ze lagen nog in bed.

'Dank je, lieve schat. Ik ga even op reis met meneer Burton Brown. We komen pas terug als jullie al slapen, dus wees vandaag maar heel lief voor Gerry.' Ze omhelsde haar dochter.

'Betekent dat geen Latijn vandaag?' vroeg Harry zacht van onder zijn donzen dekbed.

'Ja. Geniet dus maar van je vrije dag.' Ze wierp hem een kushandje toe. 'Lief zijn, lastpak.'

'Maar ik vind Latijn leuk,' zei hij beledigd met een gedempte stem. 'En ik heb mijn derde vervoeging gisteravond geleerd.'

'Heel goed. Nu moet je opstaan en je aankleden.'

'Maar het is veel te koud!'

'Dan kun je het maar beter snel doen, want het wordt niet gemakkelijker!'

Twintig minuten later zaten zij en Fred in de auto. 'O, maar dit is heerlijk,' zei Tommy blij nadat ze tussen de hekpalen door de landweg op was gereden. Ze reed langzaam, in verband met het ijs. 'Ik ben al zo lang niet meer weg geweest. Ik ben een keer naar Bristol gegaan, maar dat lijkt eeuwen geleden. Het komt door de sneeuw, denk je ook niet? Ik kan me bijna niet herinneren dat de wereld niet wit en grijs en modderig was.'

'Misschien wel,' antwoordde Fred. 'Maar je hebt gelijk: hoe charmant het huis ook is, het is goed om weg te zijn.'

'Ja, hè?' Tommy was opeens vrolijk en opgewonden. Er lag een hele dag voor hen, een dag van reizen, een andere omgeving en andere mensen, en een dag met Fred natuurlijk. Om de hele dag met z'n tweeën te zijn, zonder Rogers sombere stemming, Gerry's onderzoekende blik, haar moeders gekwelde oordeel of het constante kabaal en gepraat van de kinderen. *Ja, het is alsof ik me opeens herinner hoe het is om een volwassene te zijn.*

De auto schokte over de landweg en hobbelde door kuilen.

Tommy keek even naar Freds profiel, dat scherp afstak tegen de witte wereld buiten. Zijn scherpe neus en hoge jukbeenderen waren haar vertrouwd, net als de vorm van zijn lippen en zijn kin. *Ik heb zin in deze dag samen met hem.*

'Ken je Oxford goed?' vroeg Fred opeens.

'Ja, heel goed. Het is hier maar veertig kilometer vandaan, dus gaan we er vaak naartoe om inkopen te doen. Ik heb daar een tijdje op school gezeten.'

'Ik ben er nog nooit geweest. Ik hoorde over die winkel met kunstenaarsbenodigdheden van een man die ik in de oorlog heb leren kennen. Hij heeft op Merton gezeten, en toen we ontdekten dat we allebei schilderen, heeft hij me er alles over verteld.'

'De broer van mijn vriendin Veronica zat op Merton. Het zal wel niet dezelfde man zijn, tenzij hij Brian heet.'

'Nee, zo heette hij niet.'

'Dat dacht ik al. Ik vraag me af of Veronica thuis is. Ze zat bij mij op school en woonde aan St. Margaret's Road.'

'Je had haar moeten schrijven om iets af te spreken.'

'Misschien wel. Maar ik ben volkomen tevreden met jouw gezelschap.'

'Echt?' Fred keek haar glimlachend aan. 'Dat vind ik fijn.'

In de trein naar Oxford zaten Tommy en Fred in een coupé samen met drie oude vrouwen en een pastoor die de hele reis heel amicaal met elkaar zaten te kletsen. Fred keek Tommy met opgetrokken wenkbrauwen aan en ze kreeg de slappe lach, wat ze verborg door een boek uit haar tas te halen en net te doen alsof ze daarom moest lachen. Fred stak een sigaret op en zat rustig te roken terwijl hij uit het raam keek, zich kennelijk niet bewust van het gesprek.

Het was een korte treinreis en op het station namen ze een bus naar het stadscentrum. Het was ijskoud. Tommy rilde zelfs in haar bontjas toen ze uitstapten op de kruising van George Street en Broad, waar de wind over de Cornmarket waaide.

'Ik moet naar Ship Street,' zei Fred, 'want daar is die winkel. Dan koop ik wat ik nodig heb en vraag of ze het willen bewaren tot we vertrekken.'

'Goed idee. Ship Street is die kant op, de tweede straat links voorbij de kerk.' Tommy keek naar de fraaie voorgevel van Elliston & Cavell met de enorme vlakglasruiten, het met krullen versierde smeedwerk en de gouden letters. 'Ik heb wol en zijde nodig voor herstelwerk en ik wil ook graag naar Woolworths. En ik heb de kinderen beloofd wat koekjes mee te nemen.'

'Laten we eerst onze boodschappen doen, dan gaan we om één uur lunchen bij Elliston's. Ik moet om twee uur bij mijn dokter zijn en daarna kunnen we met de trein van halfvijf weer naar huis.'

'Heb je dan genoeg tijd?'

'Meer dan genoeg.' Hij raakte de rand van zijn hoed aan. 'Tot straks.'

Opeens stond Tommy alleen op de Cornmarket te midden van een drukke menigte. Ze vroeg zich af wat er was gebeurd met haar heerlijke droom om de hele dag samen met Fred door te brengen. *Kom op, Tommy. Boodschappen doen. Nu. Hoe eerder je in de warmte bent, hoe beter.*

De winkels die ooit bijna bezweken onder de voorraad luxeartikelen waren nu leger. De tijd van overvloed was echter al zo lang geleden dat Tommy zich die tijd amper kon herinneren en ze kon bijna niet geloven dat die ooit terugkwam. Ze schaamde zich zelfs omdat ze haar beste pakje droeg, ook al was dat oud, en haar bontjas leek bijna schandelijk comfortabel, want de meeste mensen om haar heen zagen er opvallend armoedig uit in hun versleten kleren en met hun vermoeide blik. De euforie van de vrede had plaatsgemaakt voor vermoeidheid, doordat de problemen aanhielden zonder dat er een einde aan leek te komen.

De kou helpt ook niet echt. Ze trok haar jas om zich heen en begon te lopen, terwijl ze probeerde de blik van andere mensen zoveel mogelijk te mijden. *In het voorjaar wordt alles vast beter, maar het is nu nog maar eind januari, dus dat lijkt nog heel ver weg.*

Tommy vond wat goede goedkope katoen en zeep in Woolworths, maar besloot de zijden stoffen bij Elliston's te kopen. Daarna ging ze naar Marks and Spencer om te kijken of er iets te koop was waar ze haar bonboekje voor kon gebruiken.

Ze was net bij de gebreide kleding aan het kijken toen ze haar naam hoorde.

'Tommy, Tommy Whitfield – je bent het écht!'

Ze draaide zich om om te zien waar de stem vandaan kwam. Toen zag ze twee vrouwen vlak bij zich, van wie er een opgewonden naar haar zwaaide. Tommy glimlachte en liep naar hen toe; een van de vrouwen droeg een hoofddoek en een lichtbruine wollen jas. 'Lieve help, Veronica, dit is ongelofelijk! Ik had het laatst nog over je.'

'Dát is toevallig, want wij hadden het net over jou! Je kent Barbara toch?' Veronica wees naar de vrouw naast haar, een blondine met een mager bleek gezicht in een marineblauwe jas met brede schouders. Ze droeg een eenvoudige bruine hoed en een bonten mof.

'Natuurlijk,' zei Tommy meteen. 'Maar het is al jaren geleden. Hallo, Barbara, hoe gaat het met je?'

'Ik red het net,' zei Barbara met een benepen glimlach. Ze had een hoge, meisjesachtige stem en opvallende, lichtblauwe ogen. Ze was elfachtig mooi en op haar gave huid was alleen een lichtroze moedervlek op haar kin te zien. 'Ik ben dakloos, maar Veronica was zo lief mij en mijn dochter in huis te nemen tot we weer een huis hebben.'

'O, wat erg voor je.' Tommy probeerde meelevend te kijken, maar haar gedachten vlogen terug naar hun schooltijd toen zij, Veronica en Barbara in hetzelfde klaslokaal hadden gezeten. Ze herinnerde zich dat Barbara achter haar zat en er een kleine lawine van met inkt doorweekte propjes papier op haar schone schrift, haar blouse en in haar haar landde. Maar toen ze zich omdraaide zat Barbara onschuldig te werken, verdiept in haar les, terwijl ze haar pen zo vasthield dat haar vingertoppen niet te zien waren en eventuele inktvlekken verborgen bleven.

'Heb je tijd voor een kop thee?' vroeg Veronica gretig. 'We kunnen je niet zomaar laten gaan!'

'Ik heb om één uur een lunchafspraak,' zei Tommy terwijl ze op haar horloge keek.

'Nou, dan hebben we net genoeg tijd als we naar het café in Carfax gaan. Dat is aan de overkant. Kom mee.'

Even later werd ze meegesleept, de winkel uit en naar het café de overkant. Het was er warm en klam, en het rook er naar thee en warme muffins. De serveerster bracht hen naar een tafeltje, en Veronica vroeg haar of ze hun zo snel mogelijk thee wilde brengen omdat ze haast hadden. Daarna vertelde ze Tommy dat ze Barbara en haar dochter Molly onderdak bood in haar huis in een zijstraat van Banbury Road. 'Maar ik voel me heel schuldig, omdat ik haar niet lang kan laten blijven. Zo is het toch, Barbara?'

Barbara knikte en keek Tommy aan. 'Ze krijgt haar schoonzus te logeren.'

'Ik kan niet veel mensen hebben,' zei Veronica verdrietig. 'Dat is gewoon te veel. Maar Barbara heeft geen familie waar ze kan wonen.' Opeens lichtte haar blik op, en Tommy wist zeker dat Veronica nu iets zou zeggen waar ze al aan dacht sinds het moment waarop ze haar in Marks had gezien. 'Maar Tommy, jij hebt toch een heel groot huis? Je moet ruimte genoeg hebben voor twee daklozen! Kunnen Barbara en Molly niet bij jou komen wonen?' Veronica klapte enthousiast in haar handen bij dit heerlijke idee waardoor zij van hen af was. 'Dit is echt een gelukje, dit moest gewoon zo zijn!'

'Tja...' Tommy voelde zich overvallen, nu ze opeens verwikkeld werd in de onzichtbare maar fatale dwang van goede manieren. 'Natuurlijk zouden we jullie graag in huis nemen, maar ik zal het mijn moeder moeten vragen. Mijn broer heeft namelijk al een vriend bij ons in huis genomen die herstellende is van zijn oorlogsverwondingen. Misschien is het onmogelijk...'

'O, het kan vast wel!' riep Veronica. 'Ze zijn helemaal niet lastig. Molly is net een klein muisje en Barbara is een grote hulp...'

Barbara legde een bleke hand op Veronica's arm alsof ze haar de mond wilde snoeren, maar hield ondertussen haar blik strak op Tommy gericht. 'Alsjeblieft, Veronica, het is te veel om Tommy te vragen ons in huis te nemen. Dat is een zware last.'

'Ik... Nou ja...' mompelde Tommy, terwijl ze zich nog meer gevangen voelde door de ketenen van goede manieren.

'Nee hoor,' zei Barbara gedecideerd. 'Geen sprake van. Zoveel kun je niet van iemand vragen. Laten we ergens anders over praten.'

Tommy deed haar mond dicht en mompelde, met haar blik op

het tafelblad gericht: 'Goed, ik zal mijn moeder vragen wat zij ervan vindt.'

Maar Barbara luisterde niet. 'Wie van jullie herinnert zich die afschuwelijke mam'selle die zo verschrikkelijk stonk? Ik kan geen woord Frans spreken zonder daaraan te denken, zelfs nu nog!'

Tommy kwam iets te laat. Ze zag dat Fred al voor Elliston's op haar stond te wachten. Hij rookte en keek gespannen de straat in. Zodra hij haar zag gooide hij de sigaret op de grond en trapte hem uit. 'Ahoy!' riep hij, zwaaiend. 'Ik was al bang dat ik verkeerd was.'

'Nee, nee, ik ben te laat, dat spijt me ontzettend. Laten we naar binnen gaan.'

Zodra ze in het restaurant waren, had ze het te warm. *Ik ging te snel van koud naar warm naar koud, en nu alweer naar warm.* Er verschenen zweetdruppeltjes op haar neus, maar dat kwam ook doordat ze te laat was en door haar ontmoeting met Barbara. *Mijn poeder helpt nu ook niet meer, ik zal er wel verschrikkelijk uitzien.*

'Gaat het wel goed met je?' vroeg Fred terwijl hij haar aandachtig bekeek nadat de serveerster hun bestelling had opgenomen.

Tommy pakte de menukaart en wapperde daarmee als een provisorische waaier voor haar gezicht. 'Ik heb het opeens ontzettend warm.'

'Dat komt doordat we het al dagen ijskoud hebben gehad, en we nu in de warmte zijn.' Fred glimlachte. 'Maak je maar geen zorgen, je bent er zo weer aan gewend dat je binnen bent.'

'Ik ben ook een beetje van slag. Ik kwam net mijn oude vriendin Veronica tegen, over wie ik het laatst had, en zij had Barbara bij zich, en Veronica heeft me zo ongeveer opgedragen Barbara in huis te nemen.'

'Wat een lef,' zei Fred. 'Hoe kon ze dat vragen?'

'Dat weet ik niet precies. Voornamelijk omdat we ruimte hebben, neem ik aan, wat feitelijk ook zo is. Maar het huis is niet bepaald comfortabel en ik ken Barbara amper.'

'Zaten jullie bij elkaar op school?'

'Ja, maar Barbara...' Hulpeloos wendde Tommy haar blik af. 'Ik heb haar nooit gemogen, maar dat kon ik natuurlijk niet zeggen. Ik kon niet zeggen dat ik haar niet mocht! Want ik weet nog hoe ze op school was: ze was achterbaks, ze loog, ze klikte over anderen als de meesten van ons liever straf hadden gekregen dan dat te doen. Ze was niet echt gemeen, maar...'

'Ze deugde gewoon niet.'

'Klopt.' Tommy trok haar handschoenen uit. 'Ik heb haar in Londen een paar keer gezien en toen vond ik haar zelfs nog minder aardig. Ik weet niet hoe ik het moet formuleren, want ik kon er mijn vinger niet op leggen. Ze begroette me toen alsof we elkaars beste vriendin waren en het leek alsof ze zich in mijn leven probeerde te wurmen. Ze was schaamteloos als het erom ging zichzelf te laten uitnodigen. Ze deed dingen... zoals wijn inschenken uit een fles op het tafeltje van iemand anders. O jee, het klinkt vreselijk nu ik het hardop uitspreek.'

'Nee hoor, ik snap wat je bedoelt. Ze probeerde overal voordeel uit te halen.'

'Ja. Toen trouwde ze en ging ze in India wonen. Eigenlijk heeft ze nooit iets gedaan om me te kwetsen.'

'Ga je haar dan afwijzen?'

'Ik weet het niet. Dat lijkt erg ongevoelig, en ze heeft een dochtertje. Ze vertelde dat haar man is gesneuveld in Birma, dus is ze nu weduwe, en kennelijk dakloos.' Tommy schaamde zich een beetje. 'Ik zou haar niet op het verleden mogen beoordelen. Ze is vast veranderd.'

'Misschien. Ik neem aan dat mensen een tweede kans verdienen. Mensen kunnen veranderen, vooral als het leven zwaar is, zoals voor haar. Aha, daar is onze lunch. Mooi zo, ik ben uitgehongerd.'

Na de lunch, terwijl Fred in St. Giles door een blauwe deur met koperbeslag verdween naar zijn doktersafspraak, liep Tommy wat rond. Ze bekeek de etalage van een boekwinkel en nam een kijkje in Little Clarendon Street.

'Hoe was het?' vroeg ze toen hij naar buiten kwam en een beetje voorzichtig de trap af liep naar haar toe.

Fred stak een sigaret op en bood haar er ook een aan, die ze aannam. Al rokend liepen ze terug in de richting van de winkel in kunstenaarsbenodigdheden waar Fred zijn aankopen kon ophalen. 'Mijn genezing verloopt goed. Hij heeft het verband eraf gehaald om even te kijken. Dat deed behoorlijk pijn, maar hij zei dat het er goed uitzag.'

'Wat had je voor wond? Ik weet dat het een brandwond was, maar Roger heeft nooit verteld wat er precies is gebeurd.'

'Een grote en afschuwelijke brandwond op mijn zij. Ik kreeg benzine uit een omgevallen blik over me heen en die vloog in brand. Het was een afschuwelijk ongeluk, maar het had veel erger kunnen aflopen. Hier hebben ze heel veel huid getransplanteerd.' Hij wees vaag naar zijn zij. 'Het ziet er niet fraai uit. Ik wist niet dat brandwonden zoveel tijd nodig hebben om te genezen en zo'n gruwelijke pijn veroorzaken.'

Ze liepen langs het Martyrs' Memorial. Fred wees ernaar en zei: 'Daardoor realiseer je je pas echt hoe die arme kerels hebben geleden toen ze levend verbrandden. Ze zeggen dat het voor Ridley het ergst is geweest. Een familielid probeerde te helpen door er hout op te gooien zodat de vlammen feller zouden branden, maar daardoor maakte hij de zaak alleen nóg ondraaglijker. Ze stopten kruit onder zijn armen zodat hij snel doodging, maar dat werkte niet.'

'Wat barbaars!' riep Tommy. 'Ik snap niet hoe ze daarnaar konden kijken.'

Fred haalde zijn schouders op. 'Dat dacht ik vroeger ook, maar nu heb ik erger meegemaakt. Het verbaast me alleen dat we toch in vrede kunnen leven.' Hij keek haar glimlachend aan. 'Elke dag waarop ik de dood niet zie beschouw ik als een goede dag.'

Zwijgend liepen ze naar Ship Street.

13

Caitlyn deed een dutje en was diep in slaap toen ze werd gewekt doordat er op haar voordeur werd geklopt. Ze kreunde toen ze, terwijl ze onder haar dekbed vandaan kroop, haar slaperige gezicht in de spiegel van de kaptafel zag. Ze had zin het kloppen te negeren, maar het ging door, dus stond ze op en liep wankelend naar beneden om open te doen.

Haar buurvrouw Jen stond voor de deur met een brede glimlach. Deze keer droeg ze een spijkerbroek, sportschoenen en een lange, hemelsblauwe polo. 'Hi! Jeetje, je ziet er niet uit. Zware nacht gehad? Ik dacht dat je het was vergeten.'

'Wat vergeten?' vroeg Caitlyn en ze knipperde tegen de ochtendzon die de straat bescheen. Ze was nog lang opgebleven toen ze de dozen in de logeerkamer bekeek, en nadat ze Max die ochtend naar school had gebracht was ze weer op bed gaan liggen en in slaap gevallen. Ze was nog steeds versuft en kon niet bedenken waar Jen het over had.

'Dat je bij mij koffie komt drinken natuurlijk. Kom op, het is al klaar. Loop maar mee!' Zonder op antwoord te wachten draaide Jen zich om en beende weg.

Verdorie, ze heeft gelijk, ik was het vergeten.

Ze leek nu niet veel keus meer te hebben. Dus controleerde ze of ze haar sleutels bij zich had, trok de deur achter zich dicht en liep achter Jen aan.

Jen stond binnen op haar te wachten. Haar huis was muntgroen en had een felrode voordeur. Buiten was het een beetje slordig en binnen zelfs nog slordiger, maar het barstte van de kleuren en lag vol spullen. 'Ik ben een ekster,' zei Jen vrolijk toen Caitlyn binnenkwam en verbaasd om zich heen keek. 'Ik verzamel graag dingen en ben gek op oude spullen, alles wat edwardiaans, victoriaans of art deco is. Dat is mijn specialiteit. We gaan in de keuken koffiedrinken, daar is het lichter.'

Toen Caitlyn langs een openstaande deur kwam, ving ze een glimp op van een kleine donkere woonkamer die vol stond met antieke bruine meubels en schitterde door de prachtige kleuren van Tiffany-lampenkappen. De keuken was vrolijk geel geverfd en versierd met handgemaakt mozaïek in plaats van tegels. Op de geboende grenenhouten keukentafel stonden twee verschillende bekers naast een cafetière.

Jen wees haar een stoel aan, ging tegenover haar zitten en schonk de dampende koffie in. 'Melk? Ik gebruik een heleboel. Kijk, deze is uitstekend. Niet gepasteuriseerd, maar gewoon zoals de natuur het wilde.' Ze schonk melk in hun bekers. 'Zo. Voel je je wel goed? Je lijkt een beetje moe.'

'Ja hoor, prima. Sorry dat ik onze afspraak was vergeten.'

'Geen probleem, hoor. Een heleboel andere mensen waren hier blijven zitten, waren misschien kwaad geworden en hadden zich afgevraagd hoe ze dat moesten aanpakken. Maar zo ben ik niet, ik laat nooit iets sudderen, dat is mijn motto. Ik ga er gewoon op af. Als je had gezegd "sodemieter op, Jen, ik heb helemaal geen zin om koffie met je te drinken, laat me met rust," nou, dat was prima geweest. Dan had ik je met rust gelaten en was ik mijn eigen gang gegaan.'

'Oké,' zei Caitlyn behoedzaam. Had ze dat maar eerder geweten.

Jen leunde naar haar toe en keek haar aan door de damp die uit haar beker opsteeg. 'Maar ik wist dat dat niet zou gebeuren. Volgens mij is dat jouw manier niet. En ik kan wel zien dat je er slecht aan toe bent. Daarom ben je hier denk ik terechtgekomen.'

'Echt? Waarom?' Caitlyn keek Jen onwillekeurig glimlachend aan.

Jen had een kinderlijk gezicht doordat haar emoties erop te zien waren, snel en veranderlijk. Haar ronde ogen en kleine, roze mond waren het ene moment ernstig en het volgende moment vrolijk. Ze had het gezicht van iemand van tussen de zestien en de veertig, dat er op haar zestigste waarschijnlijk niet anders uit zou zien: mollig en hartvormig en met een zachte, lichte teint.

'Omdat,' zei Jen ernstig, 'ik het je kan leren, als je dat wilt.'

'Je kunt me leren... pottenbakken?' vroeg Caitlyn, half plagend en met een blik naar haar beker met het ietwat scheve oor en de ongelijke rand.

'Ja, dat kan ik wel doen als je zou willen. Dat daar is mijn atelier, in de tuin. Jij kunt het denk ik vanuit je keukenraam zien. Maar dat bedoelde ik niet. Ik kan van alles en nog wat, als dat de juiste uitdrukking is. In mijn vrije tijd ben ik pottenbakker, maar ik ben ook een consulent, hypnotherapeut en yogadocent.'

O mijn god. Caitlyn voelde dat haar glimlach bevroor.

'Maak je geen zorgen, ik ben geen halvegare! Ik ga niet neuriën of in trance of zo. Maar ik kan wel voelen dat je niet goed in je vel zit. Echt, ik kan je helpen als je dat wilt, of niet als je dat liever niet wilt.' Jen leunde naar achteren en keek haar stralend aan.

Caitlyn was ontroerd. Het was lang geleden dat ze zoveel oprechte vriendelijkheid had meegemaakt, en ze had het gevoel dat er een zachte deken om haar heen werd geslagen die haar troostte. De vriendelijkheid van ieder ander – van Maura, Sara, de rest van haar familie, haar vrienden – leek vermengd met iets wat ze had geïnterpreteerd als onbehagen of angst, hoewel ze geen idee had waar ze bang voor konden zijn. Misschien waren ze bang dat ze de grip op haar leven kwijtraakte, echt gek werd en ging gillen en haar haren uit haar hoofd trekken, en dan hun probleem zou worden worden. *Dat is waarschijnlijk erg oneerlijk. Maura wil me altijd heel graag helpen.*

Maar ze wist ook dat het waar was. En nu was Jen, een onbekende, in staat om haar iets aan te bieden wat liever en zuiverder was. Opeens voelde ze zich tot haar aangetrokken en wilde ze haar in vertrouwen nemen om meer van deze troostende vriendelijkheid te ervaren.

'Je hebt gelijk,' zei ze langzaam. 'Ik zit helemaal niet goed in mijn vel. Mijn man is een paar maanden geleden omgekomen tijdens een auto-ongeluk. Ik ben hier komen wonen om met mijn zoon een nieuw leven op te bouwen.'

Jens ogen werden weer groot, ze zei geluidloos 'o,' terwijl ze haar hand op die van Caitlyn legde. Hardop zei ze: 'Maar lieverd, dat is vreselijk. Wat erg voor je.'

'Dank je. Dat was – ís ook afschuwelijk. Het was zo willekeurig. Een vrachtwagenchauffeur die zat te appen zodat hij niet zag dat het verkeer voor hem stilstond tot het te laat was en... bam! Toen werd Patrick vermorzeld, zomaar. Al zijn energie en kracht en levenslust en vastberadenheid... Dat betekende allemaal niets vergeleken met die domme pech. Als zijn vlucht een vertraging van tien minuten had gehad, of als hij op een andere plek in de rij voor de taxi had gestaan, zou hij nog leven. Maar alles wat er gebeurde bracht hem onvermijdelijk naar dat moment, naar dat punt waar hij dus degene was voor die vrachtwagenchauffeur. En hij kwam om.'

Jen wreef over Caitlyns hand. 'Wat een gruwelijk verhaal. Je hebt gelijk. Dat lijkt zinloos en oneerlijk.'

'Zo zinloos, zo'n verspilling.' Caitlyn schudde verdrietig haar hoofd. 'Patrick is zoveel ontnomen. Daar baal ik van.'

'Ja. En jij en je zoon zijn hem kwijtgeraakt. Dat moet heel naar zijn.'

'Ja, heel erg.'

Jen zei vriendelijk: 'Maar heel veel mensen denken dat alles een doel heeft. Zij zullen denken dat Patricks reis misschien op die manier móést eindigen, misschien had hij alles gedaan wat hij moest doen.'

Caitlyn hoorde dat haar stem schril werd. 'Dat het de bedoeling was dat hij doodging en dat Max zonder vader moest opgroeien? Meen je dat?'

'Ik zeg niet dat het goed is, maar dat het misschien minder nutteloos en willekeurig was dan het lijkt.'

'Of misschien wel. Misschien is het even nutteloos en willekeurig als het lijkt, en is er niets in ons leven wat we vanzelfsprekend mogen vinden of waar we op mogen vertrouwen.'

Jen knikte langzaam. 'Dat zou best weleens zo kunnen zijn. Dat hangt ook af van je verwachtingen van het leven. Het hangt ervan af of je je leven wilt controleren of dat je bereid bent jezelf over te geven aan de mysteries van het leven.'

Caitlyn zweeg en dacht aan Patrick. Hij had de wereld zeker onder controle gehad. Was dat fout? Verdiende hij het om door een vrachtwagen uit een taxi gelanceerd te worden?

'Sommige mensen noemen dat karma,' zei Jen zacht.

'Ja, daar heb ik over gehoord,' zei Caitlyn kortaf.

'Sorry als ik je beledig, want dat is wel het laatste wat ik wil. Ik wil je helpen.'

Caitlyn haalde diep adem. 'Dat weet ik. Mij spijt het ook. Ik wilde niet onbeleefd zijn.'

'Doe niet zo gek. Je mag zijn zoals je wilt. Ik heb met een heleboel getroffen mensen gepraat, en het is niet zo dat er maar één manier is waarop je je moet gedragen of voelen. Jij moet jezelf laten ervaren waar je behoefte aan hebt.'

'Ja, misschien wel.' Ze nam een grote slok koffie. Die was warm en smakelijk, en troostte haar.

'Misschien voel je niet alleen verdriet,' zei Jen. Ze keek Caitlyn ernstig aan. 'Misschien ben je ook boos. Het is normaal dat je boos bent op iemand als hij dood is en je in de steek heeft gelaten.'

Caitlyn dacht over Jens woorden na. 'Je hebt gelijk, ik ben kwaad,' zei ze. 'Ik ben kwaad omdat hij is vertrokken zonder me het hele verhaal te vertellen. Er speelt meer dan ik weet, en ik weet niet eens zeker of ik wel wil ontdekken wat het is. En toch... kan ik niet ophouden eraan te denken.'

'Hadden jullie geheimen voor elkaar?'

'Ik dacht van niet, maar hoe meer ik me herinner, hoe meer ik vermoed dat er puzzelstukjes zijn die ik nog niet tegen elkaar heb gelegd, dat ik sommige zelfs nog niet heb gevonden.'

'Is het belangrijk om al Patricks geheimen te kennen? Misschien was het de bedoeling dat ze met hem werden begraven. We hebben allemaal onze onbekende kanten, onze verborgen kanten en ons privé-ik.'

Caitlyn fronste. 'Maar ik blijf het vreemde gevoel hebben dat Patrick wíl dat ik meer over hem ontdek. Hij deed nooit iets zomaar, hij hield altijd rekening met elke mogelijkheid. Ik dacht weleens dat hij helderziend was, maar dan zei hij gewoon: "Strategie, Caitlyn, strategie. Je moet iets van alle kanten bekijken, neem nooit zomaar iets aan en doe onderzoek."'

Jen glimlachte. 'Zo te horen was hij een interessante man.'

'Dat was hij ook. Te interessant voor iemand zoals ik.'

'Dat geloof ik dus niet. Jullie vonden in elkaar wat jullie nodig hadden. Stel je je eens twee exemplaren van hem voor in een relatie!' Caitlyn lachte, en Jen zei vrolijk: 'Zie je wel! Dat zou nooit werken! Hij had behoefte aan wat jij hem kon bieden, dus mag je jezelf niet neerhalen. Maar waar het om gaat is of je echt denkt dat Patrick wilde dat jij meer over zijn leven wist.'

Caitlyn keek naar het tafelkleed en volgde de patronen van de vrolijke stippels erop. 'Ja,' zei ze uiteindelijk, 'dat denk ik.'

'Nou,' zei Jen waarna ze een slok nam, 'dan is dat je antwoord. Doe onderzoek. Neem niets zomaar aan.'

'En bekijk het van alle kanten,' zei Caitlyn. 'Je hebt gelijk.' Peinzend zei ze: 'Ik moet blijven denken.'

Jen knikte. 'Denken en kijken en verbanden leggen. Dat was het geheim van Patricks kracht, nietwaar? Gebruik daar dus een beetje van en dan vind je de antwoorden die je zoekt.'

Caitlyn maakte een lange wandeling door de parken van de universiteit en dacht na over Patricks macht en hoe ze die moest gebruiken.

Hoe was mijn relatie met Sara nadat we afgestudeerd waren?

Ze waren naar Londen verhuisd. Sara woonde samen met een aantal mensen in Islington en Caitlyn huurde Maura's logeerkamer terwijl ze de kost verdiende als serveerster en probeerde te beslissen wat ze hierna zou doen. Sara's huisgenootjes waren aardig en rijk, en Caitlyn ging er vaak naartoe. Ze leerden hen kennen en toen Sara naar Glasgow vertrok om een cursus ornamentele kunst te volgen huurde Caitlyn Sara's kamer. Ze was blij weg te zijn van Maura, die net Callum had leren kennen en smoorverliefd was. Dankzij een iets hoger salaris door haar nieuwe baan als assistente in een kleine galerie in Cork Street kon ze de hoge huur net betalen, en ze voelde zich bijna even betoverend als Sara met haar chique adres en haar baan in Mayfair. Ze leidde een luchthartig leven met een heleboel feestjes en galerietentoonstellingen, champagne en hapjes.

'Je bent een echte It Girl,' had Maura droog opgemerkt. 'Ik heb immers altijd al gezegd dat Oxford je zou veranderen in iemand die te goed voor ons is?'

'Dat is niet eerlijk!' had Caitlyn geroepen, maar ze wist dat haar leven in niets leek op dat van Maura in haar flat in een lelijk deel van Zuidoost-Londen met het salaris van een leraar in opleiding. Sara vertrok naar Italië als stagiaire van een beroemde interieurontwerper en stuurde haar opgewonden mailtjes vanuit villa's in Umbrië, *palazzi* in Venetië of jachten in de Middellandse Zee. Ze flirtte met playboys en de erfgenamen van industriële vermogens en feestte met de kinderen van beroemde dynastieën. Elk moment, vermoedde Caitlyn, kon ze bericht krijgen over een verloving met een rijke, knappe man die al Sara's dromen zou verwezenlijken.

Maar niet alles was plezierig en leuk. Ze werd 's avonds laat gebeld door Sara, dronken, soms eenzaam, soms bang. Dan vertelde Sara dat mannen haar achtervolgden of dat mensen haar slecht behandelden, en dan smeekte ze Caitlyn om naar haar toe te komen. Ze werd altijd omringd door bedreigingen en gevaren, niet-uitgelokte wreedheden, afschuwelijke behandelingen, meestal door andere vrouwen. Geslaagde ontwerpsters haatten haar, voelden zich bedreigd door haar en probeerden haar te ondermijnen en te vernietigen. Caitlyn luisterde, troostte haar en gaf haar advies, plande soms om het eerstvolgende vliegtuig te nemen, maar de volgende dag was Sara meestal weer normaal, was ze in staat ermee te dealen, zei ze dat de vreselijke verhalen van de vorige avond niets voorstelden en dat Caitlyn niet hoefde te komen omdat ze oké was.

Toen Sara terugkwam uit Italië en een nieuwe baan kreeg als assistente van een beroemde en excentrieke binnenhuisarchitect ging ze weer in het huis in Islington wonen. Het kwam toevallig zo uit dat Caitlyn haar kamer kon houden en Sara de grote suite op de bovenste verdieping kon betrekken. Dat had heel leuk moeten zijn, maar op de een of andere manier was het dat niet. Sara was single, zoals zo vaak, maar verlangde hevig naar een vriendje.

'We moeten ook iemand voor jou zien te vinden,' zei ze tegen Caitlyn. 'Ik weet zeker dat we iemand zullen vinden. Misschien heeft een van de mannen die achter mij aan zitten wel een vriend die jou leuk vindt.'

Caitlyns nekharen gingen overeind staan door die opmerking, en dat verbaasde haar. Het was tijdens Sara's afwezigheid een opluchting geweest dat er niet steeds weer kleine aanvallen op haar zelfvertrouwen werden gepleegd, en nu begon het weer van voren af aan.

Op een avond had Sara een stuk of zes mannen uitgenodigd. 'Veelbelovende vriendjes' had ze hen genoemd. 'Je moet maar zien of je een van hen leuk vindt.' Maar de avond was een jammerlijk fiasco geworden voor Caitlyn. Sara zette ze in een kring, ging in het midden staan, en 'hield hof' en genoot zichtbaar van hun openlijke bewondering. Ondertussen serveerde Caitlyn hapjes en drankjes, terwijl ze vragen beantwoordde over Sara: Was Sara single? En wat was haar telefoonnummer?

Dit is zinloos. Zo leer ik nooit iemand kennen. Sara stelt me alleen voor aan mensen die al helemaal weg van haar zijn. Ik maak geen enkele kans.

Als ze de stad in gingen was Sara niet in staat avances van onbekenden af te wijzen. Als zij en Caitlyn samen in een bar waren en mannen naar hen toe kwamen om met hen te praten, begon ze altijd te flirten en probeerde ze het zo aan te leggen dat zij hun drankjes betaalden. Caitlyn vond dat gênant. Ze zou het minder erg hebben gevonden als Sara wat subtieler had geflirt, maar Sara trok haar rok omhoog, trok suggestief haar wenkbrauwen op en zwaaide haar haren naar achteren alsof ze in een shampooreclame zat. Dat leek, vond Caitlyn, heel erg belachelijk, alsof ze een klein meisje was dat na-aapte wat volgens haar de manier was waarop volwassenen zich gedroegen. Caitlyn zag ertegen op dat mannen naar hen toe kwamen, maar dat gebeurde vaak. Zij en Sara hadden soms een gezellige avond, maar dan opeens zat Caitlyn te praten met een onbekende die duidelijk baalde dat hij met haar opgescheept zat terwijl zijn aantrekkelijker vriend met Sara flirtte. Caitlyn was altijd beleefd en deed echt haar best, vooral omdat ze nadat ze een drankje van de mannen hadden aangenomen zich verplicht voelde op z'n minst met hen te praten. Sara had dat gevoel helemaal niet en ruilde ze vrolijk in voor eventuele nieuwe gegadigden. Ze voelde zich onweerstaanbaar aangetrokken door geld, dus was het geen verrassing dat ze een relatie begon met een veel oudere getrouwde zakenman die ze in een chique nachtclub had leren kennen. Dan verdween ze soms dagen achter elkaar, stuurde Caitlyn opgewonden berichtjes vanuit Parijs en New York. Sara vond het opwindend iemands maîtresse te zijn, iets wat Caitlyn niet begreep; ze zag alleen dat Sara altijd de glorieuze winnaar was in de constante wedstrijd tussen de echtgenote van haar minnaar en zijzelf. Sara's relatie met haar zakenman hield vrij lang stand, maar dat weerhield haar er niet van andere sekspartners te zoeken.

En toen kwam Patrick.

Op een sombere zondagochtend kwam Caitlyn beneden en zag Patrick die op de bank in hun huis in Islington lag te slapen.

Eerst zag ze alleen een grote vorm onder een deken; ze rolde met haar ogen terwijl ze naar de keuken liep om koffie te maken. Weer een zwerfhondje dat met Sara mee naar huis was gelopen, dacht ze. Om een uur of twee had ze wat geluiden gehoord, toen Sara thuiskwam na haar chique dinertje. Ze waren hier kennelijk doorgegaan met hun feestje, want er stonden lege flessen en glazen op de salontafel, en de kamer rook naar tabak en sigarenrook.

Ze schonk net melk in haar beker toen een lage en nogal schorre stem vroeg: 'Er is zeker niet genoeg koffie voor twee?'

Ze draaide zich om en zag een man in de deuropening staan. Hij droeg alleen een overhemd en een boxer, zijn lichtbruine haar zat verward en hij had donkere stoppels op zijn gezicht. Zijn ogen waren bloeddoorlopen, maar nog steeds opvallend door hun groene kleur en prachtige amandelvorm.

'Volgens mij wel,' antwoordde Caitlyn terwijl ze probeerde niet naar de blote benen en de boxer te kijken. 'Ik hoop dat je goed hebt geslapen.'

'Als een blok,' antwoordde hij. 'Leuk kennis te maken. Ik ben Patrick.'

'Hi. Caitlyn.'

'Sara's huisgenootje.'

'Hoe wist je dat?' Ze keek hem onderzoekend aan. 'Eens kijken of ik kan raden wie jij bent: de vriend van Sara's verovering.'

'Heel goed. Klopt, Rupert kreeg de hoofdprijs en ik de bank.' Hij keek haar glimlachend aan. 'Maar eerlijk gezegd deed ik niet mee aan de wedstrijd. Sara is een leuke meid, maar niet mijn type.'

'O nee?' Caitlyn schonk een kop koffie voor hem in en gaf die aan hem. Ze geloofde hem niet. Voor zover zij wist was Sara ieders type. Dit was alleen maar het gebral van de verliezer, nam ze aan. 'Wat is je type dan wel?'

'Een normaal mens,' zei Patrick ongezouten.

Caitlyn lachte. *Misschien is hij toch geen verbitterde verliezer.* 'Moet je horen wie het zegt, je staat daar in je onderbroek.'

'Klopt. Wacht, dan trek ik even iets aan.'

Tegen de tijd dat hij terugkwam met zijn lange broek aan, had hij zijn haar glad gestreken en was zijn stem zijn 'ik ben net wakker'-klank kwijt. Het viel haar op dat hij nu een heel mooie stem had: gelijkmatig en met een volle klank en een accent dat een goede opvoeding verried. Ze vond zijn uitspraak en zijn ongewone en ouderwetse woordenschat leuk.

Ze gingen aan de keukentafel zitten en aten een geroosterde boterham.

'Dus jij en Sara zijn vriendinnen?' vroeg hij.

'Ja, al sinds Oxford. We zaten op dezelfde universiteit.'

'Echt?' Hij trok een wenkbrauw op. 'Slim en knap.'

'Ja. Sara is heel slim,' zei ze. 'Mensen geloven vaak niet dat ze in Oxford heeft gestudeerd.'

'Zij niet, ik bedoelde jou.'

Ze lachte ongelovig en keek hem van opzij aan om te zien of hij haar plaagde.

'Ik meen het.' Patrick nam een hap van zijn geroosterde boterham met Marmite. Hij keek haar aan terwijl hij kauwde en zag dat ze steeds roder werd onder zijn blik. Toen hij zijn hap had doorgeslikt zei hij: 'Je hebt geen erg hoge dunk van jezelf, wel?'

'Is dat zo?' Ze was overdonderd en een beetje beledigd. 'Je kent me helemaal niet. Ik heb toevallig een heel hoge dunk van mezelf.'

'Hmm. Misschien.' Hij begon over iets anders en vroeg haar wat ze deed. Hij was gefascineerd door haar werk in de galerie en liet snel blijken dat hij ook veel verstand had van kunst. Ze hadden het over de Raphael-tentoonstelling in de National Gallery toen Sara en Rupert beneden kwamen, zichtbaar trots op hun postcoïtale aura.

'Jullie kunnen het goed met elkaar vinden,' zei Sara. Haar ogen leken katachtiger dan ooit, terwijl ze Caitlyn en Patrick – die al aan hun tweede kop koffie toe waren – onderzoekend opnam.

'Niet zo goed als jullie tweeën,' zei Patrick ad rem. 'Hallo, Rupes, oude gabber. Klaar voor vertrek? We moeten er echt vandoor.'

‘Ga je weg?’ vroeg Caitlyn. Het verbaasde haar hoe teleurgesteld ze daardoor was.

‘Rupert en ik hebben afgesproken om bij zijn ouders te lunchen. En we mogen niet te laat komen, want er komt een *dowager marchioness* – de weduwe van een markies.’ Patrick stond op. ‘Kom mee, Rupert.’ Tegen Caitlyn zei hij: ‘Bedankt voor het brood en de koffie. Je was een charmante gastvrouw.’

Toen de mannen vertrokken waren zei Sara: ‘Volgens mij heb je beet. Met Patrick.’

‘Echt?’ Caitlyn kreeg een heerlijk opwindend gevoel in haar buik. ‘Denk je dat?’

‘O ja. En hij is een uitstekende kandidaat, advocaat in opleiding en ontzettend slim. Maar natuurlijk lang niet zo goed als Rupert. Rupert is pas echt te gek. Patrick niet.’

‘Wat bedoel je?’

‘Rupert is de neef van een graaf. Zijn familie heeft een huis in South Ken en iets in Schotland. Hij heeft op Harrow en Edinburgh gezeten.’ Sara haalde lichtjes haar schouders op. ‘Te gek dus, dat bedoel ik.’

Was dat de reden dat ik Patrick mocht hebben? Nu het zo lang geleden was kon Caitlyn alles helderder zien. Na Patricks dood kreeg ze een duidelijk beeld van haar leven. Daarvoor zat ze ermiddenin, voelde ze zich verloren en machteloos, was ze blind. En nu werd alles duidelijk. Maar nog niet duidelijk genoeg.

Volgens Sara's eigen normen was ze beter af geweest dan wanneer ze voor Patrick had gekozen. Ze was met Rupert getrouwd na een stormachtige relatie van zes maanden, en had haar getrouwde minnaar discreet gedumpt. Haar bruiloft was precies waar ze altijd van had gedroomd: een charmante kerk, gasten met een titel en een receptie in de Carlton Club. Als Instagram toen had bestaan zouden er prachtige foto's zijn gemaakt voor haar account, zodat de hele wereld haar fantastische leven, uitstekende smaak en begerenswaardige echtgenoot kon zien. Maar nu verscheen het op de societypagina's van *Tatler*. Sara en Rupert gingen op huwelijksreis naar Italië en zagen eruit alsof ze heel gelukkig zouden worden. Op de huwelijksdag waren Caitlyn en Patrick – het bruidsmeisje en de getuige – eindelijk een stel geworden, nadat Patrick een lang en vreemd kat-en-muisspel met haar had gespeeld. Hij had nooit echt een stap gezet, maar was toch steeds met haar blijven flirten. Tegen die tijd was ze hopeloos verliefd op hem, en zelfs nog meer doordat ze wist dat hij immuun was voor Sara's charmes. Hij leek Sara niet eens erg aardig te vinden; hij praatte altijd negatief over haar.

'Ze is zo gek als een deur,' zei hij altijd, waar Caitlyn om moest lachen. Maar hij vroeg wel altijd naar haar, wilde weten wat Sara deed en wat ze zei, ook al keek hij weleens bedenkelijk om haar snobistische opmerkingen. En soms zei ze dingen tegen Caitlyn die echt niet door de beugel konden.

Hij zei een keer: 'Ik begrijp niet wat die vriendschap jou oplevert, Caitlyn. Je geeft meer dan je krijgt, dat is zeker.'

'Ze is mijn vriendin,' antwoordde Caitlyn gedecideerd. 'Ze zorgt altijd goed voor me.'

'Oké,' zei Patrick met een vreemde blik. 'Als jij dat denkt, prima. Ik wil echt niet tussen jullie komen, als jij haar echt aardig vindt.'

'Wat zo is.'

Dat meende ze. Ja, Sara was onvoorspelbaar en had zeker problemen. Sara had haar nodig, ook al kwam er een einde aan de zielige telefoontjes 's avonds laat. Maar Caitlyn was altijd dankbaar voor Sara's vriendschap en voor de manier waarop ze haar glamoureuze leven met haar deelde. Toen zij en Rupert een appartement in Chelsea kochten, wilde Sara dat Caitlyn haar hielp met het uitkiezen van het meubilair en de rest van de inrichting. Ze hadden plezier samen, dat was niet te ontkennen.

Maar de verf was amper droog toen hun huwelijk op de klippen liep. Caitlyn had nooit ontdekt waarom het zo spectaculair eindigde, maar voordat ze een jaar getrouwd waren was Rupert vertrokken en was de scheiding aangevraagd. Sara's verering veranderde in intense afkeer.

'Het spijt me dat je gevangen zit tussen mijn beste vriendin en jouw beste vriend,' zei Caitlyn tegen Patrick toen ze hem alle details vertelde die ze die dag van Sara had gehoord. 'Dat vind ik heel erg voor je.'

'Voor jou geldt hetzelfde,' zei Patrick.

'Niet echt, ik zie Rupert nooit.'

'Ik overleef het wel. Maak je maar geen zorgen over mij.'

Ze was een beetje verbaasd maar dankbaar toen Patrick zijn vriendschap met Rupert liet bekoelen en hem na de scheiding bijna niet meer zag. Sara bleef in hun leven, maar Rupert niet. Toen Caitlyn en Patrick trouwden, met een prachtige ceremonie en een verfijnde receptie, volledig door Patrick gepland, had Sara een leuke relatie met Mark. Nadat Sara weer was getrouwd dacht Caitlyn nooit meer aan Rupert.

Maar is het niet vreemd dat Patrick voor haar koos in plaats van voor Rupert? Ik dacht dat hij dat ter wille van mij deed. Maar was dat wel zo? Het antwoord op die vraag, dat wist ze zeker, lag onder handbereik.

Bekijk het vanuit elke invalshoek, Caitlyn. Doe onderzoek. Neem nooit zomaar iets aan.

14

Tommy was zich bewust van enige afstandelijkheid tussen haar en Fred na het uitstapje naar Oxford, en ze vroeg zich af of dat door hem of door haar kwam. En toch, zelfs nu ze elkaar ontliepen, wist ze zeker dat dit kwam door een nieuwe vertrouwdheid tussen hen die ze niet leken te durven erkennen. Alles verliep ontspannen als ze bij de anderen waren, voor het vuur in de salon of tijdens de maaltijden in de eetkamer, maar op de trap liepen ze elkaar snel voorbij en mompelden hallo als ze elkaar toevallig tegenkwamen.

Antonia en Harry konden nog steeds niet naar school, doordat het sneeuwvrij maken van de wegen niet echt opschoot, dus regelde Tommy dat ze in die tijd naar de dorpsschool konden. Zelfs de Latijnse les werd gestaakt. De kinderen zeiden dat ze die misten, maar ze vonden het geweldig dat ze met de ponywagen naar de school in Thornton werden gebracht. Door de kou ging de school vroeg uit, en ze kwamen thuis als het al donker begon te worden, moe van hun reis, hongerig en verlangend naar warmte.

Tommy controleerde de afrekeningen die Spottiswoode voor haar had opgesteld nu hij vanaf zijn huis aan de andere kant van het landgoed naar hen toe kon rijden, toen Fred zijn hoofd om de deur stak.

'Sorry dat ik je stoor, maar ik ga vanochtend mijn schildersezel opstellen. Het leek me goed dat we onze verhalen op elkaar afstemmen.'

'O ja, natuurlijk. Kom binnen en ga zitten.'

Hij liep glimlachend naar haar toe. 'Je ziet er heel indrukwekkend uit achter dat bureau.'

'Echt waar?'

'Ja. Je lijkt op de jonge koningin van een eilandstaat die doodvonnissen ondertekent.'

'Ik zou levensvonnissen ondertekenen,' zei ze lachend.

'Een regerende koningin moet weten wanneer ze een vijand ter dood veroordeelt.'

'Zoals Mary die de arme Ridley liet verbranden? En de ouwe Cranmer?' vroeg ze.

'Ik dacht eigenlijk aan Elizabeth die Mary van Schotland naar het hakblok stuurde. Misschien heb je wel gelijk, levensvonnissen zijn beter.' Hij ging op de stoel zitten waar Spottiswoode de vorige middag nog op had gezeten.

Door het contrast kreeg Tommy warme gevoelens voor Fred, met zijn trage elegantie en mensenkennis, en ze vroeg zich af waarom ze hem in vredesnaam had gemeden. 'Dus je wilt het echt doen – Venetia kopiëren, met al haar verdriet?'

Hij boog zich samenzweerderig naar haar toe. 'Als dat is wat uwe majesteit wenst, dan is dat wat er zal gebeuren. Ik denk dat dit bedrog in het voordeel van het koninkrijk zal zijn.'

'Maar op uw eigen verantwoordelijkheid. Als u wordt betrapt zal ik moeten ontkennen dat ik daar iets van wist. Ten behoeve van het koninkrijk.'

'Ik ben er bijna klaar voor en de ezel staat al in de hal. Ik zei tegen Roger dat ik voor mijn eigen plezier wilde proberen een kopie van de Gainsborough te maken. Hij vond dat niet vreemd, hij begrijpt dat soort dingen.'

'Dat zullen we ook tegen moeder zeggen.'

'Zoals uwe majesteit wenst,' zei Fred met een lichte buiging.

'Luister, Fred,' zei ze ongemakkelijk. 'Het is leuk om te doen alsof, maar ik vind niet dat we ervan uit moeten gaan dat we het origineel vervangen door de kopie. Dat was gewoon een gek idee, hè? Ik denk niet dat ik dat echt kan doen.'

'Natuurlijk,' zei hij ontspannen. 'Het is gewoon een grap. Geen serieuze onderneming. Geloof me, ik heb nog niet eens zoveel talent als Gainsborough in zijn pink had. Maar het zal leuk zijn om te zien hoe goed ik hem kan kopiëren. Oké, ik ga beginnen.' Hij stond op en liep naar de deur.

Tommy zag meteen dat hij zich een beetje vreemd bewoog. 'Fred, gaat het wel?'

'Ja hoor, ik ben prima in orde.' Hij keek achterom en glimlachte. 'Die dokter, die arts in Oxford die in de wond heeft geprikt en heeft bekeken... heeft er een potje van gemaakt en nu is het een beetje ontstoken. Ik had naar mijn specialist moeten gaan, maar het is zo verdomd ver naar Kent. Het komt vast wel weer goed.'

'Wil je er iets voor? We hebben ontsmettende middelen.'

'Misschien. Als ik me bedenk laat ik het je weten.'

'Goed.' Ze keek naar hem toen hij de kamer verliet, maar wijdde haar aandacht snel weer aan de afrekeningen.

Iedereen vond het erg interessant om naar Fred te kijken die achter zijn ezel stond te schetsen.

'Wat doet die jongeman, Thomasina?' vroeg haar moeder toen ze door de hal naar de salon liep. Om brandstof te besparen werden de haarden bij haar 's avonds niet meer aangestoken, zodat ze meer tijd in het hoofdhuis doorbracht.

'Hij probeert een kopie te maken van de Gainsborough. Je weet toch dat veel amateurs zoiets proberen, soms kon ik door alle ezels bijna niet door de National Gallery wandelen. Als hij die kopie heeft gemaakt kunnen we hem misschien vragen een schilderij van het huis voor ons te maken. Dat zou een leuke herinnering aan deze winter zijn.'

Haar moeder rilde. 'Ik betwijfel of ik me deze afschuwelijke winter wel wil herinneren. Ik heb nooit zo'n koude winter meegemaakt.'

De kranten schreven over deze afschuwelijke, langdurige koudeperiode. Het sneeuwde ongelofelijk veel in Schotland en in het noorden, en in Wales stierven de schapen in de ijzige kou. De sneeuw ging niet weg, het dooide niet echt. Tot nu toe was er geen dag geweest zonder dat het ergens in het land sneeuwde.

'Het moet binnenkort beter worden,' zei Tommy terwijl ze achter haar moeder aan naar de salon liep. 'We redden het wel, als we voorzichtig zijn.'

Haar moeder ging bij het vuur zitten en trok haar sjaal strak om zich heen. 'Het doet me denken aan de Spaanse griep vlak na de vorige oorlog. Net toen we dachten dat we veilig waren gaf die afschuwelijke natuurkracht ons er nog eens van langs. Deze winter, deze afschuwelijke kou, is net zoiets.'

Tommy zei troostend: 'We moeten het alleen een tijdje rustig aan doen. Een winterslaap houden, net als beren. We redden het wel.'

Maar eigenlijk maakte ze zich zorgen. Op een bepaalde manier had haar moeder gelijk: op dit moment waren ze het kwetsbaarst, nu er zo weinig voedsel beschikbaar was en het weer hen maar bleef geselen. Er lag vlees in de wildopslag, maar in dit weer zou het moeilijk zijn meer wild te krijgen. Jagen en vallen zetten was onmogelijk, en als de schapen doodvroren op de weilanden... Ze voelde zich ellendig bij de gedachte aan de verspilling van al dat goede vlees. *Belangrijk vlees. Alsof we het ons kunnen veroorloven om zoveel kwijt te raken, nu we al zo weinig hebben om in leven te blijven.*

Tommy wist dat hun de schaarste waar anderen onder leden bespaard was gebleven. Thornton onderhield hun moestuin voor hen en hij was handig met het jachtgeweer, hij wist hoe hij eenden voor het vizier kon krijgen, gevogelte uit hun schuilplaatsen moest jagen en konijnen in vallen moest lokken. Maar door dit afschuwelijke weer was de kans groot dat ze niet meer voor zichzelf konden zorgen en ook niet meer de winkels konden bereiken om hun natuurlijke voorraden aan te vullen.

Ze vroeg Ada een lijst te maken van alle voorraden die ze nog hadden en om zoveel mogelijk op te slaan van de rantsoenen, gewoon voor het geval dat.

'Ik begrijp niet hoe Fred kan schilderen nu het zo koud is in de hal,' zei Gerry. 'Vooral niet omdat het zo langzaam gaat.'

'Ik hoop niet dat je hem lastigvalt,' zei Tommy ernstig. Ze wachtte tot de kinderen thuiskwamen van school; ze maakte zich zorgen over de donkere wolken met hun dreigende gele kleur die haar deed denken aan een oude ivoorwitte trouwjurk die was vergeeld. Dat betekende dat het algauw weer zou sneeuwen.

'Ik val hem niet lastig,' zei Gerry, 'maar Roger wel.'

Tommy wist dat dit waar was. Dat had ze zelf gezien: Roger draaide om Fred heen als een maan rondom zijn planeet, niet in staat hem lang met rust te laten. Als Fred tekende keek Roger toe, hij gaf hem advies of zat in een van de stoelen in de hal, rokend en eindeloos kletsend over wat hij die dag had gelezen in de kranten of in een boek dat hem in beslag nam. Politiek was zijn favoriete onderwerp en nu de oorlog was gewonnen de toekomst van de wereld. Tommy liep er een paar keer per dag naartoe om de situatie in ogenschouw te nemen en ontdekte dat Roger hardop voorlas terwijl Fred tekende. Het schilderij vorderde dus in een slakkengang.

Toen Roger de volgende avond naar boven ging om een bad te nemen voordat hij zich voor het diner omkleedde, greep Tommy haar kans en liep snel naar de hal, waar Fred zijn kwasten schoonmaakte met oude doeken en spiritus. 'Lieve help,' zei ze. Haar hakjes klikten luid op de stenen vloer toen ze naar hem toe liep. 'Kun je wel iets doen?'

'Niet veel,' gaf hij toe. 'Ik ben amper begonnen. Ik had niet op Roger gerekend. Een fout, vrees ik.'

Tommy keek hem aan. 'Maar... gedraagt hij zich altijd zo als hij bij jou is?'

Fred veegde de zachte punt van een kwast schoon met zijn doek. 'Ja. Hij schijnt mij nodig te hebben om tegen te praten. Ik maak iets bij hem los, of misschien kan hij via mij iets in zichzelf bereiken.'

Tommy knikte. 'Ha, ik begrijp het. Nou ja, misschien is dit idee gedoemd te mislukken. Ik had óók niet aan Roger gedacht, terwijl we allemaal wisten hoe afhankelijk hij van je is.'

'Laat de moed niet zakken, misschien vinden we nog een manier. We kunnen hem altijd nog vertellen wat we doen. Misschien vindt hij het wel een goed idee.'

'Ik denk echt niet dat Roger het ooit zou begrijpen. Dat gaat in tegen alles wat hij zich voorstelt bij de instandhouding van dit huis.'

'Ja, hij is nogal ondoorzichtig. Hij is enthousiast over mondiaal socialisme. Hij denkt dat Rusland een soort paradijs op aarde is en hij zegt vaak dat hij in dit land ook zoiets zou willen.'

'Dat is bijzonder vreemd,' zei Tommy, 'want hij vertoont geen enkele neiging om in dit huis welke vorm van socialisme ook te realiseren. Hij is de meest luie van ons allemaal.'

'Ik denk dat we daar dankbaar voor mogen zijn. Ik moet er niet aan denken wat hij zich anders in zijn hoofd zou halen.'

De volgende dag was het weer ondraaglijker dan ooit en de kou nog extremer. De kranten schreven dat het ging sneeuwen.

Toen de postbode kwam zei hij dat de dorpsschool dichtging vanwege de lage temperaturen. 'Tot nader order gesloten,' zei hij, bijna trots, en hij schudde zijn hoofd om de situatie in de wereld. 'Zoals alles gaat... Dat is allemaal de schuld van de regering. Ze hadden Churchill nooit mogen wegsturen, dat is alles wat ik erover kan zeggen.'

'Het is echt niet de schuld van de regering dat het weer zo slecht is,' zei Tommy, terwijl ze de brieven van hem aannam.

'Nee, maar het kolentekort is wél hun schuld,' zei de postbode ernstig.

'Geen kolen?' Tommy voelde een steek van angst.

'Dat klopt, mevrouw. Ze zijn nog niet afgeleverd, en als het weer slechter wordt zal er zeker vertraging ontstaan. Daarom sluit de school, ze kunnen de verwarming niet langer dan een paar weken laten draaien.' De postbode tikte tegen zijn pet. 'Maak u maar geen zorgen, mevrouw, ik weet zeker dat het snel gaat dooien.'

'Ja,' zei Tommy vaag, terwijl ze probeerde te bedenken wat er nog in het kolenhok lag. 'Vast wel.'

Ze bekeek de brieven toen de postbode terugliep naar zijn busje. Een brief waarop in een sierlijk handschrift haar naam en adres stonden had het poststempel van Oxford. Ze liep naar binnen en maakte ondertussen de envelop open

Liefste Tommy,

Vergeef me alsjeblieft, maar ik kan Barbara en haar dochter niet langer hebben. Ze kan nergens naartoe en dus moet ik haar wel aan jouw genade overlaten omdat jij ruimte hebt voor twee extra mensen. Het spijt me heel erg, maar iets anders kan ik niet bedenken. Ze zegt dat ze over een maand of twee naar een nicht kan; het is dus niet voor lang. Ze is een schat, een heel gemakkelijke gast. Ik weet dat je het geen probleem zult vinden, we zaten immers allemaal bij elkaar op school. Zij en Molly nemen vrijdag de trein naar jou toe, dus zorg alsjeblieft dat ze om 17.05 uur worden opgehaald.

Kom een keer bij me lunchen als je weer in Oxford bent; ik zou het heerlijk vinden meer van je te horen.

Heel veel liefs, Veronica

15

'U maakt een grapje zeker?' riep Caitlyn in haar mobiele telefoon. Ze stond op de lingerieafdeling van M&S en een vrouw die de all-in-ones bekeek nam haar aandachtig op. 'Hoe kán dat?'

'Ik vrees dat dit in het standaardcontract staat dat u hebt ondertekend,' zei de makelaar verontschuldigend. 'Na vijf maanden kan men u de huur opzeggen en dan moet u aan het einde van de zesde maand vertrekken.'

'Dus u vertelt me nu dat mij de huur wordt opgezegd?'

'Op de eerstvolgende dag waarop u moet betalen. U heeft dus ruim een maand de tijd om iets anders te regelen. Maar ik vertel het u nu alvast, zodat u niet voor een vervelende verrassing komt te staan.'

Caitlyn dacht aan de kleine woonkamer, die gezellig en vrolijk was, de bank met het vrolijke patchworkkleed erop en de vaas met hangende roze tulpen op de koffietafel. Ze was het kleine huisje als haar thuis gaan beschouwen en moest er niet aan denken dat zij en Max hun vertrouwde omgeving alweer moesten verlaten nu ze net gewend waren. 'Maar u zei dat dit een langetermijncontract was, omdat de eigenaar voorlopig in het buitenland zat. Ik woon hier pas zes maanden!'

'De eigenaar heeft zijn plannen veranderd. Het spijt me, mevrouw Balfour. Ik kan er echt niets aan veranderen. Ik kan wel een paar bezichtigingen voor u regelen van andere huurwoningen in ons bestand, want we hebben een paar echt leuke huizen die bezichtigd kunnen worden...'

'Bedankt, maar nu niet. Ik bel u wel terug zodra ik tijd heb.' Caitlyn verbrak de verbinding, en bleef witheet van woede bij het rek met kamerjassen staan. Zonet had ze nog aan bh's en pyjama's gedacht, maar nu moest ze nadenken over het feit dat ze over nog geen acht weken dakloos zouden zijn. Midden in de zomervakantie, terwijl ze van plan was om samen met Maura en haar gezin naar Cornwall te gaan. *Geweldig, hoor! Echt geweldig!*

Ze beende naar de uitgang van de winkel, liet haar mobieltje in haar handtas vallen en liep bijna zonder iets te zien door. Buiten sloeg ze rechtsaf en stond even later op de kruising bij Carfax, vlak bij haar oude universiteit. Daar was het gebouw, gigantisch, goudgeel en indrukwekkend, gedomineerd door de grote klokkentoren. Bijna zonder nadenken, alsof ze oude songteksten uit haar verleden volgde, liep ze de heuvel af naar het gebouw, langs de rijen mensen bij de bushaltes voor de goudgele muren, tot ze op de keitjes onder de grote boog stond. Achter de twee gigantische hekken lag de zonnige binnenplaats met de goed verzorgde gazons als groen fluweel en een fontein in het midden. Het was geen spat veranderd sinds ze hier jaren geleden voor het laatst was geweest. Het leek een logische plek om naartoe te gaan en toch was ze hier nog niet eerder geweest, omdat binnen deze muren te veel bitterzoete herinneringen lagen.

Zal ik naar binnen gaan? Op de drempel bleef ze aarzelend staan, maar ze werd bijna het vertrouwde gebouw in getrokken. Toen liep ze spontaan door het hek en vervolgens de portiersloge binnen.

De portier keek op toen ze voor zijn bureau stond. 'Kan ik u helpen?'

'Ik ben op zoek naar Nicholas Brooke, hij werkt hier als–'

Achter haar riep iemand: 'Caitlyn! Jij bent het toch?'

Geschrokken draaide ze zich om en keek naar degene die haar had geroepen.

Nicholas liep stralend naar haar toe. 'Ongelofelijk!' Hij was al bij haar en omhelsde haar, terwijl zijn tweedjas door haar dunne topje kriebelde. Hij kuste haar op de wang en stapte achteruit om naar haar te kijken. 'Caitlyn Collins! Je bent geen steek veranderd. Wat doe je hier in vredesnaam?'

'Ik zocht jou, ook al was de kans klein dat je er was. Ik weet wel dat ik je eerst had moeten mailen...'

'Doe niet zo gek! Het is heerlijk je te zien. Heb je tijd voor koffie?'

Ze keek hem glimlachend aan. Nog maar heel kort geleden, in haar herinnering, was hij een jaar of twintig geweest, met een fris gezicht, piekerig zwart haar en donkerbruine ogen – door zijn Italiaanse afkomst. Nu werd dat beeld snel vervangen door de realiteit van deze man van bijna veertig, met zilvergrijs in zijn donkere haar, lijntjes om zijn ogen en mond, en een grijs waas in zijn zwarte stoppelbaard. Hij was iets dikker dan vroeger, maar hij was mager geweest en een beetje meer gewicht stond hem goed. Hij was mooi ouder geworden. Zijn olijfkleurige huid had maar een paar rimpels, en die waren eerder veroorzaakt door emoties dan door ouderdom. Hoewel hij vroeger altijd een spijkerbroek met een wijd T-shirt droeg, was hij nu gekleed in een onopvallende corduroybroek met tweed jasje, en een geruit overhemd eronder. 'Heel graag, dank je.'

'Kom dan maar mee.' Hij nam haar mee naar buiten, naar de binnenplaats. 'Wat doe je hier? Ben je hier alleen een dagje op bezoek?'

'Nee, ik woon hier tegenwoordig,' zei ze, bijna verontschuldigend. 'We zijn een tijdje geleden verhuisd.'

'Ik had geen idee. Ik kijk niet vaak op social media, anders had ik het misschien wel geweten. Ik heb het te druk met het lesgeven aan dezelfde obstinate, weinig geïnteresseerde, luie studenten zoals wij waren. Nou ja, zoals ik was.'

Toen hij haar meenam door een smalle gang, en toen via een houten wenteltrap naar boven, werd ze overvallen door herinneringen. Door het geluid van haar voeten op het hout, de muffe geur op de trap en de echo van de stenen muren ging ze twintig jaar terug in de tijd, terwijl Nicholas vertelde dat hij in de City was gaan werken, maar toen het gevoel kreeg dat hij zijn roeping misliep en terugging naar de academische wereld. Hij bleef staan voor een robuuste buitendeur met in witte letters zijn naam erboven geschilderd: PROFESSOR N.C. BROOKE. Hij haalde zijn sleutels tevoorschijn, deed de deur van het slot en opende hem. Nadat hij de binnendeur ook had geopend zag ze de kamers erachter. Daarna draaide hij zich om en zei hij glimlachend: 'Kom binnen. Sorry voor de rommel.'

Ze liep mee naar binnen, gefascineerd. Ze had altijd geweten dat de universiteit groter was dan zij ooit had gezien, dat die meer was dan haar eigen kamers, de kamers van haar vrienden en vriendinnen en de gemeenschappelijke ruimtes. Binnen deze muren werden honderden, misschien duizenden levens geleefd. Binnen de muren bestonden ongezien hele huizen, er waren verborgen tuinen, onbekende trappen, geheime bibliotheken, onzichtbare balkons, kamer na kamer achter stevig gesloten deuren, als een kasteel uit een sprookje vol geheimen. Ze realiseerde zich opeens hoe weinig van dit alles ze zelf had gezien; het was groter en dieper dan ze had vermoed. En toen werd weer een deel onthuld: Nicholas' woning.

'O, wat mooi,' zei ze, terwijl ze haar hoofd boog toen ze onder een lage balk door naar binnen liep. Nicholas' kamers lagen niet op de chiquere begane grond, maar waren weggestopt op een hogere verdieping met ramen die uitzicht boden op de kantelen en de statige binnenplaats beneden.

Hij keek trots om zich heen. 'Het is hierboven groter dan je zou denken. En omdat ze mij onder het dak hebben weggestopt, in het minder geliefde gedeelte, hebben ze me een grotere ruimte gegeven dan de meesten. Ik heb twee slaapkamers, een keuken, een badkamer en...' – hij nam haar mee door een donkere eiken deur – '... natuurlijk mijn woonkamer en studeerkamer.'

Ze schoot bijna in de lach toen ze om zich heen keek. 'Dit is perfect. Helemaal goed. Ik durf te wedden dat je studenten dit prachtig vinden.'

Het was een gezellige kamer, met in het lage plafond versierde, gepleisterde vierkanten en een dikke, zwarte balk boven de haard met daarin de resten van een houtblok in zachte, witte as. Tegen de muren stonden boekenkasten vol boeken, ornamenten en foto's. Waar geen boekenkast stond waren panelen vol foto's, en voor de ramen aan één kant van de kamer zaten diepe stenen vensterbanken. De gordijnen waren van donkerrode weefstof, en op de harde steen van de vensterbanken lagen zachte robijnrode fluwelen kussens. Een comfortabele groene bank en twee fauteuils met kleurrijke ikatdoeken eroverheen stonden om de haard gegroepeerd, en overal waren nog meer boeken, op stapels op de koffietafel en naast de stoelen. Voor het vuur stond een dranktafeltje met grote flessen sherry, gin en wodka, blikjes tonic, en een goudkleurige ijsemmer in de vorm van een ananas.

'Sherry! Ik durf te wedden dat je voor een college kleine glaasjes sherry uitdeelt. Je bent een modelprofessor op Oxford,' zei Caitlyn. Ze lachte. 'Je studenten zullen wel onder de indruk zijn.'

'Als het ze maar gelukkig maakt. Ik zou die jongelui niet teleur willen stellen.'

'Het is prachtig.' Ze liep met hem mee naar zijn zolderkeukentje. 'Je zou dit moeten verhuren voor filmopnames. Ben je tevreden hierboven?'

'Zeker. Het kan een beetje afgelegen zijn, maar in de vakanties ben ik hier niet. Dan ga ik weg en ontsnap aan Oxfords kleine enclave om een beetje te leven. Maar ik vind het fijn om terug te komen. Dit is zeg maar mijn thuis.'

'Ja, ik begrijp wat je bedoelt.' Caitlyn keek naar hem terwijl hij de waterkoker vulde en koffie ging maken. 'Vanaf het moment dat we hiernaartoe verhuisden had ik het gevoel alsof ik thuiskwam. Wat vreemd is, omdat ik ben opgegroeid in Southport. Maar deze stad heeft iets bijzonders, vind je ook niet?'

'Het blijft aan je hangen, het tekent je. Als de verborgen inkt in bankbiljetten die diefstal tegen moet gaan. Je ziet het niet, maar het is er wel.' Nicholas keek haar grijnzend aan. 'Ik ben hier zelfs vrij dichtbij opgegroeid.'

Ze keek om zich heen in de kleine ruimte. 'En je woont hier alleen?'

Hij knikte ontspannen. 'Ja, ik ben single. Dat is niet altijd zo geweest, maar nu wel.'

'O.' Ze wilde zich niet met zijn leven bemoeien en vragen stellen die ze zelf liever niet beantwoordde. Bovendien, hoe goed had ze Nicholas vroeger eigenlijk echt gekend? Had ze wel het recht om zulke persoonlijke vragen te stellen?

Ze liepen terug naar de studeer-woonkamer en Caitlyn ging op de zachte bank zitten. 'Ik heb het gevoel dat ik zo naar een college moet. Ik ben zenuwachtig. Ik heb geen essay.'

'Wilt u me soms vertellen, juffrouw Collins, dat u uw essay niet hebt meegenomen?' Nicholas leunde achterover in zijn stoel. 'Wat is uw excuus deze week?'

'Eh, daar kreeg ik echt vervelende kriebels van in mijn maag. En ik heet geen Collins meer, maar Balfour. Ik heb zelfs een zoon, Max. Hij is elf.'

'Aha. Ik heb een dochter van twaalf.'

'Echt?' Caitlyn keek bijna om zich heen om te zien of ze misschien een meisje van twaalf zag dat zich achter de gordijnen had verstopt. 'Waar is ze?'

'Ze woont in de VS bij haar moeder, die ook hoogleraar is, op Columbia. Daar ga ik in de vakanties naartoe.'

'Aha, ik begrijp het.' *We hebben twintig jaar geleefd sinds de laatste keer dat ik hem zag. We hebben allebei een verleden.* Weer keek ze Nicholas glimlachend aan. 'Ik vind het ontzettend leuk je te zien! Je bent amper veranderd.'

Hij streek door zijn haar en zei met een spijtige blik: 'Dat is aardig van je, maar ik ben wel een beetje veranderd, wat ouder geworden.'

'Wij allemaal. Maar het is fijn dat we ons altijd herinneren hoe we vroeger waren.'

'Klopt.'

Ze keken elkaar aan en voelden zich heel even ongemakkelijk.

Er kwam een herinnering boven, maar die verdrong ze voordat die tijd had volledig te worden. Nicholas keek naar zijn koffie. Omdat Caitlyn de onverwachte spanning wilde verminderen, stond ze op en liep ze naar zijn gehavende oude bureau met daarop stapels boeken en papieren en een koperen leeslicht met groene kap. Er stonden ingelijste foto's op. Haar blik viel meteen op de foto van een vrolijk jong meisje met lange, blonde vlechten in een tuinbroek van spijkerstof en een gestreepte trui. 'Is dit je dochter?'

'Ja, dat is Coco.'

'Wat is ze mooi! Ze is zo licht, helemaal niet zoals jij. Maar ze heeft jouw bruine ogen.'

'Ja, haar moeder is Zwitsers-Duits. Ze heeft dat noordelijke uiterlijk van haar.' Nicholas stond op, kwam naar haar toe en keek met een liefhebbende blik naar de foto. 'Ze is het zonnetje in mijn leven, en ik mis haar verschrikkelijk wanneer ik hier ben. Ik ben heel blij met de moderne technologie, want we skypen heel vaak, maar we tellen de weken af tot ik daarnaartoe kan.'

'Het verbaast me niet dat je haar mist.' Caitlyn keek weer naar de foto. 'Kan ze hier niet wonen?'

'Nee, echt niet.' Nicholas klonk erg zeker van zijn zaak.

God, moet je mij horen. Ik steek mijn neus in zijn zaken. Terwijl ik me had voorgenomen dat niet te doen.

Nicholas vroeg: 'Wat brengt jou naar Oxford? Werk je hier?'

'Nee... Nee, ik werkte vroeger in de kunstwereld, schilderijen taxeren voor een veilingmeester. Maar op dit moment werk ik niet. Eerlijk gezegd weet ik niet waarom ik ben teruggekomen. Het is dicht bij de school van mijn zoon, maar ook... Nou ja, het klinkt een beetje vreemd, maar ik wilde meer over het verleden te weten komen. Kijken of ik het me goed herinner. Ik dacht dat jij me daar misschien mee kon helpen, dus daarom kwam ik even langs, ook al was de kans klein dat je er was.'

'Oké,' zei hij. 'Ik wil je graag helpen.'

Even bleef het stil.

Toen vroeg hij, niet helemaal op zijn gemak: 'En Max' vader? Woont hij bij jullie?'

'Nee. Nee, ik woon... alleen.' Om de een of andere reden kon ze zich er niet toe brengen te zeggen dat Patrick dood was. Snel zei ze: 'Herinner je je Sara nog?'

'Natuurlijk, zij was onvergetelijk. Problemen met een hoofdletter P. Zie je haar nog altijd?'

'O ja, inderdaad. Maar de laatste tijd niet, ze zit in Amerika. Ze is nu een geslaagde binnenhuisarchitecte.'

'Waarom verbaast me dat niet?' Nicholas glimlachte en bracht zijn koffiekopje naar zijn mond.

'We hebben nog altijd een goede band. Ze is Max' peetmoeder.'

Nicholas keek gegeneerd. 'Sorry hoor, ik wist niet dat jullie nog altijd vriendinnen waren. Vergeet maar wat ik zei over problemen, ik maakte maar een grapje.'

'Nee, ik wil het graag weten, echt. Wat herinner je je nog over haar?'

'Sara was geweldig. Lief, intelligent en grappig, maar wel een beetje overgevoelig. En jullie waren elkaars beste vriendin. Ik weet nog dat jullie samen naar de universiteit gingen en vrijwel onafscheidelijk waren.'

'Ja.' Caitlyn wist dat dat niet het echte verhaal was, maar dat ze het verkeerd had aangepakt en de kans was misgelopen om de waarheid te ontdekken. Daarvoor zou ze Nicholas' vertrouwen moeten winnen. Ze was nerveus en begon maar gauw over iets anders. 'Misschien kan ik je iets anders vragen. Ik kreeg zojuist bijzonder frustrerend nieuws. Net nu Max en ik hier prettig wonen, dicht bij zijn school, heeft de huurbaas mijn huur opgezegd. Ik moet er al over een paar weken uit, midden in de vakantie, dus misschien kun jij me vertellen waar ik het beste zou kunnen wonen?'

'Waar zit hij op school?'

'Spring Hall.'

'Dat ken ik. Ik heb daar zelf op gezeten. Dat is niet ver van het huis waar ik ben opgegroeid.'

'Waar jij bent opgegroeid? Ik neem aan dat het niet te huur is?' vroeg Caitlyn voor de grap.

Nicholas keek haar met een vreemde blik aan. 'Weet je, toevallig is een deel wel te huur. Mijn oudtante bewoont een gedeelte, maar de andere helft staat leeg. Ze verhuurt het zo nu en dan. Het is best groot.'

Caitlyn keek hem belangstellend aan. 'Waar is het, zei je?'

'In een dorp niet ver van Spring Hall, ongeveer zestien kilometer de andere kant op, en ongeveer veertig van Oxford. Het huis heet Kings Harcourt.'

'Dat ken ik niet.'

'Zal ik het je laten zien? Het heeft een beroemd schilderij dat je misschien interesseert, als dat in je interessesfeer ligt. Een schilderij van Gainsborough.'

'Echt?' Caitlyn was geïntrigeerd. 'Dat is eerlijk gezegd mijn periode. Ik wil het heel graag zien.'

'Goed. Dan kan ik je het huis meteen ook laten zien. Misschien is het precies wat je nodig hebt.'

16

Nu de school dicht was en de kinderen in huis waren opgesloten, verklaarde Fred dat hij de Latijnse lessen weer zou oppakken. Tommy was te erg afgeleid om hem zelfs maar te bedanken voor zijn aanbod. Niemand leek zich erg druk te maken toen ze hun vertelde dat Barbara Hastings en haar dochter kwamen logeren. Zelfs haar moeder, van wie ze klachten had verwacht, zei dat het alleen maar prettig voor Thomasina zou zijn om een vriendin in huis te hebben. 'Maar ik ken haar amper!' riep Tommy. 'Als je vorige week niet meetelt heb ik haar al jaren niet meer gezien.'

'Als ze nu bij Veronica Macintyre logeert, moet ze respectabel zijn.' Haar moeder zat een zijden kussenhoes te borduren, maar had artrose in haar vingers, zodat ze niet erg opschoot. Ze tuurde ernaar terwijl ze haar naald voorzichtig door de stof prikte en er een lange glanzende draad doorheen trok. 'Wat weet je van haar situatie?'

'Alleen wat ze me laatst vertelde: dat haar man in het leger zat en dat ze lang in India hebben gewoond. Hun dochter Molly is daar geboren. Hij is gesneuveld in Birma en ze lijkt nu helemaal alleen.'

'Dan verbaast het me dat je haar niet wilt helpen.'

'Ik wil haar wel helpen, maar...' Ze zweeg. Er leek geen goed antwoord op die opmerking te zijn. Ze had haar deuren immers ook geopend voor een groep evacuétjes met wie weet wat voor achtergrond? Dus waarom wilde ze Barbara en haar dochter dan liever niet in huis nemen?

'Ik heb het idee,' zei haar moeder, 'dat een andere vrouw die weet wat jij hebt meegemaakt een troost zou zijn, en geen last.'

'Nou, ze komen morgenmiddag, en zelfs als ik nu zou schrijven, denk ik niet dat die brief hen op tijd bereikt.'

'Je zou kunnen bellen als je per se wilt weigeren.'

Tommy had geen zin om met Veronica te praten en wist hoe dan ook precies wat er zou gebeuren: ze zou haar verzet opgeven en zwichten. 'Nee, het is al goed. Ik zeg wel tegen Clara dat ze extra bedden moet opmaken.'

Het enige waardoor Tommy opvrolijkte was dat ze de kolenboer zag die de laan op hotste om hun rantsoen af te leveren.

'Hoe gaat-ie, mevrouw,' zei hij toen ze naar buiten rende om hem te begroeten.

'Hier zijn we heel blij mee!' riep ze. De felle ochtendzon schitterde op de sneeuw die nog over was van de vorige sneeuwbui. 'Je bent precies op tijd. We zaten bijna zonder!'

'Ik heb twee ton voor u.'

'O, goddank. We hebben bijna niets meer over. Maar mijn rantsoen is zes ton. Komt er nog meer?'

De kolenboer sprong uit de cabine van zijn vrachtauto en tilde de vieze zakken uit de laadbak. Ze lieten zwarte en grijze vegen achter in de sneeuw, wat tegen het wit zelfs nog viezer leek. 'Dat weet ik niet. Er zijn een heleboel mensen die hun rantsoen niet krijgen, want er wordt onvoldoende aangeleverd. En als u de cokes voor uw boiler al hebt gekregen, verspil ze dan maar niet. U krijgt namelijk niet meer.'

'Niet meer?' vroeg Tommy ontdaan.

'Nu in elk geval niet. Als u me even excuseert, mevrouw, dan breng ik deze naar uw kolenhok.'

De kolenlevering was een enorme opluchting, maar de twee ton vulde het kolenhok niet echt en niemand wist wanneer er meer kwam. Dus zouden ze zuinig aan moeten doen.

Ik heb er echt genoeg van, dacht ze terwijl ze voor de spiegel in de gang bij de keuken haar hoed opzette. *Het is alweer zo lang geleden dat we konden leven zonder dat we zuinig moesten zijn: met benzine, zeep, kleren, eten. Het gaat maar door en het houdt nooit op.*

Ze pakte haar jas en trok hem net aan toen Fred met een gespannen blik de gang in kwam. 'Wat doe je, Tommy?'

'Ik rij naar het station om Barbara op te halen, weet je nog?'

'Ik heb net naar het radionieuws geluisterd; ze waarschuwen voor extreme weersomstandigheden vanavond. Een vreselijke sneeuwbui en kou.'

Tommy zuchtte. 'Nou, geweldig. Gelukkig hebben we voor die tijd wat kolen gekregen.'

'Denk je dat het verstandig is om naar het station te rijden?'

'Ik heb toch geen keus? Ik kan Barbara en Molly toch moeilijk op het perron laten bevriezen? Ze komen, punt uit.'

'Kun je Veronica niet bellen en vragen of ze al onderweg zijn?'

'O, maar dat zijn ze, geloof me maar. Je hebt nog nooit iemand gezien die haar gasten zo graag wil lozen als Veronica. Er overkomt me vast niets. Het sneeuwt nog niet, en zelfs als het nu zou beginnen heb ik nog tijd genoeg om heen en terug te rijden.'

'Ik ga met je mee. Gewoon voor de zekerheid. Ik kom wel naar de auto.'

Voordat ze iets kon zeggen, was hij al weggelopen om zijn spullen te pakken.

Fred legde een schep en een paar dekens achter in de auto, maar ook twee stenen warmwaterkruiken in nog meer dekens gewikkeld.

'Die zijn straks toch nutteloos?' vroeg Tommy terwijl ze achter hem aan naar buiten liep. 'Lieve help, wat is het koud!'

De koude lucht deed bijna pijn aan haar wangen; haar vingers waren meteen gevoelloos. Het begon al donker te worden. Ze werd bang toen haar instinct haar vertelde dat het vanavond gevaarlijk was om buiten te zijn en dat het het veiligst was om naar een warme plaats te gaan.

‘Trek andere schoenen aan,’ zei Fred kortaf met een blik op haar stevige rijglaarsjes. ‘Die zijn niet warm genoeg. Heb je iets anders?’

‘Een paar met bont gevoerde laarzen,’ zei ze.

‘Trek die aan.’ Hij vertrok zijn gezicht. ‘Dit is een vruchteloze onderneming, maar we zijn er nu aan begonnen. Zal ik rijden?’

‘Nee, het is mijn auto, dus ik rijd zelf,’ zei Tommy snel. ‘Ik denk dat ik wel een beetje kou aankan. Ons overkomt niets.’

Maar niet lang nadat ze waren vertrokken begon ze te rillen. Fred zat naast haar, in een deken gewikkeld en met zijn muts naar beneden getrokken. ‘Straks worden we wel wat warmer,’ zei hij. ‘De warmwaterkruiken zullen wel iets uithalen.’ Maar hun twee lichamen en de stenen flessen leken geen partij voor de kou.

De wegen waren niet slecht, hoewel Tommy voelde dat het wegdek een beetje glad was. Ze had het idee dat alles stilstond en wachtte op wat komen ging. Het leek eeuwen te duren voordat ze het einde van de laan hadden bereikt. Het rijden leek wat gemakkelijker te gaan op de hoofdweg, waar ook andere auto’s en vrachtwagens reden. In het dorp waren maar weinig mensen onderweg en toen het echt donker werd zagen ze achter de gordijnen licht gloeien.

‘Met welke trein komen ze?’ vroeg Fred.

‘Die van vijf over vijf.’

‘Dan zouden we er op tijd moeten zijn. Maar het zal meer tijd kosten om terug te rijden.’

Tommy knikte en keek naar het donker achter de lichten van het dorp. Het station was nog steeds ver, aan de rand van het stadje Wedford, acht kilometer van het dorp. Ze kende deze weg goed en was er zonder nadenken ontelbare keren overheen gereden. Nu was de weg vreemd en gevaarlijk, en moest ze moeite doen om zich te oriënteren.

Fred zei zacht: ‘Ik bewonder je moed, Tommy.’

Ze lachte even. ‘Ik snap niet wat je bedoelt. Een auto besturen stelt niets voor. Ik weet zeker dat jij echte moed hebt gezien.’

'Ik heb misschien een ander soort moed gezien. Maar het komt allemaal op hetzelfde neer: doorploeteren, hoe slecht het er ook uitziet. Dat doe jij nu. Het was gemakkelijker geweest om Veronica te bellen en Barbara af te zeggen. Ze is jouw probleem toch niet?'

Tommy greep het stuur steviger vast. 'Je begrijpt het niet, ik heb juist de laffe manier genomen.' Ze keek snel opzij en glimlachte. 'Jij moet maar eens proberen tegen Veronica in te gaan, dat is veel griezeliger dan dit.'

Fred lachte. 'Maar toch, ik heb bewondering voor je.'

Het was een opluchting om de lichtjes van de stad en de wegwijzer naar het station te zien. Ze waren vijf minuten te vroeg voor de trein en stonden samen op het perron. Ze stampten met hun voeten en bliezen op hun gehandschoende vingers om ze te ontdooien. Fred bood haar een sigaret aan, waarna ze samen stonden te roken.

'Is de trein uit Oxford op tijd?' vroeg Tommy aan de stationschef toen die naar buiten kwam.

'Voor zover ik weet wel,' zei hij, en hij schudde somber zijn hoofd. 'Maar wie weet wat ons morgen te wachten staat.'

Ze hoorden een klikje toen de seinen veranderden en de lampen boven hun hoofd groen en rood werden. 'Aha, daar is hij!'

Het geluid, dat eerst gedempt klonk, werd luider toen de trein voorbij de bocht in het spoor naar hen toe kwam, een grote zwarte vorm in de duisternis met een felgeel oog, en vervolgens puffend en met een schrille fluittoon en een grote wolk stoom tot stilstand kwam.

Toen Tommy de trein zag was ze opgelucht maar ze voelde ook wanhoop: het onvermijdelijke was werkelijkheid geworden. Barbara was hier.

Ze wachtten tot alle deuren openstonden en keken of ze een vrouw en een klein meisje konden ontdekken, en toen waren ze er.

Barbara was duidelijk herkenbaar met de brede schouders van

haar marineblauwe jas en haar lange, blonde haar. Ze droeg een Gladstone-tas en een doos die met een touwtje was dichtgebonden. Naast haar stond een klein meisje, dik ingepakt tegen de kou, met een teddybeer tegen zich aan gedrukt.

Tommy zwaaide met een onverwachte sympathie voor deze twee mensen die zo verloren leken. *Wat moet het verschrikkelijk zijn als je dakloos bent.* 'Barbara! Hallo!'

Barbara zag haar en zwaaide terug. 'Tommy! Wat fijn je te zien!'

Tommy en Fred liepen naar hen toe. 'Barbara, dit is meneer Burton Brown. Fred, dit is mevrouw Hastings.'

Ze begroetten elkaar, terwijl Tommy zei: 'Hallo, Molly, wat leuk je te ontmoeten.'

Maar het meisje zei niets en keek alleen naar haar op met dezelfde lichtblauwe ogen als haar moeder.

Fred haalde de koffers op bij de kruier, terwijl de vrouwen naar de auto liepen.

'Het is echt ijskoud,' zei Barbara met haar hoge, ijle stem. 'Molly en ik zaten de hele tijd tegen elkaar aan en toch rilden we nog. De conducteur zei dat er warme lucht uit de ventilatieschachten kwam, maar wij hebben die warmte nooit gevoeld, hè, Molly?'

Molly schudde haar hoofd.

Tommy zag dat het kind rilde van de kou. 'Arme jullie. Kom, laten we in de auto stappen. Daar liggen dekens en kruiken, maar ik ben wel bang dat die inmiddels lauw zijn. Er zijn ook broodjes. O, fijn, daar is Fred al met de koffers. Dan kunnen we nu naar huis rijden; want hoe eerder we vertrekken, hoe eerder we er zijn.'

De terugrit was veel erger dan de heenrit. De temperatuur was lager dan Tommy ooit meegemaakt dacht te hebben, en toen ze bij het station vandaan reden zagen ze de eerste voorbodes van sneeuw: witte pluisjes in de lucht die als grote motten in het licht van de koplampen fladderden.

'Het sneeuwt al!' zei Tommy met grote ogen.

'Hopelijk zijn we op tijd terug,' mompelde Fred.

Barbara begon te praten en ze probeerde vrolijk te klinken, maar hield er algauw mee op.

Het enige waar ze allemaal aan konden denken was de sneeuw, die binnen een paar minuten van een lichte vlaag veranderde in een hevige sneeuwstorm. Toen ze de lichtjes van de stad achter zich hadden gelaten, kon Tommy voor zich bijna niets meer zien. Daardoor was ze gedwongen stapvoets te gaan rijden terwijl ze tussen de sneeuwvlokken door de weg probeerde te zien. De sneeuw bleef vrijwel meteen liggen, zodat er twintig minuten later al een dik pak sneeuw lag. Nu begon ze bang te worden.

Achterin zaten Barbara en Molly stijf tegen elkaar aan onder hun dekens en ze keken met een gespannen blik naar de wilde sneeuwbui buiten.

'Ik denk dat we sneller moeten rijden,' mompelde Fred. 'De wegen zijn straks onbegaanbaar als we dit tempo aanhouden. Ik denk dat we nog ongeveer een halfuur hebben voordat we vast komen te zitten.'

'Lieve help,' zei Tommy ongerust. 'Op een mooie dag is het nog een halfuur rijden van hier naar huis, maar ik doe mijn best.'

'Je doet het prima,' zei hij bemoedigend. 'Ga zo door.'

Tommy kreeg iets meer zelfvertrouwen zodra ze tussen de hogere sneeuwhopen aan weerszijden van de weg beter kon inschatten waar de weg liep, dus ging ze iets sneller rijden.

'Dat is het, dat is het bord,' zei Fred. 'Nu is het dorp niet ver meer.'

Maar ze moesten nog kilometers verder; ze kropen voort over de verlaten weg.

Volgens mij heb ik me nooit eerder zo klein en alleen gevoeld. Buiten de auto woedden enorme natuurkrachten. Waar waren ze in vredesnaam mee bezig, door te proberen daartegen in te gaan? *Maar nu hebben we geen keus meer, we moeten wel doorrijden, want we kunnen niet terug.*

Het pak sneeuw was al dertig centimeter dik toen ze het dorp naderden, maar de auto ploegde door de zachte, nog niet vastgeklonken laag heen. Toch voelde Tommy dat de weerstand groter werd. Nog even en dan kwamen ze er niet meer doorheen. En bovendien was het gruwelijk koud. Haar vingers om het stuur waren verdoofd en deden pijn. Ze kon haar tenen niet meer voelen. Het enige wat haar warm hield, was de adrenaline. Fred zat naast haar, in elkaar gedoken om zijn lichaamswarmte vast te houden en vechtend tegen rillingen.

'We zijn er bijna,' zei hij.

'Kijk eens!' zei Tommy opgewekt. 'Kijk, Molly, dat is het dorp, kun je de lichtjes zien? We zijn bijna thuis!'

'Dat is fijn,' zei het meisje zacht.

'Wat een opluchting!' zei Barbara, en het was wel duidelijk hoe ongerust ze was geweest.

Tommy keek naar Fred, in de hoop dat ze haar gedachte kon overbrengen dat ze nog lang niet veilig thuis waren. Het moeilijkste deel kwam nog.

Terwijl ze langzaam door het dorp reden vroeg Tommy zich af of ze er verstandig aan zou doen om ergens te stoppen voor de nacht. De pastoor en zijn vrouw zouden hun zeker onderdak bieden. In het grote huis aan het dorpsplein waar de Hendersons woonden brandde licht, maar iets in Tommy dwong haar door te rijden.

Ze verlieten de bescherming van het dorp en meteen werd de sneeuw veel erger. De sneeuwhopen tegen de hagen waren hoger dan de auto en op de weg lag een pak sneeuw van misschien wel zestig centimeter. Ze drukte het gaspedaal in, de auto ploegde door de dwarrelende duisternis, en ze keek tussen de zwiepende ruitenwissers of ze het bord zag dat haar zou vertellen wanneer ze de laan in moest rijden. Alle vertrouwde objecten waren onzichtbaar in het donker en lagen onder een dikke laag sneeuw. Er viel steeds meer sneeuw op de auto en de motorkap was al niet meer te zien.

Fred keek naar haar, zijn gezicht grijs van de kou. 'Je kunt beter even stoppen, maar zet de motor niet uit. Dan veeg ik de sneeuw van de voorruit.'

Ze stopte gehoorzaam en hij opende zijn portier. Er waaide een vlaag ijskoude sneeuw naar binnen, maar toen stond hij al buiten. Hij sloeg het portier achter zich dicht. Ze zat te rillen en keek naar hem terwijl hij met zijn arm de hoopjes sneeuw van de voorruit en motorkap veegde, en ze zette zich schrap tegen de koude windvlaag toen hij weer instapte.

'Klaar,' zei hij, en zijn tanden klapperden toen hij weer in elkaar dook. 'Er is geen tijd te verliezen, mijn beste. Ga maar weer rijden.'

Maar toen Tommy het gaspedaal intrapte, voelde ze dat hun stuwkracht door het stilstaan was verdwenen. De auto vocht tegen de sneeuw en kwam langzaam in beweging, maar de tegendruk werd steeds groter. De motor gierde, maar bleef vechten.

'Hoever zijn we, denk je?' vroeg Fred zacht.

'We moeten bijna bij de laan zijn. Daarna is het nog achthonderd meter naar het huis.'

'Achthonderd meter.' Hij keek haar grimmig aan en ze kon zijn blik zien in de schemering. 'Dat zal krap worden. Maar we hebben geen keus. In dit weer kunnen we niet gaan lopen, want dan zullen we snel verdwalen.' Hij keek achterom naar de passagiers achterin. 'Nog even en dan zijn we thuis. Maak je maar geen zorgen.' Daarna zei hij tegen Tommy: 'Doe je best.'

'We komen er wel,' zei Tommy vastbesloten. 'Dat weet ik zeker.'

Het was zuiver toeval dat ze de afslag naar de laan zag. De wereld was zo veranderd dat ze zich onmogelijk kon oriënteren: bochten, hagen, bekende bomen waren allemaal verdwenen en er was niets dat de weg onderscheidde van de akkers. Maar het licht van de koplampen bescheen een klein stukje van het bord dat niet met sneeuw was bedekt en Tommy ving de glimp lang genoeg op om te zien wat het was. 'Hier,' zei ze. 'Hier gaan we rechtsaf. Het is niet ver meer.'

'Deze sneeuwstorm is wel heel heftig,' mompelde Fred. 'Zoiets als dit heb ik nog nooit meegemaakt. Het lijkt Siberië wel.'

‘Hoe zal de toestand morgenochtend zijn?’ zei Tommy.

‘Daarom móéten we thuiskomen,’ zei Fred. ‘Niet opgeven, hoor!’

‘Ik geef niet op,’ zei Tommy, terwijl ze probeerde meer kracht uit de motor te halen, ‘maar de motor misschien wel. De wielen willen niet meer draaien.’

De sneeuwlaag op de laan was hoger dan op de weg, doordat de wind de sneeuw hard over de akkers had geblazen om de opening tussen de lage hagen op te vullen. Het pak sneeuw was bijna hoger dan de motorkap.

‘O Fred,’ zei Tommy angstig. ‘Volgens mij komen we niet veel verder.’ Ze keek hem gespannen aan. ‘Maar volgens mij zijn we al dichtbij.’

‘Rij zover als je kunt door, elke meter telt.’

Ze bleef gas geven en dwong de auto door te rijden. Het autotje vocht zich nog een paar meter naar voren.

‘Ik stap uit en maak een pad vrij met de schep,’ zei Fred.

‘Dat heeft geen zin. Het kost veel te veel tijd om een pad te maken en de sneeuw vult dat pad meteen weer op. Toe nou!’ Ze moedigde de auto aan die nog een meter doorreed, maar toen echt niet verder kon.

‘Lieve help,’ zei ze. ‘We zijn denk ik zo’n vierhonderd meter van huis.’ Ze dacht aan Kapitein Scott en zijn mannen, die zo dicht bij hun redding waren geweest. Maar een sneeuwstorm had verhinderd dat ze bij voorraden konden komen, zodat ze waren doodgevroren in hun tent. *Zal ons dat ook overkomen? Dood in onze auto, zo dicht bij eten en warmte?* ‘Fred? Wat moeten we doen?’

Fred keek haar aan, haalde de zaklamp uit zijn jaszak en knipte hem aan. Zijn lippen waren smal en hadden een blauwe zweem in het bleke licht van de zaklamp. ‘We zouden hier kunnen wachten. Tot het ophoudt met sneeuwen.’

Tommy schudde haar hoofd en rilde. ‘Dat kan nog dagen duren. Het wordt alleen maar erger. We zullen moeten lopen.’

‘Je hebt natuurlijk gelijk. Het is vierhonderd meter. Ik pak de schep en maak zo goed en kwaad als het gaat een pad. Jij moet proberen ons de weg te wijzen. We moeten zo snel mogelijk lopen, vooral Molly.' Hij draaide zich om in zijn stoel zodat hij Barbara en Molly kon aankijken die stilletjes en bang achterin zaten. 'We gaan lopen. Molly, jij moet dicht bij je moeder blijven en vlak achter mij. Tommy houdt de zaklamp vast. We lopen zo snel mogelijk. In deze kou mogen we niet treuzelen. Barbara, je moet je koffers hier laten. Die halen we morgen wel op.'

Barbara knikte en protesteerde niet.

Ze is dapper. Ze moet zich zorgen maken om Molly.

'Laten we gaan,' zei Fred glimlachend. 'Ik weet niet hoe het met jullie is, maar ik heb heel veel zin in een beker hete chocolademelk.' Hij gaf de zaklamp aan Tommy en opende zijn portier. De felle wind blies weer naar binnen en nam een vlaag sneeuw mee. 'Ik pak de schep en dan stappen jullie allemaal uit.'

Tommy duwde moeizaam haar portier open en stapte met moeite de ijskoude duisternis in, maar zakte meteen in de diepe laag sneeuw. *Wat ben ik blij dat Fred zei dat ik mijn laarzen moest aantrekken.*

Maar Barbara en Molly hadden minder geluk, hun schoenen en sokken verdwenen zodra ze uitstapten in de sneeuw.

'Loop achter mij aan,' riep Fred tegen de huilende wind in. Hij liep moeizaam vooruit en schepte met zijn schep zoveel mogelijk sneeuw opzij.

Tommy duwde Molly en Barbara voor zich uit, zodat ze allemaal zo goed mogelijk beschut waren, en moedigde hen aan. 'Doorlopen!' riep ze, koud tot op het bot door de ijskoude wind. 'We moeten opschieten.' Ze richtte de lichtstraal van de zaklamp zo ver mogelijk voor hen uit.

Fred probeerde te scheppen, maar dat was bijna zinloos. Algauw probeerde hij zich alleen nog met zijn lichaam een weg door de sneeuw te banen en gebruikte hij de schep meer als een machete. Hij hakte ermee door de sneeuwlaag heen en maakte de sneeuw losser in plaats van dat hij die weg schepte. De anderen liepen zo snel mogelijk achter hem aan, hun ogen halfdicht tegen de felle wind en de dwarrelende sneeuw.

Maar waar is het huis? Vóór hen leek alleen duisternis te zijn, en die was vol rondvliegende sneeuwvlokken. *Het moet dichtbij zijn. Waarom kan ik het niet zien?*

Ze scheen het licht zover mogelijk naar voren, maar toch konden ze maar een meter of twee vooruit kijken. Daarom zwaaide ze de zaklamp op en neer, steeds weer. Ze zag dat Barbara rilde terwijl ze zich een weg baande door de dikke sneeuwlaag.

'Meneer Burton Brown!' riep Barbara en ze tikte op Freds rug. 'Molly kan niet verder. Ze heeft het te koud en de sneeuw is te diep!'

Fred draaide zich naar haar om en zag Molly, die stokstijf stilstond en oncontroleerbaar rilde. 'Tommy!' riep hij. 'Jij loopt voorop, ik neem Molly.' Hij tilde het meisje op en zakte een beetje in elkaar onder haar gewicht.

Tommy ploeterde door de sneeuw, met de schep.

Ik heb het nog nooit zo koud gehad. Ze leken al uren te lopen. Tommy was uitgeput, verblind door de sneeuw en koud tot op het bot. Maar ze konden het onmogelijk opgeven, ze moesten doorlopen. Ze hoorde dat Fred kreunde van inspanning doordat hij de rillende Molly tilde.

Zouden we hier echt dood kunnen gaan? Die kans leek opeens groter dan ooit. De dood was heel dichtbij, dat wist ze. Het leven, zo bleek, was broos en alleen al een wandeling door de sneeuw kon daar een einde aan maken. Hoelang zou het nog duren voordat het een heerlijke opluchting zou zijn om de strijd op te geven en zich te laten wegzakken, weg van de kou, het lawaai en de angst, in de stilte? *Ophouden! Zo mag ik niet denken!* Ze vocht tegen het rillen en tegen de pijn in haar handen en voeten. *Kom op, Tommy. Je moet verstandig zijn. Denk niet aan zulke vreselijke dingen. We moeten echt zorgen dat we thuiskomen. Maar waar is het huis? Waarom kan ik het niet zien?*

Ze zwaaide de lichtstraal van de zaklamp weer omhoog en toen zag ze een lichtflits als antwoord. Twee felle lichtpuntjes kwamen iets voor hen opeens tot leven. 'Daar!' riep ze. 'We zijn er bijna. Kom mee!'

Met nieuwe energie vochten ze door en de lichten kwamen dichterbij, tot Tommy zag dat het lantaarns waren die op de hekpalen waren gezet.

'Nog een klein stukje!' riep ze en toen, tot haar grote opluchting, zag ze twee mensen die dik ingepakt in jas en hoed in de sneeuw stonden. Ze zwaaide heftig met hun zaklampen naar hen.

'Hierheen!' riep Gerry tegen de huilende wind in.

'We komen eraan!' schreeuwde Tommy terwijl ze de laatste meters over de laan ploeterden. Tommy huilde bijna van opluchting. 'We komen eraan! We zijn thuis!'

17

Nicholas zou Caitlyn ophalen voor hun uitstapje naar het platteland. Toen hij arriveerde had ze Max al naar school gebracht en was ze net weer thuis.

'Ik hou me niet meer aan het rooster van de universiteit,' zei hij terwijl zij koffie voor hem maakte. 'Zoals veel mensen van middelbare leeftijd heb ik het gevoel dat ik tijd tekort kom, en dus sta ik vroeg op, eet gezond en ga naar de sportschool. Ik probeer er het beste van te maken.'

'Je bent niet van middelbare leeftijd,' zei ze. 'Echt niet.'

'Als je het grootste deel van je dag bezig bent met lesgeven aan studenten, voel je je niet oud als je veertig bent, maar stokoud!'

De zon scheen, wolken dreven in kleine groepjes voorbij; boomtoppen bewogen in een briesje. Nicholas reed in een felgroene MG-sportwagen met de kap open.

'Goed,' zei ze glimlachend, 'jij wint: je bent écht van middelbare leeftijd.'

Daarna reden ze snel door Oxford, terwijl de wind haar haren omhoog blies tot ze erin slaagde er een paardenstaart in te maken met een elastiekje dat ze in haar tas vond. Er was nog niet veel verkeer in de stad, zodat ze algauw in westelijke richting over de A34 reden. De zon scheen, en doordat het dak openstond was praten onmogelijk. Dus genoot ze gewoon van de rit, van de wind tegen de bovenkant van haar hoofd en van het felle zonlicht op haar zonnebril. Ondanks de snelheid was ze niet zenuwachtig, zoals ze bij Sara was geweest. Sterker nog, ook al had ze Nicholas twintig jaar niet gezien, voelde het toch vreemd ontspannen en natuurlijk om zo naast hem te zitten.

Ze reden een halfuur in westelijke richting naar Wiltshire en kwamen onderweg langs Spring Hall.

'We zijn er bijna,' zei Nicholas toen ze een marktstadje in reden, een kronkelig eenrichtingsstelsel volgden en het stadje vervolgens aan de andere kant weer verlieten. Daarna reden ze weer over plattelandswegen.

Opeens waren ze in een mooi dorp met huizen van kalksteen en indrukwekkende oprijlanen die naar grote herenhuizen leidden. Een fleurige en levendig uitziende pub flitste voorbij, en toen waren ze het dorp alweer uit en reden een lange smalle oprijlaan in. Ongeveer achthonderd meter verderop zag ze opeens, magisch bijna, een prachtig huis, een zeventiende-eeuws jacobeaans herenhuis van zachtgele steen, met diepliggende ramen met verticale raamstijlen en een eiken voordeur met kopspijkers.

'We zijn er.' Nicholas stopte in de laan ertegenover. Het huis, groots maar ondanks de afgelegen locatie niet eenzaam, had een schitterend uitzicht op bossen en akkers, terwijl boven de hagen in de verte de daken van het dorp en de spits van een kerk te zien waren.

'Hier woont je oudtante?' vroeg Caitlyn verbaasd. Het huis was gigantisch; ze had zich voorgesteld dat ze naar een ruim maar gewoon huis zouden gaan, misschien zelfs een enorme bungalow. Een oudtante moest vrij oud zijn immers, nu Nicholas bijna veertig was. Maar niet zo'n huis als dit.

'Inderdaad. Kom mee, laten we uitstappen en eens kijken hoe het met de oude dame gaat.'

Ze lieten de MG gewoon staan.

'Het ziet er niet naar uit dat het gaat regenen,' zei Nicholas met een blik naar de lucht, 'dus de kap kan wel open blijven.'

Hij liep naar het huis, niet naar de grote voordeur in het centrale deel van het huis, maar om het huis heen. Hij klopte op een deur aan de achterkant, in de westelijke vleugel.

Ze hoorden geblaf en rennende poten en hijgende opwinding.

'Af, meiden, liggen!' zei een luide stem, waarna de deur werd geopend en drie opgewonden terriërs en een stevige vrouw met een rood gezicht zichtbaar werden. Ze had staalgrijze krullen en droeg een schort over haar praktische rok en trui. Ze glimlachte. 'Hallo, wat leuk jullie te zien.'

'Je wist toch dat ik zou komen?' vroeg Nicholas. Hij liep het trapje op en kuste een kersenrode wang. 'Ik heb een berichtje op het antwoordapparaat ingesproken.'

'Ja hoor, natuurlijk heb je dat gedaan.' De vrouw keek nu naar Caitlyn.

'Dit is mijn vriendin, mevrouw Balfour,' zei Nicholas.

'Caitlyn alsjeblieft,' zei ze snel.

'Dit is Renee,' zei Nicholas. 'Zij helpt mijn tante in het huis.'

Renee knikte glimlachend. 'Iets meer dan helpen, maar ja. Aangenaam.'

Dus dit is zijn oudtante helemaal niet.

'Is ze in de woonkamer?' vroeg Nicholas.

'Inderdaad. Ga maar, dan maak ik thee.' Ze riep tegen de honden: 'Kom mee, meiden, de pret is voorbij. Terug op jullie kleden.'

Nicholas nam Caitlyn mee door een keuken die werd verwarmd door een oude gietijzeren kachel onder de schoorsteenmantel. Het rook er heerlijk naar stoofpot. De keuken was veel kleiner dan Caitlyn had verwacht, gezien het formaat van het huis, want hij was niet veel groter dan haar keuken in Oxford. De keuken kwam uit op een woonkamer, met lage, donkere balken en een enorme open haard waar een houtkachel vrolijk brandde en de kamer verwarmde met een behaaglijke bedomptheid. De houten wanden hingen vol schilderijen en tekeningen, en het meubilair was versleten maar leek comfortabel. Er was, realiseerde Caitlyn zich, niets nieuws in deze kamer; ook de stapels oude tijdschriften waren niet nieuw. De bewoonster leek al even oud; ze zat te dutten op de bank, een boek was van de deken op haar knieën gegleden, haar grijze hoofd was naar voren geknikt en ze ademde zwaar.

'Tante Geraldine!' riep Nicholas.

De oude dame schrok wakker, knipperde heftig met haar ogen en keek om zich heen op zoek naar de bron van de verstoring. 'Wat? O! Nicholas, jij bent het!' Ze knipperde nog sneller en glimlachte toen ze haar neef zag.

'Hoe gaat het?' bulderde Nicholas terwijl hij zich bukte om haar bepoederde wang te kussen.

'Je hoeft niet te schreeuwen, lieverd, ik ben niet doof,' zei ze, terwijl ze de kus in ontvangst nam.

'Je bent een béétje doof,' zei Nicholas luid.

'Nou, een beetje wel, denk ik. Toch is dat geen reden om keihard te schreeuwen.' Ze verplaatste de deken op haar knieën. 'Het gaat uitstekend met me, dank je wel. En ik ben heel blij je te zien, want dat betekent dat Renee mijn behoeftes nu wel moet bevredigen en me een kop thee zal brengen.' Haar heldere blik richtte zich op Caitlyn. 'En wie is dit?'

'Dit is mijn vriendin, Caitlyn Balfour. Ik wil haar het huis laten zien.'

'Nou, ik vind het altijd leuke nieuwe mensen te ontmoeten. Het kan hier een beetje saai worden, weet je. Hoe gaat het met je, Caitlyn Balfour?'

'Uitstekend, dank u wel,' zei Caitlyn beleefd, terwijl ze zich realiseerde dat ze oudtante Geraldines achternaam niet wist en dus geen idee had hoe ze haar moest noemen. 'Oudtante' leek niet helemaal correct, en 'Geraldine' was een beetje te familiair.

'Ga alsjeblieft zitten, jullie allebei.' Tante Geraldine fronste. 'Hebben jullie het koud? Zullen we het vuur opstoken? Het is vrij kil de laatste tijd.'

Nicholas zei: 'Nee hoor, we hebben het niet koud. Integendeel zelfs, het lijkt hier wel een oven.'

'Echt?' Geraldine rilde. 'Dat voel ik niet eens meer. Dit huis was altijd zo ijzig koud, het leek wel alsof ik het nooit warm kon krijgen. We zijn verwend tegenwoordig; je had hier moeten zijn toen de winters echt streng waren. Je zou het niet geloven, zoals we soms ingesneeuwd raakten. En als het ging regenen was dit huis net een eiland, afgesloten van alles door de ondergelopen akkers.'

Caitlyn ging zitten; het leek haar juist heel prettig om vast te zitten in dit gezellige huis.

Nicholas ging naast zijn tante zitten en zij vroeg hem naar zijn leven in Oxford. Een paar minuten later kwam Renee binnen met de thee en waren ze bezig met het inschenken en ronddelen van de kopjes.

Nu de aandacht niet op haar was gericht, kon Caitlyn om zich heen kijken en de versleten maar aangename sfeer van dit vertrek in zich opnemen. Toch leek dit vertrek veel te klein voor het formaat van dit huis dat ze vanaf de laan hadden gezien.

Nadat ze hun thee hadden opgedronken vroeg tante Geraldine: 'Caitlyn, wat een mooie naam. Woon je in dit land?'

'Ja, inderdaad.'

'Goed. Nicholas' vorige vriendin woont in Amerika. Ik ben blij dat jij daar niet woont.'

Caitlyn bloosde. 'Maar...'

'Caitlyn is een vriendin, maar niet een vriendin in de zin die jij bedoelt,' zei Nicholas lachend. 'Bovendien is ze getrouwd!'

Tante Geraldine keek haar aan. 'Ben je getrouwd, lieve?'

'Ik... Nee, niet meer.'

'Zie je wel, ze is niet getrouwd. Dus is er altijd hoop.' Tante Geraldine keek Caitlyn glimlachend aan. 'Ik vind het niet fijn dat hij alleen is en hij zal iemand nodig hebben die hem helpt wanneer hij dit huis overneemt. Over een jaar of twee zal het van hem zijn.'

Nicholas zei: 'O, maar dat hoop ik toch niet, tante Geraldine. Je hebt nog een paar jaar te gaan.'

'Ik ben vijfentachtig, dus laten we niet doen alsof dat jong is. Iemand noemde me laatst "van gevorderde middelbare leeftijd". Ongelofelijk toch?' Ze schaterde. 'Ik ben oud, dat is nu eenmaal zo, dus we kunnen ons maar beter op het onvermijdelijke voorbereiden.'

'Doe alsjeblieft niet zo morbide; ik raak heel snel depressief.'

Nicholas stond op. 'Ik ga Caitlyn een rondleiding geven. Ze is op zoek naar een nieuwe woonplek en ik dacht dat dit misschien geschikt kon zijn.'

Geraldine keek geïnteresseerd. 'Een nieuwe huurder? Wat een fijn idee. Dit huis gedijt altijd op jong bloed.'

'Het is net een vampier,' mompelde Nicholas met een blik opzij naar Caitlyn. 'Zuigt ook al het geld op.'

'Wat zei je, lieve jongen?'

'Niets, tante. Voordat we vertrekken komen we nog wel even afscheid nemen.'

'Doe maar. Geniet van je rondleiding.' Geraldine zwaaide ten afscheid.

Nicholas liep naar een deur vlak bij de haard en opende die. Tegen Caitlyn zei hij: 'Sorry voor mijn tante, ze is niet erg subtiel nu ze ouder is. Deze kant op.'

Ze liep achter hem aan naar een grote lange hal met een stenen vloer en een trap naar boven. Nu kon ze de voordeur zien en ze realiseerde zich dat ze vanuit de westelijke vleugel in de centrale hal van het huis waren gekomen. Dit voelde totaal anders: de gezelligheid en de warmte waren verdwenen. Hier voelde het koud en onbewoond, ondanks het meubilair.

'O, nu zie ik hoe het huis in elkaar zit.' Caitlyn wees naar de deur waar ze net doorheen waren gekomen. 'Dus je tante woont in die vleugel?'

'Ja, in het kleinste deel. Het is ooit ontworpen als een compleet huis, maar voor de jongere tak van de familie. Dit deel staat nu leeg; er woont niemand.'

'Ga je dit huis echt erven?'

'Daar heeft mijn tante wel mee gedreigd.' Nicholas keek om zich heen. 'Ze wil het op mijn naam overzetten in de hoop dat ze lang genoeg blijft leven zodat ik geen erfbelasting hoef te betalen, want dan zal ik het moeten verkopen, dat is zeker.' Hij haalde zijn schouders op. 'Maar de kans is groot dat het sowieso moet worden verkocht.'

'Echt? Maar het is zo mooi!' Caitlyn keek om zich heen. Ze vroeg zich af hoe het zou zijn om hier te wonen.

'Het kost veel geld om een huis als dit in stand te houden. Er is geen familievermogen, er is nooit veel geld geweest. Het landgoed was afhankelijk van het boerenbedrijf en van pachtgelden, en het land is in de loop der jaren allemaal verkocht. De koper zal dus heel rijk moeten zijn en het willen kopen als een plek om zich terug te trekken of om er een hotel of zo van te maken.'

Caitlyn zag dat de hal te klein was om indrukwekkend te zijn, maar wel een soort ouderwetse gratie en grootsheid bezat. 'Wat ontzettend jammer. Dit huis voelt alsof er een gezin in zou moeten wonen.'

'Maar ik zou hier alleen wonen, in de vakanties misschien met Coco. Het heeft meer nodig dan ik het kan geven.'

'Dat snap ik.' Caitlyns aandacht werd getrokken door een groot schilderij dat op de achtermuur van de hal in het donker hing. 'Lieve help, moet je kijken!' Ze liep ernaartoe. 'Dat moet het schilderij zijn waar jij me over vertelde.'

'Volgens de familieoverlevering is het een echte Gainsborough.'

Caitlyn stond voor het schilderij, verrukt, ondanks het slechte licht in de hal. 'Het is prachtig. Ze lijkt zo triest. Een echte Gainsborough?'

'Kennelijk.'

Caitlyn lachte. 'Ik kan gewoon niet geloven dat dit schilderij hier hangt, in deze verlaten ruimte. Ik hoop dat jullie een goede alarminstallatie hebben!'

'Het is hier behoorlijk veilig. De deuren zijn dik en de ramen van glas-in-lood, dus heel moeilijk kapot te maken. En Renee schakelt het alarm elke avond in. Maar je hebt gelijk, het is een beetje belachelijk om het hier te hebben.'

'Waarom verkoop je het niet? Hij moet miljoenen waard zijn. Dan zou je dit huis kunnen houden.'

Nicholas knikte. 'Klopt. Maar ik hou het als een soort reserve voor het geval ik toch erfbelasting moet betalen. De belastingdienst accepteert het misschien wel als vergoeding.'

'O ja. Geen slecht plan.' Ze keek Nicholas aan. 'Hou je van dit huis?'

'Ik ben er gek op. Mijn moeder hield er ook van, ook al zei ze dat het hier ijskoud kon zijn en ze elke winter ijskoude handen en voeten hadden. Ze ging uiteindelijk op Cyprus wonen, waar het altijd warm is, ik weet zeker dat het door dit huis kwam, maar ze kwam altijd terug; ze kon niet lang wegblijven. Ze is een paar jaar terug overleden. Mijn oom Harry had het eigenlijk moeten erven, maar hij stierf al vrij jong en had zelf geen gezin. Geraldine woont hier altijd al. Ze heeft jarenlang Franse les gegeven op Spring Hall en werd later de directrice van een plaatselijke meisjesschool. Ze is er op de een of andere manier in geslaagd dit huis te behouden. En toen vertelde ze me dat ik degene was die het huis na haar dood moest overnemen. Ik weet dat ze het in de familie wil houden, maar ik wil Coco er niet mee opzadelen. De kans is groot dat het aan een projectontwikkelaar of zo wordt verkocht, en dan wordt het geld verdeeld over alle nog in leven zijnde neven en nichten.' Nicholas haalde zijn schouders op. 'Aan bepaalde dingen komt nu eenmaal een eind en ik denk dat de tijd van mijn familie hier voorbij is, na zo'n zeshonderd jaar.'

'Wat jammer.'

'Wil je de rest zien?'

'Ja, graag.'

Een uur lang dwaalden ze door de kamers, waarvan de meeste op het noodzakelijkste meubilair na waren leeggehaald. Nicholas vertelde haar dat er ontelbare dozen met spullen op de zolders stonden.

Op een van de overlopen bleef Caitlyn staan toen haar blik op een ongebruikelijke gipswand viel. Ze liep ernaartoe om het beter te kunnen bekijken en zag circusfiguren en dansers, omringd door decoraties. Vanaf een afstand leek het bijna jacobeaans, maar van dichtbij was het duidelijk moderner. 'Kijk eens, dit is schitterend!'

'O ja. Volgens mij het product van verveling. Er schijnt hier een brand te zijn geweest die het oude stucwerk heeft vernietigd. Dit is gemaakt tijdens een bijzonder lange en saaie winter. Tegenwoordig zou dat niet meer mogen, zomaar iets dat je leuk vindt op een muur schilderen. Dan kreeg je meteen die lui van monumentenzorg op je dak.'

'Het is prachtig. Heel erg Bloomsbury.' Caitlyn bekeek de complexe figuurtjes, gefascineerd door de details en de energie die ze uitstraalden. Er was een circusdirecteur, een sterke man met een gewicht en een acrobaat op een koord. Een zeehond balanceerde een bal op zijn neus en een leeuw zat op een kleine verhoging. Ballerina's draaiden en sprongen. 'Dit is een heuse schat.'

'Meen je dat?' vroeg Nicholas verbaasd. 'Volgens mij is het niet door een beroemde schilder gemaakt.'

'Het interesseert me.' Ze pakte haar telefoon en maakte er een paar foto's van. 'Weet je wie dit heeft gedaan?'

'Nee, maar Geraldine misschien wel.'

Nicholas liet haar de badkamers en keuken zien, en verontschuldigde zich voor het ouderwetse interieur. 'Deze vertrekken zijn al jaren niet meer opgeknapt. Ze functioneren, maar zien er niet zo chic uit.'

'Ze zijn prachtig.' Caitlyn was gebiologeerd door de enorme oude badkuipen met hun koperen kranen, de wc's met hun hoge stortbak en het oude fornuis dat in de keuken naast een nieuwe elektrische oven stond. 'Ik vind het schitterend. Ik bedoel, het is enorm en onpraktisch, maar...' Ze keek hem opgewonden aan. 'Zou ik hier echt kunnen wonen, ook al is het maar een tijdje?'

'Ja hoor, dat weet ik zeker. Maar denk er eerst over na, overhaast niets. Je bent hier helemaal op jezelf aangewezen, met als enige gezelschap iemand van in de negentig. Je moet tantes onzin dat ze nog maar vijfentachtig is niet geloven, hoor!'

Toen ze de woonkamer van de oude vrouw weer binnenkwamen om afscheid te nemen, was ze diep in slaap, zodat ze haar niets over de fresco's konden vragen. Renee liet hen uit en beloofde haar hun groeten over te brengen.

'Ik weet niet hoe het met jou is, maar ik heb ontzettende trek,' zei Nicholas zodra ze buiten stonden. Toen ze zei dat dat ook voor haar gold zei hij: 'Goed, dan gaan we naar de pub in het dorp.'

Ze waren bijna klaar met hun lunch toen Nicholas zei: 'Je hebt me niet echt verteld waarom je naar Oxford bent gekomen. Was dat omdat jij en Max' vader gingen scheiden?'

Caitlyn had genoten van de verhalen over Nicholas' leven op de universiteit en werd overvallen door deze vraag. 'Nee, niet echt. Ik had het je al eerder moeten vertellen, maar... mijn man is gestorven.' Ze keek hem glimlachend aan om de bezorgde blik die onmiddellijk op zijn gezicht verscheen weg te nemen. 'Ik was niet van plan het zo plompverloren te vertellen, maar het is nu eenmaal zo. Hij is onverwacht overleden – een auto-ongeluk. Max zat al op Spring Hall en ik wilde hem niet verplaatsen, dus ben ik zelf verhuisd. En dat was goed. Ik had genoeg van Londen en we hadden behoefte aan verandering.'

'Wat erg voor je, Caitlyn,' zei Nicholas zacht. Hij legde zijn vork neer, alsof eten nu van slechte smaak getuigde. 'Wat afschuwelijk. Wanneer is dit gebeurd?'

'Iets meer dan zes maanden geleden.'

Hij keek geschrokken. 'Zo kort nog maar? En in die tijd ben je hiernaartoe verhuisd?'

Ze lachte even en zei: 'Huizen in Londen worden snel verkocht.'

'Dat bedoelde ik niet. Ik bedoel... ik weet het niet, maar je hebt je leven heel snel veranderd.'

'Het werd voor me veranderd. Niets kon meer impact hebben dan het verlies van Patrick. Daarna was verhuizen kinderspel.'

'Natuurlijk.' Nicholas ging ongemakkelijk verzitten en beet op zijn lip. 'Nou ja, ik vind het heel erg voor je.'

'Dank je.'

Ze merkte dat hij zich niet meer op zijn gemak voelde. Ze was geen gescheiden vrouw die op zoek was naar een nieuwe relatie – als hij dat misschien dacht – maar een weduwe die nog van slag was door haar recente verlies. Dat zette de zaken in een ander daglicht, nam ze aan. Ze wilde dat ze het geheim had kunnen houden, ze had genoten van de luchtige gesprekken die Nicholas nu misschien ongepast vond.

Ondanks haar inspanningen lukte het niet om hun ontspannen kameraadschap weer op te pakken. Ze deelden de rekening en liepen terug naar de auto. Op de terugweg naar Oxford was het geluid van de motor weer te allesoverheersend om een gesprek te voeren, en daar was ze dankbaar voor.

'Dank je wel voor vandaag,' zei ze toen ze voor haar huis stilstonden. 'Ik heb ervan genoten.'

'Ik ook.' Nicholas keek haar met een warme blik in zijn bruine ogen glimlachend aan. Hij leek het ongemakkelijke gevoel kwijt te zijn.

'Het spijt me dat de stemming een beetje somber werd.'

'Hoeft niet. En dat is niet jouw schuld.'

'Dat weet ik wel, maar...' Ze zuchtte.

'Wat is er?' vroeg hij zacht.

'Ik wilde dat dit... nou ja, niet zou worden overschaduwd door wat er is gebeurd. Ik denk er altijd aan en soms voelt het goed om het te negeren, ook al is het maar even.'

'Dat begrijp ik.' Hij glimlachte weer tegen haar. 'Ik wil dat je weet dat ik het fijn zou vinden je weer te zien, als vrienden. Vroeger waren we immers vrienden, in ons derde jaar. Weet je nog?'

Deze woorden maakten iets los. Ze werd opeens overvallen door herinneringen, door beelden waarvan ze had gedacht dat die voor altijd waren verdwenen. *Hoe kon ik die vergeten?* Tijdens de eerste twee jaar van hun tijd in Oxford hadden hun paden elkaar zelden gekruist. Ze volgden niet dezelfde colleges, ze gingen niet naar dezelfde feestjes en deden niet mee aan dezelfde activiteiten. Nicholas roeide voor de universiteit en had daardoor een andere dagindeling dan zij. Ze herinnerde zich dat ze naar het botenhuis van de universiteit ging om naar de wedstrijden te kijken, dat ze met een flesje Pimms naar hem keek als hij voorbij roeide met een intens geconcentreerde blik op zijn gezicht terwijl hij de riemen in perfecte timing met zijn ploeg bewoog; met hun harde en opbollende spieren. Toen had ze zich voor het eerst gerealiseerd hoe aantrekkelijk hij was.

'God, lekkere roeiers,' had Sara gezegd. 'Die ga ik straks versieren, zeker weten.'

Natuurlijk. Sara was daar ook.

Toen, in hun derde jaar, was Nicholas gestopt met roeien om zich op zijn eindexamens te concentreren. In het begin zagen ze elkaar in de bibliotheek en soms lunchten of dineerden ze samen. Nicholas ging na het diner mee naar haar kamer en dan zette ze koffie of maakte ze een fles wijn open, dan kletsten ze uren met elkaar en voelde ze dat ze sprankelde door zijn aandacht. Ze vroeg zich af of hij haar zou verleiden, maar er gebeurde nooit iets. Op een bepaald moment pakte hij zijn jas en zei dan: 'Weer aan de slag!' en vertrok naar zijn kamer. Dan dacht ze: O, hij vindt me niet echt leuk. Niet op die manier. Maar hij kwam elke keer weer naar haar kamer en dan wist ze dat het mogelijk was; ze voelde hun wederzijdse aantrekkingskracht.

Waar was Sara? Waarom was zij 's avonds niet bij mij? We waren meestal samen. Die gedachte dwarrelde door haar hoofd en leidde haar even af. *Natuurlijk. Sara was er niet omdat zij geen eindexamen deed. Ze heeft haar studie niet afgemaakt.*

Ze werd uit haar herinneringen gerukt doordat hij vroeg: 'Caitlyn, we waren toch vrienden?'

'Ja,' zei ze langzaam, 'natuurlijk waren we vrienden.'

'Goed.' Hij zweeg alsof hij iets anders wilde zeggen, maar zich bedacht. Hij zei kortaf: 'Ik stuur je een berichtje. En laat me weten wat je wilt met het huis zodra je erover na hebt kunnen denken. Dan bespreek ik het met tante Geraldine.'

'Oké.' Ze zag hem amper toen ze uit de auto stapte, doordat ze werd overmand door een golf herinneringen. De herinnering die ze had onderdrukt, kwam opeens luid en duidelijk naar boven. 'Ik wacht op je berichtje. Dag, Nicholas.'

'Dag.'

Ze zwaaide hem na toen hij wegreed. En nu pas wist ze weer waarom hun contact al die jaren terug was verbroken.

18

Zo'n storm als die nacht hadden ze niet eerder meegemaakt. De ramen op de benedenverdieping hadden nieuwe witte luiken, en op de bovenverdieping was het uitzicht over de akkers een bijna eindeloos wit, alsof alles in zijn geheel was opgeslokt door een groot wit monster.

De radio meldde dramatisch dat het hele land stillag, dat het grootste deel van Engeland onder een pak sneeuw lag en Schotland volkomen van de buitenwereld was afgesneden. De temperatuur was niet eerder zo laag geweest. Iedereen maakte zich zorgen over reizigers die in afgelegen dorpen en gehuchten waren gestrand. Er werden plannen gemaakt om voorraden te droppen, omdat niets erop wees dat het koude weer op korte termijn voorbij zou zijn.

Tommy luisterde ernaar, in haar bontjas gewikkeld en zo dicht mogelijk bij het keukenfornuis, terwijl Ada het ontbijt klaarmaakte.

Toen Tommy wakker werd was haar slaapkamer koud; haar adem kwam in witte wolkjes uit haar mond en er zaten ijsbloemen op de ruiten. Ze stond moeizaam op, verbaasd over de kou, en kleedde zich aan voordat ze snel naar de kinderen ging. 'Kom op, trek je warmste kleren aan,' zei ze. 'En kom zo snel je kunt naar beneden.'

Thornton en Ada waren de vorige avond niet naar huis gegaan, dat was onmogelijk geweest in de sneeuwstorm, en dus hadden zij de nacht doorgebracht in het huis van mevrouw Whitfield in de kamer van de vroegere huishoudster.

'Ik zie ons vandaag ook nog niet teruggaan,' zei Ada ongerust. 'Ik hoop dat Tatty zich redt.'

'Tatty?' vroeg Tommy, terwijl ze een steelpan melk op het fornuis zette om op te warmen. Ze was blij dat de kolen net op tijd waren bezorgd.

'De kat. Die zal het niet fijn vinden dat we niet thuis zijn gekomen.' Ada schudde haar hoofd. 'We moeten maar afwachten of we vandaag naar huis kunnen.'

'Heb je al naar buiten gekeken, lieverd?' vroeg Tommy. 'Er ligt anderhalve meter sneeuw! Gelukkig waren we op tijd terug.'

'Ja, jullie hebben geluk gehad,' zei Ada ernstig; ze veegde haar handen af aan haar schort. 'Iets later en... Ik moet er niet aan denken. Je vriendin is boven, hè?'

'Ja. Volgens mij slapen zij en Molly nog steeds. Ze hebben een zware dag achter de rug. Ik heb hun de rozenkamer gegeven en nieuwe kruiken. We waren allemaal tot op het bot verkleumd. Hopelijk is Molly hersteld; ik maakte me grote zorgen om haar.' Tommy keek naar de melk, die al warm begon te worden.

'Op het nieuws zeiden ze dat het voorlopig koud blijft. Wat moeten we in vredesnaam doen nu we van de buitenwereld zijn afgesneden?'

'We redden het heus wel, lieverd, maak je maar geen zorgen.' Tommy hoopte dat het klonk alsof ze het zelf geloofde, ook al was ze vreselijk ongerust.

Haar moeder kwam ontbijten en kondigde aan dat ze had besloten weer in het hoofdhuis te gaan wonen. 'Het kan niet goed zijn om mijn huis ook te verwarmen. Ik weet wel dat ik 's avonds geen vuur meer maak, maar als ik hier mijn intrek neem besparen we meer brandstof,' zei ze. Ze ging aan tafel zitten, twee keer haar normale omvang door de truien, vesten en de regenjas die ze droeg. Het was ijskoud in de kamer en er stonden ijsbloemen op de ruiten.

Tommy droeg haar met bont gevoerde laarzen, maar toch waren haar tenen nog steeds gevoelloos.

De kinderen zaten, gekleed in hun jas en sjaal, op een geroosterde boterham te kauwen die allang was afgekoeld en dus taai was. Zelfs de gloeiend hete chocolademelk was al lauw zodra die de keuken uit kwam.

'Misschien is dat wel zo,' zei Tommy, 'maar volgens mij zou het nog beter zijn als we allemaal naar jouw huis verhuizen. Dat is veel kleiner en gezelliger.'

'Dat is een goed idee,' zei Gerry. Ze droeg een grote geruite wollen muts, had een sjaal stevig om haar hals gewikkeld en haar handen om haar beker chocolademelk gelegd om alle warmte op te nemen. 'Ik denk de hele tijd aan de kachel in moeders woonkamer.'

'Maar waar moeten we dan allemaal slapen?' vroeg mevrouw Whitfield somber. 'Ik heb daar geen ruimte voor, niet met mevrouw Hastings en meneer Burton Brown erbij. Zonder hen had het misschien wel gekund, maar nu... Ik heb ook geen idee wanneer de Thorntons weer naar huis gaan.'

'Ja, dan moeten we ons hier maar zien te redden. Maar...' Tommy fronste. 'Gerry heeft gelijk: jouw woonkamer is gezelliger. Laten we onze salon afsluiten en niet langer proberen die grote ruimte te verwarmen, maar in plaats daarvan jouw kachel aansteken. Die is veel efficiënter dan de open haard. Het zal krap zijn, maar dan hebben we in elk geval een warme kamer waar we naartoe kunnen. En dan kun jij in je eigen slaapkamer blijven, moeder, daar zal het warmer zijn dan in welke andere kamer in dit deel van het huis ook.'

'Prima,' zei haar moeder. Ze zuchtte. 'Dit weer is ongelofelijk, zoiets heb ik nooit eerder meegemaakt.'

'Mogen we straks buitenspelen?' vroeg Harry. 'Ik smeer vet op mijn slee, dan gaat-ie sneller.'

'Misschien.' Tommy keek naar de ramen waar de sneeuw hoog tegenop lag zodat alleen een stukje mistige grijze lucht zichtbaar was. 'Ik vraag me af hoe de auto eraan toe is.'

'Misschien vind je hem nooit terug,' zei Gerry. 'Of pas in de lente, als er een verroest karkas op de laan staat.'

'Dat hoop ik niet. En ik zou hem liever eerder terugvinden, want alle bezittingen van Barbara liggen erin.'

Roger kwam binnen. Zijn gezicht was wit van de kou, behalve zijn neus, die roze was. Hij snoof en sloeg zijn armen tegen zijn zij. 'Mijn god, kunnen we die verdomde radiatoren niet aandoen?'

'Die zíjn aan,' antwoordde Tommy, 'Dat was tenminste zo, maar je weet hoe slecht ze zijn. Ik probeer ze aan te houden om te voorkomen dat ze bevriezen, maar we moeten ook olie besparen. Dus kunnen we ze niet hoog zetten.'

'Dit is onmenselijk.' Roger ademde uit. 'Moet je kijken! Mijn adem lijkt wel rook hier in de eetkamer. Als het zo doorgaat vriezen we allemaal dood.'

'Nee hoor, echt niet,' zei Tommy snel met een blik op de angstige gezichten van de kinderen. Ze keek Antonia en Harry glimlachend aan en zei: 'We redden ons wel, vooral met oma's kachel. Misschien kunnen jullie Ada zover krijgen dat ze jullie toffee laat maken met een beetje van haar kostbare suikerstroop.'

'Waar is Fred?' vroeg Roger terwijl hij om zich heen keek.

'Nog in bed. Volgens mij was hij helemaal kapot na gisteren. En je weet dat hij zich helemaal niet goed voelde na zijn bezoek aan die afschuwelijke dokter in Oxford.'

'O ja. Oxford.' Roger vertrok zijn gezicht. Hij had het niet leuk gevonden dat Fred en Tommy samen weg waren geweest en was daarna dagenlang chagrijnig geweest.

'Hij komt vast gauw beneden. En jij moet kennismaken met Barbara. Zij komt een tijdje bij ons logeren.'

Roger gromde en ging aan tafel zitten. 'Ik neem aan dat de toast inmiddels bevroren is.'

'Ik maak nog wel wat voor je,' zei Tommy sussend. Ze stond op en liep weer naar de keuken.

Roger was humeurig en overal ontevreden over; het was duidelijk dat hij Fred miste. Iedereen was opgelucht toen hij besloot weer naar bed te gaan.

De kinderen gingen naar buiten om dit nieuwe, enorme pak sneeuw te onderzoeken, dat vergeleken met het vorige pak sneeuw van epische omvang was. Tommy zei dat ze voorzichtig moesten zijn, omdat de laag sneeuw ruim twee keer zo hoog was als Harry, zodat hij eronder begraven kon worden als hij niet oppaste. Dus speelden ze op de binnenplaats achter de keuken. Ze groeven een gangenstelsel, en maakten een groot deel van de binnenplaats sneeuwvrij. Tommy kleedde zich dik aan in haar dikste broek, een wollen jasje over haar overgooier en een paar dikke kniekousen. Daarna haalde ze haar moeders oude ski's uit het laarzenhok en probeerde ze bij de buitendeur aan te doen.

'Wat doe jij in vredesnaam?' vroeg Gerry, terwijl haar roze neus net boven haar sjaal en haar blauwe ogen net onder haar baret uitkwamen.

'Ik ga de auto zoeken,' zei Tommy, terwijl ze haar laarzen in de bindingen klikte. Daarna trok ze haar vaders oude, met bont gevoerde leren skiwanten aan.

'Die is begraven onder de sneeuw,' zei Gerry, op en neer springend.

'Misschien. Ik neem de schep ook mee.' Ze draaide zich om zodat ze kon laten zien dat ze de schep met een riem op haar rug had vastgemaakt. 'En een touw om een koffer mee terug te nemen. Weet je, op ski's kan ik naar het dorp. We zijn nu immers volkomen afgesneden van de buitenwereld. Hoe moeten we anders aan melk en levensmiddelen komen?'

Gerry stopte met op en neer springen. 'Daar had ik niet aan gedacht.'

'Nee. Daarom wil ik de ski's uitproberen. Weet je, ik wil over de opgewaaide sneeuw heen skiën.' Ze pakte de skistokken en verplaatste zich onhandig naar de plek waar vandaan ze zijwaarts naar de sneeuwhoop kon lopen. 'Lieve help, ik heb dit al jaren niet gedaan. Ik hoop maar dat ik nog weet hoe het moet.'

Langzaam bereikte ze de sneeuwbank. Haar ski's zakten een paar centimeter weg, maar toen stond ze op een stabiel oppervlak en had ze een nieuw en onbekend uitzicht op alles. Ze kon zien dat de sneeuw was opgewaaid langs de tuinmuren en de schuren, en nu ze zo hoog stond kon ze de bovenkant zien van de hagen en de met sneeuw bedekte bossen, zelfs de vage vorm van de kerktoren. Maar de lucht was nevelig door het ijs en als ze inademde voelde ze de ijskristallen in haar neus prikken. 'Ik denk niet dat ik lang buiten kan blijven,' zei ze. 'Maar het kan geen kwaad om het te proberen.'

Tommy vertrok en duwde zichzelf op de ski's naar voren in de richting van de laan. Het was hard werken zonder een helling om vanaf te skiën en ze werd al snel warmer doordat ze zich met de stokken afzette en een meter of zo kon glijden, waarna ze zichzelf opnieuw naar voren moest werken. Helaas kreeg ze er geen warme handen en voeten van.

De auto kan niet erg ver weg staan, dacht ze terwijl ze om zich heen keek of ze hem zag. Algauw was ze gewend aan de beweging van haar ski's, herinnerde ze zich weer hoe het moest en kon ze zich weer soepel voortbewegen.

De auto zal wel helemaal onder de sneeuw begraven zijn. Wacht, wat is dat?

Tommy zag iets donkers in de sneeuw, en toen ze er dichtbij was zag ze dat dit het autodak was. De wind had er sneeuw overheen geblazen, maar een klein stukje was nog zichtbaar. Ze skiede ernaartoe en zette haar stokken in de sneeuw, zodat ze wat sneeuw kon wegvegen.

Gelukkig dat we niet in de auto zijn blijven zitten, want dan waren we zeker doodgevroren.

Nadat ze haar ski's had losgemaakt zakte ze meteen weg in de sneeuw. Ze pakte haar schep en groef sneeuw rondom de auto weg. Dat was zwaar werk en het duurde lang voordat ze veilig naar het achterportier kon lopen waar de koffers lagen. Gelukkig had

Fred eraan gedacht om ze van de kofferbak naar de achterbank te verplaatsen toen hij de schep had gepakt.

Tommy slaagde erin het achterportier open te maken, maar ze kon onmogelijk twee koffers tegelijk meenemen; eentje was al moeilijk genoeg. Dus koos ze er een uit en liet de andere liggen; die moest ze later maar ophalen. Daarna zette ze zich schrap voor de terugtocht, deze keer terwijl ze een grote koffer achter zich aan sleepte.

'Het meer is helemaal dichtgevroren,' zei Tommy toen ze buiten adem de keuken weer binnenkwam. 'Dat kon ik zien toen ik op het hoogste punt van de laan stond. Het is schitterend buiten, maar... o, mijn vingers!'

'Is het je echt gelukt?' vroeg Gerry. Ze stond enthousiast op van tafel. 'De kinderen en ik wilden net een reddingsactie starten. Hermione en Hebe zouden de sleden trekken.'

'We wilden ze ervoor spannen,' zei Antonia. 'Net als de sledehonden van kapitein Scott die hen naar de Zuidpool trokken.'

'Mars, mars, mars, over de laan,' zei Harry. 'Maar we waren niet van plan ze op te eten.'

'Maar,' zei Antonia verdrietig, 'je bent al terug.'

'Sorry dat ik jullie missie heb verhinderd. Gelukkig zijn jullie inmiddels ontdooid.' Tommy keek om zich heen. 'Waar is iedereen?'

'Thornton probeert een pad naar hun huisje vrij te maken; hij is heel nijdig omdat het pad dat hij eerder heeft gemaakt alweer vol sneeuw ligt. Ada is op zoek naar haar poes, moeder zit te naaien en Fred is nog niet opgestaan.' Gerry telde alle leden van het huishouden af op haar vingers. 'Roger is weer naar bed, chagrijnig omdat het zo koud is. En je vriendin Barbara Hastings was hier om iets voor haar dochter op een dienblad te zetten en is daarna weer verdwenen. Jeetje, ze is mooi, hè?'

'Ja, inderdaad. Ik ga naar haar toe. Ik heb haar koffer.'

Het voordeel van het feit dat ze de hele ochtend buiten was geweest was dat het huis nu lekker warm aanvoelde, ook al was het binnen nog steeds heel koud. Tommy liep met de koffer naar boven en klopte op de deur van de roze kamer. De kamer heette zo naar het victoriaans bedrukte behang op de wanden en het plafond met een hekwerk met rozen erop, en met een bijpassend patroon op de gordijnstof. Een beetje veel, vond Tommy altijd, alsof je werd gesmoord in bloemen, maar ergens was het ook wel mooi.

Barbara deed de deur open.

'Goedemorgen,' zei Tommy glimlachend, en ze wees naar de koffer. 'Hoe gaat het? Kijk eens wat ik voor je heb.'

'Lieve help, hoe kom je daaraan?' vroeg Barbara met een verbaasde blik op de koffer. 'Ik heb door het raam naar de sneeuw gekeken. Heeft iemand de auto naar huis gesleept?'

'Nee hoor, ik ben hem gaan halen.'

'In je eentje?'

'Ja. De andere koffer haal ik later op.'

Barbara leek geamuseerd: 'Wat bijzonder.'

'Gaat het goed met je? Hoe gaat het met Molly?'

'Steeds beter. Het was echt een zware dag. Ik blijf bij haar tot ze mee kan naar beneden.'

'Natuurlijk.' Tommy keek langs haar heen de slaapkamer in, maar kon niets zien in het schemerige vertrek. De gordijnen waren dichtgetrokken. Barbara leek onaangedaan door de vorige avond; haar kleren leken netjes en schoon ondanks de voettocht door de sneeuw. Haar goudblonde haar was zorgvuldig gekamd en naar achteren getrokken, en ze droeg felrode lippenstift waardoor de blik in haar lichte ogen zelfs nog doordringender leek.

'We komen wel beneden voor de lunch. Hoe laat is dat?'

'O, het is allemaal een beetje rommelig vandaag door de sneeuw. Ik denk dat we om één uur broodjes kunnen eten in de keuken.'

'Ik begrijp het, dank je wel.' Barbara wilde de deur sluiten, maar aarzelde en zei: 'Ik waardeer dit heel erg, Tommy, echt. Ik weet dat je ons niet wilde hebben. En nu zit je met ons opgescheept tot de sneeuw weg is. Ik ben je heel dankbaar.'

'O.' Tommy schaamde zich meteen. Barbara was niet dom, maar Tommy voelde zich gedwongen om te doen wat ze altijd deed en om te zeggen wat van haar werd verwacht. 'Integendeel, we vinden het fijn dat jullie hier zijn. Kom maar beneden zodra jullie zover zijn.'

Ze bleef even staan voordat ze naar beneden liep en keek naar de gang. Freds slaapkamerdeur was nog steeds gesloten. Het was niets voor hem om niet op tijd naar beneden te komen. Ze had niet eerder meegemaakt dat hij zo lang in bed bleef. Omdat ze zich afvroeg of ze even bij hem aan zou kloppen, bleef ze op de overloop staan. *Hij is waarschijnlijk alleen maar moe van gisteravond. Dat was zwaar.*

Als hij niet beneden kwam om te lunchen, besloot ze, zou ze gaan kijken hoe het met hem ging, gewoon voor de zekerheid.

Daarna liep ze naar beneden om broodjes klaar te maken.

19

De dag na het bezoek aan Kings Harcourt zat er een mailtje van Nicholas in Caitlyns inbox.

> Bedankt voor je bezoek gisteren. Ik heb er echt van genoten. Ik heb tante Geraldine een brief gestuurd (bellen heeft geen zin: ze is te doof) om haar te vragen of ze het hoofdhuis aan jou wil verhuren, maar volgens mij zal ze dat geweldig vinden. Ze heeft altijd liever gehad dat daar mensen wonen. Ik laat het je weten zodra ik bericht van haar heb. Misschien kunnen we een afspraak maken om de details door te nemen. Stuur maar een berichtje als je vragen hebt.
> Nicholas x

Caitlyn las het mailtje twee keer door. Dit was een heel aardig bericht, vriendelijk, normaal, aardig.

Kan ik het aanbod het huis te huren aannemen? vroeg ze zich gespannen af. *Ik bedoel, het is prachtig. Ik vond het een heerlijk huis, en dat zal Max ook vinden. Het ligt een beetje afgelegen, maar voor de zomer, terwijl ik op zoek ben naar een koophuis, zou het perfect zijn.* Ze stelde zich voor dat Maura en haar gezin de lange zomervakantie bij haar zouden doorbrengen, dat Callum hen tijdens de weekenden gezelschap kwam houden, de kinderen in de tuinen en op de velden speelden, barbecues op het terras... Nicholas had gezegd dat er zelfs een oud zwembad was.

Maar hoe moet ik dat doen? Hij bleek net zo te zijn als iedereen, niet in staat Sara te weerstaan. Iedereen, behalve Patrick.

Ze sloot het bericht en zette hem uit haar hoofd. Er waren meer dan genoeg andere dingen om over na te denken. Het was bijna vakantie en Maura had voorgesteld dat Max een paar dagen bij haar en haar gezin zou komen logeren als Caitlyn wat tijd voor zichzelf wilde hebben.

Tijd voor mezelf! Ik ben al zo vaak alleen.

Toch vond ze het een aantrekkelijk vooruitzicht. Ze wilde dat Max kon genieten van zijn rumoerige neefjes, maar zelf kon ze dat nog niet aan. Haar dagindeling werd meestal bepaald door zijn behoeftes en zijn lesrooster, en het zou goed zijn haar handen een paar dagen vrij te hebben zodat ze kon inpakken voor de verhuizing. Dus spraken ze af dat Maura vrijdag zou komen om Max op te halen en mee te nemen naar Londen.

‘Hi. Je ziet er goed uit,’ zei Maura toen ze binnenkwam.

‘Echt?’ Caitlyn bloosde. ‘Ik heb niets anders gedaan dan anders.’

Maura glimlachte. Ze liet haar jas op de bank vallen. ‘Ik ben echt blij. Oxford doet je duidelijk goed. Ik had altijd het idee dat je je een beetje verloren voelde in jullie vorige huis. Dit is niet zo chic als je vorige huis, maar het past meer bij je.’

‘Dat vind ik ook.’ Caitlyn keek om zich heen. Nergens was lichtblauw of lichtgroen te zien. De verfijnde perfectie van haar vorige huis was vervangen door stapels boeken op tafeltjes, kopjes in het afdruiprek, een samenraapsel van vervormde kussens daar waar iemand het laatst had gezeten – dit alles zou Patrick tot waanzin hebben gedreven.

Ik denk dat ik zonder hem terugglijd naar mijn gewone ik. Er ging een steek door haar heen nu ze dat dacht, want de jaren met Patrick, die haar soms hadden bedrukt, waren ook vol schoonheid, schittering en glamour geweest.

Ze verdrong die verdrietige gedachte door Maura te vertellen dat de huur was opgezegd.

'Wat?' riep Maura. 'Maar je woont hier nog maar net!'

'Ik weet het. Het is een waardeloze timing, dus ben ik op zoek naar iets anders. Ergens in Oxford, denk ik. Tenzij ik dichter bij de school ga wonen.'

'Zou je je niet stierlijk vervelen in zo'n afgelegen dorpje?'

'Misschien wel.' Caitlyn glimlachte. 'Of misschien moet ik juist bij Oxford vandaan. Te veel herinneringen.'

'Ik dacht dat je het hier heerlijk vond toen je nog studeerde.'

'Dat is zo, maar... Weet je, het was niet allemaal positief.' Ze dacht aan Nicholas en vroeg snel: 'Hoe dan ook, hoe gaat het met de kinderen?'

Nadat ze uitgebreid hadden bijgekletst nam Maura een opgewonden Max mee. Caitlyn bleef achter in het rustige, stille huis. Ze liep naar de spiegel boven de open haard en bekeek haar spiegelbeeld. Ze was magerder, dat was zeker. Haar wagen waren meer ingevallen. Nadat ze zich jarenlang zorgen had gemaakt over haar gewicht had ze er al tijden niet meer aan gedacht, en dit was het resultaat. Sinds ze niet meer voor Patrick hoefde te koken, at ze 's avonds vrijwel niets en dronk ze zelden.

Maar ik lijk zo oud. Ze kneep in haar wangen om de rimpel die van haar neus naar haar mond liep glad te strijken. *Oud en vermoeid.* Bij haar haarinzet zat een brede rand donker haar. Haar roodbruine highlights waren voor Patricks dood voor het laatst bijgewerkt. Er hingen grijze haren over haar oren en rondom haar haarlijn. *Nou ja, ik ben geen achttien meer. Zo is het nu eenmaal. Ik ben geen meisje meer. Ik kan het verleden maar beter laten rusten, net als Nicholas.*

Maar de herinneringen aan wat ooit bijna was geweest waren zo sterk dat ze er geen weerstand aan kon bieden.

De examens waren voorbij en dus kon Caitlyn zich eindelijk ontspannen en feestvieren. De universiteit organiseerde een speciaal afscheidsdiner voor hen. Ze trokken chique kleren aan – de jongens een smoking en de meisjes een avondjurk – met hun toga eroverheen, waarvan de donkere stof als vleermuisvleugels om hen heen fladderde. Caitlyn droeg een toga die tot op haar enkels viel en haar zwarte fluwelen jurk omlijstte omdat zij de beurs had gewonnen, de beurs waarvan Sara haar zelfverzekerd had verteld dat zíj, Sara, die zou winnen. Eerst hadden ze zich voor een drankje verzameld in een van de grote collegezalen. Nu dacht ze weer aan Nicholas, heel knap opeens in zijn smokingjasje en met zijn vlinderstrikje iets scheef zodat ze haar hand wilde uitsteken om het recht te trekken, maar dat durfde ze niet. Ze hadden champagne gedronken met hun docenten, allemaal kletsend, bijna duizelig van opluchting nu de examens voorbij waren en ze verlost waren van de druk van de eindexamens. Ze hadden gepraat over hun toekomstplannen en over wat ze na de zomer zouden doen. En al die tijd, ondanks dat ze eeuwen met doctor Yates had gepraat, was ze zich bewust geweest van Nicholas, altijd dichtbij.

Misschien vanavond. Wie zal het zeggen?

Ze waren voor het diner naar de Senior Common Room gegaan, een vertrek waar ze nooit eerder waren geweest en nooit meer zouden komen – *maar Nicholas gaat daar nu vast heel vaak naartoe* – en daar was het diner opgediend: vijf gangen op glimmende, antieke gouden borden met de beste wijnen uit de kelder van de universiteit, en na afloop koffie in de salon.

Ik zal dit nooit meer meemaken. Ze nam zich voor van elk moment te genieten, maar het enige waar ze echt aan kon denken was Nicholas. *Want dit is onze laatste kans.* Zelfs als ze contact met elkaar zouden houden, was dit de laatste keer dat ze hier zouden zijn, nu ze nog bij deze plek hoorden en bij alles wat die voor hen had betekend. Soms als ze naar hem keek zag ze dat zijn blik op haar rustte, en dan ging er een aangename rilling door haar heen, helemaal tot in haar vingertoppen. *Het móét vanavond gebeuren.* En, onvermijdelijk, waren ze naar elkaar toe getrokken. Nadat de docenten afscheid van hen hadden genomen, hen hadden gefeliciteerd met drie goed bestede jaren en hen gelukwensten met de resultaten die binnenkort bekendgemaakt zouden worden, waren ze samen naar de donkere binnenplaats gelopen, terwijl de sterren boven hun hoofd fonkelden en een prachtige zilveren schijf van de maan boven de klokkentoren gloeide.

'Laten we naar de tuin gaan,' zei Nicholas.

Ze liepen door de echoënde hal met de trap die naar de eetzaal leidde en daarna over het knarsende grind naar de houten deur in een muur die naar de tuin leidde. In de tuin stak hij een sigaret op en hij blies een donkergrijze rookwolk de donkere avond in. Ze hoefden bijna niets tegen elkaar te zeggen. Ze wisten allebei wat er zou gebeuren.

In de donkere tuin, terwijl de zware, rode kwaliteitswijn door hun lichaam stroomde, draaiden ze zich eindelijk naar elkaar toe en trok hij haar tegen zich aan; hij gooide zijn sigaret weg en kuste haar stevig. Hij smaakte naar rook en honing. De opwinding van de kus en de volmaaktheid daarvan stroomden door haar heen. De lange aanloop, de weken van ingehouden geflirt en het verlangen naar elkaar - dat alles bij elkaar bracht haar meer in vervoering dan ooit. De onhandige kussen en de schattige onbeholpenheid van Charlie - lang geleden, ergens in haar tweede jaar – en van ieder ander met wie ze had geflirt... Dat alles leek wel een noodzakelijk voorspel op dit, op deze echte, volwassen versie van waar ze naar had verlangd.

Ze kusten elkaar minutenlang. Daarna zei Nicholas buiten adem: 'Laten we naar mijn kamer gaan.'

'Jouw kamer?'

Hij stond als een donkere schaduw voor haar, terwijl de wind haar haren in haar gezicht blies. 'Die is het dichtstbij.'

'Ja.'

Hij had een kamer in een uithoek van de grote binnenplaats. De trap ernaartoe was bijna onzichtbaar als je niet wist dat die daar was. Ze waren er onderweg naar de tuin langs gekomen. Ze dacht aan vreemde kleine praktische zaken, aan de dingen die ze nodig had als ze de nacht in zijn kamer doorbracht. Ze wilde dat het goed verliep, zonder een spoortje gêne. Ze was zich ervan bewust dat ze zichzelf in een lelijke elastische steunslip had gehesen en wist dat ze niet wilde dat hij die zag. 'Ik ga eerst nog even terug naar mijn kamer.'

'Meen je dat?' Hij drukte zijn rokerige, zachte lippen weer op de hare. 'Dat hoeft niet, hoor.'

Heel even kwam ze in de verleiding. Wat gaf het ook? Maar ze besefte dat ze over dit moment had gedroomd, erover had gefantaseerd en ze wilde dat het perfect was. 'Nee. Ik ga, maar ik ben zo terug. Dat beloof ik.'

'Oké. Dan ga ik alvast naar mijn kamer.' Hij kuste haar en glimlachte, dat voelde ze onder haar eigen mond, en toen mompelde hij: 'Niet lang wegblijven, oké?'

'Natuurlijk niet.' Ze verliet hem in het echoënde trappenhuis en stak de verlaten binnenplaats over, opgewonden; ze verheugde zich erop. Er stond haar iets heerlijks te wachten; dit was het begin van een geweldig avontuur, iets waarvan ze had geweten dat het zou gebeuren en waarnaar ze zo lang had verlangd. Maar nu was alles perfect: dit was het juiste moment, en dat wisten ze allebei.

Ze zag niemand toen ze terugliep, ook al brandde er licht in kamers aan de hele binnenplaats waar ze woonde. Ze zong zacht, ze zweefde bijna. *Te veel wijn. Maar dat kan me niets schelen. Ik ben blij.* Bij de deur van haar kamer zocht ze haar sleutel in het kleine avondtasje dat ze bij zich had en opende de deur.

'Caitlyn.'

Ze draaide zich om en zag Sara uit het donker komen. 'O, hallo. Wat doe jij hier?'

'Heb je je goed vermaakt?' Er vloog een bittere trek over Sara's mooie gezicht. 'Jullie hebben me vast niet gemist.'

'Natuurlijk wel.'

Sara's aanwezigheid verstoorde haar gelukzalige gevoel. Waarom werden dingen die leuk, luchtig en onschuldig waren iets anders wanneer zij in de buurt was? Dat zou niet zo moeten zijn, want Sara hield van feestjes en maakte vaak plezier. Maar het was wel zo. Ze probeerde een smoesje te bedenken. 'We hadden het allemaal over jou. We zeiden dat we je misten en wilden dat je er was.'

'Echt?' Sara keek verlangend, maar opeens verscheen er een harde blik op haar gezicht. 'Nou, ze kunnen allemaal de pot op. Het kan me geen zak schelen. Ik haat Yates. Ik zou hier nog altijd zijn als hij me niet had verteld dat ik me niet kon redden. Dat was zijn stomme schuld. De idioot.' Ze keek naar Caitlyn die bij de deur van haar kamer stond. 'Zullen we naar binnen gaan? Heb je die wodka nog?'

'Ja, maar...' Caitlyn sloeg haar blik neer, zenuwachtig opeens.

'Wat?' Sara dook als een kat naar een fladderende nachtvlinder. 'Wat is er? Gaan jullie allemaal ergens anders door met feesten?'

Caitlyn voelde zich ellendig. Ze had medelijden met Sara, omdat ze haar studie niet had kunnen afmaken. De docenten hadden Sara duidelijk gemaakt dat ze het niveau niet aankon, zelfs niet als ze ijverig studeerde, wat ze niet deed, en ze hadden haar beleefd verzocht te vertrekken. Sara had het voor elkaar gekregen dat ze tot het einde van het semester in haar studentenkamer mocht blijven wonen, en had net gedaan alsof er niets was gebeurd. Maar zelfs zij had geen uitnodiging voor het eindexamendiner kunnen krijgen. Deze avond was voor degenen die deze zware week elke dag, twee keer per dag, een tentamen hadden gehad en dat hadden overleefd. Sara had misschien veel moeten doorstaan, maar dat dus niet. Ze kon geen lid worden van die club. Dit was de eerste keer geweest Caitlyn zich had gerealiseerd dat zij iets had wat Sara niet had. En hoewel Sara in het verleden altijd en in elke situatie had geprobeerd Caitlyn het gevoel te geven dat ze minder waard was, wist Caitlyn dat zij dat Sara nooit zou aandoen. Ze kon het haar niet onder de neus wrijven of zich verkneukelen, hoe onopvallend ook.

Maar ze wilde zo snel mogelijk bij Sara vandaan, voordat het fijne gevoel doordat ze Nicholas had gekust en de heerlijke verwachting om samen met hem te zijn zouden verdwijnen. 'Sorry, je kunt niet mee naar binnen,' zei ze snel, bijna buiten adem.

'Waarom niet?'

'Ik ga...' Ze wilde liegen, maar ze had te lang gezwegen en nu kon het niet meer. 'Tja, ik ga zo naar Nicholas.'

Sara kneep haar ogen tot spleetjes. 'Echt? Waarom?'

'Omdat...' Ze haalde diep adem. 'Ik denk dat we de nacht samen gaan doorbrengen. Maar je mag de wodka meenemen, ik pak hem wel even voor je.'

Sara lachte, een bitter, ruw geluid. 'O, dus dat is zijn plannetje.'

Caitlyn vroeg behoedzaam: 'Zijn plannetje?'

'Hij zei al dat hij een poging wilde wagen en toen zei ik dat jij veel te intelligent was om hem zijn zin te geven.'

Caitlyn kreeg een naar gevoel in haar maag. 'Wat bedoel je met "een poging wagen"?'

'Kom op, zeg! Je moet toch hebben vermoed dat er iets aan de hand was. Hij heeft met je gespeeld. Elke keer langskomen na het avondeten, urenlang met je kletsen en nooit iets doen.'

'Hoe wist je dat?' Caitlyns hart klopte sneller, haar mond was droog. Ze wist het antwoord al bijna, maar ze moest het horen.

'Dat heeft hij me verteld.' Sara legde een hand op haar schouder. 'Sorry hoor, maar het is echt zo. Misschien had ik al eerder iets moeten zeggen, maar ik dacht dat je hem wel doorhad. En als dat niet zo was, wilde ik je niet afleiden van je studie. Ik weet hoe belangrijk je studie voor je was.'

'Ik begrijp het.' Caitlyn keek naar de houten vloer, zich bewust van alle dikke vlokken stof in de naden tussen de planken. *Hoe lang lagen die hier al? Misschien waren ze wel victoriaans.* 'Wat zei hij dan?'

'Alleen dat hij dacht dat je misschien wel zin had in een beetje plezier. Zonder verplichtingen. Hij zei dat vanavond de laatste kans was om je in bed te krijgen.'

Ze voelde zich gekwetst. 'Echt? Zei hij dat?'

Sara haalde haar schouders op. 'Zo is hij nu eenmaal, ben ik bang. En geloof me, ik kan het weten.'

'Hoe weet je dat?'

'Doordat hij ook heeft geprobeerd mij te versieren.'

Natuurlijk, dacht Caitlyn versuft. Dat had ik moeten weten.

Sara zei: 'Dat probeert hij al eeuwen. Hij is bijna elke avond in de buurt van mijn kamer. Vorige week in de bar werd hij dronken en toen drong hij zich gewoon aan me op. Vraag Robbie maar, hij heeft het gezien. Ik moest hem gewoon van me af slaan. Echt, ik heb bijna aangifte gedaan in verband met ongewenste intimiteiten. Jij hebt maar één kant van hem gezien, maar hij heeft nog een andere kant, en dat is geen leuke.'

'Wat deed je in de bar?'

'Weet je, toen jij zo hard voor je examens zat te blokken, was je nooit meer in de buurt immers? Dus ging ik erheen met Robbie en zijn vrienden.'

'Het rugbyteam?'

Sara knikte. 'Ze zijn heel grappig.'

Caitlyn keek haar verbaasd aan. Het idee dat de rugbyjongens Sara verdedigden om een hitsige Nicholas van haar af te slaan leek op de een of andere manier ongerijmd. Maar ze voelde de doffe klap van de nederlaag, want ze wist dat iemand die tussen haar en Sara moest kiezen altijd voor Sara zou kiezen. Het was altijd hetzelfde, en Nick zou niet anders zijn dan de anderen. Nicholas dacht dat zij, Caitlyn, wanhopig genoeg was om hem zijn zin te geven, terwijl hij eigenlijk Sara wilde hebben.

Natuurlijk. Hij heeft me waarschijnlijk de hele tijd achter mijn rug uitgelachen en zich afgevraagd hoelang hij me moest vleien voordat ik bezweek.

'Er is een feestje in Robbies kamer,' zei Sara schouderophalend. 'Ik kwam hier om te vragen of je zin had mee te gaan. Het zal wel een wilde toestand worden.'

Caitlyn zei niets, ze voelde zich vreselijk ellendig.

'Je overweegt toch zeker niet om nog naar Nicholas te gaan? Je moet wel gek zijn. Hij gebruikt je! Kom op, ga mee naar Robbie. We gaan plezier maken.' Sara pakte haar hand en draaide zich om. 'Trek die stomme toga uit, pak de wodka en kom mee feestvieren. Doe het voor mij, alsjeblieft. Ik heb alleen maar het beste met je voor, weet je.'

Het bleef lang stil.

Toen zei Caitlyn: 'Oké. Ik ga mee.'

Maar het feest was niet leuk, ze vond het vreselijk. Na twee uur vol luide muziek en warme lichamen die dansten en dronken, glipte ze weg terwijl Sara sensueel met Robbie danste. In de koelere avondlucht op de binnenplaats vroeg ze zich af of ze nog naar Nicholas zou gaan.

Maar wat heeft dat voor zin? Hij wil Sara, niet mij. En het is toch al te laat.

Dus ging ze naar haar kamer en naar bed. Daarna had ze Nicholas niet meer gezien en vervolgens ging iedereen zijn eigen weg.

20

Barbara was rustig en beleefd en veroorzaakte geen problemen, net als Veronica had gezegd. Tijdens de lunch op de eerste dag van haar verblijf won ze mevrouw Whitfield voor zich, die zichtbaar blij was met de goede manieren en elegante vrouwelijkheid van hun gast. Tommy was zich erg bewust van het contrast, want zij droeg nog steeds haar dikke lange broek en gebreide overgooier, en haar haar zat plat op haar hoofd door de hoed die ze had gedragen toen ze de koffer ophaalde.

In gedachten zag ze opeens het klaslokaal van hun school in Oxford. Ze herinnerde zich dat Barbara toen ook al zo was: een mooie verschijning, heel beheerst en ook een beetje afstandelijk, alsof ze niet zoals alle anderen volledig betrokken was bij de smerigheid van het leven van alledag.

'Ik ga even boven bij Roger kijken,' zei Tommy en ze liet hen alleen.

Door Rogers gesloten slaapkamerdeur heen hoorde ze hem snurken, zodat ze verder liep door de gang en over de overloop naar Freds deur. In zijn kamer was het stil. Ze klopte zacht aan. 'Fred?' Even later probeerde ze het weer. 'Fred, ben je daar?'

Binnen hoorde ze een kreun. Ongerust riep ze luider: 'Fred, zeg alsjeblieft of je in orde bent.'

Weer gekreun.

Toen kon ze zich niet langer beheersen. Ze deed de deur open en liep de kamer in, waar het donker was en heel koud. Ze zag een grote, roerloze vorm in het hemelbed liggen, liep ernaartoe en kon toen zien dat het Fred was. Zodra haar ogen zich aan het donker hadden aangepast zag ze zijn bezwete gezicht; hij leek te slapen.

'Fred, ik ben het, Tommy. Ben je ziek?' Ze stak haar hand uit en raakte hem aan. Zijn huid was gloeiend heet. 'Lieve help! Jij bent de enige in dit huis die warm is. Je had gisteravond niet mee naar buiten moeten gaan. Je hebt koorts.' Tommy vroeg zich af of dit iets te maken had met zijn wond en of ze moest proberen hem te onderzoeken. Maar dat leek te intiem, want dat betekende dat ze zijn dekens opzij moest slaan en zijn pyjamajasje omhoog moest trekken. Dat kon ze niet doen. Dus bleef ze met een hulpeloos gevoel naar hem staan kijken.

Na een tijdje ging ze naar beneden op zoek naar Ada. Als zij de wond niet kon bekijken, kon ze wel alles doen wat ze kon om ervoor te zorgen dat hij zich beter voelde.

Toen Fred later wakker werd zat Tommy in een stoel in de hoek van zijn kamer in het lamplicht te lezen. In zijn haard brandde een vuur en de kamer was warmer dan eerst. Bij zijn voeten lag een kruik, een van de laatste van rubber, en naast hem op zijn nachtkastje stonden een karaf water en een beker warm water met honing.

Zodra ze zag dat hij wakker was, stond Tommy op en liep ze naar hem toe. 'Je moet dit opdrinken,' zei ze vastbesloten terwijl ze hem de beker gaf. 'Het is niet erg heet meer, maar er zit aspirine in. Heb je pijn?'

Fred knipperde met zijn ogen en kromp in elkaar. 'Ja, mijn wond is ontstoken.'

'Dat weet ik, je temperatuur loopt op. De aspirine zal een beetje helpen, maar verder weet ik echt niet wat we op dit moment nog meer kunnen doen.'

Fred, nog steeds een beetje versuft, probeerde rechtop te gaan zitten en vertrok zijn gezicht weer. 'Ik denk dat we moeten proberen de wond schoon te maken. Die verdomde dokter zal me wel hebben geïnfecteerd toen hij eraan zat. Het belangrijkste is dat ik geen bloedvergiftiging krijg, want dat kan me snel de das omdoen.'

'De das omdoen?' herhaalde Tommy geschokt. 'Maar ik dacht dat je bijna beter was!'

'Infectie is dodelijk,' zei Fred. 'Ik heb mannen binnen een paar uur zien sterven aan septische shock.' Hij ging rechtop zitten. 'Wil jij even kijken?'

'Natuurlijk,' zei Tommy. Ze wenste opeens dat ze tijdens de oorlog toch in de verpleging was gaan werken in plaats van dat ze een boerderij had geleid.

Wist ik maar wat ik moest doen.

Fred sloeg zijn deken terug en tilde zijn pyjamajasje op. Op zijn zij zat een verband geplakt, een grote witte rechthoek die het grootste deel van zijn bovenlichaam bedekte.

Tommy verborg haar schrik toen ze dit zag. 'Heb je dit zelf verzorgd?' vroeg ze.

Hij knikte. 'Ik heb een heleboel verbanden en die heb ik regelmatig verwisseld; daar wilde ik jou niet mee belasten. Omdat ik bijna niets meer had, ging ik naar die kwakzalver in Oxford. Volgens mij moeten we de wond schoonmaken en opnieuw verbinden.'

'Ja,' zei Tommy, terwijl ze probeerde haar angstige voorgevoel niet te laten blijken. 'Ik zal warm water en schone doeken halen.'

'Ik heb nog wat ontsmettingsmiddel,' zei hij. 'We moeten er een heleboel op doen, om de infectie terug te dringen.'

'Ik ben zo terug.'

Tommy was vijf minuten later terug met water dat in de ketel had gekookt en een paar schoongewassen doeken. 'Ik weet niet hoe steriel ze zijn, maar dit is alles wat we hebben.'

'Dit is goed.' Fred keek haar glimlachend aan. 'Dank je wel, Tommy.'

'Doe niet zo raar. Alsof ik je niet zou helpen! Laten we nu de wond maar eens verzorgen.'

Weer moest ze haar best doen om haar schrik te verbergen, want toen ze het verband op Freds zij had opgetild zag ze een groot stuk felrode en paarse huid, op sommige plekken open, met rafelige randen en in het midden bedekt met een plakkerige, witgele laag.

'Daar is het ontstoken,' zei Fred toen hij het zag. 'Die idioot prikte met zijn vinger in mijn zij. Daardoor heeft hij er kennelijk viezigheid in gebracht.'

'O Fred, dit moet wel heel erg pijn doen.'

'Dat doet het ook, dat kan ik niet ontkennen.'

'Ik zal proberen je niet nog meer pijn te doen.' Tommy doopte een doek in het warme water en maakte de wond heel voorzichtig schoon. Ze stopte als Fred te erg in elkaar kromp of kreunde van de pijn, en ging door zodra hij zich had hersteld. Langzaam werkte ze de grote rode vlek af. Daarna doopte ze een andere doek in het ontsmettingsmiddel uit de fles die op de schoorsteenmantel stond en bedekte de wond daarmee. 'Dat moeten we maar even laten intrekken. Prikt het?'

'Nogal,' zei hij zacht. 'Maar ik weet dat het goede pijn is, dus kan ik het wel verdragen.'

'Zoiets als een baby krijgen,' zei Tommy lachend.

'Ik kan me voorstellen dat dat wel wat erger is dan dit.'

'Maar bij een bevalling weet je tenminste dat die over een paar uur voorbij is. Hoelang heb je al zoveel pijn?'

'Een tijdje. Mijn vorige dokter zei dat ik te weinig vitamines binnenkreeg om de genezing te bevorderen. Maar we zitten allemaal in hetzelfde schuitje.'

Tommy zei kwaad: 'Ik ben stom geweest, ik was vergeten dat je goede voeding nodig had. Je bent een invalide, dus krijg je soep, goede soep, en een heleboel van het fruit dat we afgelopen zomer hebben ingemaakt. Waarom heb ik daar niet eerder aan gedacht? En gisteravond had je helemaal niet mee naar buiten mogen gaan, in die ijzige kou.'

'Doe niet zo raar. Je had me nodig.'

'Dat is waar,' zei ze zacht. 'En nu heb jij mij nodig.'

Twee dagen lang was Tommy verpleegster. Zij en Ada trokken bouillon van een varkenspoot en maakten een voedzame gerstsoep en gaven die aan Fred, net als ingemaakte kersen en perziken uit de provisiekast, maar hij had weinig eetlust. Zijn temperatuur bleef hoog, dus bleef ze hem water en aspirine geven, hield de kamer warm en gebruikte alles wat ze in het medicijnkastje vonden om te proberen zijn koorts te laten zakken en de infectie binnen de perken te houden. Ze aarzelde om het verband weer los te maken, omdat ze dacht ze de wond zonder verstoring moesten laten genezen.

Fred sliep met onregelmatige tussenpozen. Zijn huid was soms rood en onrustig, en soms nat van het zweet. Hij kreunde af en toe, mompelde als hij koortsdromen had en praatte of lachte zo duidelijk alsof Tommy maar één kant van een geheimzinnig gesprek meekreeg.

Terwijl ze Fred verzorgde sloot ze zich af van het leven in het huis. Ze wist dat Roger uit zijn kamer was gekomen en ontroostbaar ronddwaalde, boos omdat hij niet in Freds ziekenkamer mocht komen, want Tommy vond dat Rogers aanwezigheid niet goed was voor Fred.

Gerry nam de zorg voor de kinderen op zich, lette erop dat ze op tijd aten en naar bed gingen, nam hen mee naar buiten om in de sneeuw te spelen en gaf hun 's middags les. Ze hadden Molly voorzichtig geaccepteerd. Ze was snel hersteld van haar nare reis en deed mee met hun spelletjes en lessen. Tommy vroeg zich af hoe het met Barbara ging, maar zag haar zelden. Gerry vertelde haar dat ze het grootste deel van de dag bij mevrouw Whitfield was, en dat de beide vrouwen dicht bij de kachel in haar woonkamer bleven en naar de radioberichten luisterden over de extreme kou en de gevolgen die die voor het land had.

Buiten bevroor de sneeuw die op de grond lag, en nieuwe sneeuwbuien brachten meer sneeuw die daarbovenop kwam te liggen en ook bevroor. De tweede koffer werd niet opgehaald en bleef in de auto op de laan. Tommy belde de buurman en vroeg of de auto kon worden uitgegraven en met de trekker worden teruggesleept. De boer zei dat hij zou zien wat hij kon doen, maar dat het verdomde weer alles verstoorde en zijn schapen doodvroren op de weilanden.

Als ze niet bezig was met de verzorging van Fred maakte ze zich zorgen over hun situatie. Er was voldoende tarwemeel waar Ada nog een of twee broden van kon bakken, hoewel niemand het grijze, melige en droge brood lekker vond. Over een paar dagen hadden ze alleen nog een blik mageremelkpoeder die Tommy op rantsoen had gekocht voor een eventuele noodsituatie zoals deze, maar daar zouden ze niet lang mee doen. Ze hadden meer dan genoeg cacao, maar hun theevoorraad was beperkt. Inmiddels hadden ze ook de bonnenboekjes van Barbara en Molly, maar daar zouden ze niets aan hebben omdat Barbara waarschijnlijk ingeschreven stond in Oxford. En trouwens, hoeveel levensmiddelen zouden in dit weer bij de dorpswinkel zijn afgeleverd? Ze moesten acht volwassenen, plus de Thorntons zolang zij hier waren, en drie kinderen voeden.

We hebben meer dan genoeg aardappels, havermeel en een heleboel wortelgroenten in de opslag, en gelukkig hebben we varkens en kippen. Ik zal zo nodig een varken laten slachten; de overheid kan de pot op: zij mogen hun helft hebben als ze die willen komen halen. Ook hebben we de eieren nog die Ada heeft bewaard. Maar melk, brood, boter, thee en suiker...

Een van de problemen was opgelost toen Ada naar buiten ging om de kippen te voeren en huilend de eetkamer binnenkwam waar ze allemaal zaten te ontbijten en zei: 'Die arme beesten! Ik had het moeten weten!'

'Wat is er?' vroeg Tommy gespannen.

'De kippen!'

'O, zeg niet dat de vos in het hok is geweest! Hij heeft natuurlijk ook honger, maar toch... Alle kippen?'

'Nee, het was de vos niet. Ze zijn doodgevroren, allemaal! Ze zijn helemaal koud en stijf.' Ada snikte en wreef in haar ogen. 'Ik had ze 's nachts in hun hokjes mee naar binnen moeten nemen, maar daar heb ik geen seconde aan gedacht.'

'Nou, laten we het maar van de positieve kant bekijken, want nu kunnen we ze tenminste eten. Dat had immers niet gekund als de vos ze had gepikt? En ze blijven goed als ze bevroren zijn. We leggen er vijf in de vliegenkast en maken de zesde klaar voor het avondeten. Ze legden toch al geen eieren meer. Nu krijgen we ons eierrantsoen ook en in het voorjaar kopen we gewoon nieuwe kippen.' Tommy glimlachte en bleef zo opgewekt als ze maar kon onder de bezorgde blik van de kinderen en Gerry. 'En laten we snel kijken hoe het met de varkens is!'

Maar de varkens waren helemaal in orde. Ze lagen in een dikke laag hooi die goed vermengd was met hun mest, en ze bleven warm dankzij het feit dat hun hok aan de keukenmuur grensde waar de boiler stond. Ze leken het prima te vinden om daar de hele winter te liggen, op keukenafval te kauwen en warm water uit een emmer te slurpen.

Barbara kwam later naar haar toe en vroeg of ze even onder vier ogen met haar kon praten. Ze liepen bij de anderen vandaan de gang in. 'Het spijt me dat we zo'n last voor je zijn,' zei ze zacht.

'Doe niet zo gek,' zei Tommy geruststellend. 'Het komt allemaal in orde. We redden het wel. Morgen ga ik naar het dorp om meer melk te halen.'

'Ja, maar ik weet heus wel dat onze bonnenboekjes een week of twee onbruikbaar zijn. En dan is ons recht voor deze weken verlopen, dus moet je alles wat je nog hebt over twee extra monden verdelen.'

'Daar zijn we goed in. Bovendien hebben we konijn en fazant in de wildopslag, en groentes in de provisiekast.'

Barbara zei met een ernstige blik: 'Dat is misschien wel zo, maar toch. Als ik op welke manier dan ook kan helpen...'

Tommy zuchtte. 'Weet je waar ik me echt zorgen over maak? Fred wordt maar niet beter. Zijn koorts zakt soms, maar laait dan weer op. Ik ben bijna door mijn aspirine heen en met ontsmettingsmiddel kan ik de ontsteking alleen maar een beetje remmen.'

'Heeft hij een ontstoken wond?' Barbara keek alsof ze bang was dat iemand hen zou horen. 'Dan kan ik misschien helpen. Ik heb een paar penicillinepillen.'

'Wat?' Tommy was verbijsterd. 'Hoe kom je daaraan? Ik dacht dat het leger alle voorraden had.'

'Ik heb er een paar. Die heeft een bevriende arts me gegeven toen Molly vorig jaar heel ziek was. Ze had meningitis, dus dat was haar enige kans. Hij... was bereid me te helpen en gaf me meer dan ik nodig had. Ik heb ze natuurlijk bewaard. Misschien heeft Fred daar iets aan.'

'Dat weet ik wel zeker,' zei Tommy, terwijl ze haar blik afwendde. Vertelde Barbara nu dat ze die medicijnen illegaal had gekregen? Dat kon toch niet anders? Het was onmogelijk geweest om penicilline te krijgen wanneer je die nodig had, niet als gewonde soldaten prioriteit hadden. *Maar is dat echt belangrijk? Fred is ziek en hij wordt steeds slechter. En hij was soldaat toen hij gewond raakte.*

Ze had de wond die ochtend bekeken en zelfs al voordat ze het verband eraf had gehaald zag ze dat de huid eromheen rood en ontstoken was. De rode kleur bedekte de huid van zijn maag en liep langs zijn rug. Hij was half bij bewustzijn geweest, gloeiend heet en drijfnat van het zweet, en toch rillend. Ze had geweten dat ze de dokter erbij moesten halen, maar toen ze probeerde te bellen bleek de telefoonlijn buiten werking. En nu bood Barbara precies dat aan wat ze nodig hadden, misschien zelfs meer dan de dokter kon bieden. *Ik mag niet aarzelen.* 'Ik wil ze wel hebben,' zei ze snel. 'Kun je ze me nu geven? Hoe eerder Fred zijn eerste dosis krijgt hoe beter.'

21

De volgende dag kreeg Caitlyn een brief van Geraldine, een beleefde, ouderwetse brief waarin ze haar de kans bood om Kings Harcourt te huren voor een periode van zes maanden en met de belofte van volledige privacy. Door het handschrift en het adres zag Caitlyn het huis meteen weer helemaal voor zich. Ze had het uit haar hoofd gezet omdat het misschien minder aantrekkelijk was dan ze zich herinnerde, maar nu zag ze het met een frisse blik.

Ik wil daar heel graag wonen, gewoon een tijdje. Stel je voor, een Gainsborough in mijn hal! Dat zou Patrick geweldig hebben gevonden. En nu... Nou ja, het is wel duidelijk dat de oude dame me verwacht, en ik zou het vreselijk vinden haar teleur te stellen.

Maar Nicholas had nog geen contact met haar opgenomen en nu de herinneringen aan haar jongere ik nog zo vers waren wilde ze zelf ook nog geen contact met hem opnemen. Het was bijna bizar dat ze een hele dag samen hadden doorgebracht zonder erover te praten, alsof er niets was gebeurd.

Hoe kón ik dat vergeten?

Niet op haar gemak door het besef dat haar geheugen haar zo voor de gek had kunnen houden, liep ze naar de logeerkamer boven en keek naar de stapel dozen van Patrick die ze nog moest openmaken. Dat had ze expres niet gedaan, dat wist ze, maar nu schoten er allerlei gedachten over Sara door haar hoofd.

Dat is al zo sinds ik hier woon. Door haar voelde ik me aangetrokken tot Nicholas. Misschien wilde ik, diep vanbinnen, de waarheid over hem te horen krijgen, wilde ik weten wat er echt is gebeurd tussen hen beiden. Net zoals ik wil weten hoe het zat tussen haar en Patrick. Ik heb het gevoel dat ze er altijd bij was, bij al mijn belangrijke relaties.

Caitlyn opende de eerste de beste doos en nam de inhoud door. In deze doos zaten bankafschriften en verzekeringspolissen, die ze doorbladerde. Patrick had alle administratieve zaken bij haar vandaan gehouden, zodat ze zich al heel lang niet meer had beziggehouden met officiële documenten en kleine lettertjes; daardoor had de verkoop van het huis extra stress opgeleverd. In één map zaten afrekeningen van zijn privébankrekening – geen High Street-bank voor Patrick. Toen ze de afrekeningen van een paar maanden scande, zag ze dat er maandelijks een groot bedrag op werd overgeschreven waarvan aan het einde van de maand bijna niets meer over was. De namen waar hij geld aan betaalde zeiden haar niets, hoewel ze steeds weer terugkwamen. Campanilo Media bijvoorbeeld, en Fortescue House. Rose Yard Flowers kwam een paar keer voor. Maar het grootste bedrag ging elke maand naar Allegra Communications.

Ken ik die namen? Ze doen ergens wel een belletje rinkelen.

Caitlyn legde de map terug in de doos. Ze wist dat Patrick in het kader van zijn werk veel mensen mee uitnam en cadeaus voor hen kocht. Misschien was deze rekening daarvoor. Maar zijn financiële zaken waren omvangrijk en ingewikkeld, en ze had daar helemaal geen verstand van zodat ze alles had overgedragen aan Theo Ronson, die al jaren zijn accountant was. Ze had hem gevraagd alle noodzakelijke dingen te regelen zodat zij het geld had dat ze nodig had en kon betalen wat betaald moest worden. Theo had graag willen helpen en had het zo geregeld dat er maandelijks een bedrag op haar rekening werd gestort; een groot bedrag werd geïnvesteerd om een inkomen voor haar te garanderen, en er werd een trustfonds voor Max geopend. Ze wist dat ze niet arm was. Patrick had alle juiste dingen gedaan. Zijn verzekering had uitbetaald en de uitkering was meer dan voldoende om hen te verzorgen. Het was heel kenmerkend voor hem dat hij aan elke mogelijkheid had gedacht.

Ik denk dat het verstandig is als ik me hierin verdiep en leer hoe ik het zelf moet regelen. Ik kan niet blijven leunen op Patrick en al zijn hulpjes. Maar Allegra Communications... Waar heb ik die naam eerder gehoord?

Ze pakte nog een paar dozen, maar de twee die ze daarna openmaakte bevatten meer van hetzelfde. Ze las de documenten tot de letters voor haar ogen dansten en stopte ze terug. Er waren nog meer dozen die ze moest doornemen.

Ergens in die dozen zit de waarheid over Patrick. Dat weet ik zeker.

De volgende ochtend was Caitlyn in een supermarkt toen haar telefoon ging. Ze haalde hem uit haar zak en nam op zonder op het scherm te kijken wie het was.

'Caitlyn, hi, met Nicholas.'

'O ja... Hi.'

'Je hebt me je nummer gegeven, weet je nog? Is het goed dat ik je bel?'

'Ja.' Ze was nerveus, ze wist niet goed hoe ze met hem moest omgaan nu ze weer wist hoe ze jaren geleden uit elkaar waren gegaan. 'Sorry. Ik ben boodschappen aan het doen.'

'Bel ik op een verkeerd moment?'

'Nee hoor, geen probleem. Als je het niet erg vindt met me te praten terwijl ik boodschappen doe.'

'Heb je het druk?'

'Ik... Nee.' Ze had nooit echt kunnen liegen. *Ik kan wel een ontwijkend antwoord geven, maar niet liegen.*

'Goed. Laten we wat afspreken. Het is een prachtige dag. Zullen we naar de Botanic Gardens gaan?'

'O. Ja, dat is goed.' Ze kon er onmogelijk onderuit, want ze moest hem zien.

'Geweldig. Dan zien we elkaar om twee uur bij de ingang en kunnen we het over Kings Harcourt hebben.'

Nicholas stond voor de ingang op Caitlyn te wachten. Hij had al toegangskaartjes gekocht.

Anders dan de vorige keer dat ze elkaar zagen, leek hij minder tweedy en nerdy. Hij droeg een dikke marineblauwe trui en een spijkerbroek, waarin hij er jonger uitzag, meer de man die ze zich herinnerde. Hij was altijd aantrekkelijk geweest en was dat nog steeds.

'Hi.' Hij begroette haar met een glimlach en een kus op de wang. 'Fijn dat je tijd had. Hopelijk hou je van rotstuinen, kassen en winterharde planten. Dit is een uitstekende tijd van het jaar voor een bezoek, want het herinnert je eraan dat de zomer eraan zit te komen.'

'Ik heb weinig verstand van tuinen,' zei ze verontschuldigend. 'Maar ik kijk er graag naar.'

'Kom dan maar mee naar binnen.'

Ja, zo lijkt hij echt jonger. En knap. Met zijn donkere ogen. Daar wilde ik vroeger in verdrinken. Caitlyn verdrong die gedachte, maar terwijl ze samen door de tuinen dwaalden herinnerde ze zich steeds beter welk gevoel hij vroeger bij haar had opgeroepen. Eerst had ze hem vooral bewonderd en had ze amper met hem durven praten. Het was duidelijk dat hij briljant was, hij had een gezonde portie zelfverzekerdheid en een vleugje jeugdige zwier, en ze had graag meer op hem willen lijken. Ze was nog steeds niet gewend aan het idee dat ze studeerde, en ook nog eens aan zo'n gewilde universiteit. Ze was nog altijd bang dat ze haar kwamen vertellen dat het allemaal een vergissing was en ze haar spullen moest pakken en vertrekken. Dergelijke gedachten leken Nicholas niet te kwellen. En hij was natuurlijk ook knap geweest, met zijn donkere Italiaanse teint en een charme waar ze niet immuun voor was.

En nu, zoveel jaren later, lopen we samen door de Botanic Gardens.

Ze ontspande zich toen ze samen door de tuinen dwaalden. Nicholas praatte zonder zich ongemakkelijk te voelen en nadat ze op een bankje waren gaan zitten en naar een zee van paarse bergbloemen keken die over de rotsen leken te stromen, was ze al bijna vergeten dat ze er tegenop had gezien om met hem af te spreken.

Nicholas vroeg: 'Heeft tante G al contact met je opgenomen?'

'Ja hoor, ze heeft me een heel aardige brief gestuurd. Zo te zien is de zaak voor haar al beklonken.'

'Ze leek erg enthousiast over het idee. Niet alleen omdat ze huur wil ontvangen, maar ook omdat ze je aardig vindt.'

'Dat vleit me. Ik vond haar ook aardig.'

'Mooi zo. En, wat zeg je ervan? Zou je het huis willen huren?'

Caitlyn dacht even na. Ze had op internet naar huurwoningen gekeken, maar niet een daarvan aantrekkelijk gevonden. Er was er ook niet een bij die even leuk was als haar kleine Jericho-huisje. Bovendien bestond bij alle huizen het risico dat de huur over zes maanden weer werd opgezegd.

Maar als ze naar Kings Harcourt ging had ze de hele zomer de tijd om op zoek te gaan naar een koophuis, waar ze zich echt konden installeren. En om in dat huis te wonen, van de tuin te genieten, in de weelderig groene zomermaanden...

Patrick zou hebben gezegd dat ik het moest doen. Hij zou het een leuk idee hebben gevonden dat Max vrij kon rondstruinen op zo'n fantastische plek. En als ik geen koophuis kan vinden, wonen we toch dicht bij de school.

'Ja,' zei ze vastbesloten. 'Ik denk dat we het doen.'

Nicholas glimlachte. 'Goed. Dan zal ik alle saaie dingen regelen en jou een contract sturen.' Hij zweeg even en vroeg toen: 'Vertel eens, Caitlyn, waarom ben je zo ontwijkend? Ik heb het idee dat je me hebt gemeden.'

Ze voelde dat ze bloosde. 'Ik heb je niet...'

'Ja hoor, dat heb je wel. Je veranderde op slag toen we die dag terugkwamen van het huis. Het ene moment lachte en kletste je nog, en het volgende moment was je koel, trok je je terug en nam je geen contact meer met me op. Ik ben niet gek. Waar komt dat door? Heb ik je beledigd?'

Ze beet op haar lip, gegeneerd. 'Nee.'

'Ik moet iets hebben gedaan,' zei hij vriendelijk.

'Nee hoor, dat heb je niet.'

'Nou, vertel dan maar wat het probleem was. Ik dacht steeds dat we het uitstekend met elkaar konden vinden.'

'Dat was ook zo.'

Het bleef even stil en toen vroeg hij: 'We konden het heel goed met elkaar vinden, toch? Op het laatst. En toen...'

Ze zei niets, ze voelde zich ongemakkelijk en begreep er niets van. Hij was het dus helemaal niet vergeten, hij wist het ook nog. Even was ze verontwaardigd dat hij erover was begonnen, gezien de manier waarop hij haar had behandeld.

Nicholas zei: 'En toen... toen trok je je terug, zonder uitleg. Net toen we de grote stap zouden zetten.' Hij keek haar aan, wachtte tot ze iets zou zeggen, en toen ze bleef zwijgen, zei hij zacht: 'Ik was verliefd op je.'

Ze trilde bijna, ze werd zelfs nog kwader, ook al was ze bang voor wat hij nu zou zeggen: 'Ik vind niet dat je dat zou moeten zeggen.'

'Nou, maar het is waar. En ik dacht dat jij hetzelfde voelde, dat we een toekomst hadden.'

Ze schudde haar hoofd in een onwillekeurige, snelle beweging. 'Zeg dat niet!'

'Het spijt me. Ik weet dat het om allerlei redenen niet goed is om erover te praten, gezien alles wat je hebt meegemaakt, maar we kunnen niet negeren wat er is gebeurd. Maar zo was het wel.'

Caitlyn voelde dat er vanbinnen iets knapte. Haar woede en verontwaardiging, die nadat ze tientallen jaren begraven waren geweest, kwamen weer naar boven. 'Het is niet waar en het was niet waar. Ik weet niet waarom je toen deed alsof. En nu hoef je ook niet te doen alsof!'

Nicholas stak zijn hand op en had een gekwetste blik op zijn gezicht. 'Ho, ho, wacht eens even. Wat bedoel je met "doen alsof"?'

Ze keek hem aan, recht in zijn bruine ogen. 'Het was allemaal bedrog.'

'Waar heb je het over?' vroeg hij geschrokken. 'Ben je ons examendiner soms vergeten? En wat er daarna gebeurde?'

'Nee hoor, dat herinner ik me wel,' zei ze. Ze keek naar de kleine bergbloemen die in paarse golfjes bogen in de wind.

'Je kwam niet terug,' zei hij. 'Ook al had je dat beloofd. Ik heb op je gewacht. Ik ben naar je kamer gegaan en heb aangeklopt, maar je was er niet.'

'Ik ging naar een feest met Sara.'

Het bleef heel lang stil. Toen zei hij, bewust terloops: 'Luister, Caitlyn, ik weet dat het allemaal heel lang geleden is en dat alles wat een stelletje dronken jongelui deden nu niet meer belangrijk is, maar ik wil nog steeds begrijpen waarom je niet terugkwam. Ik dacht dat we die avond een klik hadden. Ik had gehoopt dat we een relatie zouden krijgen en ik heb me altijd afgevraagd wat er kon zijn gebeurd.'

Ze haalde haar schouders op en trok haar vest iets steviger om zich heen. 'Sara vertelde me de waarheid over jou. Ze zei dat jij maandenlang wanhopig achter haar aan had gezeten, dat je me alleen voor de grap wilde, omdat je haar niet kon krijgen.'

Nicholas keek haar verbijsterd en met open mond aan. 'Wát!'

'Dat is er gebeurd,' zei ze, bijna koppig.

'Wacht. Even terug. Zei Sara dat tegen je?'

'Nadat ik je die avond had verlaten kwam ik Sara tegen, en zij vertelde me dat je achter haar aan had gezeten, dat je haar had lastiggevallen in de bar. Dat de rugbyjongens je van haar af moesten trekken. Dat je alleen in haar geïnteresseerd was.'

Hij lachte ongelovig. 'Nee! Zo was het helemaal niet.' Hij ging verzitten zodat hij haar recht kon aankijken. 'Ik kan niet geloven dat ze jou dat heeft verteld. Maar ja... Ik kon het ook bijna niet geloven toen je zei dat jullie nog steeds vriendinnen zijn. Het was voor iedereen heel duidelijk hoe het zat tussen jullie.'

'Wat bedoel je daarmee?' Ze kreeg het opeens koud. 'Hoe zat het dan tussen ons?'

'Een vreemde duw-en-trekrelatie. Jij dacht dat zij geweldig was en zij was verdomd jaloers op jou!'

Caitlyn schudde lachend haar hoofd. 'Echt niet! Waar had ze dan jaloers op moeten zijn?'

'Dit is belachelijk. Zei ze echt dat ik achter haar aan zat? Het was precies andersom!' Hij keek haar bijna smekend aan. Nicholas legde zijn hand op haar arm en zei indringend: 'Je móét me geloven. Sara viel me lastig, ze kwam steeds weer naar mijn kamer en smeekte me met haar te slapen. Dat ging al ongeveer een jaar zo, ik stuurde haar weg en bracht haar terug naar haar kamer. Maar ze kwam steeds weer naar me toe, probeerde me te verleiden, drong zich gewoon aan me op... en ik probeerde haar vriendelijk af te wijzen. En die avond in die bar... Mijn god, ik weet het nog precies. Ze kwam naar me toe, straalbezopen zoals altijd - die arme meid had een probleem, dat zag iedereen - en vertelde me dat dit mijn laatste kans was met haar. Ik vertelde haar vriendelijk maar duidelijk dat ik niet geïnteresseerd was. En toen begon ze... Ik weet het niet... Ze draaide een beetje door. Ze werd kwaad op me, vroeg wat ik dan wél wilde, als ik haar niet wilde. Ze vroeg of ik jou wilde, en toen ik niet antwoordde leek het alsof dat voor haar de druppel was. Ze werd hysterisch, ze begon te schreeuwen en te huilen en te brabbelen. Ze zei dat je niets voorstelde. En die jongens van het rugbyteam... Ja, die zagen dat allemaal gebeuren. Ze hebben haar bij me weggetrokken, brachten haar naar een ander tafeltje, kalmeerden haar, leidden haar af, en toen ben ik vertrokken. Dat is de laatste keer dat ik met haar heb gepraat. Ik wilde nooit meer bij haar in de buurt komen, voor het geval ze me zou beschuldigen van dingen die ik niet had gedaan. Ik wist dat ze daar gek genoeg voor was.' Hij keek ernstig en schudde zijn hoofd. 'Ik haatte haar niet, maar maakte me vooral zorgen om haar; ze werd verteerd door verdriet. En wat ik echt niet kon begrijpen was waarom jij zoveel tijd met haar doorbracht, omdat ik het idee had dat jij degene was die ze het meest vreesde en aan wie ze het meest de pest had.'

Caitlyn herinnerde zich hoe ongerijmd Sara's verhalen vaak waren geweest en kon zich goed voorstellen dat ze zich gedroeg zoals

Nicholas beschreef. En toch, Caitlyn had vaak met eigen ogen gezien hoe onweerstaanbaar Sara was. Dat was altijd al zo geweest: mannen wilden Sara. Daarom was het zo gruwelijk geloofwaardig geweest. 'Je zat dus niet achter Sara aan?'

'Nooit.'

'Je hing nooit om haar heen, hebt haar nooit gesmeekt, haar nooit achterna gezeten, haar nooit verteld dat je alleen maar met me wilde spelen?'

'Nee!' Hij lachte, bijna hulpeloos. 'Het was andersom, zij liet mij nooit met rust! Hoe vaker ik tegen haar zei dat ik geen belangstelling had, hoe vasthoudender ze werd! En ik heb het met haar nooit over jou gehad. Zij zou de laatste zijn geweest, ik wist dat ze niet te vertrouwen was.'

Het was vreemd dat alles zo snel zo volledig omgedraaid kon worden. Caitlyn geloofde hem. Het beeld kantelde en leek te kloppen, terwijl het andersom nooit helemaal juist had geleken. Natuurlijk... Ze kon zich Sara nu voorstellen, in de verleidelijke modus, aangevuurd door de ongebruikelijke afwijzing, vastbesloten te krijgen wat onbereikbaar leek.

'Ze wilde het voor ons verpesten,' zei Nicholas zacht. 'Ze wilde er zeker van zijn dat jij en ik nooit een stel zouden zijn.'

'Maar...' Caitlyn schudde haar hoofd, fronsend. 'Ik begrijp het niet! Ze had iedereen kunnen krijgen! Ze had zoveel!'

'Zo leek het wel.' Nicholas leunde achterover tegen de bank. 'Maar ondanks alles was ze een van de kilste, leegste mensen die ik ooit heb ontmoet. Het enige wat ze ooit wilde was dat wat ze niet kon krijgen.'

'O mijn god.' Ze knipperde met haar ogen en keek naar de bloemetjes die in de wind heen en weer bewogen.

'Caitlyn, waarom ben je nog altijd met haar bevriend?' Nicholas keek haar ernstig aan. 'Je hebt haar niet nodig. Dat is ook nooit zo geweest.'

'Maar ze ís mijn vriendin,' zei ze langzaam. 'Tenminste, dat heb ik altijd gedacht.'

'Kom mee.' Nicholas stond op en stak zijn hand naar haar uit. 'Laten we teruggaan.'

'Ja.' Caitlyn stond op zonder zijn hand te pakken. 'Ik denk dat ik wel naar huis wil.'

22

Toen Tommy samen met Barbara boven kwam om Fred de eerste penicillinepil te geven, was hij er nog slechter aan toe dan eerst. Hij lag zwetend en mompelend in zijn bed.

'O Fred,' riep ze, en ze rende naar hem toe.

Barbara kwam bij haar staan en bekeek hem onderzoekend.

'Geen moment te vroeg, lijkt me. Ik haal die pillen meteen op. Ze zitten in mijn tas. Gelukkig heb je de goede koffer opgehaald, anders waren ze nu bevroren.' Ze kwam bijna meteen terug, met een potje vol pillen.

Ondertussen had Tommy Fred omhoog geholpen zodat hij nu half zat, hoewel ze bijna niet naar zijn van pijn vertrokken gezicht kon kijken toen ze dat deed.

Barbara haalde een pil uit het potje. 'Heb je water?'

'Daar, op de tafel.'

'We zullen hem moeten dwingen de pil door te slikken.'

'Als het moet kunnen we de pil vermalen.'

'Hou zijn hoofd achterover.'

Tommy hield Freds hoofd achterover en praatte vriendelijk tegen hem. 'Oké, Fred, lieverd, je moet deze pil doorslikken. Ga je dat doen? Daar word je beter van, echt waar. Die zal die afschuwelijke bloedvergiftiging van je genezen. Maar dan moet je hem wel eerst doorslikken.'

Barbara gaf Tommy de pil.

Tommy stopte hem tussen Freds tanden door in zijn mond en was bang dat hij hem zou uitspugen. Dat deed hij niet, maar hij slikte hem ook niet door. Ze pakte het glas water van zijn nachtkastje en drukte dat tegen zijn lippen en op zijn tong.

Eerst druppelde het water uit zijn mond en toen slikte hij een beetje, maar de pil bleef op zijn tong liggen. 'Prima, Fred. Doorslikken, lieverd. Dat ding in je mond moet je gewoon door je keel laten glijden.' Ze probeerde tegelijkertijd vleiend en troostend te klinken en bleef in zijn oor mompelen terwijl ze meer water in zijn mond druppelde.

Opeens leek hij zich te realiseren dat zijn dorst werd gelest en toen slikte hij het water door, met het pilletje.

'Hij heeft hem doorgeslikt,' riep ze blij.

'Goed zo.' Barbara keek naar het potje met pillen. 'Er zijn nog een heleboel over. Toch ben je maar net op tijd. Ik heb dergelijke infecties eerder gezien. Nog even en hij had niet meer gered kunnen worden, ook niet met penicilline.'

'Dank je wel, Barbara.' Tommy keek haar glimlachend aan, en op Barbara's bleke gezicht met het dunne roze mondje verscheen ook een glimlach. *Dat was aardig van haar, dus misschien heb ik haar verkeerd beoordeeld.*

'Ik ga het Roger vertellen, want hij is vreselijk ongerust. Ik kon hem maar net zover krijgen dat hij hier niet komt.'

Barbara trok haar trui om zich heen. 'Hij schijnt te denken dat je Fred om de een of andere reden helemaal voor jezelf wilt houden. Ik heb hem natuurlijk gezegd dat hij een domkop is.'

'Ja, dank je wel. Zeg hem maar dat Fred binnenkort wel bezoek kan ontvangen, als alles goed gaat.'

'Ik kan me bijna niet meer herinneren dat de wereld niet wit was,' zei Gerry peinzend. Ze zat bij het raam in de woonkamer van het huis van haar moeder.

Daar brachten ze nu allemaal zoveel mogelijk tijd door en sloegen ze zoveel mogelijk warmte in zich op voordat ze teruggingen naar het ijskoude hoofdhuis waar de haarden niet meer werden aangestoken en de radiatoren op de laagste stand stonden om te voorkomen dat de leidingen bevroren. Alleen Fred had zolang hij herstellende was nog een haardvuur in zijn kamer. Tommy liet de kinderen bij zich in haar bed slapen, met al hun dekens en donzen dekbedden erop en met de zware geweven gordijnen van het hemelbed dicht getrokken. Ze vond het dom van zichzelf dat ze die ooit alleen als decoratie had beschouwd, maar nu wist ze dat deze een belangrijk doel dienden: ze creëerden een klein warm kamertje binnen de grote kamer. De kinderen rilden niet meer als ze sliepen, en dat was goed.

De Tudors en Stuarts wisten wat goed was, had ze gedacht toen ze tussen hun twee warme, slapende lichamen in kroop. *In hetzelfde bed slapen en met heel veel gordijnen eromheen, dat is zeker weten de enige manier om de winter te overleven.*

'Misschien,' zei Gerry nu, terwijl ze zich omdraaide naar Tommy en haar moeder, 'zien we zolang we leven nooit meer iemand anders.'

'Dat hoop ik toch niet,' zei Tommy. Ze trok haar kniekousen aan voor haar tocht naar het dorp.

Haar moeder keek naar haar, nog steeds bezig met haar borduurwerk. 'Ik snap niet waarom je al die moeite doet,' zei ze somber. 'Daar is echt niets meer te koop.'

'Moeder, je moet eindelijk eens ophouden met naar de radio luisteren. Je gelooft alles wat ze zeggen.' Tommy stond op en trok haar riem strakker. 'Het is tijd dat ik op stap ga. Ik heb er zelfs zin in, of je het gelooft of niet.'

'Bonboekjes?' vroeg Gerry.

'Ja!'

'Geld?'

'Meer dan genoeg.'

'Kompas en zaklamp?'

'Ik denk echt niet dat ik die nodig heb, maar ja, die heb ik ook bij me. Gewoon voor het geval dat. Maar verder neem ik niets mee, dat is echt te veel ballast.'

Mevrouw Whitfield zei: 'Ik overdrijf niet, Thomasina. Het leger is opgeroepen, de Thames is bevroren en het einde is nog niet in zicht.' Ze schudde haar hoofd. 'Te bedenken dat we de oorlog hebben overleefd om te worden verslagen door dit afschuwelijke weer.'

'We laten ons niet verslaan,' zei Tommy. 'We hebben de oorlog gewonnen. Dit overleven we ook wel.'

Mevrouw Whitfield zuchtte. 'We vriezen waarschijnlijk dood, als we niet eerst verhongeren.'

'Wat een doemdenker is ze toch,' zei Tommy terwijl zij en Gerry naar de achterdeur liepen.

De kinderen waren er ook en inspecteerden opgewonden de slee die ze met twee touwen aan haar riem vastgemaakt wilde meenemen.

Molly stond vlakbij, haar gezicht vertrokken en rood van de kou. Ze keek naar de twee andere kinderen die om de slee heen renden en deden alsof ze honden waren. Ze leek niet in staat mee te doen.

'Laat haar dat soort dingen alsjeblieft niet tegen de kinderen zeggen.'

'Ik denk niet dat ze haar zouden horen,' zei Gerry. 'Geluksvogels. Maar misschien heeft ze deze keer wel gelijk.' Ze keek haar zus aan. 'Vind je dit alles ook niet een beetje onheilspellend? Ik bedoel, als je het hellevuur uit het Bijbelboek Openbaringen vervangt door sneeuw en ijs... Nou ja, dit voelt een beetje als het einde van de wereld.'

'Jouw fantasie ook!' mopperde Tommy. 'We kunnen het ons niet permitteren om daaraan toe te geven. We moeten sterk blijven. Dit is een gruwelijke koudegolf, maar er komt een einde aan. Net als aan de oorlog.'

'Maar denk eens aan hoeveel mensen in de oorlog zijn gestorven,' zei Gerry. Ze verborg haar kin in haar sjaal en zei verdrietig: 'Wat we daarvan hebben geleerd is dat niemand het recht heeft te overleven.'

'Een reden te meer om opgewekt te blijven nu we nog leven,' zei

Tommy. Daarna zei ze tegen de kinderen: 'Oké! Wie gaat me uitzwaaien?'

Op dat moment sloeg de achterdeur dicht en rende Barbara de trap af. Ze droeg een lange broek, een lange jas en een wollen muts. 'Ik dacht: als ik meega kan ik je helpen,' zei ze, terwijl ze handschoenen aantrok. 'Roger zei dat er nog een stel ski's is.'

'Ja,' zei Tommy verbaasd, 'dat denk ik ook.'

'Goed. Dan gebruik ik die.'

'Ik laat je wel zien waar ze zijn,' bood Gerry aan.

Ze verdwenen en waren even later terug, Barbara met een paar ski's op haar schouder.

De kinderen renden opgewonden rond en vroegen zich af hoe de slee door twee mensen kon worden getrokken in plaats van door één.

'Het is gemakkelijker als we de slee samen trekken,' zei Barbara, terwijl ze haar ski's vastklikte en toeliet dat Antonia het touw van de slee aan haar riem vastmaakte.

Een paar minuten later vertrokken ze. Ze duwden zichzelf vooruit over de sneeuwhopen die keihard waren na alle nachten met strenge vorst. De slee stuiterde achter hen aan tot Tommy zei dat het zo niet goed ging en dat ze hem in haar eentje ging trekken, wat veel gemakkelijker ging.

Het was blijven sneeuwen en de sneeuw was ingeklonken, zodat ze nu op een hoogte van minstens een meter over de bovenkant van de hagen konden skiën. De daken van het dorp in de verte leken op ongeveer dezelfde hoogte als zij, ook al waren ze in de grijze nevel om hen heen slechts vage vormen.

'Ik heb het gevoel dat het al dagen geleden is dat we de zon zagen,' zei Tommy.

Barbara ploeterde naast haar door, hijgend van inspanning. 'Dit kun je niet echt skiën noemen, wel? Het is meer lopen en glijden.'

'Ja. Kom op, het is niet ver meer.'

Toen ze vlak bij het dorp waren zagen ze dat was geprobeerd de sneeuw in de hoofdstraat en tegen de huizen op te ruimen. Er liepen mensen, goed ingepakt, voorzichtig over de ijzige paden en kinderen speelden in de sneeuwhopen. Verschillende sneeuwpoppen getuigden van hun inspanningen, nog steeds stevig en met kiezels als knopen en stokken als armen.

Tommy skiede van een sneeuwhoop af met Barbara vlak achter zich. Ze deden hun ski's af en liepen door de hoofdstraat naar de dorpswinkel, waar al een rij vrouwen stond, allemaal met een mand aan de arm.

'Goedemorgen, mevrouw Eliott!' riep een van de vrouwen toen Tommy ook in de rij ging staan.

'Goedemorgen, Ruby. Hoe gaat het?' Tommy streek over haar voorhoofd dat bezweet was door de vermoeiende skitocht.

'Uitstekend, dank u wel, mevrouw. Bent u vanuit het huis helemaal op die planken hiernaartoe gekomen?'

'Dat is de enige manier. We zijn ingesneeuwd.'

Ruby zei tegen de vrouw naast haar: 'Zei ik het niet?' Met een veelbetekenende blik voegde ze eraan toe: 'Ik zei al dat u wel een manier zou vinden om hier te komen. U hebt altijd al oplossingen kunnen bedenken. Maar of ze hier vanuit de stad naartoe konden komen is een andere vraag. De sneeuwploegen hebben de weg schoongemaakt en we hoorden dat het leger met de spoorlijnen bezig is geweest. Ze hebben het ijs eraf gekrabd zodat de treinen weer kunnen rijden.'

'Krijgsgevangenen,' zei Ruby's vriendin. 'Gelukkig doen ze iets voor de kost.'

'Er is dus geen melk of brood?' vroeg Tommy.

'Nog niet. Maar dat wordt om tien uur verwacht.' Ruby stampte met haar voeten. 'Het is koud werk, wachten!'

Op dat moment kwam meneer Trent, de eigenaar van de dorpswinkel, naar buiten. Hij deelde papiertjes uit met een nummer erop. 'Kom allemaal mee naar binnen. Dit voorkomt dat jullie je plaats in de rij kwijtraken. Want jullie kunnen niet buiten blijven wachten, hoor, zo bevriezen jullie allemaal.'

Ze gingen dankbaar naar binnen. Tommy en Barbara vonden een hoekje waar ze konden uitrusten.

'Allemaal rijen tijdens de oorlog... en nu moeten we nog steeds wachten,' zei Tommy. 'Volgens mij is het nu zelfs erger dan toen.'

Barbara zei zacht: 'Je hoeft niet altijd te wachten, weet je.'

'Wat bedoel je?'

Barbara keek om zich heen om zich ervan te overtuigen dat niemand meeluisterde en mompelde: 'Veronica wachtte niet. En zij kreeg zoveel melk en boter en kaas als ze wilde.'

Tommy fronste. 'De zwarte markt, bedoel je? Ik denk niet dat die hier te vinden is.'

'Die is er heus wel, alleen heb je die nog niet gezien. Als je geld hebt kun je alles krijgen wat je wilt. Er zijn echt wel manieren om dat te achterhalen.'

'Toch maar niet, dank je,' zei Tommy koeltjes. 'Zonder dat redden we ons prima. En ik zou Ruby en Edith en Elsie en alle anderen niet recht aan kunnen kijken.'

Barbara lachte. 'Ga er maar van uit dat zij daar ook gebruik van maken, dat doet iedereen. Je moet alleen niet roomser willen zijn dan de paus. We houden ons meestal aan de regels, maar als je af en toe een kleine zonde begaat ben je niet meteen een crimineel.'

Tommy bloosde. 'Nee, natuurlijk niet. Het was niet mijn bedoeling een zedenprediker te zijn.'

Opeens werd er opgewonden gemompeld. Iedereen liep naar de ramen toen het geluid van een loeiende motor luider werd.

'Ze zijn er!' riep een vrouw, waarop ze allemaal naar buiten renden en naar de vrachtwagen keken die over de hoofdweg aan kwam rijden. Nadat hij voor de winkel was gestopt sprong de chauffeur uit zijn cabine en zette zijn pet af om zijn voorhoofd af te vegen. 'We zijn vanochtend om vijf uur vertrokken. Wat een tocht.' Hij schudde zijn hoofd. 'Ik heb nooit eerder zoveel sneeuw gezien. We moesten zelfs om een bus heen die midden op de weg was achtergelaten.'

Zijn collega was al bezig met het weghalen van het dekzeil, en iedereen juichte, want er kwamen kratten vol melkflessen en dozen vol voorraden tevoorschijn. Meneer Trent was druk aan het organiseren.

Toen Tommy eindelijk aan de beurt was en haar rantsoen kon opeisen, kon ze meneer Trent niet overhalen de bonboekjes van Barbara en Molly aan te nemen. 'Als ze niet staan ingeschreven heb ik niets voor hen,' zei meneer Trent gedecideerd, want dan moet ik het de anderen ontzeggen. Dat weet u ook wel, mevrouw Eliott.'

'Ja, natuurlijk,' zei Tommy schaapachtig. 'Daar dacht ik niet aan.'

'Het enige wat ik mag geven is hun theerantsoen. Dat is alles wat ik voor u kan doen.'

'Dat is al iets, neem ik aan.'

'Ik zal hen nu registreren, dan zou u de volgende portie moeten kunnen krijgen, als de post tenminste functioneert,' zei meneer Trent, en hij liep weg om zijn registratieboekje te halen.

Toch leek de hoeveelheid die ze mee kregen nog steeds aanzienlijk in het licht van de lege keukenkasten thuis. Ze hadden brood, melk, margarine, boter, kaas, suiker en thee, maar ook rijst, koekjes en blikken tomaten en bonen, en wat jam als traktatie voor de kinderen. Tommy gebruikte haar opgespaarde punten voor blikken vlees en vis, muesli, havervlokken en nog meer koekjes, en ze kocht zoveel mogelijk buiten het rantsoen om. De slee stond bevredigend vol dozen toen ze zich klaarmaakten voor de terugtocht.

'Kijk, dit is helemaal niet slecht,' zei Tommy terwijl ze hun ski's vastmaakten.

Barbara bood aan te helpen met het trekken van de slee. 'Natuurlijk, je hebt nu al zoveel.'

'We hebben veel geluk,' zei Tommy weer. *Zet ze me op mijn nummer? Zegt ze dat het gemakkelijk is om goed te zijn als je weinig nodig hebt?*

De terugweg ging natuurlijk langzamer, door de volgeladen slee en doordat het niet echt gemakkelijk was om die samen te trekken terwijl ze half skieden en half liepen over de compacte sneeuwhopen die bijna keihard bevroren waren. Dat betekende dat ze konden praten, en Tommy vroeg Barbara naar haar leven nadat ze The Grange School hadden verlaten.

'Ik ging werken als secretaresse,' vertelde Barbara. 'Ik kreeg een baan in Whitehall bij de rijksoverheid. Alleen typen, weet je, maar het was leuk. Ik vond het geweldig. Ik woonde in Battersea in het pension van een getikte oude dame, zo'n kosthuis voor vrijgezelle meisjes. Waar kousen en ondergoed aan de trapleuningen te drogen hingen. Nogal schaamteloos, maar grappig. We gingen 's avonds dansen en ze namen me mee naar plaatsen waarvan ik anders niet had geweten dat ze bestonden. Dat was een gelukkige tijd. Ik heb je toen een paar keer ontmoet, weet je nog? Toen leerde ik mijn man kennen, Duncan, en we verloofden ons. Hij werkte bij de koloniale dienst. Niet lang nadat we trouwden kreeg hij de kans naar India te gaan. Tja, veel mensen wilden daar niet naartoe, omdat het gevaarlijk was, maar Duncan beschouwde het als een goede kans. Dus vertrokken we.'

'Hoe was India? Dat heb ik me altijd afgevraagd.'

'Heet,' antwoordde Barbara op vlakke toon. 'Onaangenaam. Om gek van te worden. Vol afschuwelijke wezens: vliegen en muggen en slangen en zo. Achterlijke mensen. Maar het was ook geweldig. We woonden prachtig, dat kan ik niet ontkennen, in een grote bungalow met een heleboel bedienden. Zolang je koel kon blijven was het best fijn, met een eindeloze stroom jongens die alles voor je deden en vrouwen die voor je zorgen. Maar Duncan vond het werk niet echt leuk en het was wel duidelijk hoe het zou aflopen. We hadden problemen met die verdomde onafhankelijkheidsstrijders, die wilden dat we allemaal vertrokken. Een paar staken zelfs het huis van een van onze buren in brand. Gelukkig konden ze het huis allemaal op tijd verlaten. Het zal niet lang meer duren voordat de Britten het land uit worden gesmeten, weet je, maar het zorgde ervoor dat het leven... lastig was. Maar het uitgaansleven was erg leuk.'

'Dat zal een hele ervaring zijn geweest.'

'Ja. Fantastische feesten. Olifantentochten in de heuvels. Polo. Ik heb niets gedaan de hele tijd dat we daar waren.' Barbara zuchtte. 'Toen begon de oorlog en was het allemaal afgelopen. Duncan meldde zich als vrijwilliger en Molly en ik kwamen naar huis.'

'Wat eng,' zei Tommy. 'Was je niet bang voor de onderzeeboten?'

Barbara haalde haar schouders op. 'Je neemt dat risico gewoon. Niet elk schip zonk. Ik had het gevoel dat het wel goed kwam. Maar toen we hier aankwamen... Mijn god, na India was dit land zo grijs en kleurloos en arm.'

'Arm!' Tommy lachte. 'Echt niet!'

'Echt wel! De rantsoenen, het gemis aan wat voor moois dan ook. Ik had me nog nooit zo ellendig gevoeld als toen we hier in de regen aankwamen en er niets lekkers te eten of te drinken was. Ik miste ons oude leven zo erg dat ik het bijna niet kon verdragen.' Barbara zweeg terwijl ze een sneeuwhoop op zwoegde.

Bovenop bleven ze even staan. Ze keken om zich heen naar de witte en grijze nevelige wereld om hen heen en naar het huis dat zich daar groter tegen aftekende.

Barbara keek Tommy aan. 'En ik haat het nog steeds. Maar ik heb geen keus. Duncan is dood en ik moet een leven voor Molly en mij creëren. Dus moet ik er maar het beste van maken.'

Ze werden verwelkomd als avonturiers die terugkwamen uit een land van overvloed. Hun dozen en pakjes werden bewonderd alsof het exotische schatten waren uit een ver land.

'We zullen eten als koningen,' riep Gerry toen ze de boodschappen bekeek. 'O, koekjes, geweldig!'

'Jam!' riepen de kinderen.

Ada had meer belangstelling voor de suiker en de boter.

Tommy zei dat er voor iedereen iets was, en dat iedereen gewoon dankbaar moest zijn dat de tocht zo'n succes was geworden. Misschien ging het niet opnieuw sneeuwen en werd alles weer normaal.

Maar die middag sneeuwde het alweer met nog meer dwarrelende sneeuwvlokken.

'Hoe gaat het beneden?' vroeg Fred toen Tommy boven kwam met hete soep en brood met een klein beetje braadvet en stukjes tomaat die ze die ochtend had gekocht. Ze had ook nog een pil voor hem.

'Het gaat duidelijk beter met je als je belangstelling begint te krijgen voor de rest van de wereld. Gisteren wist je amper waar je was.' Ze keek hem glimlachend aan terwijl ze het dienblad op zijn schoot zette. 'Ik ben heel blij dat je zoveel beter bent.'

'Dankzij jou.' Hij glimlachte terug. Hij zag er onverzorgd uit nu hij zoveel dagen met koorts in bed had liggen draaien en woelen; op zijn kaak groeide een donkere stoppelbaard. 'Je hebt me heel goed verzorgd.'

Tommy haalde haar schouders op. 'Ik heb gedaan wat ik moest doen.'

'Ik schaam me dat je me op deze manier moest verplegen.'

'Niet nodig. Bovendien is het aan Barbara te danken dat je je beter voelt. Zij had wat medicijnen die daarvoor hebben gezorgd. Nu we het daar toch over hebben, je moet deze pil even innemen.'

'Hoe gaat het met Barbara en Molly?' vroeg Fred.

'Heel goed. Maar ik heb medelijden met Barbara. Ze is helemaal alleen en moet voor haar dochter zorgen.'

'Jij bent ook weduwe en jij hebt ook kinderen.'

'Maar ik heb dit allemaal.' Tommy maakte een weids gebaar. 'Barbara heeft niets.' Ze streek zijn laken glad en zei streng: 'Goed, nadat je dit hebt opgegeten kom ik het dienblad weer halen. En volgens mij krijg je vanmiddag bezoek. Ik kan Roger niet langer bij je vandaan houden nu hij weet dat je koorts gezakt is.'

'Ik wil hem heel graag zien,' zei Fred gemeend, maar hij voegde er met een samenzweerderige glimlach aan toe: 'Maar dank je wel dat je hem een tijdje hebt weggehouden toen ik ziek was. Het is een goeie vent, maar...'

'Ik weet wat je bedoelt,' zei Tommy met een knipoog. 'Nu moet je eten en zorgen dat je weer op krachten komt. We hebben je nodig beneden; daar zijn nu veel te veel vrouwen.'

Op de trap kwam ze Roger tegen die duidelijk van plan was naar Fred te gaan. 'Roger, lieverd, ik denk niet dat je Fred zou moeten storen, hij is aan het eten. Ga straks maar naar hem toe, wanneer hij klaar is.'

Haar broer keek haar kwaad aan. 'Je kunt hem niet eeuwig voor jezelf houden, Tommy. Dat laat ik niet gebeuren. Je hebt me zonder een woord buitengesloten!' Daarna beende hij langs haar heen.

Tommy keek hem verbaasd na.

23

Sinds de crematie had Caitlyn niets meer van Sara gehoord, en dat was ongebruikelijk lang. Als Sara op reis was voor haar werk liet ze wel vaker niets van zich laten horen, maar meestal niet langer dan een paar weken.

Caitlyn dacht daaraan terwijl ze Max' spullen uitzocht en alvast wat inpakte als voorbereiding op de verhuizing naar Kings Harcourt. Onder normale omstandigheden zou Caitlyn in alle staten zijn en zich afvragen wat ze had gedaan om Sara te kwetsen en wat ze kon doen om het goed te maken, bijvoorbeeld door haar uit te nodigen voor de lunch of het avondeten, of door het initiatief te nemen voor een afspraak voor een cocktail in een van Sara's favoriete bars. Sara zou eerst een paar data afwijzen, dan toch maar een datum accepteren en in het begin een beetje koeltjes doen. Maar na een paar drankjes en een paar goed gekozen vragen van Caitlyn ontdooide ze altijd, was alles aan het eind van de avond weer normaal, en was Caitlyns zonde vergeven. Caitlyn had niet eerder zo lang gewacht als nu om te proberen het weer goed te maken.

Maar nu wilde ze niet met haar praten, want tijdens de uitvaart had Sara die verschrikkelijke dingen tegen haar gezegd. En volgens Nicholas had Sara, zelfs twintig jaar geleden al, geprobeerd haar zelfvertrouwen aan het wankelen te brengen en haar relaties te saboteren.

Dus wat was je echt van plan met Patrick, Sara? En wat doe je nu?

Impulsief liep ze naar haar slaapkamer, pakte haar telefoon van het nachtkastje en opende haar Instagram-app. Zelf postte ze daar nooit iets op, maar Sara had er bij haar op aangedrongen de app wel te installeren zodat ze al Sara's recente projecten kon bekijken. Caitlyn keek dan ook zelden op Sara's account, omdat dat voornamelijk een soort etalage was voor haar binnenhuisarchitectuurbedrijf vermengd met een behoorlijke dosis 'mijn perfecte leven' dat zoveel sociale media van Caitlyns vrienden had geïnfecteerd. Naast foto's van Sara's projecten in verschillende stadia had ze ook een heleboel glamoureuze selfies gepost, waarop ze er prachtig uitzag op schitterende locaties, terwijl ze onmogelijk kunstig opgemaakte gerechten opgediend kreeg of bij zonsondergang een slokje van een drankje nam. Zelfs op de *O mijn god, ik zie er niet uit!*-foto's zag ze er verfomfaaid maar toch knap uit. De Sara die Caitlyn regelmatig zag na een zware avond – beneveld, brabbelend, met rode ogen en verlopen – was natuurlijk nooit te zien.

Caitlyn opende Sara's account en scrolde erdoor. De meest recente fotoseries waren vrijwel identiek. Foto's van een schitterend strandhuis in de Hamptons. Foto's van Sara – keurig zakelijk, maar stijlvol en slank in een strakke witte lange broek, ballerina's en een jasje – terwijl ze bouwvakkers werkinstructies gaf, of enthousiast een moodboard of kleuren- en stoffenstaal liet zien. Van '*de perfecte stoel – love, love, love!*' – met de vertrouwelijke tekst: *De favoriete tweed van mijn cliënt is ideaal voor deze prachtige bank.* Ze tagde haar leverancier die haar foto's op zijn beurt likete in een wederzijdse liefdesbetuiging voor elkaars genialiteit. Verder waren er selfies van Sara die er fantastisch uitzag op een strandstoel in een bikini en met een zonnehoed op, met een zichzelf neerhalend excuus om dit te laten zien: *Arme roodharigen zoals wij kunnen niet zonder hoed en zonnebrandcrème.* Of er stond een onschuldig positief berichtje bij om te verhullen dat ze zichzelf in het zonnetje zette: *Een drankje bij het zwembad in de Hamptons – ik ben echt de gelukkigste vrouw ter wereld #lovemyjob.* Er waren ontelbare foto's van cocktails, gecondenseerde wijnglazen, champagne flûtes, allemaal met een hartelijk bijschrift: *Na een zware dag. Mijn beloning!* of

Gekoelde witte wijn, zonsondergang – perfecter kan toch niet?

Dit alles liet een bittere smaak achter, vond Caitlyn. Dit was nep. Natuurlijk was het niet echt, ook al was het vreemd verleidelijk om het allemaal te geloven. Ze wist hoe de realiteit eruitzag, omdat ze daar meer dan eens bij was geweest. Ze had meegemaakt dat Sara grof was tegen bepaalde klanten, op een afstotelijke manier andere klanten vleide en, afhankelijk van hun aantrekkelijkheid, met bouwvakkers flirtte of hen minachtend behandelde. Ze kon driftig worden als dingen niet gingen zoals zij wilde. Caitlyn wist ook dat Sara na elke werkdag dronk. Hoe ze het ook noemde, een beloning, een traktatie of een avontuur, het was allemaal hetzelfde – hetzelfde als voor de alcoholist in het park.

Ze slaagt erin om alles op te leuken en het er mooi te laten lijken, wat voor smerige zooi er ook onder zit. En zij is daar de verpersoonlijking van: poeslief vanbuiten terwijl de realiteit totaal anders is.

Caitlyn sloot de app af en staarde een tijdje niets ziend naar haar telefoon. Daarna toetste ze Nicholas' nummer in en wachtte tot hij opnam.

'Ik heb alle papieren voor het huurcontract helaas nog niet klaar. Maar het zit eraan te komen, echt waar,' zei Nicholas.

Ze hadden afgesproken voor het hek van de universiteit en wandelden nu langs de rivier terwijl ze naar toeristen keken die probeerden in een punter te varen. Ze hadden ontspannen gekletst en hij was duidelijk opgelucht dat ze geen ruzie hadden na hun afspraak in de Botanic Gardens. Ze kwamen niet terug op hun vorige gesprek, maar waren weer naar Nicholas' huis gegaan. Caitlyn vond het prettig dat ze overal ver vandaan was, onzichtbaar voor de mensen op straat en de bezoekers die rondliepen in het universiteitsgebouw.

'Dat is geen probleem. Maar weet je, ik heb erover nagedacht en zou graag eerder willen verhuizen dan ik eerst van plan was. Denk je dat je tante dat vervelend vindt?'

'Ik weet zeker dat ze dat juist heel fijn vindt. Mag ik vragen waarom?'

'Dat weet ik niet precies. Max' zomervakantie begint over een week of vier, dus dan zou ik willen verhuizen, of misschien zelfs eerder. Maar niet alleen om alles in orde te maken en deze zomer van het huis te genieten.' Ze zuchtte. 'Ik heb het gevoel dat ik hier weg wil. Weg uit Oxford.'

'Te veel herinneringen?' vroeg Nicholas zacht.

'Zoiets. Ik heb veel nagedacht over Sara na wat je had gezegd.' Ze zag Nicholas' blik en zei snel: 'Ik geloof jouw versie helemaal, ik twijfel er niet aan. Het was alleen een hele schok, nu ik me realiseer dat ze me zoiets kon aandoen, terwijl het niet eens een echte verrassing is.'

Hij keek haar vragend aan. 'Hoe voelt het voor je?'

Ze leunde naar achteren tegen de zachte kussens van de bank. 'Ik weet het niet... Niet goed.' Ze fronste. 'Sinds Patrick dood is heb ik het gevoel dat mijn leven totaal is veranderd en ik alles anders kan zien. En nadat jij me had verteld wat er is gebeurd tussen jou en haar, heb ik nagedacht over onze vriendschap en waarom ze alles voor me wilde verpesten.'

'Caitlyn,' zei Nicholas ernstig, 'wat mij altijd heeft verbaasd is dát je haar vriendin was. Ik vond het verschrikkelijk zoals ze jou behandelde.'

'Dat begrijp ik dus niet. We hadden het altijd heel leuk samen.'

'Was dat zo? Echt waar?'

'Ja!' Ze dacht terug aan hun studietijd, met hun feesten en dansavonden en avondjes uit. 'We gingen overal samen naartoe.'

'Ja, zoals een gravin en haar hofdame.'

'Wat?' vroeg Caitlyn met een onzekere lach.

'Je liet toe dat ze de baas over je speelde en je constant neerhaalde. Dat heb ik haar zelf horen doen. Ze wreef je continu onder de neus dat zij de echte diva was en jij, arme jij, dus niet. Ze was een walgelijke snob. In de bar zei ze een keer tegen me dat ik me moest voorstellen hoe het zou zijn als ik haar mee naar huis nam om mijn familie te ontmoeten, wat ze allemaal zouden denken als ze iemand als ik in gezelschap zouden zien met iemand als zij...' Hij lachte. 'Volgens mij dacht ze dat ik in een soort achterbuurt was opgegroeid en ik durf te wedden dat zij vond dat jij je verdomd gelukkig mocht prijzen dat je met haar mocht omgaan.'

Caitlyn opende haar mond, maar sloot hem weer. Dat had zij inmiddels ook door, maar was het voor anderen zó duidelijk geweest?

Nicholas zei: 'Zelf ben je daar niet helemaal onschuldig aan, want jij hebt dat laten gebeuren, jij hebt haar dat laten doen. Je liep achter haar aan, liftte mee op haar successen en liet haar denken dat zij fantastisch was en jij niet.' Hij keek haar strak aan. 'Waarom deed je dat?'

Caitlyn was gepikeerd, maar ze schaamde zich ook. 'Kom op, zeg, zo erg was het niet. Ik was haar vriendin! Zoveel vriendinnen had ze niet. Ze had me nodig.'

'Waarom had ze niet veel vrienden, denk je?'

'Omdat andere mensen jaloers op haar waren.'

'Ze wilde dat jij dat dacht. Maar misschien had ze helemaal geen vriendinnen omdat ze niet bepaald aardig was.'

Caitlyn keek hem aan.

Nicholas raakte helemaal op dreef. 'Ik denk dat je in een gemene leugen bent getrapt. Herinner je je Hattie Harris nog? Zij was ontzettend knap.'

'Natuurlijk herinner ik me haar nog.'

'Zij had heel veel vrienden en vriendinnen. Mannen aanbaden haar en ze had een heleboel vriendinnen.'

'Dat is waar, dat was zo. Maar ze was niet zoals Sara.'

'Nee, dat klopt, en dat bedoel ik dus. Jij lijkt te denken dat Sara de perfecte vrouw was, maar er waren toen meer dan genoeg knappe meisjes. Zij was niet de enige.'

'Iedereen vond haar leuk!'

'Niet waar. Ik niet.' Nicholas boog zich naar haar toe en keek haar met zijn bruine ogen strak aan. 'Natuurlijk, ze kon er schitterend uitzien en de mensen keken naar haar. Maar ze trok mensen aan die net zo waren als zij: kil, snobistisch en ijdel, en verder stomkoppen die niet verder konden kijken dan een paar mooie ogen en een bos rood haar. Jij was niet zo, maar je klitte toch aan haar. Dus wat leverde jou die vriendschap op?'

'Ik denk...' Caitlyn zweeg, dacht terug en probeerde eerlijk tegen zichzelf te zijn. 'Ik denk dat ik hoopte dat iets van haar sprankelende persoonlijkheid op mij zou afstralen. Ik vond haar wereld ook een beetje bedwelmend. Ik vond het glamoureus. Het wás glamoureus.' Opeens schaamde ze zich, alsof ze iets minderwaardigs had bekend. 'Ik denk dat ik... haar ook gebruikte.'

'Maar wat een prijs voor een paar feestjes,' zei Nicholas. 'Ik hoopte dat je al jaren geleden aan haar was ontsnapt. Misschien moet je Sara maar vertellen dat je verdergaat met je leven. Vriendschappen kunnen eindigen, weet je. Net als liefdesrelaties. Er is niets wat zegt dat dat niet kan. Dus als je leven beter is zonder Sara, moet je haar misschien maar vertellen dat het voorbij is.'

'Ik denk dat je gelijk hebt. Dat moet ik doen,' zei Caitlyn langzaam. 'Dat zie ik nu wel in. Raar dat ik dit niet eerder heb ingezien.'

In de felle ochtendzon liep Nicholas met haar mee naar het hek van de universiteit. 'Je zoon komt vandaag terug, hè?'

Caitlyn knikte. 'Mijn zus brengt hem na de lunch thuis.'

'Ik zou hem graag een keer willen zien.'

Caitlyn keek hem aan. Hij keek haar met een warme blik en een beetje gespannen aan. 'Ik weet het niet...' zei ze onzeker.

'Als je vriend. Meer niet.'

'Dat weet ik, maar misschien denkt Max dat niet. Het is zo snel.'

'Dat begrijp ik.' Opeens pakte hij haar hand.

Zijn hand voelde griezelig warm en levend op de hare, ze schrok bijna van zijn zachte huid. 'Het is ook snel. Ik wil niets van je, geloof me alsjeblieft.'

De vriendelijke klank in zijn stem ontroerde haar en ze kreeg een brok in haar keel. 'Ik wil graag dat we vrienden zijn,' zei ze moeizaam.

Hij keek haar glimlachend aan. 'Ik ook. Dag, Caitlyn. Je hoort nog van me. Laat het me weten als je een datum hebt geprikt voor je verhuizing; zodra jij er klaar voor bent is het huis klaar voor jou. En vergeet niet dat jij de baas bent over je relaties: als je niet wilt dat iemand in je leven is, moet je gewoon zeggen dat-ie moet gaan.'

Maura bracht Max die middag terug. Caitlyn en Maura brachten een paar uur samen door voordat Maura met haar uitgelaten kinderen naar huis ging.

Caitlyn voelde zich beter. Het was fijn om haar zus te zien, ook al was het maar kort, en Nicholas' eerlijke opmerkingen hadden haar ook geholpen. Ze voelde zich door beide partijen gesteund en was ervan overtuigd dat ze binnenkort kleine stapjes zou kunnen zetten in haar toekomst alleen.

Ik begin volgens mij te accepteren dat Patrick echt dood is. En ik gooi alles weg wat niet goed is in mijn leven, ik moet wegfilteren wat slecht is en het positieve behouden. Ik weet dat dit alleen maar het begin van dat proces is.

Toen ze Max zijn eten gaf aan de tafel in de kleine tuin hoorde ze dat er iemand op de voordeur klopte. Ze liet Max alleen met zijn gebakken aardappels en ging opendoen.

'Verrassing!' Sara zette haar zonnebril af en keek haar stralend aan. 'Blij me te zien?'

24

De zware sneeuwbui was alweer twee weken geleden en nog altijd was er geen zicht op dat de post weer zou worden bezorgd; ook de telefoon werkte nog steeds niet.

'Op dit moment zullen ze wel betere dingen te doen hebben dan de telefoon repareren,' zei Tommy.

Ze zaten bij elkaar naar het nieuws op de radio te luisteren. Het was februari en niets wees erop dat het weer beter zou worden. Integendeel, het was zelfs kouder.

'Hoelang kan dit doorgaan?' vroeg Gerry met een vertrokken en vermoeid gezicht.

De kinderen hadden nergens zin in; ze renden gillend en schreeuwend rond tot Tommy zei dat ze stil moesten zijn, uit angst dat ze Fred zouden storen.

'We vervelen ons, mama,' zei Antonia.

'Kunnen we weer les krijgen?' vroeg Harry.

'Tante Gerry geeft jullie toch nog steeds Franse les?'

'Maar we willen ook Latijn doen,' zei Harry. 'Molly wil dat ook, ja toch?'

Molly knikte. Ondanks het slechte weer leek het beter met haar te gaan; ze had meer kleur op haar wangen en haar lichtblauwe ogen straalden. 'Ik wil doen wat jullie doen,' zei ze tegen Antonia voor wie ze duidelijk bewondering had.

'Als meneer Burton Brown beter is, pakt hij de lessen misschien weer op. We moeten afwachten. Maar boven moeten jullie stil zijn, oké? Hij heeft zijn slaap nodig.'

Maar Fred was aan de beterende hand, en nu Tommy minder vaak in de ziekenkamer hoefde te zijn, ontdekte ze dat Barbara, onopvallend en onopgemerkt, zichzelf deel van het huishouden had gemaakt. Ze zag er altijd prachtig uit, droeg dure kleren en elegante schoenen. Haar haar was goed gekapt en haar bleke gezicht werd opgefleurd door make-up. Haar donkerrode lippen staken af tegen haar bleke gezicht en haar roze moedervlekje was het enige andere wat kleur had. Soms als Tommy een kamer binnenkwam zag ze dat Barbara daar al was en rustig dingen bekeek: schilderijen, ingelijste foto's, een porseleinen kom of een zilveren dienblad. Maar meestal was ze bij mevrouw Whitfield te vinden, terwijl ze zijde sorteerde en draden spleet voor het borduurwerk van de oude dame en haar gezelschap hield.

'Wat vind je van Barbara?' had Tommy terloops aan Gerry gevraagd toen ze naar de keuken beneden gingen om te eten. Voordat Barbara er was had ze haar eigen mening voor zich gehouden uit angst onredelijk te zijn.

'O, ik vind haar geweldig. Ze ontlast me heel erg. Nu hoef ik al dat saaie werk niet meer te doen waar moeder me altijd mee opzadelde, zoals zijde sorteren of naar naalden zoeken. Nu heb ik meer tijd om in de badkuip te lezen.'

Als Gerry niet op de kinderen paste was ze in de warme badkamer en lag dan met een boek in de badkuip, met haar jas aan en haar baret op en met een hete stenen kruik onder haar voeten.

'Je vindt haar dus aardig?'

'Nee, ik vind haar niet bepaald aardig. Ze is een kouwe kikker, vind je ook niet? Ook al ben ik behoorlijk gefascineerd door haar gezicht: met die witte teint en die roze moedervlek doet ze me aan een naakt jong muisje denken.'

Tommy was in de lach geschoten. 'Nou ja, het is zeker dat ze aardig is tegen Roger, en dat is goed van haar. Dat geeft Fred tenminste wat rust.'

Als Barbara niet bij mevrouw Whitfield was, was ze vaak bij Roger, die zich tijdens Freds ziekte verloren en ellendig voelde. Nu leek hij even afhankelijk te worden van Barbara als hij van Fred was geweest. Vaak als Tommy boven was om Fred te verzorgen hoorde ze Rogers stem als hij en Barbara beneden rondliepen nu het zo moeilijk was om buiten te wandelen.

‘Weet je, Barbara, we hebben nu een kans. We zijn al zo lang met Rusland aan het bakkeleien, maar de oorlog heeft ons op een punt gebracht waarop we kunnen beginnen elkaar te begrijpen. Misschien zal onze regering inzien dat er echt maar één ding is dat we kunnen doen als we de maatschappij willen verbeteren...’

Dan mompelde Barbara een antwoord en ging Roger door.

Ze is zo aardig tegen Roger. Dat helpt hem ook. Hij lijkt gelukkiger, vind ik. Uiteindelijk is het toch goed dat zij en Molly bij ons zijn komen wonen. Wat een vreemde groep mensen zijn we toch, opgesloten in dit enorme ijskoude huis zonder dat we ergens naartoe kunnen, terwijl we ons alleen bezighouden met overleven.

Ada leek de enige die niet voor Barbara’s charmes leek te vallen. Ze reageerde geïrriteerd zodra Barbara de keuken in kwam, maar Tommy vroeg niet wat haar stoorde. Thornton had de afgelopen dagen een lange tunnel door de sneeuw naar hun huisje gegraven. Tot ieders opluchting gingen de Thorntons ’s avonds terug naar hun eigen haard en kat.

Toen Tommy naar boven ging met Freds lunch en de laatste pil uit Barbara’s flesje was hij rusteloos doordat hij meer dan een week in bed had gelegen.

‘Ik ben beter,’ zei hij ronduit. ‘Ik wil iets doen. Ik moet opstaan.’

‘Laten we je wond maar eens bekijken,’ zei ze, ‘en zien of dat echt zo is.’

De wond was rustig geworden en aan het genezen, maar nog lang niet beter. Fred kromp nog steeds in elkaar als hij zich bewoog.

‘Ik verveel me stierlijk,’ klaagde hij. ‘Ik ben al dagen niet verder geweest dan heen en terug naar de badkamer.’

'Ja, maar je mag van geluk spreken dat je dat kúnt doen.'

'Alsjeblieft, Tommy. Wees lief en laat me eruit. Ik kan niet wachten om verder te werken aan het schilderij. Tijdens mijn ziekte had ik weleens koortsdromen en dan had ik daar bijzondere visioenen over. Die verdrietige schoonheid kwam steeds naar me toe en praatte met me over haar tragedie. Het was heerlijk om bij haar te zijn. Ik móét haar nu schilderen.'

'Uitstekend. Maar zou je in jouw toestand wel in die ijskoude hal moeten zijn?'

'Laten we het schilderij dan verplaatsen naar een warmere plek. Als ik er dichterbij ben kan ik het ook beter zien. Ik vraag me nog steeds af of het heel goed wordt, zelfs met mijn door de koorts opgewekte inspiratie.'

Tommy zei lachend: 'Daar gaat de kans het familievermogen te redden met je meesterwerk! Maar goed dat ik nooit heb gedacht dat dit echt zou lukken. Kom, dan help ik je overeind.' Ze liep naar hem toe en hij stak zijn arm uit.

Ze pakte zijn hand en hij steunde op haar zodat hij zich kon omdraaien om uit bed te klimmen. Hij was zwaarder dan ze had verwacht, doordat hij zo mager leek, zelfs nog magerder nu hij ziek was geweest. Maar hij had brede schouders en was gespierd, ongetwijfeld door zijn tijd in het leger. Toen hij aan haar arm trok werd ze daardoor overvallen en werd meegetrokken, zodat ze naar voren viel en haar armen uitstak om zichzelf op te vangen. Maar toch landde ze boven op hem; ze omhelsde hem bijna. Fred kreunde.

'O, het spijt me,' zei ze geschrokken. Toen ze haar blik opsloeg ving ze zijn blik. 'Heb ik je pijn gedaan?'

Even zweeg hij, maar hij keek haar met een vreemd zachte blik aan. Toen zei hij: 'Nee hoor, helemaal niet. Niet echt.' Meteen daarna leunde hij naar voren om haar te kussen, met zijn lippen licht op de hare en toen steviger.

Ze liet het gebeuren en kreeg een heerlijk gevoel door zijn aanraking, maar toen trok ze zich snel terug. 'O nee!' zei ze geschrokken.

Zijn blik veranderde onmiddellijk. 'Neem me niet kwalijk, Tommy. Wat vreselijk van me. Ik dacht–'

'Nee, het ligt helemaal niet aan jou... Het is mijn schuld. Maar... ik kan het niet. Ik wilde dat het kon. Ik kan het niet.' Ze zette een paar stappen bij hem vandaan, alsof ze bang was dat hij haar zou vastpakken en ze vond het verschrikkelijk toen ze zijn gekwetste blik zag. Ze wilde het heel graag uitleggen, maar dat was onmogelijk. Haar paniek was overgegaan in gêne. 'Het spijt me, Fred. Het spijt me echt. Kom zodra je wilt naar beneden.' Daarna liep ze snel de slaapkamer uit, deed de deur achter zich dicht en rende naar haar eigen kamer. Daar ging ze op haar bed liggen en staarde naar de muur, terwijl haar hart heftig klopte door een mengeling van angst en verlangen.

Tommy was nu meer dan ooit dankbaar dat Barbara er was om de aandacht van haar af te leiden. Ze wist bijna zeker dat haar inwendige onrust, veroorzaakt door het korte maar intense moment van haar kus met Fred, anders voor iedereen zichtbaar zou zijn geweest.

Ze wist niet waarom ze zo heftig had gereageerd, maar het had haar diep geraakt. De kus had haar plezier en pijn gedaan, en haar enorm in verwarring gebracht. Hoewel ze Fred eerst verschillende keren per dag had bezocht hield ze daar abrupt mee op omdat ze het niet kon opbrengen hem te zien.

In plaats daarvan vluchtte ze zodra dat kon naar haar slaapkamer. Daar trok ze de gordijnen om haar bed dicht zodat er een donkere grot ontstond en ging daar liggen nadenken.

Het was niet de bedoeling dat dit zou gebeuren. Ik had me voorgenomen dat me dit nooit meer zou overkomen. Wat heb ik gedaan?

En toch, als ze erover nadacht, zag ze wel in dat alles wat ze had gedaan onvermijdelijk zou leiden tot het moment waarop Fred haar zou kussen. Dat had ze veroorzaakt door iedereen bij hem vandaan en hem voor zichzelf te houden. *Nee, dat was zijn ziekte... Of heb ik zijn ziekte als een excuus gebruikt?* Daardoor was hun relatie intenser geworden. *Maar ik wil hem niet! Ik wil geen enkele man. Dat had ik besloten. En zo moet het zijn.*

En dus, om zichzelf te straffen voor haar heimelijke verlangen naar Fred, vermeed ze elk contact met hem. Elke keer als ze naar Freds gezelschap verlangde, of opgewonden terugdacht aan het moment waarop hun lippen elkaar raakten, verdrong ze dat zo goed ze kon.

Nee. Dat mag niet gebeuren. Dat heb ik mezelf beloofd. Nooit meer.

Tommy gaf Thornton opdracht Venetia van de muur te halen en naar de bibliotheek te brengen. Tijdens Freds ziekte was daar vuur gestookt, maar nu zou dat hier gebeuren, zodat hij kon schilderen zonder te bevriezen.

Uiteindelijk stond Fred op, magerder en zwakker, kleedde zichzelf zo warm mogelijk aan en verdween naar binnen. Tommy wist toen ze langs de deur van de bibliotheek kwam dat hij binnen was en op het gespannen doek de vorm van het schilderij schetste. Maar ze ging niet naar binnen, dus zag ze hem nu alleen tijdens de maaltijden, ook al vond ze het moeilijk naar hem te kijken. Als ze zijn kant op keek, keek hij zelden naar haar. Behalve hun beleefde gesprekken was er zeer weinig interactie tussen hen.

Ik heb hem beledigd. Dat is afschuwelijk. Waarom heb ik alles op deze manier bedorven? Eerst was het zo fijn, en nu is alles verpest. Het deed haar verschrikkelijk veel pijn, maar ze had het idee dat alles haar schuld was.

Tijdens het avondeten op de dag sinds Fred hen weer gezelschap hield keek hij amper naar haar, en terwijl ze met de anderen praatte keek ze soms stiekem naar hem. En toen ze opkeek zag ze dat Barbara haar met een wetende en geamuseerde blik aankeek; ze keek van Tommy naar Fred, en weer weg.

Het had niets te betekenen, maar toch werd Tommy er een beetje bang van.

Barbara vond het altijd leuk om de boel een beetje op te stoken. Misschien is ze toch niet erg veranderd.

Roger, heel blij dat Fred terug was, zat uren in de bibliotheek te praten terwijl Fred schilderde. Maar als Fred 's middags ging rusten, pakte Roger zijn wandelingen met Barbara weer op en dan liepen ze eindeloos en langzaam rondjes door de benedenverdieping.

Tommy liep net op de overloop in de richting van de trap toen ze Rogers stem op scherpe toon hoorde vragen: 'Denk je dat echt?'

Ze bleef abrupt staan toen Barbara zei: 'Dat is zonneklaar, lieve schat.'

'Nu je het zegt, dat zou best eens kunnen, dat zou een verklaring zijn.'

Tommy realiseerde zich dat ze luistervink speelde, maar ze kon zich niet verroeren. Ze stond roerloos te luisteren naar de stemmen beneden.

Barbara zei: 'Ga maar na. Ze hield je de hele tijd dat hij ziek was bij hem vandaan, ook al zou je gezelschap heel goed voor hem zijn geweest. Ik zag dat meteen; weet je nog wat ik toen tegen je zei? Je wist dat het waar was. En als je nu bij hem bent als hij aan het schilderen is, wordt ze ontzettend opgewonden. Dat is toch zo?'

Tommy kreeg een droge mond toen ze begreep dat Barbara het over haar had. Ze hoorde Roger zegen: 'Waarom wil ze niet dat ik bij Fred ben?'

'Volgens mij omdat ze jaloers is op jullie vriendschap. En ze weet dat Fred jouw belangen op het oog heeft. Maar dat zijn niet Tommy's belangen, moet ik helaas zeggen.'

'Hoe bedoel je?'

'Het huis, lieve schat. Het landgoed. Zij wil de leiding hebben, ze oefent het verdeel-en-heersprincipe uit om de baas te kunnen spelen.'

'Daar heb ik nooit aan gedacht,' antwoordde Roger.

'Natuurlijk niet; daarvoor ben je zelf een veel te zuiver iemand. Ik vind het vreselijk om te zien dat je zo gemanipuleerd wordt.'

De stemmen werden onhoorbaar toen Roger en Barbara de grote hal verlieten.Tommy bleef staan, terwijl haar hart heftig bonsde. *Waar ben je mee bezig, Barbara?*

Tommy kreeg er de rillingen van. Ze herinnerde zich de dag op school toen Arabella Guthrie's vulpen verdwenen was. Iedereen had voor in het lokaal moeten gaan staan om juf Bates te zweren dat zij hem niet hadden weggenomen. Barbara had even overtuigend geleken als de anderen, met grote ogen en onschuldig. Maar diezelfde middag had Tommy de ivoorkleurige glans gezien vanuit Barbara's bureautje. Tenminste, ze had gedacht dat dat zo was, ook al wilde ze het niet geloven.

Waar ben je op uit?

25

Caitlyn keek stomverbaasd naar Sara die met een koffer en handbagage naast zich voor haar deur stond. Ze was volkomen in verwarring en geschrokken. Maar, besefte ze, ze was ook bang. *Bang voor haar, bang voor mezelf en bang voor de manier waarop ik me in haar gezelschap gedraag.*

'Blij me te zien?' vroeg Sara opgewekt. Ze zag er goed uit, haar bleke huid was iets gebruind door de zon van de Hamptons en ze had haar rode haar in een dikke paardenstaart gebonden.

'Eh... Ik ben heel verbaasd!'

'Dat was ook de bedoeling. Mag ik binnenkomen?' Sara keek over haar schouder het schemerige huisje in.

Ik zou moeten zeggen dat ze moet gaan. Maar de realiteit dat Sara hier zo zorgeloos stond en zich gedroeg alsof alles volkomen normaal was, was moeilijk te hanteren. 'Natuurlijk.' Caitlyn stapte opzij, en even later stond Sara in haar woonkamer om zich heen te kijken. Haar koffer en handbagage stonden nog bij de voordeur. Op de een of andere manier was ze te groot voor de ruimte.

'Wat een lief huisje. Volkomen anders dan je oude huis. Waar is Max? Roep hem even. Max! Ik ben het, je peetmoeder!'

Max kwam vanuit de tuin naar binnen rennen. 'Hi, Sara!'

'Je bent gegroeid, jongeman.' Ze gaf hem een kus en haalde toen een grote chocoladereep uit haar tas. 'Kijk, deze is voor jou. Als je wilt mag je hem nu opeten.'

'O, wauw! Dank je wel!'

Caitlyn zei: 'Hij krijgt zo z'n avondeten.'

'Het is een traktatie! Hoe vaak ziet hij me nu?'
Max keek zijn moeder smekend aan.
'Goed dan,' zei Caitlyn omdat ze hem niet teleur wilde stellen. Sara was nog maar twee tellen binnen of ze walste al over haar heen.
Sara trok haar jasje uit, gooide het op de bank en zei: 'Oké, ik heb zin in een glas wijn. Wat heb je in de koelkast? Ik heb duty free bij me, als jij niets hebt.'
Caitlyn liep met een hulpeloos gevoel naar de keuken. *Daar gaat mijn pas verworven moed.* 'Waarom ben je in Oxford?' vroeg ze terwijl ze naar de koelkast liep om de fles wijn te pakken die ze daarin had gelegd om te koelen.
'Ik werd gebeld vlak nadat mijn klus in de Hamptons klaar was. Een boetiekhotel hier wordt volledig gerenoveerd; de projectmanager en binnenhuisarchitect zijn eruit gestapt, dus vroegen ze of ik op korte termijn kon komen. Geweldig, hè? Als ik niet werk kunnen we samen dingen doen!'
Caitlyn schonk twee glazen wijn in. Het was, zag ze nu wel in, heel kenmerkend voor Sara om na twee maanden radiostilte te doen alsof er niets was gebeurd. Toen ze terugliep met de glazen viel haar blik op de bagage bij de voordeur. 'Ben je van plan hier te blijven?' vroeg ze met een ietwat gespannen klank in haar stem.
'Tja, als dat kan... Alleen vannacht, hoor, want morgen kan ik wel naar een hotel gaan. Zeg het maar als dat een probleem is, dan zoek ik iets anders. Ik had moeten bellen, maar ik wilde je verrassen.'
Caitlyn wist dat ze moest zeggen dat het inderdaad wel een probleem was en dat Sara nu meteen naar een hotel moest gaan, maar ze was nog niet klaar voor de strijd. En Max was er ook. *Maar één nacht. Dat kan ik wel aan. Ze vertrekt morgenochtend en dan kan ik me erop voorbereiden.*
Sara zat al op de bank.
Caitlyn ging tegenover haar zitten. 'Hoe is het Hamptons-project gegaan?' vroeg ze.

'Fantastisch. Ze vonden het geweldig. Heb je de posts op Instagram gezien?'

'Ja, dat zag er heel goed uit.'

Sara knikte. 'Geweldig. Ze willen me weer inhuren voor het huis dat ze in Colorado kopen. Maar nu moet ik dat hotel doen, alleen omdat de eigenaar in de steek is gelaten. Het is echt een heel leuk project, een oud huis aan de rand van de stad.' Sara kletste door over haar werk, terwijl ze haar katachtige blik liet ronddwalen en elk detail van het nieuwe huis in zich opnam. Onopvallend bekeek ze Caitlyn, zag wat ze droeg, hoe ze eruitzag, hoe haar haar zat.

Caitlyn had een gevoel dat ze sinds Sara's vertrek niet meer had ervaren: dat ze kritisch werd bekeken en niet werd goedgekeurd.

Caitlyn wilde opstaan en zeggen: *Zo is het genoeg! Alles is nu veranderd. Je kunt niet langer een oordeel over me vellen. Ga weg. Patrick is dood; en daardoor is ook de band tussen ons doorgesneden.* Maar ze bracht haar glas naar haar mond en nam een slok van de koele wijn. Haar hand trilde een beetje. *Ik moet Sara niet laten zien hoe ik me voel. Ik weet niet waarom, maar dat moet ik niet doen.*

Sara bleef zitten waar ze zat. Ze dronk en bladerde door tijdschriften terwijl Caitlyn Max te eten gaf en naar bed bracht. Toen Caitlyn weer beneden kwam had Sara een nieuwe fles opengemaakt en had zin om te kletsen.

'Daar ben je! Je was eeuwen weg. Hoe gaat het met hem? Slaapt hij al?'

Caitlyn knikte terwijl ze weer ging zitten. 'Bijna.' Terwijl ze boven was geweest met Max had ze de tijd genomen om haar strategie te bepalen. Ze zou niet meteen in actie komen. Sara mocht vannacht blijven, maar daarna zou ze haar vertellen dat hun relatie niet op de oude voet kon worden voortgezet. Ze was ook naar de logeerkamer gegaan. Daar had ze al Patricks dozen tegen de muur gezet, er een doek overheen gehangen en er boeken en oude dossierdozen bovenop gezet. Dat kon je niet bepaald Fort Knox noemen, maar nu was het minder duidelijk dat dit Patricks spullen waren.

Sara had de lampen aangedaan nu de avondzon naar de andere kant van het huis was verschoven. Ze keek lachend naar Caitlyn. 'Lieve help, wat zou Patrick wel denken als hij je nu kon zien?'

'Wat bedoel je?'

'Je hebt jezelf een beetje laten gaan, vind je ook niet?' Ze glimlachte om haar scherpe woorden te verzachten. 'Wanneer ben je voor het laatst naar de kapper geweest, of naar de schoonheidsspecialiste?'

'Dat weet ik niet. Dat leek niet belangrijk.'

'Patrick zou dat helemaal niet leuk hebben gevonden,' mopperde Sara. 'Je moet bepaalde normen blijven hanteren, net zoals hij altijd deed. Weet je nog?'

'Natuurlijk.'

'Ik kan niet doen alsof ik niet teleurgesteld ben door hoe je bent veranderd nu hij er niet meer is. Het huis is verkocht, al zijn spullen zijn weg en nu verword je weer tot de kleine onopvallende Jane die ik heb gered toen we op de universiteit zaten.' Sara nam nog een slokje van haar wijn. 'Patrick heeft je gemaakt, lieve schat. Voordat hij in je leven verscheen was je een hopeloos geval, weet je nog? De ene ramp na de andere, en je ging naar bed met iedereen die alleen maar tegen je glimlachte. Geen wonder dat je je zo ellendig voelde! Dat weet ik, schat, omdat ik toen zo vaak je handje vasthield.'

'Zo herinner ik me dat niet,' zei Caitlyn langzaam.

Sara leek haar niet te horen. 'En toen ik Patrick voor je had gevonden was je ook niet gelukkig. Volgens mij was hij te veel voor je, denk je ook niet? Hij was gewoon van een ander niveau, hè? Meer zoals ik, op een grappige manier! Jij was zijn vrouw natuurlijk, maar ik was zeker weten een verwante geest. We leken heel erg op elkaar, hij en ik.' Ze zuchtte. 'Ik weet dat hij je verdrietig maakte, maar ik leek altijd de juiste snaar te raken.' Terwijl Sara een slok nam schitterden haar grijze ogen boven de rand van haar glas.

Caitlyn keek naar haar; ze zei niets. Het was dus geen toeval dat Sara terug was, ze had een heleboel gif te spuien. Kennelijk had ze gewacht tot ze hier terug kon komen en haar tanden in Caitlyn zetten. Misschien had ze deze maanden gebruikt om haar plannen te smeden. Caitlyn zag dat Sara haar glas leegdronk en weer bijvulde. De tweede fles was bijna leeg. Ze dacht eraan wat Nicholas over Sara's drankgebruik had gezegd.

Ze heeft echt een probleem. Dat is me nooit eerder opgevallen. Hoe kán dat?

'Een feestbeest,' zo had Patrick Sara genoemd. 'Ze kent haar grenzen niet,' zei hij altijd. Sara's tweede man, Mark, was net zo geweest. Ze leefden alleen voor amusement, feesten en emmers drank. Dinertjes bij hen thuis werden gekenmerkt door verrukkelijk eten en door de manier waarop ze met stromen champagne en ijskoude glaasjes wodka tot in de kleine uurtjes doorgingen. Soms kwam Sara eraan met wit poeder in zakjes en maakte er op de salontafel lijntjes van voor iedereen die maar wilde. Caitlyn wilde dat niet en weigerde verlegen, terwijl Patrick als Sara ze hem aanbood zei: 'Nee, dank je, lieverd. Als advocaat kan ik dat maar beter niet doen.'

Maar ze dronken mee met de anderen, omdat iedereen dat deed.

Toen Caitlyn vertelde dat ze zwanger was van Max was het eerste wat Sara zei: 'Lieve help, negen maanden geen drank! Hoe ga je dat doen?'

'Ik weet het! Vreselijk!' had Caitlyn gezegd, maar ze had helemaal geen zin in drank, maar in zachte vruchtendrankjes: vlierbessensap, verdund cranberry sap en mousserende appelsap. Ze werd misselijk van de zware medicinale geur van alcohol. Opeens veranderden de dinertjes die zo leuk en gezellig waren geweest in eentonige marathons. Het eerste uur was geweldig, het tweede uur ging wel en daarna vond ze het steeds saaier en angstaanjagender doordat mensen vergaten wat ze wilden zeggen, luid tegen elkaar schreeuwden, gilden van de lach om de onbelangrijkste en domste dingen, ruziemaakten of begonnen te zingen en te dansen. 'Laten we naar huis gaan,' zei ze dan smekend tegen Patrick omdat ze alleen maar wilde slapen, en na een tijdje weigerde ze nog om te gaan.

'Wat ben jij saai geworden, zeg,' zei Sara beschuldigend, terwijl haar zonnebril haar kater verborg,. 'Daarom wil ik dus nooit kinderen krijgen.'

Sara was ietwat geïrriteerd door de aanwezigheid van Max, wiens behoeften belangrijker waren dan wat ook, ook al zei ze lieve woordjes tegen hem, en glimlachte ze en wilde ze hem per se vasthouden. Ze vond het fantastisch om peetmoeder te zijn, maar begreep niet dat een baby constante aandacht nodig had. Een tijdlang zag Caitlyn Sara en Mark veel minder vaak en kon ze zich concentreren op het moederschap en haar geliefde zoontje. Maar toen Sara en Mark op hun scheiding afstevenden, kwam Sara terug en onthaalde ze Caitlyn op verhalen over zijn ontrouw en ongeschiktheid om haar man te zijn. Het was, realiseerde Caitlyn zich, een verhaal dat ze al vele keren had gehoord. Dat verhaal was identiek aan Sara's verslag van haar breuk met Rupert. En alle anderen, voor en na hem. Ze konden niet aan haar hoge eisen voldoen en, zo bleek, ze waren niet haar gelijken. Zelfs Rupert, de neef van een graaf, had een moeder wier roots – Sara trok haar neus in rimpels toen ze dat zei – 'nogal gewoontjes' waren.

Mark bleek ook zo te zijn: een omhooggevallen man die een raspaardje als Sara niet verdiende.

En natuurlijk betekende het trauma van haar scheiding dat Sara haar verdriet moest verdrinken met drank, een heleboel drank.

Waarom zie ik dat nu pas in? vroeg Caitlyn zich af toen Sara weer een grote slok nam. *Ze is een functionerende alcoholiste, en dat is al jaren zo. Wist Patrick dat? Dat moet wel. Niets ontsnapte aan zijn aandacht. Ze moet nu ook dronken zijn, ze heeft al minstens twee flessen wijn op.*

'Dus jij en Patrick waren verwante zielen?' vroeg ze terloops.

'Volgens mij wel,' zei Sara, ze sprak maar een heel klein beetje onduidelijk. Ze kon goed tegen drank, daar was geen twijfel aan.

'Zocht hij... je op? Nam hij je in vertrouwen?'

'Caitlyn, alles wat ik heb gedaan deed ik voor jou.' Sara leunde naar voren. 'Ik heb altijd jouw belangen in het oog gehouden, weet je. Altijd.' Ze zuchtte diep. 'Mijn god, mis je hem niet?'

'Natuurlijk,' zei Caitlyn. Haar hart begon sneller te kloppen.

'Ik ook.' Sara zuchtte, ze keek opeens versuft alsof de twee flessen wijnen zich deden voelen. 'Ik mis hem ontzettend.'

'Waarom mis je hem, Sara?' vroeg Caitlyn. Al deze jaren was zij degene geweest die door Sara in vertrouwen was genomen, die luisterde als zij haar ziel blootlegde. Dus waarom zou ze daar nu mee stoppen?

Sara rolde met haar ogen en keek Caitlyn glimlachend aan. 'Dat zou je wel willen weten, hè?'

'Dus jullie hadden een nauwe band. Je ontmoette hem zonder me dat te vertellen.'

Sara haalde haar schouders op. 'O, soms. Als hij iemand nodig had om bij uit te huilen. Ik neem aan dat hij je dat niet vertelde?'

'Nee.'

Sara glimlachte, haar lippen bewogen alsof ze niet goed kon verhullen hoe leuk ze dit vond. Ze draaide haar glas tussen haar vingers rond en keek naar het laatste beetje fonkelende wijn dat erin ronddraaide. Toen zei ze zacht: 'Hij begreep me.'

Caitlyn had het gevoel dat Sara op het punt stond iets te onthullen, als ze het maar voorzichtig aanpakte. Ze sprak langzaam zodat Sara niet zou merken dat haar hart snel klopte en dat haar stem trilde. 'Is dat zo? Op welke manier?'

'Hij begreep hoe ik in elkaar zat.' Sara fronste. 'Dat vond ik prettig. Dat was niet altijd het meest... flatterende. Hij zette me op mijn nummer. Wist je dat? Mannen zetten me meestal niet op mijn nummer. Maar Patrick wel.'

'Wanneer zette hij je op je nummer?'

'Als we met elkaar praatten.' Sara bracht haar wijnglas naar haar mond om het laatste restje wijn op te drinken en zette het weer op de tafel.

'Hoe vaak praatten jullie met elkaar?'

'Vrij vaak. Mailtjes. Chats. We hielden contact.' Sara keek haar glimlachend aan. 'Vrienden.'

'Natuurlijk. Vrienden.' Caitlyn kon zien dat Sara een spelletje met haar speelde, haar iets voorhield, net buiten haar bereik, maar nuchter genoeg was om precies te weten wat ze deed.

'Een speciale... vriendschappelijke relatie.' Sara zuchtte weer, bijna genietend. 'Hij kende me. Vanbinnen en vanbuiten.'

'Daar had ik geen idee van,' zei Caitlyn. 'Dat heeft hij me nooit verteld.'

Sara knipperde langzaam met haar ogen. 'Nee,' zei ze, 'daar had je geen idee van.'

Caitlyn wist niet hoe ze de volgende paar minuten doorkwam. Daarna stond ze op en zei dat ze te moe was om te blijven praten en wees Sara, die nu wankelde, de weg naar de logeerkamer. Vanbinnen trilde ze, huilde ze bijna, maar ze slaagde erin dat te verbergen tot ze veilig in haar slaapkamer was met de deur dicht.

Terwijl ze in haar badkamer haar tanden poetste zag ze haar eigen angstige gezicht. *Mijn god, ze wil me laten geloven dat er iets speelde tussen haar en Patrick.* Dat was een gruwelijke gedachte. Dit was alles wat Nicholas had gezegd over Sara, en meer. *Ze wil me ondermijnen, me vernederen, me bang maken. Waarom doet ze dat? Ik weet dat hij niet naar haar verlangde, dat weet ik.*

Het feit dat Patrick geen belangstelling had voor Sara was zo'n belangrijk gegeven geweest dat alles in elkaar zou storten als nu bleek dat dat niet waar was. Maar was hij zo'n goede acteur geweest dat hij dat kon verbergen? Was het mogelijk dat ze al die jaren iets voor haar verborgen hadden gehouden? Ze had nooit aan hem getwijfeld. *Maar ik weet dat ze met Patrick heeft geluncht, en dat heeft hij me niet verteld. Hij gaf me haar favoriete parfum cadeau. Was dat een vergissing of zat Sara daarachter en gaf ze me een soort aanwijzing dat hij wanneer hij maar wilde bij haar was?*

Opeens herinnerde ze zich iets, de bankafschriften die ze had bekeken en de betalingen die waren gedaan. Er begon een belletje te rinkelen, twee stukjes van een puzzel die onverwacht op elkaar pasten. Caitlyn pakte haar telefoon en opende met trillende vingers Sara's Instagram-account. Daar waren ze, de vele foto's van haar perfecte leven en de fantastische projecten waar ze aan werkte, met het vrolijke commentaar erbij en opmerkingen tegen de betrokken mensen.

Caitlyn scrolde terug naar de foto's die ze de vorige dag had bekeken en vond waar ze naar zocht. Het was een foto van een grote, kostbare bos tulpen, zo donker dat ze bijna zwart waren.

Dit prachtige boeket werd vandaag voor mij bezorgd. Wat een geluksvogel ben ik toch. Ik vind het heerlijk om bloemen te krijgen! Zo prachtig #RoseYardFlowers

De tekst danste voor Caitlyns ogen en ze kneep haar ogen tot spleetjes om zeker te zijn dat ze het goed las. ROSE YARD FLOWERS. *Die naam heb ik eerder gezien. Op Patricks bankafschriften.*

Het is dus waar.

26

Tommy zat, met een deken om haar bontjas geslagen en met haar bontmuts op, in de vensternis naar de eindeloze witte wereld buiten te staren. De anderen hadden de ijskoude salon de rug toegekeerd, maar Tommy ging ernaartoe als ze behoefte had aan een plaats waar ze Fred niet zou tegenkomen. Dat was in elk geval iets anders dan de duisternis van haar slaapkamer.

Ze zuchtte en sloeg haar armen stevig om haar knieën. Dit soort rustige momenten waren zeldzaam. Er moest altijd zoveel worden gedaan om de orde te bewaren in een huis dat op elk moment van de dag door de hele familie werd bewoond. De kinderen naar buiten sturen om te spelen betekende dat jassen en laarzen te drogen moesten worden gehangen, en hongerige, koude mensen die behoefte hadden aan warmte. Het huishouden moest worden gedaan, de was gedaan en de maaltijden klaargemaakt. Ada kon dat niet alleen en Clara zou pas weer komen als het dooide. Ze moesten allemaal meehelpen, wat in de praktijk betekende dat Tommy dat moest doen, terwijl Gerry op de kinderen paste.

Het is heel vreemd dat Barbara zo weinig tijd met Molly doorbrengt. Ze is een lief meisje, heel vrolijk nu ze uit haar schulp is gekropen, maar toch negeert Barbara haar bijna volkomen.

Tommy had het nog niet kunnen opbrengen om Barbara aan te kijken sinds ze haar gesprek met Roger had gehoord, maar het viel haar steeds meer op dat Barbara, als een vlinder om een bloem, om haar broer heen fladderde, al zijn wensen vervulde en hem vleide, bijna onderdanig. En hoewel Roger zichtbaar genoot van deze aandacht, leek hij niet veel gelukkiger. Het enige wat hij echt wilde, dacht Tommy, was tijd doorbrengen met Fred en praten over de gevaren van het kapitalisme en de voordelen van het communisme.

Roger doet ook afstandelijker tegen mij, dat weet ik zeker. Als Barbara ons uit elkaar wil drijven, dan slaagt ze daar goed in. O, ik wilde dat ik hierover met Fred kon praten, maar ik heb alles verpest.

Omdat Tommy doodmoe en somber was, stond ze moeizaam op en liep ze weer naar de keuken om aan het avondeten te beginnen. Toen ze langs de piano liep, bleef ze opeens staan en fronste. Er was een lege plek waar een filigrein zilveren bonbonschaaltje had gestaan. Ze keek om zich heen of ze het ergens zag, maar realiseerde zich algauw dat er meer lege plekken waren. Drie porseleinen pillendoosjes en een Dresdner herderinnetje waren verdwenen. De zilveren kaarsenstanders uit de vitrinekast waren ook verdwenen, net als een aquarel in een vergulde lijst die meestal bijna onzichtbaar was achter de staande lamp.

Heeft Ada ze meegenomen om ze schoon te maken? vroeg Tommy zich af. Maar dat had ze nog nooit gedaan, dus waarom zou ze daar nu mee beginnen?

Snel liep Tommy de kamer uit, door de hal en naar haar moeders kant van het huis. Ze luisterde aan de deur en hoorde haar moeder eindeloos praten en af en toe gemompelde antwoorden van Barbara. Tommy liep snel weg, terug de hal in en de trap op. Vlug stak ze de overloop over naar de rozenkamer en deed stilletjes en met bonzend hart de deur open. Toen glipte ze naar binnen en keek in de donkere kamer om zich heen.

Alles schitterde als in een schatkamer. Alles wat ze had gemist was daar, en meer. Alles was zorgvuldig over de kamer verdeeld om die een chique uitstraling te geven. De zilveren kandelaars stonden op de toilettafel aan weerszijden van het Dresdner herderinnetje, en het schilderij hing aan de muur, net als andere schilderijtjes die ze elders uit het huis had gehaald. Een paar familiefoto's, waaronder een van Roger die in de studio van een fotograaf was gemaakt, stonden op de schoorsteenmantel, alsof ze Barbara's eigen familie waren. Toen ze ernaartoe liep, zag ze in het zilveren bonbonschaaltje dat op een antiek halvemaanvormig tafeltje stond iets glinsteren. Het was de saffieren ring van haar moeder.

'Dit is belachelijk,' zei Tommy hardop. 'Als we even niet keken haalde ze ons huis leeg!'

Ondanks haar woede was ze bang ontdekt te worden; ze durfde niet langer te blijven. Haar handpalmen waren nat en haar hart bonsde heftig terwijl ze op haar tenen door de kamer en de hal weer in liep.

'Tommy?'

Ze schrok en kromp in elkaar.

Daar stond Fred.

'Je jaagt me de stuipen op het lijf!' riep ze en ze greep naar haar borst.

'Neem me niet kwalijk. Gaat het?'

'Ja, ja, maar...' Ze wenkte hem. 'Kom eens mee!' Ze liep snel haar kamer in, hield de deur voor hem open en deed hem achter hem dicht zodra hij binnen was. 'Fred, dit is afschuwelijk. Barbara heeft allerlei spullen uit het huis weggenomen. Ze staan in haar kamer! Het lijkt de grot van Aladdin wel. Denk je dat ze ze heeft gestolen?'

Fred keek verbaasd. 'Gestolen? Dat lijkt me niet. Ze heeft ze vast alleen geleend om haar slaapkamer op te vrolijken.'

'Waarom heeft ze dat dan niet gevraagd?' Tommy schudde haar hoofd. 'Ik vind het heel gluiperig.'

'Als ze ze had gestolen zou ze alles in een koffer onder haar bed hebben verstopt. En Ada gaat daar toch naar binnen om schoon te maken? Dus doet ze het heel openlijk.' Hij keek geamuseerd. 'Je beeldt het je in, Tommy.'

'Misschien wel. Maar ik vind het bijzonder vreemd, vooral na alles wat ze over jou en mij tegen Roger zei.'

Fred keek haar met een open blik aan. 'Wat zei ze dan?

Tommy begon te blozen. 'Alleen dat we vrienden waren.'

'We zijn... Zijn we dat niet?' vroeg hij. Er vloog een schaduw over zijn gezicht. 'Ik dacht tenminste dat we dat waren.'

'Dat zijn we,' stamelde ze, 'alleen...'

'Lieve help, Tommy,' riep hij opeens, 'ik ga eronderdoor! Zoals je me negeert! Het spijt me, echt waar. Ik heb je vriendelijkheid misbruikt en je hebt alle recht om me in onzekerheid te laten. Ik wil alles doen, als je me maar vergeeft.'

Ze keek hem aan, gekwetst. 'Nee, nee! Je vergist je, je begrijpt het niet!'

'Je rouwt,' zei hij. 'Dat begrijp ik natuurlijk. Het is te snel. Je man–'

'Hou je mond!' riep Tommy op scherpe toon. Ze drukte haar handen tegen haar oren. 'Ik wil niet over hem praten. En ik wil ook niet dat jij dat doet!'

Fred keek geschrokken, maar zei toen: 'Natuurlijk niet, ik ben vreselijk onhandig bezig. Tommy... Het spijt me zo...'

Tommy kromp inwendig in elkaar, ze schaamde zich en voelde ook iets anders, iets wat gruwelijk intens was. 'Ik kan er niet over praten. Het spijt me, Fred. Alsjeblieft. Ik moet weg.'

Ze had de hele middag nodig om te kalmeren en naar beneden te gaan voor het avondeten. Fred was daar, en de kloof tussen hen leek breder dan ooit. Hij leek moe en verdrietig, en had een verslagen blik op zijn gezicht. Hij was beleefd maar afwezig, en ze voelde zich ellendig.

Waarom is het zo moeilijk om hem de waarheid te vertellen?

Maar ze had het zo diep weggestopt dat ze het amper aan zichzelf kon toegeven.

Toen Barbara haar een serveerschaal gaf, zag Tommy in Barbara's oren iets glinsteren.

Barbara droeg grote diamanten oorbellen die Tommy haar niet eerder had zien dragen. 'Alsjeblieft, Tommy. Wortels,' zei Barbara, waarop ze haar hoofd draaide en iets in Rogers oor fluisterde.

Tommy keek naar haar. *Waar komen die diamanten vandaan?*

Dergelijke dure sieraden leken niet te passen bij de beschrijving die Barbara van zichzelf had gegeven als een wanhopige arme weduwe die in haar eentje voor een jong kind moest zorgen.

Moeder heeft zulke oorbellen. Die kan Barbara onmogelijk hebben geleend, niet zoals ze die andere dingen heeft geleend. Maar die saffieren ring moet van moeder zijn.

Ze keek naar Barbara, die tegenover haar zat en met Roger praatte, lachte en zachtjes mompelde. Haar blonde, roze met witte schoonheid had iets grilligs en bloedeloos. Tommy zag Barbara's scherpe jukbeenderen onder de witte kasjmieren trui en haar lange dunne vingers waarmee ze het bestek behendig en met kleine, elegante bewegingen hanteerde. Een enkele keer keek Barbara met een uitdrukkingsloze blik in haar lichtblauwe ogen naar Tommy en weer weg.

Waarom kijkt ze naar me? Toen bedacht Tommy zich. *Waarom kijk ik naar haar?* Ze had het ongemakkelijke gevoel dat ze allebei een gevaar vormden voor de ander en dat ze gevangen zaten in een strijd om iets waarvan ze zich nu pas bewust werd. *Ze neemt het langzaam maar zeker over. Dat voel ik gewoon.*

Ze keek naar Gerry, die fronsend naar Barbara keek, en ze had het idee dat haar zus het ook wist. *Maar hoe moeten we haar tegenhouden?*

De volgende dag tijdens Barbara's wandeling met Roger greep Tommy haar kans om haar moeder te bezoeken.

Ze zat bij de haard in haar woonkamer, met de honden opgerold aan haar voeten. 'Thomasina, hallo, wat lief dat je langskomt,' zei haar moeder met een vleugje sarcasme toen Tommy binnenkwam. Ze was met mintgroene zijde haar kussenhoes aan het borduren.

'Tja, ik heb het behoorlijk druk gehad,' zei Tommy lachend. 'Ada liet me vanochtend de keukenkasten schoonmaken. Dat is bijzonder leerzaam.'

'Daar twijfel ik niet aan. Maar je hoeft geen orders van haar aan te nemen, weet je. Zij is maar een betaalde hulp.'

Tommy nam tegenover haar moeder plaats op de gebloemde chintzleunstoel. Het was prettig om in de knusse warmte van de houtkachel te zitten. 'We steken allemaal de handen uit de mouwen, weet je.' Terwijl ze dit zei wist ze dat het niet waar was. Roger, de grote socialistische aanhanger van Marx, stak nooit een hand uit. Barbara was nergens te zien als er werk moest worden gedaan. Fred kon dat amper, zelfs als hij zich realiseerde dat de was doen en het eten klaarmaken geen kwestie was van met een toverstokje zwaaien. Haar moeder was niet weg te branden bij haar warme en comfortabele bank. Dus dan bleven alleen Ada, Gerry en Tommy over om het huishouden te doen, terwijl Thornton zijn best deed om sneeuw te ruimen.

'Moeder,' zei Tommy. Ze haalde diep adem en verdrong haar verontwaardiging. 'Ik wil je iets vragen, over Barbara. Heb je haar sieraden gegeven?'

De streng limoengroene zijde stopte halverwege de steek. Toen zei haar moeder: 'Ik heb haar een paar dingen geleend. Waarom is dat een probleem?'

'Het is geen probleem, ik wilde alleen zeker weten of je wist dat zij je saffieren ring heeft en, volgens mij, je diamanten oorbellen.'

Mevrouw Whitfields mond vertrok terwijl ze de draad langzaam door de kussenhoes trok. 'Zeg je dat ik gek ben, Thomasina?'

'Natuurlijk niet! Waarom zou ik?' Tommy begreep het niet. 'Ik wil er alleen zeker van zijn dat jij weet wat er gebeurt.'

Haar moeder legde haar naaiwerk neer en keek Tommy met een kille blik aan. 'Natuurlijk weet ik dat. Ik weet precies wat er gebeurt.'

Tommy fronste. 'Wat dan?'

'Doe maar niet alsof je niet met je oude spelletje bezig bent.' Mevrouw Whitfield was kennelijk woedend, en was dat al geweest voordat Tommy binnenkwam. 'Ik had gehoopt dat je je lesje had geleerd, maar dat is kennelijk niet zo. Je komt hier met je lelijke insinuaties over een eerzame vrouw, terwijl je je zou moeten afvragen waarom je niet meer op Barbara Hastings lijkt.'

'Wat bedoel je?' vroeg Tommy, gekwetst.

'Ze is heel elegant. Altijd perfect gekleed, en met uitstekende manieren. Ze is een steun en toeverlaat voor ons allemaal, zonder te proberen het huishouden over te nemen, en ze behoudt haar waardigheid. Ze probeert niet de dienstmeid uit te hangen. Bovendien heeft ze een uitstekend huwelijk gesloten.'

'Ik begrijp het,' zei Tommy op kille toon en met een brandend gevoel in haar borst. 'Je bedoelt dat zij zichzelf niet naar voren heeft geschoven zoals ik.'

Haar moeder zuchtte weer, pakte haar naaiwerk op en keek naar de steken zodat ze haar dochter niet hoefde aan te kijken. 'Ik denk dat je wel weet wat ik bedoel.'

'Zeg het dan! Waarom zeg je het niet?' zei Tommy, sneller ademend en met gebalde vuisten. 'Dat wil je, dat heb je altijd al gewild. Dat voel ik al jaren. Je wilt het zeggen, je zegt het elke dag op honderden verschillende manieren.'

'Ik begrijp niet wat je bedoelt,' antwoordde haar moeder korzelig.

'Wel waar, je bedoelt dat mijn huwelijk niet helemaal gepást was, of niet soms?'

'Tja, dat was het ook niet,' zei mevrouw Whitfield op vlakke toon.

'Denk je soms dat ik dat niet weet?' siste Tommy. 'Denk je niet dat ik daarvoor heb geboet?'

'Ik heb geen idee, echt niet.'

'Nou, dat is wel zo, op manieren die jij je niet kunt voorstellen.'

'Doe niet zo walgelijk.'

'Ach, loop naar de hel!' schreeuwde Tommy. Daarna draaide ze zich om en rende de kamer uit, waarbij ze tegen Barbara op botste.

'Neem me niet kwalijk,' zei Barbara liefjes. 'Ik wilde net...'

Maar Tommy bleef niet staan om met haar te praten. Ze rende de hal in en bleef in het donker onder de trap staan om haar trillende lippen en de tranen die ongewild over haar wangen stroomden onder controle te krijgen. *Ik wil getroost worden. Ik kan dit alles niet alleen dragen. Maar ik moet sterk zijn.*

Ze rechtte haar schouders en zette zich schrap om iedereen net als anders onder ogen te kunnen komen.

Ik wil Fred. Ze verdrong die gedachte zodra die zich had gevormd. Fred was gevaarlijk, en dat was dat. De veiligste manier, de enige manier, was in haar eentje met dit alles in het reine te komen. Dat was de belofte die ze zichzelf had gedaan, en ze was van plan zich daaraan te houden.

27

De volgende dag, meteen nadat Sara was vertrokken, rende Caitlyn naar boven naar de logeerkamer en trok de doek van de dozen. Ze zette er een paar op de grond, trok de deksels open en haalde de inhoud eruit. De doos die ze eerder had geopend stond nu onderaan, maar ze vond wat ze zocht en haalde er met trillende handen de bankafschriften uit. Ja, hier was het! Er was elke maand een betaling van een paar honderd pond aan Rose Yard Flowers.

Ze opende Sara's Instagram-account weer. De datum van de foto was de dag na een betaling aan Rose Yard Flowers van honderdvijfentwintig pond.

Nee! Dat kán niet waar zijn! Alsjeblieft... dat niet!

Ze belde Theo Ronson, Patricks accountant.

'Tja, Caitlyn,' zei hij, nadat ze had uitgelegd wat ze wilde weten. 'Ik denk niet dat ik je veel kan vertellen. Patrick zei dat deze rekening voor zijn privé-uitgaven was.'

'Dus geen zakelijke rekening? Hij heeft deze uitgaven niet als kosten opgevoerd?'

'Nee, dat heeft hij niet gedaan. Sorry dat ik je niet verder kan helpen.'

'Geen probleem, hoor. Eerlijk gezegd heb je me goed geholpen,' zei Caitlyn ongelukkig. Haar theorie was dus fout geweest, het was niet zakelijk. *Plezier dus. O mijn god.* 'Heel erg bedankt.'

Nadat ze de verbinding had verbroken ging ze weer naar Sara's Instagram-account. Nu vervulden de foto's haar met een gewelddadige afkeer. Ze bleef scrollen, ging jaren terug, herkende bepaalde outfits die ze Sara had zien dragen, bepaalde locaties en zelfs sommige feestjes.

Toen zag ze het. Een foto van een hand en pols met een horloge dat ze goed kende, op een tafeltje naast een Martini-glas. Het bijschrift luidde: *Een aperitief met een knappe man met een uitstekende smaak #luckygirl #verlegenclient.*

Caitlyn bedwong haar neiging om over te geven en stuurde een berichtje aan Nicholas.

Kun je bij me komen? Ik móét met je praten. C

Nicholas kwam een paar uur later toen zijn colleges afgelopen waren, en hij had een zak croissantjes bij zich. 'Ik dacht dat je hier misschien wel zin in had,' zei hij terwijl hij de zak glimlachend omhoog hield. Toen zag hij haar gezicht. 'Wat is er? Je ziet er vreselijk uit.'

'Het gaat over Sara.' Caitlyn kreeg tranen in haar ogen. 'Ze kwam gisteren volkomen onverwacht bij me langs.'

'Wat? Is Sara in Oxford?' Nicholas keek geamuseerd. 'Jullie tweeën, tegelijk terug? Dat is vreemd.'

'Het is veel erger. Volgens mij is ze teruggekomen met het doel spelletjes met me te spelen. En het erge is dat ik vrijwel zeker weet dat ze een affaire had met Patrick.' Het klonk zo gruwelijk nu het hardop werd gezegd dat dezelfde misselijkmakende mix van verraad en wanhoop door haar heen trok.

'Laten we gaan zitten, dan moet je me alles vertellen.'

Terwijl Nicholas koffiezette probeerde Caitlyn zo duidelijk mogelijk te vertellen wat Sara de vorige avond had gezegd, maar ze haalde alles door elkaar. Dan vroeg Nicholas haar opnieuw te beginnen en het hem zo rustig mogelijk te vertellen. 'En toen herinnerde ik me iets wat te maken had met haar Instagram-account, en de naam Rose Yard Flowers.'

Toen ze hem vertelde dat ze die naam op Patricks bankafschriften had gezien, keek Nicholas ernstig. 'Oké. Dat is niet goed.' Hij zette een kop koffie voor haar neer.

'Dat is nog niet alles. Hij heeft ook betalingen gedaan aan Fortescue House. En kijk eens.' Caitlyn pakte haar telefoon en opende de Instagram-app. Ze legde haar telefoon voor Nicholas neer, zodat hij de foto kon zien van een chique hotelkamer op Sara's account met als bijschrift: *Ben gek op dit hotel, zo chic en stijlvol. Echt inspirerend. Bedankt voor een heerlijk verblijf @FortescueHouseHotel*

'Dat correspondeert met de datum van een betaling door Patrick aan datzelfde hotel.' Caitlyn keek verdrietig op naar Nicholas. 'Dat hotel is niet eens ver van zijn werk.'

'O shit!' Nicholas keek haar meelevend aan. 'Dat is moeilijk weg te redeneren.'

'En dan is dit er nog.' Ze scrolde naar de foto met Patricks hand erop. 'Zie je dit? Dat is Patrick.'

'Weet je het echt zeker?'

'Natuurlijk. Dat is zijn hand.' Ze kon niet voorkomen dat haar stem schril klonk. 'Ik ken echt de hand van mijn echtgenoot wel. Ik ken dat horloge, dat ligt boven als je het wilt zien!'

Nicholas keek haar gespannen aan. 'Het is al goed, ik geloof je. Ik wilde alleen dat ik kon zeggen dat ik verbaasd ben. Dit is toch precies wat je van Sara zou verwachten?'

'Maar... niet van Patrick,' fluisterde ze wanhopig. 'Ik vertrouwde hem. Hij heeft me nooit aanleiding gegeven dat niet te doen. En dit moet al een hele tijd aan de gang zijn geweest. Kijk maar hoelang het geleden is dat deze foto's zijn gepost! Twee jaar geleden, en die ene zelfs nog langer.' Ze haalde diep adem en probeerde een samenhangende opmerking te maken zodat Nicholas het zou begrijpen. 'Hij... belde me de avond waarop hij stierf en probeerde me iets te vertellen over Sara, maar ik kon niet verstaan wat het was. Ik verstond maar een paar woorden, ik hoorde "dreigde" en "belangrijk". En hij zei dat hij me iets wilde vertellen voordat zij het deed.'

Het bleef lang stil.

Toen zei Nicholas: 'Ik vind het heel erg voor je, Caitlyn.'

Er ging een steek door haar heen. 'Jij denkt dus dat het waar is?'

'Ik zou zeggen dat het behoorlijk duidelijk is dat Patrick en Sara een affaire hadden.'

Caitlyn werd warm vanbinnen en haar gezicht gloeide. Nu ze dit Nicholas hoorde zeggen, ook al was het de onvermijdelijke conclusie, was het nog erger dan toen ze het uit haar eigen mond hoorde. Gloeiende tranen prikten in haar ogen, en haar schouders schokten.

'O, Caitlyn. Wat vind ik dit erg. Dit is gewoon afschuwelijk. Om het zo te ontdekken...'

'Ik kan gewoon niet... geloven dat ze me dit zou aandoen. Nou ja, nu dus wel, nadat je me hebt verteld hoe ze was, wat ze deed. Maar... van hem kan ik het niet geloven. Niet van mijn Patrick.' Ze begon te huilen, overmand door een vreselijk verdriet. 'Hij... hij stierf... en mijn oude leven en alles waar ik in geloofde stierf ook... En wat heb ik nu nog? Het was allemaal... allemaal een leugen.'

'Kom maar.' Nicholas stond op en legde haar jas om haar schouders. 'Kom, we gaan hier weg. Nu meteen. Waar is Max?'

'Bij de buren, pottenbakken met Jen. Hij is de hele dag bij haar.'

'Goed. We gaan er even een paar uur tussenuit.'

Ze huilde terwijl hij haar meenam naar zijn auto, haar liet instappen en de auto startte.

Ze zonk weg in haar stoel en huilde terwijl hij reed, zich vaag bewust van de ruitenwissers toen het ging regenen. Op een bepaald moment vroeg ze: 'Waar gaan we naartoe?'

'We gaan daarheen waar ik altijd wilde zijn als ik me ellendig voelde. Terug naar huis.'

Het regende niet meer toen Caitlyn en Nicholas bij Kings Harcourt aankwamen. Het huis stond in een bloemenzee, de oude stenen waren goudkleurig en hadden een vlekkentekening door de zon, en klimrozen omlijstten de ramen op de begane grond.

'Dit is ongelofelijk mooi,' zei Caitlyn toen ze uitstapten. Ze was nu rustig. 'Ik kan wel zien waarom problemen hier lijken weg te smelten.'

'Hier heerst een bepaalde rust,' zei hij, 'en die helpt altijd om de dingen weer in perspectief te zien.'

Ze stonden er samen naar te kijken. 'Als je het enigszins kunt vermijden moet je zien te voorkomen dat je dit huis kwijtraakt,' zei Caitlyn zacht. 'Daar is het te waardevol voor.'

Een hele tijd zeiden ze niets; ze lieten de oude schoonheid van het huis op zich inwerken.

Toen zei Nicholas: 'Kom mee, we gaan nog niet naar binnen. Laten we een wandeling maken.'

Ze dwaalden om het huis heen en door de tuinen erachter, ommuurde rechthoeken die in elkaar overliepen, elk beplant in een andere stijl. 'Dat is een veld om *bowls* op te spelen,' zei Nicholas en hij wees naar een fluwelen rechthoek weelderig gras.

'À la Francis Drake?' vroeg ze.

'Inderdaad. Kom mee, hierlangs.' Hij nam haar mee onder afbrokkelende stenen bogen door; in scheuren in de voegen bloeiden groepjes roze en witte viooltjes. Vanuit de formele tuinen liepen ze naar een verwaarloosde en omheinde paddock voor pony's die hier niet meer waren en daarna het bos in. Toen ze onder de ritselende bomen door liepen zag Caitlyn een grote, met draad omheinde rechthoek. 'Wat is dat?' vroeg ze.

'Dat zijn voederkooien voor de fazanten.'

'Wordt hier gejaagd?'

'Volgens mij laat tante Geraldine een lokale boer hier jagen.'

'O.' Caitlyn klemde haar lippen op elkaar. 'Ik weet niet goed wat ik daarvan moet vinden. Schieten is wreed, vind je niet?'

Nicholas lachte terwijl ze erlangs liepen. 'Kijk.' Hij wees naar een paar tonnen met een bakje eronder en waterautomaat. 'Als ik hier als fazant mocht terugkomen, zou ik niet heel ongelukkig zijn. Eten en drinken bij de hand, bescherming tegen roofdieren en een prachtig bos om in rond te dolen. Aangemoedigd om zoveel mogelijk jongen te krijgen. Een paar keer per jaar worden er een paar geweren op je gericht en als je dikke pech hebt, word je doodgeschoten, maar meestal gebeurt dat niet. Als dat wel gebeurt, beland je in de pan en word je opgegeten. Maar dan heb je een veel leuker leven gehad dan welke supermarktkip ook. Dus...' Hij haalde zijn schouders op. 'Is dat wreed?'

Ze lachte. 'Oké, ik ben het met je eens. En je bent echt van een veel rijkere komaf dan je ooit hebt laten merken.'

Nicholas haalde zijn schouders op. 'Dat weet ik niet, maar het is verbazingwekkend hoeveel mensen met je bevriend willen zijn vanwege zoiets als dit. Ik gaf er dus de voorkeur aan het stil te houden.'

'Voor mensen zoals Sara,' zei Caitlyn, en haar stemming daalde onmiddellijk toen ze het zich weer herinnerde.

'Zeker.' Hij keek haar glimlachend aan. 'Als Patrick haar echt wilde en als hij zijn huwelijk voor haar op het spel zette, was hij niet de man die hij moet zijn geweest toen hij met je trouwde.'

'Maar jij denkt dat hij dat dus wel deed.' Ze keek hem gespannen aan.

'Ik denk dat het zo lijkt. Maar er is nog steeds twijfel. En hij is niet hier om het te bevestigen.'

'Maar zij wel.'

'Haar kun je niet vertrouwen,' zei Nicholas waarschuwend. 'Dat mag je niet vergeten. Ze is niet te vertrouwen. Zij zal alles zeggen als ze denkt dat het een reactie oproept. Ze vindt het heerlijk om te stoken. Onrust stoken, dat is het enige wat ze wil.'

De wandeling bracht Caitlyn een beetje tot rust en hielp haar door het verdriet over wat ze had ontdekt. Ze praatten over het verleden, over hun studententijd en over alles wat ze zich herinnerden, behalve over de laatste keer dat ze elkaar hadden gezien.

Toen ze weer bij het huis waren was ze rustig geworden en in staat bij tante Geraldine een kop thee te drinken.

De oude dame zag er even keurig en goed uit als de vorige keer.

Haar grijze haar golfde en een stukje van een parelketting kwam onder de zijden kraag van haar blouse uit. 'Maar dát is een leuke verrassing,' zei ze. 'Wat heerlijk om je hier weer te hebben.' Ze keek Nicholas met opgetrokken wenkbrauwen aan.

'Caitlyn is nog steeds gewoon een vriendin,' zei Nicholas. Ze gingen bij de kachel zitten om thee te drinken.

'Dit is een schitterende plek,' zei Caitlyn omdat ze over iets anders wilde praten. 'Ik kan niet wachten om hier te komen wonen. Ik heb het idee dat je je hier onmogelijk ongelukkig kunt voelen.'

'Ik ben bang dat je je vergist. Zelfs hier kun je heel ongelukkig zijn. Mijn arme broer was daar het bewijs van. En dan heb je Venetia nog.'

'Venetia?' vroeg Caitlyn, terwijl ze de kop thee aannam die Nicholas haar aanbood.

'De vrouw op het schilderij van Gainsborough. Mijn zus Tommy was weg van haar en praatte vaak over haar. Ze stierf jong en onverwacht, Venetia, bedoel ik. Ze vonden haar dood in bed in de grote slaapkamer en zij liet haar man kapot van verdriet achter. Hij heeft nooit meer naar het portret gekeken. Dus je ziet, zelfs hier is het mogelijk om ongelukkig te zijn. Hoewel je de uitdagingen van het leven misschien gemakkelijker aankunt als je omringd wordt door schoonheid.'

'Arme vrouw,' zei Caitlyn. Ze werd een beetje melancholiek toen ze aan de mooie jonge vrouw op het schilderij dacht. 'Dat is verschrikkelijk.'

Tante Geraldine boog zich naar haar toe. 'Ik denk dat jij eenzelfde verdriet hebt. Je hebt iets heel ergs meegemaakt, iets wat je enorm belast.'

'Tantetje,' zei Nicholas met een beschaamde blik.

Maar Caitlyn glimlachte en zei: 'Het is wel goed, hoor. Ja, u hebt gelijk. Ik heb mijn man heel onverwacht verloren en daar moet ik nog steeds mee leren leven. Op een bepaalde manier heb ik nog altijd het gevoel dat Patrick gewoon even weg is en elk moment weer kan binnenkomen. En hoe langer hij weg is hoe kwader ik op hem word. Ik weet dat ik verdrietig zou moeten zijn, en ik bén ook verdrietig omdat ik hem constant mis, maar...' Ze fronste. 'O, ik weet niet hoe ik het moet uitleggen. Het is alsof hij verstoppertje met me speelt en ik blijf denken dat hij zomaar tevoorschijn kan komen. En wat ik het liefst wil is dat hij terugkomt en me een paar dingen uitlegt. Maar dat zal hij dus nooit doen.'

'De antwoorden zijn er altijd, als je ernaar zoekt. Maar vaak zitten ze in jezelf. Dat heb ik tenminste ervaren.' Tante Geraldine keek haar over de rand van haar bril aan. 'Ik geloof ook dat gelukkig zijn een keuze kan zijn. Net als ongelukkig zijn. De wil is sterk, maar je moet leren hem te gebruiken. En je moet ook leren hoe je moet vechten tegen anderen die hun wilskracht willen gebruiken om jou in hun macht te krijgen.'

Caitlyn knikte peinzend.

'Je bent vandaag een bron van wijsheid, tante,' zei Nicholas lachend. 'Bijzonder raadselachtige uitspraken.'

'En jij bent brutaler dan goed voor je is. Ik denk dat Caitlyn wel weet waar ik het over heb.'

'Ik denk niet dat je altijd zelf kunt kiezen,' zei Caitlyn. 'En trouwens, is verdriet niet iets noodzakelijks? Als er iets vreselijks gebeurt, als we iemand verliezen van wie we houden, moeten we dan geen verdriet voelen?'

'Natuurlijk, het is normaal om te rouwen, en vaak houdt dat nooit op,' antwoordde tante Geraldine. 'Maar dat moet worden ingepast in het leven, het moet ermee worden verweven, net zoals alle andere emoties die je voelt. Tijdens ons leven leggen we onze ervaringen op elkaar, leren we ervan. Als ik zeg dat je ervoor kunt kiezen om gelukkig te zijn, dan bedoel ik dat je het punt moet herkennen waarop je toelaat dat je verdriet, je woede of je wanhoop zo sterk wordt dat het al het andere overheerst, al het andere uitwist.'

'Mensen die depressief zijn laten toch niet toe dat ze zich zo voelen?' vroeg Caitlyn fronsend. 'De meesten vinden het verschrikkelijk, heb ik gemerkt.'

'Natuurlijk zijn er gradaties. Er zijn dingen die iemand niet kan sturen. Je moet besluiten of dat wel of niet buiten je invloedssfeer ligt.'

'Ik begrijp het,' zei Caitlyn langzaam. 'Dat denk ik tenminste.'

Geraldine keek haar glimlachend aan en pakte een tarwekoekje. 'O, lekker, pure chocolade. Mijn favoriet. De vorige keer had Renee melkchocolade gekocht. Vies!'

Voordat ze vertrokken vroeg tante Geraldine aan Nicholas: 'Vertel eens, jongen, waarom breng je hier eigenlijk niet meer tijd door?'

'Omdat mijn werk in Oxford is.'

'Een periode duurt acht weken, drie periodes per jaar, dat is minder dan een halfjaar,' zei zijn tante ernstig.

'Ik zal zeker vaker op bezoek komen,' beloofde Nicholas, waarna hij haar op haar wang kuste.

'Dat neem ik ook aan, zodra Caitlyn hier woont.'

Toen Caitlyn zich bukte om haar een afscheidskus te geven, zei tante Geraldine: 'Kom maar zodra je wilt. Ik wil je zoon graag leren kennen.'

'Zal ik doen,' zei Caitlyn. 'Max zal het hier heerlijk vinden.'

'Nicholas heeft een dochter, weet je. Hij heeft haar Coco genoemd, wat ik een vreemde naam vind. We dronken altijd choco, dat was niet op rantsoen. Ik ben het ook lekker gaan vinden mét suiker. Maar hoe lekker het ook was, ik zou er nooit een kind naar vernoemen!'

28

Gerry kwam de keuken binnen en zei tegen Tommy: 'Je kunt maar beter kaarsen tevoorschijn halen. We hoorden net op de radio dat ze de elektriciteit gaan rantsoeneren. Het gas ook.'

'Wat?' riep Tommy ontzet.

Gerry knikte. 'Komt door de tekorten. We moeten de elektriciteit vijf uur per dag uitschakelen. En ze stoppen met de tv-uitzendingen en beperken de radio-uitzendingen.'

'Lieve help, dat is echt heel ernstig,' zei Tommy. 'Ik bedoel, we wisten het wel, maar toch.'

Ze gingen allemaal bij elkaar zitten om naar de volgende uitzending te luisteren. De volwassenen ernstig toen ze zich realiseerden dat de crisis een uitzichtloze noodtoestand werd.

'Gelukkig hebben we geen tv, zodat het voor ons niet uitmaakt of ze niets meer uitzenden,' zei Gerry opgewekt. Maar niemand glimlachte.

De nieuwslezer somde de ene na de andere rampspoed op: het transport was in het hele land bijna tot stilstand gekomen, in combinatie met de brandstoftekorten was het resultaat dat de fabrieken waren gesloten en duizenden werkloos waren; kolen konden niet naar de centrales worden vervoerd, waardoor er geen elektriciteit was.

'Dit riekt naar incompetentie,' zei Fred somber.

'Maar wat zouden ze dan moeten doen in deze weersomstandigheden?' vroeg Tommy terwijl ze hem woedend aankeek.

Hij keek verdrietig terug, waarop ze bloosde en haar blik afwendde.

'In Rusland kan zoiets volgens mij niet gebeuren,' zei Roger.

'Ik kan me voorstellen dat het daar nog erger is,' snauwde Tommy. Ze was op van de zenuwen en kon het bijna niet meer aan. Maar ze wist dat ze deels zo gespannen was door de ondraaglijke situatie met Fred en deels door de manier waarop ze voelde dat Barbara zich in hun leven drong. Op een bepaald moment was Barbara veranderd van een koele vriendin in een vijandin en Tommy had geen idee hoe of wanneer dat was gebeurd. Ze begreep niet eens wat Barbara hoopte te bereiken. 'Ik ga de oude lampen ophalen en kijken of we nog lampolie hebben. Anders zijn we de rest van de dag op kaarsen aangewezen.' Ze zuchtte. 'Ik dacht nog wel dat het niet moeilijker kon worden. Gelukkig hebben we wel kolen.' Ze rilde en dacht eraan hoe hun leven zou zijn als die niet waren afgeleverd. Nou ja, kop op. Het is noodzakelijk. En het kan niet eeuwig zo doorgaan.'

'Hoe wil je je schilderij afmaken?' vroeg Gerry aan Fred. 'Dat kun je niet bij kaarslicht doen, wel?'

'Het schiet al goed op,' zei Fred opgewekt. 'Ik ben bijna klaar en zal gebruikmaken van de paar uren daglicht die we hebben. Als ik de ezel bij het raam zet, moet het wel lukken.'

'Wat ben je aan het schilderen?' vroeg Barbara.

Toen realiseerde Tommy zich dat ze waarschijnlijk nooit in de bibliotheek was geweest om te kijken wat Fred aan het doen was. Om de een of andere reden vond ze Fred niet erg belangrijk. Er lag een harde klank in haar stem als ze tegen hem praatte, totaal anders dan de zachte, innemende en meisjesachtige toon die ze voor Roger gebruikte.

'Ik maak een kopie van het Gainsborough-schilderij. Gewoon voor de lol.'

'Echt?' Barbara keek hem langzaam knipperend aan.

'Echt,' zei Fred beleefd. 'Daardoor verstrijkt de tijd sneller.'

'Ben je schilder?'

'Ach, ik ben maar een amateur.'

'Ik begrijp het.' Barbara knikte en keek Tommy aan. 'Is dat niet slim van hem?'

'Heel slim,' zei Tommy. Ze keek niet weer naar Fred. 'Goed, als jullie me nu excuseren, ik moet op zoek naar olielampen.'

Tommy stond in de opslag en was tussen alle oude spullen op zoek omdat ze zeker wist dat ze daar een fles olie voor de lampen had gezien toen ze een geluid achter zich hoorde. Voordat ze zich kon omdraaien hoorde ze Freds stem.

'Tommy! Gaat het?'

'Ja hoor... O, waar zijn die ellendige dingen?' Ze struikelde over een doos vol rommel en stootte haar hoofd tegen de plank. 'Au! O mijn god.' Ze wreef over haar hoofd en begon tot haar grote afschuw te huilen.

'Tommy.' Hij stond meteen naast haar. 'Ben je gewond?'

'Nee, niet echt, maar...' Nu ze de tranen had toegelaten, kwamen er snel meer. 'Het is allemaal zo afschuwelijk! De kou, die afschuwelijke ellendige kou... en de moeite die het kost om ons allemaal te voeden en warm te houden, en straks is er ook nog eens geen elektriciteit. O mijn god, ik kan er niet meer tegen.'

Fred sloeg zijn armen om haar heen en trok haar tegen zich aan.

Heel even bleef ze zo staan, terwijl zijn overjas tegen haar wang kriebelde. Daarna maakte ze zich los, nog steeds sniffend. 'Sorry hoor, ik stel me aan.'

'Nee. Je kúnt niet alle zorgen op je schouders nemen,' zei hij zacht. 'Dat zie ik ook wel. Iedereen steunt op jou, en dat is niet eerlijk.'

'Dat is wel eerlijk. Daarvoor ben ik hier.' Tommy veegde over haar ogen. 'Vergeet alsjeblieft dat je zag dat ik me even liet gaan.'

'Ik ben juist blij dat ik dat heb gezien. Daardoor besef ik dat je gewoon een mens bent, net als wij allemaal.'

'Natuurlijk ben ik dat,' zei ze met een benepen lachje.

'Ik hou meteen op met schilderen,' zei hij ernstig. 'Dat kwam ik je vertellen. We kunnen geen vuur in de bibliotheek aansteken alleen maar omdat ik dan kan blijven schilderen. En ik zal toch weinig zien zonder licht; het daglicht is te schemerig.'

'Ik mis de zon,' zei ze, en ze zuchtte. 'Denk je dat het ooit weer warm wordt?'

'Je zei net zelf dat hier wel een einde aan móét komen.'

Opeens voelde Tommy zich volkomen uitgeput. De strijd was zo zwaar en zo eindeloos. Morgen zou ze weer moeten proberen om het dorp te bereiken, maar afgelopen nacht had het alweer gesneeuwd. Ze kon niet slapen doordat ze bang was dat de leidingen bevroren en er geen water zou zijn.

'Tommy,' zei Fred zacht. 'Wat er tussen ons is gebeurd... Daarna heb je bijna geen woord meer tegen me gezegd...'

'Zeg dat alsjeblieft niet,' zei ze snel, blozend. Ze wendde haar blik af, gegeneerd.

'Ik moet er met je over praten. Ik weet dat je het moeilijk vond het me te vergeven, maar alsjeblieft...'

'Jou vergeven? Natuurlijk vergeef ik het je!'

Fred keek haar verbaasd aan. 'Maar ik moet je diep beledigd hebben.'

Ze schudde haar hoofd. 'Dat had helemaal niets met jou te maken, maar alles met mijzelf. Ik durf niet bij je in de buurt te zijn, ik kan mezelf niet vertrouwen.'

Hij keek haar aan, terwijl hij verwerkte wat ze had gezegd. 'Maar–'

'Snap je het dan niet?' zei ze, opeens op scherpe toon. 'Het is mijn schuld, niet die van jou. En het is beter voor je als ik gewoon bij je uit de buurt blijf. Het spijt me, Fred, maar dat is echt beter. Nu ga ik Ada vragen of zij en Thornton hier weer willen blijven tijdens de beperkingen. Als je wilt helpen kun je kijken of je de olie kunt vinden voordat we het licht uitdoen.' Ze glipte langs hem heen en liep snel weg in de hoop dat hij haar verdrietige blik niet had gezien.

Precies om twee uur die middag deden ze alle lampen uit omdat ze vonden dat ze er net zo goed meteen aan konden wennen, en tegelijkertijd wat energie besparen. Het leek een uiterst vreemd idee dat het ook maar iets zou bijdragen aan het oplossen van de crisis als je in een huis in *the middle of nowhere* alle lampen uitdeed.

'Ik neem aan dat het vergelijkbaar is met alles tijdens de oorlog,' zei Tommy terwijl ze samen met Gerry rondliep om lampen uit te doen en olielampen aan te steken. 'Al die kleine, individuele inspanningen lijken onbelangrijk, maar wanneer duizenden en duizenden anderen het ook doen maken ze wel een verschil.'

'Dit is heerlijk griezelig. We zouden elkaar spookverhalen moeten vertellen,' zei Gerry, die niet naar haar luisterde.

'Misschien wel. Maar ik denk er opeens aan dat je de kinderen 's avonds geen kaarsen moet geven. Om vier uur mogen we de lampen weer aandoen, maar eigenlijk zouden we ze zo lang mogelijk uit moeten laten.'

'Ja, mevrouw.' Gerry salueerde. 'U bent wel streng.'

Tommy lachte. 'Ach, wat moet ik anders?'

Ze liepen terug naar de woonkamer van mevrouw Whitfield, waar Barbara, Roger en hun moeder zaten te kaarten. Fred had de kinderen meegenomen voor een tekenles; het was rustig in de kamer, die alleen werd verlicht door de olielampen en de gloed van de houtkachel.

Tommy ging in een leunstoel zitten en pakte een boek, maar ze kon er haar aandacht niet bij houden. Gerry ging op het haardkleedje zitten en keek naar de drie kaartende mensen. Op een bepaald moment zei ze: 'Wat een mooie broche is dat, Barbara.'

Tommy keek op en zag een diamanten broche op de revers van Barbara's jasje.

Gerry zei: 'Hij lijkt op een broche van onze moeder, zij heeft ook zo'n liefdesknoop, bijna precies dezelfde.'

Barbara keek op van het kaartspel. 'O, maar het is dezelfde.'

'Echt waar?' vroeg Gerry verbaasd. Ze vroeg aan haar moeder: 'Is het die van jou, moeder?'

'Ze heeft hem heel lief aan me uitgeleend,' zei Barbara snel. 'Ja toch, Nancy?'

'Nee, dat is niet zo,' zei mevrouw Whitfield op haar meest gebiedende toon. 'Het is een cadeau. Ik heb hem aan Barbara gegeven. Ze is in deze moeilijke tijden zo'n steun en toeverlaat voor me geweest.'

Tommy keek weer naar het fonkelende sieraad. Barbara had vaak bij haar moeder gezeten en met gebogen hoofd zijde in keurige, achthoekige vormen gevouwen of draden gespleten. En voor deze vermoeiende werkzaamheden was ze beloond met een familiesieraad. Maar Tommy, die zich uit de naad werkte om het landgoed te redden en haar best deed om hen allemaal te voeden en warm te houden, had amper een vriendelijk woord gekregen.

Gerry keek ontdaan. 'Maar moeder, je kunt onze spullen niet weggeven. Dat zijn familiebezittingen. Die horen bij het huis!'

'Niet waar,' zei mevrouw Whitfield. 'Ze zijn van mij, en ik doe ermee wat ik wil. Ik heb besloten dit aan Barbara te geven.'

Roger bemoeide zich ermee, maar zijn blik bleef op zijn kaarten gericht: 'Ik vind dat een uitstekend idee. Ik kan niet bedenken wie hem beter zou staan.'

Tommy keek hem verbijsterd aan. Ze had hem nooit eerder zoiets lomps horen zeggen.

Barbara zei ingetogen: 'Dat is heel aardig, Roger.'

Gerry keek Tommy aan en zei geluidloos een woord dat niemand anders kon zien: *Problemen.*

Tommy keek haar waarschuwend aan en Gerry zweeg, wat haar zichtbaar moeite kostte.

Tommy was naar de eetkamer gegaan om de tafel voor het avondeten te dekken toen Gerry naar haar toe kwam zodra ze uit de woonkamer kon ontsnappen.

'Waar is moeder mee bezig?' wilde Gerry weten. 'Ze kan die dingen niet gewoon weggeven. Die broche was van oma. Die zou naar jou moeten gaan, of naar mij. Dat zou vader hebben gewild. En nu is die van Barbara?'

'Dit is niet het eerste.' Tommy legde bestek op een dienblad. 'Barbara heeft al een ring en oorbellen. Ik krijg de indruk dat moeder me probeert te pesten. Maar Barbara zei dat ze het als een lening beschouwt, dus zal ze het allemaal wel teruggeven.'

'Daar ben ik niet zo zeker van. Ze draagt ze zodat wij allemaal kunnen zien dat zij vindt dat ze van haar zijn, dat weet ik zeker. En als die lieve Barbara zo'n fantastische hulp is, waarom is ze dan niet hier bij ons in plaats van dat ze bij moeder in de warmte zit?' Gerry begon het bestek van Tommy's dienblad te verdelen. 'En waarom trekt Roger partij voor haar?'

'Ze vinden haar allemaal aardig,' zei Tommy. Ze was in een slechte bui en merkte dat al haar vechtlust was verdwenen. 'Ik dacht dat jij haar ook mocht.'

'Eerst wel, maar nu niet meer,' zei Gerry. 'Heb je gezien hoeveel aandacht ze aan Molly besteedt? Bijna geen. Vanaf het moment dat ik op de kinderen pas is het zonneklaar dat Babs geen zier om die arme kleine Molly geeft. Ze is er nooit rond bedtijd. Eerlijk gezegd vind ik het heerlijk dat Molly hier is.'

'Ik ook,' zei Tommy, alweer een beetje opgevrolijkt. 'Ze is een lieve schat, en door haar rustige zorgzaamheid totaal anders dan mijn beide kinderen.'

'Ja. We zijn gek op haar, en ze krijgt vriendschap van Antonia en Harry en aandacht van mij. Ze is helemaal opgebloeid sinds ze hier is, ook al ziet ze haar moeder nooit. Barbara is altijd ergens anders, bezig Roger of moeder te vleien; ze is iets van plan en dat bevalt me niets.'

'Daar kon je weleens gelijk in hebben. Maar ik begrijp niet wat ze daarmee hoopt te winnen.'

'Zoveel van onze spullen als ze maar kan krijgen, lijkt me.'

Tommy wilde net een mes neerleggen, maar bleef midden in die beweging steken. 'Is dat het? Gewone, ordinaire diefstal? Ik kan het bijna niet geloven, maar je moet gelijk hebben.' Ze vertelde Gerry over de dingen in Barbara's slaapkamer.

'Zie je wel? Het bewijs!' zei Gerry somber. 'Volgens mij is ze iemand die alleen aan zichzelf denkt en de brutaliteit heeft om alles te pakken wat ze wil hebben.'

Tommy dacht aan de pen van Arabella Guthrie. Brutaliteit was een goed woord. Barbara had met zoveel dingen kunnen wegkomen. Op school had ze Barbara heel vaak betrapt op kleine egoïstische handelingen: de grootste portie nemen, ervoor zorgen dat ze vooraan in de rij stond of iets pakken wat niet voor haar was bedoeld. *Het is onmogelijk daar géén patroon in te zien. En ze heeft er geen moeite mee om dingen op de zwarte markt te kopen.*

'Zodra dit slechte weer voorbij is, moet ze weg. In die tijd kan ze niet veel kwaad uitrichten,' besliste Tommy.

Gerry viel haar bij. 'Ik denk dat ze moet weten dat we haar doorhebben. Kom mee, nu ze bezig is met moeder en Roger.'

Gerry liep snel de eetkamer uit en Tommy zette haar dienblad neer en volgde haar. Boven ging Gerry meteen naar Barbara's kamer en zwaaide de deur open. Ze liep naar binnen, maar bleef abrupt staan en hapte verbaasd naar adem. 'O mijn god, wat een lef!'

Tommy volgde haar en zag dat er nu zelfs nog meer van hun spullen waren dan eerst. 'Ze maakt gebruik van het feit dat we de salon niet gebruiken. Moet je kijken, alle snuifdoosjes staan hier nu! En de geschilderde miniatuurtjes uit de vitrinekast!'

'Hoe dúrft ze!' riep Gerry woedend. 'Kom mee.' Ze begon de kamer door te lopen en pakte alle sieraden en het zilver, en stopte alles in haar zak. 'We zetten het allemaal terug. Ze kan niet bepaald klagen. En misschien zal dat haar kleptomane neigingen een tijdje inperken.'

Tommy volgde haar en griste ook allerlei geleende spullen mee. 'Tenzij ze nog meer van moeder heeft gekregen.'

'Dat zullen we dan wel zien,' zei Gerry ernstig. 'Ik vind dat het tijd wordt dat we een einde maken aan de trucjes van die lieve Barbara. En zodra het weer omslaat, gaat ze weg.'

Later die middag liep Tommy langzaam de trap op toen ze haar naam hoorde. Ze draaide zich om. En daar stond Barbara, op de koude vloertegels van de hal, terwijl haar adem als condenswolkjes uit haar mond kwam.

'Tommy, je bent in mijn kamer geweest.'

'Waarom denk je dat?' vroeg Tommy, uitwendig rustig maar inwendig wensend dat Gerry hier was.

'Dat weet je best. Je hebt dingen weggehaald die ik van je broer mocht hebben.'

'Hebben of lenen?'

Barbara haalde haar schouders op. 'Een beetje van beide.'

Tommy werd woedend. 'Roger kan niet zomaar spullen uit het huis weggeven! Weet hij eigenlijk wel hoeveel je naar boven hebt gesmokkeld?'

Barbara zei met een ingehouden glimlach: 'Pas op, Tommy. Je toon bevalt me niet. Volgens mij zul je wel merken dat Roger kan doen wat hij wil met zijn bezittingen.'

Tommy keek haar verbijsterd aan. 'Dit is ongelofelijk! Ik heb je hier ontvangen als mijn gast. Ben je soms vergeten dat dit mijn huis is, en van mijn familie?'

Barbara glimlachte kil. 'Dit is niet jóúw huis, maar Rogers huis. En ik ben Rogers gast. Dat kun je maar beter niet vergeten.'

'Als je denkt dat je mijn familie tegen mij kunt opzetten, dan vergis je je.'

'Dat zullen we nog wel zien,' zei Barbara. 'Ik denk dat je zult merken dat je al een beetje op achterstand staat.' Daarna draaide ze zich om en beende ze weg.

29

Toen ze weer alleen was, was het onmogelijk voor Caitlyn om niet te denken aan Patrick en Sara, en het rustige gevoel dat ze in Kings Harcourt had ervaren verdween. De gedachte aan hen werd steeds sterker en overheerste haar als een kwaadaardige infectie. Zodra Max die avond op bed lag, ging ze terug naar de dozen en was uren bezig met het doorspitten van Patricks administratie. Maar daar was niets dat haar de concrete bewijzen gaf die ze wilde. Ze zat op de houten vloer van de logeerkamer, omringd door stapels van Patricks dossiers, en zei wanhopig: 'O Patrick! Kon je me de waarheid maar vertellen. Hád je een affaire met haar?'

Ze probeerde de afgelopen jaren terug te halen en probeerde zich te herinneren wat Patrick allemaal tegen haar had gezegd om zichzelf ervan te overtuigen dat hij echt niet op die manier aan Sara had gedacht. Ze had hem nooit betrapt op verdacht gedrag. Ze kon zich bijna niet herinneren dat hij alleen een afspraak met Sara had gehad. Maar waarom dan bloemen? Waarom een hotel?

Hoe groot is de kans dat ik Patrick zou betrappen? Daar was hij veel te slim voor. Hij had zichzelf volkomen in de hand.

Patrick had de leiding. Hij regelde zijn eigen leven precies en vastberaden, en liet niet toe dat wat ook hem van zijn koers af bracht. Hij wilde de mensen om zich heen ook leiden, dat wist ze. Direct vanaf het begin had hij duidelijk gemaakt dat zij zich aan zijn regels moest houden en dat hij de beslissingen nam. Hij had dat niet afgedwongen, maar duidelijk gemaakt dat ze alleen dan samen konden zijn. En zij, smoorverliefd, was daarmee akkoord gegaan. *Bovendien voelde ik me heel veilig bij hem. Heel beschermd en verzorgd.*

Opeens zag ze in gedachten de fazantenrennen op Kings Harcourt: de dikke, gelukkige vogels in hun kooi die mais aten en werden verwend, tot de dag waarop ze eruit werden gegooid en dan moesten vliegen voor hun leven.

Was ik dat? Nooit echt veilig, maar alleen dichter bij de dag waarop ik mijn grootste angsten onder ogen zou moeten zien?

'Vertel me de waarheid, Patrick!' riep ze. Meteen beet ze op haar lip, balend van het geluid van haar eigen stem in de stilte en bang dat ze Max wakker had gemaakt. *Ik zou naar bed moeten gaan. Ik ben moe. Ik kan niet meer helder nadenken.* Ze zou nog één doos openen en dan stoppen. Ze pakte een doos die vlakbij stond, trok hem naar het midden van de kamer en maakte hem open. In de doos zaten elektrische apparaten, snoeren en opladers. Bijna bovenop, in de zwarte leren hoes, lag Patricks tablet. Die was zo vertrouwd dat er een steek door haar heen ging toen ze het ding weer zag. Ze haalde hem voorzichtig uit de doos en opende de hoes. De batterij was helemaal leeg, dus nam ze hem mee naar beneden en sloot hem aan op haar eigen lader. Daarna haalde ze de lijst met Patricks wachtwoorden uit haar tas en wachtte tot de tablet voldoende opgeladen was om te kunnen opstarten.

Ze wachtte met een naar gevoel en met de wachtwoorden in haar hand, terwijl steeds weer dezelfde gedachte door haar heen ging: *Misschien wilde hij dat ik zijn geheimen kende.*

De volgende dag, nadat ze Max naar school had gebracht, liep Caitlyn met de tablet in haar tas naar het centrum. Ze had de tablet de vorige avond nog een uur lang doorzocht, maar niets afwijkends gevonden in Patricks mailaccounts. Ze had op Sara's naam gezocht en de mailtjes die waren verschenen waren volkomen onschuldig, meestal een bevestiging van een afspraak die Caitlyn zich herinnerde gemaakt te hebben of een bedankje voor een etentje of een feestje waarvan ze wist dat ze daar waren geweest. De toon was zoals ze had verwacht: vriendelijk, ontspannen, vertrouwd; absoluut zonder de intimiteit waarop Sara had gezinspeeld en zonder iets wat bewees dat ze samen iets hadden. Daardoor twijfelde ze eraan óf ze wel een relatie hadden gehad.

Uiteindelijk was ze uitgeput naar bed gegaan en had zo diep geslapen dat ze bijna niet wakker kon worden toen de wekker om zeven uur ging. Dankzij een beker sterke koffie had ze Max naar Spring Hall kunnen brengen, en na die rit was haar vermoeidheid verdwenen. Nu liep ze door de mensenmassa over de Cornmarket naar de universiteit.

'Ik ben hier voor professor Brooke,' zei ze tegen de buldog met bolhoed bij het hek, waarna ze snel over de binnenplaats naar Nicholas' trappenhuis liep. Ze rende de trap op. 'Je mag komen wanneer je wilt,' had hij gezegd. 'Mijn derdejaars zijn aan de studie en al mijn colleges voor deze week zijn achter de rug.'

Daar was zijn deur. De eiken buitendeur was open en de binnendeur stond op een kier. Ze liep er snel naartoe en duwde hem open. 'Nicholas, ben je hier?' riep ze. 'Ik heb je hulp nodig.' Ze liep naar binnen en bleef abrupt staan.

Nicholas zat in zijn leunstoel en keek naar haar. Op de bank tegenover hem zat Sara.

Sara draaide zich om en keek langs haar dikke bos rode krullen naar haar. 'Zo, zo,' zei Sara. Ze knipperde langzaam met haar ogen. 'Wat bijzonder je hier te zien.'

Caitlyn keek haar stomverbaasd aan en was even niet in staat om te begrijpen wat ze zag.

'Wat ondeugend van je!' zei Sara liefjes. 'Je had helemaal niet gezegd dat je Nicholas weer zag.' En toen tegen Nicholas: 'Wat ben jij een stiekemerd. Waarom vertelde je me niet dat jullie weer contact hebben?'

Nicholas keek met een schuldige blik naar Caitlyn. 'Het was heel toevallig. Sara en ik kwamen elkaar buiten tegen, volkomen onverwacht.'

Sara zei: 'Hij stond erop dat we hiernaartoe gingen om even bij te praten. Hij heeft me verteld wat hij allemaal heeft gedaan sinds de laatste keer dat ik hem zag. Een hoogleraar...' Ze draaide zich om en keek Nicholas glimlachend aan. 'Indrukwekkend. Je zult wel heel trots zijn.'

'Nou...' Nicholas keek beschaamd.

Caitlyn was verbijsterd. Ze was ervan uitgegaan dat Sara en Nicholas elkaar niet zouden zien. Ze was niet van plan geweest Sara iets over Nicholas te vertellen en ze wist bijna zeker dat Nicholas geen zin had om Sara te zien. Dus waarom had hij haar uitgenodigd mee te gaan naar zijn huis? Maar toch zat ze hier op die zachte stroperige manier te praten die Caitlyn zo goed kende. Ze voelde zich beroerd en realiseerde zich dat ze bang was. *Ze doet het weer. Mijn leven binnendringen, mijn persoonlijke ruimte binnendringen. Er is niets wat ik heb waar zij geen stukje van wil. Waarom heb ik ooit gedacht dat we vriendinnen waren?*

'Wil je een kop koffie?' vroeg Nicholas, terwijl hij opstond, nog steeds met een beschaamde blik. 'Kom even bij ons zitten.'

'Nee, nee... Ik heb het druk. Sorry, ik kan niet blijven.' Ze draaide zich om en liep snel weg. Zo snel ze kon rende ze de trap af, hijgend en volkomen van slag. Ze bleef pas staan toen ze het universiteitsgebouw had verlaten en al halverwege de heuvel was. Toen vertraagde ze haar pas en ze liep langzaam naar huis met het gevoel dat ze een klap op haar hoofd had gekregen.

Toen Caitlyn weer thuis was, voelde ze pas hoe moe ze was doordat ze de vorige avond zo laat was opgebleven. Ze sleepte zich de trap op naar boven. Terwijl ze op haar bed lag piepte haar telefoon, en ze haalde hem uit haar zak.

Op het scherm verscheen een berichtje van Nicholas:

Het spijt me echt. Ze overviel me buiten op straat en dwong me haar mee te nemen naar de universiteit. Ze is nu weg. Bel me. N xx

Caitlyn schoot bijna in de lach. Zoals gebruikelijk had Sara zich niet laten tegenhouden. Niemand kon nee tegen haar zeggen.

Ze liet de telefoon op bed vallen en sloot haar ogen. Even later sliep ze.

Twee uur later werd ze wakker, versuft door diepe slaap. Ze was gewekt door een berichtje van Sara.

> Dat had je geheim gehouden! Waarom heb je dat niet verteld? N is echt een stuk nu, vind je niet? Hoe is de situatie? Heb je me iets te vertellen??? Kom op, vertel! Hij is lekker, ben zelf ook gek op hem xx

Caitlyn las het berichtje twee keer en werd somber toen ze Sara's gebruikelijke modus operandi herkende: Sara zou Caitlyn bestoken met vragen, antwoorden eisen en door haar vasthoudendheid informatie uit haar peuren. Eerst verzette Caitlyn zich meestal, maar dan gaf ze toch toe en vertelde Sara alle details die ze wilde weten.

Maar deze keer niet.

Ze wiste het berichtje en leunde met een diepe zucht achterover, terwijl ze maar aan één ding kon denken. *Ik wil hier weg. Ergens naartoe waar Sara me niet kan vinden. En welke plek is beter dan dat prachtige huis in the middle of nowhere? Toen ik daar was had ik gek genoeg het gevoel dat ik daar thuishoorde, ook al lijkt het in niets op de plaats waar ik ben opgegroeid.*

Caitlyn was opgegroeid in een rijtjeshuis in Southport, een comfortabel maar eenvoudig huis dat goed werd verzorgd door haar huiselijke moeder. Patrick had er nooit openlijk kritiek op geleverd, maar haar door kleine opmerkingen over het interieur wel duidelijk gemaakt dat hij het maar niets vond. Ze had het hem vergeven omdat hij op dezelfde manier sprak over zijn eigen achtergrond; over het huis in Australië dat hij haatte, waardoor hij vastbesloten was alles te worden dat het volkomen tegenovergestelde was. Perfect. Niets wat in disharmonie was. Alles vloeiend.

Het enige daarin wat niet perfect was, was ik. Die gedachte overviel haar met de kracht van een openbaring. *Ik was altijd bang dat ik niet goed genoeg voor hem was. Ik was het afwijkende object in zijn verzameling mooie dingen en zijn streven naar perfectie. Daarom kan ik geloven dat iets in hem verlangde naar Sara, met haar schoonheid en haar klasse. Ik was gek op hem, maar wat kreeg hij van mij?*

Zelfs toen hij haar ten huwelijk vroeg, toen hij in het Bois de Boulogne in Parijs knielde en zij zijn aanzoek verrukt had geaccepteerd, had ze gevraagd: 'Weet je het zeker, Patrick? Wil je me echt?'

'Ja,' had hij gezegd, en hij kuste haar ontspannen. 'Ik wil je echt.'

'Waarom?'

'Ik hou van je, dom gansje.'

'Goed. Ik hou ook van jou.'

Hij zal me beschermen, had ze toen gedacht. *En hij weet precies wat hij wil van het leven. Hij zal ons in de juiste richting leiden.* Misschien had Patrick gedacht dat ze voldoende kneedbaar was om een creatie van hem te worden. Misschien had hij gezien hoe ze zich aan Sara had onderworpen en gedacht dat ze zich ook aan hem zou onderwerpen. En dat had ze gedaan, ze had toegelaten dat hij haar veranderde en vormde. De kracht van zijn beeld van hoe het leven moest zijn was zo sterk dat ze zich daar niet tegen kon verzetten. Ze vond zijn zekerheid prettig. Hij wist wat goed was en ze kon zich ontspannen in de wetenschap dat hij de leiding nam, van de inrichting van hun woning tot de keuze van het servies op hun eettafel, van hun vakantiebestemming tot de kerstkaarten die ze verstuurden. Elke beslissing was Patricks beslissing, en hij maakte de keuze altijd met de vaardigheid en de smaak van een kenner.

Ik heb heel erg mijn best gedaan om te worden wat hij wilde! Caitlyn dacht aan de uren die het haar had gekost om fit en slank te blijven, om haar uiterlijk te verzorgen. Patrick had bijna al haar kleren uitgekozen; hij zag de subtiele verschillen in stijl tussen wat acceptabel en wat te opzichtig of te gedwongen was. Hij hield niet van het opzichtige, modieuze uiterlijk van sommige vriendinnen van haar en van het streven naar een soort vintagedroom van hoe het vroeger was. Zijn keuzes waren altijd precies goed, en een paar van hun gelukkigste momenten samen waren geweest als hij haar meenam om haar te kleden, haar te verwennen en haar te stylen.

Maar Patrick had ook een andere kant gehad, dat mocht ze niet vergeten. Hij hield van gokken. Hij kon kwetsend zijn en haar plagen. Hij vond het leuk om haar voor de gek te houden, haar domme opdrachten te geven of haar naar een schat te laten zoeken. Hij vond niets leuker dan haar te dwingen op zoek te gaan naar zijn kerstcadeautje. Dan verstopte hij haar cadeautje ergens en moest zij raadsels oplossen om het te vinden. Hij volgde haar terwijl ze zijn aanwijzingen interpreteerde, vrolijk als ze ze begreep en onbuigzaam als dat niet zo was.

'Je moet het zelf uitzoeken, Caitlyn,' zei hij dan gedecideerd. 'Alleen dan verdien je het om je cadeautje te krijgen.'

De aanwijzingen konden haar overal naartoe leiden, één keer zelfs naar de kerk verderop in de straat, waar ze tot haar verbijstering had gezien dat hij een halsketting om de hals van een beeld van de Maagd Maria had gehangen en een parelketting om de pols van een grafengel.

'Dank je wel, mallerd, maar iedereen had die ketting kunnen meenemen!' had ze lachend en blij gezegd.

'Mensen zien soms niet eens wat vlak voor hun neus is. Of ze kunnen het verschil niet zien tussen wat echt kostbaar is en wat alleen maar schittert,' had Patrick gezegd, terwijl hij haar hielp de halsketting om te doen. Hij had zich gebukt en haar zacht gekust. 'Vergeet niet dat jij heel kostbaar bent,' had hij gemompeld. 'Onthoud dat, Caitlyn. Nu kunnen we maar beter weggaan, ze kunnen elk moment binnenkomen voor de kerkdienst.'

Dat herinnerde ze zich, terwijl ze niets ziend voor zich uit staarde. *Misschien was hij niet in staat weerstand te bieden aan Sara's charme, en aan de opwinding van het spel om de affaire voor me verborgen te houden.*

Maar dat is iets tussen Patrick en mij. Ik moet ervoor zorgen dat Sara uit mijn leven verdwijnt. Maar hoe?

30

De aanhoudende kou had in het huis een vreemde sfeer van halve slapeloosheid gecreëerd, misschien ook door de bijna constante duisternis. Buiten was de zon niet te zien; de duisternis werd alleen iets minder en veranderde in een zwakke, mistige grauwheid die een paar uur bleef hangen en daarna weer verdween in de nacht. De kaarsen in het huis gloeiden, wierpen hun kleine, gouden aureool af en maakten de schaduwen om hen heen zelfs nog zwarter.

De kinderen waren stilletjes en hadden bijna geen zin meer om naar buiten te gaan en in de sneeuw te spelen. Het nieuwtje was ervan af en inmiddels hadden ze het helemaal gehad met de grauwe wereld buiten en de continue, aanhoudende kou. Ze verlangden als katjes naar warmte en waren meestal te vinden in de woonkamer van hun oma, waar ze zich warmden bij de haard en een kaartspelletje speelden of een boek lazen. Er was meer dan genoeg brandhout, dankzij het werk van Thornton voordat het was gaan sneeuwen, en de kolen werden nu alleen gebruikt voor de boiler en het fornuis, want niemand wist wanneer het zou gaan dooien.

Dit weer zou best eens kunnen aanhouden tot maart, misschien zelfs tot april, dacht Tommy. Dat leek onmogelijk, maar dat was het niet.

De radio zweeg het grootste deel van de dag. En zelfs als er wel elektriciteit was geweest, waren er geen uitzendingen. Als die er wel waren, was dat om nog meer rampzalige gevolgen van het weer bekend te maken: er was een tekort aan alles, en niet meer alleen aan levensmiddelen. Er werden nog meer strenge maatregelen aangekondigd, plus zwaardere straffen voor wie zich daar niet aan hield.

'Zouden ze ons echt in de gevangenis stoppen omdat we elektriciteit gebruiken?' vroeg Harry ongerust.

'Volgens mij alleen als we dat zouden blijven doen nadat het ons was verboden,' zei Tommy tegen hem. 'Maar dat doen we niet, dus alles is in orde.'

Tommy bracht samen met Ada veel tijd door in de keuken. Ze controleerden de levensmiddelen in de keukenkasten, in de vleeskist en in de wildopslag. Dat voorkwam dat ze in een diepe depressie verviel die haar leek te overmannen. Ze wist bijna zeker dat ze het wel zouden redden, hoewel ze de laatste tijd niet de moed had kunnen opbrengen om naar het dorp te gaan, want ze vermoedde dat er als ze dat wel deed toch geen melk zou zijn. Ze hadden melkpoeder, en daardoor zouden ze het nog wel een tijdje redden. Er was nog een beetje boter over en een grote voorraad margarine doordat Ada haar grote voorraad bakvet het afgelopen jaar had bewaard, grotendeels van het laatste varken dat was geslacht, en van de gans die ze voor kerstmis van hun buurman hadden gekregen. Maar de enige eieren die ze nog hadden, lagen in de grote pot in de opslag, bedekt met water waar gelatine in was opgelost.

'We moeten allemaal iets minder eten, dat is alles,' zei Tommy. 'Ik heb niet zoveel nodig. De kinderen moeten eerst krijgen wat er is, dan de mannen en daarna de vrouwen.' Ze was heel bang dat de kinderen door het gebrek aan voeding niet goed zouden groeien en dat dit dan haar schuld was. Maar tot nu toe leken ze er geen nadelige gevolgen van te ondervinden. Waar de kinderen echt naar verlangden was snoep, chocolade en onbeperkte hoeveelheden gebak. Maar daar zouden ze niet echt van groeien, terwijl ze wel een volle maag kregen door de voedzame konijnenstoofpot met wortelen en havermout, geserveerd met hun eigen bloemkool, gepureerd zodat het een beetje op aardappel leek.

Fred wilde absoluut niet dat de haard in de bibliotheek werd aangestoken, maar zodra het licht 's ochtends goed was schilderde hij nog altijd een paar uur.

Nu ging hij op zoek naar Tommy. Hij vond haar in de zitkamer waar ze de kinderen voorlas. 'Hallo allemaal,' zei hij, 'dit herinnert me aan onze lessen Latijn. Daar zouden we weer mee moeten beginnen.'

'Volgens mij zullen we dat allemaal fijn vinden,' zei Tommy beleefd.

'Ja.' Fred liep naar het raam. 'Volgens mij gaat het weer sneeuwen; het houdt echt niet op.' Hij keek Tommy weer aan. 'Ik kwam je vertellen dat het schilderij bijna af is.'

'Ach, dat maakt niet uit; we zijn immers niet van plan iets met die kopie te doen. Je moet hem maar meenemen wanneer je weggaat.'

'Zal ik doen. Het zal heel leuk zijn om hem op te hangen in het kamertje dat ik zal kunnen huren. Maar ik heb iets anders bedacht dat ik zou kunnen proberen.'

'O ja?' Ze keek hem aan en had opeens zin op te springen en hem te vragen of hij zijn armen weer om haar heen wilde slaan en haar die stevige, zwijgende steun wilde geven die haar door dat korte moment in de opslagkast had geholpen.

'Ik zag de kale plek op de gipswand op de overloop vlak bij mijn slaapkamer.'

'Ja, dat is al heel lang zo. Tientallen jaren geleden is daar brand geweest en toen hebben ze de beschadigde stukken wel weggehakt maar nooit hersteld.'

'Nou, misschien kan ik proberen er nieuw gips op te doen. Vind je dat goed? Ik heb altijd al eens willen proberen om met gips een soort muurschildering te maken.'

'Natuurlijk, ga je gang.'

Harry keek op van het boek en vroeg: 'Wat ga je op die muur maken?'

Fred antwoordde glimlachend: 'Dat weet ik niet. Wat stel je voor?'

'Het circus,' zei Antonia enthousiast. 'Doe dat alsjeblieft!'
'Dát is een goed idee! Dat ga ik doen.'

Fred begon meteen met het maken van het ontwerp voor het pleisterwerk op de overloop. Hij maakte zijn tekeningen eerst op papier. Vervolgens maakte hij kleine mallen voor het gips. Hij sneed ze uit stukjes hout, maar niets werd zoals hij wilde.

Na een eenvoudige lunch van soep en een soort haverkoek met kaasschilfers voor de smaak, bedacht door Ada, wilde Tommy de kinderen opdracht geven te gaan lezen, maar toen vroeg Roger haar of hij onder vier ogen met haar kon praten.

'Natuurlijk. Laten we naar de bibliotheek gaan.' Ze liep voor hem uit door de gang en trok haar bontjas strakker om haar lichaam. Doordat ze al weken bijna niet meer hadden gestookt, voelde het in bepaalde delen van het huis even koud als buiten.

In de bibliotheek stond Freds kopie van de Gainsborough op de ezel; hij was bijna af.

Roger zag dat toen hij binnenkwam. 'Nou, ik moet zeggen dat dat best goed is, vind je niet?' Hij wees naar bepaalde delen van het schilderij die bijna af waren. Fred had de lieftalligheid van Venetia, vooral haar trieste blik, uitstekend getroffen met vloeiende, lichte streken die precies op die van het origineel leken. 'Geweldige overeenkomst, op het eerste gezicht niet te onderscheiden van het origineel. Echt voortreffelijk. Fred is erg getalenteerd, nietwaar?'

'Dat is hij inderdaad,' antwoordde Tommy nonchalant.

'Ik mag mezelf gelukkig prijzen dat hij mijn vriend is. Hij was briljant op Cambridge. Iedereen keek naar hem op. Hij was een autoriteit in onze debatgroep, heel indrukwekkend zelfs. Ik ben ervan overtuigd dat hij is voorbestemd het ver te schoppen, zodra hij is genezen en deze afschuwelijke winter voorbij is.' Roger bleef naar het schilderij kijken. 'Ook al moet hij deze schilderfase achter zich laten en serieus aan de slag gaan.'

Het verbaasde Tommy dat Roger zo praatte. 'Ik dacht dat je schilderen juist heel belangrijk vond,' zei ze.

'Ja, in zekere zin wel. Maar goed, nu moet ik me echt gaan bezighouden met wat hier allemaal moet gebeuren, in het huis en op het landgoed. Ik moet doorgaan met het managen van mijn erfenis.'

'Ik begrijp het.' Tommy probeerde niet even verbijsterd te klinken als ze zich voelde. Roger had nooit enige belangstelling getoond voor het managen van wat dan ook. 'Wilde je daar met me over praten?'

'Ja. Ik weet dat jij de leiding op je moest nemen toen het oorlog was, en dat was helemaal goed. Heel veel vrouwen hebben prima werk verricht toen de mannen vochten en jij bent daar zeker één van. Maar het landgoed is in slechte staat, dat heb je zelf gezegd. Dus wordt het tijd dat ik de leiding overneem.'

Tommy ging zitten in een van de stoelen bij de haard die nu koud was en vol lag met de as van het vorige vuur. Dat zag er vies en deprimerend uit. 'Dus jij gaat alles regelen?' vroeg ze op neutrale toon.

'Ja. Dat is mijn verantwoordelijkheid. Dit landgoed is immers van mij.'

'Natuurlijk. Maar wij, Gerry en ik, beschouwen dit ook als ons thuis,' zei Tommy behoedzaam. Ze wilde niet dat Roger iets zei waar hij spijt van kreeg, maar waarvan hij vond dat hij zich eraan moest houden.

'Natuurlijk. Voor jullie zal hier altijd een plekje zijn.'

'Dat is... aardig.' Tommy voelde paniek opkomen. Tot een paar minuten geleden had ze nooit het idee gehad dat zij en de kinderen geen permanent thuis hadden in Kings Harcourt. En nu, alleen maar door dat te bevestigen, had Roger haar aan het twijfelen gebracht. *Hij vertelt me dat onze aanwezigheid hier een cadeau van hem is.*

Roger zei: 'Misschien heb ik dat eerder niet ingezien, maar nu doe ik dat wel. Ik moet mijn geboorterecht veiligstellen. Vanaf nu, Tommy, hoef jij je dus nergens meer zorgen over te maken. Ik zal de touwtjes in handen nemen en alles regelen. Je hoeft me alleen maar de juiste richting te wijzen en dan ga ik aan de slag.'

Even later rende Tommy naar boven. Ze klopte op Freds deur, maar kon amper wachten tot hij antwoordde voordat ze zijn kamer binnenviel.

Hij zat aan zijn bureau in het licht van een kaars te tekenen, dik ingepakt in zijn jas, een zachte wollen pet met een wollen balletje erop en vingerloze handschoenen. Hij draaide zich om toen ze binnenkwam en glimlachte. 'Ach, ik ben blij dat je me komt bezoeken, Tommy, want ik wilde je mijn schetsen van de circusfiguren laten zien.' Hij hield haar een vel papier voor.

Ze zag een paar ruw geschetste zeehonden en ballerina's, maar daar had ze nu geen belangstelling voor. 'Wat heb je tegen Roger gezegd?' vroeg ze kwaad en met haar handen op haar heupen. 'Wat voor onzin heb je in zijn hoofd geprent?'

'Waar heb je het over?' vroeg Fred, kennelijk geamuseerd door haar reactie.

'Je hebt de halve dag met Roger doorgebracht en jullie hebben eindeloos gepraat,' zei Tommy, 'en hij heeft me net verteld dat hij de leiding van zijn erfenis op zich moet nemen. Hij stond feitelijk op het punt me te vertellen dat mijn werk klaar was en ik wel kon verhuizen! Alsof dit niet net zo goed mijn thuis is als dat van hem!' Woedend schudde ze haar hoofd. 'Terwijl ik degene ben die tot nu de leiding heeft gehad! Ik heb ervoor gezorgd en er tijdens de oorlog een succesvol voedselproducerend bedrijf van gemaakt. Ik heb ons allemaal gevoed, plus iedereen die bij ons kwam. Ik weet dat het volgens het testament van mijn vader Rogers huis is, maar hij heeft niets gedaan om dat te verdienen, behalve als man geboren worden. Roger doet nu alsof alles wat ik heb gedaan onzichtbaar is en onzichtbaar moet blijven om zijn gezicht te redden, en nu hij een tijdje landjonker wil spelen moet ik me terugtrekken in de schaduw, of samen met mijn kinderen vertrekken – hoewel ik niet zou weten waar we naartoe zouden moeten!'

Fred stond op en hief zijn hand. 'Wacht, stop, wees alsjeblieft niet kwaad op mij. Ik heb niets van dat alles tegen hem gezegd. Dat zou ik ook nooit doen. Nog niet eens zo lang geleden vond hij het idee dat hij de leiding op zich moest nemen zo deprimerend dat ik me ernstig zorgen maakte over zijn gezondheid. Hij dacht er eerder aan alles te verkopen en het geld aan het doel van het internationale socialisme te schenken dan dat hij landjonker wilde spelen en het dorpsfeest openen.'

'Ik begrijp er niets van.' Tommy liep te ijsberen, met haar handen diep in haar zakken. 'Hij heeft zelfs geprobeerd deze plek te mijden en heeft geen idee wat het bedrijf inhoudt.'

'Ga zitten, Tommy, je maakt me zenuwachtig.'

Ze liep naar zijn bed en ging op de rand zitten.

Fred nam weer plaats aan zijn bureau, en door de brandende kaars achter zich leek hij wel een beetje op de leider van een geheimzinnige ondergrondse beweging die door zijn dikke buitenkleding de indruk wekte dat hij elk moment op de vlucht kon slaan. 'Ik ben absoluut niet van plan Roger over te halen de leiding op zich te nemen, en ik heb hem ook niet aangemoedigd dat te doen. Integendeel zelfs. Maar iemand in dit huis heeft misschien een heel goede reden om er bij hem op aan te dringen de leiding van zijn erfenis op zich te nemen.'

Tommy lachte verbitterd. 'Het is net een moordverhaal. Een van ons moet het hebben gedaan en er zijn niet veel verdachten. Natuurlijk, het was Barbara.'

Fred knikte. 'Jouw vriendin mevrouw Hastings heeft meer dan genoeg tijd voor hem en waarschijnlijk had ze een heleboel tegen hem te zeggen.'

Tommy wist dat hij gelijk had. 'Ze bespeelt hem. Ze bedriegt ons. Ze heeft me zo goed als bedreigd als ik haar zou dwarsbomen. Maar wat ik niet begrijp is wat zij ermee opschiet als Roger mij buiten spel zet.'

'Zo dom kun je toch niet zijn, lieve Tommy?'

'Je bedoelt...' Ze keek hem aan en lachte weer, vol ongeloof. 'O nee! Ze heeft haar zinnen toch zeker niet op Roger gezet?' Ze dacht aan Barbara, zo knap en verfijnd, met haar huwelijk en haar leven in India. Ze had zich voorgesteld dat Barbara, als ze in het voorjaar weer in Londen was, zichzelf op de een of andere manier opnieuw zou uitvinden en een rijke man zou zoeken, een man die hoffelijk was, zich goed kleedde en een uitstekende smaak had. Misschien zou ze de tweede echtgenote worden van een succesvolle weduwnaar, een zakenman of bankier, die geweldige weekendfeesten zou organiseren met bridge en croquet en rustige gesprekken over zakendeals met een glas port en een sigaar. 'Ze kán haar zinnen niet op Roger hebben gezet. Ik dacht dat ze sieraden en snuisterijen wilde hebben, niet Roger!'

'Waarom niet? Ze is wanhopig, dat ziet iedereen.'

Tommy dacht aan wat Barbara tegen haar had gezegd toen ze samen naar de dorpswinkel waren geskied. 'Dat vertelde ze me inderdaad, met zoveel woorden, dat zij en Molly helemaal alleen op de wereld zijn en dat ze een leven voor hen beiden moet regelen. Ze heeft kennelijk geen cent.'

'Dat denk ik ook.'

'Maar ze kan niet verliefd zijn op Roger!' riep Tommy. 'Ik weet dat hij mijn broer is, maar ik weet ook dat hij totaal geen sexappeal heeft, niet voor iemand als Barbara. Zij is knap en stijlvol en begeerlijk; ze kan zich niet aangetrokken voelen tot Roger.'

'Zij zou niet de eerste knappe vrouw zijn die met een huis trouwt.'

'Maar dit landgoed staat op instorten! Er is bijna geen geld. Dus waarom? Ik begrijp het niet, waarom zou ze zichzelf hier begraven als ze geld wil?'

'Misschien betekent wat volgens jou een landgoed is dat op instorten staat, voor haar veiligheid. En misschien betekent wat er voor jou uitziet als geen geld, voor haar diamanten broches en een Gainsborough.'

Tommy zei beteuterd: 'Natuurlijk, je hebt gelijk. Ik denk zo vaak aan alles wat we niet hebben, dat ik vergeet wat we wel hebben, dat we ons gelukkig mogen prijzen. Maar...' Ze bloosde licht. 'Ik heb nooit gedacht dat Roger... een man was die zou willen trouwen. Hij heeft nooit de indruk gewekt dat hij van vrouwen houdt. Voor zover ik weet is hij nog nooit verliefd geweest. Jij kent hem al sinds Cambridge. Is hij ooit verliefd geweest op een vrouw?'

Fred zei langzaam: 'Niet op een vrouw, nee.'

Even bleef het stil.

Toen zei ze: 'O, ik begrijp het.'

'Hij heeft nooit iets gezegd, niet direct. Toch heb ik altijd gevoeld dat zijn behoeftes in een andere richting gaan. Ik dacht dat dit een van de redenen was waardoor hij zich ellendig voelde. Niet zijn verlangens op zich, ik heb in Cambridge een heleboel mannen zoals hij gekend, maar het effect dat die zouden hebben op andere mensen. Op zijn familie, op dit huis.'

Tommy knikte. Ze was niet verbaasd. Ze had altijd gevoeld dat Roger erg romantisch was, maar dat dit niet gericht was op vrouwen. 'Weet je of Roger... in Cambridge gelijkgestemden heeft gevonden?'

'Volgens mij wel. Maar de ware liefde was er niet bij, in elk geval niet iemand die dezelfde soort gevoelens had als hij.'

'Ik begrijp het.' Opeens had ze medelijden met haar broer, doordat hij niet in staat was openlijk te leven zoals hij wilde. *We zitten allemaal gevangen, opgesloten. Wie heeft besloten dat we allemaal op een bepaalde manier moeten leven en liefhebben?*

'Maar goed, Barbara maakt geen schijn van kans, wel? Als je gelijk hebt, verspilt ze haar tijd.'

'Daar ging ik ook van uit.' Fred keek bedachtzaam, 'maar misschien betekent dat wat je net van Roger hebt gehoord wel dat ze meer vorderingen maakt dan ik had verwacht. Je moet het in de gaten houden. Ter wille van Roger.'

Tommy zei: 'Ik geloof niet dat ze van hem houdt, absoluut niet.'

'Nee, dat geloof ik ook niet.'

31

Die avond zat Max avond boven zijn huiswerk te maken en ruimde Caitlyn de woonkamer op toen er op de voordeur werd geklopt. Ze rilde even. Was dat Sara die haar wilde uithoren over Nicholas? Het verbaasde haar dat ze bijna fysiek voelde dat ze Sara niet in haar huis wilde hebben. Ze kon de gedachte bijna niet verdragen dat zij bij haar of bij Max in de buurt was.

Ze liep naar de deur en vroeg op luide toon: 'Ja? Wie is daar?'

'Caitlyn, ik ben het, Nicholas.'

'O, juist. Wacht even.' Langzaam opende ze de deur.

Nicholas stond voor de deur met een berouwvolle blik op zijn gezicht.

'Hallo,' zei ze koeltjes.

'Caitlyn, alsjeblieft,' zei hij gespannen. 'Straf me alsjeblieft niet, het was mijn schuld niet. Laat het me uitleggen.'

Ze zweeg even, maar zei toen, nog steeds op kille toon: 'Goed, kom binnen. Maar hou het kort, ik wil niet dat Max wordt gestoord.'

'Het was echt puur toeval dat ik Sara tegenkwam,' zei Nicholas. Hij stond vlak bij haar in de keuken terwijl zij thee voor hen maakte. 'Ze kwam uit die belachelijk dure interieurwinkel, je weet wel, waar ze die tegels verkopen die handbeschilderd zijn door Marokkaanse prinsessen of zo. Ik kwam terug van Somerville en botste bijna tegen haar op. Ik herkende haar meteen, en zodra ze dat zag, begreep ze ook wie ik was. Ik denk niet dat ze me had gezien als ik niet zo verdomd schuldig had gekeken.'

‘Ik neem aan dat ze alles ziet.’

‘En ze heeft een zesde zintuig. Ze begreep heel goed dat ik niet met haar wilde praten en dus wilde zij dat juist wel. Daarna weigerde ze me met rust te laten. Je weet dat ze een geboren verleidster is, ze rust niet tot ze iedereen om haar vinger heeft gewikkeld. Ze wilde per se mee naar de universiteit om mijn huis te zien.’

‘Zo is ze inderdaad,’ beaamde Caitlyn. ‘Tot op zekere hoogte.’ Ze zuchtte. ‘Ik vond het echt heel vervelend om haar bij jou op de universiteit te zien. Na alles wat je over haar had gezegd en na alle adviezen die je me had gegeven om haar uit mijn leven te bannen. En toen zat ze daar, gewoon in jouw huis.’

Ze liepen naar de woonkamer en gingen zitten, Caitlyn op de bank waar ze haar benen onder zich vouwde als om zichzelf te troosten. ‘Ik kan niet begrijpen waarom ze hier is opgedoken. Het is niets voor haar om als projectmanager te gaan werken, dat is veel te onbelangrijk.’

Nicholas keek haar aandachtig aan. ‘Je begrijpt dat niet, doordat je denkt dat jij niet belangrijk voor haar bent. Je hebt geen idee waarom ze die moeite zou nemen.’

‘Bedoel je dat ze hier voor mij is gekomen?’

‘Natuurlijk.’

Caitlyn dacht hierover na. ‘Ik dacht dat het gewoon toeval was.’

‘Nee! Ze wil nog steeds dat alles wordt zoals het was.’ Hij boog zich naar haar toe, en keek haar met zijn donkerbruine ogen ernstig aan. ‘Dat heb ik geprobeerd je duidelijk te maken. Je hebt nooit begrepen dat je belangrijk voor haar bent. Ze heeft je nodig.’

Caitlyn schudde haar hoofd. ‘Ze hoeft mijn leven niet te kannibaliseren. Haar leven is vele malen glamoureuzer en opwindender dan het mijne.’

‘Maar dat is het punt juist. Ze wil wat jij hebt, zoals een vampier verlangt naar het warme bloed van een mens. Dat is altijd zo geweest. Ik heb het idee dat ze Patrick niet echt wilde, ook al ging ze met hem naar bed, en zelfs dat weten we niet zeker. Alles draait om haar relatie met jou.’

Caitlyn keek hem even aan. 'Maar ze heeft me altijd gekwetst. Wat schiet ze daarmee op?'

'Je moet inzien hoeveel macht je hebt,' zei Nicholas. 'Ze wil jouw levenskracht.'

'Je bent niet goed snik!' zei ze en ze schoot in de lach. 'Vampiers, levenskracht. Wat komt hierna: bezetenheid? Dat ze mijn ziel steelt?'

'Ik ben blij dat je lacht,' zei Nicholas glimlachend. 'Ik vertel het in dramatische bewoordingen, maar het is eenvoudig: zij wil jou in haar macht hebben, want ze is jaloers op je omdat jij de geheimen kent van het leven en de liefde en zij niet. Ze zal alles wat jij hebt of wilt hebben van je afpakken, want als jij het wilt is het kennelijk de moeite waard. Maar wees niet bang, ik trap echt niet in haar trucjes. Je kunt van me op aan. Dat heb ik al een keer bewezen, weet je nog?'

Ze keek hem aan, even niet in staat ook maar iets te zeggen. 'Dank je,' zei ze zacht.

'Zijn we weer vrienden?'

'Ja. Vrienden.'

Caitlyn beantwoordde Sara's app over Nicholas niet, ook al wist ze dat Sara daardoor in actie zou komen, alsof ze een geurspoor voor een jachthond legde. Zodra Sara zelfs maar vermoedde dat Caitlyn iets voor haar achterhield kwam ze achter haar aan. Caitlyn probeerde zich voor te stellen dat ze Sara weerstond en haar vragen stelde over de bloemen en het hotel, en haar op de man af vroeg: *Ging je naar bed met mijn man? Hebben jullie me al die jaren bedrogen, terwijl we zogenaamd vriendinnen waren?*

Alles leek te suggereren dat ze dat hadden gedaan, en toch was er niet voldoende bewijs. Ze kon er niet zeker van zijn.

Ze kreeg nog een paar appjes van Sara, die haar vroeg wat ze aan het doen was en waarom ze geen contact opnam. Caitlyn las ze en vroeg zich af of ze ze zou beantwoorden, maar ze wiste elk concept dat ze schreef. Alles wat ze schreef zou de communicatiekanalen weer openen, terwijl ze op dat moment alleen maar wilde dat die gesloten bleven. Maar ze wist ook dat Sara niet lang genoegen zou nemen met deze radiostilte.

Caitlyn merkte dat ze er niets aan kon doen, maar steeds weer Sara's Instagram-account opende en de foto's daar bekeek. Er werden nog meer foto's toegevoegd, van de hotelrenovatie met de gebruikelijke overdreven bijschriften. Caitlyn zag tot haar schrik een foto van Nicholas' huis op de bovenste verdieping van de universiteit.

Wauw, mijn vriend is een echte wetenschapper in Oxford! Kan gewoon niet geloven dat ik weer op mijn oude universiteit ben – voelt als een tentamen #zenuwachtig #waar is mijn essay?

Of, dacht Caitlyn nijdig, *Hoe slim was ik dat ik op Oxford zat en vind je niet dat ik interessante vrienden heb #bewonder me.*

Ze voelde zich niet op haar gemak toen ze Nicholas' huis op Sara's account zag. Ze scrolde snel verder, maar stopte altijd bij de foto van Patricks pols op die tafel in dat onbekende restaurant. De verlegen cliënt. Ze kon zich goed voorstellen dat hij Sara duidelijk maakte dat hij niet gefotografeerd wilde worden, terwijl zij giechelde en hem probeerde over te halen, maar toen toch stiekem een foto maakte.

Ze zei altijd tegen me dat ik op haar Instagram moest kijken. Dan was het heel goed mogelijk dat ik dit had gezien. Zelfs als ze geen affaire met Patrick had, vindt ze het geen probleem me de stuipen op het lijf te jagen omdat het misschien wel zo was. Dat op zich is al voldoende reden om het contact met haar te verbreken. Over een paar weken is ze klaar met haar project en laat ze me misschien met rust. Misschien kan ze iemand anders vinden om te kwellen.

Caitlyns telefoon ging toen ze in de stad bij de drogist was. Het was Nicholas' nummer en ze nam vrolijk op met: 'Hallo, vreemdeling! Heb je mijn documenten voor Kings Harcourt al? Ik heb bijna alles al ingepakt.'

'Caitlyn, waar ben je?'

'Boodschappen doen op de Cornmarket.'

'Oké. Wil je naar dat café boven in de overdekte markt gaan, waar we na de tentamens altijd warme chocolademelk dronken? Ik ben er over vijf minuten.'

'Ja hoor.'

Hij verbrak de verbinding voordat ze meer kon vragen, dus betaalde ze voor haar aankopen, liep naar de overdekte markt en ging naar het oude café. Het was er nog steeds, bijna net als toen, maar nu met usb-poorten bij elke tafel, ongeveer tien soorten koffie en een sortering glutenvrij gebak en pasteitjes. Caitlyn bestelde twee cappuccino's, ging zitten en wachtte op Nicholas.

Toen hij binnenkwam deed hij dat bijna steels, en toen hij ging zitten keek hij gespannen naar de trap van het café.

'Gaat het?' vroeg ze. 'Hier, ik heb koffie voor je besteld.'

'O, bedankt.' Hij leek een beetje afwezig. 'Ja hoor, ik ben oké.'

'Ik vroeg me al af wanneer je contact zou opnemen. Ik wil graag een datum weten voor de verhuizing.'

'Wat? O ja. Volgens mij heb ik je dit nog niet verteld, maar Coco komt vandaag. Haar vakantie is begonnen. Maar dat hoeft geen probleem te zijn, we kunnen je allebei helpen met je verhuizing. Maar daar wilde ik het niet met je over hebben.'

'O?'

Nicholas schudde zijn hoofd. Ze vond dat hij er vandaag belachelijk jong uitzag, hoewel zijn leeftijd hem aan te zien was door de grijze strepen in zijn haar. Hij was mooi oud geworden met zijn Italiaanse uiterlijk, en zijn donkerbruine ogen hadden hun volle kleur behouden. Hij leunde over de grenenhouten tafel naar haar toe. 'Denk alsjeblieft niet dat ik gek ben, maar... volgens mij word ik gestalkt door Sara.'

Caitlyn vroeg fronsend: 'Wát?'

'Ja. Ik zie haar echt overal. Sinds ze bij mij thuis is geweest kwam ze me al verschillende keren zogenaamd toevallig tegen. Ik bedoel, het is raar. Ik haalde een broodje in Gloucester Green, en daar was ze. Dat is heel ver van waar ze normaal zou zijn, ja toch? Waar staat haar hotel?'

'Volgens mij in Banbury Road.'

'Inderdaad! Dus waarom verschijnt ze opeens in een broodjeswinkel vlak bij het busstation? Als ik dacht dat dat zo was omdat ze gek is op hun pastrami en roggebrood met Zwitserse kaas zou ik dat geen probleem vinden, maar ik ben bang dat dat niet zo is.'

Caitlyn schudde ongelovig haar hoofd. 'Denk je dat ze haar oude methodieken weer uit de kast heeft gehaald?'

'Het zou grappig zijn als het niet zo griezelig was. Het is nu twintig jaar later, en weer sluipt ze rond over de binnenplaats en houdt me in de gaten, net als toen. Ik neem aan dat ik me gevleid zou moeten voelen.'

Caitlyn zei op vlakke toon: 'Zij denkt dat wij misschien een relatie hebben.'

'Dat dacht ik ook al.'

'Dát is het. Dat is echt iets voor Sara. Snap je? Dit is een herhaling van wat ze toen deed. Waarschijnlijk is ze voorbereidingen aan het treffen voor een echte verleidingspoging, gewoon voor het geval dat.' Caitlyn lachte verbitterd. 'Ik kan er niet bij dat ik dat toen niet zag. Dat maakt het alleen maar waarschijnlijker dat ze een affaire met Patrick had.'

'Wacht even.' Nicholas legde een hand op haar arm. 'Het is een soort bewijs, het suggereert dat ze misschien heeft geprobéérd een affaire met Patrick te krijgen, niet dat haar dat is gelukt.'

'Dus ze heeft zichzelf bloemen gestuurd en zelf in dat hotel een kamer gereserveerd en de kosten daarvan op de een of andere manier op Patricks bankafschriften laten zetten?'

Nicholas fronste. 'Oké, dat zou moeilijk zijn. Maar weet je, ze is zo griezelig dat het me niet zou verbazen dat zij zoiets voor elkaar kreeg. Ik ben de universiteit net via de achteruitgang uit geslopen en ben naar de steeg gerend. En ik was er nog steeds niet zeker van dat ze me niet volgde.'

Ze keken elkaar aan en door het grappige beeld van Nicholas, een universitair wetenschapper van middelbare leeftijd, die de uni via de achteruitgang verliet voor het geval Sara hem achtervolgde, schoten ze allebei in de lach.

Maar Caitlyn keek algauw weer ernstig. 'Wat moet ik doen?' vroeg ze. 'Ik blijf maar berichtjes van haar krijgen, ze wil een afspraak maken om samen iets te drinken en te eten, en ze vraagt steeds weer waarom ik niet reageer. Ik weet niet wat ik moet zeggen. Ik wil haar niet zien.' Caitlyn roerde in haar koffie tot de schuimige melk met de koffie was vermengd. 'Ik vind het verschrikkelijk dat ze ervoor heeft gezorgd dat de manier waarop ik over Patrick denk en wat ik voor hem voel zijn veranderd.' Ze werd opeens woedend. 'Ze vernietigt mijn huwelijk achteraf, ze zorgt ervoor dat ik mijn man wantrouw nu hij dood is en hem verdenk – terwijl ze me gewoon met rust had kunnen laten! Als Patrick dat heeft gedaan, áls hij dat heeft gedaan, dan is dat een totaal andere kwestie waar ik mee moet dealen, maar zij wil ervoor zorgen dat ik argwaan koester.' Ze keek Nicholas wanhopig aan. 'Waarom zou ze me dat aandoen?'

'Ik denk niet dat je van haar normaal gedrag kunt verwachten. Zo zit ze niet in elkaar. Dat betekent niet dat je haar moet vergeven, maar wel dat je haar gif zo snel mogelijk uit je leven moet verbannen en zonder haar door moet gaan. Ze heeft jóú nodig, Caitlyn, daarom kan ze jou niet met rust laten. Maar jij hebt háár niet nodig.'

'Je hebt gelijk. Ik moet sterk zijn.'

'Ja. Negeer haar. Ze zal het uiteindelijk wel begrijpen. Ik zal haar zoveel mogelijk ontlopen en we moeten gewoon wachten tot het voorbij is. Ze zal er genoeg van krijgen en verdwijnen.'

Nicholas keek haar glimlachend aan, en ze voelde zich getroost. Deze keer had ze iemand die haar hielp, iemand van wie ze zeker wist dat hij niet in Sara's trucjes zou trappen.

Nicholas trok zijn hand terug en zei ernstiger: 'Heb je Patricks spullen al bekeken? Daardoor krijg je misschien de antwoorden die je nodig hebt.'

Caitlyn schudde haar hoofd. 'Er is zoveel. En het is heel emotioneel: dan heb ik het gevoel dat ik heel dicht bij hem ben en tegelijk heel ver bij hem vandaan. Ik raak steeds weer van slag door de emotionele impact nadat ik een doos heb opengemaakt. Hij heeft zoveel bewaard en ik heb niets van zijn papieren weggegooid. Op een avond heb ik al zijn rapporten bekeken, vanaf de basisschool. Ik ben bijna de hele nacht opgebleven en heb zo ongeveer de hele tijd gehuild.'

'Het moet hartverscheurend zijn,' zei Nicholas meelevend. 'Maar heb je de meer recente zaken ook doorgenomen, zoals zijn bestanden en mailtjes?'

'Tot nu toe alleen via zijn tablet. Daar staan al zijn e-mail-accounts op. Nou ja, de accounts die ik ken. Daar staan een paar volkomen onschuldige mailtjes bij tussen hem en Sara, en verder niets voor zover ik kan zien, maar ik ben geen expert op dat gebied. Het is heel goed mogelijk dat hij een volledig verborgen e-mailleven heeft geleid.'

'Wat hij ook had, het zal daar zijn vastgelegd, zodat je het kunt vinden. En hij heeft je al zijn wachtwoorden gegeven?'

Ze knikte. 'Hij heeft bepaald dat ik na zijn dood overal bij moest kunnen.' Ze fronste toen ze zich dit herinnerde: 'Hij schreef dat ik overal bij kon en alles kon gebruiken zoals ik het wilde.'

'Alles,' herhaalde Nicholas. Met een spottende blik zei hij: 'De meeste mannen zouden zich wel twee keer bedenken voordat ze hun vrouw toegang geven tot hun tablet of laptop.'

'Echt?'

'Ja, je weet wel... gewaagde foto's, bezoeken aan pornosites, een paar gedownloade video's...'

'O. Natuurlijk.' Caitlyn keek hem gegeneerd aan en bloosde licht. 'Dat zal wel. Hebben de meeste mannen dat soort dingen?'

'Een heleboel mannen wel, is me verteld. Maar dat soort dingen heb je dus niet gevonden?'

Caitlyn schudde haar hoofd. 'Daar was ik ook niet naar op zoek, dus nee. Hij vond internetporno ongelofelijk vulgair. Volgens mij vond hij het walgelijk doordat ze allemaal zo oppervlakkig leken. Ik kan me zijn misprijzende blik helemaal voorstellen als hij de nagels, het kapsel en de nepborsten van die vrouwen zag. Daar had hij helemaal niets mee. Hij gaf de voorkeur aan het echte werk.' Haar gezicht werd nog roder toen ze zich realiseerde wat ze had gezegd. 'Ik bedoel: het echte leven! Ik bedoel... nou ja, niet dat internetgedoe!'

Nicholas was zo netjes haar niet aan te kijken en zei: 'Ik weet zeker dat hij helemaal geen prikkeling van waar ook nodig had.'

Ze schoten allebei weer in de lach omdat dit allemaal zo ongemakkelijk was, maar toen zei Nicholas, ernstiger: 'Ik denk dat je moet blijven zoeken. Misschien verwachtte hij dat je dat deed.'

'Misschien.' Caitlyn zuchtte. 'Dat zal ik doen, als ik het kan opbrengen. Maar ik wil liever zo snel mogelijk naar Kings Harcourt verhuizen. Het zal de makelaar niet uitmaken wanneer ik vertrek, zolang ik de huur maar blijf betalen. Ik heb een plaatselijk verhuisbedrijf gevonden dat me kan helpen inpakken en verhuizen zodra ik er klaar voor ben. Het kan zelfs eind deze week al. Daarom wilde ik Max daar morgen maar mee naartoe nemen om hem zijn nieuwe huis te laten zien. Is dat goed, denk je?'

Nicholas dacht even na en zei toen: 'Ik zou niet weten waarom niet. Ik vraag het wel aan tante G. Vanmiddag haal ik Coco op bij haar peetmoeder, die haar vanuit Amerika heeft meegenomen. Zullen we jullie morgen ophalen? Ik wilde haar meenemen naar een pretpark, maar dit zal veel leuker zijn. We kunnen er een dagtrip van maken.'

'Oké. Ja, dat klinkt geweldig. Ik wil Coco heel graag leren kennen. En als je zeker weet dat dat goed is maak ik een afspraak met de verhuizers. Ik heb gewoon het gevoel dat het het beste is als Max en ik Oxford zo snel mogelijk verlaten.'

32

Tommy hield Barbara steeds in de gaten en zag nu duidelijk wat haar eerst maar vaag was opgevallen: Barbara richtte al haar aandacht op mevrouw Whitfield en Roger. Ze deed het niet opvallend en vestigde er niet de aandacht op, maar Tommy zag nu wel hoe intens en toegewijd Barbara bezig was.

Tijdens elke maaltijd zat Barbara naast de een of de ander, meestal naast mevrouw Whitfield, met wie ze ontspannen praatte, terwijl ze ervoor zorgde dat haar tafelgenote alles kreeg wat ze nodig had. Bovendien waren er de lange middagen die ze bij de oude dame doorbracht. *Terwijl Gerry of ik op Molly passen.* 's Ochtends bracht Barbara Roger thee en liep daarna samen met hem door het huis, terwijl Roger soms oreerde en Barbara mompelde, met haar slanke arm door Rogers dikkere arm gestoken. Maar wat Tommy het meest verbaasde was dat Roger zo gevoelig leek. Nu ze erop lette, realiseerde ze zich dat Roger er behoefte aan had dat iemand hem aandacht schonk en naar hem luisterde, en dat Barbara de enige persoon in huis was die dat deed.

Tommy zat in de zitkamer brieven te schrijven, ook al was er geen kans op dat ze die zou kunnen posten. Ze keek op toen Fred opgewonden de kamer binnenkwam.

'Er zijn mensen op de laan. Het ziet ernaar uit dat de mannen de wegen vrij konden maken en ons eindelijk hebben bereikt.'

'Wat?' Tommy liet haar pen vallen en sprong op.

Ze renden samen naar boven en keken door het raam van de overloop naar buiten. Daar, achter de witte vlakte, zagen ze zwarte vlekjes die zich langzaam verplaatsten met achter hen een voertuig dat over de vrijgemaakte weg reed.

'Lieve help!' zei Tommy opgetogen. 'Ze komen naar ons toe. Dat betekent dat we binnenkort weg kunnen. Misschien gaat het wel dooien!' Ze draaide zich om naar Fred en sloeg zonder erbij na te denken haar armen om hem heen. 'Dat is geweldig!' Tranen van vreugde sprongen in haar ogen. Nu het einde misschien in zicht was, realiseerde ze zich hoe ongelofelijk zwaar deze lange periode van afzondering voor hen allemaal was geweest. De duisternis en het gevecht om warm en goed gevoed te blijven had hen allemaal uitgeput en gedeprimeerd, maar nu pas besefte Tommy hoe moeilijk dat voor haar was geweest.

Fred beantwoordde haar omhelzing. Ze sprongen met een bijna kinderlijk plezier om de mogelijke ontsnappingskans op en neer.

'O, sorry! Je wond!' zei Tommy. Ze liet hem meteen los.

'Die is al veel beter, ik ben bijna genezen.' Hij glimlachte vriendelijk. 'Ik vind het helemaal niet erg dat je me omhelst.'

Ze keek hem aan en opeens sloeg haar hart op hol.

Even later had hij haar in zijn armen getrokken en kuste hij haar gretig. 'Tommy,' mompelde hij tussen de kussen door.

Nu kon ze zich niet langer verzetten. Ze moest toegeven aan alles wat ze deze lange dagen en nachten had gevoeld. Ze had niet langer de kracht om zich aan haar belofte te houden. Het was heerlijk om zich eindelijk over te geven. De warmte van zijn lichaam en zijn mond, de houtachtige geur van zijn huid en zijn hunkering die ze in elke kus voelde, waren een soort genezende balsem. Ze sloot haar ogen en gaf zich over aan dit heerlijke genot. *Dit is niet zoals vroeger, met Alec. Misschien...* Ze stond zichzelf toe een beetje hoop te hebben. *Misschien zal het goed zijn.*

'Tommy,' mompelde hij. 'Ik kan alleen maar aan jou denken, ik ben er kapot van. Alsjeblieft...'

'Ja,' fluisterde ze tussen de kussen door. 'Ik voel hetzelfde.'

Weer kuste hij haar innig, met zijn hand in haar haren, terwijl hij zijn andere arm gebruikte om haar met een gretige tederheid tegen zich aan te drukken.

Toen ze voetstappen op de trap hoorden, lieten ze elkaar los, ongemakkelijk, en probeerden normaal te lijken.

Barbara stond daar en keek hen met een koele blik aan. 'Hallo. Ik hoop niet dat ik jullie stoor.'

'Natuurlijk niet.' Tommy probeerde niet te laten merken dat ze buiten adem was. 'We keken net naar de mannen die de weg vrijmaken. Is dat niet geweldig, Barbara? Nu kunnen we hier weg.'

'Ja, dat is fijn,' zei Barbara, maar Tommy kreeg de indruk dat Barbara het helemaal niet fijn vond dat de buitenwereld eindelijk weer bereikbaar was.

Daarna had Tommy het vreemde gevoel dat ze zelf in de gaten werd gehouden. Aan de ene kant wist ze dat Fred naar haar keek. De intensiteit van hun recente kussen zweefde tussen hen in en hij probeerde haar reactie daarop te lezen. Aan de andere kant was Barbara er: de rollen waren omgedraaid en nu was de koele blik in die blauwe ogen op Tommy gericht, kijkend en wachtend.

'Kom mee, Roger,' zei Fred toen ze allemaal bij elkaar kwamen om het nieuws van de naderende redding te delen. 'We moeten naar buiten gaan en proberen bij hen te komen.'

'Oké,' zei Roger, niet in staat zich te verzetten tegen het aanstekelijke enthousiasme om zich heen. 'Ik denk dat we wel genoeg scheppen hebben.'

'Dan gaan we allemaal,' zei Gerry enthousiast. 'Kom mee, kinderen, zullen we gaan graven en kijken hoe snel we hen kunnen bereiken?'

Tommy wist dat ze niet meer dan een meter vooruit zouden komen door die enorme sneeuwhopen buiten en dat het, als alles meezat, nog altijd minstens een dag zou duren voordat ze uitgegraven waren, maar iedereen was vrolijk en het was fijn te zien dat de kinderen zich klaarmaakten om naar buiten te gaan om te helpen.

'Misschien komt er eindelijk een einde aan deze kwelling,' zei mevrouw Whitfield. 'Als ik kon zou ik zelf meehelpen.'

'Het is helemaal niet nodig dat u uw gezondheid in gevaar

brengt,' zei Barbara troostend. 'Wij doen al meer dan genoeg als we ervoor zorgen dat ze zich allemaal kunnen warmen als ze weer binnenkomen. En ik denk dat we nu de lampen wel weer aan kunnen doen om je ogen te sparen, lieve Nancy.' Ze liep naar de lichtschakelaars naast de deur en draaide ze om, waarna de gloeilampen aangingen.

Tommy was verbijsterd. 'Maar Barbara, dat kun je niet doen! Dat is verboden. We mogen het licht pas om twaalf uur aandoen.'

'Je ziet toch zeker zelf dat ze de weg vrijmaken. Als ze de moeite nemen om te proberen hiernaartoe te komen, moeten ze de grotere wegen al hebben vrijgemaakt. Je zult zien dat de elektriciteitsreductie niet meer nodig is. Ik weet zeker dat die alleen is ingesteld zodat de regering kan doen alsof ze iets doet aan de crisis. Daar schiet niemand iets mee op, dus kunnen we net zo goed het licht aandoen als we dat willen.'

'Maar dat is tegen de wet!' zei Tommy. 'Als we worden betrapt krijgen we een boete van honderd pond en dan gaan we naar de gevangenis!'

'Ik hou mijn mond, als jij dat ook doet.' Barbara liep rustig naar de bank en ging naast mevrouw Whitfield zitten die opeens alleen aandacht had voor haar kussenhoes. 'Kan ik je helpen, lieve Nancy?'

'Daar gaat het niet om,' zei Tommy. Ze liep naar Barbara toe en bleef voor haar staan. 'We moeten ons allemaal aan de regels houden, tot die worden opgeheven.'

Barbara keek strak haar aan en zei zacht: 'Je had niet zoveel behoefte je aan de regels te houden toen je mijn penicilline aannam. Waar waren je waarden en normen toen? Je vond het niet erg om Fred uit de problemen te halen toen jou dat goed uitkwam, ook al wist je dat die pillen niet legaal waren verkregen.'

Tommy keek haar aan, verbijsterd. *Ze heeft gelijk. Verdomme, waarom heb ik die pillen aangenomen?* Maar ze wist dat ze geen keus had gehad toen het erop aankwam Freds leven te redden. 'Dat was een volkomen andere zaak, een kwestie van leven en dood. En zolang ik hier de baas ben, blijft het licht uit tot we andere instructies krijgen.'

Haar moeder keek op en zei: 'Thomasina, volgens mij kan het geen kwaad als we ze aan laten, alleen nu. Barbara heeft gelijk, dat spaart mijn ogen.'

Tommy keek haar moeder verbaasd aan. Toen zag ze Barbara's triomfantelijke blik. *Zie je wel?* leek die blik te zeggen. *Ik ben hier nu de baas.*

Iedereen kwam verhit door de inspanningen en volkomen uitgelaten binnen. Gezien de omstandigheden waren ze goed opgeschoten: ze hadden zeker een meter van de laan vrijgemaakt. Die middag, zodra de lessen afgelopen waren, vermaakten de kinderen zich door boven voor het raam te zitten kijken naar de zwarte stipjes die dichterbij kwamen.

'Zullen ze hier rond theetijd zijn?'

'Of tijdens het avondeten?'

'Of wanneer we naar bed gaan?'

'Wanneer we wakker worden?'

'Ze zullen hier snel zijn,' zei Tommy toen ze Antonia en Harry een nachtzoen gaf. Ze praatten over alle dingen die ze zouden doen zodra ze vrij waren en weg konden. Zelfs school leek bijzonder opwindend na alle beperkingen.

Tommy deed de slaapkamerdeur zacht achter zich dicht en liep over de overloop naar de trap. Deze dag was op een nieuwe manier stressvol geweest. De situatie met Barbara was zorgwekkender dan ooit. Toen zij het licht aandeed ging dat in meer dan één opzicht over macht. *Ze wilde me laten zien dat ze kan doen wat ze wil. En moeder koos partij voor haar, niet voor mij. Wat bijzonder vreemd is, omdat moeder de regels normaal gesproken nooit zou overtreden. Maar toch wilde moeder me laten zien dat ze het belangrijker vond dat ik wist dat ze aan Barbara's kant staat.*

Bovendien had ze met Fred gekust. Ze liet haar gedachten erover de vrije loop, zodat ze de duizelingwekkende opwinding die de herinnering eraan opwekte weer voelde. Daarna hadden ze niet met elkaar kunnen praten, maar ze had het gevoel gehad dat ze ondanks dat toch de hele tijd met elkaar gecommuniceerd hadden. Ze had het idee gehad dat ze zwijgend tegen elkaar zeiden: *Binnenkort, binnenkort zijn we weer alleen, en dan kunnen we dat heerlijke herhalen.* Terwijl ze op de overloop liep schrok ze toen iemand voor haar opdook, maar ze zag dat het Gerry was.

'Ik wil de hele dag al met je praten,' zei Gerry. 'Over die afschuwelijke Barbara.'

'Sst,' zei Tommy, terwijl ze om zich heen keek voor het geval Barbara in de buurt was. 'Straks hoort ze je nog.'

'Ik maak me echt zorgen, Tommy. Ze is iets van plan en ik ben bang dat ze haar zinnen op Roger heeft gezet. Hij is aan het veranderen, is je dat niet opgevallen?'

Tommy knikte. 'Ja, maar maak je geen zorgen. Hij heeft geen belangstelling voor haar, niet op die manier. Dus zo zal haar plan niet slagen. Ik heb het gevoel dat ze moeder aan haar kant krijgt en haar best doet om zoveel mogelijk van haar los te krijgen. Ik denk dat ze achter geld aan zit, zoveel ze kan krijgen voordat ze vertrekt.'

Gerry zei gespannen: 'Moeder is toch niet zo gek dat ze zich door Barbara geld afhandig laat maken, wel?'

'Je hoeft niet gek te zijn om ontevreden te zijn met je eigen familie en toe te laten dat iemand je wijsmaakt dat andere mensen veel aardiger zijn.'

'Maar,' zei Gerry gekweld, 'waarom zou ze ontevreden met ons zijn? Wat hebben we gedaan om haar teleur te stellen?'

Tommy pakte haar hand en zei: 'O, lieve schat, dit gaat niet om jou; ik heb haar teleurgesteld, en dat zal ze me nooit vergeven.'

Tommy stuurde Gerry naar beneden. Zelf liep ze naar het raam en bleef in het donker naar buiten staren. Even dacht ze dat ze in de verte achter de akkers lichten zag branden, maar dat was niet zo. De mist vanavond was zo dik dat er vanaf die afstand geen licht doorheen kon dringen. Ze stond bij het raam en stak een sigaret op, een van de laatste in haar laatste pakje. Ze rookte zelden, maar vanavond had ze behoefte aan de rook in haar longen, aan de volwassen smaak ervan en aan het gevoel dat ze een volwassen vrouw was die haar eigen beslissingen kon nemen. Misschien kwam dat mede door de rode wijn die ze tijdens het avondeten hadden gedronken. Roger ging de laatste tijd elke avond naar de kelder en kwam boven met meer flessen uit de voorraad daar. Ze was nu een beetje versuft, waardoor ze terugdacht aan haar vroegere leven in Londen. Toen had ze heel veel gedronken. In de woonkamer van hun kleine Londense huis hadden ze een goed gevuld dienblad met drank gehad, waar ze had geleerd om een goede martini en andere cocktails te mixen die Alec lekker vond. Ze hadden vaak al een of twee glazen op voordat ze gingen zitten, en daarna een paar glazen wijn bij het avondeten. Dat had allemaal geholpen om haar ongevoelig te maken voor de realiteit. Als zij en Alec uitgingen, belandden ze altijd in een nachtclub, meestal het Café de Paris, waar ze tot in de kleine uurtjes bleven drinken. Tommy had echt geprobeerd de perfecte echtgenote te zijn. Ze had uren besteed aan haar uiterlijk en de beste kleren gekocht die ze kon betalen. Toen ze een keer uit het damestoilet in Café de Paris kwam en terugliep naar hun tafeltje had ze iemand horen zeggen: 'Tommy Eliott is zo verdomd elegant, vind je niet?' Ze was als een kind zo blij geweest, ook al was het maar even, want ze kon het alleen maar volhouden, had ze gemerkt, door haar hart af te sluiten, weg te stoppen. Alleen de kinderen konden haar blij maken, en zij waren het enige geworden wat het leven de moeite waard maakte.

En nu was Fred hier die allerlei nieuwe emoties bij haar opriep. Dat was angstaanjagend en opwindend. Ze blies de rook uit en staarde de winternacht in. *Deze vorstperiode heeft iets gedaan waar niets anders tot nu toe in was geslaagd. Die heeft me gedwongen stil te staan, om weinig meer te doen dan denken, urenlang. Ik denk niet dat ik kan voorkomen dat ik weer tot leven kom, zelfs niet als ik dat zou willen. De aantrekkingskracht is gewoon te groot.* Ze nam nog een laatste trekje van haar sigaret en draaide zich om om weer naar de anderen beneden te gaan. *Maar wat moet ik doen als hij me kwetst? Dat zou ik niet kunnen verdragen.*

Ze hoorde een zacht, hoog geluid, geëmotioneerd en aanhoudend. Tommy draaide zich om en luisterde. Toen realiseerde ze zich dat het uit de kamer kwam waar Molly sliep. Barbara had haar dochter al een hele tijd geleden naar een kleinere kamer aan de overloop verhuisd. Tommy liep snel naar de deur en bleef staan om te luisteren; het geluid veranderde in snikken. Ze opende de deur en liep naar binnen, naar het kleine meisje dat onder de dekens op het bed lag.

Molly lag te rillen en ze huilde, terwijl ze haar kussen tegen haar gezicht drukte om het geluid dat ze maakte te dempen.

'Molly, lieve schat, wat is er?' vroeg Tommy. Ze ging naast haar op het bed zitten en sloeg een arm om Molly's schouders. 'Waarom huil je?'

Het duurde even voordat Molly kon praten, maar toen zei ze: 'Omdat ze komen.'

'Wie komen?'

'De mensen die ons weghalen. Met de trekkers en ploegen. Ze komen en halen me weg.'

'Wat? Natuurlijk doen ze dat niet!'

'Wel waar! We waren hier veilig toen er sneeuw lag, maar nu... Ik ga jullie verlaten en ik was hier zo gelukkig.' Ze snikte weer. 'Moeder is ook gelukkig. Ik wil niet dat we weggaan en alleen zijn en niet weten waar we naartoe gaan of waar we zullen wonen.'

'O, Molly.' Tommy had diep medelijden met haar en werd verscheurd door haar wens Barbara te zien vertrekken en haar verlangen om voor Molly te zorgen van wie ze was gaan houden.

'Mag ik hier blijven, bij jullie? Ik wil bij Antonia en Harry zijn. Ik wil blijven. Mag ik?' vroeg Molly fluisterend terwijl ze naar Tommy opkeek met een smekende blik in haar betraande ogen. 'Alsjeblieft?'

'Dat weet ik niet. Ik weet niet wat er gaat gebeuren. Maar ik zal ervoor zorgen dat het goed met je gaat. Ik zal je niet in de steek laten, Molly. Dat beloof ik.'

33

Thuis merkte Caitlyn dat ze steeds weer aan haar gesprek met Nicholas dacht. Patrick had haar door haar zijn wachtwoorden te geven uitgenodigd om zijn meest persoonlijke wereld binnen te treden. Ze had gedacht dat dit niet meer was dan een praktische handeling, omdat ze daarmee toegang had tot bankrekeningen, administratie en de apps van hun huis. Maar misschien was het toch meer geweest dan dat. Ze dacht aan de schatzoektochten die hij voor haar had georganiseerd. Hij zei altijd dat ze bedacht moest zijn op aanwijzingen en alert moest blijven.

'Soms heb je gewoon oogkleppen op,' zei hij weleens boos. 'Je moet altijd nadenken over wat je ziet en waarom.'

Ik zie iets over het hoofd. Ik moet opnieuw op zoek gaan.

Nadat Max naar bed was gegaan haalde Caitlyn Patricks tablet uit haar tas. Ze typte het wachtwoord in, het beeldscherm werd blauw en er verschenen keurige rijtjes apps als deurtjes die toegang beloofden naar andere werelden. Ze scrolde door de schermen. Ze zag de gebruikelijke applicaties, waar niets geheimzinnigs aan was. Weer viel haar blik op de backgammon-app die hij in de bioscoop altijd speelde terwijl ze wachtten tot de hoofdfilm begon. Hij had een hekel aan de reclames, maar omdat hij wel op tijd moest komen had hij behoefte aan deze afleiding. Er waren ook andere games: een fantasycricketgame, spider solitaire en *Snake*, de ouderwetse computerversie waarbij de slang appels moet eten en met elke hap langer wordt waardoor het steeds moeilijker wordt om te voorkomen dat-ie zijn eigen staart tegenkomt. Ook waren er zijn favoriete nieuws-apps, zijn aandelentracker, zijn Spotify.

Caitlyn ging opnieuw naar zijn e-mailaccount en kreeg een afschuwelijk naar gevoel toen ze het laatste mailtje zag dat hij had verstuurd, op de middag van de dag waarop hij was gestorven. Het zal niet veel later zijn geweest dat hij besloot haar te bellen. Het was een mailtje aan Stacey van zijn kantoor, waarin hij haar eraan herinnerde dat ze een cliënt een rekening moest sturen voor zijn uren.

Caitlyn dacht terug aan die laatste ogenblikken. Ze zag in gedachten Patrick in het donker achter in die taxi, die met haar zat te praten, en geen moment vermoedde dat de vrachtwagen op hen af stormde. Ze dacht aan de botsing. Patricks lijkschouwingverslag had tot in detail beschreven welke verwondingen hij had en op welke manier zijn lichaam door de kracht van de botsing uit elkaar was gerukt. Ze geloofde het toen ze zeiden dat hij onmiddellijk dood moest zijn geweest: één moment van verbazing gevolgd door bewusteloosheid. Als een gedoofde kaars, van licht naar donker, in één gewelddadige seconde. Hij zou al dood zijn geweest voordat hij pijn kon voelen, dat was een troost. Ze dacht aan zijn telefoon waarmee ze op het moment van zijn dood contact met elkaar hadden gehad. Het was echt verbazingwekkend dat zijn telefoon niet erger beschadigd was. Misschien was hij uit zijn hand gevlogen en onder een stoel terechtgekomen waar hij beschermd lag en niet werd vermorzeld door de vrachtwagen.

Terwijl Caitlyn dit dacht stond ze op en liep ze naar de logeerkamer boven. Bijna gedachteloos opende ze de doos van Patricks apparatuur waar zijn telefoon in lag, met krassen erop, stukken eraf en een lange barst in het beeldscherm, maar verder nog intact. *Waarom heb ik hier niet eerder naar gekeken?*

Ze wilde hem aanzetten, maar net als bij de tablet was de batterij helemaal leeg nadat hij maanden niet was gebruikt. Dus nam ze hem mee naar beneden, zocht haar eigen oplader en plugde hem in. Een paar minuten later kon hij worden aangezet. Ze pakte het papier met Patricks codes en wachtwoorden erbij, en toetste de pincode in. Het scherm lichtte op en bleek een miniatuurversie van Patricks tablet. Ze vroeg zich af waarom hij zoveel van hetzelfde nodig had gehad.

Ze hield de telefoon losjes in haar hand en streek over het ruwe oppervlak. Dit was het laatste wat Patrick had aangeraakt toen hij nog leefde. Ze tikte op het telefoon-icoon onder aan het scherm, waarna zijn lijst met contactpersonen verscheen, maar daar zouden geen verrassingen zijn. Ze tikte op het icoon 'recente gesprekken' onder aan dat scherm. Daar was het, de lijst met zijn allerlaatste gesprekken. Het laatste was natuurlijk zijn telefoongesprek met haar. Anderhalve minuut. Was dat alles? Het had zoveel langer geleken. Ze had gedacht dat het minstens vijf minuten waren geweest. En op welk moment had de vrachtwagenchauffeur zijn telefoon tevoorschijn gehaald en was hij begonnen met het typen van een berichtje? Twintig seconden voor de botsing? Dertig? Op een bepaald moment, terwijl zij met elkaar praatten, was Patricks dood in gang gezet en ze hadden niet geweten dat elk moment hen dichter bij dat laatste afscheid zou brengen en de dood hen voor altijd van elkaar zou scheiden.

Nu was zijn leven hier, op deze telefoon en op de tablet, voor altijd vastgelegd. Aanwezig en toch ook weer niet.

Ze zag dat het telefoongesprek voor het gesprek met haar lang had geduurd. Twintig minuten. Dat gesprek was bijna precies eenentwintig minuten voordat Patrick haar belde begonnen. Een gesprek met iemand van wie ze nog nooit had gehoord: Allegra.

Ze keek ernaar, haar hart klopte heftig. *Wie is Allegra?*

Zij, zijn vrouw, was de laatste die Patrick had gebeld, om haar te waarschuwen dat Sara haar iets wilde vertellen. Dus wie was Allegra? De naam echode in haar hoofd, die herinnerde haar eraan dat ze dat woord kort geleden had gehoord, maar niet als de naam van een mens. Het was... Ze probeerde het zich te herinneren, vertrok haar gezicht door de concentratie en toen wist ze het weer. *Op Patricks bankafschriften. Er ging heel veel geld naar Allegra Communi-*

cations. Er kwamen een heleboel ideeën in haar op toen de puzzelstukjes op hun plek vielen. Dit moest de sleutel zijn waar ze naar op zoek was geweest, de sleutel die Patricks verborgen leven zou ontsluiten.

Allegra.

Als ze gelijk had was Allegra Sara. En Sara had tijdens haar gesprek met Patrick iets gezegd waardoor Patrick het idee had gekregen dat het tijd werd Caitlyn de waarheid te vertellen. Het was iets belangrijks, iets wat een bedreiging kon vormen voor... wat? Caitlyn zelf? Haar leven met Patrick?

Ze wilden me vertellen dat ze een besluit hadden genomen en hij wilde de eerste zijn die het me vertelde, om welke reden dan ook.

Toch twijfelde ze nog steeds een heel klein beetje. Dat telefoongesprek was een bewijs, maar geen overtuigend bewijs.

Ze stond op en ijsbeerde door de kamer terwijl ze nadacht, nog steeds met de telefoon in haar hand. Toen kreeg ze een ingeving en opende de lijst met contactpersonen in Patricks telefoon. Ze zocht Allegra op... en daar stond het, bijna de eerste naam in zijn lijst contactpersonen. Ook Sara stond erin met haar volledige naam. De beide telefoonnummers waren verschillend.

Maar Patrick had haar speciaal gebeld om haar te waarschuwen voor Sara, niet voor iemand anders. Sara. Tenzij Allegra een vriendin was of... totaal iemand anders?

Ze hapte naar adem toen ze dacht dat Allegra misschien iemand was met wie Patrick een affaire had gehad en dat Sara dat had ontdekt en dat aan haar, Caitlyn, had willen vertellen tenzij Patrick dat zelf deed. *Maar dat slaat nergens op, want Sara kreeg de bloemen en was in dat hotel. En het is Sara die steeds insinueert dat zij en Patrick meer waren dan vrienden. Het is ook niet onwaarschijnlijk dat Sara twee telefoons had.*

Opeens dacht ze aan Nicholas' suggestie dat Patrick misschien verborgen seksuele bestanden op zijn apparaten had staan. Meteen toetste ze met een trillende vinger op de foto-app. Hier konden foto's op staan die niet op de tablet stonden. Ze zag de albums een voor een verschijnen, en onderaan stond een album met de naam *Allegra*.

'O mijn god!' zei Caitlyn hardop. Haar hart sloeg op hol en haar ademhaling versnelde. Ze tikte erop en verwachtte een heleboel foto's – obscene misschien, of romantische. Romantische zouden echt veel erger zijn, dacht ze. Maar er waren er slechts twee, en een daarvan was van een mens. Snel tikte ze erop en toen verscheen de foto op het scherm: de foto van de naakte rug van een vrouw die bij de taille door een korset was ingesnoerd. Haar benen, voor zover ze te zien waren, waren in roze kousen gestoken die met zijden bandjes aan het korset waren bevestigd.

Het was niet mogelijk om veel van het hoofd van de vrouw te zien, maar over haar naakte rug hing een waterval van lange rode krullen.

Caitlyn werd er misselijk van. Eindelijk had ze het bewijs gevonden: het was Sara. Dat kon niet anders. Wie had nog meer zulk rood haar, haren die als rode spiralen naar beneden hingen? Had Patrick deze foto gemaakt? Toen ze beter keek zag ze dat het eigenlijk een selfie was, gemaakt in een spiegel, met de telefoon in een van de handen van de vrouw.

Deze foto was aan hem gestuurd.

Ze voelde zich ellendig en duizelig. Ze had de waarheid willen weten, en hier was de waarheid. Sara had een bijna-naaktfoto van zichzelf aan Patrick gestuurd en hij had die opgeslagen onder haar pseudoniem. Dat was een zeer duidelijk bewijs. 'Nee, nee!' mompelde ze. Toen ze de verdrietige klank in haar eigen stem hoorde realiseerde ze zich hoezeer ze had gehoopt dat ze zich, ondanks al haar vermoedens, had vergist en dat Patrick haar niet met Sara had bedrogen.

Verdoofd door verdriet ging Caitlyn terug naar het albumscherm en tikte op de andere foto. Dat was een zwart scherm met in rode hoofdletters de tekst: ZOEK DE SLANG IN HET GRAS.

Caitlyn hapte naar adem. Ze had het gevoel dat ze zojuist Patricks stem had gehoord. De slang in het gras? Was dit een boodschap voor haar? *Zo voelde ik me altijd tijdens de schatzoektochten, omdat ik nooit zeker wist wat een aanwijzing was en wat niet. Maar waarom zou hij willen dat ik van zijn affaire afwist?*

Patrick hield van spelletjes. Maar hij zou toch niet zo wreed zijn dat hij van een affaire eenzelfde soort spelletje maakte als van zijn schatzoekerij?

Impulsief ging ze weer naar zijn mailaccount. Ze bestudeerde de mappen. Eerder had ze daar niet veel aandacht aan besteed; al die mappen hadden de namen van zijn cliënten, en ze had gedacht dat daar alleen zakelijke correspondentie in zou staan. De map ALLEGRA COMMUNICATIONS had ze genegeerd, maar nu trok die haar aandacht. Terwijl ze hem opende schoot er weer een adrenalinegolf door haar heen. Er stond maar één mailtje in, dat bij nader inzien uit drie berichtjes bestond. Het eerste was van Patrick aan Allegra en luidde: *Je weet wat je moet doen.*

Daarna stond er een bericht van Allegra, zonder tekst, met alleen de foto die Caitlyn in het album had gezien. De reactie op de foto was een tweede mailtje van Patrick en luidde: *Goed gedaan.*

'Wat gebeurt hier verdomme?' riep ze luid. 'Wat voor spelletje spelen jullie?'

Caitlyn stond trillend op en keek naar de foto en de mailtjes alsof die meer zouden onthullen en haar de antwoorden zouden geven die ze wilde hebben.

Er is maar één manier om hierachter te komen. Ze ging weer naar Patricks lijst contactpersonen. Alle onschuldige namen en nummers, verzameld in de loop der jaren, met daartussen verborgen één giftige naam: *Allegra.*

Haar vinger bleef boven het nummer hangen, haar mond werd droog en ze haalde sneller ademde. Toen drukte ze erop.

Ze hoorde de telefoon overgaan. Hij bleef overgaan, zonder dat iemand de telefoon opnam en zonder dat het gesprek naar de voicemail ging.

Ze wilde het net opgeven toen het rinkelen opeens ophield en een stem aan de andere kant van de lijn onduidelijk door de drank huilend vroeg: 'O mijn god, Patrick, ben jij dat? Zeg alsjeblieft dat jij het bent! O, Patrick.' De stem begon te snikken. 'Ik mis je!'

'Je weet best dat dit Patrick niet is!' riep Caitlyn. 'Je weet wie dit is!'

'Ik wil hem gewoon zo graag terug,' jammerde Sara. 'Ik hield meer van hem dan jij ooit van hem hebt kunnen houden.'

Caitlyn verbrak de verbinding en smeet de telefoon door de kamer.

34

Er heerste een uiterst vreemde stemming tijdens het avondeten. Toen Gerry en Tommy de borden naar de bijkeuken brachten, siste Gerry: 'Het lijkt wel alsof er een moord is gepleegd! Nu ik erover nadenk, het feit dat we zijn ingesneeuwd zorgt precies voor de omstandigheden in een Agatha Christie!'

'Het is echt heel bizar,' beaamde Tommy, terwijl ze om zich heen keek om te controleren of Ada en Thornton, die aan de keukentafel zaten te eten, hen niet hadden gehoord. 'Het lijkt wel of er iets staat te gebeuren.'

'Waarom drinkt Roger eigenlijk zo ontzettend veel?' vroeg Gerry, die net de vuile vaat op het aanrecht zette. 'Hij heeft de derde fles al opengemaakt, en ik heb amper iets gehad, net als moeder.'

'Ik heb werkelijk geen idee. We moeten maar hopen dat dit betekent dat hij in een betere bui is.'

Maar de manier waarop Roger het ene glas na het andere achteroversloeg had iets roekeloos over zich. Fred hield hem dapper bij en ook Barbara liet haar glas steeds bijvullen. Gerry keek met een soort ontstelde fascinatie toe, terwijl mevrouw Whitfield helemaal niets leek te merken. Tommy dronk nog een glas en merkte dat ze daar alleen maar nog somberder door werd. Waarom liep alles zo verkeerd? Wat was er gebeurd – in een huis waarin het had gevoeld alsof er dagenlang niets gebeurde – waardoor alles was veranderd?

Ze wilde zich net verontschuldigen en naar boven gaan om te slapen toen Roger zijn sigaret uitdrukte, een theelepeltje pakte en daarmee tegen zijn wijnglas tikte.

'Opletten, alsjeblieft!' riep hij, een beetje brallend. 'Ik heb een belangrijke mededeling.'

Iedereen keek naar hem, met grote ogen en vol verwachting, behalve Barbara, die haar hoofd boog en bescheiden naar het tafelkleed keek.

Roger kuchte en zei: 'Ik weet zeker dat jullie allemaal heel blij en enthousiast zullen zijn... omdat ik... als jullie horen dat Barbara me heeft vereerd door zich bereid te verklaren mijn vrouw te worden.'

Tommy hapte naar adem en Gerry slaakte een gesmoorde uitroep.

Mevrouw Whitfield glimlachte en zei: 'Wat een heerlijk nieuws. 'Echt geweldig. Gefeliciteerd, Roger, lieve schat. Barbara, kom hier en geef me een kus.'

Fred trok een wenkbrauw op en zei: 'Gefeliciteerd. Dat heb je goed geheim gehouden. Ik ben blij voor jullie allebei.'

Roger knikte langzaam, glimlachend, met zijn ogen half gesloten, alsof hij er niet helemaal bij was. Daarna zei hij: 'Ja, iedereen is heel gelukkig.'

'Gefeliciteerd, Roger,' zei Tommy met een stem die, ondanks alle moeite die ze deed, strak en gespannen klonk. 'Wat een geweldig nieuws.' Heel even had ze de neiging op te springen en te roepen: *Waarom doe je dit, stomkop die je bent? Je weet dat je ongelukkig zult worden. Je kunt onmogelijk gelukkig worden met haar, nooit, hoezeer je je best ook doet!* Maar dat kon niet, dat was niet juist. Ze moest doen alsof alles in orde was, ook al was dat niet zo.

'Gefeliciteerd, Roger,' zei Gerry, met een verbaasde klank in haar stem. Tegen Barbara zei ze: 'Ik wens je alle geluk voor de toekomst.'

'Dank je, Gerry,' zei Barbara met honingzoete minzaamheid. Terwijl iedereen naar Barbara keek leek ze binnen een paar tellen groter te worden, alsof ze de rol van kasteelvrouwe op zich nam.

Maar Roger keek naar Tommy. 'Jij lijkt niet erg blij voor me te zijn, Tommy,' zei hij. 'Is er iets mis?'

Ze opende haar mond om te zeggen: *Natuurlijk niet*. Maar toen ze iets zei, merkte ze dat er iets totaal anders uit haar mond kwam. 'Ik denk dat dit verkeerd is, Roger. Ik geloof niet dat je dit echt wilt.'

'O, geloof je dat niet?' zei Roger dreigend. Hij pakte zijn glas en nam een grote slok wijn. 'Volgens mij weten we allemaal wel waarom niet, Tommy. Je wilt niet dat jouw rol wordt overgenomen. Je probeert al jaren me mijn rechten te ontnemen, je hebt de oorlog gebruikt om wat van mij is van me af te pakken. Jij dacht dat je het huis en alles erin van me kon afpakken.'

'Dat is onzin!' protesteerde Tommy. 'Ik wilde de leiding helemaal niet op me nemen. Dat deed ik omdat ik wel moest! En ik wil het huis helemaal niet van je afpakken. Maar jij hebt nooit laten blijken dat je er ook maar iets mee te maken wilde hebben. Je zei altijd dat je zodra je voldoende genezen was meteen weer naar Londen zou gaan.'

'Je wilde dat ik dat zou zeggen,' zei Roger. 'Jij hebt dat idee in mijn hoofd geplant, zodat ik zou weggaan en jij hier de baas kon blijven.'

'Dat is onzin!'

'Nee!' snauwde Roger, terwijl hij rood aanliep. 'Ik heb dat heel lang niet gezien, maar ineens werd het me duidelijk: toen zag ik het. Jij wilt alles hebben – het huis, het geld... zelfs mijn beste vriend.' Hij keek naar Fred, opeens met een gekwelde blik. 'Jij hebt Fred ook van me afgepakt. Mijn enige vriend, mijn beste vriend. Zodra hij hier was moest je je klauwen in hem zetten, nietwaar? Weer iets waar je beslag op kon leggen. Prima! Je hebt hem! Jullie broeden samen allerlei plannetjes uit!'

'Hé, ouwe vriend, wat zeg je nu?' zei Fred bedaard. 'Dat zijn wel erg wilde beschuldigingen. We broeden samen helemaal niet allerlei plannetjes uit, zoals jij het noemt.'

'Het spijt me heel erg,' zei Barbara opeens, met haar hoge, lichte stem. 'Het spijt me echt, maar jullie broeden wél plannetjes uit. Jij en Tommy spannen samen. Ik heb jullie vandaag bezig gezien. Jij kuste haar, dat heb ik zelf gezien.'

Mevrouw Whitfield hapte naar adem en keek geschokt naar haar dochter. 'Thomasina!'

Tommy bloosde, terwijl Roger weer een grote slok nam. Ze stamelde: 'Ja maar–'

'Ontken het maar niet!' riep Roger, woedend opeens, en hij zette zijn wijnglas met een klap op de tafel. 'Jullie zijn betrapt, snap je dat dan niet?'

'Een kus is geen misdaad, hoor,' zei Tommy zo uitdagend mogelijk.

'Ha! Maar wel als je van plan bent iemands erfenis te stelen!'

'Dat is belachelijk, natuurlijk doe ik dat niet.'

'Barbara zegt iets anders.'

'Wat zegt Barbara dan?' vroeg Tommy, niet langer alleen beschaamd maar ook steeds kwader. 'En waarom zou je haar geloven?'

Roger zei: 'Als Barbara het niet had gezien, hadden we niet eens geweten wat jullie van plan zijn. Zij staat aan onze kant.'

'Bovendien,' zei Barbara, 'ben ik niet de enige die weet dat je iets met Fred hebt. Gerry weet het ook, nietwaar, Gerry?'

Gerry werd rood en keek naar het tafelkleed. 'Eh,' mompelde ze, 'misschien wel. Misschien zag ik dat je Fred kuste.' Ze keek Barbara met een beschuldigende blik aan. 'Maar ik spioneerde niet. Toen ik begreep wat er gebeurde, ben ik weggelopen.'

Fred pakte een sigaret en stak hem op, het enige teken dat hij zich niet op zijn gemak voelde. 'Luister, Roger, een beetje romantiek is helemaal niet erg. Een kus af en toe stelt niets voor. Maar je maakt het wel erg bont door Tommy ervan te beschuldigen dat ze je erfenis probeert te stelen. Voor zover ik het kan zien heeft ze die juist voor je gered.'

'Niet echt,' zei Barbara, kil en zelfverzekerd. 'Jullie hebben uitgewerkte plannen om iets te stelen.'

'Wat?' vroeg Tommy woedend. 'Hoe dúrf je? Jouw kamer stond vol met onze spullen en je draagt de sieraden van mijn moeder!'

'Wat een minderwaardige opmerking, Tommy,' zei Barbara waardig.

‘Barbara heeft mijn toestemming om alles te dragen wat ze wil,’ zei mevrouw Whitfield. ‘Maar ik begrijp niet wat Tommy wil stelen.’

‘De Gainsborough,’ zei Barbara. Ze keek Tommy recht aan. ‘Volgens mij heb jij Fred overgehaald een kopie voor je te maken. Je was van plan het origineel te stelen en te verkopen, zodat je de opbrengst in eigen zak kon steken, ongetwijfeld om Freds gebombardeerde appartement in Londen te vervangen door een heel mooi huis in Londen. Dan zou je het huis aan Roger kunnen overdragen zonder het meest waardevolle stuk, wat dan van jou zou zijn.’

Tommy keek haar verbijsterd aan, en Fred werd lijkbleek.

Mevrouw Whitfield keek geschokt en stond op. ‘Is dit waar?’

Roger wendde zich tot Fred. ‘Dat was min van je, Fred. Dat weet je heel goed. Dat je hier als mijn vriend naartoe kwam en meedeed met Tommy’s gemene plannetje.’

‘Nou moet je eens goed luisteren, zo is het helemaal niet–’ begon Fred, maar hij werd in de rede gevallen.

Mevrouw Whitfield snoerde hem de mond met een woedende blik en praatte gewoon door hem heen. ‘Ik herken de waarheid als ik die hoor,’ verklaarde ze, kil en woedend. ‘Thomasina, ik schaam me diep voor je. Eerst geloofde ik Barbara niet, maar jouw reactie op het nieuws van Rogers verloving heeft me alles verteld wat ik moet weten. Kun je me met je hand op het hart beloven dat je nooit van plan was het schilderij te verwisselen, zoals Barbara zegt?’

Tommy opende haar mond, maar kon geen woord uitbrengen. Diep vanbinnen was ze zo eerlijk dat ze niet kon zweren dat ze daar nooit zelfs maar even aan had gedacht. Haar aarzeling was voldoende.

‘Hij kón je?’ vroeg haar moeder zacht. ‘Hoe kón je ons zo verraden?’

‘Wacht. Dit klopt niet. Laat het me uitleggen!’ zei Tommy.

‘Het bewijs staat op de ezel in de bibliotheek,’ zei Barbara luchtig.

Mevrouw Whitfield keek Fred aan. 'Meneer Burton Brown, ik vrees dat ik u moet vragen onmiddellijk te vertrekken.'

Tommy sprong op. 'Dat is onzin. Het kopiëren van dat schilderij is altijd alleen maar voor de lol geweest en het schilderij is nog niet eens klaar! Je kunt Fred niet wegsturen nu hij nog herstellende en het weer zo slecht is.' Ze keek haar moeder aan. 'Als hij gaat, ga ik ook!'

'Uitstekend,' zei haar moeder, terwijl ze langzaam weer ging zitten. 'Misschien is dat wel het beste.'

Tommy hapte gekwetst naar adem.

'Je mag de kinderen hier laten tot je andere regelingen hebt getroffen,' zei mevrouw Whitfield.

Tommy werd bleek en fluisterde: 'Wil je dit echt doen, moeder? Ons drieën dwingen te vertrekken? Hoe moet het dan met Molly?'

Barbara zei met een kille blik: 'Wat is er met haar? Zij blijft natuurlijk bij mij.'

Fred stond ook op en drukte zijn sigaret uit. 'Mevrouw Whitfield, natuurlijk vertrek ik als u dat wilt. Ik vind het verschrikkelijk dat u denkt dat ik ooit misbruik zou maken van uw gastvrijheid. Maar Tommy heeft niets verkeerd gedaan!'

'Ze heeft me teleurgesteld,' zei mevrouw Whitfield. 'En nu is zij degene die hier onenigheid veroorzaakt.'

'Dat is niet waar, moeder. Ik heb mijn best gedaan,' zei Tommy met een trillende stem. 'Ik heb altijd mijn best gedaan en dat was nooit genoeg. Ik begrijp niet waarom je de voorkeur geeft aan Barbara boven mij.'

'Omdat,' zei mevrouw Whitfield met een bittere klank in haar stem, 'zij tenminste deugdzaam is.'

Even hing er een ontzette stilte en toen barstte Gerry in tranen uit.

Tommy draaide zich om en rende de kamer uit.

35

'Voel je je wel goed?' vroeg Nicholas toen Caitlyn de volgende ochtend de voordeur opendeed. 'Je ziet eruit alsof je een slechte nacht achter de rug hebt.'

'Het gaat goed,' zei ze gedachteloos, maar ze wist dat ze er slecht uitzag. Eindelijk waren de tranen gekomen, een heftige uitbarsting die haar in bezit nam en diep schokte. *Ik wilde het niet geloven. Ik geloofde het niet tot ik haar stem hoorde. Wie was je, Patrick? Heb ik je ooit echt gekend?*

Toen ze in het eerste ochtendlicht versuft wakker werd was het eerste wat ze dacht: *Ik hoop verdomme dat ik haar bang heb gemaakt door haar met Patricks telefoon te bellen. Ze was dronken. Ik durf te wedden dat ze heel even dacht dat hij haar echt vanuit de spirituele wereld belde. Of anders is ze zo rancuneus dat ze deze kans wilde benutten om mij haar zogenaamde liefde voor hem onder de neus te wrijven.*

Nu keek Caitlyn naar het meisje naast Nicholas. Ze was tenger, had een breed gezicht met sproeten en een open blik, ver uit elkaar staande bruine ogen en dunne, rechte wenkbrauwen. Caitlyn keek haar glimlachend aan. 'Kijk eens aan, jij moet Coco zijn.'

Coco glimlachte, waardoor ze een dubbele rij blokjesbeugels liet zien, en zei: 'Hi!'

'Kom binnen, dan kun je Max leren kennen. Ik ben nog bezig met het inpakken van een picknick, maar als ik daarmee klaar ben kunnen we gaan.' Caitlyn liet Coco binnenkomen.

Nicholas kwam achter haar aan naar binnen en vroeg ongerust: 'Nee echt, Caitlyn. Wat is er mis?'

Ze keek hem met een verdrietige glimlach aan. 'Ik heb mijn bewijs.'

'Echt waar?' Hij keek om zich heen. 'Wat is het dan?'

'Een bijna-naaktfoto op zijn telefoon. En ik belde het nummer van de laatste persoon met wie hij heeft gepraat voordat hij mij belde, dezelfde persoon die die foto heeft gestuurd. En raad eens wie opnam?'

'O mijn god!' Nicholas stak zijn armen uit en trok haar tegen zich aan. 'Dat is afschuwelijk! Wat erg voor je.'

'Volgens mij was ze dronken. Ze was echt aan het huilen. Ze kon niet wachten me te vertellen dat ze meer van Patrick heeft gehouden dan ik.'

'Mooi is dat.' Nicholas stapte naar achteren. 'Voel je je goed genoeg om vandaag op stap te gaan?'

'Ja hoor, ik voel me prima. Nee, niet prima. Ik heb het gevoel dat mijn hart opnieuw is gebroken, maar dan op een andere manier.'

'We hoeven niet te gaan als je niet wilt.'

'Nee, ik wil wel. Ik denk dat het juist beter voor me is.'

Toen de picknickmand ingepakt was gingen ze naar buiten. Nicholas bond de mand achter op de MG. De zachte koeltassen werden onder de voeten van de kinderen gezet en zij zaten boven op de picknickkleden.

'Kom mee,' zei Nicholas. Hij schoof achter het stuur. 'Klaar? Dan gaan we.'

Caitlyn wilde net instappen toen ze iets verderop in de straat een auto zag aankomen.

Even later kwam Sara eraan rijden. Ze droeg een crèmekleurige hoed die ze omlaag had getrokken en een zonnebril, waardoor haar blik verborgen bleef. Ze zag er zoals altijd elegant uit met haar witte lange broek en een soepel vallend groen katoenen topje. Toen ze dicht bij hen was riep ze: 'Zo, dát ziet er leuk uit. Waar gaan jullie naartoe? Nodigen jullie me niet uit om mee te gaan?'

Nicholas kreunde en mompelde: 'O mijn god, ze heeft me kennelijk achtervolgd. Sorry, hoor. Ik heb er niet aan gedacht dat ze misschien op de uitkijk stond.'

'Misschien was dat niet zo,' zei Caitlyn zacht. 'Misschien was ze er al.'

Toen Sara naast hun auto stopte keek Caitlyn haar recht aan. 'Vandaag niet, ben ik bang. Er is alleen genoeg plek voor ons.'

'Gezellig, hoor. Maar dat vind ik niet erg aardig.' Sara's stem kreeg een harde klank. 'Dat vind ik helemaal niet aardig.'

'Als iemand weet wat niet aardig zijn is, ben jij dat wel, Sara.'

Sara keek haar aan en toen verscheen er een glimlach op haar gezicht. 'Je hebt alles dus eindelijk uitgedokterd?'

'Hoe kón je?' vroeg Caitlyn, met een ruwe klank in haar stem door haar verdriet en haar woede. Toen dacht ze aan Max, die meeluisterde. 'Weet je, ik wil het helemaal niet weten.'

'Ik bewees je een dienst,' zei Sara kil. 'Anders had je hem niet zo lang kunnen houden. Nu je het hebt geraden kun je net zo goed de hele waarheid weten.'

Nicholas startte de motor en liet die brullen, zodat Sara's woorden werden overstemd, en Caitlyn glipte snel in haar stoel en sloeg het portier met een klap dicht. 'Ik ben er helemaal klaar mee, dank je wel. Een fijne dag nog. Dag.'

'Zo gemakkelijk kom je er niet van af!' snauwde Sara. 'Je kunt er niet voor weglopen. Dat laat ik niet gebeuren!'

'Probeer me maar eens tegen te houden.'

Nicholas begreep wat hij moest doen en reed snel weg. Caitlyn keek in de zijspiegel en zag dat Sara terugliep naar haar auto.

'Goed gedaan,' zei Nicholas tegen Caitlyn. 'Ik denk dat ze de boodschap wel begrijpt.'

Maar even later reed Sara's auto achter hen aan. Nicholas moest stoppen bij de kruising en tegen de tijd dat er ruimte was om de hoofdweg op te rijden reed zij vlak achter hen.

'O mijn god,' mompelde Nicholas, terwijl hij in de spiegel naar de auto achter hen keek. 'Ze volgt ons.'

'Ze moet deze kant op,' zei Caitlyn. 'Ze slaat waarschijnlijk wel af.'

Sara bleef helemaal tot aan de ringweg achter hen rijden, reed vlak achter hen over de rotonde en daarna de A34 op.

Caitlyn werd steeds ongeruster. 'Je hebt gelijk, ze volgt ons echt. Kunnen we haar afschudden zonder iets doms te doen?'

'Zelfs als we wel iets doms doen, zou dat moeilijk zijn. Haar auto heeft meer vermogen dan dit ouwe ding, dat alleen maar veel lawaai maakt, maar niet echt hard kan, ben ik bang. En het is een min of meer kaarsrechte weg van hier naar het huis. We moeten maar hopen dat ze afhaakt.'

'We mogen haar niet naar Kings Harcourt leiden. Als we haar niet snel kwijtraken moeten we omkeren.' Caitlyn was kwaad en bang, een vervelende mix. Had ze Sara te erg getergd? *Nu begrijp ik waarom ik bij haar altijd op veilig heb gespeeld. Ik heb nooit willen weten hoever ze zou gaan. Ik wilde haar gemene kant niet zien.*

Een normale vrouw zou zich schamen als bekend was geworden dat ze een affaire had gehad met de echtgenoot van haar beste vriendin. Ze zou zich misschien vernederd hebben teruggetrokken. Maar Sara niet. *Ze bewees me kennelijk een dienst! Ze wilde een confrontatie en die zal ze krijgen, hoe dan ook. Dat is mijn macht. Ik kan weigeren daaraan mee te doen. Ik zal haar niet geven wat ze wil.*

'Oké,' zei Nicholas zacht en ernstig, 'als we haar niet snel kwijt zijn, gaan we terug.'

De kinderen, die het gesprek door de wind om hun oren niet konden volgen, wisten niet waarom Nicholas opeens naar de buitenste baan van de uitrit zwenkte en het gaspedaal keihard intrapte. Hij had een moment uitgekozen waardoor hij net voor een stroom verkeer kwam, zodat het onmogelijk was voor Sara om achter hen aan de afslag te nemen. Hij hield zijn voet op het gaspedaal en reed zo hard als de MG kon, waardoor de snellere auto's achter hen bijna in zijn kofferbak zaten en met hun koplampen seinden om aan te geven dat hij opzij moest gaan.

'Nog eventjes,' zei Nicholas met zijn handen stijf om het stuur geklemd, 'gewoon voor de zekerheid.'

Toen schoot hij opeens naar de andere rijbaan, gaf weer richting aan en nam een afslag die Caitlyn amper had zien aankomen. 'Een soort omweg.' Hij keek haar grijnzend aan toen hij remde en het gebrul van de motor minder werd. 'Maar volgens mij was het de moeite wel waard. We zijn haar kwijt.'

Nu Sara de A34 moest blijven volgen en niet wist dat zij de afslag hadden genomen, verbeterde Caitlyns stemming. Ze voelde zelfs enige triomf doordat zij en Nicholas hadden gewonnen.

De rit was troostend. De bittere gevoelens die Sara's komst had veroorzaakt verdwenen langzaam en de schoonheid van het platteland verrichtte wonderen. Toen ze het kleine dorp vlak voor Kings Harcourt bereikten werd ze overweldigd door de schilderachtigheid ervan. *Dit is echt belachelijk mooi.* De eeuwen hadden de huizen en de winkels van het dorp amper aangetast. Ze hadden een matte, gouden glans. De stenen muren waren begroeid met klimrozen en clematis. Er was nog steeds een dorpswinkel, zag Caitlyn, en een ouderwetse tearoom annex bakkerij met in de etalages rijen gebak met de verleidelijke kleuren van passievrucht en framboos.

Zodra ze het dorp verlaten hadden, sloegen ze rechtsaf en reden de laan in met de oude wegwijzer naar Kings Harcourt. Even later konden ze het huis zien. Ze reden op de zijgevel af, waarvan de ramen uitzicht boden op de akkers richting het dorp en de torenspits van de kerk.

Als dit van mij was, zou ik het nooit verlaten. Terwijl ze dichterbij kwamen dacht ze verlangend aan Patrick, aan de man die ze had gekend vóór al deze kwalijke onthullingen. Hij zou dit huis fantastisch hebben gevonden. *Misschien hadden we allebei gelukkig kunnen zijn in een huis als dit, weg van de stad, alle druk en alle mensen en de gevoelens die de stad bij hen opriep.* Ze wilde dat ze de kans hadden gekregen een ander leven uit te proberen, een leven waarin Patrick meer thuis was en Max altijd bij hen woonde en ze misschien nog meer kinderen kregen om een huis en een tuin te vullen met geroep en gelach. *Ver weg van Sara en haar manische wereld en pretenties en opgeklopte fictie.*

Nicholas reed tussen de hekpalen door en stopte achter het hoofdhuis. De achterkant was meer vervallen dan de fantastische voorgevel deed vermoeden. Een aanbouw leek een voormalige varkensstal, en er stonden verschillende bijgebouwen en schuren. Achter het huis leek het bos heel dichtbij. De bomen zaten vol in blad en hadden een limoengroen waas, en het gras en de hagen waren explosief tot leven gekomen. Ze hoorden gezoem van insecten en helder vogelgezang, en alles leek vol leven.

'Dit is prachtig,' zei Caitlyn.

Ze liepen met de picknickmand bij het bos met de fazantenrennen vandaan over het gladde gras van de verzorgde gazons naar het weiland. In het hoge gras stonden kleine blauwe en gele bloemen die druk werden bezocht door bijen.

Max en Coco leken het uitstekend met elkaar te kunnen vinden. Ze begonnen fanatiek te frisbeeën, terwijl Nicholas en Caitlyn de picknick klaarzetten. Het was een feestmaal: salades, kazen, gekruide vleeswaren en vers brood, gevolgd door aardbeien en kleine honingmeringues met een grote dot slagroom erop. De kinderen dronken gemberbier, terwijl Nicholas een fles koude champagne openmaakte.

'Deze heb ik bewaard voor een bijzondere gelegenheid, en nu lijkt het geschikte moment daar.'

De kinderen stonden op om weer te gaan spelen en de volwassenen zaten op de kleden naar hen te kijken. Caitlyn genoot van de zon op haar gezicht en armen. Ze had het gevoel dat ze langzaam maar zeker helemaal ontdooide.

Nicholas keek naar de kinderen, met zijn champagneglas op een knie, terwijl de zon op zijn zonnebril schitterde. 'Max is een heel leuk kind,' zei hij. 'Hij lijkt op jou.'

'Is dat zo?' Caitlyn was verbaasd. 'Mensen zeggen altijd dat hij op Patrick lijkt.'

'Maar ja, aangezien ik Patrick nooit heb ontmoet, zie ik jou het vaakst.'

Ze was opeens ontzettend blij dat hij Patrick nooit had ontmoet en dat dat ook nooit zou gebeuren. Dat deel van haar leven en dit deel – wat het ook was – waren van elkaar gescheiden. De wetenschap dat ze na al die tijd eindelijk had gebroken met Sara was een opluchting, maar tegelijkertijd had ze het gevoel dat ze met geweld terug was bij de eerste pijn door Patricks dood doordat ze hem in zekere zin opnieuw verloor.

Ze keek even naar de kinderen die heen en weer renden en zei toen: 'Volgens mij is Coco een fantastisch kind. Zo zelfverzekerd en mondig. Ik weet zeker dat ik op mijn twaalfde niet zo was.'

Nicholas glimlachte trots. 'Ja, ze is geweldig. Het is vreselijk om zover bij haar vandaan te wonen, maar ik ben blij dát ze in mijn leven is. Ik probeer haar moeder over te halen om haar over een paar jaar hier naar school te sturen. Coco zou naar Oxford kunnen, daar is ze slim genoeg voor, en haar moeder zal het vast fijn vinden. Mijn plan is dus dat ze hiernaartoe komt om zich voor te bereiden op het toelatingsexamen voor de universiteit. Dat duurt nog maar een paar jaar.'

Caitlyn nam een slok van de koude champagne, die ze tot haar verrassing erg lekker vond. 'Je bent gek op haar, dat is duidelijk.'

Nicholas keek haar glimlachend aan, maar zijn ogen achter de donkere glazen van zijn zonnebril waren niet te zien. 'Misschien ben ik wel gek op meer mensen,' zei hij zacht.

Ze voelde een tinteling op haar huid en kreeg kippenvel. Ze nam aan dat hij haar iets duidelijk wilde maken. Ze had zich weleens vaag afgevraagd of hij dacht dat er misschien iets mogelijk was tussen hen. Nu niet, daar was het veel te vroeg voor, maar ooit. 'Dat is lief van je,' zei ze zacht. Daarna voegde ze eraan toe: 'Je bent een goede vriend. Dank je.'

Nicholas zette zijn glas neer en sprong op, vrolijk opeens. 'Kom op, laten we gaan frisbeeën!' riep hij, en hij pakte haar arm om haar overeind te helpen, zodat ze konden rondrennen en samen met de kinderen konden spelen in de door de zon opgewarmde, geurige wei.

Na de lunch pakten ze alles weer in en liepen ze naar het huis om Geraldine te begroeten. Ze zat wakker en levendig in haar woonkamer en praatte een tijdje met de kinderen, die allebei keurig stil zaten en beleefd praatten met een dame van in de negentig.

Geraldine stuurde Coco en Max naar Renee in de keuken, waar net koekjes waren gebakken. Daarna wendde ze zich tot Nicholas en Caitlyn. 'Luister, lieve schatten van me, wat leuk om jullie weer samen te zien. En wat fijn dat ik de kinderen hier zie. Dat maakt me erg gelukkig.'

'Tante, het is een beetje verontrustend hoe graag je wilt dat ik een gezin sticht.' Nicholas lachte.

'Is dat dan vreemd?' antwoordde zijn tante. 'Je wordt oud! Je hebt een vrouw nodig en een echte woning in plaats van de eeuwige student uit te hangen.'

Nicholas keek van opzij naar Caitlyn. 'Tante Geraldine realiseert zich niet dat ik geen student ben. Ik geef lés aan studenten, weet je nog?'

Zijn tante keek hem met een liefhebbende blik aan. 'Omdat je een heel slimme jongen bent. En ik ben ervan overtuigd dat Caitlyn een heel slim meisje is.' Geraldine keek Caitlyn aan. 'En ik begrijp dat je volgende week hier komt wonen. Wat een fantastische tijd van het jaar om hier te komen. Dit huis is echt op z'n best in de zomer.'

'We hebben er heel veel zin in,' zei Caitlyn oprecht. Ze voelde zich hier veilig. Beschermd. Verborgen. 'Ik ga Max nu een beetje rondleiden, zodat hij het huis ook leert kennen.'

'Goed idee,' zei Geraldine. 'Dan kan Nicholas hier blijven en mij gezelschap houden.'

Caitlyn ging naar de keuken, naar Max en Coco.

Ze reden langzamer terug naar Oxford dan ze hiernaartoe waren gekomen en de frisse avondwind bracht hun haar in de war. In Caitlyns rustige straat was Sara's auto nergens te zien; er hing een fijne en kalme sfeer, een echte vakantieavond.

‘Ga nog even mee naar binnen,’ zei Caitlyn. Ze maakte snel wat pasta klaar voor Max en Coco, die dat opaten terwijl ze naar een film keken. Ondertussen zaten zij en Nicholas in de keuken zacht met elkaar te praten. Nu ze niet langer in Kings Harcourt en de verleidelijke sfeer daar waren, werden Sara en haar onvoorspelbare gedrag weer belangrijk.

‘Denk je dat ze je zal blijven volgen?’ vroeg Caitlyn terwijl ze de vaatwasser vulde.

‘Wie weet? Misschien houdt ze er nu mee op. Ze moet toch begrijpen aan wiens kant ik sta. Ze kan niet twee keer hetzelfde trucje uithalen.’ Nicholas verzamelde de pannen en waste ze af in de gootsteen vol afwaswater. ‘Of misschien trekt ze zich helemaal terug.’

‘Ik denk dat dat te veel gevraagd zal zijn.’

Nicholas zei: ‘Wat er ook gebeurt, ik zit in hetzelfde schuitje als jij, oké? Je bent niet alleen.’

Ze voelde opeens een sterke genegenheid voor hem. ‘Dank je, Nick.’ Ze keek hem glimlachend aan. ‘Wie zou ooit hebben gedacht dat we dit zouden meemaken? Dat we samen de afwas zouden doen terwijl we over Sara praten.’

‘Dat is vreemd,’ gaf hij toe. ‘Maar het leven brengt je vaker terug naar het begin, dat heb ik tenminste ondervonden.’ Hij keek geconcentreerd naar de pan in zijn handen en vroeg daarna met een ondoorgrondelijke blik: ‘Je had dus besloten om Patricks mails weer te bekijken? En toen vond je die foto?’

‘Ja. En dat doet me ergens aan denken. Kijk.’ Ze pakte Patricks telefoon en liet Nicholas de tweede foto zien. ‘Hier staat: “Zoek de slang in het gras.” Wat betekent dat volgens jou?’

Nicholas fronste. ‘Het lijkt alsof hij Sara bedoelt: de slang in het gras.’

‘Ja, maar dit staat naast een foto van haar. Ik bedoel, ik heb haar al gevonden. Ik hoef niet te blijven zoeken.’

‘Ik neem aan van niet.’

‘En het is een vreemde manier om haar te beschrijven, als ze een affaire hadden. Hij zou even gemeen zijn, gemener zelfs.'

Nicholas keek niet-begrijpend. 'Dan weet ik het niet. Klinkt dit als iets wat hij zou zeggen?'

'Ja, inderdaad. Hij vond het leuk aanwijzingen voor me achter te laten.' Ze zuchtte. 'Maar inmiddels weet ik niet meer of ik Patrick eigenlijk wel kende, niet nu ik heb ontdekt wat hij echt heeft gedaan.'

'Dus was hij niet iemand die ontrouw zou zijn?'

'Een affaire hebben zou echt niets voor hem zijn. En met Sara... Ik had gedacht dat dat absoluut onmogelijk was. Maar al deze bewijzen...'

Nicholas zette een schone pan op het afdruiprek. 'Dit verandert je gevoelens voor hem.'

'Dat kan niet anders,' zei Caitlyn heel zacht. 'Ik vind het vreselijk, maar het is niet te ontkennen. Uiteindelijk blijkt Patrick niet te zijn wie ik dacht dat hij was. En dat is het ergste, dat is wat ik het meest hartverscheurend vind.' Ze werd opeens overmand door verdriet, bitter en pijnlijk. 'Ik weet niet om wie ik rouw of wat mijn huwelijk betekende.'

Nicholas kwam naar haar toe en omhelsde haar, met warme en nog steeds zeperige handen van het water. Zijn nabijheid en warmte waren geruststellend. 'Ik vind het zo erg voor je. Je hebt een afschuwelijke tijd doorgemaakt en dit kan het alleen maar erger maken.'

Ze knikte en drukte haar gezicht tegen zijn betrouwbare schouder. Ze had echt behoefte aan deze omhelzing. 'Dat is ook zo.'

'Twijfel niet te erg aan hem, Caitlyn. Zo te horen was Patrick een gecompliceerde man. Ik weet zeker dat iemand als hij iedereen altijd twee stappen voor was. Laten we afwachten wat er gebeurt en blijf op de uitkijk voor die slang in het gras.'

36

Tommy rende weg, zonder echt te weten waarnaartoe. De kinderen sliepen, die mocht ze niet storen. Op de overloop bleef ze staan, terwijl de tranen over haar gezicht rolden, niet in staat te besluiten waar ze zich zou kunnen verstoppen.

'Tommy.' Fred kwam snel naar boven. 'Het spijt me zo.' Hij nam haar in zijn armen en omhelsde haar. 'Wat afschuwelijk dat je dat moest horen. Zoiets zou je nooit meer mogen meemaken. Het was gruwelijk om aan te horen.'

'Mijn moeder kan me niet uitstaan. Zij beschouwt me als het minste van het minste.' Tommy snoof, vast van plan niet te snikken tegen zijn borst, maar de behoefte om alle verdriet dat ze de afgelopen jaren had opgekropt de vrije loop te laten was sterk.

'Maar waarom dan? Ik snap er niets van! Je bent immers zo prachtig, zo sterk en mooi!'

'Dat vindt zij niet, dat heeft ze nooit gevonden.'

Beneden in de hal was een geluid te horen. Tommy verstijfde. Zacht zei ze: 'Ik heb het gevoel dat we omringd zijn door spionnen.'

'Kom.' Hij pakte haar hand. 'Ga mee naar mijn kamer. Daar kunnen we in alle rust praten.'

In zijn kamer trok hij de gordijnen om zijn bed dicht. 'Nu weten we helemaal zeker dat niemand ons kan horen.'

'Als ze weten dat wij samen in deze kamer zijn denken ze het ergste.'

'Ze doen maar. Ze kunnen niet slechter van ons denken dan ze al doen.'

Met een zwakke glimlach zei ze: 'Goed dan.'

Ze klommen op de hoge matras achter de gordijnen. Fred leunde achterover tegen het kussen en wenkte Tommy. Ze ging naast hem liggen in de kromming van zijn arm en voelde zich getroost door zijn nabijheid. 'Wat denk jij van deze verschrikkelijke puinhoop?' vroeg ze.

'Ik denk dat met Barbara trouwen het laatste is wat Roger wil. En als hij het wel doet zal hij zich de rest van zijn leven ellendig voelen. Hij is kwaad en zij heeft vergif in zijn oren gefluisterd als een echte kleine Borgia. Hij was er rijp voor om naar haar te luisteren, en dat is mijn schuld.'

'Hoezo?'

'Ik heb hem niet mijn volledige aandacht gegeven. Hij was jaloers.'

'Waar was hij in vredesnaam jaloers op?'

'Op jou natuurlijk. Omdat hij zag dat ik van je was gaan houden.' Hij keek haar ernstig aan. 'Dat weet je toch?'

'Ja, dat weet ik.' Ze glimlachte zwak maar gelukkig. 'Dat weet ik, omdat ik hetzelfde voel.'

Fred schudde zijn hoofd. 'Waarom hebben we daar dan zo erg onder geleden?'

'Om onszelf, en anderen, pijn te besparen. Je wist dat Roger het vreselijk zou vinden als wij samen waren.'

'Ja, maar ik ben altijd eerlijk tegen hem geweest. Hij weet dat ik niet op die manier voor mannen voel en er is geen enkele kans dat dat verandert. Ik heb hem verteld dat ik hem nooit meer kan zien als hij dat van me wil, dus heeft hij het niet gevraagd. De wetenschap dat hij nooit zo'n relatie met mij kan hebben en zien dat ik jou wil, moet een giftige mix zijn. Dat is te danken aan Barbara's slimheid. Zij heeft onze zwaktes gezien en ze handig uitgespeeld om te krijgen wat ze wil.'

Tommy schudde haar hoofd. 'Maar hoe kan ze willen trouwen met een man die niet van haar kan houden?'

'Je weet wel waarom. Zekerheid. Het is een koude en harde wereld.'

'Ja.' Tommy slaakte een trillende zucht. 'En nu moeten we allebei weg.'

'Dat is onzin. Ik ga natuurlijk wel weg, en ik zal je moeder en Roger een brief schrijven en hun de waarheid vertellen. We zijn nooit van plan geweest de schilderijen om te wisselen.'

'Ik heb het misschien wel overwogen,' zei Tommy, 'maar ik denk niet dat ik het echt had kunnen doen.'

'Nou, ik zal proberen het uit te leggen. Maar jij moet hier blijven. Je zou niet zomaar voor Barbara moeten zwichten. Bovendien, waar zou je naartoe moeten?'

'Ik heb vrienden in Londen bij wie ik kan logeren, maar ik zal de kinderen hier moeten laten tot ik een woning heb gevonden. Dat duurt denk ik maar een week of zo. Ik wil ze niet langer bij Barbara laten dan nodig is, ook al weet ik dat Gerry voor hen zal zorgen. Ik heb wel medelijden met die arme Molly. De poes is een betere moeder dan Barbara.'

Fred keek haar ernstig aan. 'Tommy, je zou niet weg moeten gaan. Dat meen ik echt.'

'Maar ik wíl weg, ik kan hier niet blijven nu mijn moeder zo over me denkt.'

'Ik kan niet begrijpen waarom ze je zo vreselijk moest beledigen,' zei Fred met een gespannen klank in zijn stem toen hij eraan terugdacht. 'Geen enkele moeder zou zulke dingen mogen zeggen.'

'Ze is ouderwets, heel puriteins. Ze kan gesprekken over liefde of relaties niet verdragen en kan de waarheid over wie dan ook niet aan. Alles moet netjes zijn, terwijl ze daaronder volgens mij een zinderende massa is die helemaal geobsedeerd is door seks.' Tommy lachte wrang. 'Maar weet je...' Ze ging onhandig verliggen en zag ertegen op om de feiten van haar leven te vertellen, voor het geval ze bij Fred dezelfde reactie zou oproepen als bij haar moeder. Ze was bang zijn liefde te verspelen. *Maar ik vertrouw hem. En als ik het hem niet kan vertellen is er geen hoop voor ons.*

Fred zweeg, wachtte tot ze verder zou praten.

'Het spijt me, Fred. Dit is heel moeilijk voor me. Ik heb dit lang voor mezelf gehouden. Alleen mijn moeder wist er maar een heel klein beetje van.'

'Je hoeft niets te vertellen.'

'Nee.' Ze voelde zijn arm steviger om haar heen en putte daar troost uit. 'Ik wil het doen. Ik moet het doen. Dit vreet al jaren aan me. Ik dacht dat ik dapper was, ermee kon leven en het allemaal kon vergeten, maar dat kan ik niet. Ik ben van je gaan houden, ook al heb ik heel erg mijn best gedaan dat niet te doen. Maar er is geen hoop voor ons als je vanaf het begin de waarheid niet weet. Als ik het je nu niet vertel, is onze relatie gedoemd te mislukken.' Ze lachte trillerig. 'Alleen durf ik het niet te vertellen.'

'Dat hoeft niet, hoor. Neem alle tijd die je nodig hebt.'

Ze lag roerloos naast hem moed te verzamelen, ze wilde het op de juiste manier vertellen.

Eindelijk, heel zacht, begon ze. 'Alec en ik hielden niet echt van elkaar. We zijn heel snel verloofd omdat... Nou ja, we moesten trouwen.' Ze voelde dat haar wangen rood werden. 'Ik heb mijn moeder toen verteld dat ik niet van hem hield, maar een baby kreeg. Ik weet niet waar ik precies op hoopte, misschien dat ze zou zeggen dat ik niet met hem hoefde te trouwen. Ik wist dat er andere mogelijkheden waren. Ik had een jaar weg kunnen gaan om kunst te studeren of zo, en terug kunnen komen als alles voorbij was. Maar dan zou ik Antonia niet hebben gekregen, en daar moet ik nu niet aan denken, dat is te erg. Nu ben ik heel blij dat ik dat niet heb gedaan, maar toen dacht ik daar anders over. Ik wist niet of ik de baby wel wilde. Maar mijn moeder... Ze was geschokt, volkomen ontdaan, ze walgde ervan. En dat zei ze ook tegen me.' Tommy zweeg en dacht terug aan dat gruwelijke gesprek. 'Ze zei dat iedereen dat zou vinden, als iemand het ooit te weten kwam. Ze was nooit een liefhebbende moeder geweest, maar daarna behandelde ze me als... als iets wat onaanraakbaar was, goedkoop en verachtelijk. Elke keer als ze naar me keek voelde ik haar misprijzen en haar minachting. Dus verloofden Alec en ik ons, en daarna trouwden we. Ik dacht dat alles daarna weer goed zou zijn, vooral nadat Antonia was geboren. Ze was zo mooi. Maar het leek alsof niets mijn zonde kon wegwassen.' Tommy zweeg weer en beet op haar lip. Ze keek even naar Fred, die haar ernstig aankeek. 'Oké, ik verwacht nu dus dat je me minacht, snap je? Je denkt waarschijnlijk dat ik een ordinaire vrouw ben.'

'Dat denk ik helemaal niet.'

'Goed.' Ze wendde haar blik af en dacht aan vroeger. Aan de avond van het bal van Lady Rosse en Alec, de knappe man die toen hij zag dat ze niet meer bij haar groepje stond zichzelf had voorgesteld – een vriend van Isabelle, Lady Rosses dochter – en had aangeboden haar naar huis te brengen. Ze had zijn aanbod aangenomen, en eerst was het heel romantisch geweest. Toen hij voorstelde om zijn auto vlak bij Hyde Park te parkeren, zodat ze in het maanlicht naar het meer konden wandelen, was ze verrukt geweest door dat voorstel. Aangeschoten na een paar glazen champagne had ze gezweefd in haar chiffon jurk met een konijnenbontje om haar schouders warm te houden en met de zelfverzekerde man die naast haar liep. Hij zei weinig, maar lachte om haar gebabbel. En daarna... Het was afschuwelijk geweest in de schaduwen onder de bomen. Haar vrolijkheid en opwinding waren snel veranderd in angst en ziekmakende verwarring toen Alec haar hand in een ijzeren greep hield, haar bij haar nek vastpakte en naar zich toe trok, terwijl hij haar geschokte protesten negeerde. Elke seconde was een eindeloos moment van pijn en angst geweest, en ze was het gebeurde nooit vergeten en had het in gedachten steeds opnieuw beleefd.

Tommy fluisterde gesmoord: 'Ik wilde geen... baby krijgen. Hij dwong me ertoe. Ik kende hem toen niet eens, maar ik dacht dat ik veilig bij hem was omdat hij op het bal was en dat was een gruwelijke vergissing, de ergste vergissing die ik ooit heb gemaakt. Ik wás immers niet veilig, helemaal niet.' Ze zweeg en kon even geen woord meer uitbrengen, verkleumd door de herinnering aan die afschuwelijke avond en aan alles wat daarna was gebeurd. 'Ik kan niet geloven dat ik je dit vertel. Dit heb ik nooit eerder aan iemand verteld, zelfs niet aan moeder, ook al denk ik dat ze het wel vermoedde.'

'Deed hij je pijn?' vroeg Freds zacht en vriendelijk.

'Ja, heel erg. Doordat ik dat helemaal niet wilde.'

Tommy had een andere herinnering: ze duwde tegen de stijve stof van Alecs smokingjasje; zijn overhemdknoopjes drukten hard tegen haar borst en ze voelde ruw gras onder haar dijen toen de onbekende man de lichte chiffon omhoog trok; en weer hoorde ze haar eigen smeekbedes en kreten, en de orkaan van zijn zware ademhaling in haar oor. Ze hijgde, de tranen prikten in haar ogen, en ze rilde.

Fred klemde zijn arm nog steviger om haar heen.

'Hij zei dat ik hem had verleid. Maar dat was helemaal niet zo, dat was tenminste niet mijn bedoeling. Daarna bracht hij me naar huis. Ik kon bijna geen woord uitbrengen, het enige waar ik aan kon denken was de schok en de pijn en dat ik het misschien om de een of andere reden had verdiend. Ik hoopte dat het allemaal zou verdwijnen en dat ik het kon vergeten, maar toen ontdekte ik dat... Antonia eraan kwam. Ik wist niet wat ik moest doen, ik dacht dat er maar één manier was. Dus vroeg ik zijn adres aan Isabelle. Ik schreef hem en we maakten een afspraak om thee te drinken.'

'Dat was heel dapper.'

'Het was stom. Ik was ziek van angst omdat ik hem weer zou zien, ik rilde helemaal. Maar hij gedroeg zich zo normaal alsof er niets bijzonders was gebeurd. Hij kwam naar die tearoom, prachtig uitgedost, heel knap en beleefd. Hij gedroeg zich alsof we van elkaar hielden en dat ik daarom zwanger was. Daardoor dacht ik dat ik het misschien verkeerd had begrepen en dat ik misschien had gewild dat hij dat deed. Niet omdat ik het wilde, maar omdat ik hem zoals hij zei had verleid. Hij zei dat hij blij was met de baby en stelde voor om meteen te trouwen. Ik dacht dat ik geen keus had, en wel ja móést zeggen. Maar ik had geen idee waar ik aan begon. Ik dacht dat ik er wel aan zou wennen, misschien zelfs van hem zou gaan houden. Maar dat kon ik nooit, ik kon het nooit vergeten.'

'Arme jij. Arme meid.'

Tommy werd opeens overvallen door een verdriet dat ze zich zelden toestond te voelen: een diep medelijden met dat achttienjarige meisje dat alleen had gedaan wat ze volgens haar moest doen, en haar leven opofferde aan de man die dat leven had verwoest. 'Mijn moeder was wanhopig en schaamde zich diep. Iedereen was zo vriendelijk niets te zeggen over het feit dat Antonia zo vroeg werd geboren. De baby blaakte van gezondheid, maar ik weet zeker dat het niet onopgemerkt bleef. Toen kwam Harry, in het jaar voordat de oorlog uitbrak.' Tommy zweeg even, zocht naar woorden. 'We leken wel gelukkig, denk ik. Maar niemand weet wat er allemaal gebeurt achter gesloten deuren.'

Alec bleek het heerlijk te vinden als zijn vrouw zich verzette. Er was niets waar hij meer van genoot dan zijn vrouw tegen haar wil nemen. Tommy had algauw door dat het gemakkelijker, minder pijnlijk en korter was als ze zich voegde. Om haar leven en de intense haat voor haar man te kunnen verdragen, stopte ze al haar gevoelens diep weg, behalve de liefde voor haar kinderen. Ze hield zielsveel van hen, maar voor Alec voelde ze alleen maar kille minachting en afkeer. Dat wist hij en daardoor behandelde hij haar nog hardhandiger, alsof hij met wreedheid liefde en respect in haar kon rammen. Ze had haar hart afgesloten en zich voorgenomen het in haar eentje te doorstaan, ook al bracht ze haar hele leven met hem door. Ze zou het verdragen ter wille van de kinderen, de kostbare cadeaus die Alec haar had gegeven.

'Als hij niet al dood was, zou ik hem vermoorden,' zei Fred met een harde klank in zijn stem en een stalen blik in zijn ogen.

Ze kreeg een warm gevoel vanbinnen: hij begreep het. Ze was bang geweest dat hij een afkeer van haar zou krijgen als hij de waarheid kende. Maar zonder ook maar even te aarzelen koos hij haar kant.

Fred zei: 'Ik dacht dat je heel veel van hem had gehouden en daarom steeds voor me wegliep. Ik was blind, en toch had ik het moeten begrijpen, want er zijn nergens foto's van hem. Niets tastbaars. En toen we het over Venetia hadden en over haar man die kapot was van verdriet, zei je dat er andere redenen waren waarom je niet naar een afbeelding kon kijken. Ik had toen het gevoel dat je me iets vertelde dat ik niet kon horen.'

'Daar had ik geen idee van.' Tommy wreef met haar wang tegen de wol van zijn trui. Ze voelde zich getroost door de warmte daaronder. 'Vanaf de dag waarop Alec naar de oorlog ging, begon ik weer te leven. En toen hij was gesneuveld kon ik niemand vertellen dat ik blij was, dat ik God op mijn blote knieën heb bedankt omdat Alec nooit zou terugkomen en me nooit meer zou kwellen.'

Tommy dacht aan de dag waarop het telegram kwam, toen ze de keuken uit was gelopen, bij haar familie vandaan. Ze hadden niet gezien dat ze naar de hemel keek en haar ogen sloot, als een gevangene die wordt vrijgelaten uit een kerker en het zonlicht weer ziet. Haar boeien waren losgemaakt! Ze was vrij! Ze was herboren!

Ze vertelde verder: 'Ik lijk wel een monster, dat weet ik. Natuurlijk vond ik het ook wel erg, voor de kinderen omdat die hun vader kwijt waren. Hij was heel lief voor hen, op een manier die hij bij mij nooit kon opbrengen. Maar toen dacht ik: nou ja, nu hoeven ze de waarheid niet te weten. Hij zou altijd die fantastische vader blijven van wie ze nog een vage herinnering hadden, een held die in de oorlog was gesneuveld. Als we naar zijn foto keken creëerde ik een nieuwe Alec voor hen, een Alec van wie ze kunnen houden en op wie ze trots kunnen zijn. Die foto's kunnen nooit terugpraten en de waarheid onthullen.'

Fred streek zacht over haar haar. 'Geen wonder dat je het gevoel had dat je de dans was ontsprongen. Ieder normaal mens zou hetzelfde hebben gevoeld.'

Ze keek naar hem op. 'Je vindt me dus niet raar?'

'Natuurlijk niet. Dit is heel normaal. En het was heel verstandig van je om te besluiten dat je nooit meer zou toelaten dat een man een nauwe band met je krijgt, voor het geval hij je net als Alec zou kwetsen.'

'Ja!' Ze was intens opgelucht doordat hij het helemaal begreep. 'Dat is zo. Dat risico mocht ik nooit meer nemen.'

'Maar...' Hij liet zijn hand op haar hoofd rusten en keek haar ernstig aan. 'Mijn liefste Tommy, wil je het nu wel riskeren? Ik beloof je dat ik je nooit zal kwetsen. Ik ben niet zoals Alec, niet in het minst.'

'Dat weet ik. Dat wist ik meteen. Maar ik heb mezelf beloofd dat ik nooit meer een man bij me in de buurt zou laten komen.'

'Kun je die belofte niet breken?' vroeg hij, met een hoopvolle klank in zijn stem.

'Dat denk ik wel.'

Hij nam haar gezicht in zijn handen en keek haar met een intense blik aan. 'Tommy, ik hoop dat je me toestaat van je te houden zodat ik je kan laten zien dat het niet zo hoeft te zijn.'

'Ja, graag.' Ze voelde zijn armen om haar heen, warm en stevig. En er welde een nieuwe, onbekende warmte in haar op. Haar hart klopte snel en ze was zich bewust van haar huid, van de toppen van haar zenuwen, van haar hele lichaam. *Ik dacht dat ik dood was. Maar ik leef toch.* 'Dat wil ik graag.'

37

Overal in Oxford luidden de kerkklokken toen Caitlyn wakker werd. Het was zondagochtend, de zon was onzichtbaar achter voortjagende wolken die snel grijs werden en het was kil.

Jen belde aan, gekleed in haar blauwe overall en met een felrode hoofddoek om. 'Goedemorgen!' zei ze. 'Ik kom Max halen.'

'O ja?' vroeg Caitlyn verbaasd.

'Heeft hij het je niet verteld? Hij deed het de vorige keer zo goed dat hij weer wilde komen. We gaan bolvazen maken.'

'Geweldig, dat zal hij leuk vinden! Ik roep hem even.'

Max zat in zijn kamer. Ze wachtten tot hij beneden was.

Jen zei: 'Je hebt een fan.'

'Echt?'

'Ja. Er zat vannacht een vrouw voor je huis, in haar auto. Ze heeft eeuwen naar je voordeur zitten kijken.'

'Echt waar?' Caitlyn keek impulsief naar het voorraam, waardoor je de hele benedenverdieping tot in de keuken kon zien. 'Hoe lang is ze hier geweest?'

'Ze was er niet meer toen ik naar bed ging, maar vanochtend zag ik haar weer. Beetje vreemd.'

'Ja,' zei Caitlyn zwakjes.

'Ken je iemand die zoiets zou doen?'

'Ik... Misschien wel. Ik zal het in de gaten houden.'

'Lijkt me verstandig. Max! Kom mee, vriend!'

Toen Max weg was, liep Caitlyn meteen naar het raam en keek naar buiten, opeens helemaal koud vanbinnen. Sara of haar auto waren niet te zien. Was het mogelijk dat Jen het zich had ingebeeld? Dat leek niet erg waarschijnlijk. Maar dat gold ook voor het feit dat Sara uren voor haar huis had gezeten. Waarom zou ze dat doen? Wat hoopte ze te zien?

Haar telefoon piepte en ze liep ernaartoe om te kijken wat er was.

Ze had een berichtje gekregen. Van Sara.

Ik hou je in de gaten. En ik weet precies wat je doet.

Door de adrenalinegolf die door haar heen schoot tintelden Caitlyns vingertoppen toen ze meteen antwoordde.

Laat me met rust.

Een nieuw berichtje kwam even later binnen.

Hoe durf je Patrick zo te bedriegen?

Caitlyn hapte naar adem door de schaamteloosheid van Sara die háár van bedrog beschuldigde. *Ze denkt kennelijk dat Nicholas en ik een relatie hebben.* Caitlyn zette haar telefoon uit en legde hem onder een kussen van de bank zodat ze hem niet kon zien. Daarna haalde ze een paar keer diep adem om weer rustig te worden. *Ik moet me natuurlijk gedragen. Ze kan me niets aandoen.*

Na het ontbijt liep ze naar het raam en ze keek naar buiten. Daar was niemand. Ze leek wel paranoïde. Sara was misschien een dramaqueen, maar ze had nog altijd een baan en een eigen leven, dus kon ze onmogelijk al haar tijd besteden aan het lastigvallen van Caitlyn.

Toch was ze blij dat Max bij Jen was.

Caitlyn was weer gekalmeerd toen ze haar computer pakte om haar mailtjes te checken. Er waren tien mails van Sara, allemaal met de kop JE HEBT NOOIT VAN PATRICK GEHOUDEN.

Nu begon Caitlyn echt te rillen. Hoe haalde Sara het in haar hoofd om de rollen om te draaien, door háár van ontrouw te beschuldigen? *Waar haalt ze dat recht vandaan?*

Ze belde Nicholas en vertelde hem angstig wat er allemaal gebeurde.

'Ze is gek,' zei hij ronduit. 'E-mails en tekstberichten zijn irritant, maar die kun je negeren. Het bevalt me niks dat ze je huis in de gaten houdt.'

'Ik neem tenminste aan dat zij het was,' zei Caitlyn. 'Maar volgens mij is ze er nu niet.' Ze stond op en liep naar het raam. Ze schrok, want Sara stond aan de overkant naar haar huis te kijken. Ze deinsde achteruit en zei met bonzend hart: 'O mijn god, ze is hier!'

'Oké. Dat is niet goed.' Nicholas klonk ongerust. 'Ik kom eraan en zal haar duidelijk maken dat ze je verdomme met rust moet laten.'

'Maar wat wíl ze?' vroeg Caitlyn in paniek. 'Waarom laat ze me niet met rust? Ze zou zich zo diep moeten schamen dat ze me niet eens durft aan te kijken, maar in plaats daarvan valt ze me aan!'

'Ze kan niet accepteren dat ze fout zit. Volgens mij heeft ze nog nooit kunnen toegeven dat ze fouten heeft gemaakt, niet eens aan zichzelf. Jij hebt haar altijd gerustgesteld met de verzekering dat ze een normale, aardige vrouw is. Als jij haar in de steek laat stort ze waarschijnlijk in. Heeft ze veel andere goede vriendinnen?'

'Ze heeft een heleboel vrienden...' Caitlyn maakte haar zin niet af en probeerde te bedenken wie Sara's echte goede vrienden waren. 'Ze kent heel veel mensen, neem ik aan, maar ik ben haar enige echte vriendin.'

Nicholas zei gedecideerd: 'Ik vind dat je de politie moet bellen.'

'Wat zouden we daarmee opschieten? Ze staat alleen aan de overkant, dat is geen misdaad.'

'Stalken is dat wel.'

'Niet als het maar een paar uur duurt. Ik zie niet dat een gesprek met de politie iets zal uitmaken.'

'Doe aangifte, gewoon voor het geval dat.'

Caitlyn zakte door haar knieën en ging met haar rug tegen de muur zitten. 'Ik kan het niet meer aan,' fluisterde ze. 'Ik wilde alleen maar rust voor mij en Max. Ik heb dit niet verdiend.'

Nicholas zei: 'Lieve schat, ik vind het zo erg voor je. Ik kom naar je toe zodra mijn colleges afgelopen zijn.'

Caitlyn voelde een machteloze woede. Elke keer dat ze naar buiten keek stond Sara aan de overkant bij de muur van het huis van de overburen, met haar handen in de zakken van haar lichte zomerjas, een zonnebril op en een uitdrukkingsloze blik op haar gezicht. Op een bepaald moment zag Caitlyn een buurvrouw naar buiten komen die naar haar toe liep en even met haar praatte. Ze vroeg Sara kennelijk of ze hulp nodig had, maar Sara stuurde haar met een paar woorden weg. De vrouw haalde haar schouders op en ging weer naar binnen.

Caitlyn had de neiging de voordeur open te doen en tegen Sara te roepen dat ze weg moest gaan, maar ze wist dat interactie de zaak alleen maar erger zou maken. Ze had Sara's e-mailadres al geblokkeerd zodat Sara's mailtjes niet meer in haar inbox terechtkwamen, maar een echte confrontatie zou Sara's afkeer en woede alleen maar versterken.

'Patrick,' zei ze hardop. 'Hoe kón je iets met haar beginnen? Hield je echt van haar? Zelfs als je alleen genoot van de seks, was het dan de moeite waard? Je zei altijd dat ze getikt was, en je had gelijk.'

In haar hoofd hoorde ze Patricks sardonische lach. Als ze terugkwamen van Sara's met drank overgoten etentjes zei hij soms hoofdschuddend: 'Ze kent geen grenzen. Volgens mij weet Mark niet hoe hij haar in toom moet houden. Hij kan haar niet aan.'

Hij leek altijd medelijden te hebben met iedere man met wie Sara een relatie had. En toch realiseerde ze zich dat Sara een van de weinige mensen was wier smaak Patrick nooit bekritiseerde. Hij had bewondering voor de manier waarop ze een interieur kon veranderen. Over het algemeen minachtte hij binnenhuisarchitecten, maar voor Sara maakte hij een uitzondering. Zij bezat een eigenzinnigheid waardoor ze vloekende kleuren en patronen kon samenvoegen om een briljante harmonie te creëren. Haar interieurs waren stijlvol, fris en toch tijdloos. Ze gebruikte nooit iets wat ze in een tijdschrift had gezien. 'Zodra het gedrukt is, is het afgelopen,' zei ze vaak, hoewel ze het geen probleem vond dat haar eigen werk in glossy designtijdschriften verscheen. Ze verlangde ernaar te worden ontdekt voor een tv-programma en wilde graag nog beroemder worden. Maar dat was niet gebeurd, ook al had ze wel een keer een screentest gedaan. Caitlyn vermoedde dat Sara, ondanks haar fotogenieke kwaliteiten, stijf en geaffecteerd overkwam zodra er een camera op haar werd gericht. Het was ook verschrikkelijk geweest om naar haar te kijken als ze een flirtpoging deed.

Caitlyn vroeg zich af hoe het zou zijn geweest als Patrick met Sara was getrouwd in plaats van met haar. Misschien was alles anders gelopen als Sara die avond voor Patrick en niet voor Rupert had gekozen. Maar Sara zou altijd voor Rupert kiezen, niet voor Patrick. En ook al had ze dat niet gedaan, dan was hij slechts één man in haar eindeloze rij veroveringen geworden, en uiteindelijk had ze hem geloosd met een delicaat opgetrokken neusje en de snijdende opmerking dat hij toch maar heel gewoontjes was. Sara zou nooit hebben kunnen opschieten met Patricks Australische familie, zoals de luidruchtige, zongebruinde Aileen en de rest van de ongekunstelde bende. Ze zou hen openlijk hebben uitgelachen.

Dat had Patrick niet kunnen verdragen. Hij was altijd zo trots.

Opeens begreep Caitlyn de continue aantrekkingskracht en afkeer die tussen Patrick en Sara had bestaan. In bepaalde opzichten waren ze uit hetzelfde hout gesneden: beiden charismatisch, aantrekkelijk, geobsedeerd door uiterlijkheden en vastbesloten te leven op de manier die volgens hen het beste was. Beiden wilden de baas zijn.

Het zou afschuwelijk zijn geweest als ze ruzie met elkaar hadden gemaakt over wie de baas was.

Haar relatie met Patrick werkte doordat zij concessies had gedaan, maar met Sara zou dat nooit zo zijn geweest.

En ik hield van hem. Ik hield echt van hem.

'Waarom dan?' vroeg ze hardop. 'Waarom, Patrick?'

Maar er kwam geen antwoord, en Sara stond nog steeds buiten, te kijken.

Toen Nicholas een halfuur later arriveerde, in zijn luidruchtige MG, was Sara weggegaan. Tenminste, ze was niet meer te zien.

'Dit bevalt me echt niet,' zei Nicholas terwijl hij door het woonkamerraam naar de straat keek. 'We kunnen erop wachten dat ze zoiets doet als in *Fatal Attraction*. Heb je huisdieren?'

'Gelukkig niet, zelfs geen hamster.'

'Toch vind ik dat je aangifte moet doen.'

'Zal ik doen, als het erger wordt.'

Hij kwam naar haar toe en nam haar in zijn armen. 'Ik wil hier een einde aan maken.'

'Dat kun je niet doen. Ze zou het geweldig vinden als jij je ermee bemoeit, echt waar. Ik ken haar.'

Ze schrokken toen er buiten luid werd getoeterd. Caitlyn was meteen op haar hoede en ze keek direct naar het raam.

Sara stond op straat en riep: 'Ik weet wat je binnen aan het doen bent! Wat zou Patrick denken? Je bedriegt hem, vuile hoer die je bent!'

'O mijn god!' Nicholas draaide zich met een vastbesloten blik op zijn gezicht om naar de deur. 'Ik ga haar vertellen hoe ik over haar denk.'

'Nee!' Caitlyn was lijkbleek, haar hart sloeg op hol en haar handpalmen waren vochtig. 'Ik wil geen ruzie voor mijn huis. Straks doet ze nog ergere dingen. Negeer haar.'

Het geschreeuw ging door. 'Je bent met Nicholas, dat weet ik gewoon! Dat is walgelijk!'

Caitlyn liep naar het raam en keek naar buiten.

Sara stond op de stoep en bonsde op de voordeur. Toen ze naar het raam keek, sprong Caitlyn snel achteruit.

'Ik kan hier niet tegen,' zei ze met een trillende stem. 'Stel je voor dat Max haar hoort? Hij is hiernaast. Dat wil ik niet. Wat een lef heeft ze!'

Nicholas schudde zijn hoofd. 'Ze is ongelofelijk!'

Caitlyn rende naar de voordeur en zwaaide hem met één machtige beweging open.

Daar stond Sara, die verbaasd haar mond hield, met rode wangen en ogen die fonkelden van woede.

Voordat Sara tijd had gehad zich te vermannen, zei Caitlyn: 'Ik bel de politie als je doorgaat met schreeuwen en op de deur bonzen. Je hebt dertig seconden om weg te gaan; daarna bel ik ze. Begrepen? Laat me met rust, Sara. Jouw schuld wordt niet minder door me zo te behandelen. Ik hoef me nergens voor te schamen.'

'Hij hield van me!' riep Sara. 'Dat is de waarheid, en die kun jij niet accepteren!'

'Vijfentwintig seconden,' zei Caitlyn koeltjes en ze deed de deur dicht. Daarna stond ze te trillen op haar benen en haalde beverig adem terwijl ze probeerde rustig te blijven.

'Je was geweldig,' zei Nicholas.

'Ik wil niet dat Max dit ziet. Dit is te erg.'

Het gebons en geschreeuw hield op, en toen Nicholas keek was Sara vertrokken. Hij liep terug naar Caitlyn en nam haar handen in de zijne.

'Luister, waarom gaan we je nu niet verhuizen? Vandaag? Neem mee wat je wilt en laat de verhuizers de rest later overbrengen. Normaal zou ik niemand aanraden op de vlucht te slaan, maar in dit geval is het verstandig dat je verdwijnt.'

'Vandaag naar het huis gaan?' Ze werd helemaal warm van dat idee.

'Natuurlijk,' zei hij alleen.

'Ja.' Ze wist meteen dat ze niets liever deed dan dat.

38

In Londen was de sneeuw al een beetje aan het smelten, ook al lag er nog een dik pak op de daken en langs de straten. Nelson, die het koud leek te hebben op zijn voetstuk, droeg dikke witte epauletten en op zijn hoed lag een dikke laag witte wol.

Tommy keek naar buiten terwijl de bus langzaam om Trafalgar Square reed. Het was nog steeds ijskoud, maar het ergste leek achter de rug en in het zuidoosten van het land ging alles iets beter. Er reden genoeg treinen om haar naar Oxford te brengen en daarvandaan naar Londen. Maar dit leek niet op de stad die ze voor de oorlog had gekend, toen het er schitterde van lichtjes en met alle verleidelijke cafés, bars en nachtclubs. Nu zagen zelfs de dure hotels er armoedig uit, en de stad en haar inwoners leken vermoeid en gehavend door alles wat ze hadden meegemaakt.

Als ik hier was blijven wonen was het contrast me waarschijnlijk minder opgevallen. Maar nu kan ik het bijna niet aanzien.

In haar hoofd had Londen zijn glamour behouden. Zelfs de ergste nieuwsberichten over vernietiging en bommen en branden en sterfgevallen hadden haar herinneringen aan de stad niet kunnen aantasten. Nu kon ze maar al te goed zien wat de stad had meegemaakt, zelfs ondanks alle sneeuw en ijs. *Londen zal nooit meer hetzelfde zijn.*

De reis vanuit Kings Harcourt naar het zuiden was lang en zwaar geweest, maar lang niet zo moeilijk als thuisblijven. Na de bekendmaking van Rogers verloving was de sfeer in het huis kouder geworden dan buiten. De volgende dag had Fred Thornton gesmeekt om hem met de oude vrachtwagen te helpen de sneeuw op de laan weg te halen. Dat had de hele dag en een deel van de volgende dag gekost, maar ten slotte hadden ze de sneeuwruimers die hen vanuit het dorp tegemoet kwamen bereikt zodat de weg vrij was voor Fred om te vertrekken.

'Ik kan niet blijven,' had hij tegen Tommy gezegd, 'maar jij zou dat wel moeten doen. Verdedig je eigen belangen, laat haar niet winnen!'

Maar Tommy had het leven in het huis onverdraaglijk gevonden. Ze kon daar niet blijven, met Rogers beschuldigende blikken en haar moeders minachting. Het ergste van alles was Barbara's triomfantelijke blik en het feit dat ze bijna meteen begon om veranderingen in het huis aan te brengen. De elektriciteit werd gebruikt wanneer zij maar wilde, en dingen werden verplaatst zoals zij dat wilde. Ada was nederiger in Barbara's aanwezigheid, doordat ze besefte dat haar toekomst nu afhankelijk was van Barbara en niet meer van Tommy, en ze was ook kwader. 'Weet u wat ze tegen me zei, mevrouw?' vroeg Ada geschokt. 'Ze zei dat ze erop vertrouwde dat Thornton en ik ons aan het voedselrantsoen houden. Ze zei dat ze het niet prettig zou vinden als we werden betrapt wanneer we meer van de voorraden in huis namen dan waar we recht op hebben. Moet u nagaan, mevrouw, dat gelooft u toch niet? Alsof we dat zouden doen!'

'Jij hebt recht op evenveel als wij krijgen, Ada,' antwoordde Tommy. 'Luister maar niet naar haar.'

Maar Tommy wist dat zodra het ging dooien er een heleboel producten van de zwarte markt op tafel zouden belanden. Daar zou Barbara wel voor zorgen.

Zodra de weg naar het dorp sneeuwvrij was gemaakt en haar autootje – waarschijnlijk onherstelbaar beschadigd – was teruggesleept naar het huis, zou de crisis wel voorbij zijn, dacht ze. Er lag nog steeds een dikke laag sneeuw, maar de sneeuwbuien waren voorbij. Het dorp kreeg iets meer levensmiddelen. Melk en brood waren weer beschikbaar, ook al was vlees schaarser dan ooit tevoren. Veel vee was doodgevroren op het land, en niemand zou weten hoe groot de verliezen waren voordat het voorjaar eindelijk aanbrak.

Maar zou dat ooit gebeuren? vroeg Tommy zich af terwijl haar taxi door Piccadilly en Mayfair reed. *Ik kan bijna niet geloven dat het ooit weer zomer zal worden.*

Ze had tegen de kinderen gezegd dat ze gauw terug zou komen en had hen onder de hoede van Gerry achtergelaten. Thornton had haar met de vrachtwagen naar het station gebracht en daar had ze een telegram gestuurd naar haar vriendin Celia om te zeggen dat ze kwam. Celia had altijd gezegd dat ze mocht komen wanneer ze maar wilde.

Nu Tommy onderweg was naar South Audley Street realiseerde ze zich dat het nog maar de vraag was óf Celia en haar appartement er nog wel waren. Maar toen ze de straat hadden bereikt, bleek dat de bombardementen hier minder schade hadden aangericht dan op andere plaatsen in de stad. De taxi stopte voor Celia's flatgebouw.

Zodra Tommy binnen was werd ze weer heerlijk warm. Het vuur leek veel meer warmte te geven dan de moeizame vuren in de haarden thuis.

'Wat heerlijk om je hier te hebben!' riep Celia. Ze sloeg haar armen om Tommy heen en kuste haar. 'Je bent veel te lang weggeweest. We hebben gin, we gaan cocktails maken. Hé, mallerd, waarom huil je?'

'Sorry, Celia, maar ik moet even aan de kinderen denken. Het is zo koud in Kings Harcourt.'

'Het is overal koud, lieve schat,' zei Celia, terwijl ze naar het dienblad met flessen drank liep. 'Daarom is een klein appartement aangenamer dan een herenhuis op het platteland. Het is een makkie om deze flat te verwarmen. Je zou weer in de stad moeten gaan wonen.'

'Misschien doe ik dat ook wel.' Tommy trok haar jas uit. Haar gekoesterde bontjas leek een beetje goedkoop in Celia's elegante woning. 'Maar er is iets raars gebeurd: Barbara Fallon logeerde bij me en nu is ze met mijn broer verloofd.'

'Barbara Fallon?' vroeg Celia met een uitdrukkingsloze blik. Ze schonk gin in grote glazen en opende haar ijsemmer. 'Volgens mij ken ik haar niet. Is ze bekend?'

'Nee, niet echt. Ik ook niet trouwens. We zaten samen op school... Daarna is ze getrouwd en zodoende heet ze nu Barbara Hastings.'

Celia deed een dubbele scheut Dubonnet in elk glas en gaf er een aan Tommy. 'Barbara Hastings. Ik weet niet waarom die naam me bekend voorkomt, maar het is wel zo. Alsjeblieft. Drink op en ontspan je.'

Het was heel irreëel om na zo'n lange tijd weg te zijn van Kings Harcourt. Aan de ene kant voelde Tommy zich verloren en aan de andere kant voelde ze zich bevrijd van alle druk die zo lang op haar schouders had gerust. Terwijl ze op Celia's bank naar de laatste roddels luisterde die ze had gemist, dacht ze bijna roekeloos: als Barbara het huis en alles wat daarbij hoort zo graag wil hebben – zo graag dat ze met Roger gaat trouwen – dan mag dat. Laat zij zich maar druk maken over het lekkende dak en de uitvallende verwarming en de klagende huurders en alle andere zaken. Ik heb een klein inkomen van vader. Ik red me wel als Roger de opleiding van de kinderen betaalt, en dat is volgens mij niet te veel gevraagd.

'Bianca Montgomery geeft vanavond een feestje, dus als je mee wilt... Ik zei dat ik je misschien zou meenemen en dat vond ze geweldig.' Celia rookte een sigaret en blies een rookwolk uit. 'Ga mee, als je niet te moe bent.'

Tommy keek haar glimlachend aan. 'Heel graag,' zei ze.

Toen Tommy een week bij Celia had gelogeerd, was ze doodmoe. Ze was vergeten hoe het was om zo laat nog zoveel dingen te doen, en om zoveel te praten en te drinken, en van de ene plaats naar de andere te gaan om nog meer te praten en te drinken. Hier had het weer niet alles tot stilstand gebracht zoals op het platteland, en nu er even geen sneeuwstormen waren, waren de straten relatief schoon; alleen de zijkanten lagen vol zwart gesmolten ijs. De Thames was echter nog steeds bevroren en er werd gezegd dat er mensen waren die op de fiets over het spiegelgladde oppervlak de route van de Boat Race volgden. Ook was het nog altijd ijskoud. Maar het leven herkreeg zijn normale tempo.

Celia leefde in een heel hoog tempo en Tommy merkte dat ze door het leven van alledag weinig tijd overhield om na te denken.

Er waren regelmatige lunchafspraken, en afspraken zodat Celia ervoor zorgde dat ze goed gekleed en verzorgd was voor haar eindeloze sociale agenda. Tommy was helemaal vergeten hoe het was als iemand anders je haar deed, of om eraan te denken dat je je nagels moest lakken. Vergeleken met Celia had ze weinig kleren, maar Celia liet haar altijd kiezen uit haar garderobe en deelde met haar de kleren die ze over had uit de wilde tijd voordat die alleen met punten gekocht konden worden.

'Tenzij,' zei Celia veelbetekenend, 'je een lief vrouwtje kent dat bereid is iets voor je te naaien van de Franse stof die ergens op een strand is aangespoeld.'

Het was leuk, dat kon Tommy niet ontkennen. Ze vond zichzelf heel schaamteloos dat ze geld uitgaf in restaurants en aan lichtzinnig vermaak in plaats van bij kaarslicht haar brood bij elkaar te scharrelen. Maar ze miste de kinderen, ook al wist ze dat Gerry voor hen zorgde, en ze was gek van verlangen naar Fred. Ze hadden met weinig meer dan een stiekeme handdruk afscheid van elkaar genomen toen hij naast Thornton in de vrachtwagen klauterde om naar het station te rijden. Tommy was zich veel te sterk bewust geweest van Barbara's starende ogen en Rogers grimmige blik om hun te laten zien hoe erg ze het vond dat hij wegging. Mevrouw Whitfield ging niet eens naar buiten om afscheid van hem te nemen.

'Ik zal je schrijven,' had hij zacht gezegd, 'zodra ik weet waar ik kan logeren.'

Maar ze was al vertrokken voordat er een brief van Fred was.

Ik zou zelf op zoek moeten gaan naar een plek waar ik met de kinderen kan wonen. Niet hier in Mayfair natuurlijk. Ik zou in een goedkopere buurt moeten zoeken, misschien in Islington, of Clapham.

Maar ze ging niet op zoek naar een redelijk betaalbare huurwoning. Hoe meer ze haar best deed om zich voor te stellen dat ze in Londen woonden, hoe minder goed dat lukte. Ze wilde thuis zijn, dat was alles. Londen was leuk, maar niet haar thuis.

Maar thuis was Barbara, die gezellig als een spin in het midden van haar web op Tommy's plaats zat.

Er werd een brief bezorgd voor Tommy, die door Celia's dienstmeisje Simpson naast haar ontbijtbord werd gelegd.

Tommy herkende Gerry's ronde handschrift aan het adres en opende de envelop. Daarin zat een brief van haar zus, briefjes en tekeningen van de kinderen en een envelop met haar naam erop in een smal, elegant handschrift met het poststempel van Londen.

Eerst las ze Gerry's brief.

Liefste Tommy,

Je mag van geluk spreken dat je niet meer op deze afschuwelijke plek bent. Je kunt je niet voorstellen wat een arrogante trut Barbara sinds je vertrek is geworden. Ze loopt rond als Lady Muck; en wat nog erger is, ze draagt steeds meer sieraden van moeder. Als ik niet beter wist zou ik denken dat mama spijt begint te krijgen dat ze je heeft weggestuurd en Barbara hier heeft laten blijven, en dat ze nu wenst dat het andersom was. Barbara kan heel streng en bazig zijn als ze daar zin in heeft en is lang niet zo lief meer als eerst. Ik neem aan dat zij denkt dat alles voor zover mogelijk geregeld is, zodat ze niet langer de behulpzame engel hoeft te spelen.

O ja, laatst werd tijdens het avondeten biefstuk geserveerd. Biefstuk! Dat kun je je niet voorstellen! Babs leek zo tevreden met zich-

zelf, maar nadat ik het had geproefd zei ik dat ik zeker wist dat het paardenvlees was. Haha, je had haar gezicht moeten zien, je had je ziek gelachen. Het was haar duidelijk aan te zien dat ze dacht dat ze was opgelicht. Ik weet niet of het paard was, hoor, maar nu hoop ik dat het dat wel was.

Het ergste is Roger. Ik heb hem nog nooit zo depressief gezien. Zodra jij en Fred waren vertrokken, was al zijn vechtlust verdwenen en stortte hij in. Hij heeft minstens drie dagen in bed gelegen. Nu is hij weer op en hij loopt rond als een trieste geest, terwijl Barbara hem de hele tijd aan zijn hoofd zeurt om haar verlovingsring. Hij brengt meer tijd met de kinderen door dan ooit en lijkt gelukkiger als hij bij hen is. Maar weet je, Tommy, ik maak me zorgen om hem, echt waar. Hij lijkt helemaal wanhopig en probeert de kelder in zijn eentje leeg te drinken.

De kinderen sturen je hun lieve groeten en ik heb een paar briefjes van ze bijgevoegd. Het gaat goed met hen allebei.

Deze brief kwam voor je en ik dacht dat je die wel zo snel mogelijk zou willen hebben.

Schrijf me snel, vertel alle nieuwtjes en laat weten wanneer je terugkomt.

Liefs van Gerry x

Tommy vouwde de brief voorzichtig dicht en pakte de briefjes van de kinderen, die ze met plezier las en daarna ook netjes weglegde. Toen pas pakte ze de andere envelop; ze stak haar mes onder de flap, haalde de brief eruit en vouwde die open.

Liefste Tommy,

Ik hoop dat het goed met je gaat en dat je een goede strijd levert. Ik denk steeds aan je en wilde dat ik je weer kon zien en je in mijn armen kon houden. Jij bent de moedigste en de beste, en ik kan het niet verdragen dat ik niet bij je ben. Ik mis je elke seconde en hoop dat je soms aan mij denkt.

Ik logeer bij mijn zus Octavia in haar huis in Aldgate. In deze buurt is erg veel verwoest, ongelofelijk, maar heel veel is wel bewaard gebleven. Ik ga binnenkort op zoek naar een woonplek, eens kijken of ik mijn carrière bij de BBC weer kan oppakken. Mijn wond is bijna gelezen. Ik ben niet vergeten, lieve schat van me, dat ik mijn leven aan jou te danken heb.

Wat ik het allerergste vind is dat ik niet weet wanneer ik je weer zal zien. Vertel me alsjeblieft of je naar Londen komt en dan een uurtje tijd voor me vrij kunt maken. Ik kan niet wachten tot ik je lieve gezichtje weer zie.

Ik hou van je, Fred

Ze bloosde terwijl ze zijn brief las, en werd helemaal blij. Ze hield de brief stevig vast en las hem nog een keer.

'Leuk nieuws?' vroeg Celia, terwijl ze opkeek van de ochtendkrant.

'Ach, wat nieuws van thuis. Je weet wel, de gewone dingen. Maar wel heel fijn.' Tommy drukte de brief tegen haar hart, alsof het dunne vel papier haar kon verwarmen en steunen.

39

Toen ze het huis in Oxford aan het einde van de middag verlieten keek Caitlyn gespannen om zich heen, bang dat Sara stond te kijken, maar die was nergens te zien. Caitlyn bracht alles naar de auto en reed weg, nog steeds alert rondkijkend of Sara hen in de gaten hield.

Met elke kilometer waarmee de afstand tussen haar en Sara groter werd, werd het gevoel van beklemming lichter. Door slapeloosheid en het continue gevoel dat ze op haar hoede moest zijn waren haar zenuwen tot het uiterste gespannen en was ze uitgeput. Kings Harcourt lag voor haar, een vredige plek weg van alle gedoe van de laatste tijd. Zelfs het besef dat Patricks verleden in de dozen in de logeerkamer zat was een bevrijdend gevoel. Max was blij geweest toen hij hoorde dat ze weer naar het huis gingen, ook al was hij verbaasd dat ze zo snel vertrokken, maar hij klaagde niet. Het was vreemd om een huis te verlaten, waarschijnlijk voorgoed, met al haar bezittingen er nog in, maar de verhuizers zouden alles in de loop van de week ophalen. Nicholas had haar verteld dat er meer dan genoeg schuren waren waarin alles kon worden opgeslagen.

Toen ze aan het begin van de avond vlak bij het huis waren klaarde het op en brak de zon door. Een goed voorteken, dacht Caitlyn.

'De oude dame slaapt, liefje,' zei Renee nadat Caitlyn op de zijdeur had geklopt. 'Stil, stelletje boeven!' zei ze tegen de honden die zoals gebruikelijk blaffend rondrenden. 'Maar we wisten dat jullie zouden komen. Ze zei dat ik je meteen naar het hoofdhuis moest brengen. Je kunt onze keuken gebruiken tot al je eigen spullen er zijn.'

'Bedankt, Renee, dat is heel aardig.'

Renee nam hen mee door de woonkamer, door de hal en de trap op naar een slaapkamer met verbleekt rozenbehang. Verderop op de overloop was een kleinere kamer voor Max. 'Het is een beetje stoffig,' zei Renee, 'maar op zich schoon. De dame die schoonmaakt doet de kamers om en om als ze niet worden gebruikt. Je kunt haar vaker laten komen als je wilt.'

'Dit is fantastisch! Als ik de bedden straks heb opgemaakt zal het er heel gezellig uitzien,' zei Caitlyn.

'Ik heb voor het avondeten een cottage pie gemaakt, kom dus maar om zeven uur naar ons toe.'

'Dank je, dat is heel aardig van je.' Caitlyn glimlachte. 'Ik zal het beddengoed bij je ophalen en dan ga ik aan de slag.'

'Max, jij mag tv-kijken terwijl je moeder alles in orde maakt. Kom mee, jongeman, deze kant op.' Renee nam hem mee en Caitlyn liep achter haar aan om het beddengoed op te halen.

Het was stil in huis en terwijl Caitlyn bezig was werd ze weer rustig. De avondzon die naar binnen scheen gaf warmte en door de geopende ramen hoorde ze vogels zingen. *Ik voel me hier veilig en volgens mij komt alles in orde.*

Zodra de bedden waren opgemaakt en de inhoud van de koffers was opgeborgen liep Caitlyn rond en nam alles in zich op. De keuken leek een tijdcapsule met een ouderwets gasfornuis op de plek waar vroeger waarschijnlijk een op hout gestookt fornuis had gestaan en met een geschuurde grenenhouten eettafel. Er was wel een koelkast, maar die was minstens veertig jaar oud. Al het andere leek nog ouder, maar ze hield van de echo van de levens die hier waren geleefd en van de maaltijden die hier waren klaargemaakt. Bovendien leek alles te functioneren.

Toen ze de hal weer in kwam keek ze omhoog naar de schitterende Gainsborough die in de schaduw hing. Ze vond dat die verlicht zou moeten worden zodat hij goed zichtbaar was en iedereen er echt van kon genieten. Maar ach, wie zou hem zien? Het was bijzonder vreemd dat dit waardevolle schilderij hier hing, in een verlaten huis. Toen ze naar Max liep die in de woonkamer was, was Geraldine ook wakker. Ze keken samen aandachtig naar een spelprogramma.

'Ik vind het heerlijk dat jullie hier zijn, het is fijn om gezelschap te hebben,' zei Geraldine. Caitlyn kuste haar zachte wang, die naar poeder rook. 'Het is heel fijn dat hier iemand is die net zo van televisie houdt als ik.'

'In Max hebt u zeker een bondgenoot,' zei Caitlyn lachend.

Ze realiseerde zich opeens dat ze de laatste tijd een paar keer had gelachen. *Ook al dacht ik dat ik dat nooit meer zou doen.*

'Iedereen heeft een bondgenoot nodig,' zei Geraldine. 'Goed, volgens mij is ons avondeten bijna klaar.'

Toen Caitlyn de volgende ochtend wakker werd, schrok ze van alle rozen om zich heen. Ze wist even niet meer waar ze was en raakte in paniek, maar toen wist ze weer dat ze veilig waren. Vandaag zou ze Max vanuit Kings Harcourt naar school brengen. Als Sara terugkwam naar het andere huis zou er niemand zijn om naar te kijken, en ze kon op geen enkele manier ontdekken waar ze naartoe waren gegaan. Door die gedachte ontspande ze zich.

Buiten was het zonnig en fris, de groene gazons leken fluweelachtig en waren glad met alleen het eerste begin van nieuwe klaver erin. Dikke duiven onderzochten het gras op insecten en larven, terwijl mussen, winterkoninkjes en merels even naar beneden doken voor een hapje en daar dan snel mee terugvlogen naar een tak of muur. Het gras glinsterde van de restanten van de ochtenddauw, en de bloembedden stonden vol bloeiende pioenrozen, lavendel en kleine, spierwitte geraniums op lange, dunne stelen. Overal om hen heen barstte het van het leven. Caitlyn ging Max wakker maken, zo hoopvol als ze zich al heel lang niet meer had gevoeld. Door alle geroezemoes van de natuur om haar heen werd ze zich bewust van een toekomst voorbij deze donkere tunnel van ellende waar ze voor haar gevoel al heel lang doorheen liep. Het was misschien nog niet zover, maar het leven bood veel goede dingen, het vernieuwde zichzelf altijd weer. Dat kon niet anders.

'Kom op, Maxie, hup-hup! Trek je uniform aan, dan gaan we naar Renee om te ontbijten.'

Max kreunde, maar sleepte zich uit bed, terwijl Caitlyn naar de badkamer liep.

Toen ze terugkwam nadat ze Max naar school had gebracht en boodschappen had gedaan in de kleine supermarkt in het dichtstbijzijnde stadje was de ochtend al ver gevorderd.

'Geraldine vraagt of je een kop thee met haar wilt drinken,' zei Renee toen Caitlyn de boodschappen uit de auto haalde.

'Natuurlijk. Zodra ik hiermee klaar ben, kom ik eraan.'

Ze borg haar boodschappen op in de oude keuken en was eigenlijk wel gecharmeerd van het gebrek aan kastruimte. Er waren geen wandkasten, alleen planken. Voedsel moest worden opgeborgen in de koele provisiekast met de marmeren plank voor boter en kaas. Daarna liep ze naar de andere helft van het huis, waar Geraldine rondscharrelde met behulp van een wandelstok met een driepoot.

'Hallo, lieve schat, heb je deze eerste nacht goed geslapen?'

'Uitstekend. Het is hier zo stil!'

'Ja, hè? Hier heb je geen lantaarnpalen, verkeer of andere zaken. De hemel hier is inktzwart. Weet je, ik kan redelijk goed lopen vandaag en daarom dacht ik dat je misschien wel een paar van onze schilderijen zou willen bekijken. Nicholas heeft me verteld dat je in de kunstwereld hebt gewerkt.'

'Ja, dat is zo, heel lang geleden. Maar ik ben geen expert.'

'Misschien niet, maar je vindt het waarschijnlijk toch wel leuk om ze te bekijken? Klopt dat? Uitstekend, kom dan maar mee, nu ik daar de energie nog voor heb. Ik weet eigenlijk nooit wanneer ik precies moe word.'

Ze liepen bijna meteen naar de Gainsborough, via een paar aardige maar niet bijzondere olieverfschilderijen van landschappen. De knappe Venetia keek hen aan met haar trieste blik, half verscholen onder de donkere trap. Boven het schilderij hing een lamp die echter niet brandde.

'Ik ben nog niet aan het idee gewend dat ik in een huis woon waar een Gainsborough in de hal hangt,' zei Caitlyn, terwijl ze weer vol bewondering naar het schilderij keek. 'Heel jammer dat niet meer mensen hem kunnen zien.'

'O, hier komen weleens mensen om hem te bekijken,' zei Geraldine. 'Soms maakt iemand een afspraak. Maar dan voel ik me een beetje schuldig.'

'Echt? Waarom?'

'Omdat ik niet helemaal zeker weet of dit het origineel wel is. Maar ik wil niemand teleurstellen en iedereen schijnt hem zo ook prachtig te vinden, dus zeg ik maar niets. Maar als de schilderijlamp brandt, weet ik zeker dat ze het meteen zullen zien. Dus laat ik hem maar uit en doe net of die stuk is. Dan kan het geen kwaad hem hier gewoon te laten hangen en mensen blij te maken.'

'Ze is prachtig.'

'Dat is ze, maar als je het verhaal kent werpt het trieste feit van Venetia's vroege dood bijna een schaduw over het schilderij, vind je niet? Als je dan naar haar kijkt denk je alleen aan haar korte leven. Je weet nog wel dat ik je over haar vertelde.' Geraldine stond, zwaar op haar stok leunend, voor het schilderij. 'Haar dood moet iedereen die van haar hield intens verdriet hebben gedaan.'

Caitlyn keek naar het schilderij. Deze jonge vrouw leek vol belofte, zelfs in een tijdperk waarin het leven onzeker was met alle risico's van ziekte en bevallingen. Nu was het gemakkelijk om haar dood te accepteren, omdat het al tweehonderdvijftig jaar geleden was dat ze leefde, en alle anderen van haar generatie en degenen na hen allang dood waren. Maar op een dag, van het ene op het andere moment, was ze onverwacht gestorven, wat wanhoop en verdriet had veroorzaakt. De achterblijvers waren inmiddels ook al gestorven en vergeten, maar Venetia's korte leven had dit schilderij achtergelaten, een venster van nu naar toen.

Geraldine zei zacht: 'Je vertelde laatst over je eigen verdriet.'

'Ja, ik ben ook in de rouw.' Caitlyn dacht aan Patrick, nu alleen nog levend op foto's en in herinneringen.

'Het verdriet dat je nu voelt zal veranderen en minder worden, dat kan ik je verzekeren.'

Caitlyn keek de oude vrouw aan en zei: 'In het begin dacht ik dat ik het begreep en dat ik er wel mee om kon gaan, maar nu weet ik dat dat slechts het begin was van een veel langere, veel moeilijker reis dan ik had verwacht. Eerst was het verdriet verschrikkelijk; elke dag als ik wakker werd realiseerde ik me dat het nog altijd even intens was. Hij was er niet en hij zou er nooit meer zijn. Ik haatte elke minuut die ons verder van elkaar verwijderde. En toch dacht ik ook dat ik wel zou wennen aan een wereld zonder hem. Ik verlangde naar het moment waarop ik dat niet langer erg zou vinden, maar ik heb geen idee wanneer het zover zal zijn. Elke dag vecht ik als een ontdekkingsreiziger in het Amazonegebied die zich met een machete een weg door het dichte regenwoud hakt, en dat is heel zwaar werk met weinig resultaat, maar ik moet het doen. Anders kan ik net zo goed niets doen en me erdoor laten opslokken. Het was allemaal zo tegenstrijdig: ik klampte me vast aan de herinnering aan hem, terwijl ik tegelijkertijd probeerde niet aan hem te denken. Ik haatte het dat tijd en willekeur ons van elkaar hadden gescheiden. En... en ik word gekweld door de wetenschap dat hij niet aan die leegte is ontsnapt, en dat ik dat ook niet zal doen, net als Max.' Ze zweeg, verstikt.

Geraldine knikte langzaam. 'Ik ben daar waarschijnlijk dichterbij dan jij. En ik kan je vertellen dat het heel normaal is om bang te zijn. De enige troost die ik je kan bieden is dat wanneer je tijd gekomen is je leert daar vrede mee te hebben. De dood op zich is niet het ergste. Ik kan me voorstellen dat ik er op een bepaald moment naar zal verlangen om te worden bevrijd uit dit oude lichaam. Het ergste is wanneer je te vroeg uit het leven wordt gerukt, doelloos, voordat het leven is geleefd, door een stom ongeluk, pech of wrede onoplettendheid. Dat is wat jou en je arme man is overkomen. Vind dan maar eens vrede en acceptatie.'

'Ja.' Caitlyns stem klonk gesmoorder dan ze had verwacht, en was vol verlangen en verdriet. 'Ik heb het gevoel dat ik hem nu minder goed begrijp dan toen hij nog leefde.'

'Tja...' Geraldine leunde op haar wandelstok en verplaatste haar voeten om gemakkelijker te kunnen staan. 'Dat gevoel mag je niet aan je laten knagen, lieve kind. Als je dat doet zal het iets kostbaars in je vernietigen. Probeer je neer te leggen bij zijn dood en vertrouw op het verleden dat je kende. Zelfs als er iets bekend wordt dat degene van wie je hield in een nieuw licht zet – en dat komt voor, lieve kind – mag je de waarheid van je eigen ervaring met hem niet laten vernietigen. We zoeken allemaal naar manieren om onze geliefden te laten doorleven, om onze relatie met hen in stand te houden, maar soms niet op de beste manier. Soms kan de relatie worden getekend door woede en afkeer. Dat is niet gezond. Het geeft je geen rust.'

Caitlyn knikte. 'Ja... Dat begrijp ik.'

'Herstellen van een verlies is geen kwestie van dagen of zelfs van een maand, of een jaar. Verdriet moet worden verwerkt, daar kun je niet omheen, en het is een vasthoudend wezen dat steeds je aandacht opeist. Maar het is riskant om het weg te drukken; het zal altijd verschijnen als je daar het minst op bedacht bent, of in een vorm die je niet herkent: vermomd als woede of somberheid of zelfvernietiging. Zet elke dag een stap uit die duisternis, probeer daar niet aan te ontsnappen, dan voert die stap je naar acceptatie en een nieuw, ander leven.'

'U praat alsof u uit eigen ervaring spreekt,' zei Caitlyn zacht.

'Ik heb veel mensen verloren en ken de verschillende vormen van verdriet. Maar ik weet ook dat de liefde doorleeft wanneer degenen van wie je houdt zijn gestorven.' Geraldine keek om zich heen in de betegelde hal. 'Dit vertrek is zo vertrouwd voor me, ook al kom ik hier bijna nooit meer. Het lijkt alsof het gisteren was dat ik de trap af rende, zelf nog een kind. Alsof het nog maar een paar dagen geleden is dat mijn zus hier was en naar dit schilderij keek, zoals ze zo vaak deed. En hier waren andere kinderen die rondrenden en schreeuwden. Die zijn nu allemaal gestorven.'

Caitlyn stelde zich voor dat er kinderen rondrenden door dit grote vertrek, dat gemaakt leek om krijgertje in te spelen. Een van hen moest Nicholas' moeder zijn geweest. Ze herinnerde zich dat hij had verteld dat ze al wat ouder was toen hij werd geboren. Ze had het te druk gehad met de Ban-de-Bombeweging en met demonstraties voor vrouwenrechten om moeder te worden, tot het al bijna te laat was.

'Wat is er met Nicholas' oom gebeurd? Hij zei iets over dat hij al jong is gestorven.'

Geraldine zuchtte. 'Harry was een kleine onruststoker en is, veel te jong, door een auto-ongeluk om het leven gekomen. Dat heeft mijn zus gelukkig niet meer meegemaakt, ze zou er kapot van zijn geweest. Ik mis hem ook. Hij zou nu zelf een oude man zijn, maar dat was niet voor hem weggelegd. En nu, lieve kind, wil ik je de muurschildering boven laten zien.'

Het ging langzaam en dus duurde het lang voordat Geraldine boven was, want ze moest op elke traptree pauzeren en zich voorbereiden op de volgende. Ten slotte waren ze boven en ze liepen langzaam naar de muurschildering op de achterwand van de overloop.

Geraldine keek er een tijdje naar en zuchtte. 'Lieve help, ik kan het bijna niet meer zien. Vroeger kende ik ze zo goed, die kleine figuurtjes.' Met haar vinger streek ze over een kleine circusdirecteur met zijn zweep boven zijn bolhoed geheven. 'Ik vond ze prachtig. Wij allemaal.'

'Maar ze zijn relatief nieuw, nietwaar?' vroeg Caitlyn terwijl ze zich bukte om het in de schemerige ruimte beter te kunnen zien. Ze rook de viooltjesgeur van Geraldines eau de cologne en om de een of andere reden gaf haar dat troost. 'Het is niet even oud als de rest van het huis. Nicholas vertelde dat deze wandschildering is gemaakt tijdens een lange en zware winter waar zijn moeder vaak over praatte.

De winter van 1947, kort nadat de oorlog was afgelopen en de mannen waren teruggekomen. Toen is met dit werk begonnen. Volgens mij hadden de kinderen dit bedacht. Ze wilden dolgraag naar een circus gaan. De kans daarop was toen ongeveer even groot als naar de maan vliegen.'

'Ik heb nooit iets gehoord over de winter van 1947,' zei Caitlyn.

'Iedereen denkt nu aan die andere strenge winter, 1962 was dat toch? Zoiets. Iedereen die zich die andere nog herinnert sterft uit. Dat is het probleem met het verleden, lieve kind. Het verliest zijn weerklank zodra de getuigen zijn gestorven. Er gebeuren steeds opnieuw afschuwelijke dingen, doordat degenen die zich de gruwelijkheden van de oorlog nog herinneren dood zijn.' Ze keek Caitlyn van opzij aan. 'Moet je mij horen. Ik lijk wel een profeet, zoals Nicholas ook vaak zegt. De winter van 1947 was echt afschuwelijk, veel erger dan de oorlog. Tenminste zo voelde dat toen voor mij. We waren er toch al zo slecht aan toe, weet je, na zes jaar van tekorten en pogingen die oorlog te winnen. En wat was de beloning van de overwinning? Strengere voorschriften, nog meer schaarste, een ijskoude winter en nog veel meer. Dat bracht het land op de knieën. Ja, dat was echt afzien. Kou en nog meer kou, geen elektriciteit, geen levensmiddelen, geen radio. We zijn wekenlang afgesneden geweest van de buitenwereld en waren helemaal op onszelf aangewezen.'

'Ja, dit huis staat nogal afgelegen.' Caitlyn had er moeite mee zich de omstandigheden voor te stellen die Geraldine beschreef. Zou het tegenwoordig ook mogelijk zijn zo te worden afgesloten van de buitenwereld? Vast niet. Er is nu internet, kabeltelevisie, mobiele telefoons... *Maar zonder elektriciteit, wat dan? Zodra de batterij van onze apparatuur leeg is, zijn we allemaal alleen. Misschien zelfs nog meer alleen dan toen, omdat we zo afhankelijk zijn van onze communicatieapparatuur.*

Geraldine zei: 'Ik neem aan dat het te verdragen was doordat we eraan gewend waren. Een tekort aan eten, een tekort aan alles. We wisten heel goed dat wij geluk hadden, wij hadden hier voorraden.

Anderen hadden dat geluk niet.' Ze keek weer naar de muurschildering. 'En dit soort dingen hielden ons ook bezig.'

'Wie heeft deze gemaakt?' vroeg Caitlyn.

Geraldine kreeg opeens een vage blik; haar blauwe ogen werden vochtig. 'Lieve Fred... ook gestorven. Maar hij schonk onze familie plezier toen we dat het meest nodig hadden. Zullen we een paar andere schilderijen hierboven bekijken? Ik heb wel zin een beetje rond te kijken. Het is alweer zo lang geleden.'

Ze liepen over de hele bovenverdieping, openden deuren en keken naar binnen. De kamers hadden een ouderwetse uitstraling met hun donkere meubels en dikke gordijnen. Caitlyn dacht weer dat Patrick dit huis fantastisch zou hebben gevonden, door de glans van ouderdom. De schilderijen in de slaapkamers waren niets bijzonders: aquarellen, foto's en een enkel olieverfschilderij, vooral landschappen. Caitlyns vage hoop dat ze boven een haard een nooit ontdekte meester zou vinden – een vroege Leonardo of een lang vergeten Picasso – kwam niet uit.

'Dank je wel, lieve kind,' zei Geraldine toen ze de trap langzaam weer afliepen. 'Ik vond het heel fijn om met je te praten.'

'Ik ook. Met u, bedoel ik.' Caitlyn ging naast haar lopen en hielp haar bij elke stap.

Beneden zei Geraldine: 'Nu ben ik echt moe. Vraag Renee alsjeblieft om je thee te geven als je daar zin in hebt. Ik moet even gaan liggen.'

'Ik zal haar niet lastigvallen. Ik moet nu weg om Max op te halen.'

'Ja, natuurlijk. Ik verheug me erop hem straks weer te zien. Tot later, lieve kind.' Geraldine kuste haar wang en schuifelde vermoeid en met gebogen schouders weg.

Caitlyn keek naar het schilderij tegenover de deur, in de schaduw. Als het schilderijlampje zou branden zou het goed verlicht en gemakkelijk te onderzoeken zijn, maar nu was het een charmant en prachtig portret dat door de schaduwen slecht te zien was.

40

'Ik weet een gelegenheid niet ver van het appartement van je vriendin,' zei Fred toen ze hem belde op het telefoonnummer dat in zijn brief stond. 'Daar kunnen we elkaar ontmoeten. Het is een heel klein restaurant, maar het eten is heel goed.' Hij was dolblij geweest toen ze belde. De vrouw die de telefoon had opgenomen had haar naam gevraagd en toen gezegd: 'O! Tommy. De geweldige Tommy. Geweldig je te leren kennen, ook al is het maar per telefoon. Ik ben Octavia Burton Brown, Freds zus. Hij is je grootste fan.'

'Echt waar?' vroeg Tommy blozend, ook al kon de vrouw dat niet zien. 'Wat... leuk!'

Fred was heel blij geweest toen ze hem belde, en helemaal toen hij hoorde dat ze in Londen was. 'Kan ik je vanavond zien, liefste?' vroeg hij. 'Kun je weg?'

'Natuurlijk. Celia gaat uit eten en ik wilde thuis blijven met mijn bord op schoot en een boek.'

'Ik weet wel iets beters. Luister, heb je een pen?'

Fred had gelijk: het was maar tien minuten lopen vanaf het appartement; een korte wandeling naar Curzon Street, en na een scherpe bocht een straatje in naar een buurtje dat zomaar kilometers verwijderd had kunnen zijn van het chique gebouw waar Celia in woonde. Op de bovenverdieping brandden rode lampen; vrouwen in afgedragen overjassen en versleten schoenen stonden in kleine groepjes te roken op de hoeken van kronkelende straatjes. Verschillende kroegen waren open en de klanten stonden buiten, ondanks de kou en de sneeuwhopen tegen de muren. Uit de kroegen kwam de geur van rook en zweet en hete adem en gelach en geklets.

Kan dit wel kloppen? Dit is heel ongezond.

Toch liep ze door. Ze zag een restaurant op de hoek van een straatje tegenover een kroeg. De hoekgevel stak licht af in het donker; het leek alsof heel veel mensen alle uren waarin de elektriciteit volledig beschikbaar was zoveel mogelijk wilden benutten. Tommy opende de deur en liep naar binnen. De gasten vormden een gemengd gezelschap, maar zij viel op in haar fraaie pakje en haar vossenbont om haar ene schouder. Ze keek zenuwachtig om zich heen op zoek naar Fred.

Hij zag haar meteen, stond op en zwaaide zodat ze naar zijn tafeltje kon komen. 'Hallo, Tommy!' Hij kuste haar op de wang en zijn stralende blik maakte duidelijk hoe blij hij was haar te zien. Hij trok een stoel voor haar naar achteren zodat ze kon gaan zitten.

'Hallo, Fred.' Ze was opeens verlegen, ook al had ze de hele middag naar dit moment verlangd. 'Dit is een interessante plek.'

Hij lachte. 'Ik beschouw het graag als een goed bewaard geheim. Ik weet niet hoe de kok het voor elkaar krijgt, maar hij kan gewoon toveren met uiterst karige ingrediënten. Hij is natuurlijk een Fransman. Kijk, hier is de menukaart. Die is kleiner dan normaal, maar alles zal lekker zijn.'

'Dit ziet er geweldig uit,' zei ze beleefd, ook al had ze weinig trek. 'Hoe gaat het met je, Fred?'

'Veel beter. Het verband is er helemaal af en ik ben zo goed als nieuw.' Hij keek haar glimlachend aan en het was wel duidelijk dat hij het fijn vond dat hij haar weer zag. 'Je ziet er prachtig uit. Gaat het goed met je?'

'Ja, vrij goed.' Ze vertelde hem iets over haar recente bezigheden en daarna iets over wat Gerry in haar brief had geschreven. 'Roger is helemaal niet gelukkig, volgens Gerry. Sterker nog, hij voelt zich ellendig.'

'Ik denk dat het tot hem begint door te dringen wat het betekent om met Barbara te trouwen. Hij kan kennelijk niet terug.'

Tommy sloeg haar blik neer. 'Ik weet beter dan de meeste mensen hoe afschuwelijk een dergelijke vergissing kan zijn. Als het even kan wil ik hem helpen.'

'Hij moet zijn eigen keuzes maken, Tommy, dat weet je. Hij móét niet trouwen, niet zoals jij. Hij kan niemand anders de schuld geven van deze puinhoop en hij heeft nog genoeg tijd om hier een einde aan te maken.'

'Gerry zei dat Barbara hem volledig onder de duim heeft. Ik kan me niet voorstellen dat Roger zich tegen haar verzet.'

Fred legde zijn hand op de hare. 'Als hij dat wil zullen we hem helpen, maar tot hij het vraagt kunnen we niets doen.'

Ze bestelden hun eten en praatten over allerlei dingen die niets te maken hadden met wat thuis gebeurde. Fred vertelde haar over het leven van zijn zus en haar vriendinnen en het grote huis dat ze hadden gekocht in Spitalfields dat een groepswoning zou worden voor vrouwen die onafhankelijk maar met gelijkgestemden wilden wonen. Zoals hij het vertelde klonk het vrolijk en vrij en nieuw.

'Ik wil haar graag leren kennen,' zei Tommy. 'Zo te horen is ze erg interessant.'

'Ze wil je dolgraag ontmoeten. Ik moest haar gewoon verbieden om vanavond mee te gaan, zo nieuwsgierig is ze. Ze heeft me ook verteld hoe ik mallen kan maken voor mijn circusfiguurtjes. Weet je nog dat ik daar een oplossing voor zocht? Ze heeft een soort rubberen substantie die ik om mijn houtsnijwerk kan kneden; en als ik het er daarna afhaal heb ik een flexibele mal voor het gips. Als ik weer op Kings Harcourt ben kan ik die mallen afmaken.'

Tommy werd opeens somber. 'Denk je dat je teruggaat?'

'Dat weet ik wel zeker. En jij ook. Als je niet in Londen wilt wonen, neem je een huis in het dorp. Laat Barbara je niet buitensluiten als je daar wilt zijn. En als Gerry gelijk heeft, denkt je moeder straks totaal anders over Barbara.'

'Ja.' Ze vrolijkte op. 'Je hebt gelijk. Ik zal wel een manier vinden om dichtbij te wonen. Dan kan ik er zijn als ze me nodig hebben.'

De avond was veel te snel voorbij. Om elf uur werden de laatste borden weggehaald en ging het licht uit. In de kroeg aan de overkant bereikte het ruwe plezier zijn hoogtepunt; de bel voor de laatste ronde ging toen ze erlangs liepen.

Ze liepen Curzon Street in en daarna South Audley Street, waar Fred haar bij een hekje in zijn armen nam en intens kuste. 'Tommy,' zei hij zacht. 'Ik wil altijd bij je zijn. We moeten gaan samenwonen.'

'Dat wil ik ook, maar jij bent dakloos, net als ik. En ik moet twee kinderen opvoeden.'

'Ik zal je helpen hen op te voeden. Ik vind je kinderen geweldig en zal mijn best doen een vader voor hen te zijn.'

'Ik geloof je wel, maar dat is wel veel gevraagd als je geen werk hebt, geen huis...'

'We kunnen samen opnieuw beginnen en ons leven opnieuw vormgeven.' Fred drukte haar tegen zich aan en zei toen: 'Ik kan de lampen van het Dorchester daar zien. Zullen we kijken of de bar nog open is?'

Bij de entree probeerde een ober hen weg te sturen door te zeggen dat alleen hotelgasten hier nu een drankje konden kopen, maar toen riep iemand Tommy's naam en zagen ze dat Celia daar zat met een vriendin.

'Uitstekend, als u bij Lady Celia hoort,' zei de ober, en hij liet hen binnen.

'Ze laten me altijd binnen,' zei Celia tegen Tommy en Fred. 'Ik kom hier zo vaak dat ik bijna voor een hotelgast door kan gaan. Ik kwam hier in de oorlog tijdens bombardementen altijd schuilen. Lieve help, de chicste mensen zochten hier dekking! Het was heerlijk geweest als we niet allemaal hadden zitten rillen van angst. Dit is Amanda Lillington. We zijn Jonty's feest ontvlucht en hiernaartoe gegaan om die herinnering te wissen. Amanda, dit is Tommy Eliott, en...?' Celia trok haar wenkbrauwen op.

'Fred Burton Brown,' zei Tommy.

'Aangenaam,' zei Fred beleefd. 'Ik ga de ober zoeken, die lijkt te zijn verdwenen.'

Celia wilde alle roddels over hun avond horen. 'Was je in Shepherd's Market? Wat dapper! Dat is behoorlijk kleurrijk, hoe je het ook bekijkt. Maar je had altijd al een hoop lef, Tommy, dat moet ik je nageven. O!' Celia legde haar hand op de arm van haar vriendin. 'Maar Amanda, jij kent Barbara Hastings toch? Jij was degene die me vertelde dat je haar kende. Dat is het, nu weet ik het weer.'

'Ja, ik ken Barbara Hastings. Niet goed, maar ik ken haar zeker.' Amanda nam een slokje van haar cocktail. 'Ik heb een tijdje in India gewoond en daar hebben we elkaar leren kennen.'

'Tommy kent haar ook,' zei Celia vertrouwelijk. 'Heel goed zelfs.'

'Niet zo goed, hoor. We hebben samen op school gezeten.'

Amanda lachte. 'Dan durf ik te wedden dat je een paar verhalen kunt vertellen, als ze op school ook al zo was!'

'Wat bedoel je?' vroeg Tommy, terwijl ze zich afvroeg waar Fred naartoe was. Ze probeerde hem te ontdekken in de donkere zaal.

'In India was ze de meest aanstootgevende Engelse vrouw. Ze had verschillende affaires, maar de meest schaamteloze was die met een hoge militair, een generaal-majoor. Iedereen had het erover. Ze leek het heerlijk te vinden de arme vrouw van die man te vernederen, en haar eigen man. Ze probeerde op geen enkele manier geheim te houden wat er aan de hand was. Sterker nog, ze pronkte ermee. Volgens mij dacht ze dat ze er iets mee zou winnen, maar dat was natuurlijk niet zo. En toen werd het oorlog. Hier is ze misschien onbekend, maar de mensen die haar in actie hebben gezien weten wel beter. Ze is een avonturierster, altijd op zoek naar rijke mannen die dure dingen voor haar kunnen kopen. We hadden allemaal medelijden met die arme man van haar. Ik snap niet dat hij het pikte.'

'Lieve help,' zei Tommy. Ze werd somber, maar was niet verbaasd. 'Dat is heel jammer, want ze gaat met mijn broer trouwen.'

Fred kwam terug en zei: 'De ober komt zo een kan Singapore Sling brengen. Dat leek me wel in orde.' Hij ging bij hen aan het tafeltje zitten.

Amanda leek hem niet te horen. 'Met je broer trouwen?' vroeg ze ongelovig aan Tommy. 'Dat kan ik me niet voorstellen!'

'Ja, het is echt zo. Ze hebben zich vorige week verloofd. Ik denk dat het binnenkort wel in *The Times* zal staan.'

'Nee, dat kan ze niet doen,' zei Amanda gedecideerd. 'Want eergisteren zag ik Duncan Hastings nog lunchen in Glover's in Piccadilly. Ik weet zeker dat hij het was. Dus tenzij ze gescheiden zijn, hoe kan zijn vrouw dan verloofd zijn en met een andere man trouwen?'

'We moeten dit meteen aan Roger vertellen!' zei Tommy toen zij en Fred voor de deur van Celia's flat stonden. Celia was zo tactvol geweest om naar binnen te gaan zodat ze afscheid van elkaar konden nemen. 'Ik bel hem morgen meteen op om hem te vertellen dat Barbara een bedriegster is!'

'Wacht daar maar even mee,' zei Fred, 'want we weten niet zeker of Celia's vriendin Duncan Hastings echt heeft gezien. Misschien vergiste ze zich.'

'Maar ze heeft hem in India gekend!'

'Ja, maar waarom zou Barbara toelaten dat Roger haar ten huwelijk vraagt als haar echtgenoot nog leeft? Ze is echt niet zo dom dat ze denkt dat ze nooit wordt betrapt. Ze moet al gescheiden zijn.'

Tommy fronste. 'Ja, je zult wel gelijk hebben. Maar waarom doet ze dan alsof ze weduwe is? Waarom zegt ze dat haar man dood is als hij elk moment kan opduiken?'

'Misschien denkt ze dat dit eerzamer klinkt. Maar we weten het niet zeker en moeten dit eerst tot op de bodem uitzoeken. Laat het maar aan mij over en wacht af wat ik te weten kan komen via mijn vrienden uit het leger. Ik weet bijna zeker dat iemand weleens van Duncan Hastings heeft gehoord en me kan helpen hem te vinden. Ondertussen moet je Barbara niets laten merken, want als ze schuldig is, geeft het haar meer tijd om haar sporen te wissen. En als ze onschuldig is, en we haar valselijk beschuldigen, lijken wij nog slechter dan zij.'

'Ja, dat begrijp ik wel, maar ik wil Roger gewoon nog meer verdriet besparen.'

'Dat weet ik, maar een dag of twee zal geen verschil maken.' Hij kuste haar teder en ze omhelsde hem stevig. 'Ik bel je zodra ik nieuws heb. Slaap lekker, liefste.'

'Welterusten, Fred. Droom maar fijn.'

De volgende ochtend zei Celia: 'Wat toevallig dat Amanda je vriendin kent! Zo te horen is ze een verschrikkelijk mens.'

'Dat is ze inderdaad,' zei Tommy. 'Het ergste is dat ik dacht dat ik haar hielp door haar bij ons te laten wonen, terwijl zij er geen enkele moeite mee had om mij uit mijn eigen huis te verdrijven.'

'Ze is een koekoeksjong, gooit alles uit het nest dat haar veiligheid kan bedreigen,' zei Celia. 'Ik ken dat type wel. De oorlog leek in sommigen het beste naar boven te brengen, maar het slechtste in anderen. De meeste mensen die ik ken hebben de beste kant van zichzelf leren kennen. Maar ik heb ook minderwaardig gedrag gezien, en ik weet zeker dat dat ook voor jou geldt.'

Tommy knikte. 'Ja.'

'Nou, succes, liefje. Ik hoop dat je die adder aan je boezem kwijtraakt.'

41

'Ben je al een beetje geïnstalleerd?' vroeg Nicholas aan de telefoon.

'Ja hoor, heel goed, al heb ik weinig bereik met mijn telefoon.'

'Nou, ik ben bang dat tante G nog geen breedband heeft laten installeren,' zei hij lachend. 'Nog nieuws over Sara?'

Caitlyn stond voor het raam op de overloop en keek naar de akkers tussen het huis en het dorp die onder de heldere blauwe hemel een felle, bijna accentgroene glans hadden. 'Nee, dat had ik wel verwacht, maar er is niets gebeurd. De verhuizers gaan vandaag aan de slag en ik rijd terug naar het huis om een kijkje te nemen. Toen ik belde zei mijn buurvrouw Jen dat ze niemand had zien rondhangen, dus ik neem aan dat Sara het heeft opgegeven.'

'Ze weet waarschijnlijk dat je bent verhuisd en echt geen contact meer met haar wilt. Dat zal ze gewoon moeten accepteren. Coco en ik gaan vandaag en morgen op bezoek bij familie, maar zal ik zodra we terug zijn naar je toe komen?'

'Ja, goed idee. Op de school van Max worden deze week de eindejaarsprijzen uitgereikt, maar daarna heeft hij vakantie en zal hij wel behoefte hebben aan wat afleiding.'

'Perfect. We hebben er zin in.'

Caitlyn reed met een naar gevoel in haar maag terug naar Oxford. Ze had het niet aan Nicholas willen vertellen, maar ze was midden in de nacht wakker geworden en had zich gerealiseerd dat ze Patricks tablet in het huis in Oxford had laten liggen, ook al had ze hem willen meenemen. Al zijn andere spullen waren daar ook, maar in dichtgeplakte dozen. De tablet had ze toen Sara buiten rondhing onder een kussen van de bank verstopt. Geen geweldige verstopplek, maar dat was alles wat ze toen zo snel had kunnen bedenken, en nu was ze bang dat de verhuizers hem zouden beschadigen doordat ze niet wisten dat hij daar was.

Toen ze bij het huis kwam stond de verhuiswagen er al en laadden de verhuizers grote dozen van de bovenverdieping in.

Caitlyn begroette hen en liep meteen naar de bank. De tablet lag er nog, onder het kussen, en voor zover ze kon zien onbeschadigd. Opgelucht stopte ze hem in haar tas en ze ging naar de keuken om voor de verhuizers een kop thee te maken – nu er nog kopjes waren.

Even later stak Jen haar hoofd om de keukendeur. 'Hallo! Jij was snel vertrokken!'

'Sorry, Jen, we hadden wat problemen waardoor ik hier eerder weg moest dan ik had gedacht.' Caitlyn gooide de theezakjes in een plastic afvalzak. 'Ik had echt nog afscheid van je willen nemen.'

'Had dat iets te maken met die vrouw die hier rondhing?'

'Ja, eerlijk gezegd wel. Ze heeft een beetje te veel belangstelling voor me.'

'Dat kun je wel zeggen.' Jen kwam binnen. 'Kan ik helpen?'

'Als je wilt kun je een paar kopjes meenemen.'

Ze brachten de thee naar de verhuizers buiten. Daarna bleven ze op straat naar hen staan kijken terwijl de mannen al Caitlyns bezittingen uit het huis haalden.

Jen vroeg: 'Je bent dus op de vlucht voor een stalker?'

'Dat is een beetje overdreven,' zei Caitlyn lachend. 'Maar... Ja, ik was blij dat ik weg kon. Heb je haar sinds die ene keer nog gezien?'

Jen schudde haar hoofd. 'Nee, helemaal niet.'

'Ik was bang dat ze hiernaartoe zou komen en de verhuizers vragen waar ze alles naartoe brachten. Daarom heb ik de baas gevraagd dat geheim te houden, gewoon voor het geval dat.'

'Goed idee. Ik vind het heel erg voor je dat je dit allemaal moet meemaken, nadat je man is overleden en zo. Ik stuur je zoveel mogelijk positieve energie.'

'Bedankt, Jen.' Caitlyn glimlachte. 'Dat waardeer ik heel erg.'

Een van de verhuizers kwam naar haar toe en vroeg: 'Wat wilt u dat we met de spullen in de logeerkamer doen?'

'Eh... Wat bedoelt u?'

Jen zei: 'Ik zal je niet verder afleiden, lieverd, maar kom voordat je weggaat nog even langs om afscheid te nemen.'

'De logeerkamer,' zei de verhuizer. 'Wilt u dat wij alles in dozen stoppen?'

'Het zit al in dozen.'

'Nee hoor, liefje, kom zelf maar even kijken.'

In de logeerkamer keek Caitlyn vol afschuw rond. Patricks dozen waren opengemaakt, sommige zelfs kapotgescheurd, en zijn spullen lagen kriskras door de kamer in een wirwar van papieren, boeken en foto's.

'O mijn god,' zei ze zwakjes. 'Ze is hier geweest!'

'Wat zegt u?' vroeg de verhuizer.

'Niets. Ik... Ik pak alles zelf wel in. Hebt u een paar lege dozen?'

Ze begon alles weer in de dozen te stoppen die nog bruikbaar waren en probeerde ondertussen te controleren of er iets ontbrak. Het was een misselijkmakend idee dat Sara op de een of andere manier het huis in was gekomen en met haar handen aan Patricks leven was gekomen. Zijn privéspullen leken bezoedeld doordat zij ze had aangeraakt.

Zo mag ik niet denken. Daardoor realiseert ze zich alleen maar hoeveel van hem ze niet wist, en nooit heeft kunnen weten. Mijn gesprek met Geraldine heeft me echt geholpen, want daardoor weet ik nu dat ik een hek om mijn herinneringen aan Patrick en ons leven kan zetten en ze voor mezelf kan houden, hoe Sara ook probeert ze te veranderen of te vernietigen.

Dat was altijd Sara's opzet geweest. Steeds weer had ze geprobeerd Caitlyn zover te krijgen dat ze haar versie van bepaalde gebeurtenissen veranderde in die van Sara, of het nu over Nicholas ging, over een van haar eerdere relaties en zelfs over situaties waar ze allebei bij waren betrokken. *En dat heb ik haar laten doen. Ik heb toegelaten dat zij mijn standpunt wijzigde. En dat probeert ze nog steeds.*

Ze pakte de snoeren en opladers die op Patricks oude laptop lagen. Die had Sara kennelijk niet belangrijk genoeg gevonden om te onderzoeken. *Maar waar is zijn mobiele telefoon?*

Ze ging ernaar op zoek, maar zag hem nergens, en dus zocht ze hem tussen alles wat nog op de grond lag, ervan overtuigd dat de telefoon daar zou liggen, want ze had hem teruggelegd in de doos bij de andere apparaten.

Nu was er echter geen twijfel meer aan dat hij weg was. Caitlyn ging op de grond zitten, terwijl de tranen haar in de ogen sprongen. Sara had het laatste wat Patrick had aangeraakt meegenomen.

'Laat ons met rust!' riep ze. 'Patrick is dood. Je kunt hem niet meer hebben... en ik ook niet.' Daarna sloeg ze haar handen voor haar gezicht en begon te huilen.

Voordat Caitlyn in haar auto stapte om Max van school te halen en samen met hem terug te gaan naar Kings Harcourt wipte ze nog even bij Jen aan om afscheid te nemen.

'Gaat het wel goed met je? Je hebt gehuild,' zei Jen. Ze gaf Caitlyn een knuffel.

'Ja hoor, het gaat goed. Maar die vrouw is in het huis geweest en heeft een paar dingen van Patrick meegenomen.'

'O.' Jen keek haar met grote ogen aan. 'Aha, ik begrijp het. Was ze... Neem me niet kwalijk dat ik het vraag, maar was ze zijn minnares?'

'Dat weet ik niet. Ik denk het. Ja. Dat was ze.'

'Ze houdt een wedstrijdje met je, nietwaar?'

Caitlyn knikte.

'Wat erg voor je.' Jen pakte haar hand. 'Luister, lieve schat. Hij was jóúw man, niet die van haar. Dat mag je niet vergeten. Wat heeft ze meegenomen?'

'Zijn telefoon.'

Jen kneep in haar hand. 'Ik weet dat dat pijn moet doen. Maar jij hebt wat echt belangrijk is van zijn leven, jij hebt jullie zoon immers?'

Caitlyn knikte. 'Ja, dat is zo.'

'Zie je wel. Laat haar die telefoon maar hebben, dat is een dood ding. Concentreer je op de levenden: jij en Max.'

'Dank je wel, Jen.' Caitlyn dwong zichzelf even te glimlachen. 'Dat zal ik proberen. Tot ziens, en bedankt.'

Ondanks Jens woorden was Caitlyn tijdens de rit terug naar Kings Harcourt ontzettend gedeprimeerd. Zelfs Max, blij en vol verhalen over zijn cricketwedstrijd van die middag, kon haar niet uit de put halen. Ze had meer hoop gekregen doordat ze in Kings Harcourt gingen wonen. Geraldines woorden hadden hun weerklank bij haar gevonden, en de combinatie van het mooie, levendige platteland en de solide, elegante vastheid van het huis hadden haar het gevoel gegeven van een nieuw begin – of in elk geval de mogelijkheid daarvan.

Nu had Sara dat allemaal weer besmet doordat ze met haar handen aan Patricks spullen had gezeten en dingen had meegenomen. Dat bracht het nare, bittere gevoel van jaloezie en verraad terug, en daardoor was ze weer intens verdrietig en somber.

Caitlyn en Max zaten op het terras te eten, terwijl Max enthousiast over de prijsuitreikingen van de volgende dag praatte.

'Ik denk niet dat ik een prijs krijg, want ik was niet een van de besten bij de examens, maar misschien krijg ik wel iets voor cricket. Vanmiddag heb ik twee wickets geslagen en meneer Reynolds zei dat ik dit semester een grote bijdrage aan het team heb geleverd.'

'Dat is geweldig, lieverd. Ik ben heel blij dat je er zo van hebt genoten.' Ze keek hem glimlachend aan, blij dat zijn houding ten opzichte van de school was veranderd. Daarna bedacht ze dat Patrick dit geweldig zou hebben gevonden, en weer werd ze overvallen door een somber gevoel.

Later, toen Caitlyn klaarwakker in bed lag, stond ze op, haalde Patricks tablet uit haar tas. Ze zette hem aan en scrolde door de schermen, terwijl ze ondertussen aan Patrick dacht. Ze tikte op de map Games en zag de icoontjes van zijn backgammon-app en van het spel van de slang. De ouderwetse computerslang was gemaakt van kleine vierkantjes. Hij kronkelde over een effen groene achtergrond en reikte naar een rechthoekige appel zodat hij een soort s-vorm had. Caitlyn keek ernaar. s was nu natuurlijk een letter die vol gif leek te zitten, een giftige en vernielzuchtige letter.

Terwijl ze ernaar zat te staren hoorde ze in gedachten Patricks stem: 'Zoek de slang in het gras.'

De woorden op die tweede foto in zijn Allegra-map. En nu keek ze naar een slang op een groene ondergrond die een s-vorm had.

Haar adem stokte.

Opeens dacht ze aan Patrick en aan het feit dat hij alles altijd wilde controleren en aan het vreemde bericht in het aanhangsel van zijn testament, waarmee ze toegang kreeg tot zijn online-leven. Hij had geschreven dat ze wel zou weten wat ze moest doen met wat erin zat. *Dat was zo'n vreemde tekst: Dat ik, als ik ze nodig had, wel zou weten wat ik moest doen.*

Patrick had een spoor voor haar uitgelegd dat ze kon volgen; ze kon bijna horen dat hij op haar mopperde en zei dat ze haar ogen moest opendoen en dan zou zien dat de aanwijzingen gewoon voor haar neus lagen.

Zou hij werkelijk een foto van Sara in zijn telefoon bewaren? Zo onvoorzichtig was hij eerder nooit. Ze hoorde de spot in zijn stem. 'Arme Mark, hij kan haar niet aan. Hij weet niet hoe.'

Maar Patrick wist dat wel. Dat was altijd zo.

Met een trillende vinger tikte ze op het icoon van het slang-spel, waardoor het werd geopend. Ze begon te spelen, maar liet de slang meteen tegen de rand botsen waardoor het spel afgelopen was met een score van nul. Ze begon opnieuw, manoeuvreerde de slang onhandig rond met de pijltjestoetsen op het scherm, maar ze kreeg het spel niet in de vingers en weer botste de slang tegen de rand.

'Nee toch, dit is onmogelijk!' Ze voelde zich behoorlijk dom omdat ze zo'n spel speelde, maar elke keer als ze ermee wilde stoppen besloot ze het toch nog een keer te proberen. Langzaam maar zeker wende ze eraan om de slang te verplaatsen. Niet veel later had ze een paar punten gescoord, maar toen de slang niet alleen langer maar ook sneller werd, was het pas echt moeilijk het spel goed te spelen. Toen, terwijl ze de slang fanatiek over het scherm verplaatste en hem de appels liet opeten die met een bevredigend elektronisch piepje verdwenen, was ze heel blij toen ze zag dat ze zoveel appels had opgegeten dat boven in het scherm een hek verscheen. Ze stuurde de slang door het hek, klaar voor de volgende ronde.

Zodra de staart van de slang was verdwenen, hoorde ze een klikje en zag ze iets bewegen in het cameragaatje in de rand van het beeldscherm.

Werd er net een foto van me gemaakt? vroeg ze zich verbaasd af. Opeens veranderde het scherm: het slangenspel verdween en er verscheen een nieuw scherm.

Op het scherm keek Patrick haar glimlachend aan en zei luchtig: 'Aha, Caitlyn, Hallo! Ik vroeg me al af wanneer je dit punt zou bereiken.'

42

Tommy had er moeite mee zich op iets anders te concentreren dan op alles wat ze over Barbara te weten waren gekomen. Maar ze wist ook dat Fred gelijk had en dat het het beste was om geduld te hebben.

Fred beloofde dat hij zo snel mogelijk inlichtingen zou inwinnen. 'Vanmiddag heb ik een afspraak met een vriend in de Army and Navy Club. Ik hoop dat hij me kan helpen.'

Na die afspraak ontmoetten ze elkaar in de bar van het Ritz.

Fred vertelde haar dat zijn vriend bijzonder nuttige informatie had verstrekt. 'Een vriend van hem kent Duncan Hastings. De man is krijgsgevangene geweest en men heeft een tijd gedacht dat hij dood was. Maar later werd bekendgemaakt dat hij nog leefde. Hij is vorig najaar naar huis gestuurd.'

Tommy zei opgewonden: 'Misschien nam hij toen contact op met Barbara en is ze daarom ondergedoken en van het huis van de ene vriendin naar het andere getrokken. Duncan Hastings kent Veronica misschien niet, en mij kende hij zeker niet. Hoe zou hij haar kunnen vinden als ze niet gevonden wil worden?'

'We zouden zo vriendelijk kunnen zijn om aan te nemen dat zij niet weet dat hij leeft,' zei Fred. 'Het is riskant om je met een man te verloven als je echtgenoot nog leeft. Maar we horen morgen wat we willen weten, want ik heb rond theetijd met hem in de Reform Club afgesproken.'

'Mag ik mee?' smeekte ze.

'Dat kan denk ik geen kwaad,' zei Fred peinzend. 'Goed. Zorg dat je om kwart voor vier voor de club staat, dan wachten we samen op hem.'

Tommy had amper geslapen toen ze de volgende dag bij de Reform Club in Pall Mall aankwam.

Fred was er al. Hij stond onder een lantaarnpaal een sigaret te roken en begroette haar met een kus. 'Hallo, liefste. Mooi, we zijn er. Als het goed is weten we over een paar minuten alles wat we over Barbara Hastings moeten weten.' Daarna nam hij haar mee naar binnen.

De portier stuurde hen de trap op naar een balkon dat rondom de grote, overdekte binnenplaats liep. Langs de leuning stonden theetafeltjes zodat de gasten de prachtige mozaïekvloer van de rechthoekige binnenplaats konden zien.

Een ober nam hun bestelling op voor thee en toen wachtten ze. Tommy accepteerde een sigaret van Fred en zat nerveus te roken, terwijl ze steeds opkeek als er iemand naar boven kwam. 'Hoe laat komt hij?' vroeg ze gespannen.

'Hij kan elk moment komen,' zei Fred. 'Maak je geen zorgen, hij komt wel.'

Een paar minuten later zag Tommy een man die aan de overkant de trap op kwam.

Hij was lang en griezelig mager, en had een ietwat zongebruinde huid, ook al had de zon hier al een tijdje niet meer geschenen. Hij droeg een versleten pak en een dunne overjas. Hij zag hen meteen en kwam naar hen toe, maar negeerde de paar mannen die alleen zaten en verdiept waren in hun krant. 'Aangenaam,' zei hij toen hij bij hen was. 'Duncan Hastings.' Hij stak zijn hand uit naar Fred.

Fred stond op en schudde zijn hand. 'Fred Burton Brown. En dit is mevrouw Eliott.'

'Hoe maakt u het?' Hastings knikte beleefd. Daarna nam hij zijn hoed af en ging op de stoel zitten die Fred hem aanbood. 'Wat kan ik voor u doen?'

'Heeft Bowles u verteld waarom ik u wilde spreken?' vroeg Fred.

Hij keek ernstig en zakelijk terwijl hij een pakje sigaretten tevoorschijn haalde. 'Sigaret?'

'Alstublieft.' Hastings nam een sigaret, en Fred gaf hem vuur. Hij zei: 'Hier zou mijn dokter niet blij mee zijn. Hij zegt dat mijn longen naar de knoppen zijn. Ik heb hem verteld dat dat het enige was dat me op de been hield tijdens de jaren in dat vakantiekamp, en als dat betekende dat ik een jaar of twee korter zou leven, was dat de moeite waard aangezien ik niet verwachtte dat ik ooit vrij zou komen.' Hij keek Tommy aan en zei: 'Mijn excuses voor mijn woordkeus, mevrouw Eliott.'

'Geen probleem,' zei Tommy. Ze pakte ook een sigaret en hoopte maar dat het niet al te zichtbaar was dat haar handen trilden.

Fred leunde naar haar toe om haar vuur te geven.

'U zult daar wel een zware tijd hebben gehad.'

'Nogal ja.' Hastings nam een diepe trek van zijn sigaret en zei: 'Aha, daar komt jullie thee.'

De ober zette de theespullen op het tafeltje en bracht een extra kopje voor Hastings. Zwijgend gaf hij de rekening aan Fred, die een bankbiljet in het roodleren mapje stopte en dat met een knikje teruggaf.

Zodra de ober weg was keek Fred Hastings weer aan. 'We wilden u iets vragen over uw vrouw.'

Hastings keek even verbaasd, maar leek even later weer even koel als eerst. 'Juist ja. Weet u waar ze is?'

'Misschien. Maar weet ú waar ze is?'

'Geen idee,' zei Hastings. 'Ze is er goed in geslaagd om zichzelf en mijn dochter verborgen te houden. Ik krijg informatie via een advocaat, maar weet niet waar ze is.'

Tommy was opgelucht. Barbara wist dus dat haar man nog leefde. 'Ik neem aan dat uw huwelijk geen succes is, meneer Hastings, als u me deze persoonlijke vraag niet kwalijk neemt.'

'Geen probleem.' Hastings keek haar met een benepen glimlach aan. 'Ik krijg de indruk dat u Barbara kent. In dat geval weet u dat ze een kouwe kikker is met een goed ontwikkeld gevoel voor zelfbehoud. Bovendien is ze heel aantrekkelijk en kan ze een man het gevoel geven dat hij het beste is wat haar ooit is overkomen. Dat heeft ze bij mij gedaan, en ik ben erin getrapt. Maar uiteindelijk bleek dat het één groot toneelstukje was. Ze heeft me meer dan eens voor de gek gehouden en ik pikte dat, niet alleen ter wille van haar maar ook voor het kind.' Opeens keek hij Tommy smekend aan. 'Hebt u Molly gezien? Weet u of het goed met haar gaat?'

'Het gaat heel goed met haar,' zei Tommy zacht. Ze had diep medelijden met hem. 'Ze is een schat van een kind, met uitstekende manieren. We vinden haar allemaal erg aardig.'

'Ik zou haar heel graag willen zien,' zei Hastings verlangend. 'Ik heb me nooit veel zorgen om haar gemaakt, omdat ik wist dat Barbara goed voor haar zou zorgen. Daar is ze wel goed in.'

'Wat voor contact hebt u met uw vrouw gehad, meneer Hastings?' vroeg Fred.

'Vrijwel geen. Ik heb geprobeerd haar te vinden, maar ben daar niet in geslaagd. Ik heb een paar oude vrienden laten weten dat ik naar haar op zoek ben. De ouwe Lazarus, weet u, opgestaan uit de dood. Ik hoopte dat ze blij was, maar werd ruw uit de droom geholpen. Ze moet het gehoord hebben. Ik vertelde mensen dat eventuele correspondentie naar mijn oude club gestuurd kon worden – niet zo'n fraaie plek als deze, maar een huis ten noorden van Bloomsbury, meer een soort kosthuis eigenlijk. Daar kwamen de brieven waarin ze vroeg om echtscheiding. Ze zei dat we dat in het geheim zouden moeten doen. Ze wilde verhuizen naar een stadje in het noorden waar niemand haar kende, daar gaan wonen en van me scheiden, mits ik zou aanvoeren dat ze me ontrouw was. Ik antwoordde: Dat is allemaal goed en wel, maar waarom? Ik stuurde mijn antwoord terug naar de advocaat die ze in de arm had genomen.'

'En wat was haar antwoord?' vroeg Fred. Hij nam een slokje van zijn thee en keek aandachtig naar Hastings.

'Er kwam geen antwoord,' antwoordde Hastings lachend. 'Niet meteen tenminste. Toen kreeg ik een heel kort, scherp antwoord:

"Hoeveel?" Nou ja, daar kwam het in elk geval op neer. Ik vroeg me af hoe Barbara aan genoeg geld kwam om me af te kopen. Ze had nooit veel geld behalve dat wat ik haar gaf.'

'Wanneer was dat?'

'O, vorig jaar, kort voor Kerstmis. Ze had kennelijk haast om van me af te komen, maar ik weet niet waarom. Ze had waarschijnlijk haar oog op een arme man laten vallen.'

Tommy fronste. *Misschien... misschien wilde Veronica daarom wel zo graag van haar af. Het is mogelijk dat Barbara haar man op het oog had en overwoog in actie te komen.* Ze keek naar Fred, maar ze kon dit alles onmogelijk hardop zeggen en bovendien keek hij naar Hastings.

Fred vroeg: 'En hebt u besloten in te stemmen met een scheiding?'

'Ik was niet van plan haar haar zin te geven,' zei Hastings en nam weer een lange trek van zijn sigaret. 'Ik ken Barbara en was niet bereid haar zomaar te laten winnen. Ik wist dat we allebei maar al te graag een laatste ruzie zouden willen. En ze had mijn dochter. Dus stelde ik voorwaarden. Contact met Molly. En vijfhonderd pond.'

Tommy hapte naar adem. 'Vijfhonderd! Ik zou niet weten hoe Barbara aan zoveel geld zou moeten komen.'

'Ze kan echt wel aan geld komen als ze wil. Ze doet alles voor geld. In India was ze ook gul genoeg met haar gunsten als ze daar iets voor terugkreeg.'

Tommy bloosde diep door de implicatie. Was Barbara echt zo diep gezonken? Zo ja, dan wist niemand wat ze nog meer zou doen. 'Als u dat denkt,' zei ze met een trillende stem, 'hoe kunt u uw dochter dan bij haar laten?'

'Ik zou niets liever willen dan dat Molly bij mij kwam wonen. Ik weet dat Barbara niet bepaald deugdzaam kan zijn, maar ook dat ze Molly nooit aan slechte dingen zou blootstellen. Of u het gelooft of niet, ze heeft een sterk ontwikkeld gevoel voor decorum.'

'Ja,' zei Tommy peinzend. 'Ik weet wat u bedoelt. Maar toch, meneer Hastings–'

'Luister eens,' zei Hastings, opeens heel bruusk. 'Is dit een soort verhoor of zo? Wat is jullie aanbod?'

'Hoe bedoelt u?' vroeg Fred zacht met een snelle blik op Tommy.

'Ik neem aan dat Barbara jullie heeft gestuurd om die echtscheiding erdoor te drukken. Dus zijn jullie hier om me geld aan te bieden. Ik weet dat vijfhonderd pond een grote som geld is, maar dat heb ik nodig om me te vestigen, en volgens mij kan Barbara dat best betalen. Bovendien heb ik daar recht op als ik mijn dochter kwijtraak.' Hij stak waarschuwend zijn hand op. 'Maar ik eis wel bezoekrecht, anders sleep ik haar voor de rechtbank in Londen, span een rechtszaak tegen haar aan wegens ontrouw en zal ervoor zorgen dat ze nooit meer met een aardige man kan trouwen.'

Tommy en Fred keken elkaar aan en schoten in de lach.

'Wat is er?' vroeg Hastings kwaad. 'Wat is er zo grappig?'

'Niets,' zei Tommy giechelend. 'Het is niet grappig, maar...'

'We zouden niets liever willen dan dat u met zo veel mogelijk publiciteit van uw vrouw gaat scheiden, dat is alles,' zei Fred. 'Maar ik heb het gevoel dat u dat niet zult doen als u denkt dat dat uw doel dient. Laten we dus een compromis sluiten. Een brief van u, waarin u bevestigt dat u officieel getrouwd bent met Barbara Hastings en uw adres voor het geval we contact met u moeten opnemen. Daarna kunt u het einde van uw huwelijk regelen op de manier die u wenst. Dus...' Fred nam nog een slok van zijn thee en zette het porseleinen kopje daarna behoedzaam terug op het schoteltje. 'Ik neem aan dat de enige kwestie die we nu nog moeten regelen uw prijs is.'

Hastings vertrok nadat hij een brief had ondertekend die snel door Fred in de bibliotheek vlakbij was opgesteld, en een cheque voor vijftig pond had geïncasseerd.

Daarna keken Fred en Tommy elkaar aan. Fred leunde naar voren en pakte haar hand. 'Liefste, we hebben haar te pakken,' zei hij triomfantelijk. 'Ze wist de hele tijd dat haar man nog leeft. Ze is schuldig aan een poging tot bigamie; we hebben haar zo goed als verslagen. Roger is straks vrij, zodra we in Kings Harcourt zijn en haar ter verantwoording roepen. Morgen heb ik een paar afspraken, dus zullen we vrijdag vertrekken?'

'Ja, vrijdag.' Tommy gaf een kneepje in zijn hand. 'Mijn god, het is ons gelukt! Ik kan het bijna niet geloven. Nu móéten ze ons wel geloven. En je weet wat dit betekent, ja toch, Fred? Ik kan naar huis gaan.'

Maar toen ze die avond Celia's flat weer binnenkwam, nog steeds dansend van vreugde door de plannen die zij en Fred hadden gemaakt, lag er een telegram voor haar op het haltafeltje. Ze maakte hem snel open en las de korte boodschap: **kom meteen naar huis stop roger verdwenen stop**

43

'Patrick!' Caitlyn was verward, verbijsterd. Dit was Patrick! En hij praatte tegen haar! Hij leefde! Het duizelde haar en ze dacht dat ze flauw zou vallen. 'Patrick!'

Maar Patrick praatte door alsof ze niets had gezegd, en toen realiseerde ze zich dat ze naar een opname keek. Ze spoelde terug naar het begin, maar haar vinger trilde zo dat ze bijna niet op het pijltje kon drukken zodat ze er opnieuw naar kon kijken. Nu stond het beeld van Patrick stil. Ze kon zien dat hij in zijn werkkamer in hun oude huis zat, met om zich heen alle bekende objecten van een leven dat nu helemaal verdwenen was. Hij was nu verleden tijd, net als dat moment en die spullen – alles was verspreid en weg.

Ze drukte op Play... en het stilstaande beeld kwam tot leven.

'Aha, Caitlyn, Hallo! Ik vroeg me al af wanneer je dit punt zou bereiken. Heel goed, vind je niet? Je zit op mijn tablet te kijken, nietwaar? En eindelijk heb je mijn gamesmap ontdekt. Daarom denk ik dat je de aanwijzing al hebt gevonden waardoor je deze game bent gaan spelen en je bent erin geslaagd voorbij de eerste ronde te komen. Goed gedaan. Zodra je de volgende ronde bereikte, maakte mijn tablet een foto van je, herkende je gezicht en begon deze opname voor je af te spelen. Alleen jij kunt dit zien.' Patrick keek haar vanuit de kloof van tijd en ruimte glimlachend aan. 'Oké. Als je op mijn tablet zit, ben je dus in het bezit van de code die ik bij de advocaten heb achtergelaten en die ze je in geval van mijn overlijden moeten geven. Ik ken je, Caitlyn. Je bent alleen aan het snuffelen omdat je me van iets afschuwelijks verdenkt.

Hmm... Laat me raden.' Hij vertrok zijn gezicht en streek op een theatrale manier over zijn gezicht.

Hij geniet hiervan. Hij genoot altijd al van zijn spelletjes.

Het was heel bizar om hem weer in leven te zien. Op een bepaalde manier heerlijk, maar ook angstaanjagend. Het oude gevoel dat hij haar leven controleerde kwam weer helemaal terug, net als haar blijdschap als ze hem zag. *En hij weet nog steeds hoe hij me kan manipuleren.*

'Laat me raden,' zei Patrick. 'Jij denkt dat ik een affaire heb met Sara. Misschien heeft ze dat zelfs tegen je gezegd. Heeft ze dat gedaan?' Patrick leunde opeens naar voren, dichter bij de camera en ze zag dat zijn overhemd een stukje verder open ging staan, en zijn huid daaronder. Ze herinnerde zich dat overhemd. *Waar is dat eigenlijk?* Toen ze zijn borst zag herinnerde ze zich het gewicht van zijn lichaam en zijn geur. Op dat moment miste ze hem even heel erg.

Toen luisterde ze weer naar hem. 'Liefste van me, denk je echt dat ik een affaire met Sara zou hebben? Ik dacht het niet. Maar mijn relatie met haar is... gecompliceerd. Ze is een gecompliceerde vrouw. Ze wil hebben wat ze niet kan krijgen, ze haat waar ze van houdt en ze houdt van wat ze haat. Vanaf het eerste begin dacht ze dat ik van haar zou zijn als zij aan me zou trekken. Ze dacht dat ik, net als ieder ander, naar haar toe zou komen rennen zodra ze met haar vingers knipte. Natuurlijk zijn er meer dan genoeg die haar niet willen. Dat zou je verbazen. Maar zij is heel goed in staat om de meesten van die mensen uit haar bewustzijn te filteren. Om de een of andere reden verwachtte ze dat ze me zou krijgen. Ze scheen het feit dat ik niet gevoelig voor haar was een uitdaging te vinden, of ze dacht dat ik haar op een ingewikkelde manier smeekte me te veroveren. Jij, liefste van me, mocht me hebben tot zij me wilde, een soort menselijke deken die me warm hield tot ik nodig was. Ik wist dat ze me ooit zou proberen te krijgen; die boodschap gaf ze me steeds door met haar ogen te knipperen en haar geflirt. Ze greep elk excuus aan om me aan te raken, me te strelen, me met een pruillipje aan te kijken – zelfs toen ze met Rupert was. Op hun trouwdag nam ze me apart en zei: "Maak je geen zorgen, Patrick, jij krijgt je kans nog wel een keer."' Patrick lachte vreugdeloos. 'Ze is echt ongelofelijk. Haar zelfvertrouwen is fascinerend.'

Caitlyn voelde een steek door haar lichaam gaan en kreeg een naar gevoel in haar maag. Dus zo zat het. Ergens had ze dat altijd geweten.

'Rustig maar,' zei Patrick. 'Ik kan je verdrietige blik nu gewoon zien. Mijn god, wat heeft ze je al die jaren laten lijden. Waarom laat je haar dat doen, Caitlyn? Dat heb ik nooit kunnen begrijpen. Ik zag dat ze met je speelde en manieren verzon om je zelfvertrouwen te ondermijnen. Volgens mij wist ze soms zelf niet eens dat ze dat deed, maar je kon niets doen of zeggen wat zij niet opmerkte en verwerkte. Ik kon wel zien waarom ze dat deed. Het was verwrongen, maar was ergens ook wel logisch. Ze wilde niet dat jij gelukkig was, omdat ze niet begreep waarom je dat zou zijn. Jij was niet even mooi of begaafd – het spijt me dat ik dat zeg, want dat is niet wat ik denk, maar wat *zíj* denkt – dus waarom zou jij steeds winnen in het leven? Waarom kreeg jij die beurs? Waarom ging jij van mij houden – echt van me houden – en waarom had jij een gelukkig huwelijk?' Patrick keek haar met een samenzweerderige glimlach aan. 'Natuurlijk hadden we weleens problemen; ik weet wel dat ik geen gemakkelijk mens ben om mee samen te leven, maar we houden van elkaar, nietwaar? We hebben Max. We hebben ons huis. We zijn gelukkig, ondanks het feit dat ik af en toe een rotzak ben. Ik ben een control freak, dat weet ik. Maar dat is zo omdat ik ervoor wil zorgen dat we allemaal een goed leven hebben.' Zijn blik was hartelijk en even keek hij weemoedig.

Ze knikte zonder erbij stil te staan dat hij haar niet kon zien en zei: 'Ja, je hebt gelijk.' De tranen sprongen haar in de ogen en haar neus prikte. 'Je hebt gelijk. We waren gelukkig.'

Patrick lette niet op haar en praatte verder: 'Dus dat was Sara's probleem: waarom was jij gelukkig en zij niet? Zij was het meisje dat het meeste had, schoonheid en stijl en klasse. Hoe kan het dan dat jij de echte winnaar was in het leven? Dus besloot ze haar kans af te wachten en jouw huwelijk te verpesten als zij daar zin in had of als ze de kick nodig had. Ik wist dat ze dat van plan was. Dat wist ik al op de eerste dag. En dus...'

'Wat is er gebeurd, Patrick? Wat? Heb je het gedaan? Zeg alsjeblieft niet dat je het hebt gedaan!' De tranen gleden uit haar ogen en rolden over haar wangen, maar daar was ze zich amper van bewust.

'Op een dag, toen haar huwelijk met Mark al slecht was, besloot ze kennelijk dat het moment gekomen was, waarschijnlijk omdat zij twee relaties had verknald, maar het met mij juist heel goed ging. Wij hadden ons prachtige huis gekocht, mijn carrière ging uitstekend, we hadden geld, we hadden Max. Volgens mij wilde ze daar ook wel een klein beetje van hebben. Dus nodigde ze me uit om te gaan lunchen en vertelde me wat ze wilde: een affaire. Je had haar moeten zien! Ik heb vaak gewild dat ik het je had verteld zodat we samen om haar hadden kunnen lachen: om haar ongelofelijke ego waardoor ze zeker meende te weten dat ik je zodra ik de kans kreeg zou bedriegen.'

Patrick keek haar aan. 'Mijn liefste schat,' zei hij zacht, 'ik zei geen ja en ik zei geen nee. Ik vond het heerlijk om haar leven tot een hel te maken. Ze wist het niet. Zij dacht dat ze won en dat liet ik haar denken. Want zolang zij dacht dat ze je versloeg was ze gelukkig en bleef jij uit de wind. Dan was ze aardiger tegen je, gedroeg ze zich minder als de enorme bitch die ze is. En ik wist dat ze deel van ons leven zou blijven uitmaken.' Hij knikte en zei laconiek: 'Laten we wel wezen: we zijn allebei gefascineerd door haar. Ze is boeiend.'

Maar wat deed je dan?

'Dus,' zei hij, alsof hij haar vraag beantwoordde, 'ik had geen affaire met Sara, maar ik deed iets anders. Dat vind je misschien niet leuk – sterker nog, ik weet zeker dat je het niet leuk vindt – maar probeer het te begrijpen. Ik zei tegen haar dat ze moest leren mij te gehoorzamen. Ik wilde haar de baas zijn. Ik liet een beetje doorschemeren dat ik haar op een bepaald moment zou geven wat ze wilde, en daardoor verlangde ze er zelfs nog meer naar om mij voor zich te winnen. Het idee dat ik haar meester was beviel haar wel, dat appelleerde aan haar gevoel van ondeugendheid, haar nogal basale gevoel voor drama. Maar wat ze het allerleukste vond was onze geheime samenzwering, waar jij je volkomen onbewust van was. Dus speelde ze mijn spelletje mee. Ik gaf haar opdrachten die ze moest uitvoeren: eenvoudige opdrachten, of ingewikkelde en moeilijke opdrachten, en weer andere die haar prikkelden. Ik vond het leuk dat ze mij gehoorzaamde omdat ze zich door niemand anders de wet liet voorschrijven. Ze ging overal naartoe waar ik haar naartoe stuurde, ze deed wat ik eiste. Ik gaf haar opdrachten, liet haar schatten zoeken – je kent dat wel, liefste, zoals onze spelletjes, maar dan zonder het plezier dat wij daaraan beleefden.'

Caitlyn kon haar blik niet van hem afhouden; ze haalde schokkerig adem. In gedachten visualiseerde ze alles wat hij vertelde.

'Maar ze probeert er altijd een seksuele situatie van te maken. Ze kan het niet laten om me foto's van zichzelf te sturen, foto's die volgens haar erotisch zijn maar dat niet zijn. Je weet hoe onhandig Sara is als ze iemand wil verleiden: ze flirt als iemand van een andere planeet die is verteld hoe het moet maar absoluut niet begrijpt hoe het werkt. Ze heeft smaak en is verfijnd, maar ze is ongelofelijk simpel, potsierlijk bijna, als het om seks gaat. Ze schept op over de feesten waar ze naartoe gaat. Ik betwijfel of ze het jou heeft verteld, maar ze hoort bij een van die clubs die in heel Europa beschaafde feestjes houden in hotels en huizen. Allemaal ingewikkeld ondergoed en maskers en luchtige dingetjes, en de gevoelloze ontmoetingen met zogenaamd sexy onbekenden – dat is allemaal een kolfje naar haar hand. Ze vindt het heerlijk me te vertellen dat ze met mannen en vrouwen slaapt, of in latex banden aan het plafond hangt en zo.' Patrick lachte. 'Ze heeft geen idee hoe grappig dat is. Ze denkt dat het modieus en gewaagd is, en dat ik wel helemaal opgewonden zal raken door het idee dat mensen op zijden kussens in bondagekleding liggen te kronkelen terwijl ze slagroom en tepelklemmen tevoorschijn halen.' Hij lachte weer en schudde zijn hoofd. 'Ze vindt het helemaal niet erg om zichzelf te vernederen als ze denkt dat ze daardoor krijgt wat ze wil hebben. Ze heeft me de meest belachelijke foto's en filmpjes van zichzelf gestuurd. Ik heb ze allemaal. Je kunt ze vinden in een geheime map hier, gewoon voor het geval je ze ooit nodig hebt. Je zult nog een paar niveaus met de slang moeten winnen om de aanwijzingen te krijgen, maar dat maakt het juist leuk.' Patrick knipoogde tegen haar. 'Je weet hoe gek ik ben op mijn spelletjes.'

Opeens keek hij ernstig. Hij vouwde zijn handen alsof hij ging bidden, leunde naar de camera toe en nu zag ze zijn lippen en tanden en ogen verbijsterend duidelijk, en de manier waarop zijn gezicht bewoog en hij in- en uitademde. Hij leefde, hij leefde helemaal.

'Maar, Caitlyn, ik heb nooit met haar geslapen. Dat zou ik nooit doen. Ik heb dit voor jou gedaan. Om je te beschermen en je te laten zien dat ze niet de moeite waard is om je druk over te maken. Ze zou meteen met me naar bed gaan en ze heeft zichzelf bijna wijsgemaakt dát we een seksuele relatie hebben. Dat heeft ze je misschien verteld. Maar dat hebben we niet. Nooit. Ik heb nooit van haar gehouden of zoiets. Lieve help, ik mag haar volgens mij niet eens.' Hij dacht even na. 'Ik neem aan... als ik eerlijk ben... dat ik het ergens wel leuk vind om een spelletje met haar te spelen. Misschien krijg ik een soort kick van de manier waarop ze achter me aan zit terwijl ze net doet alsof ze mijn creatie is. Ik vind het wel leuk, al die hopeloze, zielloze dingen die volgens haar sexy zijn, en het doen alsof ik haar ooit zal geven wat ze wil. Waarom zou ik nu liegen? Je kent me immers te goed. Maar dat is geen liefde. Als zij iets anders beweert kun je haar dit laten zien. Je hebt alle bewijzen in handen die je nodig hebt om haar te vernietigen als je dat wilt. Dat is aan jou.' Patrick leunde weer naar achteren in zijn stoel en zuchtte. 'Ik neem aan dat ik dood ben als je hiernaar kijkt. Ik zat laatst in het vliegtuig terug vanuit Genève en toen realiseerde ik me dat Sara, als ik dood zou gaan door een vliegtuigongeluk, alles in handen zou hebben waardoor het zou lijken dat we echt een affaire hadden. Ik betaal voor al haar avontuurtjes en de dingen die ze daarvoor nodig heeft, en dat zou ze gemakkelijk kunnen verdraaien als ik er niet ben om het te ontkennen. Ik weet dat ze ons geluk ook achteraf maar al te graag zou willen vernietigen als ze kon. Dus toen besloot ik om deze boodschap voor jou op te nemen, gewoon voor het geval dat. Eigenlijk wel een goed idee, vind je niet? We zouden allemaal ons "gewoon voor het geval dat"-afscheid moeten opnemen en elk jaar vernieuwen. Ik ken je, Caitlyn, en ik wist dat je nooit op het idee zou komen mijn persoonlijke spullen te doorzoeken tenzij je daar een heel goede reden voor had. En Sara zou die reden zijn. Dus heb ik een paar aanwijzingen voor je achtergelaten, mocht je op zoek gaan. Daardoor kun je in zalige onwetendheid leven als Sara zich deze keer totaal anders gedraagt dan normaal voor haar is en besluit de zaak te laten rusten, maar de waarheid is hier, voor het geval je die ooit nodig hebt.'

'Niet te geloven,' mompelde Caitlyn. Ze snoof. Hij had altijd vooruit kunnen kijken en had soms zelfs helderziend geleken. Hij had gedacht aan zijn eigen dood en aan wat er kon gebeuren, en daarop gereageerd met deze boodschap, gewoon voor het geval dat.

Patrick knipperde met zijn prachtige grijsgroene ogen en keek haar glimlachend aan. 'Dus, liefste, ik ben dood. Ik wilde dat dat niet zo was. Ik zal jou en Max missen, en ik vind het verschrikkelijk dat ik niet samen met jou oud zal worden en kan zien hoe onze zoon zich ontwikkelt. Maar ik weet dat je goed voor hem zult zorgen en hem het beste zult geven. Je bent een geweldige moeder, Caitlyn. Dat zeg ik niet vaak genoeg tegen je. Je bent ook een geweldige echtgenote. Ik hou van je. Vergeef me alsjeblieft mijn kloterige gedrag en mijn onvermogen toe te geven. Ik hoop dat het niet te erg was. En nu ben ik dood. Ik ben je voorgegaan naar het grote onbekende.' Hij keek haar glimlachend aan. 'Ik zal je vertellen hoe het is als ik je kan bereiken, maar ik denk dat ik dat niet zal kunnen. En natuurlijk baal ik ervan dat ik het einde van mijn eigen verhaal niet ken. Ik hoop alleen dat het niet te erg was, dat het snel was. Was het snel? Heb ik pijn geleden?' Hij haalde zijn schouders op. 'Nou ja, dat is nu theoretisch, want het is al gebeurd, nietwaar?'

'O, Patrick!' Ze huilde hard en raakte met haar vinger zijn gezicht even aan. 'Je hebt niet geleden. Het was snel. Ik vind het zo erg. Was je maar hier!'

'Maar weet je,' zei Patrick, zich niet bewust van haar en van zijn eigen toekomst, 'ik wil dat je doorgaat met je leven en niet achterom kijkt. Verkoop alles en begin opnieuw met je leven. Doe wat volgens jou goed is voor Max, ook al moet je hem daarvoor van Spring Hall halen.' Hij keek quasi-ernstig en zei op norse toon: 'Haal hem niet van Spring Hall!' Toen lachte hij. 'Ik maak een grapje. Doe wat jou het beste lijkt. Volg je hart. Ga weer van iemand houden. Word gelukkig, met mijn zegen.'

'Dat zal ik doen,' zei ze terwijl de tranen sneller over haar wangen stroomden. 'Dank je wel.'

'Maar je moet nog één ding doen, oké? Nu moet je heel goed naar me luisteren.' Patrick leunde weer naar voren, naar de camera. 'Zorg dat Sara uit je leven verdwijnt! Dat meen ik. Daar ben je te goed voor. Je zult pas echt kunnen opbloeien als ze weg is. Oké? Dat is alles. Vaarwel, lieve schat van me. Zeg tegen Max dat ik eeuwig van hem zal houden. En ik hou ook van jou.' Hij boog naar voren en sloot de opname af. Het scherm werd zwart.

Vaarwel, Patrick. Vaarwel, vaarwel.

44

Het was vreemd voor Tommy om terug te keren naar de wereld van sneeuw en ijs na het verblijf in Londen waar het weer zachter was en minder koud. Zodra ze het centrum van de stad had verlaten zag ze de bekende witte daken en schoorstenen en wegen vol sneeuwhopen. Even later, toen ze over het platteland reden, zag ze zover het oog reikte een witte sneeuwmassa.

Tommy kon nergens aan denken, alleen dat ze zo snel mogelijk thuis wilde zijn. Fred had zijn afspraken afgezegd zodat hij haar op Paddington kon ontmoeten en ze de trein terug naar Kings Harcourt konden nemen. Nu zaten ze samen in de trein, opgewonden en ongelukkig, en vonden dat de trein lang niet snel genoeg reed.

'We hadden hen meteen moeten bellen om hun over Barbara te vertellen,' zei Tommy zacht om te voorkomen dat de anderen in de coupé haar konden horen.

'Maar hoe dan?' zei Fred. 'De telefoonlijnen liggen eruit.'

'We hadden niet moeten wachten en hun in het telegram dat we hebben gestuurd over Barbara moeten vertellen.'

'Misschien. Maar we dachten dat er tijd was. Wisten wij veel.'

Tommy balde haar vuist in haar handschoen en liet haar hand in haar schoot vallen. 'We hadden het moeten weten. O mijn god, waar kan hij naartoe zijn gegaan?'

Fred keek grimmig en staarde door het raam naar de besneeuwde akkers buiten.

Ze wist dat hij hetzelfde dacht als zij. Waar kon hij in dit weer naartoe zijn gegaan? Hij kon niet ver rijden, of zonder hulp naar het station gaan. En als hij ergens naartoe was gelopen...

Dat heeft hij toch niet gedaan? O, Roger!

Ze had Gerry een telegram gestuurd om haar te vertellen dat ze terugkwam en dat Thornton hen moest ophalen.

Thornton wachtte voor het station op hen. Hij zat met een gespannen blik in de roestige oude vrachtwagen. 'Goed u te zien, juffrouw Tommy,' zei hij toen zij en Fred instapten. 'Na uw vertrek is het niet meer hetzelfde geweest.'

'Is er al nieuws, Thornton?'

Hij schudde zijn hoofd. 'Juffrouw Gerry is gistermiddag naar de politie gegaan om de verdwijning te melden, en vanochtend zijn ze een zoekactie gestart, maar hij is nog niet gesignaleerd. En voor vannacht wordt er weer sneeuw verwacht.'

'O nee! Laten we naar huis gaan, Thornton, alsjeblieft.'

Ze reden bijna zonder te praten terug, doordat het kabaal van de motor te luid was om erbovenuit te komen. Tommy merkte dat ze heel erg rilde in haar bontjas. Ze was vergeten hoe verschrikkelijk koud het was. Pas toen ze de laan in reden en ze aan het einde daarvan het huis zag, zo vertrouwd en geliefd, kreeg ze een brok in haar keel. Fred voelde dat kennelijk aan, want zwijgend pakte hij haar hand en kneep er even in. Ze keek hem met een dankbare glimlach aan.

Het begon al donker te worden toen ze het huis naderden. Bij het hek stonden mensen met stokken en lantaarns.

Een van hen was de politieagent. Hij droeg een enorme zwarte overjas en had zijn pet stevig onder zijn kin vastgemaakt.

Zodra Thornton was gestopt sprong Tommy uit de vrachtwagen. Ze rende naar hem toe. 'Agent, is er al nieuws? Is mijn broer al gevonden?'

'Nee, mevrouw Eliott, ik ben bang van niet.' De politieman wees naar de groep vrijwilligers. 'Ik stuur hen naar huis voor de nacht. Het begint donker te worden en er wordt meer sneeuw verwacht. We kunnen niet buiten blijven.'

'Nee, natuurlijk niet,' zei Tommy ellendig. 'Dat begrijp ik heel goed. Wil iemand misschien chocolademelk of zo voordat ze weggaan?'

'Nee, dank u wel, mevrouw. Bedankt voor het aanbod, maar we kunnen maar beter naar huis gaan nu het nog een beetje licht is. Morgen komen we terug, afhankelijk van het weer.'

Tommy voelde zich verschrikkelijk toen ze hen zag weggaan. Op dat moment kwam er vanuit het huis een donkere vorm naar haar toe rennen en even later omhelsde Gerry haar stevig.

'O, Tommy, je bent terug! Ik ben zo blij je te zien.' Gerry begon te huilen zodra ze vlak bij haar zus was. 'We voelen ons allemaal ellendig, moeder ook. Je moet mee naar binnen!' Toen zag ze Fred. 'O, meneer BB, u bent ook terug. Wat fijn! Kom mee.'

Ze gingen met haar mee. Binnen liepen ze meteen door naar de woonkamer, waar de hele familie bij elkaar zat. De kinderen waren stilletjes aan het dammen, en mevrouw Whitfield zat op de bank; ze was niet aan het naaien, maar staarde in de vlammen. De kinderen sprongen schreeuwend van blijdschap op toen Tommy binnenkwam en renden naar haar toe om haar te knuffelen, behalve Molly, die zich op de achtergrond hield.

Mevrouw Whitfield zat met een wanhopige blik naar hen te kijken. Toen Tommy haar blik opving en zei: 'Hallo, moeder,' stak ze een trillende hand uit. 'O, Tommy,' zei ze gesmoord. 'Je bent terug. Ze hebben hem dus niet gevonden?'

'Moeder, nee. Het spijt me zo.' Tommy liep naar haar moeder en omhelsde haar, en het leek wel alsof haar moeder zich in haar armen liet vallen, opeens heel klein en broos, en ontzettend oud.

'Jij hoeft nergens spijt van te hebben,' zei haar moeder zacht. 'Ik heb je weggestuurd. Dit zou niet gebeurd zijn als jij en Fred hier waren geweest.'

'Dat kunnen we niet weten,' zei Tommy snel. 'Laten we niemand de schuld geven.' Ze keek om zich heen. 'Waar is Barbara?'

'In haar kamer,' zei Gerry met grote en bijna angstige ogen. 'Ze is de hele dag niet beneden geweest. Ze is helemaal niet in een goede bui.'

Tommy en Fred keken elkaar aan. 'Ik ga wel even naar haar toe,' zei Tommy.

'Roep me maar als je me nodig hebt,' mompelde Fred toen ze langs hem heen liep. 'Ik zal in de buurt op je wachten.'

Ze knikte en liep langzaam naar de hal en toen de trap op. Beneden haar in de schemering zag ze de verdrietige ogen en de bleke huid van Venetia glanzen.

Tommy klopte op de deur van de roze slaapkamer. 'Barbara?'

Binnen bleef het stil, misschien hoorde ze heel zacht iets bewegen.

'Barbara, ik ben het, Tommy. Ik wil even met je praten.'

Geen antwoord.

'Ik kom nu binnen.' Tommy draaide de deurkruk om en duwde de deur open. Hij ging gemakkelijk open en toen zag ze de donkere kamer. Ondanks Barbara's voorliefde voor elektriciteit had ze het licht niet aangedaan.

Tommy liep naar binnen en knipperde terwijl haar ogen zich aanpasten aan het donker. Toen zag ze Barbara, die volledig gekleed op haar bed naar het plafond lag te staren.

'Je bent dus terug,' zei ze op vlakke toon.

'Inderdaad. We maken ons zorgen om Roger. Weet je wat er met hem is gebeurd?'

'Natuurlijk niet,' antwoordde Barbara.

'Heeft hij iets gezegd voordat hij vertrok?'

Barbara draaide haar hoofd en keek haar met een kille blik in haar blauwe ogen aan. 'Nee. Hij zei dat hij de gelukkigste man ter wereld was.'

Tommy keek haar aan. 'Ik denk dat we allebei weten dat dat niet waar is. Ik heb interessant nieuws voor je. Ik weet zeker dat je blij zult zijn te horen dat je echtgenoot Duncan uiteindelijk niet in Birma is gesneuveld. Hij leeft en woont in Londen, en hij wil je heel graag zien.'

Barbara verstijfde zodra de naam van haar man werd genoemd.

Er verscheen een geschokte blik op haar gezicht, maar ze beheerste zich weer snel. 'Ik heb inderdaad gezegd dat ik weduwe was, maar in feite zijn we gescheiden,' zei ze kil. 'Ik heb daar niets over gezegd omdat ik oprecht geloofde dat hij in de toekomst in het buitenland ging wonen en ik wilde dit Molly besparen.'

'Wat attent van je.' Tommy's stem klonk al even kil, maar er klonk ook woede in door. 'Je kunt nu wel ophouden met liegen, Barbara. We kennen de waarheid. Je bent niet gescheiden en dat zal de komende maanden ook niet het geval zijn. Je bent met Roger verloofd, ook al wist je dat je man nog leefde, en we hebben de door je man ondertekende verklaring in ons bezit.'

Barbara hapte naar adem, maar bleef rustig.

Wat een koele kikker, zeg!

'En hoeveel,' vroeg Barbara, 'hebben jullie hem betaald voor dat stukje fictie? Je kunt geen woord geloven van wat die man zegt; hij is een schurk en een bedrieger. Ik zal hem voor de rechter slepen wegens smaad.'

'Dat zou ik graag zien, Barbara, want volgens mij heb je je hand overspeeld. Je bent een beetje te arrogant geworden. Je dacht dat je zo slim was dat je van je man kon scheiden zonder dat iemand dat te weten zou komen en dat je je tegelijkertijd met een andere man kon verloven. Ik twijfel er niet aan dat je een reden hebt bedacht om een lange reis te maken om ergens te gaan wonen om je echtscheiding erdoor te krijgen. Maar terwijl jij het druk had met het regelen van al die dingen – en dat was je misschien ook wel gelukt, aangezien Duncan je voor een bepaald bedrag je zin wel wilde geven – heb je geen seconde aan Roger gedacht, die arme, misleide man die dacht dat hij het juiste deed als hij met je trouwde, want dat had jij hem verteld. Je dacht dat je hem in je zak had, nietwaar? Dus probeerde je niet langer hem gelukkig te maken.'

'Je moeder was ook helemaal voor dat idee,' zei Barbara, kennelijk niet onder de indruk van Tommy's woorden. 'Als je het weten wilt, ze kwam zelfs voor me op. Roger wist heel goed dat ze wilde dat hij me ten huwelijk vroeg. Dus deed hij dat. Als hij niet iemand was die wilde trouwen, dan kan ik daar niets aan doen.'

'Moeder zal nog lang spijt hebben van haar rol in deze zaak, daar twijfel ik niet aan.' Tommy liep naar de leunstoel voor het raam en ging zitten, zonder haar blik van Barbara af te wenden. 'En het was misschien goed geweest als je niet had besloten Roger te koeioneren. Je vond het niet voldoende om een man te dwingen met je te trouwen die niet van je hield, een man die eigenlijk niet eens wílde trouwen. Je moest hem ook zo nodig vernederen, hem tot je schoothondje maken, om te laten zien dat jij nu de baas was. Ik denk dat het niet lang duurde voordat Roger begreep dat hij een grote fout had gemaakt, en hij was te zwak om met die wetenschap om te gaan. Hij werd diep wanhopig. Hij kon de gedachte aan de ellende die een toekomst met jou zou veroorzaken niet verdragen. Gerry wist het, zij zag dat.' Tommy stond op en liep langzaam naar Barbara toe. 'Je had alles kunnen krijgen wat je wilde. Nu is hij weggelopen en krijg je helemaal niets, omdat we alle informatie hebben die nodig is om je tegen te houden.'

Barbara ging rechtop op het bed zitten en keek Tommy kwaad aan. 'Je maakt me misselijk,' siste ze. 'Je pedante gedrag is onverdraaglijk! Hoezo is het mijn schuld? Heb ik hem gedwongen ervandoor te gaan? Ik had wat stijl in deze vervallen zooi kunnen brengen. Ik had het leven opwindend kunnen maken. In plaats daarvan bleek hij gewoon weer een lafaard te zijn, net als al die anderen. Ik heb geen medelijden met hem. Ik weet niet waar hij naartoe is gegaan, en dat kan me niets schelen ook.'

'Je hebt hem nooit ook maar een beetje begrepen, of wel soms?' zei Tommy kwaad. 'Hij is niet zoals jij, hij is niet stoer en egoïstisch en dapper en pragmatisch. Hij is een romanticus die met zijn hoofd in de wolken loopt en gelooft in idealen, ongeacht of die in de echte wereld wel of niet kunnen bestaan. Als hij niet de erfgenaam van dit landgoed was geweest had je hem geen blik waardig gekeurd.'

'Misschien niet. Maar ik laat me niet de les lezen door iemand die met dit alles is geboren en zich nooit hoeft af te vragen of ze haar kinderen wel kan voeden. Jij weet niet hoe het is om voor je bestaan te vechten zoals ik! Het is gemakkelijk om principieel te zijn als je niet op de proef wordt gesteld. Als je dat wel moest doen, zou je precies hetzelfde doen als ik heb gedaan.'

Tommy rechtte haar schouders. 'Misschien, maar ik weet bijna zeker dat ik, wat me ook zou overkomen, zou proberen een eerzaam leven te leiden, ook al was dat niet altijd mogelijk. Maar jij, Barbara... jij probeert dat niet eens.'

Barbara klopte op haar haar en streek elk haartje dat was ontsnapt glad. 'Ik neem aan dat je blij bent dat je je hart hebt kunnen uitstorten.' Ze stond op van het bed en trok haar schoenen aan. 'Ik zal wel vertrekken, want ik neem aan dat je dat wilt. Ik zal een lieve brief voor Roger achterlaten waarin ik hem uitleg waarom ik hem van onze afspraak ontsla. Laat me mijn spullen inpakken, dan zullen Molly en ik morgenochtend vertrekken.'

'Uitstekend,' zei Tommy. Inwendig voelde ze alleen maar afkeer voor deze vrouw, die het duidelijk absoluut niet interesseerde wat er met Roger was gebeurd en geen enkele spijt leek te hebben van haar rol hierin. Toch verbaasde het haar dat Barbara haar zo gemakkelijk haar zin wilde geven. 'Ik denk dat het het beste is als je morgen zo vroeg mogelijk weggaat.'

'Dat denk ik ook.'

'Waar ga je naartoe?'

Barbara haalde haar schouders op. 'Dat weet ik niet. Londen. Eastbourne. Ergens.'

Even had Tommy medelijden met de arme Molly, die werd weggesleept naar... waar? Naar wat voor toekomst? *Terwijl ik haar had beloofd dat ik op haar zou passen.*

Barbara keek Tommy aan. 'Ik ga wel, maak je maar geen zorgen. Maar...'

Haar uitdagende blik was duidelijk te zien, ondanks de schemering. 'Ik heb mijn prijs.'

'Je prijs?' *Ik had moeten weten dat ze niet zou vertrekken zonder betaling*. 'En die is?'

'De Gainsborough.' Barbara trok een van haar smalle wenkbrauwen op en haar mond vertrok gespannen. 'Ik wil de Gainsborough.'

Tommy lachte ongelovig. 'Wat? Je schijnt vergeten te zijn dat je je schuldig hebt gemaakt aan poging tot bigamie. Ik begrijp niet waarom jij vindt dat we jou zelfs maar een cent zouden moeten betalen.'

'Je hebt geen enkel bewijs voor mijn verloving. Geen aankondiging in de krant, geen feest, geen ring.' Barbara haalde haar schouders op. 'Maar ik kan grote problemen voor jullie veroorzaken als je me niet geeft wat ik wil. Ik kan praatjes rondstrooien. En ik kan bewijzen dat jullie de wet hebben overtreden: elektriciteit gebruikt, goederen van de zwarte markt gekocht, gestolen militaire medicijnen gebruikt. Als je me de Gainsborough geeft, geef ik je de broche van je moeder terug.'

'Die broche is heel veel geld waard,' zei Tommy. 'Waarom zou je die teruggeven als je hem zo zou kunnen meenemen?'

'Omdat de Gainsborough bijzonder is. Dat is het enige waardoor dit huis geen verfraaide boerderij is. Ik wil hem hebben.'

Tommy bleef haar lang aankijken, terwijl het tot haar doordrong dat Barbara, ondanks haar pragmatische inslag, de kans niet kon laten lopen om Tommy te kwetsen op een plek die volgens haar de meeste pijn zou veroorzaken. De broche zou worden vergeten, maar het verlies van de Gainsborough zou altijd een open wond blijven. *Maar maakt het echt iets uit? Dat zijn gewoon spullen. Roger is weg en ik weet zeker dat hij niet terugkomt. Dat is ons echte verlies.*

Venetia's prachtige schilderij was kostbaar, een schat, een meesterwerk. Toch had haar treurende echtgenoot het niet kunnen opbrengen ernaar te kijken, hoe waardevol het schilderij ook was. *We moeten besluiten wat wij het meest waardevol vinden.*

Toen Tommy haar mond opendeed zei ze zacht en ernstig: 'Goed. Dit is mijn voorstel. Morgen, voor je vertrekt, kun je naar de beide schilderijen kijken. Je krijgt twee minuten. Je mag er één uitkiezen. Het schilderij dat je uitkiest wordt uit de lijst gehaald en opgerold, zodat je het mee kunt nemen. Dan heb je het origineel of de kopie, maar dat zul je niet weten tot je er een expert naar laat kijken.'

Barbara keek verbaasd, alsof ze had verwacht dat Tommy haar niet zo gemakkelijk haar zin zou geven, maar meer geld, meer sieraden zou aanbieden. Ze keek Tommy wantrouwig aan. 'Zou je dat doen? Zou je willen riskeren de Gainsborough kwijt te raken? Je moet toch weten dat ik het origineel zal herkennen en dat meeneem.'

'Misschien,' zei Tommy. 'Misschien niet. Maar welk schilderij je ook kiest, je laat moeders sieraden hier.'

Het bleef even stil terwijl Barbara nadacht. Toen zei ze op koele toon: 'Ik hou de oorbellen, maar de rest kun je terugkrijgen.'

'Uitstekend, je mag de oorbellen houden. Onder één voorwaarde: je laat Molly hier ook.'

Barbara keek verbaasd. 'Je wilt dat Molly hier blijft?' Ze lachte een beetje. 'Waarom in vredesnaam? Voor alle duidelijkheid: ik kan de oorbellen en Molly meenemen, of ik kan het schilderij en de oorbellen meenemen en Molly hier laten? Voor altijd?'

'Tot je kunt aantonen dat je haar een fatsoenlijk, stabiel thuis kunt bieden.'

Barbara trok haar wenkbrauwen een beetje op. 'Ik begrijp het.'

'Welk schilderij je ook kiest, je laat Molly hier. Dat is de enige deal die ik met je wil sluiten. Ja of nee.'

Barbara aarzelde, en glimlachte toen. 'Goed dan,' zei ze. 'Ja, de Gainsborough en de oorbellen.'

'Ik zie je morgenochtend om negen uur.' Tommy maakte aanstalten om de kamer te verlaten, maar draaide zich om en keek Barbara aan. 'O, en je begrijpt vast wel dat we je kamerdeur vannacht op slot doen, van de buitenkant.'

'Dat is niet nodig. Ik ben een vrouw van mijn woord.'

'Ik heb iets anders gehoord. Goed, welterusten.' Tommy verliet de kamer en nam de sleutel mee. Toen ze zich omdraaide en de sleutel in het slot stak kwam Fred boven.

'Is alles in orde? Wat is er gebeurd?'

'O Fred!' Tommy sloeg haar armen om hem heen. 'Ik hoop dat je dat schilderij goed hebt geschilderd en nog nooit een beter schilderij hebt gemaakt.'

De volgende ochtend gingen Tommy en Fred naar boven en lieten Barbara uit haar kamer. Ze was al gekleed voor een reis: ze had haar jas aan en haar hoed op, en haar handtas hing aan haar arm.

Ze keek hen met een harde blik aan en vroeg: 'Je komt toch niet terug op onze afspraak?'

Tommy schudde haar hoofd. 'Nee, maar er is een andere voorwaarde. De schilderijen hangen naast elkaar en je mag niet dichterbij komen dan anderhalve meter.'

Barbara lachte. 'Dat zal geen probleem zijn, denk ik. Ik ben geen expert, maar ik denk dat ik het verschil wel kan zien tussen een Gainsborough en een kopie door meneer Burton Brown.'

Ze liepen naar beneden naar de hal waar Fred de schilderijen al naast elkaar had geplaatst. De tweede lijst, die precies leek op de lijst om het origineel, was van een schilderij gehaald dat op zolder stond en om de kopie gedaan.

'Maar laat je niet voor de gek houden door de lijsten,' zei Fred vrolijk. 'Misschien heb ik ze wel omgewisseld.'

'Je doet maar wat je leuk vindt, Fred,' zei Barbara venijnig, 'maar je kunt jezelf niet in Gainsborough veranderen.'

'Hier is de streep,' zei Tommy, en ze wees naar een krijtstreep op de tegels. 'Dit is anderhalve meter. Je hebt twee minuten.'

'Dank je.' Barbara nam haar plaats in en keek met een kille blik naar de beide schilderijen. 'Hmm,' zei ze. 'Ik moet toegeven dat je goed werk hebt geleverd. En door de donkere ruimte hier is het veel moeilijker om het verschil te zien. Hmm.'

Tommy keek gespannen naar Barbara terwijl deze de schilderijen bekeek. Ze had haar tot vuisten gebalde handen in haar zakken en haar nagels drukten in het vlees. Toen kon ze het niet langer verdragen.

'De tijd is om,' zei Fred, met een blik op zijn horloge.

'En?' zei Tommy. 'Welke wil je?'

Barbara wees naar het linker schilderij. 'Dat. Dat schilderij kies ik, dat neem ik mee.'

Tommy keek gespannen naar Fred, die haar met een teleurgestelde blik aankeek. Zonder dat Barbara het kon zien schudde hij zijn hoofd even en zei zwijgend: *Sorry.*

Tommy keek hem glimlachend aan. 'Nee hoor,' zei ze zacht. 'Je begrijpt het niet. We hebben gewonnen.'

45

Nadat Caitlyn Patricks videoboodschap had bekeken sliep ze diep en goed. Voor het eerst in maanden werd ze met een gelukkig gevoel wakker. Terwijl ze naar het plafond lag te staren voelde ze zich heel dicht bij hem, en ze genoot van het idee dat hij voor haar nog leefde, ook al wist dat ze dit de laatste keer zou zijn. Zodra ze opstond en aan haar dag begon, wist ze, zou hij weer weg zijn, verdwenen naar die geheimzinnige plaats waar de dood hem naartoe had gebracht. Maar ze had hem heel even teruggekregen, én ze wist nu dat hij van haar had gehouden en haar niet had bedrogen. Patricks oplossing voor het probleem-Sara was heel typerend voor hem: een ingewikkeld spel, vol zeggenschap en manipulatie, voor zijn eigen vermaak.

Hij zei dat hij me beschermde tegen Sara, maar misschien beschermde hij me ook wel tegen hem. Hij kon zijn meest vervelende neigingen kanaliseren door Sara te manipuleren en zij kon daartegen, daar was ze zeker sterk en meedogenloos genoeg voor. Misschien had dat hun huwelijk wel gered, op een vreemde manier. Caitlyn lachte bitter. *Misschien had Sara gelijk en heeft ze me daar inderdaad een dienst mee bewezen. Alleen niet op de manier die zij dacht.*

Caitlyn begreep nu wel dat zij vanaf het begin een soort driehoeksrelatie hadden gehad: zij en Patrick waren door Sara bij elkaar gebracht en zelfs door haar bij elkaar gehouden, terwijl ieder van hen verlangde naar iets wat de anderen hadden.

Maar nu Patrick dood is klopt het niet meer, nu is alles uit balans.

Zonder hem kan het alleen maar slecht worden, en daarom zei hij tegen me dat ik Sara uit mijn leven moet bannen.

Die gedachte maakte haar sterker. Ze was beter in staat zich tegen Sara te verzetten dan ooit tevoren.

Na het ontbijt belde ze Nicholas en ze vertelde hem een paar dingen die ze had ontdekt.

'Een boodschap vanuit het graf,' zei Nicholas bedaard. 'Mijn god, wat een bijzonder iets om te plannen. Alsof hij wist dat hij zou sterven.'

'Patrick was goed in plannen. Hij liet weinig aan het toeval over. Hij regelde dat we ons testament elk jaar aanpasten, gewoon voor het geval dat. Daar had ik aan moeten denken. Misschien nam hij zelfs steeds weer een nieuwe boodschap voor me op.'

'Ga je op zoek naar al die dingen die hij op zijn tablet heeft verborgen? De films van Sara? De foto's?'

Caitlyn zweeg even. 'Nee, dat denk ik niet. Ik wil die dingen niet zien.'

'Je speelt zijn laatste spelletje dus niet mee?'

'Ik denk het niet. Mijn laatste ongehoorzaamheid. Maar ik weet dat het er is en ik vermoed dat dát is wat hij echt wilde. Hij wilde dat ik wist dat hij, op zijn eigen manier, Sara had uitgedaagd en haar had verslagen, en dat hij dat voor mij deed. Ik denk echt dat hij me beschermde, in allerlei opzichten.'

'Een bizar cadeau.'

'Ja.' Ze lachte. 'Niet het standaard gedrag van een echtgenoot, zeg maar. Maar zo was Patrick. En wie weet wat er zou zijn gebeurd of hoelang het zou hebben geduurd als hij niet was gestorven? Als hij een jaar of twee later was overleden had ik misschien een totaal andere boodschap gekregen.'

'Ga je Sara vertellen wat je weet?'

'Dat denk ik niet. Ik hoop dat ze is verdwenen. Misschien is ze tevreden nu ze Patricks telefoon heeft.'

'Wat! Hoe komt ze aan zijn telefoon?'

Caitlyn vertelde hem over de puinhoop in het huis in Oxford. 'Ze is op de een of andere manier het huis binnengedrongen en heeft alles doorzocht, vond de telefoon en heeft die meegenomen.'

'Dat gaat echt te ver! En het bevalt me helemaal niet,' zei Nicholas somber. 'Luister, ik was van plan om vandaag met Coco bij Geraldine op bezoek te gaan, maar we blijven wel een paar dagen terwijl jij en ik bedenken wat we moeten doen.'

'Ik ben pas terug na Max' prijsuitreiking.'

'Dat is goed, dan komen we vanmiddag. Dan kunnen jij en ik besluiten wat we hiermee aan moeten.'

'Kom maar niet voor twee uur. Geraldine vertelde me vanochtend dat ze een aanvraag heeft gekregen voor het bezichtigen van de Gainsborough, dus lopen er rond die tijd een paar mensen door het huis. Kom daarna maar, dan loop je ze mis.'

'Goed idee. Dan haast ik me niet.'

'Ik had laatst een leuk gesprek met je tante over dat schilderij. Ze lijkt vrijwel zeker te weten dat dat niet het origineel is. Maar jij denkt van wel, toch?'

'Dat klopt,' zei Nicholas. 'Mijn moeder heeft me verteld dat haar moeder, mijn oma, daar heel duidelijk over was: er was ergens een kopie, maar de echte Gainsborough is in Kings Harcourt. Dus moet tante Geraldine zich vergissen. Nu ze zo oud is weet ze het misschien niet meer zo goed. Ik zie je later, oké?'

'Ja, ik verheug me erop.'

Tegen lunchtijd trok Caitlyn ter gelegenheid van de prijsuitreiking op Spring Hall een wijde zomerjurk aan. Ze reed naar de school. Op het terrein stond een grote witte feesttent en ze ging zitten op een plakkerige plastic stoel aan het einde van een rij. De jongens zaten op banken aan de zijkant van de tent. Ze zwaaide even toen ze Max tussen zijn vrienden zag zitten.

De ceremonie was een beetje eentonig, maar er werd ook gelachen. Een plaatselijke sportheld hield een toespraak, de voorzitter van het bestuur zeurde eindeloos door en vervolgens zong een koor een paar liederen. Daarna volgde, eindelijk, de toespraak van de schooldirecteur en de prijsuitreiking. Caitlyn was heel blij dat Max de aanmoedigingsprijs kreeg en ze applaudisseerde enthousiast toen hij het podium op kwam om zijn certificaat en boek in ontvangst te nemen.

Na afloop werden de jongens teruggestuurd naar hun kamer om alles klaar te maken voor hun vertrek. Ondertussen kregen de ouders en andere volwassenen achter in de tent sandwiches en koffie.

Caitlyn dwaalde rond en kletste met de ouders van Max' vrienden en met zijn sportleraar. Toen ze meneer Reynolds zag, liep ze naar hem toe om met hem te praten.

'Hallo!' zei ze. 'Wat leuk dat Max de prijs voor cricket heeft gewonnen! Wie had dat nu gedacht?'

'Ja, we zijn allemaal erg trots op hem.' Meneer Reynolds keek haar verbaasd aan. 'Wat doet u hier eigenlijk, mevrouw Balfour?'

'Ik heb de prijsuitreiking bijgewoond natuurlijk. Hoezo?'

'Tja... omdat uw vriendin zei dat u niet kon komen. Daarom was zij hier. Ze heeft Max net meegenomen.'

Caitlyn werd ijskoud en haar glimlach verstierf. 'Wat?'

'Uw vriendin...' Meneer Reynolds werd bleek. 'Normaal zou ik een jongen nooit zonder toestemming laten vertrekken, maar ze was bij u toen u hier kwam om Max over zijn vader te vertellen, dus–'

'O mijn god!' Haar hart sloeg op hol en haar oren suisden. 'Zij heeft Max meegenomen? Wanneer?'

'Ze is een paar minuten geleden met hem vertrokken. In haar auto. Ze zei dat zij hem naar huis zou brengen.'

'Maar ze weet niet eens waar we wonen!' Caitlyn draaide zich om, rende naar de deur van de feesttent, baande zich een weg tussen de andere ouders door en sprintte naar haar auto. Ondertussen hoorde ze dat haar telefoon piepte, dus haalde ze hem uit haar handtas. Ze schrok even toen ze zag dat het een berichtje was dat met Patricks telefoon was verstuurd.

Je bedriegt me. Maar dat kan me niets schelen. Ik hou van Sara, niet van jou.

Caitlyn schoot bijna in de lach. *Ze is een onvolwassen kind dat stomme spelletjes speelt. Weet je, Sara, Patrick had gelijk: je bent onhandig en naïef.*

Caitlyn raakte bevangen door paniek, ze vertraagde haar pas. Maar toen ze bij de auto was bleef ze even staan om te antwoorden:

Waar is Max? Vertel me dat, nu!

Buiten adem stapte ze in en ze startte de motor. Waar zou Sara hem naartoe brengen? *Rustig blijven. Sara zal hem niets aandoen. Ze gebruikt hem alleen om mij te kwellen. Ik moet gewoon rustig nadenken, dat is alles. Zou ze met hem naar het huis in Oxford gaan?*

Dat leek het meest waarschijnlijk en ze wilde net wegrijden toen er weer een berichtje kwam.

Geniet je van je verblijf in Nicholas' prachtige huis?

De koude rillingen liepen haar over de rug. Dus Sara wist waar ze woonden. Natuurlijk. Het was dom om te denken dat ze niet zou hebben geprobeerd hen te vinden, iets wat ook niet erg moeilijk zou zijn geweest. Ze had hen kunnen volgen, of een van de verhuizers kunnen omkopen of iets dergelijks. Ze had het zelfs aan de administratie van de school kunnen vragen. Weer kwam er een berichtje binnen.

Ik vind het heel mooi. Misschien ga ik hier zelf wel wonen.

De woorden dansten voor haar ogen. *Hier? Ze is naar Kings Harcourt gereden. Ze heeft Max meegenomen en is naar het huis gegaan.*

Caitlyn reed snel door de hekken van de school en de weg op, terug naar Kings Harcourt.

Sara's auto stond voor het huis op het stuk gras en dat vond ze zowel angstaanjagend als een opluchting.

Caitlyn stopte achter Sara's auto en rende naar de keukendeur aan de achterkant van het huis, naar binnen en de trap op naar

Max' slaapkamer. Ze zwaaide de deur open en riep buiten adem zijn naam, maar de slaapkamer was verlaten. 'O mijn god, Sara, wat heb je met hem gedaan?' riep ze hijgend.

Ze had verwacht dat Sara binnen was met Max, dat ze met Max zat te kaarten of zo, terwijl ze wachtte tot ze Caitlyn naar haar toe kon lokken met Max als aas, zodat ze de confrontatie kon krijgen die Caitlyn haar had geweigerd.

Caitlyn liep snel de overloop op. Sara moest hier vlakbij zijn. Haar auto stond buiten. Op dat moment piepte Caitlyns telefoon weer en kwam er weer een berichtje binnen. Het was vreselijk om Patricks naam te zien opflitsen, ook al wist ze dat het Sara was.

Je zult er spijt van krijgen.

Opeens raakte Caitlyn in paniek, het zweet brak haar uit en er ging een golf van angst door haar heen. Toen hoorde ze in de hal beneden de stem van Renee, die over de geschiedenis van de Gainsborough vertelde aan de bezoekers. 'Dus nadat ze was overleden kon hij het niet verdragen ernaar te kijken. Hij was kapot van verdriet en haalde het schilderij weg, zodat hij er nooit meer naar hoefde te kijken. Nu is het natuurlijk een vermogen waard. Een gek idee dat iets wat zo waardevol is op zolder stond.'

'Wat een bijzonder verhaal,' zei een melodieuze stem. 'Heel erg bedankt. Mag ik het van dichtbij bekijken?'

Caitlyns adem stokte, ze kon bijna niet meer op haar benen staan en zocht steun bij de leuning. Die stem kende ze heel goed, die had ze duizenden keren gehoord in heel veel verschillende stemmingen, maar ze had het idee dat ze deze stemming niet eerder had meegemaakt. *Wat doet ze hier? Waar is Max?*

'Ja, natuurlijk, Allegra,' zei Renee. 'Zal ik je even alleen laten zodat je er in alle rust naar kunt kijken? Als je klaar bent, kom je maar weer naar me toe.'

'Dank je. Dat zal ik doen.'

Renee verliet de hal.

Caitlyn verstijfde. *Wat gaat Sara nu doen?*

Ze hoorde zachte voetstappen over de tegels en toen het geluid van voetstappen op de trap. Sara kwam naar boven.

Nee! Ik laat niet toe dat ze mijn huis weer binnendringt.

Caitlyn werd woedend en was vastbesloten om Sara tegen te houden, en dus liep ze zonder na te denken naar de trap. Ze stak haar hand op en riep: 'Staan blijven!'

Sara bleef op de trap staan en keek omhoog, stomverbaasd. Toen verscheen er een glimlach op haar gezicht. 'Dus daar ben je. Ik had niet gedacht dat je hier al zou zijn.'

'Waar is Max?' vroeg Caitlyn furieus. 'Vertel me waar hij is, nu meteen.'

'Waar ben je bang voor?'

'Ik ben nergens bang voor, maar ik wil dat je me meteen vertelt waar Max is. En je blijft staan waar je bent en zet geen stap meer.'

'Je hebt je zeker al helemaal geïnstalleerd als je zo'n bevel kunt geven,' zei Sara liefjes. 'Maar dit is jouw huis toch zeker niet? Dit is het huis van Nicholas. Of is dat tegenwoordig hetzelfde?'

Caitlyn begon naar beneden te lopen, naar haar vroegere vriendin toe. *Heb ik haar ooit echt gekend? Heb ik haar ooit aardig gevonden? Waarom heb ik zoveel tijd en energie aan haar besteed?*

Ze dacht aan Patricks woorden: We waren allebei gefascineerd door haar.

Misschien was ik dat wel. Maar nu ben ik dat niet meer, nu verveelt ze me, met haar eindeloze drama, haar wanhopige egoïsme en haar eeuwige ontevredenheid over alles. Ze wordt verteerd door jaloezie en daar wil ik niet mee geconfronteerd worden.

Caitlyn voelde dat ze sterk werd en haar angst verdween. Ze dacht aan Patrick, en door die gedachte voelde ze zich machtig. Hij had haar de waarheid verteld, dat wist ze. Hij had haar, als zijn laatste verzoek, gevraagd om Sara uit haar leven te bannen. En dat zou ze nu dus gaan doen.

'Ik heb helemaal genoeg van die spelletjes, Sara,' zei ze met een stalen klank in haar stem, terwijl ze steeds dichter naar haar toe liep. 'Ik weet niet hoe je ons hebt opgespoord, maar deze keer ben je te ver gegaan. Je kunt Max niet bij je zieke spelletjes betrekken.

Patrick was een volwassen man, dus hij kon wel voor zichzelf zorgen, maar hoe haal je het in je hoofd om hier een kind bij te betrekken?'

'Ik doe Max echt niets aan, hoor,' siste Sara. 'Maar je kunt me niet langer negeren. Ik vertel je niet waar hij is tot ik heb gezegd wat ik wil zeggen!'

'Hier moet een einde aan komen,' zei Caitlyn en ze rechtte haar schouders. 'Ik wil dat je vertrekt, Sara. Onze vriendschap is voorbij en je weet wel waarom. Eerst vertel je me waar Max is en dan vertrek je.'

'Ik doe dit voor Patrick!' riep Sara toen Caitlyn vlak bij haar was. 'Ik denk nog steeds aan hem, ook al doe jij dat niet! Je besmeurt de herinnering aan hem en duikt in bed met Nick. Maar weet je, Nick was vannacht bij mij!'

'Laat maar,' zei Caitlyn verveeld. Ze liep langs Sara de hal in. 'Ik ben niet gevoelig meer voor je leugens. Natuurlijk was je niet bij Nicholas. Hij kan je niet uitstaan en dat is altijd zo geweest. Ik weet precies hoe je ons uit elkaar hebt gehouden en ik ga ervan uit dat je aannam dat ik dat wist. Je hebt nooit gewild dat ik wist hoe oppervlakkig en jaloers je bent.'

'Je mag hem hebben, neem hem maar, hij is een omhoog gevallen niemand,' verklaarde Sara. Ze draaide zich om zodat ze Caitlyn aan kon kijken, met haar neus in de lucht.

'Ja hoor, dat is zo. Een niemand, met dit prachtige huis en terrein en een waardevol schilderij. Ik durf te wedden dat je jezelf wel kunt slaan omdat je hem bent misgelopen, nietwaar? Want als je het had geweten van dit landgoed, had je je op hem gestort, ja toch? Je bent een inhalige, domme snob. Een hebberige, egoïstische vrouw die alleen maar aan zichzelf denkt en dat altijd heeft gedaan.'

Sara lachte. 'O, zie je, nu zijn de rollen omgedraaid! Het kleine saaie, onopvallende muisje dat alles aan mij te danken heeft, heeft besloten dat ze beter is dan ik, omdat ze neukt met een man met een groot huis! Zonder mij had je Patrick nooit ontmoet. Hij was te goed voor je!'

'Nee, hij was te goed voor jou.'

Sara kreeg tranen in haar ogen. 'Je zult het nu wel weten. Je belde me met Patricks telefoon op het mobieltje dat hij me gaf en waar hij alleen het nummer van had. Je moet hebben geraden dat we minnaars waren. Hij was bij mij geweest, het weekend waarin hij stierf. Ik zat in hetzelfde hotel in Zwitserland, zodat we samen konden zijn. Ik was heel vaak bij hem. Ik had hem gezegd dat hij dat parfum voor je moest kopen, het parfum dat je altijd draagt. Zie je? Hoe zou ik dat anders kunnen weten?' Met een tragische blik zei ze: 'Ik had je dit niet willen vertellen, maar je hebt me daartoe gedwongen! Ik had het willen meenemen naar mijn graf, om jou te beschermen!'

'Nonsens,' zei Caitlyn luchtig. 'Je kon niet wachten om insinuaties over jou en Patrick rond te strooien. Je wilde dat ik dacht dat jij en hij een affaire hadden.'

Sara keek opstandig. Toen klaarde haar gezicht op. 'Ja! Inderdaad, dat heb ik gedaan. Je moest de waarheid uiteindelijk weten. Ik kon je niet langer in onwetendheid laten. Hij wilde bij mij zijn. Ik had tegen hem gezegd dat we het je moesten vertellen en dat ik dat zou doen als hij dat weigerde. Hij was die avond op weg naar huis om te zeggen dat hij wilde scheiden, zodat hij en ik samen konden zijn.'

Heel even twijfelde Caitlyn. Het was waar dat Patrick had geprobeerd haar iets over Sara te vertellen. Iets belangrijks. Hij wist dat Sara iets zou gaan doen, of dat ze had gezegd dat ze dat zou doen. Had Sara gelijk, waren ze samen geweest? Had ze geëist dat hij een einde aan zijn huwelijk zou maken en had hij daarmee ingestemd?

Toen herinnerde ze zich zijn gezicht op het scherm, hoorde ze zijn woorden weer en voelde ze de troost van zijn liefde voor haar. Sara was dat weekend misschien wel bij hem geweest, dat zou ze misschien nooit zeker weten, maar ze was ervan overtuigd dat hij waarschijnlijk had besloten dat als Sara alles wilde vertellen hij haar voor wilde zijn.

Ze nam echter aan dat Sara helemaal niet van plan was geweest het haar te vertellen. Dat was een nieuwe zet geweest in haar continue spel met Patrick. Sara wilde niet dat het spel afgelopen was, dan was de lol eraf. Misschien had Patrick eindelijk genoeg van haar gehad. Misschien had hij geen zin meer om haar nog langer te manipuleren en haar te dwingen hem te gehoorzamen. En toen, voordat hij thuis was en het kon uitleggen of de boodschap die hij voor haar had opgenomen kon veranderen, was hij dood.

Geen wonder dat Sara had gevraagd: 'Is er iets met Patrick?' toen Caitlyn haar op de avond van zijn dood had gebeld, voordat ze het wist van het ongeluk.

Caitlyn keek Sara recht aan en zette haar handen op haar heupen. 'Sara, je vertelt zoveel leugens dat je niet meer weet wat de waarheid is. Je gelooft waarschijnlijk de helft van je eigen verzinsels. Ik weet dat jij en Patrick geen minnaars waren. Hij heeft me alles verteld over jou en hem, en ik weet dat hij je partner was in een pathetisch uitdagend spel. Hij hield je aan het lijntje, net zoals jij zoveel anderen aan het lijntje houdt. Hij gebruikte je, net zoals jij tientallen mannen hebt gebruikt. En hij heeft je tot zijn speelbal gemaakt, net zoals jij hebt geprobeerd mij tot jouw speelbal te maken. Hoe voelde dat? Ik durf te wedden dat je niet kon begrijpen waarom hij nooit echt voor je charmes bezweek. Dat moet een kwelling zijn geweest.'

'Hou je mond!' riep Sara met een woedende blik. 'Ik wil dit niet horen! Dat zijn allemaal leugens. Hoe dúrf je zo tegen me te praten?'

'In één ding heb je gelijk: de rollen zijn omgedraaid. Ik laat niet toe dat je nog langer over me heen loopt. Ik ben niet trots op bepaalde dingen die ik heb gedaan. Je hebt gelijk dat ik je glamoureuze leven en de deuren die je voor me opende leuk vond. Maar toen ik zag hoe goedkoop je was, dat je jezelf verkocht voor een glas champagne en een gratis etentje aan wie maar wilde betalen, besefte ik dat ik niet zo wilde leven.'

'Wat edelmoedig van je,' zei Sara spottend. Ze zette een stap naar haar toe. 'Ik had kunnen weten dat je uiteindelijk een heilig boontje zou worden. Het gaat nu goed met je, nietwaar? Al Patricks geld is van jou, en nu heb je je klauwen ook in Nicholas gezet. Maar in werkelijkheid verdien je dat allemaal niet. Je was niet goed genoeg voor Patrick. Je bent niet goed genoeg voor een huis als dit. Je zou een paar toontjes lager moeten zingen.'

'Dat heb je het grootste deel van je volwassen leven geprobeerd voor elkaar te krijgen,' antwoordde Caitlyn. 'Maar je zult moeten accepteren dat het niet is gelukt. Ik heb gewonnen.' Ze glimlachte. 'En ik heb het bewijs. Ik heb alle films en foto's die je Patrick hebt gestuurd en ik ken de waarheid. Hij hield helemaal niet van je. Je was zijn pion. Hij wist de waarheid over je, en weet je, hij vond je niet eens aardig.'

Sara slaakte een lange schrille kreet en trok aan haar haren. 'Nee, nee, nee!' gilde ze. 'Hij hield van me. Iets anders geloof ik niet!'

'Ik heb er een opname van!' zei Caitlyn op luide toon om boven het gegil uit te komen. 'Die laat ik zien aan iedereen tegen wie jij zegt dat Patrick je minnaar was. En nu ga je me vertellen waar Max is.'

Sara's ogen werden groot en haar mond vertrok van woede. 'Je verdiende Patrick niet en je verdient Max niet. Je was nooit goed genoeg voor hen.'

'Zeg het!'

Sara gromde en liep snel naar het haardstel dat naast de grote open haard stond. Even later hield ze een pook in haar hand en richtte de lange, kille ijzeren staaf op Caitlyn. 'Je vond jezelf altijd beter dan mij. Zo heilig en lief, vrijwel onaangeraakt. Dacht je soms dat ik niet zag dat je me altijd veroordeelde? Natuurlijk zag ik dat! Maar je hebt nooit zelfs maar half zoveel lol gehad als ik. Dat heb je niet in je.'

'Leg die pook neer, Sara' zei Caitlyn en ze probeerde rustig te klinken terwijl ze inwendig doodsbang was. Waar was Sara echt toe in staat? 'Kom op, zo hoeven we onze meningsverschillen niet uit te vechten. We kunnen er gewoon over praten.'

Sara leek haar niet te horen. 'Je weet niet hoe je moet leven, niet echt. Patrick wist dat wel. Ik weet dat. Daarom hield hij van me.'

'Geloof dat maar als je wilt. Maar alsjeblieft, Sara...' Caitlyn kon haar ogen niet van de pook afhouden die Sara in haar hand uit en nog steeds dreigend voor zich hield. 'Leg die pook alsjeblieft neer.'

Sara fronste. Er verscheen een kille blik in haar ogen. 'Hij hield van me.'

'Ja hoor...'

'Nee, echt waar!'

'Ik ben het met je eens.'

'Maar je meent het niet!' jammerde ze.

Caitlyns zenuwen, die tot het uiterste gespannen waren, begaven het. 'Natuurlijk meen ik dat niet! Ik weet precies hoe hij echt over je dacht. Hij wist wat je was: een snob en een bedrieger.'

Sara's gezicht vertrok. 'Nee, jij bent de bedrieger! Jij bent verdomme de bedrieger!'

Caitlyn hapte naar adem toen ze Sara's woedende blik zag. De verbittering en jaloezie van tientallen jaren waren naar het oppervlak gekomen en stonden op het punt te exploderen. Nog even en ze zou haar zelfbeheersing verliezen.

Ze is een dramaqueen. Ze wilde de ultieme laatste daad plegen. Zij wil de winnaar zijn in dit psychodrama.

Caitlyn zette een stap naar achteren en hief haar handen in een verzoenend gebaar. 'Rustig, Sara... alsjeblieft.'

Sara zette nog een stap naar haar toe, nog steeds met een kille blik. 'Patrick hield van me. Als hij tegen je zei dat het niet zo was, was dat een leugen. Hij hield van me. Zeg het.'

Caitlyn stond roerloos en vroeg zich af of ze moest vluchten. Maar ze had het idee dat dit, als ze dat probeerde, Sara juist zou aansporen. Ze probeerde zich te ontspannen, ondanks haar bonzende hart en de adrenaline die door haar lichaam stroomde. 'Oké,

Sara, je hebt gelijk. Patrick hield het meest van jou. Ik vind het heel moeilijk te accepteren dat hij jou wilde.'

Sara kneep haar ogen tot spleetjes. 'Je liegt!'

'Nee. De boodschap die hij voor mij had achtergelaten luidde... Nou ja, hij vertelde eerlijk wat hij voor je voelde. Als je wilt mag je het zelf zien.'

De tranen sprongen Sara in de ogen en ze zei met een smekende blik: 'Echt? Zei hij dat? O mijn god, ik mis hem zo!'

'Dat weet ik. Ik ook. Maar...' Caitlyn likte over haar droge lippen. '... Hij had jou het liefst.'

'Echt waar?' vroeg Sara met een hoog, meisjesachtig stemmetje. Ze keek naar Caitlyn, maar leek haar niet te zien. Ze zag Patrick. Haar blik werd bijna gelukzalig, alsof ze de hemel zag. 'Hij wilde mij?'

'Ja. Geef me die pook, Sara. Jij hebt gewonnen.' Caitlyn hield haar adem in toen Sara nog een stap naar haar toe zette, met de pook een beetje trillend omhoog, en ze haar hand uitstak om de pook van haar aan te nemen. 'Goed zo, Sara. Jij bent de winnaar.'

'De winnaar.' Sara klonk blij. Ze wilde net de pook aan Caitlyn geven die haar hand uitstak om hem van haar aan te nemen toen Nicholas met veel kabaal binnenkwam.

'Lieve help, Sara, wat doe je verdomme? Laat haar met rust!'

Sara schrok alsof ze uit een trance werd gerukt en haar blik veranderde toen ze Nicholas zag. 'Jij!' snauwde ze. 'Ik weet alles van jou en je afschuwelijke leugens.'

Caitlyn keek vol afschuw toe. Er kwam geen einde aan Sara's behoefte om geliefd te zijn. Ze was één grote, lege vrouw die er alleen maar naar verlangde te worden gevuld door de bewondering van anderen. Dit was ziekelijk, daar was geen twijfel aan. Caitlyn had nooit geweten hoe erg dat was, tot nu.

Nicholas was blijven staan en keek haar aan. 'Je bent gek. Ik denk echt dat je die onzin gelooft.'

'Je wilde me!' riep Sara.

'Echt niet! Ik kon niet snel genoeg bij je vandaan komen!'

Sara vertrok haar gezicht tot een soort grimas zodat haar tanden zichtbaar werden.

O mijn god. Nicholas, je begrijpt het niet. Dat is haar zwakke plek. Dat maakt haar woedend.

Nicholas keek Sara woedend aan. 'Leg die pook neer en verdwijn. Max zit veilig bij Molly in de auto, en als je ooit weer bij een van ons in de buurt komt, ga ik naar de politie.' De minachtende klank in zijn stem was vernietigend. 'Je bent zielig. En dat weet je.'

Sara begon te gillen, een vreemd, schril gejammer. Toen draaide ze zich om en ze rende naar het schilderij aan de muur.

Venetia hing daar, verdrietig en roerloos als altijd. Ze stond, zoals altijd jong en knap, in de schaduw van de boom. Haar zachte, bepoederde haar zat perfect, haar pijpenkrul lag op haar jukbeen. Ze zou nooit bewegen of veranderen. Ze zou altijd een halve stap naar haar dood zetten.

Caitlyn keek verbijsterd naar Sara toen ze de pook hief en met geweld midden in Venetia's vriendelijke gezicht stak. De pook raakte haar tussen haar ogen en de donkere staaf boorde zich in haar bleke huid. Sara trok de pook met al haar kracht naar beneden, zodat het canvas tot helemaal onderaan scheurde en Venetia vernietigd was. Nu was het niet meer dan een beschilderd stuk doek dat in twee losse stukken naar beneden hing, naar binnen gevouwen, waardoor het schilderij niet meer te zien was. Sara trok de pook eruit, draaide zich om naar Caitlyn en keek haar met een wilde, triomfantelijke blik aan. Daarna begon ze te huilen, net toen Nicholas naar haar toe rende, haar hardhandig vastpakte en stevig vasthield. De pook viel uit haar hand en stuiterde weg.

'Caitlyn,' zei Nicholas terwijl hij de snikkende Sara vasthield, 'volgens mij moet je de politie bellen.'

Tegen de tijd dat de politie Sara meenam, was al haar strijdlust verdwenen. Ze snikte zacht en liet zich door Nicholas in een stoel drukken die midden in de hal stond.

Caitlyn liep weg, omdat ze begreep dat haar aanwezigheid op dit moment niet goed was. Bovendien was het heel bizar om Sara daar te zien zitten terwijl ze dingen over Patrick mompelde.

'Ik was zijn beste vrouw,' zei ze met haar hoge stem. 'Hij wilde mij. Dat zei Caitlyn.'

Caitlyn, opgelucht maar ook verdrietig door dat tafereel, ging snel naar buiten en liep naar Max toe. Hij en Coco waren uit de auto gestapt en zaten op het gras een ijsje te eten. Caitlyn rende naar hem toe en omhelsde hem. 'Maxie, ben je in orde?'

Hij knikte en zei: 'Ja, maar het was ook wel raar. Sara zei dat jij wilde dat ik met haar meeging. Ze nam me mee naar de dorpswinkel, gaf me tien pond, zei dat ik mocht kopen wat ik wilde en liet me daar achter. Ze zei dat ze me later zou komen halen. Dus kocht ik wat snoep en zat buiten, tot Nicholas langsreed en stopte. Toen ik het hem vertelde van Sara kocht hij deze ijsjes voor mij en Coco.' Max likte peinzend aan zijn ijsje en vroeg: 'Wilde je echt dat ik met Sara meeging?'

'Het was goed, hoor, dat je dat deed. Maar ze is niet helemaal in orde. Ik denk dat we haar een tijdje niet zullen zien. En een van de schilderijen is beschadigd, dus daarom is de politie hier, maar je hoeft nergens bang voor te zijn. Ga maar met Coco in de tuin spelen tot we jullie komen halen, oké?'

'Tuurlijk,' zei Coco vrolijk. 'Kom mee, ik wil die kooien in het bos weleens zien.'

Toen liepen de kinderen samen weg.

Caitlyn bleef uit de buurt en was niet aanwezig bij de arrestatie, maar door het raam zag ze dat Sara tussen twee agenten naar de wachtende politieauto werd geleid die vervolgens wegreed. Ze liep naar boven, waar Nicholas op haar wachtte.

Hij was bleek maar rustig en sloeg een arm om haar heen. 'Gaat het wel? Er zit een agent op je te wachten om je verklaring op te nemen.'

'Ja hoor, ik ben oké. Het was alleen zo schokkend. Ze had Max meegenomen, dat was afschuwelijk!'

'Ik zag hem voor de dorpswinkel zitten en toen dacht ik al dat er zoiets was gebeurd.' Hij schudde zijn hoofd. 'Wat denk je, zou ze je echt hebben aangevallen met die pook?'

'Ik weet het niet... Ik denk het niet. Ze wilde gewoon dramatisch doen. Ze wilde niet dat er een einde aan kwam en ze kon ook niet gewoon weggaan, daarvoor heeft ze onvoldoende zelfvertrouwen.' Caitlyn keek somber. 'Je had gelijk, ik had naar je moeten luisteren. Ze had mij nodig, en zodra ik haar niet meer nodig had stortte ze in. En... o, Nicholas. Moet je de Gainsborough zien!' Ze keek met een wanhopige blik naar het gescheurde canvas. 'Ze heeft hem kapotgemaakt.'

'Die heeft er weleens beter uitgezien,' zei Nicholas met een spijtige glimlach. 'We moeten maar afwachten of het gerestaureerd kan worden.'

'Volgens mij is dat niet nodig.' Tante Geraldine kwam uit de tussendeur. Ze liep langzaam en behoedzaam, steunend op haar stok.

'Hoe bedoelt u?' vroeg Nicholas. 'We zullen hem moeten repareren, tante.'

'Dat is helemaal niet nodig. Dat schilderij is een kopie.'

'Maar tante...' Nicholas keek verbijsterd. 'Mijn moeder vertelde me dat de Gainsborough in het huis het origineel was. Ze zei dat iemand de echte Gainsborough heel lang geleden had meegenomen, maar dat die terugkwam. Haar moeder zei heel specifiek tegen haar dat de Gainsborough van haar was.'

'Ja, dat is zo. Maar ze had moeten zeggen dat *een* Gainsborough in het huis het origineel was. En dat is deze niet. Deze is geschilderd door je opa, Fred Burton Brown.'

'Echt?' Nicholas keek zelfs nog verbaasder. 'Dus dan is er... nog een andere Gainsborough?'

'Ja,' zei Geraldine. 'Die hangt in mijn kamer. Ik dacht dat het schilderij daar veiliger was. Dieven, weet je. Vandalen. Volkomen onbekenden die het huis in wilden om naar het schilderij te kijken. Ik dacht dat het beter was de kopie op te hangen, voor het geval dat. Een vooruitziende blik, blijkt. De bezoekster van vandaag hield niet echt van de Gainsborough. Ze viel hem zelfs aan.' Op het gezicht van de oude dame verscheen een glimlach.

'Dan had mijn moeder gelijk.'

'Dat is zo. Maar je moeder had het niet over mijn zus, Thomasina Burton Brown, maar over haar échte moeder: Barbara Hastings. Of Barbara Evans. Of Barbara de Chalincourt, of wie haar laatste echtgenoot ook was.'

'Was je moeder geadopteerd?' vroeg Caitlyn aan Nicholas. 'Wist je dat?'

Nicholas leek van zijn stuk. 'Ja, dat wist ik. Maar toen ze zei dat haar moeder haar had verteld dat de Gainsborough echt was, nam ik aan dat ze oma Tommy bedoelde. Ze noemde Tommy altijd haar moeder. Ik wist niet dat ze contact had met haar biologische moeder.'

Geraldine zei: 'Dat had ze ook niet echt. Barbara liet die arme meid hier en is nooit teruggekomen. Ze schreef zelden. Haar vader kwam een paar keer op bezoek, maar stierf tijdens een kroeggevecht in Soho in de jaren vijftig, en dat was dat. De arme Molly groeide hier op en werd een van de dochters van Tommy. Ze was een grote steun voor ons allemaal. We hielden van haar. Barbara zette in haar testament dat ze de Gainsborough aan haar naliet. En het is aan Molly te danken dat jij dit landgoed krijgt wanneer ik sterf, jonge Nicholas. En een echte Gainsborough. Zo zit het dus. Je kunt dat schilderij laten repareren als je wilt, maar volgens mij kost de lijm meer dan dat schilderij waard is.' Tante Geraldine draaide zich om om terug te gaan naar haar woonkamer. 'Ik heb de kinderen bij me geroepen om samen met mij naar een quiz te kijken. Ik vind het leuk om mee te doen als ik gezelschap heb.'

Toen ze alleen waren, omhelsde Caitlyn Nicholas.

'Dat,' zei hij oprecht, 'was verdomd angstaanjagend.'

Ze knikte, met haar gezicht tegen zijn borst. 'Ik ben heel blij dat dat schilderij een kopie was.'

'Dat verdomde schilderij is niet belangrijk, ik ben blij dat jij leeft.'

'Volgens mij ben ik niet echt in gevaar geweest, maar... ik ook.'

Ze hielden elkaar een tijdje vast, maar liepen toen door de oude keuken en via de achterdeur naar buiten, in de namiddagzon.

'Ik moet mijn verklaring maar eens gaan afleggen,' zei Caitlyn.

'De politieagent wordt op dit moment door Renee getrakteerd op thee en koekjes. We hebben waarschijnlijk nog wel een paar minuten.' Nicholas pakte haar hand en ze liepen samen de tuin in.

'Wat gaat er met Sara gebeuren, denk je?'

'Dat hangt af van wat jij besluit te doen. Als je denkt dat ze je verrot wilde slaan met die pook, zou het slecht voor haar kunnen aflopen. In het ergste geval poging tot moord. In het minst erge geval zaakbeschadiging. Ik ben bang dat dit nog wel wat tijd kost.'

'Dat is geen probleem. Ze speelt nu geen rol meer in ons leven, want ze kan me niet meer kwetsen.'

'Het was heel dapper van je dat je je tegen haar verzette.'

Caitlyn keek hem glimlachend aan. 'Ik ben eindelijk op m'n best, gek genoeg dankzij Patrick.'

'Wat voel je nu voor hem?'

Ze liepen naar een stenen bank vlak bij een border met lichtroze rozenstruiken en gingen zitten.

Caitlyn rook hun zoete, volle geur en voelde de warmte van de steen die door de zon was opgewarmd tegen haar rug. 'Ik hield van hem, en ik mis hem. Ik ben in de rouw, en dat zal nog wel een tijdje zo blijven. Maar onze relatie was erg gecompliceerd. Hij noemde zijn activiteiten "spelletjes", maar ze waren duisterder dan dat. Hij loog tegen me, misschien om me te beschermen, maar toch... Hij heeft gelogen. Hij had een relatie met Sara, ook al was dat geen echte ontrouw. Ik moet daarmee leren leven. Het helpt als ik mezelf eraan herinner dat ons huwelijk niet perfect was en dat Patrick dat ook wist, maar het was nog steeds mogelijk om van hem te houden en te koesteren wat goed was.' Ze keek Nicholas aan. 'Maar ik merk dat ik nu kan beginnen het af te sluiten. Ik kan doorgaan met mijn leven en zie een toekomst voor me zonder hem.'

Hij nam haar hand in de zijne en keek haar met zijn bruine ogen teder maar intens aan. 'Dat is goed, Caitlyn.'

Even dacht ze dat hij haar zou kussen. Ze had een onverwacht levendige herinnering aan de kus van twintig jaar geleden in een andere tuin, ze herinnerde zich de muskusachtige, zoete geur van zijn mond, zijn zachte huid, de opwinding door zijn aanraking.

Al die mogelijkheden. En nu zitten we hier, weer samen. Misschien...

Patrick had gezegd: *Volg je hart. Ga weer van iemand houden. Word gelukkig.*

Na een korte stilte zei Nicholas: 'Wat zou je ervan vinden als Coco en ik hier de rest van haar vakantie blijven? Denk je dat Max dat leuk zou vinden?'

'Dat weet ik wel zeker.'

'En jij?'

Ze keek hem glimlachend aan. 'Ja, ik ook.'

Zacht zei hij: 'Ik zou hier graag meer tijd willen doorbrengen. Ik moet nadenken over de toekomst van dit huis en wat ik daarvan zou kunnen maken. En ik wil wat meer tijd met Geraldine doorbrengen. Wat vind je daarvan?'

'Dat klinkt heerlijk. Ik zou het fijn vinden als je dat doet. Zo lang we maar samen zijn.' Ze hield zijn hand stevig vast. Alles voelde goed. 'Ik moet je wel waarschuwen, want ik heb een heleboel nichtjes en neefjes die deze plek geweldig zullen vinden, en een luidruchtige zwager en een heel aardige zus.'

Nicholas lachte. 'Hoe meer hoe beter. Dit huis is gemaakt voor veel mensen.'

Caitlyn keek hem aan, ernstig opeens. 'En als je overweegt dit huis op te knappen... Weet je, ik ken een fantastische binnenhuisarchitecte die wel wat tijd over heeft.'

Even bleef het stil en toen lachte hij hartelijk. Caitlyn lachte met hem mee en daarna liepen ze samen weer naar binnen.

Epiloog

De dooi, toen die eindelijk kwam, was bijna even verschrikkelijk als de lange vorstperiode. Het platteland werd overstroomd door smeltwater. Kings Harcourt stond alleen in een groot meer, opnieuw afgesneden van de buitenwereld. Nu hadden ze geen ski's nodig, maar een boot.

Het ging voorbij, zoals alle crises, en de wereld ging weer z'n normale gang, meer geobsedeerd door het aanstaande huwelijk van prinses Elizabeth dan door het trauma van de winter en het onstuimige en natte voorjaar. De weilanden, die een tijdje leeg hadden gestaan, werden langzaam maar zeker weer gevuld met vee en het leven werd steeds normaler.

Ik neem aan dat dit normaal is, zoals we nu zijn.

Tommy stond voor het raam en keek naar buiten, naar de drie kinderen die in de tuin speelden. De zon was warm; de meisjes droegen een dun jurkje, en Harry droeg een korte broek en enkelsokjes. De zomer kwam eraan en het beloofde een warme zomer te worden. Vlak bij hen zat mevrouw Whitfield op een stoel. Ze keek naar de spelende kinderen, met een kop thee op het tafeltje naast haar. Ze zag er ouder uit dan ze die winter had geleken, maar ze leek rustiger en meer ontspannen. Ondanks het verlies van haar zoon was ze op de een of andere manier ook gelukkiger.

Tommy wist dat haar moeder enorm was veranderd door haar ervaringen met Barbara Hastings. Nadat de vrouw was vertrokken, met de Gainsborough onder haar arm en een triomfantelijke glimlach, had mevrouw Whitfield Tommy aangekeken met een bleek, geschokt gezicht.

Ze gaat me vertellen dat het mijn schuld is dat we het schilderij kwijt zijn, dacht. Tommy en ze wachtte op de uitbrander.

Maar haar moeder zei met een trillende stem: 'Ze heeft niet eens afscheid van Molly genomen.'

Pas een paar weken later, toen Molly al deel van het gezin leek te zijn en de sneeuw was begonnen te smelten, was mevrouw Whitfield in staat geweest om meer tegen Tommy te zeggen. Op een avond was ze naar haar dochter gegaan die in de salon zat en zei stijf dat ze haar iets wilde vertellen.

'Ja?' zei Tommy verbijsterd.

Ze gingen naast elkaar op de bank zitten en haar moeder pakte haar hand. 'Tommy, ik moet je mijn excuses aanbieden. Voor veel dingen. Maar ik heb vooral spijt van de manier waarop ik je voor je huwelijk heb behandeld. Ik had aardiger voor je moeten zijn. Je bevond je in een afschuwelijke situatie en je was zo dapper om te trouwen met een man die wreed tegen je was geweest, om je kind een gezin te geven. Daar had ik respect voor, maar dat heb ik nooit gezegd. In plaats daarvan strafte ik je daarvoor.' Mevrouw Whitfield zweeg even, met haar blik neergeslagen. Toen keek ze Tommy weer aan. 'Pas toen die vrouw hier kwam en deed wat ze deed... Ja, toen pas werd ik me bewust van je uitzonderlijke kwaliteiten. Ik weet dat Roger niet terugkomt. Ik wilde dat hij sterk was zoals jij, maar dat was hij niet. En ik weet ook dat jij met succes de zware verantwoordelijkheid voor dit huis op je schouders zult nemen, zoals je altijd hebt gedaan. Jij hebt ervoor gezorgd dat we de oorlog hebben overleefd, en de winter. Ik ben ontzettend trots op je.'

Tommy kreeg een brok in haar keel. 'Dank je, moeder. Dit is heel belangrijk voor me. Je hebt geen idee hoeveel dit voor me betekent.' Ze zweeg even en zei toen: 'Ik dacht dat je kwaad op me zou zijn omdat ik Barbara de kans gaf de Gainsborough mee te nemen. Ik wist dat het een risico was, maar ik wilde ook dat we haar voor eens en voor al kwijt zouden zijn.'

Haar moeder snoof. 'Ik weet zeker dat ze er spijt van heeft. Ze was beter af geweest met mijn diamanten broche. Ze zal het schilderij nooit kunnen verkopen, want het is vrij beroemd. Misschien heeft ze op de zwarte markt een koper gevonden, maar aangezien er wordt getwijfeld aan de echtheid zal ze hebben gemerkt dat dat ook een probleem is.'

'Echt?' Tommy keek haar verbaasd aan. 'Dat wist ik niet. Is het misschien niet het origineel?'

'Volgens mij is het dat niet, eerlijk gezegd, ook al heb ik me daar nooit over uitgelaten. Wat geeft het ook? Als je het mooi vindt, vind je het mooi, ongeacht wie het heeft geschilderd. En we hebben Freds kopie nog altijd. Die is net zo goed, vind ik.'

Tommy lachte. 'Moeder, je verbaast me. Ik dacht dat je het heel belangrijk vond. Dat geld zou immers een groot verschil voor ons kunnen maken.'

'O, maar we zouden het nooit verkopen,' zei haar moeder. 'Ergens ben ik wel blij dat het weg is, want we zouden altijd aan het geld denken dat we konden hebben als we het verkochten. Nu kunnen we vooruit kijken.'

Tommy omhelsde haar. 'Ik ben zo blij dat je dit hebt gezegd. Ik moet eraan denken Gerry te bellen en haar vertellen dat Barbara misschien een kopie heeft. Dat zal ze geweldig vinden. O, en er is nog iets: Fred heeft me ten huwelijk gevraagd en ik heb ja gezegd.'

'Goed, dat is heel goed,' zei haar moeder. 'Ja. Ik kan wel zien dat het met jou en Fred... echte liefde is.'

Dat was het begin geweest van een fase van ongebruikelijke warmte in hun relatie, en dat had de hele sfeer in het huis veranderd.

Maar ik heb Gerry nog niets over het schilderij verteld. Dat mag ik niet vergeten.

Tommy dacht vaak aan Barbara als ze langs de kopie van Venetia liep, en dan vroeg ze zich af wat Barbara in vredesnaam met het origineel deed. Misschien lag het opgerold onder een bed in een goedkoop pension of hing het te pronken in een nieuw huis. Waar het ook was, Venetia was hier nog steeds en ze keek met haar trieste blik vanuit de schaduw naar hen.

Alleen een andere versie. Maar het lijkt nog steeds haar ziel te bevatten.

'Ik vind Freds kopie mooi,' zei Gerry een keer toen ze de hal in kwam en Tommy voor het schilderij zag staan. 'Volgens mij zou ik het verschil nu ook niet kunnen zien.' Ze keek naar haar zus. 'Maar ik heb me altijd afgevraagd waarom jij dacht dat Barbara de echte niet zou herkennen.'

Tommy keek haar glimlachend aan. 'Ik dacht dat ze dat wel zou kunnen, maar dat was de enige manier die ik kon bedenken om ervoor te zorgen dat ze wegging en Molly bij ons liet. Ze was niet door en door slecht; op haar manier hield ze van Molly. Maar uiteindelijk had ze een prijs.'

Gerry keek haar verbijsterd aan. 'Was dat de deal? Molly of het schilderij?'

Tommy knikte.

Gerry floot. 'O, maar dan vind ik dat we er goed uit zijn gekomen.'

'Ik ook.'

Op dat moment hoorden ze voetstappen op de trap en kwamen de drie kinderen naar beneden rennen, allemaal in hun beste kleren. Ze bleven abrupt staan toen ze Tommy zagen en keken haar aan.

'O, mama, wat zie je er mooi uit,' zei Antonia ademloos.

'Je lijkt wel een prinses,' zei Molly verlegen.

'Heel mooi,' beaamde Harry, die zijn haar netjes had gekamd en zijn gezicht net had gewassen. 'Jij ook, tante Gerry.'

'Ik ben blij dat jullie mijn outfit mooi vinden,' zei Gerry. Ze droeg een korenbloemblauwe jurk en een zilverkleurige zijden omslagdoek. Ze hief haar handen en zei: 'Ik heb zelfs handschoenen aan! Nu naar buiten en de auto in, kinderen. Hup-hup!'

Ze renden door de hal naar buiten, zodat de zusters samen achterbleven.

Gerry zei: 'Ze hebben gelijk, weet je, je ziet er prachtig uit.'

Tommy keek naar beneden, naar haar roze pakje. 'Dank je. Dit lijkt niet echt op de trouwjurk van een prinses, maar ik vind het goed zo.'

'O, Tommy, was Roger maar hier. Ik mis hem, die stomkop.' Gerry zuchtte. 'Wisten we maar waar hij is!'

'Soms denk ik dat hij heel dichtbij is,' zei Tommy. 'En andere keren denk ik dat hij de wereld over reist, ver hier vandaan, eindelijk vrij om het leven te leiden dat hij wilde.'

'Dan is hij in Rusland,' zei Gerry lachend. 'Hij leek te denken dat dat het aardse paradijs was waar hij naar op zoek was. We zullen in elk geval op hem proosten vandaag. Goed, ik ga kijken of de kinderen in de auto zitten. Daarna moeten we gaan.'

'Nog heel even,' zei Tommy.

'Goed, hoor, lieverd. We wachten wel.' Gerry liep naar buiten naar de auto.

Tommy keek nog steeds naar het schilderij toen Fred binnenkwam. Hij zag er knap uit in zijn pak. 'Tommy, liefste, we moeten weg. We willen niet te laat komen voor onze afspraak in het stadhuis.' Hij keek haar onderzoekend aan. 'Voel je je wel goed?'

'Ja, hoor.' Ze glimlachte, vervuld van liefde en tederheid voor hem. 'Ik dacht net aan alles wat ons samen heeft gebracht.'

'Je bent toch niet bang? Om met me te trouwen? Ben je blij dat je de belofte aan jezelf hebt gebroken?'

Tommy lachte en kreeg opeens tranen in haar ogen. 'Natuurlijk ben ik niet bang. Nu we samen zijn ben ik moedig genoeg om alles onder ogen te zien. Ik vraag me alleen af hoe het me gelukt is dat ik zo gelukkig ben dat ik jou en Molly heb gekregen om mijn gezin compleet te maken.' Ze keek naar het portret van Venetia. 'Maar zij herinnert me eraan hoe kortstondig het allemaal kan zijn.'

'Denk daar maar niet aan.' Fred nam haar hand en glimlachte. 'Het ergste ligt nu achter ons en we hebben heel veel om naar uit te kijken.'

'Ja, dat is zo.' Ze gaf een kneepje in zijn hand en genoot van dat gevoel: eindelijk was ze uit de kou en de duisternis, en in het licht en de warmte van een leven met Fred.

'Goed,' zei hij, 'volgens mij moeten we naar een bruiloft. Kom mee, neem mijn arm.'

Arm in arm liepen ze het ochtendzonlicht in.

Dankwoord

Bedankt aan iedereen bij Pan Macmillan, vooral de fantastische Wayne Brookes, mijn redacteur, die enorm wordt gewaardeerd om zijn genialiteit, goede humeur en de uitstekende manier waarop hij voor zijn auteurs zorgt; en Alec Saunders, voor zijn eindeloze geduld en aandacht. Ook bedank ik Katie James en iedereen bij de reclameafdeling, en Amy Lines en de geweldige marketingafdeling. Natuurlijk bedank ik ook de verkoopafdeling voor hun verbazingwekkende werk. En mijn eeuwige dank gaat uit naar de getalenteerde afdeling Vormgeving voor de prachtige omslagen. Macmillan is een heel bijzonder bedrijf.

Veel dank aan Lorraine Green voor haar gebruikelijke uitstekende en attente persklaarmaken, en voor haar geduld en aanmoediging. Ook dank aan mijn uitzonderlijke agent Lizzy Kremer, Harriet Moore, en iedereen bij David Higham Associates.

Bedankt aan iedereen die meewerkt aan de boeken en aan iedereen die achter de schermen werkt om het succes van de boeken te garanderen, en aan alle lezers en boekenkopers die ervoor zorgen dat auteurs door kunnen gaan met schrijven.

Mijn bijzondere dank gaat uit naar mijn vriendin Alice, wier prachtige huis deels model heeft gestaan voor het huis in dit boek. U kunt het zien op www.midelneymanor.co.uk of op Instagram bij midelney_ manor. Het is een prachtige en magische plek.

Ik heb het geluk dat ik een groep vriendelijke, attente en behulpzame vrienden heb (die absoluut niet op Sara lijken!) en ik bedank hen voor hun jarenlange liefde en vriendschap.

Bedankt aan iedereen die contact met me opneemt via Twitter en Facebook en me steun betuigt; ik vind het heerlijk om te horen dat iemand een boek van me heeft gelezen en ervan heeft genoten.

En natuurlijk bedank ik mijn familie voor hun liefde en aanmoediging, vooral James, Barney en Tabby.

Lulu Taylor
Dorset 2017

LEES MEER VAN

Lulu Taylor

Met de geboorte van de tweeling Bea en Stan is de kinderwens van Olivia en Dan Felbeck na jaren eindelijk uitgekomen. Dan verliest Dan zijn baan en biedt zijn oudste vriendin Francesca hun huisvesting aan. Haar schatrijke echtgenoot heeft net Renniston Hall gekocht, een gigantisch, eeuwenoud landhuis dat ooit een chique kostschool was. Dan en Olivia mogen gratis in een opgeknapte vleugel wonen tijdens de renovatie.

Dan en Olivia zijn blij met het aanbod, tot Francesca zelf ook in Renniston Hall arriveert – en ze is niet van plan om weg te gaan. Wat is er tijdens hun studententijd precies voorgevallen tussen Dan en Francesca? En wat is haar relatie tot de kinderen? Olivia begint zich af te vragen hoe goed ze Dan eigenlijk kent, en of hun perfecte leven niet gebaseerd is op een grote leugen. En ook Renniston Hall heeft geheimen, en begint die langzaam prijs te geven…

Verkrijgbaar als
e-book
& papieren boek

LEES MEER VAN

Lulu Taylor

In 1965 trouwt Alexandra Crewe met de man die haar vader voor haar heeft uitgezocht, maar het huwelijk blijkt al snel een grote vergissing. Dus als de ware liefde zich aandient, kan Alexandra de verleiding niet weerstaan en volgt ze haar minnaar naar zijn prachtige kasteel in Dorset, Fort Stirling. Dan slaat het noodlot toe, en vraagt Alexandra zich af of dit haar straf is voor het verlaten van haar man.

Decennia later is Delilah Young de nieuwe kasteelvrouwe van Fort Stirling. Ze is dol op haar man en is vast van plan het wat trieste kasteel op te vrolijken met vreugde, gelach en kinderstemmen. Maar leugens uit het verleden blijken ook in het heden door te werken, en Delilah ontdekt dat je sommige geheimen beter met rust kunt laten.

Verkrijgbaar als
e-book
& papieren boek